Knaur.

Knaur.

Von Patricia MacDonald sind außerdem erschienen:

Das Wiegenlied
Der unheimliche Verehrer
Mord im September
Familienkiller

Über die Autorin:

Patricia MacDonald hat zahlreiche Spannungsromane geschrieben und wurde für den *Edgard Award* nominiert. Ihre Bücher haben ihr begeisterte Kritiken und zahlreiche treue Leser eingebracht. Sie lebt mit ihrem Mann und ihrer Tochter in Cape May, New Jersey.

Patricia MacDonald

Das Gesicht des Todes

Roman

Aus dem Amerikanischen von
Stefan Troßbach

Knaur Taschenbuch Verlag

Die amerikanische Originalausgabe erschien 2002
unter dem Titel »Not Guilty« bei Pocket Books,
a division of Simon & Schuster, Inc., New York.

Besuchen Sie uns im Internet:
www.droemer-knaur.de

Deutsche Erstausgabe 2004

Redaktion: Ilse Wagner
Umschlaggestaltung: ZERO Werbeagentur, München
Umschlagabbildung: Mauritius
Satz: Ventura Publisher im Verlag
Druck und Bindung: Nørhaven Paperback A/S
Printed in Denmark
ISBN 3-426-62462-1

5 4 3 2 1

Für alle Jambriskas
in Liebe.

Prolog

E*s wird jetzt schon so früh dunkel,* dachte Keely Bennett und sehnte sich nach Tageslicht, während sie durch die stillen Straßen von Ann Arbor fuhr. Der Novemberhimmel war zwar schon seit heute Morgen grau, hatte sich aber nun, mit Anbruch der Dämmerung, zu einem bleiernen Ton verdunkelt. Die Gehsteige des Universitätsstädtchens waren leer, bis auf wenige Menschen, die dem gemütlichen Licht ihrer Wohnungen entgegeneilten.

Keely hatte sich heute an der Junior Highschool, wo sie Amerikanische Literatur unterrichtete, ziemlich verspätet. Montagnachmittag kam immer der Arbeitskreis »Jahrbuch« zusammen, den sie betreute. Sie dachte an den Stapel Aufsätze in ihrer Aktentasche, den sie heute Abend noch zu korrigieren hatte. Außerdem müsste sie ihrem Sohn Dylan, der in der vierten Klasse war, bei seinen Hausarbeiten helfen. Und irgendwann zwischendrin wäre auch noch das Abendessen vorzubereiten.

Falls es Richard besser geht, kann er *ja Dylan helfen,* dachte sie, verwarf die Idee dann aber wieder: Das war unwahrscheinlich. Keelys Mann, ein Wissenschaftsautor bei der University Press, litt unter Migräne, und wenn ihn so ein Anfall packte, dann dauerte das meist bis in den Abend hinein. Oder noch länger. Normalerweise wurden die Beschwerden durch Medikamente, in Kombination mit Nachtruhe, gelindert; neuerdings jedoch erlitt er am nächsten Tag oft erneut einen Anfall, und das machte ihnen zunehmend Sorgen. Als Keely heute früh aufgestanden war, um zur Arbeit zu gehen, hatte sie Richard bereits auf der Couch seines Arbeitszimmers vorgefunden: ausgestreckt, mit einem feuchten Handtuch über den Augen, und sämtliche Vorhänge waren zugezogen. Nicht einmal beim Frühstück ließ er sich blicken – von den Essensgerüchen wurde ihm schlecht. So hatten Keely und Dylan wortlos gefrühstückt und beim Hinausgehen die Haustür leise hinter sich zugemacht.

Sie las mit zusammengekniffenen Augen in der Dunkelheit die Straßenschilder und bog dann nach links in die Jefferson Street, wo Bobby McKenna, Dylans bester Freund, wohnte. Wegen des Fußballtrainings nach dem Unterricht hatte sich Bobbys Mutter bereit erklärt, beide Jungen mit heimzunehmen, bis Keely mit ihrer Arbeit an der Northern Junior High fertig wäre. Keely fuhr beim Haus der McKennas vor, stellte den Wagen ab und ging an die Doppeltür. Allison McKenna öffnete auf ihr Klopfen. Sie wischte sich gerade die Hände an einem Geschirrtuch ab und trat einen Schritt vor, um den Eingang mit ihrer Hüfte aufzuhalten.

»Hi, Keely«, sagte sie.

Keely konnte Bobby im Wohnzimmer sitzen sehen. Sein Kopf war über ein Schulheft gebeugt, und die Schwanenhalslampe auf dem Schreibtisch umgab sein dunkles, gelocktes Haar mit einem Lichtschein. Bei Keelys Eintreten blickte er auf, winkte ihr geistesabwesend zu und ging, als er die hochgezogenen Brauen seiner Mutter sah, wieder an seine Arbeit.

»Schon bei den Hausaufgaben?«, fragte Keely.

»Er hat einen Berg davon«, antwortete Allison.

»Wo ist denn Dylan?«

»Der hat auch jede Menge Hausaufgaben. Er wollte gleich anfangen, deshalb habe ich ihn nach dem Training zu

Hause abgesetzt. Bei Ihrem Mann. Richards Auto stand in der Einfahrt, und überall brannte Licht.«

»Oh, in Ordnung«, antwortete Keely und drehte sich auf der Vortreppe schon wieder um. »Ich finde es wunderbar, wie gewissenhaft die beiden momentan sind. Dylan legt sich schwer ins Zeug, um dieses Jahr gute Noten zu bekommen.«

»Das kann ich von meinem Sohn leider nicht sagen«, entgegnete Allison. »Bis man den an seine Hausaufgaben kriegt, das ist wie Zähneziehen.«

Keely lächelte schief. »Na ja, auch das geht bestimmt vorbei.« Dann senkte sie ihre Stimme zu einem Flüstern. »Ich glaube, Dylan ist ein bisschen in seine Lehrerin verknallt.«

»Wenn's was nützt«, meinte Allison.

»Ich fahre jetzt besser heim«, sagte Keely. »Vielen Dank, dass Sie ihn mitgenommen haben.«

»Gern geschehen«, antwortete Allison und machte die Tür hinter sich zu, während Keely über den Fußweg zurück zum Wagen ging. Dabei knisterte das trockene Laub unter ihren flachen Schuhen. Als sie den Motor anließ und losfuhr, schien sich die Dunkelheit um sie herum zu verdichten.

Dann ist Dylan also schon zu Hause. Es ist alles in Ordnung, sagte sie sich wie zur Beruhigung, während sie über die Abkürzung durch die Nebenstraßen Richtung Heimat fuhr. *Vielleicht geht es Richard ja besser. Vielleicht ist Dylan sogar schon mit den Hausaufgaben fertig, wenn ich ankomme.* Doch wie es schien, konnte sie die unbestimmte Angst, die sie plagte, nicht abschütteln. Wahrscheinlicher war, dass Richard immer noch dort, in seinem dunklen Arbeitszimmer, lag. Wenn es schlimm war, ging er den ganzen Tag nicht aus dem Haus. Zum Glück arbeitete er freiberuflich; so gab es niemanden, der sich beschwerte, wenn er nicht im Büro erschien. Und Dylan wusste aus Erfahrung, dass er keinen

Lärm machen und den Fernseher nicht einschalten durfte, wenn sein Vater »krank« war.
Dass Dylan beim Heimkommen seinen Vater wieder in diesem Zustand angetroffen hatte, diese Vorstellung war Keely ein Gräuel. Zu Hause sollte es freundlich sein – ein Ort, wo man sich entspannen und willkommen fühlen konnte. Aber in letzter Zeit, wenn Richard seine Kopfschmerzen hatte, herrschte eine geradezu erdrückend angespannte Atmosphäre. Keely wusste, dass Richard nichts dafür konnte. Wäre er in der Lage gewesen, aufzustehen, dann hätte er das getan, und sie wusste auch, dass er sich in ihrer Abwesenheit sogar anstrengen würde, mit Dylan zu reden, ihm ein Glas Saft einzuschenken oder so. Doch man merkte an seinem blassen, verschwitzten Gesicht und seiner verkrampften Mimik, wie viel eine solche Anstrengung ihn kostete.
Heute fiel es ihr schwer, sich daran zu erinnern, wie es vor alledem gewesen war – bevor es so schlimm wurde. Kopfweh hatte er ja seit jeher gehabt. Schon als sie ihn auf dem College kennen lernte, war er dann und wann einen Tag untergetaucht und nicht einmal ans Telefon gegangen. Sie entsann sich, mit welcher Erleichterung sie erfahren hatte, dass Kopfschmerzen – und nicht etwa mangelndes Interesse – ihn an solchen Tagen hinderten, sie anzurufen. Nun, im Nachhinein, sah sie, wie nichts ahnend sie damals gewesen war. Die Kopfschmerzen hatten in ihrem Zusammenleben eine allgegenwärtige, unerbittliche Form angenommen. Dylan hatte sich damit abgefunden, weil er es von Kind an nicht anders kannte – akzeptierte, dass jeder Plan, den sie machten, vorläufig war, bis auf Widerruf, je nach Daddys Befinden.
Auf Keelys hartnäckigen Wunsch hatte Richard eine Reihe von Ärzten besucht, aber keines der Medikamente, keine

der Therapien, die sie ihm verordneten, hatte geholfen. Er blieb krank. Und als einer der Universitätsärzte vorschlug, Richard solle es mit einer Psychotherapie probieren, hatte der sich rundheraus geweigert. *Es ist ein medizinisches Problem,* behauptete er steif und fest, *also erfordert es eine medizinische Lösung.* Keely fand alles, was Abhilfe versprach, einen Versuch wert. Doch auf wissenschaftlichen Gebieten kannte sich Richard allemal besser aus als sie. Die Psychologie hielt er für eine Pseudo-Wissenschaft, eine verachtenswerte Sache. So sehr Keely ihm auch zuredete, sie konnte ihn nicht dazu bringen, dass er psychologische Behandlung suchte. Er fragte immer nur: *Hältst du mich für verrückt?* Und jedes Mal antwortete sie: *Natürlich nicht.*

Das stimmte sogar. Wenn er keine Schmerzen hatte, war Richard der vernünftigste, fürsorglichste Mensch der Welt. Und selbst wenn er litt, versuchte er, das nicht an seiner Frau und seinem Sohn auszulassen, versuchte, sich trotz seines Nerven zermürbenden Zustands zu beherrschen. *Jede Ehe hat ihre Probleme,* rief Keely sich ins Gedächtnis. Und sie hatte es nie bereut, ihn zu heiraten. Doch sie fühlte sich hilflos, wenn sie ihn so leiden sah. Und es machte ihr Angst, wie sehr sein Leiden sich mit der Zeit zu verschlimmern schien.

Mit einem sorgenvollen Seufzer erblickte sie ihr Eckhaus, direkt vor ihr. Sie bog in die Einfahrt und stellte den Motor ab. Es brannten ein paar Lichter im Innern, und auf der Türschwelle lag ein jahreszeitgemäßes Arrangement aus Ähren, Kürbissen und Maiskolben, das sie mit Dylan gemacht hatte. Aber die Lampe über der Vortreppe war nicht eingeschaltet. Keiner kam beim Geräusch von Keelys Wagen an die Tür. Und da wusste sie mit einem vertrauten, entmutigenden Gefühl, dass es ihrem Mann noch immer nicht besser ging.

Sie öffnete die Haustür und erwartete, dass Dylan in die Diele gesprungen käme, sie mit einer lautlosen Umarmung begrüßen würde. Laut zu rufen, davor hütete sie sich. Jede Art von Lärm quälte Richard. Aber von ihrem Sohn gab es keine Spur. Und auch nicht von ihrem Ehemann. Vielleicht hatte Dylan von ihrer Ankunft nichts mitbekommen. Sie hatte ihm einen Walkman gekauft, damit er wenigstens seine Lieblingsmusik hören könnte, wenn er gezwungen war, still zu sein. Vielleicht tat er das gerade auf seinem Zimmer. Keely ging in die Küche und legte ihre Aktentasche auf den Stuhl. Neben der Spüle stand eine Teetasse mit einer milchigen Flüssigkeit darin; der dazugehörige Teebeutel lag auf dem Unterteller. Wahrscheinlich alles, was Richard heute zu sich genommen hatte. Nichts deutete auf einen Imbiss hin. Dabei war er nach dem Fußball doch immer so ausgehungert. Keely runzelte die Stirn. Irgendwie war es zu still im Haus.

Sie ging an den Fuß der Treppe, zögerte kurz und begann dann hinaufzusteigen. Als sie den Zwischenabsatz erreichte, hörte sie etwas Merkwürdiges – einen sehr schwachen wimmernden Laut. »Dylan?«, rief sie mit leiser Stimme.

Keine Reaktion. *Der Walkman,* sagte sie sich. *Er hört gerade Walkman. Vielleicht ist es Richard.* Und sofort rief sie: »Liebling, ich bin's. Richard?«

Immer noch keine Antwort. Nur Stille. Es rumorte nun unverkennbar in ihrem Magen, ihr Atem kam in kurzen, flachen Stößen. Ein eigentümlicher Geruch hing in der Luft. Sie kannte ihn nicht. Er war eigentümlich – und unangenehm. Wieder fühlte sie ein Rumoren in ihrem Magen. Sie gelangte an den Kopf der Treppe und sah den Flur hinab. Ein schwaches Licht fiel quer über den Gang; es kam aus Richards Arbeitszimmer. Die Tür stand ein Stück weit offen.

»Richard«, wiederholte Keely, diesmal in bestimmtem Ton. Das Wimmern wurde etwas deutlicher, während sie sich steif dem Arbeitszimmer am Ende des Flurs näherte. Angst durchflutete ihr Herz. Irgendetwas ging hier nicht mit rechten Dingen zu. Das wusste sie. Es war ein schreckliches Gefühl, und eine schreckliche Möglichkeit schoss ihr durch den Sinn, aber Keely wollte davon nichts wissen. Nein. So etwas würde er nicht tun. Nicht Richard. Sie trat auf die Tür des Arbeitszimmers zu; dann hielt sie inne.

Auf den ersten Blick war alles normal. Das Schreibtischlämpchen brannte, und Richards Computer summte wie immer. Leuchtende Himmelskörper schwebten in der Schwärze des Bildschirmschoners, während ein Raumschiff darauf seine Bahn zog. Aber irgendetwas war auf dem Läufer. Ein Muster von winzigen dunklen Flecken. Und auch die Wand war damit besprenkelt. *Bitte, lieber Gott,* flüsterte Keely. *Bitte, lieber Gott. Bitte, lieber Gott. Bitte, lieber Gott.* Sie wusste nicht, worum sie betete. Aber sie wusste, dass sie Hilfe brauchte. Das Gewimmer war jetzt lauter. Es wurde von einem Schluchzen gebrochen.

Sie überschritt die Schwelle und trat in das Zimmer. Sie wollte den Raum insgesamt sehen. Doch noch bevor ihr Blick es erfasste, wusste sie, was sie vorfinden würde. Es gab kein Zurück. Auf dem Läufer vor dem Schreibtisch lag, der Länge nach ausgestreckt, Richard, einen Arm grotesk unter sich verkrümmt, den anderen zur Seite gestreckt, weit von sich weg. Unter seinem Kopf hatte sich ein kreisförmiger burgunderroter Flecken gebildet, wie ein tödlicher Heiligenschein, und nicht weit von seiner Hand lag etwas Dunkles auf dem Läufer – es ähnelte einem kleinen dunklen Tier. Keelys Augen mussten ihr einen Streich spielen. Sie erkannte, noch bevor sie sich bückte, was es war – selbst wenn sie es noch nie aus der Nähe gesehen hatte: ein Revolver. Keely starrte ihn an. Sie hatten gar keinen Revolver. *Wie kann hier ein Revolver sein?,* fragte sie sich. Doch schon im selben Moment wusste sie Bescheid. Manchmal, wenn die Anfälle am schlimmsten waren, hatte Richard Mutmaßungen darüber angestellt, wo man einen Revolver kaufen könne. Dann verschleierte ein Ausdruck der Verzweiflung seine Augen. Und wenn Keely ihn daraufhin bedrängte, so etwas nicht zu sagen, behauptete er immer, es sei ja nicht ernst gemeint.

Keely streckte eine Hand aus und berührte Richards Haar. Es war klebrig. Und als sie erschrocken die Hand zurückzog, hatte sie Blut an den Fingern. Aus dem verschlossenen Wandschrank ertönte ein Wimmern – das Wimmern, dem sie hierher gefolgt war.

Betäubt, fast wie in Trance, stand sie auf, ging zu der Schranktür und öffnete sie.

Dylan kauerte im Innern, die Arme fest um seine Beine geschlungen, das Gesicht auf die knochigen Kniescheiben gepresst. Er sah zu ihr auf, und seine Augen waren von demselben Grauen erfüllt, das sie fühlte.

Als sie neben ihm in die Hocke ging, vergrub er sein Gesicht in ihrem weichen grünen Pulli. Er zitterte am ganzen Leib. »Mom«, wimmerte er, und sie konnte auch in ihren eigenen Augen Tränen spüren. Sie drückte Dylan fest an sich und wandte ihren Blick wieder der Leiche ihres Mannes zu, der ausgestreckt auf dem Boden lag. In einer Minute würde sie aufstehen und jemanden rufen. Jemanden, der helfen könnte. Im Moment konnte sie lediglich den Revolver und den Menschen anstarren, der dort auf dem Boden lag. »Ist ja schon gut, Schatz. Ist ja schon gut. Ich bin ja bei dir. Alles in Ordnung«, säuselte sie in beschwichtigendem Ton. Ganz leise, aus langer Gewohnheit. Und dann rief sie sich ins Gedächtnis, dass Leisesein nicht mehr nötig war. Jeder Mensch konnte nur ein gewisses Maß an Schmerz ertragen. Das hatte sie von jeher gewusst. Richard brauchte jetzt nicht mehr zu leiden. Seine Schmerzen hatten ein Ende.

Für Keely und Dylan war das eine andere Geschichte.

1

Abby Weaver gab ihren Halt am Bein des rustikalen Kiefernholztisches auf und tappte über den schwarzweiß-gefliesten Boden, zu dem Bein ihrer Mutter. Am Ziel angekommen, klammerte sie sich fest und starrte staunend auf die bewältigte Strecke zurück.

»Jetzt sieh sich einer das an!«, rief Keely Weaver, während sie sich vom Spülbecken abwandte, ihre seifigen Hände abtrocknete und sich anschließend bückte, um ihre einjährige Tochter hochzuheben. Sie rieb ihre Nase an der warmen, weichen Kinderwange. Abby lachte vor Freude über sich selbst und über die Reaktion ihrer Mutter.

»Was für ein großes Mädchen du wirst«, sagte Keely und drückte ihr Gesicht in Abbys flauschiges Baumwoll-T-Shirt, wo sie erneut ihre Nase rieb. Wenn man ihr den Bauch kitzelte, brach Abby garantiert in quietschendes Gekicher aus. »Ja, ganz groß wirst du. Ganz groß wirst du.«

»Was treiben meine zwei Lieblingsmädchen denn da?« Mark Weaver kam in die Küche, nahm das Kind aus den Armen seiner Mutter und drückte es an seine eigene Brust, um es wieder und wieder auf sein spärliches, seidenweiches Haar zu küssen. Mark trug immer noch das Nadelstreifenhemd, das er im Büro anhatte, aber die Ärmel waren hochgekrempelt. »Bringst du deine Mami zum Lachen?«, fragte er und legte seine große, sonnengebräunte Hand um das runde Köpfchen, während er der Kleinen eindringlich in die Augen sah. Dabei blinkte sein goldener Ehering in den

letzten Strahlen des Sonnenuntergangs, die durch die Fensterreihe der Küche fielen.
»Sie hat ihre Freistilübungen gemacht«, erklärte Keely, über den Anblick der beiden lächelnd. Mark war groß, schlank, gut aussehend – von Beruf Rechtsanwalt und berühmt für seine Zähigkeit in juristischen Konflikten. Seiner kleinen Tochter gegenüber schien er aber etwa genauso hart wie Pudding. Sobald sein Blick auf den flauschigen Kopf und die leuchtenden Augen seines kleinen Mädchens fiel, schaltete er, der sonst ein Arbeitstier war, in einen anderen Gang. In seiner Kanzlei und im Gericht lästerte man schon über seine Gewohnheit, ihr Bild aus der Tasche zu reißen, damit andere Leute das schönste Baby bewundern konnten, das je zur Welt gekommen war.
»Wieso kannst du denn schon laufen?«, fragte er erstaunt die kleine Abby, die ihm einen ihrer Wurstfinger zwischen die Lippen steckte. Einen Moment tat er, als würde er darauf herumkauen. Dann umschloss er die winzige Hand mit der seinen. »Demnächst möchtest du wohl ein Kleid für den Schulball haben.«
Keely seufzte und nickte. »Stimmt. Das kommt schneller, als man denkt.« Und im selben Moment, als sie das sagte, überschattete der Gedanke an Dylan ihr Gemüt wie eine Wolke.
Mark, der ihren Stimmungswandel instinktiv wahrzunehmen schien, streckte seine freie Hand aus, um auch Keely in die Umarmung miteinzuschließen. »Das war ein tolles Abendessen«, sagte er. »Ich weiß, das klingt schrecklich altmodisch, aber ich liebe es, wenn meine Familie hier nach Feierabend auf mich wartet und ein wunderbares Essen auf dem Tisch steht.«
»Die reinste Familie Feuerstein«, erwiderte Keely, als würde seine Äußerung sie verdrießen. Aber Mark ließ sich nicht

täuschen. Er zog Keely fester an sich heran und küsste sie, sehr zur Freude ihres gemeinsamen Babys.
»Du weißt, ich meine das nicht so«, sagte er.
»O doch, und das weißt du ganz genau«, neckte sie ihn.
»Nein. Ehrlich. Wenn du lieber wieder arbeiten willst, hast du meine volle Unterstützung. Obwohl ich zugeben muss, es wird mich ein bisschen eifersüchtig auf all die Teenagerjungs machen, die der Liebling ihrer Lehrerin sein möchten.«
»Ach, hör auf«, sagte sie lächelnd. »An so was wie mir haben Teenagerjungs kein Interesse.«
»Jeder Mann hat Interesse an einer Frau wie dir«, erwiderte er.
Sie errötete, wie immer perplex über seine unverhohlene Liebe und Bewunderung. Sie hatte in letzter Zeit nicht sehr auf ihr Äußeres geachtet. Ihre Figur war nach Abbys Geburt zum Glück bald wieder die Alte geworden – schlank und straff –, und ihre Haut schimmerte noch von den Überresten einer Sommerbräune. Aber sie trug kein Make-up, ihre silberblonden Haare waren zu einem formlosen Knoten geschlungen, und ihre Kleidung bestand aus Jeans und T-Shirt. *Nicht jedermanns Vorstellung von einer Zirze,* dachte sie, sagte jedoch: »Na, freut mich, dass du so denkst. Aber wirklich, ich bin noch nicht so weit, wieder zu unterrichten. Es ist noch so viel zu tun hier. Und mir liegt daran, in diesen ersten Jahren bei meinem Baby zu bleiben.« Sie streckte einen Finger aus und ließ ihn versonnen über Abbys Wange gleiten. »Eine Mutter ist für ein Kind dieses Alters wie ein Spiegel. Das hatte ich schon ganz vergessen – es ist so lange her, dass Dylan klein war. Für jede winzige Leistung suchen sie Anerkennung und Bestätigung, als würde eine Mutter diesen kleinen Computer da drin fürs Leben programmieren. Und jeder Tag bringt Veränderungen mit sich, tausend

kleine Entscheidungen für den taktischen Umgang mit der Welt. Abby braucht diese konstante Aufmerksamkeit. Und natürlich erfordert auch Dylan momentan etwas mehr Zeitaufwand ...«

»Na, heutzutage ist das, glaube ich, der größte Luxus, den man einem Kind schenken kann – eine Mutter, die immer da ist, wenn man sie braucht. Und sogar, wenn man sie nicht braucht. Da kann ich ein Wörtchen mitreden.«

Keely wusste, was er meinte. Marks Eltern waren, als er vier Jahre alt war, bei einem Bootsunfall gestorben, und erst mit sechzehn hatten Lucas und Betsy Weaver ihn adoptiert. Seine Geschichten über die dazwischen liegende Zeit erinnerten Keely an einen Charles-Dickens-Roman.

»Ich mache mir nur Sorgen, dass es dir hier draußen manchmal zu einsam wird«, fuhr er fort. »Du kennst hier niemanden. Du bist quasi isoliert ...«

»Das stimmt«, sagte sie und dachte sehnsüchtig an die lockere Kameradschaft damals mit ihren Lehrerkollegen in Michigan zurück. »Manchmal fühle ich mich ein bisschen ... abgeschnitten. Aber nur zeitweilig. Es ist wie ein goldener Käfig, das muss ich zugeben.« In jenen finsteren Tagen nach Richards Tod hätte sie nie geglaubt, jemals in einem Haus wie diesem zu enden, mit einem neuen Ehemann und einem Baby. Sie litt damals unter schwersten Schuldgefühlen – machte sich Vorwürfe, dass sie Richard im Stich gelassen, ihn nicht daran gehindert hatte, diesen drastischen ultimativen Schritt zu tun. Einen Moment lang schauderte sie und verbannte dann diese Erinnerung, indem sie voll Freude und Zufriedenheit den Raum ringsum betrachtete – eine schöne alte Küche, aber auf diskrete Weise renoviert, sodass sie jetzt dem anspruchsvollsten Koch genügt hätte. Auch aus dem Fenster warf Keely einen Blick – auf den immer noch grünen Rasen im Licht des Septemberabends, auf die elegante Terrasse und den Pool. Hinter dem Gitter, das den Pool umgab und durch ein kleines Tor verschlossen war, sah sie die vertraute Form von Dylans Skateboard. Es lehnte nah am Beckenrand, und Keelys Stirn runzelte sich verärgert. *Wie oft muss ich ihm das noch sagen?*, dachte sie.

»Was ist?«, fragte Mark.

Keely schüttelte den Kopf und befreite sich aus der Umarmung ihres Mannes. »Ach, es ist wegen Dylan. Er hat wieder sein Skateboard draußen am Pool liegen lassen. Ich habe ihm schon hundert Mal gesagt, wie gefährlich das ist. Wenn er es nicht braucht, gehört das Skateboard in die Garage.«

Mark hütete sich, seinen Stiefsohn zu kritisieren. Er versuchte, Keely nie das Gefühl zu geben, sie ließe ihrem Sohn zu viel durchgehen. Dieses Verhalten wusste sie zu schätzen, empfand aber oft gleichzeitig eine hilflose Frustration über die Veränderungen, die Dylan in den letzten paar Jahren durchgemacht hatte. »Er hat viel zu verarbeiten«, meinte Mark. »Wo gehst du hin?«

»Ihn rufen, damit er runterkommt. Er muss noch seine Hausaufgaben machen.« Die Schule hatte erst vor ein paar Wochen begonnen, und zurzeit versuchten sich alle, an den neuen Stundenplan und die Aufgaben zu gewöhnen, die es ständig zu erledigen gab.

»Ich werde ihm helfen«, sagte Mark.

Keely warf ihm einen liebevollen Blick zu. »Du hast wirklich eine Engelsgeduld«, meinte sie.

»Hey, ich bin auch mal vierzehn gewesen. Ich erinnere mich noch, wie das war, dauernd diesen verrückt spielenden Hormonen ausgesetzt zu sein. Ich kriegte damals alle möglichen Schwierigkeiten. Ein Wunder, dass ich nicht von der Schule flog.«

»Besonders, weil *du* niemanden hattest, der dir half«, bemerkte Keely mitfühlend. Wenn sie an seine Kindheit dachte, war sie immer wieder erstaunt, wie Mark es im Leben zu solch großem Erfolg gebracht hatte. Und Dylan gegenüber schien ihn das verständnisvoller zu machen.

»Ich war ja nicht völlig auf mich gestellt. Ein, zwei Leute haben mir schon geholfen«, betonte er. »Ein paar Lehrer versuchten, mir das Leben zu erleichtern. Auch meine Pflegeeltern waren nicht alle so übel. Und dann gab es natürlich Lucas.«

Keely nickte. Lucas Weaver, Marks Held, der es trotz schwieriger Verhältnisse sehr weit gebracht hatte und der in Mark etwas sah, das sich zu retten lohnte. Mark selbst war damals ein bekannter Jugendkrimineller gewesen, den er kostenlos in einem Verfahren wegen Vandalismus vertrat, und schließlich adoptierten Lucas und seine Frau Betsy den Jungen. Unter Lucas' väterlicher Obhut absolvierte Mark das College und das anschließende Jurastudium, und als er seine Anwaltszulassung erhielt, lud Lucas ihn als Teilhaber in seine Kanzlei ein. Mark vergaß nie seine gewaltige Schuld gegenüber Lucas, der in ihm vielleicht ein Spiegelbild seiner selbst gesehen und erkannt hatte, dass dieser minderjährige Rebell etwas besaß, das nicht verloren gehen durfte.

Mark küsste noch einmal Abbys Kopf und starrte dann aus dem Fenster auf das tiefe Türkis des Swimmingpools, den manikürten Rasen seines Grundstücks. »Ohne Lucas wäre ich wahrscheinlich im Knast oder irgendwo am Straßenrand geendet, als toter Mann. Wenn ich daran denke, was er meinetwegen durchmachen musste ... da erscheint es mir doch das Wenigste, mit Dylan ein bisschen Geduld zu haben. Außerdem waren all diese Umstellungen für ihn nicht leicht. Das weiß ich.«

»Nicht jeder wäre so nachsichtig«, sagte Keely. »Das rechne ich dir wirklich hoch an, Mark.« Denn in der Tat war mit

Dylan schwer umzugehen, seit er gemerkt hatte, dass der Anwalt, der seiner Mutter zur Seite stand, ihr auch den Hof machte. »Ich weiß, es ist nicht leicht, mit seinen Launen klarzukommen – zumal er ja nicht dein eigenes Kind ist«, fügte sie entschuldigend hinzu.

»Sag das nicht. Er *ist* mein Kind. Ich betrachte ihn als mein eigenes. Und ich wollte mit niemandem auf der Welt tauschen. Ich habe genau das bekommen, was ich mir vom Leben wünsche«, erwiderte Mark.

»Das Merkwürdigste daran ist«, bemerkte Keely trocken, »dass ich weiß, du meinst das auch so.«

»Mit jedem Tag mehr«, antwortete er ernsthaft.

Er hatte Keely mit jener hartnäckigen Zielstrebigkeit zu gewinnen versucht, die er auch in beruflichen Angelegenheiten an den Tag legte. Vom ersten Moment an – sobald sein Blick auf sie gefallen war – schien er genau zu wissen, was er wollte. Rückblickend fragte sie sich, wie er so schnell so sicher hatte sein können. Sie selbst war ein Wrack gewesen, als sie sich kennen lernten. Sie hatte gerade Richards Leichnam hierher überführt, nach St. Vincent's Harbor, Maryland, seine kleine Heimatstadt. Richards verwitwete Mutter litt damals zu sehr unter ihrem Schmerz, um allein nach Michigan zu fahren, und außerdem schien es nur richtig so. Mark, der in Highschool-Zeiten mit Richard befreundet gewesen war, hatte dem Begräbnis beigewohnt – als einer von vielen aus der Vergangenheit, die bei diesem traurigen Anlass wieder erschienen. Keely erinnerte sich nicht einmal, ihm an diesem albtraumhaften Wochenende begegnet zu sein. Er hingegen erinnerte sich ganz genau und sagte oft, noch vor Ende der Trauerfeier habe für ihn festgestanden, dass Keely seine Frau werden müsse – ein Entschluss, der noch erstaunlicher wurde, weil Mark damals verlobt gewesen war.

»Mir geht es genauso«, antwortete Keely, und das stimmte. Am Anfang ihrer Beziehung hatte sie manchmal, ganz insgeheim, gedacht, sie würde sich ihm nur aus Erschöpfung und aus Angst vor dem Alleinsein zuwenden. Doch mit jedem Tag, der vorbeiging, war sie sicherer, dass sie mit ihrer Heirat die richtige Entscheidung getroffen hatte, und auch aus den richtigen Gründen. »Schön, dann hol ich jetzt Dylan«, sagte sie.

Sie ging aus der Küche und durch das Esszimmer Richtung Treppe. Die Tür zur Terrasse, am Ende des Esszimmers, stand offen, und Keely ging automatisch hin, um sie zu schließen. Es war gefährlich, die Tür offen zu lassen, jetzt, da Abby krabbeln konnte. Selbst wenn das Gittertor draußen zum Swimmingpool verschlossen blieb, hatte Keely ein mulmiges Gefühl.

Das alte Haus, aus Naturstein gebaut, war elegant und wunderschön. Sie hatte sich auf Anhieb in dieses Haus verliebt, aber doch wäre sie beim Anblick des Swimmingpools bereit gewesen, darauf zu verzichten. Mark kannte sich mit Kindern nicht aus. Ihm war nicht klar, wie schnell so ein Kind auf seinen kleinen Beinchen stehen konnte. Und noch schlimmer: Mark war Nichtschwimmer. Das Bootsunglück, bei dem seine Eltern ums Leben gekommen waren, hatte ihn derart traumatisiert, dass er in kein Gewässer ging, wenn es tiefer als eine Regenpfütze war. Als er aber merkte, wie sehr das Haus Keely bezauberte, hatte er auf dessen Kauf bestanden und war durch nichts davon abzubringen. *Wir werden aufpassen,* hatte er ihr versichert. *Wir werden die Tür zum Pool verschlossen halten.* Keely versuchte so zu tun, als würde das Haus ihr doch nicht so gut gefallen, aber er ließ sich nichts vormachen. Er sah, dass sie es liebte, und das war genug. Er hätte ihr die ganze Welt zu Füßen gelegt. Daraus machte er kein Geheimnis.

Die Renovierung des Hauses hatte fast das gesamte letzte Jahr beansprucht, und im Juni waren sie endlich eingezogen – alles in allem ein kostspieliges Unterfangen. Sie würden eine ganze Weile die Rechnungen des Bauunternehmers abbezahlen müssen. Und auch Kraft und Zeit hatte es gekostet. Jede Menge Entscheidungen, die Mark zum Großteil Keely überließ. Jetzt aber, nachdem sie mehrere Monate in ihrem Haus lebten, schien das Ganze die Mühe wert. *Ich habe Glück, verglichen mit anderen,* dachte sie. *Da dachte ich, mein Leben wäre vorbei, und nun …* Sie seufzte, als sie an den Fuß der Treppe gelangte, legte eine Hand auf das Walnussgeländer und rief nach oben. »Dylan …«

Ein paar Sekunden lang gab es keine Antwort. Dann drang Dylans Stimme schwach zu ihr herab – mit einem gereizten Unterton, wie immer. »Was ist?«

»Los, komm her, Schatz. Du hast deine Hausaufgaben noch nicht gemacht.«

Er brummte irgendetwas vor sich hin.

»Jetzt gleich«, sagte sie. »Los.«

Mark kam auf dem Weg ins Wohnzimmer an ihr vorbei. Ihm voraus tappte langsam die kleine Abby. Keely lächelte und folgte ihnen. Auch das Wohnzimmer besaß am anderen Ende eine Glastür zur Terrasse. »Wir sollten dort besser zumachen, Schatz. Ich möchte nicht, dass Abby nach draußen kann.«

»Keine Sorge«, erwiderte er. »Ich behalt sie schon im Auge.« Er setzte sich in seiner Anzughose auf den Fußboden und ließ Abby auf seinen Schoß steigen. Dann tat er, als würde sie ihn rücklings auf den Orientteppich stoßen. »O, bist du stark«, sagte er, und so machte sie es noch einmal.

»Du verdirbst dir deine Hose«, schalt Keely mit sanfter Stimme.

»*Die* kann schon einen Spaß aushalten«, erwiderte er.
»Na, hoffen wir's«, sagte Keely skeptisch. Aber eigentlich hatte sie gar nichts dagegen. Irgendwie gefiel es ihr sogar, wie souverän er mit materiellen Dingen umging. Er kaufte sich teure Kleidung, weil er sie in seinem Büro brauchte. Er freute sich, dieses Haus und ein hübsches Auto zu besitzen, aber im Grunde, davon war Keely überzeugt, bedeutete ihm das alles gar nichts. Diese Seite von ihm war ihr schon früh aufgefallen, und wenn man an Marks entbehrungsreiche Kindheit dachte, dann fand sie das ziemlich bewundernswert. Wahrscheinlich stammte diese Einstellung von Lucas, seinem Ziehvater, der zwar Reichtümer angehäuft hatte, dem sein Besitz aber ebenfalls gleichgültig war, ausgenommen seine »Western-Sammlung«. Die lag ihm am Herzen, weil er sich schon als Junge für alles begeistert hatte, was mit Cowboys und Wildem Westen zusammenhing, und sich diese Vorliebe bis heute bewahrt hatte.
Anfangs wusste Keely Mark nicht recht einzuschätzen. Nach Richards Begräbnis – sie war wieder zu Hause in Michigan – tauchte er plötzlich vor ihrer Tür auf. Angeblich führten ihn berufliche Gründe hierher. Er hatte angeboten, ihr bei den vielen juristischen Problemen in Zusammenhang mit dem Tod ihres Mannes zu helfen – aus alter Freundschaft zu Richard, wie er erklärte. Im Nachhinein betrachtet, war ihr sein Erscheinen vor ihrer Tür auch gar nicht merkwürdig vorgekommen. Sie hatte es als Antwort auf ihre Gebete verstanden.
Gleich die erste Aufgabe, die Mark für sie in Angriff nahm, war eine Konfrontation mit den Detektiven der Lebensversicherung. Die Gesellschaft wollte nicht zahlen, weil Richard sich die Waffe selbst gekauft und sich die tödliche Wunde laut Polizeibericht »selbst zugefügt« hatte. Keely wusste, es handelte sich um Selbstmord, und weil sie des-

halb ein schlechtes Gewissen hatte, wollte sie eine Auseinandersetzung mit der Versicherung vermeiden.

Sie sah Mark noch vor sich, wie er in ihrem Wohnzimmer stand, während sie mit Dylan auf dem Sofa kauerte, und ihnen die Police unter die Nase hielt, die er in seiner Faust schwenkte. »Natürlich werden sie bezahlen«, entgegnete er empört. »Haben Sie beide nicht schon genug gelitten? Und Sie haben einen Sohn, der aufs College gehen muss. Ich werde dafür sorgen, dass die bezahlen.« Danach hatte Mark ihnen seine Strategie dargelegt, wie ein begeisterter Trainer, der seinen Plan für ein Spiel erklärt. »Es gibt keinen Abschiedsbrief. Deshalb existiert kein Beweis für Richards Absichten.« Keely versuchte zu verheimlichen, wie schwer dieser Umstand ihr zu schaffen machte. Wie konnte Richard sie und ihren Sohn auf diese Art zurücklassen, ohne ein einziges Wort des Bedauerns oder des Lebewohls? »Dieses Jahr gab es hier in der Gegend eine Serie von Einbrüchen«, setzte Mark seine Darlegungen fort. »Ich werde diese Typen davon überzeugen, dass Richard sich den Revolver zum Schutz für seine Familie kaufte. Und dass, vielleicht aufgrund seiner Unerfahrenheit mit Schusswaffen, sein Tod ein bedauerlicher Unfall war. ›Selbst zugefügt‹, ja – aber nicht selbst verschuldet. Noch ehe ich mit denen fertig bin, werden sie Ihnen das Zweifache seiner Versicherungssumme auszahlen müssen. Doppelte Höhe, wegen Unfalls.« Keely wusste, sie sollte kämpfen, aber zu dem damaligem Zeitpunkt empfand sie nur Leere und Verzweiflung. Mark redete ihr zu. Keine Sorge, sagte er, *er* werde sich für sie stark machen.

Als er dann, nach seinem Treffen mit Versicherungsdetektiven und -managern verkündete, er habe der Gesellschaft zu zahlen geraten, war sie überrascht. Es kam ihr vor, als wäre Superman herabgesaust, um ihnen zu helfen.

Mein Superheld, dachte sie und lächelte, wenn sie ihn jetzt betrachtete: auf dem Teppich mit dem Baby herumkrabbelnd. Nur kurz nach seiner Auseinandersetzung mit der Versicherungsgesellschaft hatte er den Vorwand aufgegeben, ihr nur wegen ihres verstorbenen Ehemanns zu helfen, und bekundete offen seine Absicht, Keelys Herz zu erobern. Eine Zeit lang leistete sie Widerstand, ja, wies ihn sogar rundheraus ab. Ihre Wunden brauchten noch Zeit zum Heilen. Zu guter Letzt aber siegte seine Hartnäckigkeit. Zwei Jahre nach Richards Tod hatten sie geheiratet, und im folgenden Jahr war sie mit Abby schwanger.

Das Klingeln des Telefons riss Keely aus ihren Erinnerungen, und sie drehte sich Richtung Küche um. »Ich geh schon«, sagte sie, während sie hinging und den Hörer abnahm.

»Mrs. Weaver?« Eine ihr unbekannte Frauenstimme am anderen Ende der Leitung.

»Ja?«

»Meine Name ist Susan Ambler. Mein Sohn Jake geht mit Ihrem in eine Klasse.«

Oh, dachte Keely beunruhigt und spürte, wie sich ihr Magen verkrampfte, als sie das Telefon mit in die Küche nahm. »Ja?«, erwiderte sie vorsichtig und auf Unannehmlichkeiten gefasst.

Die Frau am anderen Ende der Leitung seufzte. »Also, Jake kam heute mit einem Fahrrad nach Hause – ein wirklich schönes neues Rad –, und er behauptet, Ihr Sohn Dylan hätte es ihm verkauft, für fünfzig Dollar. Es ist aber kein Fünfzig-Dollar-Rad …«

Keely schloss die Augen und schüttelte den Kopf. Mark war selbst losgegangen, um Dylan das Rad als Geburtstagsgeschenk zu kaufen – ein italienisches Rennrad, viel teurer als eines, das sie selbst gekauft hätte. Aber Mark wollte es sich nicht ausreden lassen. Dylan brauch es hier draußen, weit ab von der Innenstadt, hatte er gesagt; hier seien die Straßen friedlich, und zu Fuß sei es zu weit zu Spielplätzen, Einkaufsläden oder Freunden. Dabei hatte Dylan noch nicht einmal neue Freunde gewonnen.

»Ehrlich gesagt, mache ich mir ... Sorgen«, fuhr Susan Ambler fort, »dass mein Sohn es gestohlen haben könnte. Hat Dylan Ihnen gegenüber irgendetwas erwähnt?«

»Kein Wort hat er davon gesagt«, erwiderte Keely steif, denn sie wusste, dass das Rad nicht gestohlen war. So etwas hätte Dylan nicht unerwähnt gelassen. »Ich werde mit ihm reden, und rufe Sie dann zurück.« Keely notierte sich Adresse und Telefonnummer der Frau. Dann hängte sie ein.

Sie hörte jemanden kommen, und sah beim Aufblicken Dylan im Kücheneingang stehen, den Rucksack schlaff in der einen Hand. Er trug ein schwarzes Korn-T-Shirt und eine weite, tief sitzende Jeans, die den Bund seiner Unterhose sehen ließ. Sein Kopf war kahl geschoren, sein Gesicht blass, mit Hautunreinheiten an der Kinnpartie, und es schien jeden Tag kantiger zu werden. Ein Goldring blinkte in dem einen Ohr. »Ich mach die Hausaufgaben oben in meinem Zimmer«, erklärte er.

Keely verschränkte die Arme vor der Brust und fasste ihn kritisch ins Auge. »Nicht so schnell, mein Freund. Ich möchte mit dir reden.«

»Worüber?«, fragte er, sofort in Abwehrstellung.

»Ich habe gerade einen Anruf von Jake Amblers Mutter erhalten«, sagte sie.

Er sah sie kurz an. Dann blinzelte er und zuckte mit den Schultern. »So?«

»Komm mir nicht mit ›so‹«, erwiderte Keely. »Du weißt genau, weswegen sie anrief, stimmt's?«

Dylan nahm den Rucksack von der einen Hand in die andere, verlagerte sein Gewicht und begegnete, sein Kinn vorreckend, dem Blick seiner Mutter, ohne jedoch zu antworten.
»Sie fragt sich«, fuhr Keely fort, »ob es sein könnte, dass Ihr Sohn dein Fahrrad *gestohlen* hat. Sie fand es schwer zu glauben, dass er dir für fünfzig Dollar ein nagelneues italienisches Rennrad abgekauft hat.«
Dylan kaute auf der Innenseite seiner Wange und wandte mit entnervtem Gesichtsausdruck seinen Blick ab.
»Also?«, fragte Keely unerbittlich.
Er sah wieder zu ihr hin, gab aber keine Antwort.
»Hast du ihm dein neues Fahrrad für fünfzig Dollar verkauft oder nicht?«
»Es ist *mein* Rad«, entgegnete er. »Ich kann es verkaufen, wann es mir passt.«
Keely fühlte die Röte in ihre Wangen steigen. »Dylan, was ist nur los mit dir?«
»Nichts«, antwortete er. »Was soll dieser Aufstand?«
»O nein! Komm mir nicht auf *die* Art! Ich will erfahren, was los ist. Du weißt sehr gut, Mark hat dir dieses Rad extra besorgt, weil er wusste, dass du genau so eines haben wolltest.«
»Ich will das beknackte Fahrrad nicht«, erwiderte Dylan.
Keely trat vor ihn hin. »Schluss jetzt, Dylan. Du führst dich auf wie ein missratenes Gör, und das dulde ich nicht. Ich werde nicht zulassen, dass du Mark derart verletzt. Er hat dir nichts getan, außer dass er nett zu dir war.«
Dylan starrte geradeaus.
»Du gehst jetzt rauf und holst diese fünfzig Dollar«, befahl sie. »Und dann fahren wir zu Jake Amblers Haus rüber, dein Fahrrad holen.«
»Das Geld gehört mir«, protestierte Dylan.
Keelys blaue Augen blitzten vor Wut, und sie sah den Trotz in seinen Augen.

»Wenn du weißt, was gut für dich ist, dann gehst du jetzt rauf und holst es, auf der Stelle!«, entgegnete sie. »Und kein Wort darüber zu Mark. Ich möchte nicht, dass er davon erfährt.«

Dylan verzog das Gesicht und schmetterte seinen Rucksack auf den Tisch. »Das Geld ist nicht in meinem Zimmer«, sagte er. »Es ist hier drin.« Er kramte in der Vordertasche des Rucksacks und zog eine Hand voll Geldscheine heraus. »Da.«

»Du wartest hier«, befahl Keely, während sie sich die Autoschlüssel von einem Pflock neben der Tür schnappte. »Du hast das Geschäft abgeschlossen. Jetzt kannst du Jakes Mutter auch erklären, warum du das Rad zurückhaben willst. Ich sage nur rasch Mark Bescheid, dass wir gehen.« Sie marschierte ins Wohnzimmer und rief: »Ich muss eine Weile weg, Schatz.« Dann kam sie wieder zu Dylan, der jetzt seine Lieblingsjacke trug, ein Bomberjackett aus abgewetztem Leder. Es hatte einmal Richard gehört. Das Futter war ausgebleicht und an den Taschen zerrissen, obwohl sie es ständig nähte. »Es ist warm draußen heute Abend«, sagte Keely.

»Ich zieh's trotzdem an«, entgegnete Dylan zähneknirschend.

Keely schüttelte seufzend den Kopf. »Hoffentlich hat er nicht schon gemerkt, dass das Rad weg ist.«

Mark kam in die Küche. Er trug Abby auf dem Arm. »Was ist los?«, fragte er.

Keely warf ihm einen kurzen Blick zu und sah gleich wieder weg. Furchtbar, sich vorzustellen, wie es ihn kränken würde, wenn er hinter die Geschichte käme. Sie biss sich auf die Lippen und klimperte mit den Schlüsseln. »Dylan hat etwas bei einem Freund vergessen. Wir fahren es nur schnell abholen.«

»Ach so. Okay«, sagte Mark.

»Macht es dir etwas aus, bei Abby zu bleiben? Ich weiß, du hast wahrscheinlich zu tun.«

»Natürlich bleibe ich bei ihr. Wolltest du nicht auch irgendwann ins Einkaufscenter? Dann fahr doch gleich dort vorbei.«

»O, das kann ich doch ein andermal erledigen«, antwortete Keely.

»Nein, warum? Nimm dir Zeit. Es wird dir gut tun, einmal aus dem Haus rauszukommen. Wegen uns mach dir keine Gedanken.«

Es stimmte, Keely musste dringend ein paar Dinge besorgen. Ihr Hochzeitstag stand vor der Tür, und sie hatte nicht das kleinste Geschenk für Mark. Mit Abby am Rockzipfel war Einkaufen keine leichte Sache. »Na, eventuell. Wenn du nichts dagegen hast«, antwortete sie.

»Dagegen?«, fragte er erstaunt und rieb dabei seine Nase an Abbys Wange. »Hast *du* was dagegen, wenn ich hier bei meinem Mädchen bleibe? Nimm dir so viel Zeit, wie du brauchst. Wir machen es uns hier schön.«

Keely schenkte ihm ein dankbares Lächeln und folgte Dylan nach draußen zum Wagen, einem sportlichen, geländegängigen Fahrzeug. Sie nahm hinter dem Steuer Platz, während Dylan neben ihr einstieg. Dabei knallte er die Tür zu, so fest er konnte.

»Schnall dich an«, befahl Keely, und er gehorchte missmutig.

Sie schaltete den Motor ein und wendete in der Zufahrt. Bei einem Blick zur Haustür sah sie Mark, immer noch mit Abby im Arm, herauskommen und auf dem Asphalt stehen bleiben. Mark flüsterte der Kleinen etwas ins Ohr. Dann hob er ihr Händchen und winkte damit. Als Abby die Sache begriff, fing sie selber zu winken an und krallte sich dabei mit der anderen Hand in die Haare ihres Vaters, sodass er

seinen Kopf neigen musste, um nicht skalpiert zu werden. Beide hatten sie das gleiche Grinsen im Gesicht.
Keely lächelte wehmütig bei ihrem Anblick, während sie zurückwinkte. *Mit einem Baby hat man's noch so leicht,* dachte sie. *Kann sein, dass die Kleinen dich fix und fertig machen, aber wie man einen Menschen verletzt, das wissen sie noch nicht.*

2

Nach ein paar Minuten stillschweigender Fahrt fragte Keely: »Ist dieser Jake ein Freund von dir?«

»Nein«, antwortete Dylan, als wäre das eine Selbstverständlichkeit.

»Na, wer ist er denn dann? Wieso hast du mit ihm dieses Geschäft gemacht?«

»Er wollte das Fahrrad haben. Ich brauchte das Geld. Ich weiß gar nicht, was daran so schlimm ist. Ich dachte, das Rad gehört mir. Wieso kann ich dann damit nicht machen, was ich will?«

Keely hasste diesen nörglerischen Tonfall, den sie in letzter Zeit so oft hörte. Sie sehnte sich dann jedes Mal nach der guten alten Zeit, als Dylan zu ihr aufgeblickt hatte, im wörtlichen wie im übertragenen Sinne. »Weil du es aus Trotz getan hast, aus Boshaftigkeit«, entgegnete sie. »Versuch bloß nicht, mir etwas vorzumachen.«

Dylan widersprach nicht. »Ich weiß gar nicht, warum ich ihm das Geld zurückbringen muss, nach Hause, als wäre ich ein Erstklässler.«

»So was kommt eben von so was, Freundchen. Wenn du dich wie ein Sechsjähriger benimmst, dann werde ich dich auch wie einen solchen behandeln. Vielleicht überlegst du es dir das nächste Mal, bevor du so eine Dummheit machst.«

Dylan ignorierte sie. Stattdessen starrte er aus dem Fenster.

»Dylan, was mir wirklich zu schaffen macht, ist die Art, wie du es darauf anlegst, Mark wehzutun – dass du anscheinend sogar bereit bist, etwas wegzugeben, woran du wirklich hängst. Nur um ihm eins auszuwischen. Ich habe dein Gesicht gesehen, als du dieses Fahrrad geschenkt bekommen hast. Es war genau das, was du dir wünschtest.«

»Es war ein Bestechungsgeschenk«, brummte er.

Keely presste die Lippen zusammen. Nein, darauf würde sie nicht einsteigen. »Mark hat es nicht nötig, dich zu bestechen, Dylan. Er ist auf deinen Segen nicht angewiesen. Er hat dir das Rad geschenkt, weil er wusste, dass du es dir wünschst. Und weil du ihm etwas bedeutest.«

»Oder besser: Weil du ihm etwas bedeutest. Und das Baby.«

»Nein, ich meine, was ich sage. Schatz, ich weiß, es ist schwer, sich anzupassen, besonders in deinem Alter, aber es gibt Dinge im Leben, mit denen muss man sich abfinden. Unsere Familie hat sich verändert. Du hast jetzt eine Schwester und einen Stiefvater. Sie können dir beide viel Freude machen, wenn du sie lässt. Das liegt ganz an dir.«

»Du tust dir ja offensichtlich sehr leicht«, höhnte er. »Dad war noch keine Woche tot, da bist du schon mit Mark ausgewesen.«

Keely seufzte. Er warf ihr diese Beleidigung nicht zum ersten Mal an den Kopf. »Ich war nicht mit ihm aus, und das weißt du ganz genau. Er hat mir seine Hilfe angeboten. Mehr nicht. Und ich brauchte seine Hilfe damals. Dylan, ich habe keinen gesucht, der an Dads Stelle tritt. Das weißt du doch alles.«

»Und es hängt mir zum Hals raus, darüber zu reden«, entgegnete er. »Dort. Das ist das Haus.«

Keely zog die Brauen hoch und warf ihm einen Blick zu. »Woher weißt du das? Ich dachte, ihr beiden wärt nicht befreundet?«

»Ich weiß, wo er wohnt, okay? Deshalb ist er noch lange kein Freund.«
Keely bog in die Einfahrt des niedrigen, im Ranch-Stil gestalteten Hauses, über dessen Garage ein Basketballreif hing.
Sie hielt an und drehte sich zu ihrem Sohn um. »Hör zu, ich erwarte, dass du diese Sache mit Anstand regelst. Du hast einen Fehler gemacht. Jetzt musst du ihn wieder ausbügeln. Ist das deutlich genug?«
»Wenn du's sagst«, erwiderte er.
»Dylan.«
»Okay, okay – ist schon klar.«
»Also los«, forderte sie ihn auf.
Zusammen gingen sie an die Haustür, und Keely klingelte. Eine Frau mit kurzen braunen Locken öffnete und sah zu ihnen heraus. Ihr Gesicht wirkte schmal und gestresst.
»Mrs. Ambler?«, fragte Keely.
»Susan«, antwortete sie und hielt die Tür weiter auf. »Kommen Sie rein.«
»Ich bin Keely, und das ist mein Sohn Dylan.«
»Bitte, setzen Sie sich«, sagte die Frau, und dann rief sie: »Jake.«
Ein kleines Kerlchen mit sandblonder Kurzhaarfrisur kam ins Wohnzimmer und blieb vor ihnen stehen.
»Hey«, grüßte ihn Dylan.
»Hey«, erwiderte Jake.
»Dylan«, sagte Keely auffordernd.
Dylan starrte auf einen Fleck, irgendwo in der Nähe von Jakes Schuhen. »Ich muss mein Fahrrad zurückholen, weil ich es nicht verkaufen darf. Dein Geld hab ich dir mitgebracht.«
»Und …«, sagte Keely.
»'tschuldigung«, murmelte Dylan. Er hielt Jake das Bündel

Geldscheine hin, und zögernd – nach einem warnenden Blick von seiner Mutter – griff Jake zu.
»Dein Rad steht in der Garage«, sagte er. »Mom behauptet, ich darf es sowieso nicht behalten.« Allzu unglücklich wirkte Jake nicht über den Verlust.
Wir alle wissen, wann ein Geschäft zu gut ist, um wahr zu sein, dachte Keely.
»Okay. Wie auch immer«, erwiderte Dylan.
Keely und Susan tauschten einen wissenden Blick aus. »Jake, geh mit raus und zeig Dylan, wo das Fahrrad steht.«
»Okay«, sagte Jake, und die beiden Jungen gingen Richtung Tür. »Hast du Lust, 'n paar Korbbälle zu werfen?«, fragte Jake.
Keely schaltete sich ein, bevor ihr Sohn überhaupt antworten konnte. »Heute Abend nicht, Jake. Dylan hat seine Hausaufgaben noch nicht gemacht. Aber warum nicht ein andermal?«, meinte sie, um klar zu machen, dass sie nichts dagegen hätte, wenn die Jungen ihre Freizeit zusammen verbrachten. Sie wollte nur, dass Dylan den Grund ihres Kommens nicht aus den Augen verlor. »Dylan, ich will, dass du dich aufs Rad setzt und schnurstracks nach Hause fährst.«
»Und für dich gilt das Gleiche, Jake«, rief Susan ihrem Jungen hinterher, als die beiden aus der Tür gingen. »Hausaufgaben.«
Keely drehte sich wieder um. »Vielen Dank, dass Sie mich angerufen haben«, sagte sie zu Susan. »Das Ganze tut mir wirklich Leid.«
Susan winkte ab. »Glauben Sie mir, ich bin froh, dass er das Rad wenigstens nicht gestohlen hat. In letzter Zeit weiß ich nie, woran ich bei ihm bin.«
Keely bemerkte den besorgten Ausdruck in den Augen der Frau. Sie kannte diesen Blick. »Ich weiß, was Sie meinen«,

sagte sie. »Auch Dylan ist in letzter Zeit ziemlich unmöglich.«
Susan erwiderte: »Jake macht ... nur noch Theater. Sein Vater und ich ... lassen uns scheiden.«
»Oh«, sagte Keely und nickte. »Tja. Das ist für jeden ... schwierig.«
»Deshalb habe ich schon das Schlimmste befürchtet, als er mit dem Fahrrad nach Hause kam.« Es schien fast, als versuchte sie, sich zu rechtfertigen.
»Glauben Sie mir, ich verstehe«, erwiderte Keely. Und nach kurzem Zögern fügte sie hinzu: »Das Rad war ein Geschenk von seinem Stiefvater.«
Der besorgte Blick der anderen Frau hellte sich unvermittelt auf, und sie nickte. »Oh«, sagte sie, »dann verstehen Sie tatsächlich.«
»Allerdings«, bestätigte Keely. »Aber jetzt sollte ich Sie nicht länger aufhalten.«
Susan begleitete sie an die Haustür, und Keely sah nach draußen. Dylan bestieg gerade sein Rad und begann, Richtung Straße zu fahren. »Die ganze Geschichte tut mir so Leid«, sagte Keely noch einmal.
»Schon in Ordnung«, antwortete Susan. »Und hören Sie, Dylan ist hier jederzeit willkommen. Er macht einen ordentlichen Eindruck.«
»Danke«, sagte Keely, und sie meinte es auch so. »Einen Freund könnte er gut gebrauchen.«
Sie lief über die Einfahrt und stieg in ihren Wagen. Trotz Marks Beteuerung, sie könne sich Zeit lassen, hatte Keely das Gefühl, dass sie auf schnellstem Wege heimfahren sollte. Sie dachte an Abby, die gebadet werden musste, und an Dylans Hausaufgaben. Und doch widerstrebte es ihr, sofort zurückzukehren. Es kam jetzt selten vor, dass sie einmal ohne Abby draußen war. Die Läden hatten bis weit in den

Abend geöffnet, und sie wusste, dass Mark zu ihrem Hochzeitstag ein hübsches Geschenk für sie hatte. In dieser Hinsicht war er sehr aufmerksam. Sie rief sich ins Bewusstsein, dass Mark sie zu einem Besuch im Einkaufscenter gedrängt hatte, und wendete in Susan Amblers Einfahrt.

Nachdem sie sich eine geschlagene Stunde vergeblich bemüht hatte, Marks Auswahlkriterien für seine Krawatten nachzuvollziehen, und sie sich auch nicht erinnern konnte, welche Jazz-Alben schon zu seiner Sammlung gehörten oder nicht, war Keely von sich selbst frustriert. *Du solltest so etwas wissen,* sagte sie sich. Sie war in letzter Zeit nie ganz bei der Sache, bei all den Entscheidungen wegen des Hauses und wegen des Babys, um das sie sich kümmern musste. So schien es schon seit dem Moment ihrer Hochzeit zu sein. Eine große Veränderung nach der anderen. Für die Einzelheiten des Lebens war offenbar keine Sekunde mehr übrig. Bestimmt würde sich die Lage demnächst beruhigen. Aber vorher brauchte Keely noch ein Geschenk für Mark.

Zu guter Letzt betrat sie die kleine Buchhandlung, neben deren Kasse eine riesige Reklame aus Pappkarton für den neuesten Justiz-Thriller von John Grisham warb. Wohl kein sehr originelles Geschenk für einen Rechtsanwalt, aber Mark hatte nun einmal kein Hobby, zu dem sich ein Buch finden ließ. Eigentlich las er auch nicht viel, aber eines Morgens, bei seiner Zeitungslektüre, hatte sie ihn den Grisham-Roman erwähnen hören. Wörtlich: dass John Grisham mit Bücherschreiben besser verdiene, als er es je in der Anwaltskanzlei gekonnt hätte. Auf Keelys nähere Nachfrage hatte Mark gemeint, das Buch höre sich interessant an. Nun betrachtete sie stirnrunzelnd den Umschlag. Sie las noch einmal den Klappentext und reichte es dann dem Verkäufer an der Kasse.

»Sonst noch was?«, fragte der bärtige junge Mann, als er Keelys Zögern bemerkte.
Sie hatte ein schlechtes Gewissen. Mark einen Bestseller zu schenken, das sah irgendwie nach ... Faulheit aus. *Schluss jetzt!*, ermahnte sie sich. Es gab jede Menge Bestseller, über die sie sich gefreut hätte. Sie nickte. »Ja. Ich bin sicher, das wird ihm gefallen.«
Während der Angestellte den Preis in die Kasse tippte, versuchte Keely weiterhin, sich ihr schlechtes Gewissen auszureden. Dieses Geschenk bewies zumindest, dass sie bei ihren Frühstücksgesprächen aufpasste. Manchmal hatte sie das Gefühl, Mark käme zu kurz, wegen des neuen Hauses und der Kinder. Nicht, dass er sich beklagte hätte. Anscheinend genügte es ihm, in Keelys Nähe zu sein, egal, wie beschäftigt sie war.
Der Verkäufer bemerkte Keelys Gesichtsausdruck und sagte: »Er kann es jederzeit zurückgeben.«
»Nein. Ich bin sicher, das ist in Ordnung«, antwortete sie. Sie konnte sich nicht vorstellen, dass Mark irgendetwas zurückbrachte. Ihm fehlte fürs Einkaufen die Geduld. Bei der Inneneinrichtung des Hauses hatte er ihr völlig freie Hand gelassen, obwohl er jede ihrer Erwerbungen gebührend bewunderte und ihr pausenlos versicherte, dass ihr Geschmack ihm gefiele und keines der von ihr ausgewählten Stücken zu teuer sei.
»Soll ich es einpacken?«
»Wenn das ginge«, antwortete Keely.
»Natürlich.« Der Verkäufer verschwand in das Büro hinter dem Ladentisch.
Keely starrte auf die Kollektion von Lesezeichen und Kalendern neben der Kasse. Dann blätterte sie zum Zeitvertreib eines der ausliegenden Magazine durch. Es machte ihr ein bisschen zu schaffen, dass es ihr so schwer gefallen war, für

Mark ein Geschenk zu kaufen. Sicher waren auch seine Geschenke nie sonderlich originell. Er hielt sich immer an Schmuck und Blumen, aber seine verschwenderische Großzügigkeit verschlug ihr den Atem, und was er auswählte, war immer geschmackvoll. Einem Mann ein Geschenk zu kaufen, war so viel schwerer – besonders einem Mann wie Mark, der hartnäckig behauptete, er sei wunschlos glücklich. Keely, sagte er immer, habe ihm schon das kostbarste Geschenk gemacht: ein Heim und eine Familie. In Anbetracht seiner einsamen Kindheit fand sie das verständlich. Und schloss ihn umso mehr ins Herz.

Aber Flitterwochen – eine Gelegenheit, um allein zu sein – hatten sie eigentlich nie gehabt. Kein Wunder, dass es ihr schwer fiel, eine Krawatte für ihn auszusuchen. Sie waren in den letzten zwei Jahren ja kaum zum Atemholen gekommen. In einer Hinsicht, dachte Keely, hatten sie nach dem Motto »Erst die Arbeit, dann das Vergnügen« das Unangenehme vorweggenommen. Das Vergnügen, sich kennen zu lernen, lag noch vor ihnen wie eine ländliche Allee im Sommer.

Auf ihrer Fahrt nach Hause überlegte Keely, ob sie nicht eine kleine Party zu ihrem Hochzeitstag veranstalten sollte, und begann sofort eine Speisekarte aufzusetzen. Die Gästeliste war ein größeres Problem. Obwohl sie in St. Vincent's Harbor viele Leute kennen gelernt hatte, kannte sie sie doch nicht *so* gut. Sie wäre auf Marks Hilfe angewiesen, was die Einladungen betraf. Aber die Idee zu einer Party würde ihm wahrscheinlich gefallen – eine Gelegenheit, das neue Haus und sein kleines Mädchen zu zeigen.

Sie hatten hier noch nie Gäste empfangen – außer natürlich Lucas und Betsy, und Ingrid, Richards Mutter. Aber die waren Verwandtschaft. Zu einer Party gehörten Menschen von Marks und Keelys Alter sowie Musik und Wein. Mit Richard war das leichter gewesen; damals hatten sie im Universitätsmilieu gelebt. Ein Topf voll Chili und eine große Flasche roter Gallo hatten als Abendessen gereicht. Außerdem konnte man bei Richards Kopfschmerzanfällen ja nie vorausplanen. Jede Einladung war spontan. Aber hier – hier war das anders. Ob sie wollte oder nicht: Keely sah so eine Party mehr als Bewährungsprobe. Man würde sie unter die Lupe nehmen, sie bewerten. Marks Ehefrau. Diejenige, die er statt seiner Verlobten, der Anwältin, geheiratet hatte.

Na gut, dachte sie. *Schließlich war es deine eigene Idee. Niemand zwingt dich dazu. Und das erste Mal ist immer am schlimmsten. Bring's hinter dich, und ehe du dich versiehst, kommen wieder Freunde zum Chili hereingeschneit, selbst in diesem neuen Umfeld.* Von diesen Gedanken abgelenkt, hätte Keely beinahe die Abzweigung zu ihrer Straße verpasst. Sie verlangsamte und setzte gerade den Blinker, da preschte mit eingeschaltetem Blaulicht und heulender Sirene ein Polizeiwagen hinter ihr heran, überholte und bog um die Ecke.

Na so was!, dachte sie verblüfft. Und dann hörte sie noch mehr: weitere Sirenen in der Ferne. Ihr Herz begann schneller zu pochen. Sie nahm die Kurve, die zu ihrem Haus führte, und sah weiter vorn eine Ansammlung von Blaulichtern. *Nein,* dachte sie. *O nein – das kann nicht bei uns sein.* Sie zählte im Geist die Häuser an dieser Straße. Sehr viele waren es nicht. Und jedes Haus war von einem großen Grundstück umgeben. Das Haus neben ihnen gehörte Dr. Connelly, einem älteren Witwer, der mit seiner Tochter Evelyn zusammenlebte. *Wahrscheinlich ist es dort,* dachte Keely. Der pensionierte Arzt war über achtzig und litt an Alzheimer. Sogar seine Tochter musste fast sechzig sein!

Keely hoffte regelrecht, dass es bei Dr. Connelly war. *Nur nicht mein Haus, meine Kinder,* dachte sie. Es gab keinen

Rauch, keine Löschfahrzeuge. Nur Polizei und einen Rettungswagen. Ein Herzanfall. So musste es sein. Obwohl gerade Keely nur allzu gut wusste, dass es auch etwas anderes sein könnte. Von den ankommenden Einsatzfahrzeugen behindert, fuhr sie im Schneckentempo die Straße entlang und fasste den Lenker mit eisernem Griff. Als sie die Häuser durchzählte, wusste sie Bescheid. Es war nicht bei den Connellys. Es war ein Haus weiter. Ihr Herz hämmerte in der Brust, und sie hatte einen trockenen Mund. Sie gab Gas, bis sie mit quietschenden Reifen hinter einem Streifenwagen abbremsen musste, und sprang aus dem Auto. Menschen standen auf dem Rasen vorm Haus und sahen neugierig nach oben. Bei Keelys Eintreffen drehten alle die Köpfe, um sie anzustarren. Mark und die Kinder waren nirgendwo zu sehen. Keely begann, über den Rasen auf das Haus zuzulaufen. Die Tür stand weit offen, als spielte Privatsphäre keine Rolle mehr, und wenn die Einsatzfahrzeuge schon beängstigend waren, dann erst recht dieser leere, weite Eingang.

3

Ein junger Streifenbeamter versuchte Keely am Eintreten zu hindern, indem er sie am Arm festhielt. »Lassen Sie mich los«, fauchte sie. »Ich wohne hier.« Der Beamte ließ sie gehen, als hätte er sich an ihrem Arm die Finger verbrannt, und wich ihrem Blick aus, während er ein Stück zurücktrat. Keely bemerkte es, und das offensichtliche Unbehagen des jungen Mannes erfüllte sie mit einer eisigen Furcht. Sie sah sich in ihrem Haus um, als gehörte es einem Fremdem. Es war voller Menschen, die sie nicht kannte – wie in einem Albtraum. »Mark«, schrie sie und schaute dann empört zu dem jungen Polizisten. »Was suchen alle diese Leute hier? Wo sind mein Mann und meine Kinder?«

»Sind Sie Mrs. Weaver?«, fragte der Beamte.

»Ja«, sagte Keely. »Was machen Sie hier?«

»Besser, Sie kommen mit, Ma'am«, antwortete er in gedämpftem Ton.

»Wieso? Was hat das alles zu bedeuten?«

»Hier lang, Ma'am«, sagte er und bahnte ihr einen Weg durch die Grüppchen uniformierter Fremder, die sich in ihrem Wohnzimmer drängten.

Jetzt hörte sie ein Baby weinen. »Wo ist mein Mann?«, verlangte sie zu wissen. »Mein Sohn?«

»Der Sergeant wird alles erklären«, antwortete der junge Beamte, während er sie durch die Terrassentür führte. Der Bereich hinter dem Haus war von bunten Lämpchen in den

Bäumen und von der Helligkeit erleuchtet, die aus den Fenstern fiel. Der Pool wurde von Scheinwerfern bestrahlt. Er schimmerte wie ein Juwel – ein blassblaues Rechteck, das in der Dunkelheit schwamm. Überall, wohin Keely sah, waren Fremde. Polizisten, Leute in Sanitätsuniform, Einsatzkräfte. Dann entdeckte sie inmitten des Durcheinanders ein bekanntes Gesicht: Evelyn Connelly, ihre Nachbarin von nebenan, die einen Trainingsanzug und dazu eine Perlenschnur trug. Die pummelige Frau redete wild gestikulierend auf einen nüchtern wirkenden Polizeibeamten mit grauem Schnauzbart ein. Der Mann nickte, aber sein Blick schweifte zu Keely. Evelyn drehte sich um, und als sie ihre Nachbarin erkannte, riss sie die Augen auf. Mit mitleidigem Blick legte sie dann ihren Kopf schief.

»Evelyn«, rief Keely, als wäre es eine Freundin, die sie seit Jahren nicht gesehen hatte.

Die ältere Frau trat näher und nahm Keelys Hand in die ihre, an der ein schwerer Diamantring steckte. »Es tut mir Leid«, sagte sie wie als Antwort auf Keelys unausgesprochene Frage. »Ich habe diese Leute gerufen. Ich bin nach draußen, um die Hunde rauszulassen, da hörte ich das Baby schreien. Es schrie sehr lange, und ich hatte Angst, das würde Dad aufregen – ihn bringt so etwas immer aus der Fassung. Deshalb ging ich nachsehen.«

Der grauhaarige Beamte trat zu Keely. »Sind Sie Mrs. Weaver?«

»Was ist hier los?«, fragte Keely. Ihr Ton klang fordernd und energisch. »Wo ist mein Mann? Mein Baby? Und wo ist mein Sohn?«

»Sie müssen jetzt sehr tapfer sein, Liebes«, sagte Evelyn, Keelys Hand fest in die ihre nehmend. »Das ist nicht leicht zu verkraften.«

Ein paar Leute sahen zu Keely hin und dann wieder weg.

Eine Frau mit kurzärmeliger blauer Uniform und einem Stethoskop um den Hals hielt Abby in den Armen. Keely stieß einen Seufzer aus und griff nach dem Kind, um es an ihre Brust zu drücken. Alles an Abby – ihre Haare, ihre Schühchen – war patschnass und eiskalt. Verwirrt betrachtete Keely ihre kleine Tochter. »Du bist ja völlig durchgeweicht«, sagte sie.
Abby schmiegte ihr Gesicht Schutz suchend an die Wange ihrer Mutter und wimmerte.
»Mrs. Weaver«, sagte der grau melierte Beamte. »Ich bin Sergeant Henderson.« Anscheinend merkte er nicht, dass Keely das nicht interessierte.
Sie drückte Abby noch fester an sich und drängte an ihm vorbei. Ihr war, als bewegte sie sich in einer laut- und schwerelosen Atmosphäre, einer Traumlandschaft. In einem alten Traum. Einem alten Albtraum. Durch die offene Tür zum Pool konnte sie Menschen sehen. Ein Knäuel, anscheinend auf die Arbeit am Beckenrand konzentriert. Keiner bewegte sich besonders hastig. Aber ihre Anspannung war spürbar. Beim Nähertreten bemerkte Keely, dass jemand auf dem Beton lag, der den Pool umgab. Jemand, der noch alle Kleider anhatte, auch Schuhe an den Füßen. Sie erkannte die Hose wieder, das gestreifte Hemd. Sie verharrte und starrte hin.
»Mark?«, flüsterte sie. Keine Reaktion. »Mark!« Ein Schrei, als wollte sie ihn zum Aufstehen drängen.
Sie versuchte, näher heranzukommen, aber andere Menschen erschienen und hinderten sie daran. Der Sergeant trat erneut zu ihr. »Mrs. Weaver, ich muss Sie einen Moment zurückhalten. Der Gerichtsmediziner beschäftigt sich gerade mit ihm.«
»Ist das ein Arzt?«, fragte Keely. »Was ist los? Was fehlt ihm?«

»Tut mir Leid, Ma'am. Als wir eintrafen, fanden wir ihn im Pool.«

»Im Pool?«, flüsterte Keely. »Nein, nein, das kann nicht sein. Mein Mann ist Nichtschwimmer.«

»Ja«, antwortete Sergeant Henderson, als wüsste er das bereits. Sein Blick wirkte ruhig und fest. Mitleidig.

Plötzlich verspürte Keely eine wütende Ungeduld. »Weshalb steht jeder nur hier herum, während mein Mann dort liegt? Schaffen Sie ihn ins Krankenhaus. Schnell.«

»Ich fürchte, das wird nichts nützen, Ma'am.«

»Aber das ist unmöglich«, beharrte Keely. »Er würde nicht in den Pool gehen. Er hatte Angst vorm Wasser ... Er würde nicht –« Doch noch während sie dies sagte, durchdrang etwas den Nebel in ihrem Gehirn: Abby klatschnass in ihren Armen. Durchgeweicht. Nass bis auf die Haut.

Keely betrachtete das Baby, als sähe sie es zum ersten Mal. »Warum ist meine Kleine so nass?«

»Tut mir Leid, Ihnen das sagen zu müssen, Mrs. Weaver, aber bei unserer Ankunft war es bereits zu spät.«

»Zu spät?«, hauchte sie.

Der Polizeibeamte schien zu merken, dass sie nicht ganz begriff. »Der Gerichtsmediziner untersucht gerade die Leiche, Mrs. Weaver, zur Ermittlung der Todesursache. Keine große Frage, natürlich. Als wir ihn fanden, trieb er im Swimmingpool. Das Baby war am Beckenrand, so tropfnass, wie Sie es hier sehen.«

Keely schüttelte den Kopf. »Nein ... nein ...« Sie musste einfach abstreiten, was man ihr da sagte. Wenn sie es abstritt, würde dies alles vielleicht zu Ende sein, jeden Moment, jetzt. Sie musste beweisen, dass sie sich irrten. »Diese ganzen Leute, die hier herumstehen ... Sie sollten ihn in den Rettungswagen schaffen. Sie sollten ihn ins Krankenhaus bringen«, protestierte sie schwach.

Die Notärztin mit dem Stethoskop sagte: »Sie können nichts mehr für ihn tun, Ma'am. Glauben Sie mir, wenn die geringste Aussicht bestünde ... nur die geringste ...«

»Tut mir Leid«, wiederholte Sergeant Henderson, während er einen Stift und einen Notizblock aus seiner Hemdtasche zog. »Ich weiß, das ist ein furchtbarer Schock für Sie.«

Keely schüttelte weiterhin den Kopf, um die Worte des Mannes von sich fern zu halten.

»Ich bedaure, Ma'am, aber wir müssen das wissen ... Wann haben Sie Ihren Mann zum letzten Mal gesehen?«

»Was?« Verwirrt blickte sie zu ihm auf. »Wie spät ist es?«

Der Sergeant sah auf seine Armbanduhr. »Neun, ungefähr.«

»Abendessen. Nach dem Abendessen ...«

»Sie sind noch einmal aus dem Haus gegangen«, versuchte er ihr auf die Sprünge zu helfen.

Keely fühlte sich wie betäubt. »Es hat ihnen nichts gefehlt. Alles war in Ordnung.«

»War ihr Mann hier allein mit dem Baby?«

Sie sah sie vor ihrem geistigen Auge: Mark und Abby, in der Einfahrt. Winkend. »Ja«, antwortete sie. »Er hielt sie auf dem Arm.«

Der Stift des Beamten verharrte über dem Notizblock. »Und Sie sagen, Ihr Mann war Nichtschwimmer. Haben Sie die Angewohnheit, die Tür zum Pool zu verschließen?«

»Ja«, erwiderte Keely. »Ja. Natürlich, immer.«

»Und Ihr Mann ging niemals ins Wasser.«

»Nein. Nie. Außer ...« Keely fühlte, wie die nasse Kälte ihre Kleidung durchdrang. Das Einzige an ihr, das nicht fror, war ihr Hals, wo die Tränen des Babys auf ihrer Haut zu brennen schienen. Sie konnte Chlor in Abbys spärlichen Haaren riechen. »Abby.« Keely blickte zu dem Ermittler auf. »Abby ist ... Ich rieche Chlor.«

Ein kleiner Mann mit dunkelblauem Allwettermantel, Jackett und Krawatte, der in der Menschentraube neben dem Pool gehockt hatte, stand auf und kam zu ihnen her. In seiner Hand trug er eine Arzttasche. Er nickte Sergeant Henderson zu.

Der Sergeant erwiderte die Geste und sagte: »Dr. Christensen, das ist Mrs. Weaver. Mrs. Weaver, das hier ist der Gerichtsmediziner des Bezirks.«

Dr. Christensen nickte Keely zu. Sein Verhalten wirkte sehr ernst und nüchtern. »Tut mir wirklich Leid, Mrs. Weaver. Der Fall ist ziemlich eindeutig. Tod durch Ertrinken. Keinerlei äußere Verletzungen. Er starb vor zirka einer halben Stunde.«

»Mrs. Weaver sagt aus, ihr Mann sei Nichtschwimmer gewesen.«

Dr. Christensen sah zu der Leiche neben dem Pool zurück. »Vielleicht ist er dem Baby nachgesprungen.«

Sergeant Henderson nickte, als bestätigten die Worte des Gerichtsmediziners seine Vermutung. »Das habe ich mir auch schon gedacht. Wahrscheinlich geschah es instinktiv, Mrs. Weaver. Er hat nicht überlegt. Dazu blieb ihm gar keine Zeit. Seine Tochter war in Not, brauchte Hilfe … er musste etwas unternehmen. Also ist er gesprungen. Und irgendwie hat er es geschafft, sie aus dem Becken zu stoßen.«

»Nein, das ist unmöglich.«

Die Notärztin streckte ihre Arme nach Abby aus. »Ma'am, wir sollten dem Kind die nassen Sachen ausziehen«, sagte sie. »Und Sie selbst sollten sich setzen. Geben Sie mir die Kleine.« Die junge Frau versuchte, ihr Abby abzunehmen, aber die schrie und wollte den Hals ihrer Mutter nicht loslassen. Keely drückte das Baby fest an sich und trat noch einen Schritt auf ihren Mann zu. Ein Sanitäter, der sie kommen sah, wich ein Stückchen zurück, und Keely erblickte Marks Gesicht.

Instinktiv legte sie dem Kind eine Hand vor die Augen, um es zu schützen.

Alles in ihr weigerte sich, zu glauben, was sie da sah. Nein, nein, das konnte nicht sein. Das Ganze war ein Irrtum. Aber sie hatte schon einmal das Gesicht des Todes erblickt. Bei Richard, ihrem ersten Mann. Und als sie nun Mark sah, wusste sie Bescheid. Evelyn Connelly trat auf sie zu und legte ihr eine Hand auf den Arm. »Es tut mir Leid, meine Liebe. Ich weiß nicht, wie lang das Baby schon geschrien hat, bevor ich es merkte ... Sie schreit ja sonst nie so. Also dachte ich mir, da kann etwas nicht stimmen, und bin rübergekommen. Und dann habe ich ihn dort im Swimmingpool gesehen. Ich verständigte den Notruf, aber ich fürchte, der Ärmste war schon tot, als ich ihn fand ...«

Keely schüttelte den Kopf. In ihrem Herzen jedoch fühlte sie bereits, dass es kein Entrinnen gab. Sie begann zu zittern. Die Notärztin kehrte mit einem Handtuch zurück, in das sie Abby einwickelte. Von der Wärme und Trockenheit beruhigt, ließ sich das Kind aus der Umarmung seiner Mutter lösen. Keely stolperte zu Mark. Ihre Beine waren so taub, dass sie sie nicht spüren konnte. Sie fiel neben ihm auf die Knie und studierte seine Gesichtszüge – strich mit ihren Fingern über seinen Wangenknochen, als wäre sie blind. Dann legte sie ihren Kopf auf seine Brust. Das Nadelstreifenhemd war durchnässt. Es ertönte kein Herzschlag in Keelys Ohr. Sie hob ihren Kopf wieder und starrte Mark an. Sie konnte es nicht glauben. »Was hast du getan?«, fragte sie in flehendem Ton. »Du weißt doch, du bist Nichtschwimmer.« Genauso gut aber wusste sie, dass es keinen Sinn hatte, ihn zu fragen. Und sie kannte ja die Antwort. »Du konntest nicht einfach zusehen, wie Abby ertrinkt, nicht wahr?«

Tränen begannen über das Gesicht zu laufen. »So etwas würdest du nicht zulassen. Nicht bei unserem Baby.«

Sergeant Henderson legte ihr eine Hand auf die Schulter. »Er hat sein Leben geopfert, um das des Kindes zu retten, Mrs. Weaver. Diesen Mut hätten nicht viele gehabt. Sie sollten sehr stolz auf ihn sein.«

Keely sah sie immer noch vor sich: Mark und Abby, in der Einfahrt, winkend. Schluchzer begannen ihren Körper zu schütteln.

»Mom?«

Sie blickte auf, wischte ein paar Tränen weg und sah, als sie sich umdrehte, ihren Sohn am Rand des Schwimmbeckens stehen. Er hielt sich etwas Dunkles vor die Brust wie einen Schild, und seine Augen waren weit aufgerissen, schreckerfüllt.

»Mom … was ist passiert?«

»Dylan«, flüsterte sie. Sie streckte ihre Hand aus, und er kam auf sie zu, wobei er wider Willen den Leichnam anstarrte.

Keely umfasste die Hand ihres Sohnes und zog ihn näher. »Dylan, Abby ist in den Pool gefallen. Mark hat versucht, sie zu retten. Er ist ertrunken.«

»O nein«, hauchte Dylan. Das lange, gebogene Etwas weiter an sich klammernd, fiel er neben ihr auf die Knie. Keely beugte sich zu ihm, und sie umarmten einander, murmelten fassungslos und unter Tränen. Etwas Stählernes schnitt Keely in die Seite. Sie ließ Dylan los und starrte darauf: Kugellager. Dylan hielt ein Skateboard unter den Arm geklemmt. Offenbar hatte er es vergessen. Er schien wie betäubt von dem, was er sah.

»Die Tür zum Pool muss offen gewesen sein«, sagte Keely – warum, wusste sie nicht. Der Umstand schien absolut belanglos. Dann aber blickte Dylan schuldbewusst zu ihr auf,

und sie wusste Bescheid. Sie starrte das Skateboard an. Er sprang auf die Beine und ließ es fallen, als wären es glühende Kohlen, sodass es scheppernd auf dem Beton landete.
Zwei Männer schoben eine Bahre durch die Tür zum Pool. Sergeant Henderson trat zu Keely, bückte sich und versuchte, ihr hochzuhelfen. »Kommen Sie, Mrs. Weaver«, sagte er. »Wir müssen Ihren Mann jetzt abtransportieren. Gehen wir nach drinnen.«
Die Bahre ratterte auf den Pool zu, während einer der Sanitäter einen großen schwarzen Polyestersack auseinander faltete.
Mit Sergeant Hendersons Hilfe rappelte Keely sich vom Boden auf. Evelyn Connelly trat an Dylan heran und wollte ihn ins Haus führen. Der Junge riss sich von ihr los.
»Mom«, rief er und streckte die Hände aus, um ungeschickt einen Arm um seine Mutter zu schlingen. »Ich weiß, du hast gesagt, ich sollte heim und Hausaufgaben machen, aber ich war noch ein Weilchen skaten.«
Vor ihrem geistigen Auge sah Keely immer noch das Skateboard, als sie nach dem Abendessen aus dem Küchenfenster geschaut hatte. Und sie wusste, was passiert war. Dylan hatte sein Fahrrad nach Hause gebracht und sich, weil er keine Lust auf Hausaufgaben hatte, das Skateboard von dort geholt, wo er es zurückgelassen hatte: neben dem Pool. Dann war er losgezogen, ohne die kleine Tür hinter sich zu schließen. Sodass Abby dort hinuntergehen konnte, während Mark in die Durchsicht irgendeines Schriftsatzes für den morgigen Gerichtstermin vertieft war.
Dylan war weggegangen, und Mark beschäftigte sich mit seinem Schriftsatz, weil er glaubte, das Kind spiele irgendwo in seiner Nähe. An irgendeinem sicheren Ort. Aber unterdessen hatte sich Abby auf die Beine gemacht. Es war eine Kette von Achtlosigkeiten. Jedes kleine Versäumnis an

sich ohne Belang. In ihrer Verbindung miteinander jedoch von katastrophaler Konsequenz. Und wo hatte sie, Keely, selbst gesteckt, als diese Kette von Achtlosigkeiten entstand? Als ihr Leben einem zweiten verhängnisvollen Umsturz entgegendriftete? Sie hatte Krawatten durchgesehen. Die Rückseiten von Buchumschlägen und CDs gelesen. Jede kleine Entscheidung ein Glied in dieser Kette. Der Kette, die ihr jetzt die Luft abschnürte. Die sie fast ohnmächtig werden ließ vor Wut auf ihren Sohn, wie er dastand, sich entschuldigte und nicht einmal die Rolle begriff, die er bei alledem gespielt hatte. Seine Gedankenlosigkeit war am schlimmsten – am verhängnisvollsten.

»Wievielmal habe ich dir gesagt, du sollst die Tür zum Pool absperren?«, fauchte sie zwischen zusammengebissenen Zähnen. »Wievielmal?«

»Was soll das heißen?«, erwiderte er. »Ich hab doch –«

»Dein Skateboard lag draußen neben dem Pool. Das brauchst du gar nicht erst abzustreiten. Ich hab es selbst dort gesehen, nach dem Abendessen.«

Dylan wurde kreidebleich vor Entsetzen. »Ich weiß. Aber … ich hab das Tor zugemacht, Mom. Ehrlich.«

Am liebsten hätte sie geschrien: *Lüg mich nicht an! Du denkst doch immer nur an dich! Nicht an Mark, nicht an das Baby. Du warst sauer wegen deinem Fahrrad und stinkig auf die ganze Welt. Also bist du losgezogen und hast diese Tür hinter dir offen gelassen. Du hast die Katastrophe in Gang gesetzt, du hast sie ausgelöst. Deine Schwester wäre fast ertrunken. Und Mark …* Keely fühlte, wie ihr all dies in der Kehle hochstieg.

»Ich weiß genau, dass ich es zugemacht hab«, schrie Dylan.

Keely wandte sich ab und ballte ihre Fäuste so fest, dass sich die Fingernägel in die Handfläche bohrten. *Tu's nicht,* rief sie sich zu. *Unterdrück deine Wut auf ihn. Er wird sonst nie darüber hinwegkommen. Er wird es nie vergessen.* Sie konnte fühlen, wie Dylan hilflos zu ihr hochstarrte. Es wäre jedes Fünkchen Liebe nötig, das sie für ihn empfand, um ihn nicht zu beschimpfen, Mitgefühl zu haben, ihn zu verschonen. Im verzweifelten Bemühen, die Worte zu unterdrücken, die sie nie würde zurücknehmen können, sah sie sich hastig um, auf das Haus, den Pool. Ihre kleine heile Welt. Hatte eine innere Stimme sie nicht davor gewarnt, ein Haus mit einem Pool zu kaufen? Hätte sie nicht klüger sein können, als sie alle dieser direkten Gefahr auszusetzen? Warum war sie nicht ihrem Instinkt gefolgt? War das nicht überhaupt der erste Akt von Gedankenlosigkeit gewesen? Musste man nicht ihr, Keely, die Schuld geben?

Sie drehte sich wieder um und sah Dylan ins Gesicht. Seine Augen hatten einen fiebrigen Glanz vor Angst und Ungewissheit. *Schuldzuweisungen sind sinnlos,* dachte sie bitter und erinnerte sich an all die Male, als sie sich an Richards Tod die Schuld gegeben, sich verwünscht hatte, weil sie glaubte, dass sie ihn im Stich gelassen hatte. Und was hatte es geholfen? Nichts. Vorwürfe würden ihr auch Mark nicht zurückbringen.

Sie nahm all ihre Willenskraft, all ihre Liebe für Dylan zusammen, um zu sagen: »Tut mir Leid, Schatz. Es war ein Unfall.« Dann stiegen ihr wieder die Tränen in die Augen, und sie begann, der harten Wirklichkeit ihres Lebens ins Auge zu sehen.

»Mom, ich hab nicht –«

Sie schüttelte den Kopf, weil der Junge nicht weiterreden durfte. »Still. Bitte lassen wir's gut sein. Gehen wir ins Haus. Wir brauchen uns jetzt gegenseitig. Und Abby. Bitte, Dylan. Ich bin auf deine Hilfe angewiesen ...«

Sergeant Henderson kam und bot ihr einen Arm an. Die Notarztmannschaft begann mit dem Abtransport der Leiche. Er drängte Keely, sich auf ihn zu stützen, doch sie schüttelte wütend den Kopf. Dann, als sie den Weg zum Haus antreten wollte, stolperte sie.

»Dylan«, rief sie mit schwacher Stimme zurück. »Komm mit rein.«

Als er nicht reagierte, drehte sie sich zu ihm um. Ihr Sohn stand wie angewurzelt am Rand des Schwimmbeckens und starrte auf den leblosen Körper seines Stiefvaters. Er zuckte mit keiner Wimper, als das Personal den Leichnam anhob und den Reißverschluss des Plastiksacks öffnete. »Dylan«, rief Keely noch einmal, aber er blieb regungslos – starrte geistesabwesend und ohne eine Träne in den Augen wie ein Neugieriger, der zufällig zu dem Nachspiel eines Unglücks dazugekommen war.

4

Die Trauergäste bei Mark Weavers Beerdigungsgottesdienst hatten jede Bank der Kirche Unserer Lieben Frau von den Engeln gefüllt, und danach strömte die Menge auf den angrenzenden Friedhof. Keely nahm auf einem metallenen Klappstuhl Platz. Sie trug eine dunkle Brille und dasselbe schwarze Kostüm, das sie an dem Tag nach Richards Tod hastig in einem Kleidergeschäft in Ann Arbor gekauft hatte. Auch das Wetter damals war ziemlich ähnlich gewesen, dachte sie, während sie auf die Totenbahre ihres zweiten Ehemanns starrte. Kühl und windig, bei strahlend blauem Himmel. Ein idealer Tag für einen Spaziergang oder zum Äpfelpflücken. Sie schloss ihre roten, verschwollenen Augen hinter der Sonnenbrille und malte sich die Szene aus. Ein leuchtender Obstgarten, Laubwerk, in dem sich die grünen Früchte verbargen, und Körbe, zu voll und zu schwer zum Heben. Sie selbst, Mark und Dylan bückten sich lachend hinab, während Abby vorsichtig die zerbrochenen Äpfel auf dem Boden umrundete – ein Ereignis, das niemals stattgefunden hatte, niemals stattfinden würde.

»Schon als Kind wurden Mark beide Elternteile entrissen«, verkündete der ältere Priester feierlich. »Ich erinnere mich noch an den Tag, als man sie zur letzten Ruhe bettete. Mark fragte dauernd, wo sie wären und wann sie zurückkämen. Dann stand er ganz allein auf dieser Welt, nicht selten der Verzweiflung nah, trotz der Bemühungen vieler guter

Menschen. Er war ein kluger Kopf, aber er war auch wütend, und das ließ er eine Zeit lang an der Welt aus. Danach bekam er sich, mit Hilfe anderer, in den Griff, begann, schwer zu arbeiten und hatte großen Erfolg in seinem Leben. Aber er blieb ein einsamer Mensch. Bis zu dem Tag, als er Keely kennen lernte und endlich das fand, wonach er all die Jahre gesucht hatte: seine eigene kleine Familie, einen Ort, wo er hingehörte ...«

O Mark, dachte Keely. *Du warst so sicher, wir hätten alle Zeit der Welt. Und du hast auch mich davon überzeugt, obwohl ich es besser hätte wissen müssen.* Irgendwie war ihr zumute, als würde sie dafür bestraft, ein neues Leben begonnen zu haben. Sie wusste, bei ihrer zweiten Heirat gab es Gerede. Es schien, als wäre sie durch diesen Neuanfang Richard untreu geworden. Und obwohl selbst Richards Mutter, Ingrid, der Verbindung ihren Segen gab, wurde Keely jetzt klar, dass sie wegen diesem neuen Glück immer Schuldgefühle gehabt hatte. Aber sie war ja noch jung und brauchte Liebe in ihrem Leben. *Ist es nicht das, was Gott von uns will? Dass wir einander lieben? Was kann daran falsch sein?*

Sie merkte, dass ihre Gedanken abschweiften, und zwang sich, auf die Worte des Priesters zu achten, mit denen er versuchte, Trost und Hoffnung zu spenden.

»Und so vertrauen wir die sterbliche Hülle unseres Bruders Mark der Erde an. Wir gedenken, dass er sein Leben opferte, um das Leben seiner geliebten Tochter zu retten, und verabschieden uns von ihm im Glauben und in der Hoffnung, dass sein himmlischer Vater ihn im Hause des Allerhöchsten empfangen wird. Jesus hat gesagt: ›Keiner hat eine größere Liebe denn jener, welcher sein Leben gibt für einen andern‹ ...«

Keely tropften die Tränen vom Kinn, doch sie merkte es kaum. Die letzten paar Tage hatten aus Schmerz, Wachen und Schlafen bestanden. Sie rief sich ins Gedächtnis, wie viel schlimmer es gewesen wäre, hätte es Mark nicht geschafft, ihr gemeinsames kleines Mädchen zu retten. Und wenn Keely heute von dieser traurigsten aller Feiern zurückkehren würde, dann wäre Abby da. Das Kind wusste nicht, wie oder warum sein Vater es verlassen hatte – es wollte nur von seiner Mutter gehalten werden. *Du wirst ihn nie kennen lernen,* dachte Keely. *Aber du sollst wissen, wie sehr er dich geliebt hat, wie wertvoll ihm dein Leben war. Dieses Bewusstsein wirst du bis zu deinem Tod besitzen: Dass er dich nur verlassen hat, um dich zu retten.*

Bei diesem Gedanken fiel ihr unwillkürlich Dylan ein. Er saß zu ihrer Rechten, genau wie bei Richards Beerdigung. An dem Tag, als sein Vater beigesetzt wurde, hatte er geweint und war nicht zu trösten. Heute starrte er auf den Boden und vermied den Blick von jedem, der ihn anzusprechen oder ihm zu kondolieren versuchte. Er selbst trug natürlich nicht dieselben Sachen wie zur Beerdigung seines Vaters. Seine Größe hatte sich binnen vier Jahren fast verdoppelt. Gestern war Lucas Weaver mit Dylan zu seinem Lieblingsherrenausstatter gefahren und hatte ihm einen Blazer und eine Hose gekauft, die er unbedingt selber zahlen wollte. Keely betrachtete den verschlossenen, mürrischen Gesichtsausdruck ihres Sohnes. Dylans Vater hatte sich entschieden, ihn zu verlassen, um dem Schmerz des Weiterlebens zu entrinnen. *Seine Liebe zu uns hat nicht ausgereicht, dass er bei uns blieb,* dachte sie. Die erste Woge von Trauer war immer gleich. Doch Richards Tod hatte im Lauf der Zeit einen noch viel bittereren Verlust hinterlassen. Behutsam legte sie ihrem Sohn eine Hand auf den Unterarm, auf den feinen Stoff seines neuen Blazers. Dylan nahm ihre Geste gar nicht zur Kenntnis. Es war, als hätte er sie nicht einmal gespürt.

Ein Gebet begann, und Keely murmelte mit, ohne aus den vertrauten Worten Trost schöpfen zu können. *Gleich ist es zu Ende,* dachte sie, und ein panikartiges Gefühl nahm ihr fast den Atem. Sie war noch nicht auf das Ende vorbereitet. Sie war noch nicht bereit, nach Hause zurückzukehren und all diese Leute zu empfangen. Viele, sehr viele, waren gekommen, um Trost zu spenden. Ihre zwei älteren Brüder und deren Ehefrauen waren eigens aus dem Mittleren Westen angereist. Keely hatte gewusst, dass sie kommen würden, auch wenn sie ihnen nicht nahe stand. Menschen, die Mark fast sein Leben lang gekannt hatte, und Mandanten seiner Kanzlei waren in Truppenstärke erschienen. Lucas Weaver und seine Frau Betsy saßen natürlich in der ersten Reihe. Keely machte sich um dieses alte Paar Sorgen. Die beiden hatten letzten Winter schon ihren anderen Sohn, Prentice, verloren – eine gescheiterte Existenz. Prentice war nach einer viel versprechenden Jugend in einer Endlosspirale von Suff und Entziehungskuren zugrunde gegangen, nebenbei auch ein paarmal mit dem Gesetz in Konflikt geraten. Er hatte Leberzirrhose gehabt, und man verbot ihm den Alkohol. Im Alter von zweiundvierzig Jahren endete sein Leben dann in einer schmuddligen Bar, wo er systematisch eine Flasche Wodka leer trank und umfiel.

Die sonst so besonnene Betsy hatte bei seiner Beerdigung geheult wie ein Schlosshund. Keine Mutter wird mit dem Begräbnis ihres Kindes, das sie unter dem Herzen getragen hat, so leicht fertig, egal, wie traurig und verzweifelt dessen Existenz war. *Und jetzt das hier,* dachte Keely. Mark, der für Lucas mehr ein Sohn gewesen war als sein eigen Fleisch und Blut, sein Thronfolger, den er in all den Jahren auserkoren und herangezogen hatte – er lebte nicht mehr. Lucas blickte auf, sah Keely in seine Richtung starren und bedachte sie mit einem grimmigen Nicken.

Keely musste sich eingestehen, dass es tröstlich war, wenn Menschen den eigenen Kummer teilten. Sie entdeckte Evelyn Connelly und andere Gesichter aus der Nachbarschaft. In der Sonne blinzelnd kamen Dan Warner, ein Witwer von weiter unten an der Straße, und seine halbwüchsige Tochter Nicole, um ihr Beileid auszusprechen. Der frische Wind peitschte Nicoles blonde Haare über ihr Gesicht. Keely hatte ein paarmal mit Dan gesprochen, wenn er ihnen ein Päckchen und irgendwelche Briefe brachte, die wegen der Ähnlichkeit der Nachnamen und Adressen irrtümlich bei ihm abgegeben worden waren. Nicole ging mit Dylan in zwei Kurse in der Schule. Es erstaunte Keely, dass diese Leute sich für eine Familie Zeit nahmen, die sie kaum kannten. Man erlebt oft angenehme Überraschungen, wenn es eine Familientragödie gab. Selbst Susan Ambler und Jake ließen sich sehen. Und Ingrid, die erst kürzlich von einer Operation genesen war, hatte um jeden Preis kommen wollen. Keely konnte sich vorstellen, welchen Schmerz es Ingrid bereitete, an ihr letztes gemeinsames Begräbnis erinnert zu werden – das von Richard.
Der Leiter der Trauerfeier gab Keely zwei weiße Rosen und half ihr auf die Beine. Ein Teil von ihr wollte sich weigern zu gehen, wollte die Blumen zurückbehalten, wollte trotzig sein wie ein Kind. Der erwachsene Teil in ihr ließ sie nach vorn treten, mit schweren Schritten, leblos wie eine Schaufensterpuppe, und als der Leiter der Feier ihr am Ende des Segensspruches ein Zeichen gab, legte sie die Rosen behutsam auf den glänzenden Sarg. Eine für sie, eine für Abby. Das Geräusch erstickter Schluchzer hinter ihr drang ihr ans Ohr. Sie umfasste Dylans Hand und ließ sich durch das Labyrinth von Grabsteinen zu den offenen Türen der wartenden Limousine begleiten.
Bei dem schwarz glänzenden Cadillac angekommen, klet-

terte Dylan auf den Rücksitz, doch Keely blieb neben dem Wagen stehen, um die Beileidsbekundungen von Leuten entgegenzunehmen, die nicht zu ihr nach Hause kamen. Mechanisch dankte sie den Menschen für ihr Kommen, ehe sie sich abwandten.

Lucas Weaver wartete als Letzer in der Reihe. Keely fiel auf, dass er sich schwer auf den Silbergriff seines Spazierstocks stützte – ein sicheres Anzeichen für seine Erschöpfung. Lucas war Diabetiker und litt an Durchblutungsstörungen in den Beinen, hielt seinen Zustand vor den meisten Leuten jedoch geheim und behauptete, der Spazierstock wäre »nur Schau«. Das Stück, ein Teil seiner Wild-West-Sammlung, hatte einmal Bat Masterson gehört, und normalerweise gelang es Lucas, damit seine Show abzuziehen. Heute war es zu viel für ihn. »Keely, ich hoffe, du verstehst, wenn wir nicht mitkommen«, sagte er. »Ich habe Betsy schon ins Auto gesetzt. Ich mache mir Sorgen um sie. Letzte Nacht war sie so verwirrt in ihrem Kummer – wirklich beängstigend. Ich weiß ja, wir sollten mitkommen, aber …« Lucas' Ehefrau war eine Nachfahrin der Pilgerväter und durch ihre Abstammung zu einem Leben in Reichtum und Wohlergehen auserkoren; nach Prentice' Tod aber hatte sie sich nie wieder richtig erholt. Es gab Schläge, die konnte selbst das höchste Privileg nicht wettmachen.

»Ist schon in Ordnung, Lucas«, erwiderte Keely. »Das wird jeder verstehen. Betsy … ihr beide habt dieses Jahr so viel mitgemacht. Ich weiß, dass es ihr nicht gut geht …« Keely nahm seine kalten Hände in die ihren. »Ihr sollt wissen, wie sehr ich das zu schätzen weiß … alles.«

Sie umfing seinen gebrechlichen Körper mit ihren Armen.

»Ich kann es immer noch nicht fassen. Es ist zu schrecklich.« Seine Stimme klang gedämpft an ihrer Schulter.

»Wer könnte das auch glauben?«, murmelte Keely, während sie sich voneinander lösten. Lucas hielt inne, um mit einem alten Kollegen zu reden, der an sie herangetreten war, und Keely wollte sich schon zu dem Wagen umwenden, da entdeckte sie aus dem Augenwinkel eine letzte schwarz gekleidete Gestalt, die untätig zwischen den Grabsteinen verweilte. Keely fragte sich, ob es jemand sei, der zu zaghaft war, sich ihr direkt zu nähern. Sie wusste aus Erfahrung, wie schwer es vielen Leuten fiel, ihr Mitgefühl auszudrücken. Im Angesicht des Todes fehlten ihnen plötzlich die Worte. Sie schlugen die Augen nieder und wandten sich ab, dabei hätten sie gern so vieles gesagt. Keely drehte sich zu der schwarzen Gestalt um. Sie wollte sie sehen.

Über mehrere Grabsteinreihen hinweg und unter dem schützenden Geäst einer Ulme erblickte sie eine Statue, die aus Beton gegossen war: einen zerzausten Jungen in T-Shirt und aufgeschnürten Turnschuhen, aber mit einem Engelsgesicht und mit Flügeln an den Schultern. Daneben stand eine gepflegte, gut aussehende Frau, die ihre Hand auf dem steinernen Kind ruhen ließ. Sie trug ein schwarzes, geschäftsmäßiges Kostüm und hatte rotbraunes leuchtendes Haar, das hier und da golden in der Sonne schimmerte. Ihre gleichmäßigen, perfekt geschminkten Züge waren zu einer ausdruckslosen Miene erstarrt – ihre Augen, obwohl von einer dunklen Brille verborgen, nicht zu Boden gesenkt. Ganz im Gegenteil. Trotz der dunklen Brille konnte Keely erkennen, dass die Frau mit hartem Blick zu ihr hersah.

Keely zitterte und berührte Lucas am Arm. Er stand immer noch neben ihr und nahm Beileidsbekundungen entgegen. »Lucas«, sagte sie leise, »da drüben steht eine Frau, die mich anstarrt. Kennst du sie?«

Lucas drehte sich um und runzelte die Stirn. »Das ist Maureen Chase«, murmelte er.

»Oh«, erwiderte Keely. Sie hatte Maureen Chase zwar nie persönlich kennen gelernt, wusste aber sehr wohl, wer sie war: die Bezirksstaatsanwältin von Profit County – Marks Verlobte zu der Zeit, als er Keelys Bekanntschaft machte. »Ich verstehe«, sagte sie.

»Ich glaube, dort drüben liegt ihr Zwillingsbruder beerdigt«, erklärte Lucas. »Offen gestanden überrascht es mich ein wenig, dass sie hier ist. Mir kam es so vor, als hätte sie Mark nie richtig verziehen, dass er ... du weißt schon ...«

Keely wusste, was er meinte. »Dass er die Verlobung aufgelöst und eine andere geheiratet hat. Erwähnte sie das je dir gegenüber?«, fragte sie.

»Nein. Nie«, antwortete Lucas rasch. »Zu der Sorte gehört sie nicht. Sie ist ganz und gar geschäftsmäßig. Wahrscheinlich ist sie deshalb auch hier. Wegen ihrer beruflichen Beziehung zu Mark.«

Keely nickte, in ihrem Herzen jedoch bezweifelte sie, dass Maureens Anwesenheit nur berufliche Gründe hatte. Schließlich hatte sie Mark fast geheiratet. Sie musste immer noch starke Gefühle für ihn haben. Vielleicht, dachte Keely, sollte sie zu Maureen Chase hinübergehen und ihr die Hand anbieten. Letzten Endes war sie eine Frau, die sehr geliebt hatte und die vermutlich besser als jeder andere Mensch verstehen würde, wie schmerzlich es war, Mark zu verlieren. Und verloren hatten sie ihn beide. Endgültig. Das Grab hatte jeder Rivalität, die zwischen ihnen bestehen mochte, ein jähes Ende bereitet.

Als Keely aber erneut zu Maureen Chase hinsah, schrumpften all ihre guten Vorsätze dahin. Ihr Blick war von der Sonnenbrille verdeckt, aber Maureens Gesichtsausdruck, die Härte um Mund und Unterkiefer, war unverkennbar.

»Ich an deiner Stelle würde ihr aus dem Weg gehen«, riet Lucas.

Keely duckte sich und glitt in das kühle, schattige Innere des wartenden Fahrzeugs. »Nun«, sagte sie dankbar, diesem unerbittlichen Blick entronnen zu sein, »das dürfte mir nicht allzu schwer fallen.«

5

Zwei Tage später schien Keely die Sonne warm aufs Gesicht, als sie in einem bequemen Polsterstuhl auf der Terrasse saß. Dabei beobachtete sie mit bitterer Zufriedenheit, wie die Männer von der Wartungsfirma die Segeltuchplane befestigten, die den Pool nun bedeckte. Sie zog mit der einen Hand den Baumwollpulli auf ihren Schultern zurecht und hielt mit der anderen Abby, die behaglich und mit ihrem Fläschchen im Schoß ihrer Mutter lag.

Ein Klappern von Kunststoff ertönte auf den laubübersäten Terrakotta-Fliesen, als Abby einschlummerte und die leere Flasche ihren winzigen Fingerchen entglitt. Keely betrachtete zärtlich die dünnen, wie Federn gebüschelten Wimpern ihres Babys, die flatterten und sich dann auf die flaumweichen Wangen senkten. Sie küsste Abbys seidiges Haar, während der kleine Kopf sich an ihre Brust schmiegte.

Der ältere der beiden Männer, die an der Pool-Abdeckung arbeiteten, kam auf Zehenspitzen zu Keelys Stuhl. Er bückte sich, hob die heruntergefallene Flasche auf, stellte sie auf den Beistelltisch und hielt Keely dann eine Schreibunterlage hin, an der die Quittung klemmte.

»Alles in Ordnung«, flüsterte er. »Wenn Sie nur hier noch unterschreiben …«

Keely nickte und legte das schlafende Baby so, dass sie aufrecht sitzen konnte. Der Mann reichte ihr den Stift und hielt die Unterlage fest, während sie die Quittung unterzeichnete. Er warf einen Blick auf den Namenszug. »Tut mir Leid wegen … Sie wissen schon«, sagte er abrupt. »Wir haben von Ihrem Verlust gehört. Diesem Unfall.«

»Danke«, antwortete Keely.

Der Mann steckte den Stift wieder in die Tasche seines Overalls und schob sich das Klemmbrett unter den Arm. »Jetzt sind Sie winterfest«, sagte er. »Rufen Sie uns im Frühjahr einfach an, so etwa einen Monat, bevor Sie wollen, dass wir die Plane entfernen. Dann machen wir einen Termin.« Er reichte Keely vor dem Gehen eine Geschäftskarte.

»Ist gut«, sagte Keely mit einem Blick auf die Karte und nickte. Aber sie wusste, sie würde diese Telefonnummer nie gebrauchen. Sie würde sie den neuen Besitzern an der Pinnwand in der Küche hinterlassen. Sie selbst und die Kinder, das hatte sie schon entschieden, wären im Frühjahr längst hier ausgezogen, und so schön das Haus war, Keely würde es nicht vermissen. Sie alle hatten wenig Gelegenheit gehabt, irgendwelche lieben Erinnerungen daran zu knüpfen. Die einzige Erinnerung, die jemals blieb, war ihr Verlust.

Keely machte die Augen zu und ließ ihren Kopf auf der Rücklehne ruhen. Abby lag warm und schwer in ihren Armen, und die Strahlen der spätnachmittäglichen Herbstsonne wärmten ihr das Gesicht. *Gott sei Dank gibt es dich,* dachte Keely und merkte, wie der Schmerz in ihrem Herzen sich linderte, wenn sie ihr schlafendes Baby an ihrer Brust hielt. *Gott sei Dank gibt es meine Kinder.* Die Sorge um Dylan und Abby ermöglichte, ja, erforderte es, dass Keely weitermachte.

Sie hörte die Haustür zuschlagen und dann die vertraute Stimme ihres Sohnes. Er rief nach ihr. Keely wusste, sie sollte aufstehen, Abby in ihr Bettchen bringen und ihn begrüßen, aber ihre Beine waren eingeschlafen; und rufen konnte sie auch nicht – das würde das Baby wecken. Also wartete sie. Dylan würde sie schon finden. Und tatsächlich hörte sie ihn, nach ein paar weiteren Rufen aus dem Hausinneren, hinter sich.

»Da bist du ja«, sagte er vorwurfsvoll.

Er stand in der offenen Tür, und Keely versuchte, sich nach ihm hinzudrehen. Er kam näher, trat um ihren Stuhl herum und sah auf seine Mutter und seine Schwester. Trotz der Wärme des Altweibersommers trug er über seinem T-Shirt die alte Lederjacke, und sein Blick wirkte distanziert, als betrachte er die beiden von weit oben herab.

»Hallo, Schatz«, sagte Keely. »Ich hab nicht aufstehen können.«

»Warum bringst du sie nicht ins Bett?«, fragte er, als wollte er seine Mutter zur Vernunft ermahnen.

Keely seufzte und sah auf das schlafende Baby hinab. »Weil es ein schönes Gefühl ist, sie im Arm zu halten«, antwortete sie ehrlich. »Ich hatte einfach keine Lust, mich zu bewegen.«

»Das kann ich nachvollziehen«, sagte er und ließ sich auf einen Stuhl in der Nähe plumpsen. Seinen Rucksack warf er auf die Fliesen.

»Wie war's in der Schule?«, fragte Keely leise.

»Bescheuert«, antwortete er.

»Dylan«, rügte sie ihn, »pass auf, was du sagst.«

»Sorry«, murmelte er.

»Hast du viele Hausaufgaben?«

»Massenhaft. Aber größtenteils einfaches Zeug«, antwortete er.

»Gut.« Sie blieben ein paar Sekunden schweigend sitzen. Dann sagte Keely: »Ich hab heute den Pool abdecken lassen.«

»Seh ich«, erwiderte er und schien sofort in Verteidigungsstellung zu gehen.
Themenwechsel!, dachte sie. »Überhaupt habe ich heute einiges an Kleinkram erledigt. Zum Beispiel, mit einem Immobilienmakler telefoniert, damit er mal vorbeikommt und sich das Haus anschaut. Dann können wir es zum Verkauf anbieten.«
»Gut. Ich hasse dieses Haus«, erwiderte Dylan bitter.
Keely seufzte.
»Ich weiß schon, du hast versucht, es hier hübsch zu machen«, fügte er hastig hinzu.
»Ist schon gut, Schatz«, sagte sie. »Irgendwie hasse ich dieses Haus ja auch.«
Abby stieß ein Schnaufen aus und drehte sich in den Armen ihrer Mutter ein wenig herum.
Dylan deutete kichernd auf das Baby. »Sie schnarcht.«
Keely lächelte wider Willen. »Tut sie nicht. Sie fühlt sich bloß so richtig wohl.«
Das Schrillen der Türklingel aus dem Hausinnern schreckte sie beide auf. »Dylan, kannst du mal –«
»Ja, mach ich schon.« Er hievte seinen Rucksack vom Boden hoch. Beim Anblick des fast kahl rasierten Schädels und des Ohrrings von Dylan runzelte Keely die Stirn, doch sie verkniff sich jeden Kommentar. Das war jetzt Mode, sagte sie sich. Es wollte nichts heißen. Und doch wusste sie, dass es einen negativen Eindruck vermittelte. Ihre Brüder hatten beide bei ihrem Besuch entsprechende Bemerkungen über Dylans Äußeres gemacht.
»Vielleicht kann ich ein Weilchen skaten«, meinte er.
»Besser, du fängst mit deinen Hausaufgaben an«, rief sie ihm leise hinterher.
Die Wärme der Sonne schien zu schwinden, und Keely verspürte eine empfindliche Kühle draußen auf der Terrasse.

»Ich sollte dich wohl lieber reinbringen«, sagte sie zu dem schlafenden Baby.
Kind und Fläschchen vorsichtig in ihren Armen haltend, stand sie aus ihrem Stuhl auf und ging durch die Glastür ins Wohnzimmer. Ihre Augen brauchten einen Moment, um sich an das Halbdunkel im Hausinneren zu gewöhnen. Sie sah, dass Dylan am anderen Ende des Raumes mit jemandem sprach. Es war ein attraktiver, dunkelhaariger Mann mit Jackett und Krawatte – anscheinend ein ordentlicher, vertrauenswürdiger Mensch, aber trotzdem ein Fremder.
»Dylan?«, sagte sie in scharfem Ton.
»Mrs. Weaver.« Der Mann kam auf sie zu. »Tut mir Leid, Sie zu belästigen. Ich bin Phil Stratton, Detective bei der hiesigen Staatsanwaltschaft.«
»Guten Tag«, sagte Keely und wandte sich wieder an Dylan. »Kannst du Abby bitte ins Kinderzimmer bringen, Schatz? Leg sie in ihr Bettchen.«
Dylan ließ seinen Rucksack fallen und schlurfte missmutig zu seiner Mutter, um ihr das Baby aus den Armen zu nehmen. Es war, als ließe er sich einen Sack Kartoffeln übergeben.
»Vorsicht!«, schimpfte sie, als Abby einen kleinen Schrei ausstieß und sich dann an Dylans schwarzes Wrestlemania-T-Shirt schmiegte.
»Ich bin doch vorsichtig«, erwiderte er, während er auf die Tür zuging.
»Danke, Dylan«, sagte Keely. »Ach, Moment noch! Gib ihr das hier.« Sie nahm einen ausgestopften Teddy von der Ottomane und reichte ihn Dylan, der ihn gehorsam unter seinen Arm klemmte. »Was täte ich nur ohne dich.«
»Was auch immer«, brummte er.
»Und dann mach dich an deine Hausaufgaben«, rief Keely

ihm ins Gedächtnis. »Wenn du sie fertig hast, kannst du raus. Detective, wollen Sie nicht Platz nehmen?«

»Eigentlich«, sagte der Detective, »bin ich hier, um mich mit Ihnen beiden zu unterhalten.«

Keely und Dylan tauschten einen erstaunten Blick aus, aber keiner von ihnen erhob Einspruch. »Na schön, dann bring sie in ihr Bettchen und komm gleich wieder her«, befahl Keely dem Jungen.

Nachdem er den Raum verlassen hatte, deutete Keely auf eine Sitzgelegenheit, und der Detective setzte sich auf die Stuhlkante. Er zog die Bügelfalten seiner Hose zurecht und glättete seine Krawatte. Keely setzte sich auf das Sofa ihm gegenüber. Die Anwesenheit dieses Mannes in ihrem Wohnzimmer vermittelte ihr ein ungutes Gefühl.

Detective Stratton nahm den Raum kurz in Augenschein. »Ein sehr schönes Haus haben Sie hier«, meinte er.

»Ich möchte es verkaufen«, erwiderte Keely knapp.

Phil Strattons haselnussbraune Augen bewahrten einen neutralen Blick. Er war jung, dachte Keely, und er sah gut aus; aber er hatte dünne Falten auf der Stirn und dunkle Ringe unter den Augen, die ihm eine Ausstrahlung von Reife verliehen. »Das kann ich Ihnen nicht verdenken. Ich an Ihrer Stelle würde das Gleiche tun.«

Keely schämte sich etwas für ihren aggressiv-herausfordernden Ton. »Mein Mann und ich hatten bei unserem Einzug hier viele Pläne und Träume«, sagte sie.

»Das kann ich mir vorstellen«, antwortete er höflich. »Wie kommen Sie zurecht?«

Keely zuckte die Achseln. »Ich lebe von Minute zu Minute«, erklärte sie. »Es ist nicht leicht. Zum Glück gibt es meine Kinder, so habe ich nicht viel Zeit zum Dasitzen und Grübeln.«

Der Detective nickte. »Ist auch besser so«, meinte er.

Keely fühlte ein leichtes Prickeln in ihren Armen: Sie war nervös. »Detective, Ihr Besuch … überrascht mich etwas. Geht es um den Tod meines Mannes?«
Dylan kehrte ins Wohnzimmer zurück. »Sie ist jetzt im Bettchen«, verkündete er.
»Danke, Schatz«, antwortete Keely, und Dylan nickte. Er blieb verlegen, mit hängenden Armen, neben der Sitzgruppe stehen.
»Willst du nicht herkommen und dich setzen, mein Junge? Ich muss dir ein paar Fragen stellen. Falls deine Mutter nichts dagegen hat«, sagte der Detective mit einem Blick zu Keely.
»Welche Art von Fragen?«, erwiderte sie, innerlich auf der Hut.
Stratton zog ein kleines, in Leder gebundenes Notizbuch aus der Innenseite seines Jacketts und klappte es auf. Dann zückte er einen Stift. »Nur ein paar Fragen zu den Ereignissen am Abend von … äh … Mr. Weavers Unfall. Uns liegt der Bericht vor, den Sergeant Henderson über die … Vorgänge aufnahm, und es gibt da ein paar Punkte, die möchten wir einfach klären.«
»Zum Beispiel?«, fragte Keely verwundert.
»Reine Formalitäten«, antwortete der Detective.
Dylan setzte sich unwillig auf das Sofa, möglichst weit weg von Keely. »Bitte, Mom, bringen wir's einfach hinter uns«, sagte er verdrießlich.
»Schon gut. Du hast ja Recht«, erwiderte sie. »Entschuldigen Sie, Detective. Meine Nerven sind momentan nicht die besten.«
»Das verstehe ich«, antwortete er. »Ich werde versuchen, mich kurz zu fassen.« Und noch ehe sie etwas entgegnen konnte, sagte er: »Also, Mrs. Weaver, Sie waren einkaufen, als dieser Unfall passiert ist?«

»Ich habe ein Geschenk für meinen Mann gekauft, zu unserem Hochzeitstag«, antwortete sie.
»Wirklich tragisch«, meinte er trocken. »Und vorher? Da waren Sie mit Ihrem Sohn unterwegs?«
»Die Mutter eines Schulkameraden von Dylan rief mich an und ... wir sind zu ihnen hingefahren.«
Phil Stratton nickte und machte sich eine Notiz. »Mrs. Ambler.«
»Richtig«, bestätigte Keely, beunruhigt und überrascht, dass er den Namen wusste.
»Wegen eines Fahrrads, das Ihr Sohn zu verkaufen versucht hat?«
Keely setzte sich in ihrer Sofaecke auf und runzelte die Stirn. »Woher wissen Sie das?«
»Routinemäßige Überprüfung«, beschwichtigte der Detective. »Sie machten diese Aussagen ja schon vor Sergeant Henderson. Also, Dylan, demnach bist du allein nach Hause gekommen. Auf deinem Fahrrad.«
Dylan nickte.
»Und nach deiner Ankunft, was ist da passiert?«
»Ich bin wieder raus«, antwortete er.
»Mit deinem Fahrrad.«
»Nein, mit dem Skateboard«, murmelte er.
»Wo war dein Skateboard? Von wo hast du es dir geholt?«
Keely merkte, wie Dylans Gesicht errötete, und im selben Moment dachte sie an das Skateboard neben dem Pool, an die offene Tür. Sie hatte sich gezwungen, nicht auf der Sache herumzureiten. Kinder waren nun einmal unachtsam, und selbst wenn man Dylan deshalb Vorwürfe machte, würde Mark nicht wieder lebendig. Warum der Detective nun darauf herumritt, verstand sie nicht. Es war eine Tragödie, die sie alle vergessen wollten.
»Das Skateboard lag neben dem Pool«, murmelte Dylan.

»Was spielt es für eine Rolle, wo dieses Ding war!«, fuhr Keely scharf dazwischen.
»Ich versuche nur, den genauen Ablauf der Ereignisse festzustellen«, erklärte Stratton mit ruhiger Stimme.
»Den kennen Sie doch. Sie haben doch gehört, was passiert ist«, protestierte Keely.
Der Detective ignorierte ihren scharfen Ton und wandte sich wieder an Dylan. »Das war wohl eine recht harte Zeit für dich, Dylan?«
Dylan zuckte mit den Schultern.
»Dein Stiefvater war doch ein ganz patenter Typ?«, fragte er verständnisvoll.
»Er war okay«, antwortete Dylan.
»Natürlich kein Ersatz für deinen Vater.«
»Nein«, gab Dylan mit leiser Stimme zu.
»Bestimmt war das auch sehr hart für dich – das mit deinem Vater –«
»Augenblick, Detective! Warum müssen Sie in dieser Geschichte herumrühren?«, herrschte Keely ihn an, und plötzlich stand ihr alles grell vor Augen: das Blut, Richard, wie er auf dem Läufer ausgestreckt lag, und Dylan, zusammengekauert im Wandschrank. »Das sind sehr schmerzhafte Erinnerungen für uns.«
»Na schön. Gehen wir wieder ein bisschen zurück«, erwiderte Phil Stratton.
Er studierte sein ledergebundenes Notizbuch, klopfte mit seinem goldenen Kugelschreiber darauf und räusperte sich. »Würdest du sagen, du kamst ganz gut mit deinem Stiefvater zurecht?«, fragte er.
»Ganz gut, schätze ich.«
»Die Sache mit deinem Fahrrad – war er deswegen nicht wütend auf dich?«
»Davon hat er nichts gewusst«, antwortete Dylan.

»Spracht ihr denn nicht davon, als du an diesem Abend nach Hause kamst?«

»Ich hab ihn ja nicht mal gesehen«, erwiderte Dylan.

»Dann gab es also auch keinen Streit zwischen euch? Keine Drohungen?«

»Was reden Sie da überhaupt? Wer hat je von Streit oder Drohungen gesprochen?«, protestierte Keely.

»Nein, ich hab's Ihnen doch gesagt«, antwortete Dylan mit Nachdruck. »Ich habe ihn nicht gesehen.«

»Und selbst wenn, was macht das schon?«, schrie Keely.

Mit wutverzerrtem Gesicht sprang Dylan auf, und sein zaundünner Körper bebte. »Ich habe ihn nicht gesehen, Mom. Das sage ich jetzt zum letzten Mal.«

Ein kleiner gereizter Schrei ertönte. »Nicht so laut«, ermahnte Keely. »Hör mal, Dylan, es tut mir Leid. Ich gebe dir keine Schuld an dieser Sache. Detective … Stratton, nicht wahr? Detective Stratton, können Sie uns nicht einfach in Ruhe lassen? Ich habe schon dem Beamten an diesem Abend erklärt, dass mein Ehemann Mark Nichtschwimmer war. Es war ein furchtbarer Fehler von uns, ein Haus mit Swimmingpool zu kaufen, aber wie es so schön heißt: Nachher ist man immer schlauer.«

»Ich muss Dylan noch ein paar Fragen stellen«, entgegnete der Detective.

Keely fühlte, wie ihr die Hitze ins Gesicht stieg. Was führte dieser Polizist im Schilde? Wollte er Dylan zu dem Geständnis bringen, er habe die Pool-Tür offen gelassen? Seit wann war es denn verboten, so eine Tür nicht abzuschließen? Seit wann war es verboten, unachtsam zu sein, wenn auch mit noch so tragischen Konsequenzen? Jedenfalls war Dylan nicht schuld an dem Unglück. Der Abend hätte auch ganz anders verlaufen können. Abby hätte um diese Zeit in ihrem Laufställchen sein können. Mark hätte nicht unbedingt abgelenkt sein müssen. Sie würde nicht zulassen, dass dieser Kerl Dylan mit einer solchen Schuld belastete. »Falls Sie einen Sündenbock finden wollen, dann hören Sie, Detective ... Unfälle passieren nun mal. Das ist tragisch, aber es ist so. Ich kann damit fertig werden.«

»Es geht nicht darum, damit fertig zu werden oder nicht«, entgegnete der Mann mit einem stählernen Unterton. »Wir haben nur den Eindruck, Sergeant Henderson könnte bei seiner Untersuchung der Sachlage nicht ... allzu gründlich gewesen sein. Es gibt in solchen Fällen offizielle Prozeduren ...«

Keely entging nicht die Bedeutung seiner Worte. Sie versuchte, sich ihren Schrecken nicht anhören zu lassen. »›In solchen Fällen‹? Wovon reden Sie überhaupt? Es liegt doch auf der Hand, was passiert ist.«

»Nun, so scheint es. Allerdings wussten wir am Abend von Mr. Weavers Tod noch nicht«, sagte er bedächtig, »dass dies schon der zweite tragische Unfall war, durch den Sie einen Ehemann verloren haben.«

Keely fühlte sich wie geohrfeigt. Sie brauchte einen Moment, um wieder einen klaren Kopf zu bekommen. Dann keuchte sie: »Was fällt Ihnen ein! Der Tod meines ersten Ehemanns war, wie Sie ja bestimmt wissen, ein Selbstmord.«

Der Detective zog seine Brauen hoch und machte ein überraschtes Gesicht. »Ihr *Anwalt«,* sagte er mit einem Unterton von Sarkasmus, »war da aber wohl anderer Meinung. Er stellte das Ganze als Unfall dar. Und zwar so erfolgreich, dass die Versicherungsgesellschaft, wenn ich richtig informiert bin –«

Abbys gereizte Laute wurden zu einem Weinen. Als sie das Geschrei ihres Babys hörte, fiel es Keely schwer, nachzudenken. »Dylan«, sagte sie, »bitte hol sie doch her.«

»Aber Mom –«, wandte er ein.

»Ich sagte: Hol sie, sofort«, beharrte Keely.

Unter Murren und Kopfschütteln verließ der Junge das Zimmer. Innerhalb von Sekunden verstummte das Geschrei abrupt. Keely holte tief Luft und versuchte, in ruhigem Ton zu sprechen. Es war unnötig, sich hier zu rechtfertigen. Sie hatte, rief sie sich ins Gedächtnis, nichts zu verbergen. »Detective Stratton, lassen Sie mich die Sache erklären. Es besteht kein Zweifel, dass Richard sich selbst erschoss. Aber wie Sie wissen, enthalten viele Versicherungsverträge eine Klausel, dass im Fall von Selbstmord keine Auszahlung erfolgt. Mein Ehemann Mark, der damals mein Anwalt war, hat mich überredet, ihn Richards Tod als Unfall darstellen zu lassen –«

»Demnach war es also kein Unfall.«

Keely setzte bereits zum Sprechen an, bremste sich aber. Sie versuchte sich vorzustellen, wie ihre Aussage diesem Polizisten erscheinen würde. Dann beschloss sie, nicht jedes Wort auf die Goldwaage zu legen. »Ich persönlich weiß … ich bin *überzeugt,* dass er Selbstmord beging.«

»Mit anderen Worten: Das Ganze war ein Versicherungsbetrug.«

Er drückte sich absichtlich so beleidigend aus. Keely gab sich alle Mühe, diese Beschuldigung von sich abprallen zu lassen. Man könnte es so sehen, dachte sie. Und wenn sie sich selbst gegenüber ehrlich war, hatte sie von jeher Gewissensbisse, diese Versicherungssumme zu kassieren. Nicht viele Gewissensbisse und auch keine großen – schließlich hatten Richard und sie treu und zuverlässig ihre Beiträge bezahlt, und sein Tod ereignete sich nur einige Monate vor dem Zeitpunkt, an dem die Ausschüttung fällig gewesen wäre, egal, wann und woran er starb. Aber sie wusste: Ja, man konnte es so sehen. Sie musste diese Sache erläutern. Und sie musste äußerlich die Ruhe bewahren. »Mein …

Mark hat mir erklärt, dass es, rein juristisch betrachtet, nicht darum ging, was *ich* über Richards Tod glaubte. Ohne einen Abschiedsbrief, der Richards Absichten eindeutig bewies, sei es unmöglich, einen Unfalltod auszuschließen beziehungsweise gerichtlich anzufechten. Offenbar gelang es Mark, stichhaltig darzulegen, dass es ein Unfall war … oder hätte sein können«, sagte sie. »Und die Versicherungsgesellschaft erklärte sich zur Auszahlung bereit. Daran ist nichts Betrügerisches.«

»Allerdings bleiben einige Zweifel«, bemerkte der Detective und starrte sie mit seinem durchdringenden Blick an.

»Für mich nicht«, erwiderte Keely und begegnete diesem Blick, ohne mit der Wimper zu zucken.

»Tja«, sagte er, »bestimmt verstehen Sie mein Problem. In den Geschichten, die Sie da erzählen, gibt es gewisse Ungereimtheiten –«

»Geschichten!«, rief sie.

Der Detective nickte. »Erst wenn wir genau wissen, was sich abgespielt hat …«

»Ich habe versucht zu kooperieren, aber wirklich, genug ist genug. Bitte verlassen Sie mein Haus«, sagte Keely.

»Ich fürchte, wir sind noch nicht am Ende«, erwiderte er.

»Bitte gehen Sie«, forderte Keely ihn noch einmal auf. »Lassen Sie uns in Ruhe.«

»Ich gehe, vorerst«, sagte er, »aber diese Untersuchung ist noch nicht abgeschlossen, Ma'am.«

Keely kehrte ihm den Rücken, während er ging – sah nicht hin, als sie die Haustür zuschlagen hörte. Dylan kam mit Abby im Arm ins Wohnzimmer.

»Ist er weg?«, fragte er.

»Ja«, antwortete Keely.

»Was ist los, Mom? Was will dieser Typ?« Dylan hörte sich wie ein kleines Kind an.

Keely brauchte einen Moment, um ihre fünf Sinne zusammenzubekommen. Angesichts der Furcht in Dylans Augen fühlte sie sich wütend und hilflos. War es nicht schlimm genug, dass sie das alles noch einmal durchmachen mussten, auch ohne dass man sie zusätzlich schikanierte? Egal, wie unwahrscheinlich es sein mochte, innerhalb kurzer Zeit zwei Ehemänner zu verlieren, sie wusste am besten, dass es möglich war. Sie ging zu Dylan, hob das Baby aus seinen Armen und setzte es auf den Teppich.

Dann ging sie neben dem Baby in die Hocke und schüttelte eine Kette von klimpernden Kunststoff-Donuts. Abby kreischte vor Vergnügen. »Das Ganze ist ein Missverständnis«, sagte Keely mit einer Souveränität, die sie nicht empfand. »Nichts, worüber man sich Sorgen machen muss.«

Dylan trat neben sie. In seinem T-Shirt und seiner Jeans, beides schwarz, erhob er sich über ihnen wie ein bedrohlicher Schatten. »Was hast du ihm erzählt?«

»Schatz, mach du dir deshalb keine Gedanken«, sagte sie und stand vom Boden auf, um ihm in die Augen zu sehen. »Es ist nichts, worüber man sich Sorgen machen muss. Ehrenwort.«

Ein plötzliches scharfes Klopfen an der Tür ließ Keely zusammenzucken, und Dylan sah die Panik in ihren Augen, die ihre zuversichtlichen Worte Lügen strafte.

»Du glaubst, das ist wieder dieser Kerl. Dass er zurückkommt.«

»Ich weiß nicht, wer das ist. Ich bin einfach erschrocken«, erwiderte sie.

»Du befürchtest etwas Schlimmes, stimmt's?«, fragte Dylan unnachgiebig.

»Nein. Ich habe Nein gesagt.« Zum Teil auch, um dem anklagenden Blick ihres Sohnes zu entkommen, ging Keely die Tür öffnen.

Jake Ambler stand davor. »Darf Dylan mit skaten kommen?«, fragte er.
Keely war so erleichtert, Jake und nicht den Detective zu sehen, dass sie ihre Regel »Erst die Hausaufgaben, dann spielen« vergass. »Natürlich«, sagte sie. »Dylan, es ist Jake.«
Als ihr Sohn keine Antwort gab, drehte sie sich um. Dylan starrte sie so finster und unheilvoll an, als hätte sie ihn verraten. »Nur eine Minute, Jake.« Sie ging nach hinten zu ihrem Sohn und legte ihm eine Hand auf den Arm.
»Dylan, was immer es auch ist: Ich bin sicher, sobald wir diesen Leuten ihre Fragen beantwortet haben, lassen sie uns in Ruhe.«
»Uns«, schnaubte er, »dass ich nicht lache! *Dir* will ja auch keiner was anhängen«, sagte er.
»Dir doch auch nicht«, versicherte sie, aber er wich ihrem Blick hartnäckig aus.
»Warum nicht?«, fragte er. »Du denkst es doch auch.«
»Dylan!«
Rasch und ohne eine Entschuldigung schob er sich an ihr vorbei und forderte Jake mit einem Grunzen auf, ihm zu folgen.
»Das ist nicht wahr!«, schrie sie. »Dylan!« Aber er drehte sich nicht um.

6

Um sechs rief Susan Ambler an und fragte, ob Dylan zum Abendessen bleiben dürfe. Keely spürte, wie ihr bei dieser Bitte das Herz sank, und ihr wurde klar, wie sehr sie sich vor dem Alleinsein in diesem Haus fürchtete, je näher die Nacht heranrückte. »Er hat noch Hausaufgaben zu machen«, sagte sie, aber Susan versicherte ihr, die Jungen würden zusammen, mit Jakes Schulbüchern, daran arbeiten, und ein anderer Grund, auf Dylans Rückkehr zu bestehen, fiel Keely nicht ein.

»Schicken Sie ihn um acht nach Hause«, sagte sie. »Bevor es dunkel wird.«

Sie legte den Hörer auf und ging ins Wohnzimmer, wo sich Abby an der Ottomane und dem Kaffeetisch durch den Raum hangelte. Keely ging hin und versuchte, das Kind in ihre Arme zu nehmen, denn sie brauchte das Gefühl seiner Wärme, aber Abby hatte nur ihre Unternehmung im Auge. Sie fing an zu strampeln und sich zu wehren, als sie spürte, wie ihre Füßchen den Bodenkontakt verloren, und widerstrebend setzte Keely sie erneut ab, damit Abby ihre Runde durch das Zimmer fortsetzen konnte. Keely beneidete sie fast. Abby würde sich nicht an ihren Vater erinnern oder ein Bild von ihm haben, außer ein paar Fotos und Videos. Natürlich würde sie im Laufe ihres Heranwachsens auch das Fehlen eines Vaters immer stärker wahrnehmen. Im Moment aber war Abby sorglos und unbeschwert. Manchmal sah sie sich um, als suchte sie nach der anderen Gestalt, an deren Nähe sie gewöhnt war; dann aber wurde sie von einem raschelnden Blatt, einem vorbeischwirrenden Vogel oder einfach vom Geräusch des Fernsehers abgelenkt.

Während Keely die Fortschritte ihrer Tochter beobachtete, fühlte sie die Tränen aufsteigen und merkte, dass sie etwas unternehmen musste, um sich vom Kummer abzulenken. Es war ein Abendessen zu machen, und danach erwartete sie ein Stapel Rechnungen auf Marks Schreibtisch. *Tu irgendwas,* dachte sie. *Du musst dich beschäftigen. Halte dich in Bewegung.*

Als sie das Abendessen abgeräumt, Abby gebadet und sie zu Bett gebracht hatte, herrschte tiefe Dämmerung. Sie warf einen Blick aus dem Fenster, um zu sehen, ob Dylan vielleicht durch die Einfahrt angeradelt käme, doch immer noch fehlte von ihm jede Spur. Keely ging durch den Flur in das Zimmerchen, das Mark zu Hause als Büro benutzt hatte, atmete tief durch und setzte sich in Marks Ledersessel am Schreibtisch. Hier hatte er immer die Arbeit gemacht, die er mit heimnahm, und sich um ihre Haushaltsabrechnung gekümmert.

Keely fand das Scheckheft in der obersten Schublade und begann, Schecks auszustellen, wobei mit sinkendem Stand des Kontos ihre Ängste anstiegen. Sie hatten viel Geld für die Renovierung des Hauses verbraucht. Damals war es gar nicht so viel erschienen. Mark hatte sein regelmäßiges Einkommen, und sie glaubten, sie hätten Jahre, um diese Rechnungen abzubezahlen. Natürlich hatten sie auch einen Kredit, dazu Marks beträchtliches Ruhestandskonto. Keely rief sich ins Gedächtnis: Sobald sie das Geld von der Versicherung bekäme und das Haus verkaufte, ginge es ihr und den Kindern gut. Es bestand kein Grund zur Panik. Sie öffnete einen weiteren Umschlag von dem Stapel und sah, dass es eine Rechnung von Collier's war, dem Juwelier in der

Innenstadt, nicht weit von Marks Kanzlei. Mark hatte in der Woche vor seinem Tod ein teures goldgefasstes Rauchtopas-Armband gekauft. Keely runzelte die Stirn. Dieses Armband hatte sie nie bekommen. Und dann erinnerte sie sich: ihr Hochzeitstag. Keelys Blick fiel auf den Grisham-Roman, der, immer noch in die Tüte des Buchhändlers verpackt, dort lag, wo sie ihn hatte liegen lassen: auf der Ecke von Marks Schreibtisch. Sie sah sich erneut die Rechnung an – das Armband kostete fast achthundert Dollar. Wo, fragte sie sich, hatte er es vor ihr versteckt. Oder war es eventuell noch im Laden, zur Gravur? Ja, wahrscheinlich. Nun, das Geld konnte sie gut gebrauchen. Sie würde das überprüfen müssen.

Das Geräusch der Türklingel ließ Keely aufschrecken. Sie ging und sah vorsichtig nach draußen, nur um Lucas Weaver auf der Vortreppe zu erblicken.

»Lucas«, sagte sie, während sie die Tür ganz aufmachte. »Was für eine freudige Überraschung.«

»Tut mir Leid, Keely«, erwiderte Lucas. »Ich hätte anrufen sollen, aber ich war schon draußen, als mir einfiel, dass du ja diese Papiere unterschreiben musst ... Noch mehr Nachlassangelegenheiten. Ich hasse es, dich zu belästigen ...«

»Nein, nein. Ich hatte sowieso vor, dich anzurufen«, sagte Keely, und das stimmte. Sie hatte es vorgehabt. Aber in letzter Zeit fühlte sie sich, als könnte sie nicht einmal ein Gespräch führen. »Komm rein. Ich bin dieser Tage wie ein Zombie.«

»Macht nichts. Ich weiß ja Bescheid«, sagte Lucas, während er ihr hinkend in das kleine Büro folgte. Dort bedeutete sie ihm, in einem Sessel mit Paisley-Muster Platz zu nehmen, der neben dem Schreibtisch stand. »Betsy hätte dich auch gern angerufen und mal zum Abendessen eingeladen. Aber sie ist so ... wacklig.«

Keely lächelte Lucas kurz an. »Wir wären keine gute Gesellschaft zum Abendessen. Was hast du mir mitgebracht?«
»Steuerunterlagen.« Lucas legte ihr die Papiere vor, erklärte deren Bedeutung und zeigte auf die diversen Stellen, wo Keely unterschreiben müsste. Sie begann, die Unterlagen durchzulesen.
Währenddessen sah sich Lucas in dem von Büchern gesäumten Arbeitsraum um. Er beugte sich nach vorn, zog aus einem der unteren Regale einen Band über Militärgeschichte und blätterte flüchtig darin. Keely blickte zu dem alten Mann auf. »Weißt du, Lucas, ich wollte dir das schon lange sagen. Wenn es irgendetwas aus Marks Besitz gibt, das du gern haben würdest …«, setzte sie an.
Lucas schüttelte den Kopf und stellte das Buch hastig ins Regal zurück. »In meinem Alter hört man auf, Sachen zu sammeln, mein Liebes. Besitztümer erscheinen einem langsam … als Last.«
»O Lucas, sprich nicht in diesem Ton. So alt bist du doch gar nicht«, erwiderte sie freundlich.
»Wenn Betsy und ich einmal nicht mehr sind, wird es niemanden geben, der unsere Sachen aussortiert«, sagte er versonnen. »Niemanden, der versteht, was uns am Herzen lag und warum.«
Es hatte keinen Sinn, seine Worte zu bestreiten. Sie wusste, dass er nicht auf Beteuerungen des Gegenteils aus war. Er stellte das ganz einfach fest, und als sie kurz zu ihm hinsah, waren seine Augen trocken, sein Blick ruhig. »Ich habe meine Erinnerungen«, sagte er.
Keely seufzte. »Und wer von uns braucht wirklich noch mehr … Sachen«, pflichtete sie bei. Sie unterzeichnete die Papiere auf dem Schreibtisch und gab sie dann wieder Lucas, der sie in seine schmale Aktentasche steckte.
Keely lehnte sich in dem luftig gepolsterten Ledersessel

zurück und fuhr sich mit einer Hand durch ihr ungekämmtes Haar. »Das ist sehr nett von dir, extra hierher zu fahren, Lucas. Das wäre doch nicht nötig gewesen. Ich hätte auch in dein Büro kommen können.«

»Ich war mir nicht sicher, ob du innerlich schon so weit bist«, antwortete er.

Keely nickte. Noch so eine Hürde, die man würde nehmen müssen – apropos: Ordnen von Besitztümern. Marks Büro. Mit ihrem gemeinsamen Hochzeitsfoto und einem Foto von Abby auf dem Schreibtisch, mit der gerahmten antiken Landkarte, die sie ihm zu Weihnachten geschenkt hatte, und mit seinem Reserveschirm sowie seinem Ersatzhemd plus Krawatte im Wandschrank. Für Keely waren Marks Habseligkeiten im Moment mehr als nur »Sachen«. Sie schienen von Leben zu sprühen, und es schmerzte, sie zu berühren. »Ich muss dieser Tage einmal kommen und aufräumen«, sagte Keely.

»Kein Grund zur Eile«, antwortete Lucas, während er sich nach vorn beugte und seine dünnen, drahtigen Arme aufstützte, um sich aus dem Sessel zu stemmen. »Vorerst hast du genug um die Ohren. Das Büro läuft dir nicht davon.«

»Es ist so schwer, sich mit all diesen Sachen zu konfrontieren«, schluchzte sie. »Jedes einzelne Stück ist für mich eine Erinnerung …«

Lucas nickte. »O ich weiß.«

Keely betrachtete den älteren Mann mitfühlend. Prentice war letzten Winter gestorben, aber Lucas hatte bis Juni nicht einmal die Tür von dessen Eigentumswohnung geöffnet. Auf Betsy Weavers Wunsch war Keely mit ihm dorthin gegangen. Betsy selbst brachte es nicht fertig, aber Lucas brauchte irgendjemanden, der ihm half. Als sie die Tür aufgesperrt hatten, bot sich ihnen ein überwältigender Anblick. Obwohl die Wohnung teuer war und den Yachthafen überblickte, hatte Prentice selbst im Dreck gehaust. Es gab verdorbenes Essen, stapelweise ungelesene Zeitungen, Papiertüten voll ungeöffneter Post, achtlos hingeworfene Kleidungsstücke, meist stark verschmutzt, sowie eine Ehrfurcht gebietende Sammlung von leeren Schnapsflaschen. Keely hätte Lucas unterstützt, so gut sie konnte, aber der alte Mann beharrte stur darauf, er wolle das Tohuwabohu selbst sortieren – das Letzte, was er für seinen missratenen Sohn tun könne.

»Ja, das weißt du allerdings«, sagte sie.

Lucas gab ihr die Hand. »Wenn du willst, kann *ich* die Sache mit dem Büro erledigen. Du weißt, das macht mir nichts aus. Du warst mir eine große Hilfe, als Prentice gestorben ist.«

Keely legte ihre Hand auf die seine und lächelte. »Danke. Aber das ist etwas, das ich selbst machen muss. Das Mindeste, was ich für ihn tun kann.«

Lucas schüttelte den Kopf und sah weg, als versuche er, seinen Kummer zu unterdrücken.

Es zerriss Keely fast das Herz. Sie wechselte das Thema. »Übrigens, Lucas, heute war ein Detective hier. Er hat sich über den Abend von Marks Tod erkundigt.«

»Wer?«

»Sein Name war Stratton.«

»Phil Stratton.« Lucas nickte grimmig. »Von der Staatsanwaltschaft.«

»Er hat Fragen nach Mark und Dylan gestellt, sogar über Richard, meinen ersten Ehemann. Er sagte, es gäbe da irgendein Problem mit dem Polizeiprotokoll. Weißt du zufällig etwas darüber?«

Lucas runzelte die Stirn. »Nein, aber ich habe so eine Ahnung.«

Plötzlich ertönte ein lauter dumpfer Knall. Es hörte sich an,

als wäre ein fliegender Gegenstand an das Haus geschmettert worden. Lucas kämpfte sich aus dem Sessel.
Keely sprang auf die Beine und lachte dann, als sie das Geräusch erkannte. »Ist schon gut. Dylan ist heimgekommen. Er wirft den Basketball.« Mark hatte für seinen Stiefsohn einen Korbring über dem Garagentor montiert.
Lucas atmete auf. »Schon lange her, dass ich dieses Geräusch gehört hab«, sagte er wie zur Entschuldigung.
»Hat Prentice als kleiner Junge gern Basketbälle geworfen?«, fragte Keely.
Lucas nickte. »Aber eigentlich hat Mark den Reifen mehr benutzt als Prentice.«
Keely nickte. »Weißt du, als Mark für Dylan diesen Ring dort oben montierte, da hat er über sein Leben bei euch erzählt. Das waren glückliche Zeiten für ihn«, sagte Keely mit sanfter Stimme.
Der Ausdruck auf Lucas' Gesicht tat ihr in der Seele weh. Der alte Mann seufzte. »Vor ein paar Jahren hab ich ihn runtergenommen, diesen Basketballring. Betsy hasste das Ding sowieso immer. Brachte sämtliches Geschirr im Porzellanschränkchen zum Klappern.« Er lächelte mit erzwungener Heiterkeit. »So, besser, ich mach mich jetzt auf den Weg.«
Keely stand ebenfalls auf, um ihn hinauszubegleiten. Sie wollte ohnehin nach Dylan sehen. »Vielen Dank, dass du mir diese Unterlagen gebracht hast. Ich werde demnächst in die Kanzlei kommen.«
»Und wir laden euch demnächst zum Abendessen ein«, sagte Lucas, während er sie auf die Wange küsste. »Vergiss nicht. Du kannst uns jederzeit anrufen, wenn etwas ist. Du gehörst nach wie vor zur Familie. Marks Tod wird daran nichts ändern.« Er winkte Dylan zu, der den Ball die Einfahrt hinunterdribbelte. Seine Lederjacke flappte offen im Abendwind. »Bis bald, Dylan«, rief der alte Mann.

Der Junge hörte auf und klemmte sich den Ball unter die Achsel. »Gute Nacht, Mr. Weaver«, rief er zurück.
Keely schlang ihre Arme um den Körper und ging zu ihrem Sohn. »Ziemlich frisch«, meinte sie. Dylan brummelte zustimmend. Sie sahen zu, wie Lucas steifbeinig seinen Wagen ansteuerte und mühsam auf den Fahrersitz stieg. Lucas wirkte alt und müde. Keely und Dylan winkten, während er die Straße hinabfuhr. Dann wandte sie sich an ihren Sohn.
»Wie war das Abendessen bei Jake?«, fragte sie.
Dylan zuckte mit den Schultern und begann, den Ball von ihr wegzudribbeln. »Okay«, sagte er.
»Habt ihr zwei das Computerspiel gemacht, das dir so gefällt?«
»'ne Zeit lang«, antwortete er. Er ging zu der Freiwurflinie hinüber, die Mark in der Einfahrt gezogen hatte, und zielte. Der Ball prallte am Rand des Ringes ab. Dylan lief hinterher, um ihn zu fangen. Dann lief er an die Linie zurück und zielte erneut. Sein Gesicht war ausdruckslos. Seine ganze Konzentration schien auf den Ball und den Ring gerichtet.
»Dylan«, sagte Keely. »Ich möchte gern mit dir über etwas reden. Über das, was du heute Nachmittag gesagt hast, vor dem Weggehen.«
Dylan versuchte einen Wurf, aber der Ball traf die Wand und kam direkt zu ihm zurück. »Ich weiß nicht, was du meinst«, sagte er.
Keely zitterte vor Kälte. Sie wünschte, sie hätte ihre Jacke angezogen. »Du hast gesagt, ich gäbe dir wegen Mark die Schuld.«
Dylan konzentrierte sich auf den Ring und schleuderte den Ball erneut. Wieder daneben. »Verdammt«, fluchte er.
»Es wird allmählich dunkel«, sagte Keely. »Schwer, den Korb zu sehen.«
»Das ist doch nur eine Ausrede«, erwiderte er.

Keely nickte. Eine Minute herrschte Schweigen. Dylan warf unterdessen abermals, und der Ball hing kurz über dem Ring, bevor er durchfiel. »Jedenfalls«, sagte Keely, »wollte ich eines klarstellen: Ich gebe dir keine Schuld, Liebling. Dazu wäre ich niemals imstande. Solche Dinge passieren im Leben. Wir können nichts daran ändern. Es ist Zeitverschwendung, auch nur darüber nachzudenken. Hauptsache ist, man kommt über solche Ereignisse hinweg. Grübelt nicht ewig hinterher.«

»Und das hast du mir sagen wollen?«, entgegnete er kalt.

»Ich wollte nur, dass du weißt, ich gebe dir in keinster Weise die Schuld, Schatz. Verstehst du das?«

»Ich verstehe«, antwortete Dylan, während er den Ball in das Dunkel neben der Garage schleuderte. »Ich hab dieses Spiel jetzt satt.« Und ohne ein weiteres Wort stolzierte er an ihr vorbei Richtung Haustür.

»Dylan, was ist los? Rede mit mir. Ich möchte, dass zwischen uns alles stimmt. Was habe ich nun schon wieder getan? Offenbar kann ich dir nichts recht machen.«

Dylan blieb auf dem Weg zur Tür stehen. Die Umrisse seines Gesichts gegen das Licht von drinnen erinnerten Keely an Richard. Dylan hatte den schlaksigen Körperbau und die ebenmäßigen Züge seines Vaters geerbt. Und auch Richards Neigung, seine innersten Gedanken zu verbergen, sodass sie an ihm nagen und ihn quälen konnten, dachte Keely. Sie merkte, dass Dylan Worte zu formulieren versuchte, um auszudrücken, was in seinem Kopf vorging. Aber stattdessen sagte er: »Das Telefon klingelt.«

»Lass es klingeln«, antwortete sie.

»Es wird Abby aufwecken«, rief er ihr ins Gedächtnis.

Keely wusste, dass er Recht hatte. Sie seufzte, lief ins Haus und nahm den Hörer ab. Aber es war nur die Immobilienmaklerin, die für morgen einen Termin vereinbaren wollte.

Keely erledigte das Gespräch so schnell wie möglich. Dann ging sie wieder nach Dylan sehen. Sie hatte die Tür zuschlagen hören, während sie telefonierte, und wusste, dass er im Haus war. Als sie jedoch nach ihm rief, kam keine Antwort. Sie stieg die Treppe hinauf und ging durch den Flur zu seinem Zimmer. Seine Jacke hing auf der Rücklehne des Schreibtischstuhls, seine Kleider lagen auf dem Boden und die Tür zu seinem Badezimmer war verschlossen. Keely konnte hören, dass die Dusche lief. *Er ertränkt mich im Wasserlärm,* dachte sie. Mit einem Seufzer sammelte sie seine schmutzige Wäsche auf, nahm das Bündel und ging durch den Flur Richtung Treppe.

7

Sind Sie sicher, dass das in Ordnung geht?«, fragte Nan Ranstead atemlos.

Keely zwang sich zu einem Lächeln. Nan war Maklerin bei der Immobilienagentur, die Keelys Haus zum Verkauf anbot. Vor einer halben Stunde hatte Nan angerufen, um mitzuteilen, sie habe in ihrem Büro Kunden, die sich das Haus unbedingt ansehen wollten. Keely wusste, dass man von ihr erwartete, die Bildfläche zu räumen, wenn Interessenten das Anwesen besichtigten; aber Abby war erst vor ein paar Minuten eingeschlafen, und Keely wollte sie nicht aufwecken. »Vollkommen in Ordnung«, antwortete sie.

»Wir werden auf Zehenspitzen gehen«, versprach Nan und winkte mit einem französisch manikürten Finger dem elegant und wohlhabend wirkenden, jungen Paar in der Einfahrt. Die beiden traten auf die Tür zu, wo Nan wartete.

Wahrscheinlich halten sie mich für die Putzfrau, dachte Keely im Bewusstsein ihres mit Babynahrung bekleckerten Pullis und ihrer alten Jeans. Bei einem kurzen Blick in den Flurspiegel bemerkte sie, dass ihr schulterlanges silberblondes Haar verfärbt und stumpf wirkte, die Flächen ihres Gesichts grau und schattig, weil sie kein Make-up trug. Es schien, als hätte sie einfach nicht den Antrieb, sich herzurichten. Morgens aus dem Bett steigen und den Tag irgendwie herumbringen, zu mehr war sie nicht imstande.

»Abby schläft im Kinderzimmer«, erklärte sie Nan. »Ich

warte solange dort drin. Wenn diese Leute es sich ansehen wollen, stoßen Sie einfach die Tür auf.«

»Wir bleiben nicht lange«, versprach Nan.

»Lassen Sie sich Zeit«, sagte Keely.

Sie ging durch den Flur ins Kinderzimmer, machte die Tür auf und trat ein. Sie beugte sich über das Bettchen. Abby war fest eingeschlafen. Wegen der dicken Windeln unter ihrem Strampelanzug aus lindgrünem Kord hatte ihr kleiner Körper die Form einer Birne. Keely berührte mit dem Zeigefinger die Lippen des Babys und strich über sein warmes Gesicht.

Dann stieß sie sich, wenn auch ungern, vom Gitter des Bettes ab und setzte sich in einen weißen Schaukelstuhl neben dem Fenster, das den Rasen seitlich vom Haus überblickte. Durch die Bäume, die die beiden Grundstücke trennten, konnte sie den Vorgarten der Connellys sehen. Evelyn Connelly führte ihren betagten Vater gerade über den Fußweg zum Auto. Keely fiel es schwer, sich vorzustellen, dass er einmal ein renommierter Arzt gewesen war. Heute wirkte er wie ein Kind, und Evelyn schien mit seiner Pflege völlig allein zu sein. Keely konnte sie in scharfem Ton mit dem Alten sprechen hören, während sie ihn auf den Vordersitz schob.

Evelyn hatte es schrecklich Leid getan, als sie auf Keelys Rasen das »Zu verkaufen«-Schild sah, und sie war herübergekommen, um ihr das auch zu sagen. »Eine schönere Straße oder ein hübscheres Haus finden Sie nirgendwo«, hatte sie Keely gewarnt. »Es ist ideal für Kinder. Das weiß ich aus eigener Erfahrung. Ich bin hier groß geworden.«

Keely hatte zustimmend gemurmelt, sich heimlich aber gefragt, ob es vielleicht diese verklärenden Kindheitserinnerungen waren, die Evelyn auf den Beinen hielten. Ihr heutiges Leben in diesem Haus war traurig und einsam. Auch ein

schönes Haus konnte keine menschlichen Beziehungen ersetzen.
Keely spielte mit dem Gedanken, nach dem Verkauf des Hauses mit ihren Kindern wieder nach Michigan zu ziehen. Ihre Brüder und deren Familien wohnten noch dort. Keelys Brüder waren viel älter als sie selbst, aber dennoch konnte sie sich auf diese verwandtschaftlichen Bande verlassen. Vielleicht wäre es sogar möglich, dass sie wieder an ihrer alten Schule unterrichtete. Und Dylan hätte Gelegenheit, seine Beziehungen zu alten Freunden wieder aufzunehmen. Sie mussten an irgendeinen Ort ziehen, wo sie das Gefühl hatten, hinzugehören. Sie brauchten dieses Gefühl. Hier würde sie niemand vermissen.
Na ja, fast niemand. Lucas und Betsy würde es natürlich Leid tun, wenn Keely und ihre Kinder gingen. Aber trotz Lucas' Beteuerung, sie alle seien eine Familie, schien dieses Verhältnis ohne Mark nur locker zu sein. Mark hatte immer gesagt, die Idee zu seiner Adoption stamme von Lucas; Betsy habe bloß gefälligkeitshalber zugestimmt. Und so, wie sie Betsy erlebt hatte, vermutete Keely, dass Mark damit Recht hatte. Die Weavers würden es zwar bedauern, wenn sie wegzog, aber sie würden es auch verschmerzen.
Bei dem Gedanken an Ingrid, Richards Mutter, bekam sie dagegen echte Schuldgefühle. Ingrid hätte aus dem Mittleren Westen sein können. Sie backte Kuchen, nähte sich die Kleider selbst und war ganz vernarrt in ihren Enkel. Manchmal dachte Keely, Ingrid habe ihre Heirat mit Mark so wohlwollend akzeptiert, weil das hieß, Dylan würde in ihrer Nähe leben. Auch Abby hatte sie ins Herz geschlossen und ließ keine Gelegenheit aus, sie zu bemuttern. Seit Marks Tod war Ingrid eine feste, zuverlässige Freundin, die aushalf, so gut sie konnte. Ingrid wäre am Boden zerstört, wenn sie hier wegzögen, dachte Keely. *Wir kaufen uns ein Haus mit*

Gästezimmer, sagte sie sich. *Dann laden wir sie immer lange zu Besuch ein.*
Das Geräusch der Türklingel riss sie aus ihren Gedanken. Stirnrunzelnd warf sie einen Blick auf das schlafende Baby. Die Türglocke hatte es hoffentlich nicht geweckt. Dann eilte sie durch den Flur und öffnete.
Detective Stratton stand draußen. Hinter ihm, auf dem Fußweg, wartete ein Trupp Männer mit technischen Geräten.
»Guten Tag, Mrs. Weaver«, sagte er höflich.
»Was wollen Sie?«, fragte Keely.
Die Maklerin und das junge Paar, das das Haus besichtigte, erschienen im Wohnzimmereingang und starrten Keely verwundert an.
»Diese Leute sind von der Spurensicherung«, erklärte Phil Stratton. »Wir brauchen Zutritt zu Ihrem Swimmingpool-Bereich, um nach Indizien zum Tod Ihres Ehemanns zu suchen.«
»›Indizien zum Tod Ihres Ehemanns‹!«, jappste die junge Frau hinter Keely.
»Ich habe Leute hier, die mein Haus besichtigen«, entgegnete Keely verärgert.
»Das können sie ungestört weiter tun«, sagte Phil. »Sie sind uns nicht im Weg.«
Keely hörte Stimmengemurmel hinter sich. »Nein, das könnte ich nicht«, beharrte die junge Frau.
»Dürfen wir hintenrum gehen?«, fragte Phil.
»Machen Sie, was Sie wollen«, erwiderte Keely und knallte die Tür zu.
Dann wandte sie sich bedauernd an die Maklerin und das junge Paar, doch die beiden vermieden einen Blickkontakt.
Nan Ranstead trat auf Keely zu. »Ich fürchte, das war's. Sie haben kein Interesse mehr. Könnten Sie mir das nächste

Mal einfach Bescheid sagen, wenn Sie die Polizei erwarten?«

»Tut mir Leid. Ich habe sie nicht erwartet.«

Nan führte das Paar nach draußen, und Keely sah zu, wie die drei über die Einfahrt zu Nans rotem Ford Taurus eilten. Kopfschüttelnd ging sie nach hinten zur Terrasse, öffnete die Glastür und trat ins Freie. Als sie den Innenhof durchquerte, sah sie jemanden Fotoaufnahmen von der Tür zum Pool machen und einen zweiten Beamten, der ein Maßband schwang und Zahlen in einen Block notierte. Phil Stratton beriet sich mit einem Mann in blauer Windjacke, der eine Schreibunterlage trug.

»Detective Stratton«, sagte Keely.

Phil drehte sich zu ihr um.

»Was, um alles in der Welt, machen Sie da?«

»Wir haben Maß genommen –«, antwortete er.

»Ja, das sehe ich. Aber wo nehmen Sie Maß? Und warum?«

»Nun, zum einen haben wir die Distanz zwischen Haus und Pool ausgemessen.« Er tippte sich mit einem goldenen Kugelschreiber an die Oberlippe. »Sagen Sie, wie alt ist Ihr Baby?«

»Sie ist jetzt ein Jahr alt. Detective, Ihnen ist hoffentlich klar, dass Sie gerade den Verkauf meines Hauses torpediert haben. Ich hatte hier Interessenten, die das Anwesen besichtigen wollten. Aber da Sie vom Swimmingpool und vom Tod meines Mannes redeten, konnten sie nicht schnell genug wegkommen.«

»Nichts daran zu ändern«, erwiderte er knapp. »Aber was das Baby betrifft – wie lange braucht es Ihrer Ansicht nach, um aus dem Inneren des Hauses zum Pool zu gehen?«

»Ich weiß nicht«, schrie Keely. »Glauben Sie, ich stehe mit einer Stoppuhr daneben?«

»Aber schnell ist es nicht. Ich meine, es kommt nicht im Nu von hier nach da.«
»Nein, natürlich nicht.«
»Finden Sie das nicht merkwürdig?«, fragte er.
»Was?«
»Na ja, wenn Kinder das Gehen lernen, bewegen sie sich ständig. Ich selbst habe zwar keines, aber meine Schwestern beklagen sich, sie müssten sie jede Minute im Auge behalten. Fänden Sie es nicht merkwürdig, wenn Ihr Ehemann das Kind so lang alleine, ohne Aufsicht ließ, dass es sich nach draußen bewegen konnte, zum Swimmingpool? Und dass er das Fehlen des Kindes nicht bemerkte?«
Eine Sekunde war Keely verwirrt. Sie dachte an jenen letzten Moment, als sie Mark lebend gesehen hatte – mit Abby auf den Armen. Er wusste, dass man sie immer im Auge behalten musste. Aber vielleicht hatte jemand angerufen, und er war abgelenkt worden – glaubte, Abby sei hinter ihm und in Sicherheit, dabei war sie ganz woanders. »Ich weiß nicht«, gab Keely zu. »Vielleicht waren sie schon draußen, und er ließ sie aus irgendeinem Grunde unbeobachtet. Wegen eines Anrufs. Ich weiß es nicht.«
»Ja. Das wäre möglich«, sagte Stratton und sah mit zusammengekniffenen Augen zu dem abgedeckten Pool. In der Mitte der Plane hatte sich Regenwasser gesammelt und bildete eine Pfütze, auf der dürres Laub schwamm. »Aber wenn er mit ihr im Freien war, meinen Sie nicht, er hätte dann bemerkt, dass die Tür zum Pool offen stand?«
Keely sah von dem Schwimmbecken wieder zum Haus. Sie hatte ein seltsames Gefühl; als würde ihr Herz einen Schlag aussetzen. »Ich vermute, ihn hat etwas abgelenkt«, gab sie zu und sah vor ihrem geistigen Auge, wie er in ein Telefongespräch vertieft war, stets in der Annahme, das Baby sei in seiner unmittelbaren Nähe. Vielleicht redete er mit einem

Mandanten. Versuchte, einen geschäftlichen Vorteil herauszuschinden. Verlor das Baby aus dem Blick, während er seine Argumente ausführte. Und dann ein kleiner gellender Schrei, ein Platschen. Keely schossen die Tränen in die Augen, als sie sich die Szene vorstellte. Mark hatte sofort gewusst: Es war eine Katastrophe passiert. Er war aufgesprungen, losgestürzt, um nach seiner kleinen, heiß geliebten Tochter zu sehen, und er entdeckte sie auf der tiefen Seite des Schwimmbeckens, hilflos zappelnd und um sich schlagend – entdeckte sie, musste im selben Moment eine unvorstellbare Entscheidung treffen. Und traf diese Entscheidung.

»Warum zwingen Sie mich, das alles noch einmal durchzumachen?«, sagte Keely in flehendem Ton.

Der Detective blieb unerschütterlich. »Was hätte ihn möglicherweise so sehr ablenken können?«, fragte er.

»Ich weiß nicht«, rief Keely. »Ein Mandant ... ein Notfall ...«

»Daran haben wir schon gedacht. Es gibt keinerlei Hinweise, dass er zum Zeitpunkt des Unglücks ein Telefongespräch führte. Ich habe mich bei Sergeant Henderson erkundigt. Er sagt, die Polizei habe bei ihrer Ankunft kein Telefon draußen gefunden. Es sei drinnen gewesen. Aufgelegt.«

Keely betrachtete ihn mit erbittertem Blick. »Vielleicht ist er rein, um es abzunehmen.«

»Und ließ dabei ein Kind, das kaum gehen kann, allein hier draußen, bei geöffneter Pooltür?«, erwiderte Phil Stratton ungläubig.

»Nein. Ich weiß nicht«, antwortete Keely niedergeschmettert.

»Ich glaube, er war im Haus, als es passiert ist. Laut Verbindungsnachweis ging er um neunzehn Uhr ins Internet. Er war also im Haus, und das Baby ist nach draußen gewandert. Er hatte keine Ahnung, dass die Pooltür offen stand.«

Keely schwirrte der Kopf. »Dann hat er also seine Aufsichtspflicht vernachlässigt, ja? Und mit seinem Leben dafür bezahlt. Was spielt das schon für eine Rolle? Sie wissen sowieso, was geschehen ist.« Tränen liefen ihr übers Gesicht, und sie wischte sie ungehalten weg.

Detective Stratton ignorierte Keelys Verfassung. »Genau das ist der springende Punkt. Wir wissen eben nicht, was geschah. Und offen gestanden überrascht es mich, dass Sie nicht neugieriger sind.«

Sein unterschwelliger Vorwurf traf Keely ins Mark. »Hören Sie, *wie* es geschehen ist, ist mir egal. Es läuft allemal auf dasselbe hinaus. Die Tür zum Pool hat offen gestanden. Sie hätte geschlossen sein sollen, aber sie war es nicht. Mark verlor das Baby aus den Augen. Er hätte darauf aufpassen sollen, aber er tat es nicht. Mein Leben hätte glücklich werden können, aber das wird es nicht. Das genügt. Mehr brauche ich nicht zu wissen.«

»Ich fürchte, *wir* müssen aber schon ein bisschen mehr wissen, Mrs. Weaver. Ich möchte, dass Sie mit Ihren Sohn Dylan heute Nachmittag ins Büro des Staatsanwalts kommen.«

»Ins Büro des Staatsanwalts?«, fragte sie, während sie sich die Augen abwischte. »Wieso das, um alles in der Welt?«

»Wir möchten gern noch ein wenig mit Dylan reden. Der Sitz der Staatsanwaltschaft ist im Justizgebäude. Wissen Sie, wo das liegt?«

Die Worte des Detectives trafen Keely wie ein Faustschlag. »Ja, aber … mit Dylan reden?«, sagte sie benommen. »Warum? Was soll das alles? Weshalb ist das nötig?«

»Um wie viel Uhr kommt er aus der Schule?«

»Um drei. Aber ich verstehe nicht –«

»Sagen wir also halb vier.«

»Einen Moment, Detective. Nur um Ihnen … uns allen … diese Umstände zu ersparen. Möchten Sie wissen, wie es kam, dass die Tür zum Pool offen stand? Gut, das kann ich Ihnen verraten. Dylan – mein Sohn Dylan – ließ diese Tür offen. Als er nach Hause kam, war er sauer auf mich wegen des Fahrrads und ging zum Pool, um sein Skateboard zu holen. Okay? Es lag daneben. Er hat einen Fehler gemacht, er ließ die Tür offen, und das denkbar Schlimmste, was passieren konnte, ist auch passiert.«
Stratton stürzte sich sofort auf dieses Eingeständnis. »Dann glauben Sie also wirklich, Dylan habe die Tür offen gelassen? Er und niemand sonst?«, fragte er.
»Nun ja, es scheint plausibel. Natürlich hat er jetzt schreckliche Angst, es zuzugeben. Wahrscheinlich glaubt er, ich könnte ihn dann nicht mehr lieben. Aber ich habe nicht die Absicht, ihn wegen eines Moments der Gedankenlosigkeit sein Leben lang leiden zu lassen. Uns allen passieren Fehler, die wir später bedauern, die wir gern ungeschehen machen würden. Der von Dylan führte zu einer Tragödie. Das weiß ich, das weiß er, und Sie wissen es jetzt auch. Wenn Sie aber andeuten wollen, er hätte vielleicht unbewusst … Davon verstehe ich nichts. Ja, er stand dem Baby mit gemischten Gefühlen gegenüber. Ja, er hatte etwas dagegen, dass ich wieder heiratete. Aber das wäre jedem Kind so gegangen. Das heißt nicht, dass er absichtlich gehandelt hat. Mit Vorsatz. Nein. Nein, niemals. Er ist ein guter Junge.«
Detective Stratton betrachtete sie nachdenklich. »Sind Sie da so sicher?«, fragte er.
»Natürlich bin ich sicher!«, schrie Keely. »Ich kenne doch meinen Sohn!«
Stratton rief den Männern von der Spurensicherung zu, es sei Zeit zum Zusammenpacken. Dann sah er nüchtern und

ausdruckslos wieder zu Keely. »In diesem Fall haben Sie nichts zu befürchten. Bis halb vier dann, okay? Vielleicht möchten Sie ja Ihren Anwalt hinzuziehen? Wir werden uns bemühen, Sie nicht allzu lange aufzuhalten.«

8

Die Büros von Weaver, Weaver und Bergman lagen in einem von Grund auf renovierten Haus aus der Föderationszeit. Lucas hatte den Standort seiner Firma – am Rand des Geschäftsviertels von St. Vincent's Harbor – sehr geschickt ausgesucht. Von der Straße her sah man eine würdevolle, perfekt proportionierte Bürgervilla, die eine Aura von Geschichte, Stil und Diskretion verströmte; von innen boten die meisten Fenster Aussicht auf die Chesapeake Bay, und jeder, der sich ein bisschen in der Stadt auskannte, wusste, dass Objekte mit Hafenblick am teuersten waren. Man brauchte nur durch die Tür auf den blau-golden gemusterten Teppich zu treten, um zu erkennen: Dies war die Kanzlei, von der die Reichen und Wohlhabenden sich vertreten ließen.

Keely fuhr ihren sportlichen Geländewagen in eine gerade frei werdende Parklücke vor dem Gebäude und sah mit einer Mischung aus Angst und Ehrfurcht an der förmlichen roten Backsteinfassade empor. Sie hatte ihr Kommen so lange wie möglich hinauszögern wollen, aber es führte einfach kein Weg daran vorbei. Detective Stratton hatte Dylan und dessen Rechtsbeistand zur Staatsanwaltschaft bestellt, und Keely war deswegen in Panik. Sie brauchte Lucas' Rat, persönlich und unter vier Augen. Wehmütig betrachtete sie den maßgeschneiderten karierten Hosenanzug, in den sie in aller Eile geschlüpft war. Seit Abbys Geburt trug sie kaum noch ihre »Berufskleidung«, aber dieser Anzug gab ihr ein

Gefühl von Professionalität, von Kraft und Überlegenheit in einer feindlichen Situation. Abby hatte sie bei Ingrid gelassen, die zu allem bereit war, wenn dies bedeutete, Dylan zu helfen.

Keely stieg die weiße Treppe zu der hochglanzlackierten Tür hinauf und warf einen Blick auf das goldfarbene Schild, in das der Firmenname graviert war. Sie hütete sich, die Klingel zu betätigen, obwohl sie sich wie ein Eindringling vorkam, als sie aufmachte und hineinspazierte. Sie war nicht oft hier gewesen. Mark hatte sich stets bis über beide Ohren in seine Arbeit vertieft und machte schon durch seine Körpersprache klar, dass unangemeldete Besuche, selbst von seiner eigenen Ehefrau, unwillkommen waren.

Sie ging zu dem Schreibtisch von Sylvia Jeffries, die hier bereits viele Jahre als Sekretärin arbeitete und gerade an ihrem Computer saß. Keely räusperte sich. Sylvia blickte auf und machte große Augen.

»Mrs. Weaver«, sagte sie und streckte ihre Hand aus. »Wie schön, Sie zu sehen.«

Keely begrüßte sie, forderte sie aber gar nicht erst auf, sie mit Vornamen anzureden. Sylvia war von der alten Schule und hatte nicht die Absicht, ihre Art zu ändern. »Ist auch schön, Sie wiederzusehen, Sylvia.«

»Wie geht es Ihnen und dem Kind?«, fragte Sylvia voller Anteilnahme.

»Es geht schon«, antwortete Keely.

Sylvia nickte. Sie war selbst Witwe. »Es ist nicht leicht«, sagte sie. »Man muss sich Schritt für Schritt damit abfinden.«

»Stimmt«, bestätigte Keely. »Es tut mir Leid, Sie zu belästigen …«

»Oh, Sie möchten bestimmt in Mr. Weavers Büro. Ich halte den Raum jetzt immer verschlossen«, erklärte Sylvia.

»Eigentlich nicht«, sagte Keely. »Ich habe gehofft, ich könnte Lucas sprechen.«
»Nun, das wird vielleicht schwierig«, entgegnete Sylvia grimmig, und ein paar Falten krausten ihre Stirn. »Im Moment hat er jemanden bei sich.«
»Dann warte ich solange«, erwiderte Keely. »Es ist dringend.«
»Ich werde ihm Bescheid geben, dass Sie da sind«, sagte Sylvia und griff nach dem Telefonhörer.
»Vielen Dank.« Keely ging zu dem blau-golden gestreiften Queen-Anne-Sessel und nahm Platz. Sie las die Schlagzeilen der Zeitschriften auf dem Kaffeetisch, aber keine schien interessant genug, sie von ihren Sorgen abzulenken. Sie umfasste die geschwungenen Armlehnen des Sessels, sank zurück und holte ein paarmal tief Luft, um sich zu beruhigen.
Die Wände der Kanzlei waren mit Gruppen von sepiafarbenen Fotos aus Lucas' Sammlung geschmückt. Keely richtete ihren Blick darauf, während sie wartete. Die abgebildeten Cowboys waren durch die technischen Erfordernisse der Fotografie zum Stillhalten gezwungen. Mit funkelnden Blicken starrten sie in die Kamera, während sie für die Nachwelt ruhig dastanden.
»Mrs. Weaver«, rief Sylvia mit sanfter Stimme. »Ihr Schwiegervater lässt Ihnen ausrichten, er ist gleich bei Ihnen.«
»Danke«, antwortete Keely.
Genau in diesem Moment ging die Tür auf und Lucas trat in den Flur, gefolgt von einem jungen Mann, der auf exotische Art attraktiv war: afrikanische Gesichtszüge, mokkabrauner Teint, verwuschelte bronzefarbene Dreadlocks und Augen von frappierendem Meergrün. Er trug einen schwarzen Ledermantel und Maschinistenstiefel, deren Schnallen lose herabbaumelten. »Tut mir Leid, Mr. Gra-

ham«, erklärte Lucas gerade. »Ich würde Ihnen wirklich gern helfen. Mehr kann ich dazu nicht sagen.«
»Schon okay, Kumpel«, erwiderte der Mann sarkastisch und mit britischem Akzent. »Ich hab damit gerechnet, dass Sie mir keine große Hilfe wären. Da ich schwarz bin und alles ...«
»Sie könnten sich nicht mehr täuschen, Mr. Graham«, entgegnete Lucas steif.
Der junge Mann schüttelte ungläubig den Kopf und knallte beim Hinausgehen die Tür des Vorzimmers hinter sich zu.
Lucas wandte sich an seine Schwiegertochter. »Keely«, sagte er, »tut mir Leid, diese Sache.«
»Ist schon in Ordnung«, murmelte sie.
»Komm in mein Büro. Sylvia, bitte stellen Sie niemanden zu mir durch.«
Keely folgte Lucas, der sich auf seinen Ebenholzstock mit Silbergriff stützte, durch den Korridor. Dann nahm sie in einem der Sessel vor seinem mächtigen Schreibtisch Platz. In der einen Ecke des Schreibtischs stand eine kleine Statue, geschaffen von Frederick Remington, die einen Zureiter zeigte. Stirnrunzelnd umrundete Lucas seinen Arbeitsplatz und zog seinen eigenen Sessel heran.
»Dieser junge Mann sah frappierend gut aus!«, meinte Keely.
Lucas setzte sich. Er seufzte und pflichtete ihr bei. »Ja.«
Keely hätte gern gewusst, ob der junge Mann in irgendwelchen Schwierigkeiten steckte, aber sie kannte das Anwaltsgeheimnis gut genug, um gar nicht erst zu fragen. Lucas würde ihr nichts sagen dürfen, selbst wenn er wollte. Aber er runzelte weiterhin die Stirn, während er von seinem Stuhl aus in die Ferne starrte.
»Lucas?«, fragte Keely. »Alles in Ordnung?«
Er gab keine Antwort.

»Lucas?«

Der alte Mann schüttelte den Kopf, als wollte er in Wahrheit irgendeine Last von seinem Herzen abschütteln, die von seinem Besucher dort zurückgeblieben war. »Eines sage ich dir: Ich lasse mich nicht gern als kleinkarierten Spießer bezeichnen«, seufzte er.

»Das bist du ja auch nicht, Lucas«, versicherte Keely.

»Ich habe meine Fehler, weiß Gott. Ich hab meinen Teil auf dem Kerbholz ...«

»Wenn er dich kennen würde, hätte er so etwas nicht gesagt«, beteuerte Keely noch einmal und beugte sich dabei nach vorn.

Lucas nickte. Er klopfte nachdenklich mit einem Stift auf die Schreibtischunterlage.

»War das denn ein Mandant?«, fragte Keely, weil ihr nichts anderes einfiel, um das Schweigen zu überbrücken. Lucas schien mit seinen Gedanken beschäftigt.

Er drehte den Kopf und schaute sie verdutzt an. »Wer?«, fragte er.

Keely lehnte sich in ihrem Sessel zurück. Lucas' plötzliche Gedächtnislücke verblüffte sie. »Dein Besucher«, sagte sie. »Der junge Brite, der eben gegangen ist.«

»Ach, das. Nein. Das war bloß ...« Seine Stimme verklang, ehe er unvermittelt fortfuhr: »Das war gar nichts.« Aber Keely sah den Schmerz, der blitzschnell in seine Augen trat. »Genug von meinen Problemen«, sagte er dann entschlossen. »Welchem Umstand verdanke ich das Vergnügen ...?«

Keely schüttelte den Kopf, als ihre Sorgen mit voller Wucht zu ihr zurückkehrten. »Lucas, ich brauche deine Hilfe.«

»Ist es wegen dem Haus?«

»Nein. Wegen der Polizei. Erinnerst du dich? Ich habe dir doch erzählt, Detective Stratton sei vorbeigekommen ...«

»Ja.«
»Tja, heute war er also wieder da, mit ein paar Männern. Sie haben Aufnahmen hinter dem Haus gemacht und Messungen vorgenommen, und sie wollen, dass ich mit Dylan heute Nachmittag zur Staatsanwaltschaft komme, zur Vernehmung.«
»Zur Vernehmung? Weshalb?«
Keely schüttelte den Kopf. »Wegen Marks Unfall. Lucas, ich weiß nicht, was da vorgeht.« Sie bemerkte selbst das Flattern in ihrer Stimme. »Ich soll den Jungen nach der Schule abholen und mit ihm dort hinkommen. Und der Detective meinte, ich solle einen Anwalt hinzuziehen.«
»Standardprozedur bei der Vernehmung von Minderjährigen«, sagte Lucas. »Lass dir deshalb keine grauen Haare wachsen.«
»Na toll!«, rief sie mit einem Anflug von Sarkasmus. »Da fühle ich mich gleich besser.«
Lucas schwieg einen Moment. »Um wie viel Uhr?«, fragte er unvermittelt.
Keely sah auf ihre Armbanduhr. »In einer Viertelstunde werde ich Dylan abholen.«
»In Ordnung.« Er drückte die Taste seiner Sprechanlage und redete mit Sylvia. »Sagen Sie meine Termine für heute Nachmittag ab.« Dann stand er auf und kam um den Schreibtisch herum. »Jetzt mach dir keine Sorgen«, versuchte er Keely zu beruhigen. »Ich führe ein paar Telefonate und gehe der Sache auf den Grund. In einer halben Stunde treffen wir uns im Gerichtsgebäude. Okay?«
Keely seufzte. »Okay. Dank dir, Lucas.«
»Keine Angst, Keely. Es besteht kein Anlass zur Besorgnis«, sagte er.
Keely war schon auf dem Weg zur Tür, da drehte sie sich noch einmal um, und mit einem Schlag wurde ihr Herz, das

einen Moment leichter geworden war, wieder schwer wie Blei: Sie sah das Stirnrunzeln, das Lucas auf dem Gesicht trug. *Er weiß gar nichts mit Sicherheit,* dachte sie. *O mein Gott, was wollen die nur von uns?*

Im Flur kam sie an Marks verschlossener Bürotür vorbei. Das Büro lag zu ihrer Linken, aber sie dachte: *Heute nicht. Das wäre mehr, als ich verkraften kann.*

Als aus sämtlichen Türen der Schule Halbwüchsige hervorströmten, hielt Keely nach ihrem Sohn Ausschau. Mit seinem kahl geschorenen Kopf und der Lederjacke, die zu weit für seinen schmächtigen Körper war, konnte man ihn ziemlich leicht entdecken. Sein goldener Ohrring blinkte in der Nachmittagssonne. Er kam stirnrunzelnd und allein die Treppe herunter, und Keely stieg aus dem Wagen, um zu ihm zu gehen. Sie wollte ihn nicht vor all den anderen Jugendlichen in Verlegenheit bringen, indem sie laut nach ihm rief. Er war in einem Alter, in dem einem fast jede Art von Zuwendung peinlich war.

Als sie ihn einholte, beschleunigte er seinen Schritt, ohne auch nur zu schauen, wer neben ihm ging. »Dylan, warte«, sagte Keely leise.

Er drehte sich um und sah sie überrascht an. Als er ihre förmliche Kleidung registrierte, trat Besorgnis auf sein Gesicht. »Was ist los? Wo steckt Abby?«

»Abby ist bei deiner Großmutter«, antwortete Keely. »Dylan, ich muss … wir müssen heute Nachmittag zu … Detective Stratton.«

Er blieb wie angewurzelt stehen. Schüler strömten rechts und links an ihnen vorbei. »Wieso? Wann?«

»Jetzt gleich«, sagte sie bedauernd. »Man … man will mit uns reden.«

»Mit mir, meinst du. Mit mir wollen sie reden.«

»Lucas trifft sich dort mit uns. Es ist also kein – absolut kein – Grund zur Besorgnis.«
»O klar, Mom«, erwiderte er.
»Schatz, ich weiß nicht, was das alles soll, aber wir fahren jetzt einfach dorthin, beantworten ihre Fragen und bringen die Sache hinter uns.«
Dylans Schultern sackten herab, und eine dunkle Angst lag in seinem Blick. »Diese Sache wird nie aufhören«, sagte er.
Keely versuchte, ihm einen Arm um die Schultern zu legen, aber er schüttelte ihn ab. Sie merkte, dass sie sich bald würde strecken müssen, um ihn zu umarmen. »Hey, jetzt rede nicht so«, versuchte sie ihn zu ermuntern. »Das ist nichts Besonderes.«
Gedankenverloren und mit schwerem Schritt begleitete er sie zum Wagen. Er machte die Tür auf und stieg ein, während sie auf die Fahrerseite herumging. Sie wollte nicht, dass er merkte, wie beunruhigt sie war. Das konnte er jetzt nicht gebrauchen. Außerdem, dachte sie, um dem Ganzen etwas Positives abzugewinnen, könnte es Dylan sogar gut tun, wenn er sich das Ganze vom Herzen redete – genau erzählte, passiert war.
Als sie gegenüber vom Gerichtsgebäude anhielt und einparkte, sah sie weiter unten Lucas aus seinem Wagen steigen. Keely rief ihm zu, und sie warteten, während Lucas, auf seinen Stock gestützt, zu ihnen kam. Er begrüßte Dylan herzlich, und Dylan reagierte mit einem leblosen Händedruck. »Gehen wir rein und bringen das Ganze hinter uns, ja?«, schlug Lucas vor.
Sie folgten ihm in das altehrwürdige Gebäude, wo Lucas über den Marmorboden zum Pförtner ging und nach Detective Stratton fragte. In wenigen Minuten ertönte von der cremefarbenen Doppeltür, die durch einen Polizeibeam-

ten bewacht wurde, ein Summen. Phil Stratton erschien. Er sah sich um und entdeckte sie.

»Herr Rechtsanwalt«, sagte er und streckte Lucas eine Hand entgegen. »Ich dachte mir schon, dass wir uns hier treffen. Kommen Sie bitte mit. Mrs. Weaver, Dylan – wenn Sie mir folgen wollen?«

Keely konnte fühlen, dass ihr Herz schneller schlug, sagte sich aber, es gebe keinen Grund zur Beunruhigung. Zusammen mit Dylan folgte sie Lucas und Detective Stratton, die sich mit leiser Stimme berieten, durch einen stillen, von Porträts gesäumten Gang in ein Konferenzzimmer. Der Raum enthielt einen Tisch im Format einer Festtafel, der von Polsterstühlen umgeben war. Phil bedeutete ihnen, Platz zu nehmen, und verschwand dann einen Augenblick.

»Lucas«, flüsterte Keely. »Was geht hier vor? Worüber habt ihr geredet?«

Lucas öffnete auf der glänzenden Tischplatte seine Aktentasche und lehnte sich dann zurück. »Ich habe ihn schlicht und einfach gefragt, ob sich die Bezirksstaatsanwältin bei diesem Treffen blicken lässt. Meine Erkundigungen haben bestätigt, dass dieses Verhör auf ihre Veranlassung hin geschieht.«

Keely runzelte die Stirn. »Die Bezirksstaatsanwältin …?«

»Maureen Chase«, antwortete Lucas ruhig. »Du wirkst überrascht.«

»Natürlich«, sagte Keely. »Ich weiß gar nicht, warum ich nicht schon früher –«

»Wie solltest du auch?«, rief Lucas empört. »Das ist höchst unprofessionell von ihr.«

Die Tür des Konferenzzimmers wurde geöffnet, und Keely zuckte zusammen, weil sie erwartete, die rothaarige Maureen Chase zu erblicken. Stattdessen sah sie den Detective und einen zweiten Mann im Anzug, der mit ihm zusammen auf der anderen Tischseite Platz nahm. »Das ist Lieutenant Nolte«, sagte Phil. »Mrs. Weaver, Dylan – Lucas Weaver kennen Sie ja wahrscheinlich. Arbeitet sehr viel ehrenamtlich für die Polizeibehörde.« Die beiden Männer gaben einander die Hand. Keely bemerkte, dass sie pausenlos mit einem Fuß wippte, und konzentrierte sich darauf, diesen nervösen Tick zu stoppen.

»Also«, begann Stratton. »Wir sind hier, um über den Tod von Mark Weaver zu reden. Über die Todesursache sind wir uns, denke ich, alle einig. Tod durch Ertrinken, schlicht und einfach. Nur zu dem Unfall selbst haben wir noch ein paar Fragen.«

»Verzeihung«, unterbrach Lucas. »Falls Sie vorhaben sollten, diesen minderjährigen Jungen zu befragen, gibt es Verfahrensregeln –«

»Sie greifen unserer Sache weit, weit vor, Herr Rechtsanwalt«, sagte der Detective elegant. »Dylan Weaver, es ist meine Pflicht, dich darauf aufmerksam zu machen, dass du das Recht hast, zu schweigen. Alles, was du sagst, kann und wird vor Gericht gegen dich verwendet werden. Hast du das verstanden?«

Dylan sah mit großen Augen zu seiner Mutter.

»O mein Gott!«, rief Keely.

Lucas drückte ihre Hand, während Stratton fortfuhr. »Das ist eine reine Formsache«, versicherte er. »Das müssen sie tun.«

Phil beendete die Rechtsbehelfsbelehrung und schob Keely dann ein Dokument zu. »Wenn Sie hier unterschreiben könnten, Mrs. Weaver …«

Keely sah erschrocken zu Lucas, aber der nickte. »Ist schon gut, meine Liebe. Es handelt sich um eine Einverständniserklärung. Sie besagt lediglich, dass Dylans Vernehmung mit deiner Erlaubnis geschieht. Und dass man ihm seine Rechte vorgelesen hat. Das ist schon in Ordnung. Vertrau mir.« Er deutete auf eine Zeile des Formulars, und Keely unterschrieb. Dann schob sie das Blatt über den Tisch zurück.

»Also, Detective, wir versuchen, kooperativ zu sein, aber verschwenden wir nicht unser aller Zeit. Sie haben keine Indizien dafür, dass es bei Mark Weavers Tod nicht mit rechten Dingen zuging«, stellte Lucas trocken und sachlich fest.

»Es stimmt, dass wir keine Anhaltspunkte haben, was diesen Unfall auslöste. Aber selbst wenn es nur ein Unfall war, ziehen wir die Möglichkeit fahrlässiger Tötung in Betracht. Außerdem gibt es ja so etwas wie ›Mord durch nicht erkennbare Ursache‹.«

»Durch nicht erkennbare Ursache?«, wiederholte Keely. »Was soll das heißen?«

»Es handelt sich dabei um die am schwersten nachweisbare Straftat. Aber möglich ist so etwas. Fragen Sie Ihren Anwalt hier. Erinnern Sie sich noch an Frederick Yates?«

»Wer ist Frederick Yates?«, fragte Keely mit schriller werdender Stimme.

»Das ist doch absurd«, erwiderte Lucas. »Das Baby verirrte sich nach draußen zum Pool und ist hineingefallen. Es war nass bis auf die Haut. Die Polizei hat es doch selbst so vorgefunden. Mark konnte nicht schwimmen. Die einzige Fahrlässigkeit daran war, dass ein Nichtschwimmer sich ein Haus mit Swimmingpool zulegte.«

Keely schlug die Augen nieder, während ihr eine heiße Röte ins Gesicht schoss. Lucas hatte Recht; seine Feststellung ließ sich nicht von der Hand weisen. Aber es tat weh, sie so klar ausgesprochen zu hören. Keelys eigene Verantwortung für alles, was passiert war, schwebte als offene Frage im Raum.

»Ich möchte ehrlich sein, Detective. Als er mir das erste Mal davon erzählte, habe ich meinen Sohn gewarnt, von diesem

Haus die Finger zu lassen«, fuhr Lucas fort. »Und das Gleiche tat seine Frau. Auch sie hielt die Sache für keine gute Idee. Aber Mark ließ sich nicht davon abbringen. Er litt nun einmal an Selbstüberschätzung. Und an dem Irrglauben, sein törichter Entschluss würde sich nicht rächen.«
Keely sah mit schmerzlichem Blick zu Lucas auf. Die harsche Charakterisierung ihres Mannes verletzte sie, doch Lucas schenkte seiner Schwiegertochter, ohne seinen Gesichtsausdruck zu verändern, ein kurzes Augenzwinkern. Und da begriff sie plötzlich. Er schob die ganze Schuld auf Mark, weil der sich nicht mehr wehren konnte. Und in ihrem Herzen wusste Keely, Mark wäre damit einverstanden.
»Also, sonst noch etwas zu besprechen?« Lucas starrte die beiden Männer herausfordernd an.
Stratton lehnte sich in seinem Stuhl zurück und verschränkte die Arme vor der Brust. Sein muskulöser Körper wirkte eingeengt durch das Jackett und die Krawatte, die er trug. Obwohl seine dunklen Augen sanft blieben, sprach er in vorwurfsvollem Ton. »Er war Ihr Sohn, Lucas. Ich versuche nur, mich zu vergewissern, dass ihm Gerechtigkeit widerfährt.«
»Ich habe meinen Sohn gekannt, Detective. Er hätte nicht gewollt, dass Sie seine Familie dafür bestrafen. Er brachte sich aus freier Entscheidung in eine gefährliche Situation«, erwiderte Lucas.
Phil zuckte mit den Schultern. »Scheint mir ein bisschen herzlos. Und ich weiß, Lucas, dass Sie kein herzloser Mensch sind. Gibt es vielleicht etwas, das Sie mir verheimlichen möchten, indem Sie Ihren Sohn schlecht machen?«
Lucas funkelte ihn wütend an. »Nicht diese Nummer, Detective! Ich bin nicht für irgendwelche Spielchen hier.«
Stratton wandte sich an Dylan, der seinem Blick auswich.

»Wie hat deinem Vater dieser Haarschnitt gefallen, Dylan? Und dieser Ohrring?«
»Sie meinen, meinem Stiefvater?«
»Ja. Dem Opfer. Mark Weaver.«
»Dem Opfer!«, sagte Keely empört.
»Dem Unfallopfer«, erwiderte Phil.
»Er hat ihm nicht gefallen«, antwortete Dylan.
»Hattet ihr Streit deswegen?«
Dylan zuckte die Achseln. »Manchmal. Nicht allzu viel.«
»Ein Mann und sein halbwüchsiger Stiefsohn streiten über einen Haarschnitt«, schaltete sich Lucas in sarkastischem Tonfall ein. »Wenn das ein Mordmotiv wäre, dann wäre kein einziger Vater heute noch am Leben.«
»Was ist mit deiner Lederjacke?«, fragte Phil. »Sie passt dir nicht ganz.«
»Seine Jacke!«, keifte Keely. »Was hat denn die hier mit irgendetwas zu tun?«
»Trugst du sie bloß, um ihn zu ärgern?«
»Ich mag diese Jacke, sie gefällt mir«, entgegnete Dylan aufgebracht.
»Aber geärgert hat es ihn schon, nicht wahr? Ich meine, ihm war ja klar, wo du sie herhast.«
Keely sah den Detective entgeistert an. »Woher wissen Sie –«
»Das hat ihn nicht gejuckt«, sagte Dylan.
»Woher hast du sie denn?«, fragte der Detective.
»Sie gehörte meinem Dad«, erklärte Dylan trotzig. »Meinem richtigen Dad.«
Phil lehnte sich nach vorn und starrte seine großen Hände, seine sorgfältig geschnittenen Fingernägel an. »Plaudern wir doch ein bisschen über deinen richtigen Dad.«
»Na und, was ist mit ihm?«, fragte Dylan argwöhnisch.
»Habt ihr euch gut verstanden?«

»Klar. Ich habe ihn geliebt«, antwortete Dylan schlicht und einfach.
»Aber er war oft ... wütend, nicht wahr?«
»Er hatte schlimme Kopfwehanfälle«, sagte Dylan wie zur Verteidigung seines verstorbenen Vaters.
Phil nickte und presste die Lippen zusammen. »Wie kam er denn ums Leben, dein richtiger Dad?«
Dylan begann zu zittern, und Keely sah außer sich vor Wut den Detective an, aber der ignorierte ihren Gesichtsausdruck.
»Lucas«, flüsterte sie, und der Alte unterbrach das Gespräch.
»Detective Stratton«, sagte er gereizt. »Was, um alles in der Welt, hat das mit dieser Sache zu tun?«
»Wie kam er ums Leben, Dylan?«
»Er wurde erschossen«, murmelte der Junge.
»Wie bitte?«, fragte Phil.
»Er wurde ... er hat sich erschossen.«
Phil nickte, ergriff ein Stück Papier, das auf dem Tisch lag, und tat, als würde er es studieren; dann sah er wieder den Jungen an.
»Warst du zu Hause, als es passiert ist?«
Dylan schüttelte den Kopf und sah nach unten. »Nein.«
»Aber du hast ihn gefunden?«
Dylan nickte erneut.
Keelys Magen hatte sich vor Wut zusammengekrampft. Was fiel diesen Typen ein, Dylan das Ganze noch einmal durchmachen zu lassen? Am liebsten hätte sie Detective Stratton über den Tisch hinweg geohrfeigt.
Und als hätte er ihre Gedanken gelesen, begann Lucas Einspruch zu erheben. »Ist es wirklich nötig, dass man dieses Kind an die grausigen Einzelheiten erinnert, wie sein Vater gestorben ist?«

Stratton blieb unbeirrt. »Ich möchte auf etwas ganz Bestimmtes hinaus, Herr Rechtsanwalt.«
»Na, dann tun Sie's endlich. Kommen Sie zur Sache, damit wir's hinter uns bringen«, fauchte Lucas.
»Hat dein Dad dich mit seinem Revolver spielen lassen, Dylan?«
Dylan wirkte konsterniert. »Nein. Natürlich nicht.«
»Wusstest du überhaupt, dass er einen Revolver besaß?«
Dylan zögerte. »Nein.«
»Bist du da ganz sicher?«, fragte Phil. »Du hattest diese Waffe vorher noch nie gesehen?«
»Ich hab Nein gesagt«, beharrte Dylan.
»Und an dem Tag, als du deinen Vater ›gefunden‹ hast … wo fandest du da seinen Revolver?«
»Den hab ich doch gar nicht gefunden!«, schrie Dylan. »Ich hab meinen Dad da liegen sehen und bin in den Wandschrank, hab mich darin versteckt.«
»Seltsam«, meinte Phil.
»Was ist daran seltsam?«, fuhr Keely ihn an, noch bevor Lucas es verhindern konnte. »Er war damals neun Jahre alt, ein kleiner Junge. Er hat Angst gehabt.«
Der Detective überhörte ihren Zwischenruf und starrte Dylan an. »Ich sage ›seltsam‹, Dylan, weil überall auf dem Revolver deine Fingerabdrücke waren. Wie konnte das sein, wenn du ihn nie angerührt hast?«

9

Keely kam es vor, als würde der Raum aus den Angeln kippen. Sie hörte, wie Lucas den Detective anschrie, aber ihre ganze Aufmerksamkeit richtete sich auf Dylan, dessen Gesicht aschfahl geworden war. Er erwiderte ihren Blick nicht. Dann, langsam, drehte sie sich zu Stratton um und betrachtete ihn wuterfüllt. »Das ist nicht wahr«, sagte sie.

Stratton sah Keely fest und gelassen an. »Wollen Sie etwa behaupten, Sie hätten davon nichts gewusst?«

»Ich will behaupten, dass das eine Lüge ist«, entgegnete sie.

»Oh, es handelt sich ganz zweifellos um eine Tatsache«, sagte er. »Sie brauchen gar nicht so zu tun, als hätten Sie es nicht gewusst.«

»Das haben Sie sich aus den Fingern gesaugt«, insistierte Keely.

»Ich fürchte, nein«, erwiderte er. »Die Sache ist aktenkundig.«

»Aktenkundig? Und wo?«, fragte Keely herausfordernd.

»Bei der Polizei von Ann Arbor.«

»Nein. Das hätte mir jemand gesagt.«

»Ihr Mann wusste es – Mark Weaver. Er war informiert.«

»Unsinn. Er hätte nie –«

»Stopp, stopp«, unterbrach Dylan. »Ist schon okay.«

Alle Erwachsenen drehten sich um und sahen ihn an.

»Okay«, wiederholte Dylan. »Ich schätze, ich … ich glaube, ich hab das Ding aufgehoben.«

»Du glaubst?«, fragte Lucas.
»Ja, ich hab's getan, ihn aufgehoben.«
»O mein Gott, Dylan!«, rief Keely. Und ihre Gedanken kehrten blitzartig zu jenem Schreckenstag zurück. Zu Richard, wie er ausgestreckt in seinem Blut lag, und zu Dylan im Wandschrank. Jetzt war sie gezwungen, sich Dylan beim Anblick dieses Revolvers vorzustellen – ein Neunjähriger, hypnotisiert von der geladenen Waffe, auf die er zutrat. Die er aufhob. An deren Lauf er entlangstarrte. »Du hättest dich umbringen können.«
»Erzähl uns alles darüber, Dylan«, verlangte Phil Stratton.
»Einen Augenblick!«, unterbrach Lucas wütend. Er beugte sich zu Dylan hinüber, legte ihm eine Hand fest auf die Schulter und begann, ihm eindringlich ins Ohr zu flüstern. Mit leichtem Nicken hörte der Junge zu. Dann schüttelte er heftig den Kopf, und Lucas seufzte. »In Ordnung«, sagte er, »fahren Sie fort.«
Dylan saß in geduckter Haltung am Tisch, eine Hand mit der anderen umfassend, und seufzte ebenfalls. »Als ich reinkam und meinen Dad auf dem Boden liegen sah, da wusste ich nicht … der … Revolver lag neben ihm. Ich … ich hatte noch nie einen richtigen Revolver gesehen. Ich bin in die Hocke, um ihn mir anzusehen, und dann hab ich ihn aufgehoben. Ich konnte diesen komischen, Brechreiz erregenden Geruch daran riechen. Und ich glaube, da ist mir klar geworden … Sie wissen schon. Also hab ich ihn wieder hingelegt.«
»Ein vollkommen normales Verhalten für einen Neunjährigen«, warf Lucas ein.
Stratton nickte. »Vollkommen normal. Das fand die Polizei in Ann Arbor damals ebenfalls. Das Kind wurde in *einem* Raum mit der Leiche seines Vaters vorgefunden. Und sie nahm an, genau so sei es passiert.«

»Weshalb zerren Sie es also jetzt wieder hervor?«, schrie Keely. »Haben wir nicht genug gelitten, damit Sie zufrieden sind?«
»Das ereignete sich, bevor Ihr zweiter Ehemann bei einem verdächtigen Unfall starb«, sagte der Detective.
»Der Unfall ist nicht verdächtig. Mark ist ertrunken. Er war Nichtschwimmer«, rief Keely. »Was soll daran verdächtig sein?«
»Nun, es fängt damit an, Mrs. Weaver, dass *Sie* mir verdächtig erscheinen.«
Entgeistert sank Keely auf ihren Stuhl zurück.
»Schauen wir uns die Sache doch einmal an. Eines Tages beim Nachhausekommen finden Sie Ihren ersten Ehemann tot vor und Ihren Sohn Dylan mit einer Mordwaffe in der Hand.«
»So war es nicht!«, schrie Keely.
Lucas schüttelte den Kopf.
»›Ein tragischer Unfall‹, sagten Sie sich beim ersten Mal und spannen irgendeine Geschichte darum herum, zum Schutz Ihres Sohnes. Was würde eine Mutter auch sonst tun? Zuerst erzählten Sie der Polizei, es sei wahrscheinlich Selbstmord gewesen. Migräne et cetera. Dann, als Mark Weaver ins Spiel kam und Sie das Geld von der Versicherung wollten, begannen Sie, über Einbrüche in der Nachbarschaft zu reden, und dass Ihr Mann eine Waffe gekauft hätte, um die Familie zu schützen. So hätte es ja auch passiert sein können. Als aber Ihr zweiter Mann durch einen ›Unfall‹ starb, als es das zweite Mal geschah, da machten Sie sich doch ziemliche Sorgen, ob die Rolle Ihres Sohnes bei alledem wirklich rein zufällig sei.«
»Gut, das genügt jetzt aber«, sagte Lucas. »Sie bringen hier wüste Beschuldigungen vor, die jedweder Grundlage entbehren. Sie fantasieren aus dem Unglück dieser Familie

idiotische Theorien zusammen. Keely, Dylan – kommt, wir gehen.«

Stratton sah Dylan unbeeindruckt an. »Du hast dir gewünscht, dass er stirbt, nicht war, Dylan?«

»Dylan«, wiederholte Lucas scharf, »komm jetzt. Kein weiteres Wort zu diesem Mann. Phil, wir haben uns bemüht zu kooperieren. Aber bilden Sie sich nicht ein, ich wüsste nicht, wer hier dahinter steckt. Sie erstaunen mich, Phil. Ich hielt Sie für einen selbstständigen, unabhängigen Menschen.« Lucas schwang seine Aktentasche vom Tisch und zeigte mit einem Finger auf Stratton. »Sie benutzt Sie, Phil. Kennen Sie die Redensart ›Keine Strafe der Hölle gleicht dem Zorn eines Weibes‹? Sie geht planmäßig vor, und Sie, Phil, sind dabei nur ihr Werkzeug. Diese ganze Sache ist aus der Luft gegriffen, Spiegelfechterei, der Rachefeldzug einer Frau. Ein Straftatbestand liegt nicht vor.«

Das Gesicht des Detectives rötete sich. Falls Lucas aber ins Schwarze getroffen hatte, dann ließ Stratton es sich nicht anmerken. »Wir werden sehen«, erwiderte er. »Das alles hat man bei Frederick Yates auch gesagt.«

»Nein«, entgegnete Lucas, »gar nichts werden wir sehen. Das hier ist schlicht und einfach Willkür. Maureen Chase hat Sie diesen Menschen auf den Hals gehetzt, weil sie eine verbitterte, enttäuschte Frau ist. Sie mag hier Bezirksstaatsanwältin sein, aber ich verspreche Ihnen, wenn Sie damit nicht aufhören, werde ich mich an die nächsthöhere Instanz wenden. Gehen wir!«, befahl Lucas.

Phil Stratton blieb sitzen, während Dylan, gestützt von seiner Mutter, Richtung Tür stolperte. Lieutenant Nolte machte ihm auf. Keely rannte aus dem Gerichtsgebäude und sog gierig die frische Luft ein, als wäre sie unter Wasser gewesen. Dylan zitterte trotz seiner Jacke und obwohl es an diesem Nachmittag nicht kalt war. Keely sah ihn bekümmert

mert an. »O Dylan«, sagte sie. »Es tut mir so Leid, dass du das durchmachen musst. Was dieser Mensch gesagt hat, darüber darfst du nicht einmal nachdenken.«

»Ich setz mich ins Auto«, sagte der Junge, ohne sie anzuschauen, und ging zu dem Wagen hinüber. Er stieg ein und knallte die Tür zu.

Keely wollte auf Lucas warten. Sie drehte sich um und sah ihn auf seinem Weg zum Ausgang mit Leuten reden, die er kannte. Dann kam er stirnrunzelnd zu ihr herüber.

»Lucas«, sagte sie, »warum macht diese Frau so etwas?« Sie weinte. »Selbst wenn sie eifersüchtig oder wütend war, weil ich Mark geheiratet habe. Das an Dylan auszulassen ... einem Kind ...«

Lucas schüttelte den Kopf. »Es ist grausam«, sagte er. »Da stimme ich dir zu. Aber lass dich von denen nicht einschüchtern. Das Ganze löst sich schon bald in Luft auf. Sie haben nichts in der Hand. Selbst wenn Dylan Mark Böses gewünscht hätte, ist es kein Verbrechen, eine Tür hinter sich offen zu lassen.«

Keely nickte. Doch eine Sekunde sah sie die sperrangelweit geöffnete Tür und den Ausdruck auf Dylans Gesicht – dachte an ihre eigene Wut auf ihn. »Das meinte er ja auch mit fahrlässiger Tötung«, sagte sie.

»Das ist Schikane, Amtswillkür«, sprudelte Lucas heraus. »Maureen Chase weiß ganz genau, dass dieser Vorwurf nicht anwendbar ist, weil ein Kind eine Tür offen gelassen hat. Das ist absurd.«

»Aber diese ganze Geschichte mit Richards Revolver«, beharrte Keely. »Ich war schockiert. Wie konnte die Polizei davon wissen?«

Eine tiefe Besorgnis ging über Lucas' Gesicht, und Keely bemerkte das. »Was ist?«, verlangte sie zu wissen.

Lucas zuckte mit den Schultern. »Wahrscheinlich nur ein

Glückstreffer. Vielleicht haben sie die Sache nachgeprüft. Das will nichts heißen. Es ist genau, wie die Polizei damals dachte. Ein keineswegs ungewöhnliches Verhalten für einen Neunjährigen – dass er einen Revolver aufhebt und ihn untersucht. Nur in einem hat Stratton allerdings Recht: Mark musste davon wissen. Er hatte Zugang zu sämtlichen Akten. Möglich, dass er Maureen vor langer Zeit von diesen Fingerabdrücken erzählt hat. Ich meine, als das Ganze passierte, waren sie noch verlobt.«

»Ihr hat er's erzählt, aber mir nicht«, sagte Keely mit tonloser Stimme.

»Sieh's andersrum«, redete Lucas ihr zu. »Vielleicht wollte er dich einfach schützen. Mark konnte unmöglich wissen …« Er seufzte. »Auch mir hat er nie davon erzählt …«

Keelys Augen brannten, aber sie reckte entrüstet ihr Kinn vor. Sie konnte Dylan auf dem Beifahrersitz sehen. Ausdruckslos starrte er durch die Windschutzscheibe. »Ich werde mit ihr reden«, sagte Keely. »Ich kann nicht zulassen, dass sie meinem Sohn so etwas antut. Es geht ihm schon schlecht genug …«

»Tu's nicht, Keely. Ich bin hier als dein Berater, und mein Rat lautet schlicht und einfach: Tu's nicht. Halt still, beiß die Zähne zusammen und warte, bis der Sturm verflogen ist. Sie haben nichts in der Hand. Es ist überhaupt nur so weit gekommen, weil diese Frau hier einen Rachefeldzug führt und Phil Stratton ein übereifriger Ermittler ist, der seinen Namen gern in den Schlagzeilen liest. Aber sie können nicht aus Nichts einen Fall machen. Zeig ihnen nicht, dass sie dir etwas anhaben können. Genau das will Maureen Chase ja. Tu ihr diesen Gefallen nicht. Lass es einfach über dich ergehen.«

Keely nickte, während sie durch das Autofenster weiterhin das regungslose Profil ihres Sohnes studierte. In der Form seiner Nase und seiner Lippen konnte sie immer noch Spuren des unschuldigen Kindes erkennen, das so wie Abby auf wackligen Beinen herumgetappt war. Aber dem Rest der Welt erschien er natürlich als aufsässiger Jungendlicher, ein Skinhead mit einem Ohrring, sonst nichts. Sie machte die Augen zu. »Wer ist Frederick Yates, Lucas? Stratton hat ihn heute Nachmittag zweimal erwähnt.«

Lucas verzog sein Gesicht, und sofort spürte Keely Angst. »Das ist nicht vergleichbar«, antwortete er.

»Sag's mir«, drängte Keely. »Ich muss wissen, womit ich es zu tun habe.«

Lucas seufzte. »Phil liebt es, die Leute an diesen Fall zu erinnern. Frederick Yates war ein arbeitsloser Schweißer, der mit seiner Freundin und ihrer dreijähriger Tochter zusammenlebte. Eines Tages, als Yates auf das Kind aufpasste, stürzte es aus dem Fenster ihrer Wohnung im vierten Stock. Er behauptete, die Kleine sei hochgeklettert und rausgefallen, während er ihr den Rücken zukehrte. Maureen Chase war damals noch einfache Staatsanwältin. Ihr Chef wollte den Fall ad acta legen und sagte, sie solle die Sache vergessen. Aber sie hielt Yates von Anfang an für einen Lügner.«

»Was hat das mit uns zu tun?«, rief Keely.

»Eigentlich nichts«, erwiderte Lucas. »Nur handelte es sich nach Maureens Überzeugung um ein Tötungsdelikt ›durch nicht erkennbare Ursache‹. Ich meine, das Kind starb infolge des Sturzes. Daran bestand überhaupt kein Zweifel. Die Frage lautete: Weshalb stürzte es hinaus?«

»Wie ging es weiter?«, fragte Keely.

Lucas runzelte die Stirn. »Soweit ich mich entsinne, weigerte sich Yates, einen Lügendetektortest zu machen, und sie hatten keinen Beweis, keine Zeugen. Phil war damals noch einfacher Polizist, teilte jedoch Maureens Ansicht. Sie beide setzten Yates weiter unter Druck, aber der blieb bei seiner

Geschichte. Dann irgendwann trommelte Stratton all diese Labortypen zusammen, und sie verbrachten einen ganzen Tag in der Wohnung, nahmen Messungen vor und alles –«

»Genau wie an meinem Pool!«, rief Keely.

»Hm …«

»Sie nahmen also diese Messungen vor …«

»Nun, aber die allein bewiesen gar nichts«, fuhr Lucas fort. »Phil allerdings bastelte daraus diese hoch wissenschaftlich wirkende Theorie, derzufolge das Kind körperlich nicht im Stande gewesen wäre, in der von Yates behaupteten Weise auf die Fensterbank zu steigen. Zu guter Letzt brach Yates zusammen und gestand, er habe die Kleine aus dem Fenster geworfen, in einem Wutanfall über deren Bettnässerei.«

»O mein Gott«, sagte Keely. »So ein Unmensch.«

»Maureen brachte ihn lebenslänglich hinter Gitter.«

»Das hat er auch verdient«, bekräftigte Keely.

»Stimmt. Und damit machte sie ihre Karriere. Bei der nächsten Wahl drängte sie ihren Chef aus dem Sessel. Wurde die jüngste Staatsanwältin in der Geschichte von Profit County, und das meine ich vom Geschlecht unabhängig, nur aufs Alter bezogen.«

»Und Phil Stratton setzt meinen Sohn mit Frederick Yates gleich?«

Lucas legte ihr eine Hand auf den Arm. »Ruhig Blut, Keely. So weit wird es in diesem Fall nicht kommen. Ich will dich nur warnen: Wenn Phil mit irgendwelchen Detektoren anfängt, dann geh nicht darauf ein und verständige mich. Und jetzt muss ich gehen, tut mir Leid, Keely.«

»Lucas, vielen Dank fürs Kommen und alles.«

»War mir doch ein Vergnügen. Fühlst du dich gut genug zum Fahren?«

»Ich denke, das geht schon«, antwortete sie und dachte: *Es muss ja.* Sie wusste nicht, was sie Dylan sagen sollte. Das Ganze glich erneut einem Albtraum, der nie zu Ende gehen wollte. Langsam begab sie sich zu der Parklücke, in der ihr Wagen stand, stieg ein und ließ den Motor an. Dann sah sie zu ihrem Sohn hinüber.

»Geht's dir so weit gut?«

»Prima«, antwortete er.

»Das war schrecklich«, sagte sie.

Dylan zeigte keine Reaktion.

»Schatz, ich habe mit Lucas geredet. Er glaubt, dass sie auf uns rumhacken, das hat … persönliche Gründe. Es hinge mit der Beziehung der Staatsanwältin zu Mark zusammen. Dass sie einfach alles auszugraben versuchen, was uns unglücklich macht.«

Statt eine Antwort zu geben, griff Dylan hinüber, stellte das Radio an und schaltete auf den Heavymetal-Sender, den er besonders mochte.

»Dylan, mach das aus«, sagte Keely. »Ich rede mit dir.«

»Ich will das gern hören«, erwiderte er.

»Schau, dass wir hier so unfair gehetzt werden, heißt noch lange nicht, es wäre nicht ernst.«

Dylan blinzelte aus dem Seitenfenster und trommelte mit seinen Zeigefingern auf den Oberschenkeln.

Keely griff hinüber, um die Aus-Taste des Radios zu drücken. Der Wagen versank wieder in Schweigen, und Dylans Blick schien sich mit Eis zu überziehen.

»Wieso hast du mir nie davon erzählt, dass du den Revolver aufgehoben hast? Als Daddy starb.«

»Du hast mich nie danach gefragt«, erwiderte er.

Nicht ich bin hier der Feind, dachte sie. *Warum kann ich nicht mit dir reden?* Aber sie sagte es nicht. Sie wusste, das würde nur zu unergiebigen Diskussionen führen. Sie legte ihre Hände auf das Lenkrad und seufzte. Dann schaltete sie in den ersten Gang.

»Gibt es irgendetwas, das du vor mir verheimlichst?«, fragte sie. »Ich lege keinen Wert auf noch mehr Überraschungen.«

Er schwieg ein paar Sekunden, und sie bemerkte einen seltsamen Ausdruck auf seinem Gesicht. Ein flüchtiges Aufschimmern von ... Schuldgefühlen. Plötzlich erstarrte ihr Herz in der Brust. »Dylan?«

»Nein, du weißt alles«, antwortete er sarkastisch.

»Dylan, ich warne dich. Nicht diesen Ton.«

»Kannst du nicht einfach fahren?«, fragte er müde und verdrossen. »Ich will heim.«

Da sind wir uns ziemlich einig, dachte Keely. »Wir müssen bei deiner Großmutter vorbei und Abby abholen«, sagte sie.

Dylan fuhr in seinem Sitz hoch wie angestochen. »Erzähl ihr kein Wort«, verlangte er.

Keely sah ihn an. »Worüber denn?«

»Über alles. Den Revolver. Ich will nicht, dass sie sich Sorgen macht«, sagte er, wie um sich zu verteidigen. »Versprich, dass du ihr nichts erzählst.«

Keely betrachtete ihn stirnrunzelnd. Es erschreckte sie, wie wenig sie ihn verstand. »Versprochen«, antwortete sie und fügte im Geist hinzu: *fürs Erste.* Sie selber hoffte ja nicht weniger inständig als er, dass niemand je davon erfahren würde.

10

Ingrid Bennett wohnte immer noch in der stillen Straße und in dem hübschen bescheidenen Häuschen, das sie und ihr Mann gekauft hatten, als Richard vier Jahre alt war. Beim Abbiegen stiegen in Keely jedes Mal die Erinnerungen auf an ihren ersten Besuch hier in der Swallow Street. Richard hatte sie damals mit heimgenommen, um sie seinen Eltern vorzustellen und seine Hochzeitspläne zu verkünden. Noch heute erinnerte sich Keely an ihren Stolz, auf dem Weg zur reifsten aller menschlichen Beziehung zu sein, und an ihre Nervosität – wenngleich sie es beharrlich leugnete –, ob seine Eltern mit ihr einverstanden wären. Sie trug in diesen College-Zeiten oft Schwarz, aber für ihren Antrittsbesuch hatte sie bewusst einen blassgelben Pulli ausgewählt und ein fast unerhörtes Zugeständnis gemacht, nämlich ihre Bluejeans gebügelt.

Keely bog in die Einfahrt und parkte ihren Geländewagen hinter Ingrids kleinem weißem Toyota. Einen Moment starrte sie auf das schmucke beigefarbene Häuschen mit seinen gestutzten Hecken und seinem von Laub befreiten Rasen. Auch nach dem Tod von Richards Vater hielt Ingrid das Anwesen tadellos in Ordnung, obwohl ihr das von Jahr zu Jahr schwerer fiel.

»Ich warte solange im Wagen«, brummte Dylan.

Keely schaute ihn erstaunt an. »Du weißt doch, dass Oma dich gern sehen möchte«, sagte sie.

Dylan seufzte. Er machte die Wagentür auf und stieg aus,

schenkte seiner Mutter aber keinen Blick. Dann ging er über den Fußweg zur Haustür und spazierte hinein. Keely folgte ihm. Wäre sie allein gewesen, dann hätte sie angeklopft. Sie und Ingrid verstanden sich zwar, aber es gab auch gewisse Förmlichkeiten zwischen ihnen. Dylan dagegen marschierte immer schnurstracks hinein. Er trat ein und rief laut nach seiner Großmutter, weil er sicher war, willkommen zu sein. Keely klopfte an die offene Tür und streckte den Kopf ins Zimmer. Abby saß auf dem makellos grünen Teppich, der den ganzen Boden bedeckte, während Dylan, leicht vorgebeugt und eingehüllt in ihre Umarmung, vor seiner Großmutter stand.

»Wie geht es denn meinem großen Jungen?«, rief Ingrid freudig, denn in der Tat überragte Dylan sie mittlerweile.

»Hallo, Ingrid«, sagte Keely. »Was macht dein Rücken?«

»Tut immer noch weh«, gestand Ingrid. »Ich nehme viele Schmerzmittel.«

Keely ging neben Abby, die auf dem Boden spielte, in die Hocke. Ingrid hatte für die Besuche der Kleinen immer einen Haufen Plastikspielzeug parat. »War sie denn brav?«

»Aber klar«, versicherte Ingrid. »Sie hat sich für alles interessiert.«

Keely sah sich in dem Zimmer um. Es wirkte gepflegt und aufgeräumt; jedes Figürchen, jeder Topf voll getrockneter Blumen stand an seinem Platz. »Tut mir Leid«, sagte sie. »Sie ist nun mal in diesem Alter.«

»Das stört mich nicht«, sagte Ingrid. »Sie hat keine Mühe gemacht.«

Aus einem Beschützerimpuls heraus legte Keely ihre Arme um das Kind und küsste es auf die Stirn. Sie wusste, Ingrid hatte Babys gern und würde bei der nächstbesten Gelegenheit all ihren Freundinnen von Abbys Tun und Treiben berichten. Aber dennoch hatte ihr Ton, wenn sie über Abby sprach, immer eine Distanz, die bei Dylan völlig fehlte. Abby lag ihr am Herzen. Dylan liebte sie.

»Was hat die Polizei denn gewollt?«, fragte Ingrid.

Keely sah zu Dylan, der sie mit einem scharfen Blick warnte.

»Nur ihren Bericht über den Unfall vervollständigen«, antwortete sie. »Du weißt ja selbst, wie das ist.«

Ingrid nickte beruhigt. »Einen Moment«, sagte sie zu Dylan. »Ich möchte an dir Maß nehmen.«

Keely unterdrückte ein Lächeln, als sie Dylans erschrockenes Gesicht sah. Während Ingrid geschäftig aus dem Zimmer verschwand, begegnete er kurz dem Blick seiner Mutter. Seine Lippen bildeten die Worte »Schon wieder ein Pullover«, und er verdrehte die Augen. Keely versuchte, nicht zu lachen. Letzte Weihnachten hatte ihm Ingrid einen roten Pullover gestrickt, auf dessen Brust ein Rentier war. Er zog ihn ausschließlich in dieses Haus an, unter seiner fest verschlossenen Jacke, und beklagte sich immer, es sei zu warm und er müsse ihn ablegen.

»Dylan, komm her, mein Schatz«, rief Ingrid aus dem hinteren Schlafzimmer, das früher Richard gehört hatte und wo sie nun ihre Nähmaschine, Plastikboxen voll Stoff, Stricknadeln und Garn sowie Richards alten Computer aufbewahrte. Keely hatte ihn ihr angeboten, als sie hierher gezogen waren, denn Marks Ausrüstung befand sich auf dem neuesten Stand. Zuerst hatte Ingrid Nein gesagt. Dann aber schlug Dylan vor, er könne ihr den Computer anschließen und ihr zeigen, wie man damit ins Internet geht. Heute schrieb Ingrid E-Mails an Richards Schwester Suzanne in San Francisco, benutzte das Gerät zum Herunterladen von Handarbeitsmustern und gehörte zu einer Gruppe, die online Rezepte austauschte.

»Ich komme schon«, antwortete Dylan bemüht lebendig. Keely warf ihm einen aufmunternden Blick zu, während er lustlos durch den Gang davonstapfte. Sie erhob sich und ging zu dem Hi-Fi- und Fernsehregal aus Kirschholz, das die eine Wohnzimmerwand einnahm. Die einzige elektronische Ausrüstung, die es enthielt, waren ein kleines Fernsehgerät und ein Videorecorder. Den Rest der Regale füllten gerahmte Erinnerungsfotos der Familie. In dem Regal neben dem Fernseher, wo Ingrid normalerweise ihre Sammlung von Hummelfiguren aufbewahrte, lagen zwei dicke Fotoalben übereinander. Ingrid musste heute in die Vergangenheit gereist sein, dachte Keely. Sie schlug das oberste Album auf und blätterte es müßig durch. Dabei ließ ein Bild sie innehalten. Es zeigte Richard hinter dem Lenkrad seines ersten Autos, einem alten Cabrio, mit Mark auf dem Beifahrersitz. Mark hatte ihr erzählt, er sei bei Richards Eltern praktisch zu Hause gewesen. Auf dem Foto winkten und grinsten die beiden in die Kamera. Das Fotoalbum war chronologisch geordnet, daher fand Keely auch von Mark aus den Jahren, als er und Richard wie Pech und Schwefel waren, noch mehrere Aufnahmen – eine Zeit, lange bevor sie selbst den einen oder den anderen kannte. Es kam ihr bis heute so merkwürdig vor, dass sie diese Männer, diese seit langem getrennten Freunde, beide geheiratet hatte.

Keely hörte Dylan ins Wohnzimmer zurückkehren und klappte das Album zu. Der Junge führte ihr einen schwarzen Pullover vor, auf dessen Vorderseite ein Blitz war. Keely betrachtete ihn mit hochgezogenen Brauen. »Der ist wirklich hübsch«, meinte sie.

»Besser als mit Rentier«, pflichtete Dylan bei.

»Bring ihn wieder her«, rief Ingrid. »Er ist noch nicht fertig.«

»Ich komme, Oma. Der Pullover ist ganz schön cool«, antwortete er.

Keely war stolz auf ihren Sohn. Um nichts in der Welt würde er Ingrids Gefühle verletzen. Als er den Raum verließ, klingelte es an der Haustür. »Ich mach das schon«, rief Keely und ging öffnen.
Ein junger Mann in weißem Hemd, Blazer und Jeans stand auf der Schwelle. In der Hand trug er einen schwarzen Aktenkoffer aus Mikrofaser. »Mrs. Bennett?«, fragte der Mann.
»Nein, ich bin die Exschwiegertochter von ihr«, antwortete Keely.
»Mrs. Bennett erwartet mich. Mein Name ist Tom Mercer«, sagte er.
»Augenblick bitte. Ich geh sie holen.« Und Keely ging in den Flur. »Ingrid. Hier ist ein Tom Mercer«, rief sie. »Er möchte dich sprechen.«
»Bitte ihn doch herein«, rief Ingrid zurück.
Keely kehrte wieder um in die Diele. »Wollen Sie nicht hereinkommen?«
Der junge Mann betrat das Wohnzimmer. Als er Abby auf dem Boden sitzen sah, redete er mit gurrenden Tönen auf sie ein, und sie belohnte ihn mit ihrem Grinsen.
Ingrid, gefolgt von Dylan, kam herein und beäugte den jungen Mann in ihrem Wohnzimmer. »Sind Sie der Bursche von der *Gazette*, der angerufen hat?«, wollte sie wissen.
Sofort wurde Keely hellhörig. »Von der *Gazette?«*
Der junge Mann streckte einen Arm aus. »Tom Mercer. Schön, Sie kennen zu lernen, Mrs. Bennett.«
Ingrid schüttelte ihm die Hand. »Nehmen Sie doch Platz, Mr. Mercer. Möchten Sie irgendetwas trinken?«
Keely betrachtete den Journalisten misstrauisch, der jetzt einen Kassettenrekorder aus seinem Aktenkoffer zog. Dann sah sie zu ihrer Schwiegermutter.
»Tut mir Leid«, sagte Ingrid. »Das ist die ehemalige Frau

meines Sohnes. Über die wir ja schon am Telefon sprachen. Und das hier ist mein Enkel Dylan.«

Dylan gab flüchtig die Hand, aber Keely runzelte die Stirn. Sie bückte sich, um Abby hochzuheben. »Weshalb habt ihr über mich gesprochen?«

»Mr. Mercer schreibt an einem Artikel über Richard«, verkündete Ingrid stolz.

»Warum?«, fragte Keely und hörte selbst, wie schroff ihre Stimme klang.

»Warum nicht?«, erwiderte Ingrid. »Er war ein brillanter Mann.«

»Ja, aber er ist schon fast fünfzehn Jahre tot. Warum schreiben Sie diesen Artikel gerade jetzt, Mr. Mercer?«, wollte Keely wissen.

»Keely«, protestierte Ingrid. »Was soll diese Frage!«

»Eigentlich habe ich auch auf eine Gelegenheit gehofft, mit Ihnen zu reden, Mrs. Weaver«, antwortete der junge Mann.

»Weshalb? Was wissen Sie über mich?«, fragte Keely.

»Selbstverständlich habe ich für diese Arbeit ein paar Recherchen durchgeführt«, sagte Mercer.

Keely bemerkte seine ausweichende Antwort. Sie musterte ihn mit zusammengekniffenen Augen. »Es geht nicht nur um Richard, stimmt's?«, erwiderte sie. »Das hat etwas mit Marks Tod zu tun.«

»Eigentlich geht es um beide Männer«, antwortete Mercer beschwichtigend. »Ein Artikel von quasi menschlichem Interesse. Zwei Highschool-Freunde, beide erfolgreich auf ihrem jeweiligen Gebiet, beide in jungen Jahren tragisch ums Leben gekommen und beide darüber hinaus verbunden, indem sie dieselbe Frau heirateten. So etwas wollen die Leute lesen.«

»Wir wünschen keine Publicity«, entgegnete Keely mit Nachdruck. »Wir möchten die Sache hinter uns lassen.«

»Mrs. Bennett schien eher bereit als Sie, über Ihren Sohn zu reden«, erwiderte Tom Mercer höflich, aber hartnäckig.

»Ich bin sicher, Mrs. Bennett war nicht klar, was Sie im Schilde führen«, sagte Keely und wiegte die unruhig werdende Abby ein wenig in ihren Armen.

Obwohl sie ihre Schwiegermutter, die hinter ihr stand, nicht ansah, betete sie darum, Ingrids Unterstützung zu finden.

»Ich sehe nicht, wieso das schaden könnte«, erklärte die ältere Frau.

Keely drehte sich zu ihr um und erinnerte sich, dass Ingrid nichts von den hässlichen Fragen wusste, die der Detective heute gestellt hatte. Vor diesem Reporter würde Keely das Thema nicht anschneiden. »Ich halte es einfach nicht für angebracht«, sagte sie.

»Nun«, erwiderte Ingrid förmlich, »du kannst tun und denken, was du willst. Aber ich lasse mir nicht vorschreiben, mit wem ich in meinem eigenen Haus über meinen eigenen Sohn sprechen kann oder nicht. Ich habe mich schon darauf gefreut. Ich bekomme nicht oft Gelegenheit, über Richard zu reden. Du jedenfalls bringst ihn, weiß Gott, nie zur Sprache.«

Keely fühlte ihr Gesicht erröten, als Tom Mercer ihr ein Lächeln zuwarf. Er setzte sich auf das Sofa und schlug die Beine übereinander. Keely nahm Abby auf ihren anderen Arm, ergriff ihre Handtasche und fischte die Schlüssel heraus. Sie würde diese Sache nicht vor einem Reporter breittreten.

»Dylan«, sagte sie. »Komm, wir gehen.«

Dylan blickte wachsam von seiner Mutter zu seiner Großmutter. Dann ging er hinüber und umarmte Ingrid. »Der Pullover ist cool, Oma«, sagte er. »Vielen Dank.«

»Nichts zu danken, Liebling. Ich mach ihn noch diese Woche fertig«, antwortete sie und küsste ihn auf die Wange.

Ohne Keely oder den Reporter anzusehen, marschierte Dylan aus der Haustür.

»Danke, dass du dich um Abby gekümmert hast«, sagte Keely, vermied dabei aber den grimmigen Blick ihrer Schwiegermutter. »Mr. Mercer, bitte rufen Sie mich gar nicht erst an. Ich habe Ihnen nichts mitzuteilen.«

Damit brachte Keely das Baby zum Wagen hinaus. Unterwegs schlief Abby ein, und alle drei fuhren schweigend nach Hause. Daheim angekommen, nahm Keely die Kleine aus ihrem Kindersitz und bettete sie an ihre Brust. Abbys winziges Fäustchen grapschte im Schlaf eine Hand voll von Keelys Bluse.

Dylan wollte gleich in sein Zimmer gehen, aber Keely hielt ihn auf. »Dylan«, sagte sie, »du machst einen möglichst großen Bogen um diesen Kerl, falls er zu dir in die Schule kommt oder so. Sprich kein Wort mit ihm! Das Ganze gefällt mir nicht.«

Dylan nickte. »Keine Sorge. Aber weißt du, es stimmt, was Oma gesagt hat. Du redest wirklich nie über Dad. Du tust, als hätte es ihn nie gegeben.«

Keely betrachtete ihren Sohn mit einem erschöpften Blick. »Schatz, es fällt mir schwer, in Großmutters Gegenwart über deinen Dad zu sprechen. Aber das hat nichts mit meinen Gefühlen für ihn zu tun. Du und ich können jederzeit über ihn reden. Es wäre mir sogar eine Freude.«

»Klar«, sagte er, starrte aber über ihren Kopf hinweg.

»Dylan, ich habe deinen Vater sehr geliebt.« Sie dachte eine Sekunde lang an die Uhrzeit, das Abendessen und die Hausarbeit. Dann schob sie all diese Gedanken bewusst beiseite. »Schau, lass mich nur rasch Abby zu Bett bringen und diese unbequemen Schuhe ausziehen, danach können wir uns hinsetzen, vielleicht ein paar von unseren alten Videos ansehen. Wie wär's mit dem von dem Campingausflug, als du sieben warst? Das Video *liebe* ich richtig. Weißt du noch, wie die Waschbären unseren Proviant geklaut haben und wir das, was übrig war, in einen Baum hängen mussten?«

»Auf so was hab ich keinen Bock«, knurrte er. »Ich bin kein Baby mehr.«

»Aber Schatz, gerade eben hast du doch gesagt –«

»Glaubst du, du könntest alles einfach vom Tisch fegen, indem du ein paar alte Videos ansiehst?«

Keely sah ihn verständnislos an. »Was heißt ›vom Tisch fegen‹? Ich dachte, du wolltest reden. Dylan, wir haben einen furchtbaren Tag hinter uns. Die Sache mit der Polizei und alles, was passiert ist. Ich versuche lediglich ... Du sollst nur wissen, dass ich dich verstehe.«

»Gar nichts verstehst du«, entgegnete er.

»Gut, dann erklär es mir«, bat sie.

»Du hörst ja nicht zu. Es ist, als ob man mit einer Wand redet.«

»Vielen Dank, mein Sohn«, erwiderte sie bitter.

»Ich geh nach oben.«

Keely sank auf die Treppe und drückte ihr Baby an sich, während Dylan hinaufging. Seine schweren Schritte ließen die Stufen unter ihr erzittern.

11

Auf dem Weg zu ihrem Briefkasten betrachtete Keely versonnen den goldenen Herbsttag. *Du solltest das Baby nehmen und irgendwohin fahren,* dachte sie. *Das würde dich ablenken.* Jedes Mal, wenn das Telefon klingelte, schrak sie zusammen und rechnete mit den Ermittlern der Staatsanwaltschaft, die sie wie hungrige Haie immer enger umkreisten, um noch einen Bissen aus ihnen herauszureißen. Beim Rückweg über die Einfahrt fürchtete sie sich fast, wieder in das Haus hineinzugehen, in die nervenzermürbende Stille, die sie umgab.

Heute Nacht hatte Keely geträumt, mit Dylan in seiner neuen Schule zu sein. Sie saßen an einem Tisch im Cafeteria-Stil, und Dylan trug eine Schuluniform. Er erzählte, wie er diese Uniform hasse und dass er wieder nach Hause wolle. In ihrem Traum konnte sich Keely nicht vorstellen, warum sie ihn in so eine Schule geschickt hatte. In wachem Zustand war ihr diese Idee überhaupt nicht gekommen. Die anderen Jungen schlurften schweigend an ihnen vorbei, und sie fragte sich, warum deren Eltern nicht auch zu Besuch kamen. Doch das Gefühl der Distanz in diesem Traum war zu groß, um es zu ignorieren. Keely wünschte sich, Dylan mit heimnehmen zu können, aber sie wusste, das ging nicht. Und in dem Moment, als sie aufwachte – immer noch ganz verstört, immer noch flach auf dem Rücken liegend –, begriff sie mit einem Mal. Der Schauplatz des Traums war nicht die Schule. Es war ein Gefängnis.

Sie schüttelte den Kopf, als wollte sie dadurch die Erinnerung an diesen schrecklichen Traum verbannen. *Du solltest Abby in den Kinderwagen setzen und rausgehen,* dachte sie, verärgert über sich selbst. *Bald ist es jeden Tag kalt und düster.* Aber die Vorstellung, das Haus zu verlassen, war Furcht einflößend. Keely kam sich immer so allein vor, wenn sie den Kinderwagen durch diese stille, unberührte Wohngegend schob, wo die Häuser so weit von der Straße zurückgesetzt waren, dass man kein Lebenszeichen entdeckte. Und fest stand, dass sie sich in letzter Zeit so müde und erschöpft fühlte, als wären selbst die leichtesten Aufgaben nicht zu bewältigen.

Sie war nicht die Einzige. Keely dachte an Dylan, dem es neuerdings schwer fiel, morgens aus dem Bett zu kommen. Eigentlich war er immer ein Frühaufsteher gewesen, aber jetzt schien es, als versuchte man, jemanden aus dem Koma zu wecken. Keely schob das auf die Teenager-Hormone – man wusste ja, dass Heranwachsende mehr Schlaf brauchten. Aber dennoch fürchtete sie, in Dylans Fall könnten es auch Depressionen sein. Jedes Mal wenn sie etwas sagte, dass er vielleicht mit jemandem reden solle – einem Therapeuten oder so –, sah er sie an, als verlangte sie, er solle Spaß an seiner eigenen Enthauptung haben. Irgendwann würde sie allerdings darauf bestehen müssen.

Mit einem Seufzer setzte sie sich an den Küchentisch und sah flüchtig die Kataloge und Umschläge durch, die mit der Post gekommen waren. Bei einer eleganten Broschüre hielt sie inne. Es war eine Einladung zu einer Werbeveranstaltung für besonders geschätzte Kunden des Juweliergeschäfts Collier's, einem Familienbetrieb in der Innenstadt, wo Mark meistens seine Geschenke für sie gekauft hatte. Sofort fiel Keely wieder die Rechnung für das Rauchtopas-Armband ein. Eigentlich hatte sie ja bei dem Juwelier nachfragen wollen, ob das Schmuckstück immer noch im Laden liege, doch wegen all der Ereignisse war ihr diese Sache ganz entfallen. »Es wäre einen Ausflug wert, das herauszufinden. Auf geht's, meine Kleine«, sagte sie zu Abby, die in dem hohen Kinderstuhl saß und mit ihrem Löffel auf das Tablett schlug. »Wir fahren in die Stadt.«

Abby strampelte freudig, und ihre Augen strahlten.

»O mein Baby«, sagte Keely, während sie Abby aus dem Stuhl hob und an sich drückte, das kleine Geschöpf mit seinem warmen, von Haferbrei klebrigen Gesicht. »Du bist meine Rettung. Wirklich. Wenn wir draußen sind, besuchen wir auch die Entchen.«

Entschlossen holte Keely die Rechnung aus dem Stapel auf Marks Schreibtisch in dem kleinen Arbeitszimmer. Dann suchte sie Pullover, Fläschchen, Windeln und eine Tüte altes Brot für die Enten zusammen und stopfte es in die Windeltüte. In der Garage löste sie mit einigem Aufwand Abbys Kinderwagen aus der Halterung, klappte ihn zusammen und verstaute ihn im Heck ihres Geländewagens. Als sie sich flüchtig die Haare durchgekämmt und etwas Lippenstift aufgelegt hatte, nahm sie Abby und brachte sie nach draußen zum Auto, wo sie sie im Kindersitz festschnallte, während Abby quiekend auf die Eichhörnchen deutete.

Keely wollte sich gerade hinter das Lenkrad setzen, da hörte sie im Haus das Telefon. Sie zögerte einen Moment. Ihr erster Gedanke war Dylan, wie immer. Der zweite die Polizei. *Es könnte aber auch die Maklerin sein, die wieder einen Termin ausmachen möchte,* fiel ihr dann ein. *Oder Lucas, wegen weiterem Papierkram.* Wenn es Dylan war und wenn es um Wichtiges ging, dann kannte er ja ihre Handynummer und wäre so schlau, sie darauf anzurufen. Ihr Handy war in der Windeltüte verstaut. *Andernfalls ist es mir egal,* dachte sie. *Ich möchte es gar nicht wissen. Abby und ich machen einen Ausflug. Wir kön-*

nen zurückrufen. Damit schlug sie die Autotür zu und ließ den Motor an.

Das historische Städtchen St. Vincent's Harbor wirkte in dem schönen Herbstlicht noch malerischer als sonst. Keely schob den Kinderwagen die Main Street entlang, bis sie vor dem Juweliergeschäft Collier's ankam. Das Schaufenster war voller glänzender Uhren und glitzerndem Schmuck, alles auf schwarzem Samt präsentiert. Keely stieß die Ladentür auf, und das Glöckchen klingelte diskret. Reginald Collier, elegant mit einer Fliege am Hemdkragen, bediente gerade eine ältere Dame, die ihm die Geschichte des Halsbandes vortrug, das sie repariert haben wollte. Keely wartete geduldig, während der Juwelier seiner Kundin wieder und wieder versicherte, sie könne beruhigt sein, dann das Halsband in einem Plastiktütchen verstaute und dieses in eine Schublade unter der Thekenvitrine gleiten ließ. Zu guter Letzt wandte er sich an Keely. »Kann ich Ihnen helfen?«

Keely holte tief Luft. »Ich hoffe es. Mein Name ist Keely Weaver«, antwortete sie. »Mein Ehemann Mark war Stammkunde Ihres Geschäfts.«

Der Juwelier machte ein bedauerndes Gesicht. »Mr. Weaver war ein sehr geschätzter Kunde«, sagte er. »Eine furchtbare Tragödie. Darf ich Ihnen mein Beileid aussprechen?«

»Danke«, erwiderte Keely. »Ich bin gekommen, um mich hiernach zu erkundigen.« Sie schob ihm die Rechnung über die Theke zu.

Reginald Collier nickte bedächtig. »O ja«, sagte er. »Natürlich. Nun, ich muss mich entschuldigen, Mrs. Weaver. Ich hätte die Buchhaltung anweisen sollen, Sie im Moment nicht zu belästigen. Das ist eine Taktlosigkeit. Schrecklich. In dieser Sache besteht überhaupt keine Eile.«

»Mein Mann hat hier allerhand Geschenke für mich gekauft«, bemerkte Keely.

»O ja, ich weiß. Und er hatte einen vorzüglichen Geschmack. Ihr Herr Gemahl stand in einer langjährigen Beziehung zu Collier's. Das war ein Fehler der Buchhaltung. Ein grober Fehler. Ich habe die finanzielle Geschäftsführung nämlich einem Service anvertraut, der die Rechnungen automatisch verschickt und die Konten beaufsichtigt. Meine Frau und ich waren dem einfach nicht mehr gewachsen. Aber das kommt dabei heraus. Man verliert die persönliche Note«, sagte er, während er die Rechnung zerriss und in den Abfallkorb hinter dem Ladentisch warf. »Glauben Sie mir, ich werde ein Wörtchen mit dieser Firma reden. Lassen Sie sich alle Zeit, die Sie brauchen, Mrs. Weaver. Ich weiß, Sie haben derzeit Dringenderes im Kopf. Und ich bedaure, dass man Sie damit belästigt hat.«

»Nun, das ist sehr freundlich von Ihnen«, sagte Keely besänftigt, »aber eigentlich geht es um etwas anderes. Ich habe das Armband nämlich nicht. Deshalb fragte ich mich, ob es Mark vielleicht hier gelassen hat, zum Gravieren oder so. Ich selbst habe es nie zu Gesicht bekommen.«

Reginald Collier runzelte die Stirn. »Nein. Mr. Weaver hat es mitgenommen – ein reizendes Stück, soweit ich mich erinnere. Rauchtopas, in Gold gefasst. Die Steine waren rechteckig geschliffen wie Smaragde.«

»Das klingt wirklich wunderschön«, sagte Keely. »Aber ich habe es nicht. Um ehrlich zu sein, wollte ich allerdings das Haus noch nicht auf den Kopf stellen. Ich dachte, ich frage erst einmal bei Ihnen …«

»Nun, ich erinnere mich nicht, dass es graviert worden wäre, aber lassen Sie mich nachsehen …« Der Juwelier zog ein großes, in schwarzes Leder gebundenes Buch unter der Theke hervor und blätterte es durch. Die Seiten waren mit einer eleganten Handschrift gefüllt. »Da haben wir's«, verkündete er. »Ihr Mann hat es vor zirka zwei Wochen mitgenommen. Jetzt erinnere ich mich. Er sagte, es sei ein Geschenk für Sie, zum Hochzeitstag.«

Keely blinzelte ein paar Tränen weg. »Ja, das dachte ich mir schon«, antwortete sie leise. »Er starb noch vor diesem Datum.«

»Oh, das ist tragisch«, meinte Mr. Collier bedauernd. »Wahrscheinlich hat er es irgendwo versteckt, um Sie zu überraschen. Wissen Sie, wo er solche Dinge für gewöhnlich versteckte? Ehefrauen wissen das anscheinend ja immer. Zumindest die meine. Ich kann ihr nie etwas vormachen.«

Keely runzelte die Stirn. »Nein. Eigentlich nicht.«

»Vielleicht in seinem Büro«, schlug der Juwelier vor. »Oder in einem Bankschließfach?«

»So etwas hatte er nicht. Aber in seinem Büro möglicherweise. Das ist eine gute Idee. Dann muss ich es wohl dort suchen«, antwortete Keely.

»Ich bin sicher, das Armband wird sich finden«, sagte der Juwelier. »Sollte Ihnen natürlich seine Wahl nicht gefallen, dann können Sie es jederzeit umtauschen. Oder zurückgeben ... falls Sie den Betrag nicht ausgeben wollen ... Wir würden das sicherlich verstehen ...«

»Nein«, erwiderte Keely fest. »Es war sein letztes Geschenk für mich. Ich weiß, wenn ich es gefunden habe, werde ich es wie einen Schatz hüten.« Sie lächelte den Juwelier an. »Vielen Dank. Sie waren wirklich sehr freundlich.«

Der Mann nickte liebenswürdig und winkte Abby zum Abschied zu, als Keely den Kinderwagen herumdrehte und in Gedanken versunken das Geschäft verließ. Sie würde sich ernsthaft auf die Suche machen müssen. Sie hatte das Haus ja nicht nach diesem Armband umgekrempelt. So wichtig

war ihr das nicht erschienen, bei all ihren anderen Problemen. *Wir werden ein bisschen suchen müssen,* dachte sie.
Beim Aufblicken stellte Keely fest, dass sie fast auf gleicher Höhe mit Lucas' Kanzlei war, Marks früherem Arbeitsplatz. Sie zögerte und überlegte. Nein, heute würde sie die Sache noch nicht bewältigen können. *Sehen wir erst einmal zu Hause nach,* dachte sie. Sie wartete eine Lücke in dem unregelmäßig fließenden Verkehr ab und schob Abby über die Straße. Drüben an der Ecke stand ein blauer Zeitungskasten aus Metall, fast so groß wie ein Briefkasten, aber mit einer verglasten Front, hinter der die neueste Ausgabe der *St. Vincent's Harbor Gazette* prangte. *Vielleicht sollte ich mir eine kaufen,* dachte Keely, während sie näher kam, und dann entzifferte sie die Schlagzeile. Ihr Herz schien sich zu überschlagen, und das Blut schoss ihr ins Gesicht.
»ORTSANSÄSSIGER JUGENDLICHER IN 2 TÖDLICHE UNFÄLLE VERWICKELT«, schrie es dort in fetten Buchstaben, und darunter: »STAATSANWALTSCHAFT DRÄNGT AUF WEITERGEHENDE UNTERSUCHUNG«. Begleitet wurde der Artikel aus der Feder von Tom Mercer durch zwei Fotos: eines von Mark – sein Bild aus der Werbebroschüre der Kanzlei – und das andere war jenes Cabrio-Foto, das Keely in Ingrids Wohnzimmer gesehen hatte: Richard und Mark als Teenager im Auto.
Nervös kramte sie nach zwei Vierteldollar, steckte sie in den Einwurfschlitz und zog eine Zeitung heraus. Die *Gazette* in ihren zitternden Händen, sank sie gegen den Kasten und las den Artikel, der eine Namensnennung sorgfältig vermied, weil Dylan noch kein Erwachsener war. Er bezeichnete ihn aber als den vierzehnjährigen Stiefsohn von Mark Weaver, einem prominenten ortsansässigen Anwalt, der kürzlich ertrunken sei. Allerdings hege die Staatsanwaltschaft an diesem scheinbaren Unfalltod inzwischen Zweifel.

Ausgiebig zitiert wurde Maureen Chase, die angab, in Hinblick auf die Rolle des Jungen beim Tod seines leiblichen Vaters bewerte man die Umstände von Mark Weavers Tod neu. Und der Traum von letzter Nacht stürmte erneut so heftig auf Keely ein, dass sie glaubte, sich übergeben zu müssen.

Schäumend vor Wut auf Maureen Chase, die sie nicht einmal kannte, zerknüllte sie die Zeitung in ihren Händen. *Wie kann sie es wagen?*, dachte sie. *Mit ihren schmutzigen Andeutungen und Unterstellungen ein unschuldiges Kind in der Zeitung anzuprangern. Meinen Sohn,* dachte Keely, *meinen kleinen Jungen.* Tränen schossen ihr in die Augen, aber sie weigerte sich, zu weinen. Genau das wollte Maureen Chase – ihre Macht ausnutzen, um sie alle zu kränken und zu demütigen. »Jetzt reicht's«, sagte Keely laut. »Damit kommt sie mir nicht davon.«

Abby, die auf die Wut und Anspannung in der Stimme ihrer Mutter reagierte, begann zu wimmern.

Keely sah auf den Kinderwagen hinab. Am liebsten wäre sie sofort hinüber in Maureen Chase' Büro, wäre an deren Sekretärin vorbeigerauscht und hätte ihr klipp und klar die Meinung gesagt. Als sie aber sah, wie Abby mit einem Gesicht voller Plätzchenkrümel zu ihr aufblickte, wusste Keely, sie wäre im Nachteil, wenn sie die Staatsanwältin zur Rede stellte. Sie durfte kein Baby im Schlepptau haben. Was also tun? Sollte sie Maureens Sekretärin bitten, auf das Baby aufzupassen, während sie selbst hineinmarschierte und der Behördenchefin ins Gesicht schrie? Keely fühlte sich wie gelähmt und frustriert. Sie riss den Kinderwagen herum und ging zurück zu ihrem Wagen. »Komm, meine Kleine«, murmelte sie. »Wir müssen nach Hause.« *Nicht zu Ingrid,* dachte sie. *Mit der möchte ich nicht reden. Vor einem Mann über Richard zu tratschen, der heimlich Dylans öffentliche Vernichtung plante –*

hoffentlich ist sie jetzt zufrieden. Keely merkte kaum, wo sie hinging, so beschäftigt war sie mit ihrer Wut. Aber Abby streckte eine Hand aus, als wollte sie das Lüftchen festhalten, das an ihr vorbeistrich, den herrlichen goldenen Tag, der plötzlich kalt geworden war.

12

Auf der ganzen Heimfahrt schwankte Keely zwischen Wut über ihre frühere Schwiegermutter und Empörung über Maureen Chase' Dreistigkeit. Die würde sie sich vorknöpfen. Sie musste nur jemanden finden, der solange auf Abby aufpasste; dann würde sie zu Maureen hineinmarschieren und es ihr geben. Keely ging in Gedanken durch, was sie ihr sagen würde, um ihren Standpunkt auch unmissverständlich klar zu machen.

Als sie, immer noch vor sich hin murmelnd, in die Einfahrt bog, sah sie Ingrids weißen Toyota unter dem Basketballring stehen. Ingrid saß hinter dem Lenkrad und kämpfte sich bei Keelys Erscheinen aus ihrem Wagen.

Ein einziger Blick auf die alte Frau, und Keelys Wut, zumindest die über Ingrid, begann zu verrauchen. Ingrid trug wie immer einen zweiteiligen, selbst geschneiderten Hosenanzug: ein Oberteil mit fröhlichem Blumenmuster und eine dazu passende Hose mit Elastikbund, deren Schlag ein Paar dunkelbraune, dick besohlte Schuhe überdeckte. Ingrid befummelte den Griff ihres braunen Handtäschchens, als wäre es eine Gebetskette, und machte dabei ein todunglückliches Gesicht.

Keely stieg aus, öffnete die Tür zum Rücksitz, beugte sich hinein, um das Baby loszuschnallen, und hob es heraus, während Ingrid bedächtig auf sie zukam. Als Ingrids Blick auf den Beifahrersitz fiel, entdeckte sie die Zeitung, und ihre Schultern sackten herab.

»Ingrid«, sagte Keely kühl.
»Wie ich sehe, hast du die Zeitung schon«, bemerkte sie.
Keely nickte, während sie Abby an ihre Brust drückte. Beim Anblick der Freundin begannen die Augen des Babys zu strahlen.
Ingrid schüttelte den Kopf. »Keely, es tut mir Leid. Ich hatte ja keine Ahnung«, sagte sie, und ihr Kinn bebte. »Hätte ich gewusst, dass sie Dylan so etwas antun …«
Keely hätte Ingrid gern ins Gesicht geschrien, sich solche Interviews zu überlegen, die sie mit einem Reporter führte; aber sie riss sich zusammen und unterdrückte diese Bemerkung. »Ich weiß, du würdest ihm nicht absichtlich wehtun«, erwiderte sie.
Ingrid blickte auf, und Tränen standen in ihren hellblauen Augen. »Um nichts in der Welt. Ich habe dich auch gleich anzurufen versucht, als ich das da entdeckte. Ich hätte doch niemals mit diesem Kerl gesprochen, wenn ich geglaubt hätte –«
»Schon gut, schon gut«, beschwichtigte Keely. »Ich weiß.«
»Er hat mich schlicht und einfach reingelegt«, beharrte Ingrid, während sie mit einem ihrer Wallabee-Schuhe in der Einfahrt aufstampfte. Dann schüttelte sie den Kopf. »Wie soll ich das nur Dylan erklären?«, schluchzte sie.
»Der wird es schon verstehen«, sagte Keely. »Er weiß, wie sehr du ihn liebst.«
»Und doch hab ich das da getan. Oh, mir ist richtig schlecht.« Sie kramte in ihrem Handtäschchen nach einem Taschentuch und knüllte es vor ihrem Mund zusammen.
»Jetzt nur keine Aufregung«, beruhigte Keely. »Dylan würde nicht wollen, dass du dich deswegen verrückt machst. Geht's wieder?«
Ingrid atmete keuchend ein und nickte, aber gleichzeitig verzog sie schmerzlich das Gesicht, und kleine Schweiß-

perlen standen auf ihrem lichter werdenden Haaransatz.
»Das ist gar nichts«, sagte sie.
»Besser, du kommst mit rein und setzt dich«, meinte Keely.
Vom Rücksitz des Autos ertönte ein schwaches Klingeln.
»Was ist das?«, fragte Ingrid und sah sich um.
»Mein Handy«, antwortete Keely. »Es ist in Abbys Windeltüte. Könntest du für mich rangehen, Ingrid? Ich habe alle Hände voll.«
»Na ja, ich weiß nicht ...« Ingrid griff in die Tüte auf dem Rücksitz und kramte darin herum.
»Es ist rot«, sagte Keely.
Ingrid zog das Handy heraus. »Ich hab's«, verkündete sie und hielt es auf Armeslänge von sich, als wäre es lebendig.
»Drück die breite Taste«, wies Keely sie an.
Ingrid erforschte die Tastenreihen mit zusammengekniffenen Augen. Dann drückte sie behutsam die mittlere und hielt sich den Hörer unbeholfen ans Ohr. »Hallo? Wer da?«
Keely runzelte die Stirn. Wer würde ihre Handynummer benutzen? Mit großen, erschrockenen Augen hielt Ingrid ihr den Apparat hin. »Es ist die Schule«, sagte sie.
Keely riss Ingrid das Gerät aus der Hand, und ihr Herz raste, als sie sich meldete.

Es fiel Keely schwer, sich aufs Fahren zu konzentrieren. Dr. Donahue, die Leiterin von Dylans Schule, hatte ihr in knappen Worten mitgeteilt, ihr Sohn sei in einen Streit in der Cafeteria verwickelt gewesen, und sie müsse augenblicklich herkommen. Abby hatte sie bei Ingrid gelassen. Auf der ganzen Fahrt zur Schule ging Keely nur durch den Kopf: *Wo zieht man den Strich? Wann bietet man Verständnis an, und wann bestraft man?* Sie hatte früher unterrichtet – damals schien ihr dies alles klar zu sein. Aber das war, bevor ihr eigenes Leben außer Kontrolle geriet. Bevor Staatsanwaltschaft,

Polizei und Presse anzudeuten begannen, Dylan wäre irgendwie schuld an den Schicksalsschlägen der Familie. Es war Keely peinlich, dass ihr Kind in der Schule als Unruhestifter in Erscheinung trat. Aber andererseits dachte sie: Ist das nicht verständlich? Sie wollte Dylan nicht alles durchgehen lassen, aber sie wollte ihn auch nicht schimpfen. Sie wollte ihn schützen vor all dieser Grausamkeit. Er hatte schon jetzt große Schuldgefühle. Warum mussten es alle noch schlimmer machen?

Als sie sich der Einfahrt zum Schulparkplatz näherte, trat sie energisch auf die Bremse. Sie war so schnell gefahren, dass sie die blinkenden Tempolimit-Zeichen vor der Schule fast übersehen hätte. Langsam und mit Bedacht parkte sie ihren Wagen ein, sprang dann hinaus und stürmte den Gehsteig entlang zur Eingangstreppe. Sie drückte auf den Summer, und man öffnete ihr.

Das Büro mit seiner verglasten Front lag gleich innerhalb des Vestibüls, gegenüber der Aula. Keely zog die innere Tür auf und trat ein. Dr. Donahue stand vor dem Büro. Sie hatte Keely den Rücken zugewandt und die Arme über ihrer Tweedjacke verschränkt, während sie einem Schulhausmeister zuhörte. Der Mann sprach mit lauter, für Keely klar verständlicher Stimme.

»Der kleine Bennett sagt zwar, der andere hätte angefangen, aber wenn Sie meine Meinung wissen wollen: Dieser Bursche hat eine üble Grundhaltung. Das hab ich ihm auch gesagt. Ich sagte: ›Du solltest besser an deiner Grundhaltung arbeiten, mein Junge.‹ Da antwortet der doch in einem rotzfrechen Ton: ›Ich bin nicht Ihr Junge.‹ Ich dachte nur: ›Ja, ein Glück für mich.‹ Ich hab nämlich heute diesen Artikel in der Zeitung gelesen. So was als Sohn, das fehlte mir gerade noch. Ich hab keine Lust zu sterben.«

Keely lief rot an und ballte die Fäuste.

»Ist gut, Mr. Curtis«, sagte die Direktorin. »Danke.«
»Dr. Donahue«, meldete sich Keely zu Wort.
Die Direktorin drehte sich nach ihr um. Der Blick hinter ihrer Hornbrille wirkte sachlich und nüchtern.
»Ich bin Keely Weaver, Dylan Bennetts Mutter.«
»Mrs. Weaver, vielen Dank, dass Sie gekommen sind.«
»Was ist passiert, Dr. Donahue?«
»Nun, wie schon am Telefon gesagt, gab es einen ... kleinen Tumult in der Cafeteria. Wir haben ein Kind ins Krankenhaus schaffen müssen, damit es am Auge genäht wird.«
»Wie geht es Dylan? Ist alles mit ihm in Ordnung?«, fragte Keely.
»Ja. Dylan geht es gut. Er hat dem anderen Jungen die Verletzung zugefügt, eine Platzwunde. Schlug ihm, wenn ich recht verstehe, mit seinem Essenstablett auf den Kopf.«
»O Gott«, hauchte Keely. »So etwas hat Dylan getan?«
»Das ist ein schwerer Verstoß gegen die Schulordnung«, stellte Dr. Donahue fest. »Es hätte sogar Sache der Polizei werden können. Zum Glück wollten die Eltern des verletzten Jungen keine Anzeige erstatten. Aber ich muss Ihnen sagen, Mrs. Weaver, Ihr Sohn hat ein Selbstbeherrschungsproblem.«
Keely empfand diese Worte als Kritik an Dylans Erziehung. Sie spürte, wie ihre Wangen zu glühen begannen. »Das tut mir wirklich Leid.« Sie fühlte sich zu einer Erklärung veranlasst. »Er hatte etliches zu verkraften ... Stress, Veränderungen«, sagte sie, obwohl sie gerne gesagt hätte: »Tod und Tragödie«. Doch das erschien zu melodramatisch, selbst wenn es stimmte.
»Ich bin über Dylans Situation im Bilde. Sehr bedauerlich«, erwiderte die Direktorin trocken. »Aber wir können solche Vorkommnisse an unserer Schule nicht dulden. Wir müssen die Ordnung aufrechthalten.«

»Ich verstehe«, antwortete Keely kleinlaut.
»Ich habe Dylan für drei Tage suspendiert.«
»Suspendiert?«, fragte Keely schwach.
»Er hat keine Reue gezeigt«, sagte die Direktorin. »Er weigert sich, sich zu entschuldigen.«
Keely schüttelte den Kopf. »Ich weiß nicht, was ich sagen soll. In letzter Zeit fällt es mir schwer, zu ihm durchzudringen …«
»Nun, ich denke, er steht unter starker Belastung«, räumte Dr. Donahue ein. »Dieser Zeitungsartikel war … höchst bedauerlich. Und Kinder können sehr grausam sein. Ein Mädchen, das den Kampf mitangesehen hat, sagte, der andere Junge habe Dylan gereizt.«
»Hab ich's doch gleich gewusst«, murmelte Keely.
»Mrs. Weaver, ich glaube, Dylan braucht dringend fachmännische Hilfe. Jemanden, der seine Probleme mit ihm durchsprechen kann.«
»Daran habe ich auch schon gedacht.«
»Es ist Zeit, nicht nur zu denken, sondern auch zu handeln. Wir in der Schulverwaltung müssen viele Seminare besuchen, um uns mit den typischen Merkmalen von Schülern vertraut zu machen, die eventuell gewalttätig werden können. Und leider muss ich Ihnen sagen, dass Ihr Sohn diesem Profil entspricht.«
»Da tun Sie ihm Unrecht«, protestierte Keely. »Ist das wegen dieses Zeitungsartikels? Wenn nämlich ja, dann –«
»Mrs. Weaver, das hat nichts mit irgendwelchen Zeitungsgeschichten zu tun, höchstens mit solchen über Tragödien, wie sie an Schulen, quer durch unser Land, vorkommen. Wir haben das Szenario wieder und wieder erlebt. Ein einsamer Halbwüchsiger, der von anderen Schülern terrorisiert wird, der ein Problem mit seiner Wut hat – ich hoffe, Dylan hat keinen Zugriff zu einer Schusswaffe.«

»Nein!«, schrie Keely. »Es ist unglaublich, was Sie da andeuten.«
Dr. Donahues Augen blitzten. »Seien Sie nicht naiv, Mrs. Weaver. Erst letzten Monat hat ein Jugendlicher an der Highschool die Schulkrankenschwester mit einem Messer bedroht. An der Sonderschule kam es wegen eines Schülers zu einem Bombenalarm. Solche Sachen geschehen vor unserer Haustür, in dem verschlafenen kleinen Profit County. Ich bin hier für die Sicherheit aller Schüler und Schülerinnen verantwortlich. Ich sage: aller. Diese Verantwortung bringt mich nachts oft um den Schlaf. Ich kann es mir nicht leisten, Risiken einzugehen. Ihr Sohn hat einen Mitschüler auf den Kopf geschlagen. Ich werde nicht warten, bis er mit einem Gewehr ankommt.«
Keely starrte geradeaus. Sie zitterte von Kopf bis Fuß.
»Mrs. Weaver«, sagte die Direktorin etwas milder, »ich behaupte ja nicht, dass ich mit so etwas rechnen würde. Ich versuche lediglich sicherzustellen, dass es gar nicht erst so weit kommt. Nur deshalb empfehle ich fachmännischen Rat. Vorsicht ist besser als Nachsehen.«
Keely nickte. »Ich verstehe.« Sie fühlte sich wie betäubt.
»Wir haben schon mehrere Eltern an Dr. Evan Stover vom Blenheim Institute empfohlen. Er befasst sich fast ausschließlich mit Heranwachsenden. Ein sehr fähiger Mann. Hier ist seine Karte.«
»Danke. Ich werde ihn anrufen«, versprach Keely. »Wo ist Dylan jetzt?«
»Auf der Toilette.« Dr. Donahue warf einen Blick auf ihre Armbanduhr und runzelte die Stirn. Dann öffnete sie die Bürotür und rief ihrer Sekretärin zu: »Wendy, ist Dylan Bennett wieder zurück?«
Die Sekretärin schüttelte den Kopf. »Ich habe ihn nicht gesehen.«

Die Direktorin schürzte die Lippen.
»Was ist?«, fragte Keely.
»Nichts«, antwortete Dr. Donahue. Sie entdeckte den Turnlehrer, komplett mit Schreibunterlage und Trillerpfeife, der auf quietschenden, weißen Sportschuhen den Gang entlangkam. »Mr. Taylor«, rief sie, »können Sie mir helfen?«
Der Turnlehrer kam auf sie zu. »Was kann ich für Sie tun?«
»Sehen Sie doch bitte in der Toilette nach. Dylan Bennett steckt dort drin schon ... eine Weile.«
Gehorsam bog der Sportlehrer um die Ecke und stieß eine Tür auf.
»Ging es bei diesem Streit um den Zeitungsartikel?«, fragte Keely nach einem Moment betretenen Schweigens.
Dr. Donahue tat nicht so, als ob sie nicht verstünde. »Ich glaube, ja«, antwortete sie, »obwohl es schon längere Zeit Schikanen gegen ihren Sohn gibt.«
»Davon hat Dylan nie etwas erzählt«, rief Keely.
»Wahrscheinlich denkt er, Sie hätten schon genug Sorgen«, meinte die Direktorin.
»Die meisten Sorgen mache ich mir um *ihn*«, gestand Keely.
»Es ist ein schwieriges Alter.«
»Ich weiß – glauben Sie mir«, sagte Keely. »Ich habe an einer Highschool unterrichtet.«
»Dann wissen Sie ja Bescheid«, erwiderte Dr. Donahue.
»Aber Dylan ist für niemanden eine Bedrohung«, beharrte Keely. »Das wüsste ich.«
»Das meinen alle Eltern, Mrs. Weaver«, entgegnete die Direktorin, der Sache anscheinend überdrüssig.
Der Sportlehrer kam zurück. »Da drin ist er nicht.«
»Nicht?«, fragte die Direktorin.
»Wo steckt er?«, fragte Keely in herausforderndem Ton.

Der Sportlehrer verzog das Gesicht. »Einem Jungen dort drin hat er gesagt, er würde gehen.«
»Was heißt ›gehen‹?«, erwiderte Keely.
»Sich unerlaubt von der Schule entfernen«, antwortete der Lehrer, aus dessen Tonfall und Miene die ganze Schwere des Verstoßes sprach.
Keely sah die Schuldirektorin bestürzt an. Dr. Donahue schaute grimmig drein. »Er hatte Anweisung, unverzüglich von der Toilette zurückzukommen. Das war völlig klar und unmissverständlich.«
»Warum sollte er wegwollen?«, rief Keely.
Die Schulleiterin betrachtete sie mit hochgezogenen Brauen. »Aus Trotz vermutlich. Um uns seine Wut zu zeigen. Ich kann ein solches Verhalten nicht dulden. Er kann nicht einfach davonspazieren. Wir sind während der Unterrichtszeit für ihn verantwortlich. Das müssen Sie ihm klar machen, Mrs. Weaver. Letzen Endes tragen Sie die Verantwortung –«
Keely hörte den unausgesprochenen Tadel und verstand die Besorgnis der Direktorin, aber sie konnte nur an eines denken. »Ich muss ihn finden«, sagte sie.
»Mrs. Weaver«, rief die Direktorin im Befehlston, doch Keely lief zu ihrem Wagen hinaus und sah sich um. Wo konnte Dylan wohl stecken? Welche Richtung hatte er genommen? Zu Fuß war es zu weit bis nach Hause. Er fuhr immer mit dem Schulbus. Keely stieg in ihren Wagen und ließ den Motor an. Wohin konnte Dylan gegangen sein? Sie begann, möglichst langsam durch die Straßen der Umgebung zu fahren. Zum Glück waren nur sehr wenig Fahrzeuge unterwegs; ein Wagen hupte, ehe er ausscherte und sie überholte. Es begann zu dunkeln – der strahlende Herbsttag wurde nasskalt und trübe, und schließlich sprenkelten erste Regentropfen Keelys Windschutzscheibe. Sie hielt rechts und

links Ausschau nach dieser abgewetzten braunen Lederjacke.

Die vereinzelten Tropfen wurden zu einem stetigen Regen, während Keely zu den Häusern spähte; zu einer Kirche mit fest verschlossenen Türen; einem Schul-Spielplatz und einer Grünanlage, beide menschenleer wegen des Regens. *Dylan, wo steckst du?*, flehte Keely, als könnte sie ihn durch Gedankenübertragung erreichen. *Wo bist du hingegangen?*

Sie rief auf ihrem Handy Dr. Donahue an, nur um zu sehen, ob ihr Sohn zurückgekehrt war, und wurde sofort durchgestellt. »Vielleicht sollten wir die Polizei verständigen«, meinte die Direktorin.

»Nein, nein, nicht«, bat Keely inständig. Sie wusste, die Direktorin versuchte nur sich zu schützen, damit man sie nicht für das Verschwinden eines ihrer Schüler verantwortlich machen würde. Aber Keely wollte nicht, dass Detective Stratton von der Sache Wind bekam, dass er erneut auf sie und ihren Sohn losging. Dylan steckte hier irgendwo, und sie würde ihn finden. »Suchen wir noch ein *kleines* bisschen«, sagte sie. Sobald Keely das Telefon wieder verstaut hatte, wurde ihr schlagartig die bittere Ironie des Ganzen bewusst. Eigentlich sollte *sie* die Polizei rufen. Ihr eigener Sohn war verschwunden. Doch wegen der Art, wie man ihn behandelt hatte, fürchtete sie sich, die Polizei um Hilfe zu bitten.

Sie passierte einen Wegweiser zum Parkway und dachte, vielleicht sollte sie nach Hause zurückkehren, in ihre Gegend. Vielleicht war Dylan per Anhalter gefahren – was er zwar nicht durfte, aber auch die Schule durfte er ja nicht verlassen, doch das hatte ihn nicht gehindert. Bei dem Gedanken, Dylan könne in ein fremdes Auto gestiegen sein, gefror Keely das Blut in den Adern. Sie stellte sich irgendeinen Verbrecher vor, der eine erstklassige Beute witterte, als er neben ihrem Sohn an den Straßenrand bog. *O Gott. Bitte nicht. Nein.* Langsam näherte sie sich der Auffahrt zum Parkway, eigentlich nicht gewillt, die Umgebung der Schule zu verlassen, aber sie wusste auch nicht mehr, wo sie hier noch suchen sollte. Zögernd schaute sie ein letztes Mal zurück, und da, unter der Autobahnbrücke, die sich dunkel über die stille Straße erhob, entdeckte sie vor einem der Betonpfeiler eine Bewegung. Sie kniff die Augen zusammen, um durch das regenüberströmte Seitenfenster zu spähen. Dann kurbelte sie die Scheibe herunter, sodass ihr der Regen ins Gesicht peitschte. Eine Gestalt kauerte vor dem kalten Beton. Sie sah aus wie ein Obdachloser, klein und ohne jede Hoffnung. Als Keely genauer hinschaute, erkannte sie einen kahl geschorenen Kopf, eine Lederjacke.

Dylan, dachte sie, und ihr Herz machte einen Sprung. Fast hätte sie seinen Namen hinausgeschrien, aber sie nahm sich zusammen. Was, wenn er bei ihrem Anblick davonrennen würde? Sie fuhr ihren Wagen an die Straßenböschung und stieg aus. Zögerte, zu Dylan hinüberzugehen. Regen lief ihr in den Kragen und in die Augen.

Er musste das Zuknallen der Wagentür gehört haben, denn er blickte auf. Seine und Keelys Blicke begegneten sich, und der leere, hoffnungslose Ausdruck seines Gesichts tat ihr in der Seele weh. Als er seine Mutter erkannte, verwandelte sich dieser Ausdruck in Verärgerung, und er stand auf.

Keely stürmte über die stille vierspurige Straße zu ihm hin. Sie streckte ihre Arme aus, aber er wandte sich ab.

»Dylan!«, rief sie. »Ich war schon ganz krank vor Sorge.«

»Ich bin okay«, erwiderte er. »Was willst du hier?«

»Ich habe dich gesucht. Was denn sonst? Ich war bei Dr. Donahue, und der Sportlehrer sagte, du wärst aus der Schule abgehauen.«

Dylan zuckte mit den Schultern, offensichtlich ungerührt.

»Gab keinen Grund zum Bleiben. Bestimmt weißt du dann auch, dass ich vom Unterricht suspendiert bin.«
Keely zitterte. Sie wischte sich ein paar dünne nasse Haarsträhnen aus den Augen. »Schatz, was ist passiert? Dr. Donahue sagt, du hättest einen Streit gehabt.«
»Ja, in der Cafeteria. Nichts Weltbewegendes«, antwortete er. »Außer natürlich, dass sie's *mir* in die Schuhe schieben.«
»Hast du denn angefangen?«, fragte Keely und versuchte, seinen Arm zu berühren, aber er riss ihn ungehalten weg.
»Was meinst du denn?«
»Ich weiß nicht. Darum frage ich ja.«
»Na klar hab ich angefangen«, erwiderte er. »Ich bin von der ganz, ganz miesen Sorte.«
»O Dylan, lass das«, bat sie erschöpft. »Erzähl mir einfach, was los war.«
»Und du wirst mir glauben, ja?«
»Natürlich glaube ich dir.«
Dylan studierte sie mit zusammengekniffenen Augen und schüttelte dann den Kopf.
Keely sah ihn hilflos an. Es schien, als wäre er irgendwo, weit außerhalb ihrer Reichweite, und driftete noch weiter davon. »Die Direktorin sagt, diese Jungs hätten dich schon eine Zeit lang schikaniert. Stimmt das?«
»Echt reizend«, erwiderte er. »Ist ja wie beim Polizeiverhör. Nur mit mehr frischer Luft. Hey, übrigens, ich hab gesehen, dass ich heute ganz groß in den Schlagzeilen stehe.«
»Woher weißt du das?«, fragte Keely.
»Weiß doch jeder. Ich hab die Zeitung bei der Direktorin im Abfall entdeckt.«
»Dahin gehört dieses Revolverblatt auch«, sagte Keely grimmig. »In den Abfall.«
Dylan streckte eine Hand aus und klopfte seiner Mutter gönnerhaft auf die Schulter. »Hey, Kopf hoch. Ich dachte,

du wärst stolz auf mich, dass ich's bis auf die Titelseite schaffe.«

Keely zog die Schulter ruckartig von ihm weg. »Dylan, um Himmels willen. Hör auf, mich zu behandeln, als wäre ich dein Feind. Du weißt, wie gemein und niederträchtig ich das Verhalten dieser Leute finde.«

»Oh komm, Mom. Gib's doch zu. Ein paar Fragen stellst du dir schon, nicht? So ein paar ganz, ganz winzige?«, sagte er höhnisch.

Ja, sie stellte sich Fragen. Sie fragte sich, wie sie je zu ihm durchdringen sollte. Sie fragte sich, ob er je wieder der Sohn würde, den sie kannte und liebte. Es war, als würde er von ihr wegdriften und sie müsste hilflos dabei zusehen. Sie schüttelte den Kopf. »Dylan, hör einfach auf, okay? Lass es gut sein. Fahren wir heim.«

»Trautes Heim, Glück allein«, spottete er. »Ja, unbedingt.«

Ohne auf sie zu warten, überquerte er die Straße im Laufschritt. Dabei schaute er nicht einmal nach, ob irgendwelche Autos kamen. Keely wollte ihm hinterherrufen, aber die Worte blieben ihr im Hals stecken. Sie hatte das Gefühl, als zerquetschte man ihr das Herz im Leibe. *Ich muss etwas unternehmen,* dachte sie. Der Psychiater, den Dr. Donahue erwähnt hatte, fiel ihr wieder ein. Sobald sie zu Hause waren, würde sie dort anrufen.

Obwohl ihr Verstand es besser wusste, schien es ihr wie das Eingeständnis einer Niederlage. Sie brauchte Hilfe für Dylan. Sie dachte an Richard, der an seinem Sohn so viel Freude gehabt hatte. Dylan war immer ein lieber, gutmütiger, intelligenter kleiner Junge gewesen. Wenn sie ihn sahen, tauschten Keely und Richard oft einen Blick, in dem sich Stolz und Verwunderung mischten – dieselben Gefühle, die sie mit Mark für Abby geteilt hatte. Jetzt aber, da dieser liebe, gutmütige kleine Junge aus der Bahn geriet, konnte sie ihm anscheinend keinerlei Hilfe bieten. Es war, als triebe alles, was sie sagte, ihn nur noch tiefer in Wut und Schwelgen. Sie kannte den schwierigen Umgang mit Heranwachsenden von früher – von ihrem Beruf. Aber das hier stand auf einem anderen Blatt. Das hier war ihr eigenes Kind, und die Belastungen wurden zu schwer, um weiter damit zu leben. Pausenlos quälte sie die Furcht, es könne mehr dahinter stecken als der ganz normale Selbstfindungsprozess eines Teenagers – pausenlos hatte sie Angst, dass sie irgendwie daran schuld sei.

Verzweiflung überfiel sie. So etwas durfte sie nicht zulassen. Sie rannte über die Straße, ihrem Sohn hinterher, zog ein paarmal an der Fahrertür, aber die Tür wollte nicht aufgehen. Dylan hatte den Wagen von innen verriegelt. Keely griff in ihre Jackentasche – der Schlüssel steckte noch im Zündschloss. Dylan blickte auf und sah sie an, wie sie da im strömenden Regen am Türgriff rüttelte und an die Scheibe klopfte. Sein Blick war starr, teilnahmslos, und eine schreckliche Minute lang dachte Keely: *Er wird mich hier draußen stehen lassen. Er wird die Tür nicht entriegeln.*

»Dylan, mach auf!«, schrie sie.

Der Junge sah von ihr weg, legte den Kopf in den Nacken und schloss die Augen.

O Gott, dachte Keely. Dann hörte sie das Geräusch der Entriegelung und schämte sich, dass sie an ihm gezweifelt hatte. Aber gleichzeitig wusste sie, er hatte genau diese Zweifel von ihr erwartet. Dass sie ihm tatsächlich nicht vertraute, verschaffe ihm eine gewisse Genugtuung. Sie machte die Tür auf und stieg völlig durchweicht auf den Fahrersitz.

Sie sah zu ihm hin und hätte ihn gerne gefragt, warum, aber er starrte aus dem Seitenfenster, als wäre sie gar nicht vorhanden.

13

Am nächsten Morgen stieß Keely krachend die Tür zu Dylans Zimmer auf und schaltete die Deckenlampe ein. Dylan war in sein Bettzeug gewickelt, sein Gesicht ins Kopfkissen vergraben. Durch den Lärm und die Helligkeit aus seinem totenähnlichen Zustand geweckt, setzte er sich auf und rieb sich verwirrt die Augen. »Waaa …«, murmelte er.

»Dylan, ich habe mehrmals nach dir gerufen. Du musst aufstehen. Ich brauche dich, damit du auf Abby aufpasst. Ich muss mal weg.« Der Junge blinzelte und seufzte. Dann blickte er mit zusammengekniffenen Augen hoch zu seiner Mutter. »Wohin gehst du? Du bist ja ganz fein gemacht.«

»Ich muss mich mit jemanden treffen«, sagte Keely. »Ich hab dir eine Telefonnummer dagelassen. Abby ist schon gefüttert und in ihrem Laufstall. Es kommen gerade ein paar Trickfilme, also wird sie die nächste halbe Stunde Fernsehen schauen. Aber du musst dich anziehen und runtergehen. Das ist eine Suspendierung, keine Ferien, mein Freund.«

Dylans Schultern sackten herab, als fiele ihm gerade wieder ein, was er an einem Werktagmorgen hier in seinem Schlafzimmer trieb. »'kay«, brummte er.

»*Sofort,* Dylan.«

»Okay«, schrie er. »Ist ja schon gut. Ich komm gleich.«

»Fünf Minuten.« Keely knallte die Tür hinter sich zu.

Als sie durch den Flur marschierte, sah sie in den Spiegel.

Sie hatte sich für dieses Treffen sorgfältig zurechtgemacht, trug einen schwarzen Hosenanzug aus Gabardine, teils um Maureen Chase daran zu erinnern, dass sie in Trauer war, teils weil sie nichts Schickeres besaß. Sie betrachtete ihre geschnittenen, mit einem hellen Emailleton lackierten Fingernägel. Seit Abbys Geburt hatte sie ihre Nägel nicht mehr gepflegt. Und auch zum Föhnen hatte sie sich heute Zeit genommen, sodass ihr silberblondes Haar schwungvoll und schimmernd auf die Schultern fiel. Nur Frühstück brachte sie keines herunter. Ihr Magen war zu nervös.

Sie ging nach unten und wartete. Dabei trommelte sie ungeduldig auf ihre Armbanduhr und wippte mit dem Fuß. Abbys Anblick brachte sie unwillkürlich zum Lächeln. Fasziniert von den knallbunten Figuren auf dem Bildschirm, lallte das Kind in Babysprache oder quietschte aus unerfindlichen Gründen vor Vergnügen. Keely wollte gerade aufstehen und noch einmal die Treppe hochschreien, da hörte sie den schweren Schritt ihres Sohnes auf den Stufen.

In denselben Kleidern wie gestern kam er herab und rieb sich seinen kahl rasierten Kopf. Keely kam der Gedanke, ihn auszuschimpfen, ihn wieder raufzuschicken, damit er sich umzog, aber sie wollte ihre Aussprache nicht länger hinausschieben, sonst verlöre sie am Ende noch die Courage.

»In Ordnung, Dylan«, sagte sie. »Dein Frühstück hab ich dir in der Küche hingestellt. Iss etwas und dann hol Abby aus ihrem Ställchen und lass sie herumlaufen. Aber behalte sie gut im Auge.«

»Schon gut«, erwiderte er gereizt.

»Falls die Praxis von Dr. Stover anruft, sag ihnen, wir brauchen einen Termin. Ich werde zurückrufen, wenn ich nach Haus komme.«

Dylan stieß einen lauten, ungeduldigen Atemzug aus.

»Es wird nicht lange dauern«, sagte Keely.

»Wohin gehst du?«, fragte er.

Sie zögerte. Dann entschied sie, er habe ein Recht, es zu erfahren. »Ich werde die Bezirksstaatsanwältin besuchen, Ms. Chase«, antwortete sie. »Ich habe genug. Ich werde sie wegen allem zur Rede stellen.«

»Die hält dich doch nur für verrückt«, entgegnete er.

»Vielen Dank für deine moralische Unterstützung.«

Dylan zuckte mit den Schultern. »'tschuldigung. Danke, Mom«, sagte er leise.

Dies eine nette Wort von ihm tat unbeschreiblich gut. Sie beugte sich hinüber und versuchte, ihm einen Abschiedskuss zu geben. Aber das war zu viel erhofft. Er zog ein missmutiges Gesicht und schüttelte den Kopf. Keely seufzte. Sie gab Abby einen Kuss auf ihr flaumweiches Haar, öffnete die Haustür und ging.

Das Büro der Staatsanwaltschaft lag im dritten Stock des Gerichtsgebäudes. Keelys Magen hob sich im Einklang mit dem Fahrstuhl und ihr Herz raste, als die Anzeige für den dritten Stock aufleuchtete und die Türen auseinander glitten. Draußen stand, einen Finger auf der Abwärtstaste, der attraktive junge Schwarze mit den bronzefarbenen Dreadlocks, den Keely in Lucas' Kanzlei gesehen hatte. Er trat einen Schritt zurück, um sie aussteigen zu lassen, und wieder faszinierten Keely die blaugrünen Augen, die in diesem afrikanischen Gesicht überraschten. Ohne Keelys Blick zu begegnen, stieg der Mann in den Aufzug und drückte die Taste. Dabei lag ein geistesabwesendes Stirnrunzeln auf seinem Gesicht.

Keely überprüfte die Nummern auf der Tür und trat dann an den Empfangstresen der Staatsanwaltschaft. Etwas ratlos und betreten blieb sie vor dem Tisch stehen, bis Maureen

Chase' Sekretärin zu Ende telefoniert hatte. Mit dem Radiergummi eines Bleistifts ihren Kopf kratzend, versuchte die junge Frau, einen aufgebrachten Anrufer davon zu überzeugen, dass man ihre Chefin nicht stören dürfe und dass sie ihn noch heute zurückrufen werde. Sie machte das höchst professionell. Keely musste den Stil dieser Frau bewundern. Sie besaß diese Kombination von Tüchtigkeit und Entschlusskraft, die man brauchte, um in einer so wichtigen Behörde wie der Staatsanwaltschaft einen reibungslosen Ablauf zu gewährleisten. Es würde schwierig, an ihr vorbeizukommen. Als die Frau das Telefon einhängte und zu ihr aufblickte, versuchte Keely, sämtliche Überredungskünste aufzubieten, die sie je gehabt hatte.

Sie setzte ein gekünsteltes Lächeln auf. »Ich heiße Keely Weaver. Ich würde gerne Miss Chase sprechen.«

Die Sekretärin schaute in den mit Bleistift dicht voll geschriebenen Kalender auf ihrem Tisch. »Haben Sie einen Termin?«, fragte sie.

»Es ist ziemlich dringend. Ich muss etwas mit ihr besprechen, das sich gerade erst ergeben hat«, antwortete Keely.

»Bedaure. Ms. Chase ist den ganzen Tag beschäftigt. Wenn Sie vielleicht einen Termin ausmachen möchten …«

Keely nickte. »Ich verstehe. Aber es wird nicht lange dauern. Ganz bestimmt.«

Die Sekretärin war an die Taktiken von Rechtsanwälten gewöhnt und ließ sich nicht erschüttern. »O ja, sicher«, sagte sie unbeirrt. »Übermorgen Vormittag wäre noch eine halbe Stunde frei. Wenn Sie mir einfach sagen könnten, in welcher Sache …«

»Es ist etwas Persönliches«, antwortete Keely.

Die Sekretärin wandte sich wieder ihrem Computer zu. »Rufen Sie sie zu Hause an.«

Keely fühlte Angst in sich aufsteigen. Sie konnte nicht heimfahren und Dylan sagen, dass sie nicht einmal zu Maureen Chase vorgedrungen war. Hilflos nach etwas suchend, womit sie die Sekretärin überreden könnte, bemerkte Keely auf dem Schreibtisch das gerahmte Foto eines Babys mit winziger Orioles-Baseballmütze. »Ist das Ihr Sohn?«, fragte sie.

»Ja.« Die Sekretärin drehte sich um und sah Keely direkt ins Gesicht. »Und erzählen Sie mir nicht, Sie hätten auch einen Sohn und dass er in Schwierigkeiten wäre; hier kommen nämlich dauernd Mütter mit irgendwelchen Problemen rein. Erklären Sie das Ihrem Anwalt, der kann mit der Staatsanwältin reden.«

Verlegen, weil ihre List so leicht durchschaubar gewesen war, aber immer noch entschlossen, sagte Keely: »Hören Sie, ich weiß, viele Leute müssen mit Miss Chase sprechen, und es ist Ihr Job, sie ihr vom Leib zu halten. Aber ich komme nicht übermorgen wieder. Ich will jetzt mit ihr reden, auf der Stelle, und ich will, dass Sie ihr das melden.«

Die Sekretärin schob ihre Lippen vor. »Sie wirken wie eine nette, anständige Frau«, erwiderte sie. »Treiben Sie es nicht so weit, dass ich den Sicherheitsdienst rufen muss.«

»Ich bitte Sie ja bloß«, sagte Keely eindringlich, »ihr mitzuteilen, dass ich hier bin.«

»Sie verlangen Unmögliches«, beharrte die Sekretärin. »Ich erfülle hier nur meine Aufgabe. Wenn ich Ms. Chase wegen jedem … komischen Vogel belästigen würde, der sie sofort sprechen will, dann wäre ich meinen Job los, okay?« Sie zeigte mit einem roten Fingernagel auf das Schreibtischfoto. »Der da braucht zu essen; ich brauche eine Arbeit. Also, wollen Sie nun einen Termin ausmachen oder nicht?«

»Sie war mit meinem Ehemann verlobt«, platzte Keely heraus.

Die andere Frau lehnte sich in ihrem Stuhl zurück und betrachtete Keely mit neuem Interesse. »Wer?«, fragte sie.
»Ihre Chefin. Sie war die Verlobte meines Ehemanns, Mark Weaver.«
Die junge Frau riss die Augen auf. »Mark war Ihr Ehemann?«, fragte sie.
Einen Moment fühlte sich Keely durch die vertrauliche Art der Anrede irritiert. Dann rief sie sich in Erinnerung, dass Mark ein profilierter Anwalt gewesen war. Natürlich kannte ihn auch Maureens Sekretärin. »Ja«, antwortete sie.
»Es ist eine Tragödie«, sagte die Sekretärin. Sie griff nach dem Telefonhörer, wandte Keely den Rücken zu und trommelte dabei mit ihren Fingern auf den Schreibtisch. Keely hörte ein murmelndes Gespräch. Dann legte die Frau auf und drehte sich wieder zu ihr um. »Gehen Sie nur rein«, sagte sie, mit einem Bleistift auf Maureens geschlossene Bürotür deutend.
Keely versuchte, ihre Verblüffung über den Effekt, den Marks Name auslöste, zu verbergen. »Danke«, antwortete sie mit bemühter Souveränität. Im Bewusstsein, dass sie beobachtet wurde, schritt sie auf Maureens Tür zu, klopfte an und drehte den Knauf im selben Moment, als die Staatsanwältin drinnen »Herein« rief.
Maureen saß an ihrem Schreibtisch und hatte Keely den Rücken zugekehrt. Sie tippte energisch auf ihrer Computertastatur. Inmitten gefährlich hoch gestapelter Akten lag auf einer Folie ein angebissener, mit Schmierkäse bestrichener Bagel. Ein Weihnachtskaktus, der aussah, als hätte er schon seit vielen Weihnachten keinen Schluck Wasser bekommen, geschweige denn geblüht, thronte zwischen Rollkartei und Telefon, und auf dem Schreibtisch stand ein gerahmtes, anscheinend nie abgestaubtes Foto, das zwei rothaarige Kinder Arm in Arm zeigte, ein Mädchen und

einen Jungen. Keely starrte das Bild an, während sie wartete. Sie war sicher, dass Maureen keine Kinder hatte. Es konnten Nichte und Neffe sein, aber die Farben waren verblasst, als sei die Aufnahme vor langer Zeit entstanden. Maureen und ihr Bruder vielleicht, in jungen Jahren, dachte Keely.

Das Foto war der einzige persönliche Gegenstand, der irgendwie Aufschluss über die Frau in dem olivgrünen Kostüm dort hinter dem Schreibtisch gewährte.

»Miss Chase?«

Maureen, die konzentriert auf den Computermonitor starrte, ließ sich durch Keelys Stimme nicht beirren. »Nehmen Sie Platz«, sagte sie. »Ich bin gleich fertig.« Sie fuhr sich mit einer Hand durch ihr rotbraun leuchtendes Haar, seufzte und drehte sich dann auf ihrem Stuhl herum. Ihre scharfen, graugrünen Augen blickten Keely an. »Nun?«, fragte sie übergangslos.

»Ich bin Keely Weaver.«

»Ich weiß, wer Sie sind«, antwortete sie.

Keely schlug die Beine übereinander und versuchte, sich nicht anmerken zu lassen, dass sie ihr Gegenüber begutachtete. Sie musste sich unwillkürlich Mark zusammen mit dieser Frau vorstellen, die er hatte heiraten wollen. Maureen Chase trug ein modisch-elegantes, maßgeschneidertes Kostüm, das ihre schlanke Figur zur Geltung brachte. Ihr Gesicht war geschickt geschminkt, jeder Strich Farbe so eingesetzt, dass er die schönen, gleichmäßigen Züge betonte. An den Händen trug Maureen dicken Schmuck, und ihre Fingernägel waren ziegelrot lackiert. Dennoch besaß sie etwas Entschlossen-Aggressives, als hätte sie sich für einen Angriff gewappnet.

»Tut mir Leid. Ich störe Sie beim Frühstück?«, sagte Keely.

»Ich bin schon fertig«, antwortete Maureen. Sie packte den

halb aufgegessenen Bagel in die Folie und ließ das Ganze in den Papierkorb fallen, um jeden Smalltalk zu beenden.

Na schön, dachte Keely. *Ich kann auch direkt zur Sache kommen.* Sie holte tief Luft und versuchte, jeden bittenden Ton zu unterdrücken. »Ich bin hier, weil mein Sohn wegen dieser beiden tragischen ... Vorfälle in seinem Leben genug durchgemacht hat. Er kann auf die ganze Hetzjagd von Seiten Ihrer Ermittler und der Presse verzichten.«

»Hetzjagd«, wiederholte Maureen trocken.

»Jawohl, Hetzjagd«, bekräftigte Keely störrisch. »Ich weiß, Sie hatten Gefühle für Mark, und um seinetwillen bitte ich Sie, meinen Sohn in Frieden zu lassen. Mark sprach immer ... sehr anerkennend von Ihnen, und offen gestanden, scheint mir ein solches Verhalten etwas ... unter Ihrem Niveau.«

Maureens Lippen lächelten, aber ihr Blick war kalt. »Das ist Ihre Ansicht«, bemerkte sie.

»Was soll das heißen?«, fragte Keely.

»Sagen Sie, Mrs. Weaver, waren Sie überrascht, zu erfahren, dass Ihr Sohn bei dem tödlichen ›Unfall‹ Ihres ersten Mannes mit der Waffe herumhantiert hat?«

Keely gab keine Antwort.

»Sehen Sie, ich wusste das schon seit langem. Mark hat mir davon erzählt. Etwa zu derselben Zeit, als er Sie gegenüber dieser Versicherung vertrat.«

Bei der Vorstellung, dass Mark es Maureen erzählt hatte, aber nicht seiner eigenen Ehefrau, fühlte Keely ihr Gesicht glühen. *Vergiss es,* ermahnte sie sich. *Dylan ist das Einzige, worauf es hier ankommt.* »Das hat nichts zu bedeuten«, sagte sie, »trotz Ihrer zweideutigen Anspielungen.«

»Das dachte Mark damals auch«, erwiderte Maureen. »Der arme Dummkopf. Die beiden haben sich nicht verstanden, nicht wahr? Mark und Ihr Sohn.«

Keely begegnete trotzig Maureens Blick. »Die zwei hatten ihre Probleme. Es war aber nichts Ernstes.«

»Der Junge verkaufte das Fahrrad, das Mark ihm geschenkt hat. Es gibt diesbezüglich eine Zeugenaussage von Mrs. Ambler. Dylan blockte von vornherein jede Freundlichkeit ab, die Mark ihm entgegenbrachte.«

Am liebsten hätte Keely gefragt: *Woher wissen Sie das?*

Maureen las ihre Gedanken. »Mark hat mir erzählt, dass der Junge ihn ablehnte. Ihn hasste.« Etwas Triumphierendes lag in ihrer Stimme. Anscheinend schwelgte sie in dem Gefühl, diese Kenntnisse zu haben und sie vor Marks Witwe zur Schau zu stellen. »Er hat mir vertraut.«

Keely verspürte Empörung, dass Mark ihre Privatangelegenheiten einer Kollegin erzählt hatte. Aber sie konnte es sich nicht leisten, sich von ihren Emotionen ablenken zu lassen. »Das ist nur natürlich«, entgegnete Keely, »in Dylans Alter und unter den gegebenen Umständen. Mark hat das verstanden.«

»Wie sehr hasste er Mark?«, fragte Maureen. »Das gilt es, herauszufinden.«

»Ach, um Himmels willen«, sagte Keely. »Dylan ist doch noch ein Kind. Er hat niemandem etwas zu Leide getan. Weder erschoss er seinen Vater, noch hat er für Mark einen Unfall ›arrangiert‹. Das ist nur eine boshafte, niederträchtige Unterstellung. Er ist ein ganz normaler Junge in einer schwierigen Situation, und Sie verfolgen ihn.«

Maureen beugte sich auf ihrem Sessel nach vorn und betrachtete Keely mit zusammengekniffenen Augen. »Sie verstehen wohl wirklich nicht? Sie sollten eine Zeit lang auf meinem Stuhl sitzen.«

Keely schüttelte den Kopf. Maureen stand auf und ging zu dem Aktenschrank in der Ecke. Mühsam zog sie eine Hand voll Heftordner hervor und warf sie auf den Schreibtisch.

»Da«, sagte sie. »Sehen Sie diesen Stoß Akten? Die sind alle von unschuldigen Kindern und Jugendlichen, in Dylans Alter oder jünger. Und alle hier aus Profit County. Ich habe noch dreißig andere, genau wie diese …«

Keely wandte den Kopf ab, als Maureen den Stapel hochhob und ihn durchzublättern begann. »Angriff mit einer tödlichen Waffe, bewaffneter Raubüberfall, Mordversuch, grobe Fahrlässigkeit, noch mal versuchter Mord …« Sie ließ die Akten nacheinander wieder auf den Schreibtisch fallen, wo sie mit dumpfem Knall landeten. Dann beugte sie sich vor und sah Keely an.

»Heutzutage gibt es so etwas wie einen unschuldigen Vierzehnjährigen nicht mehr. Dieser Junge von Ihnen hat die Eigenart, lästige Personen aus dem Weg zu räumen. Ich versuche lediglich, zu verhindern, dass es wieder passiert …«

Keelys Gedanken schweiften unwillkürlich zu den Warnungen von Dr. Donahue zurück. Sie erinnerte sich an den Jungen, der im Krankenhaus gelandet war, um genäht zu werden. *Das ist absolut nicht dasselbe,* dachte sie.

»Dylan gehört nicht zu dieser Sorte«, entgegnete sie hartnäckig.

»Das sagt jede Mutter, mit der ich spreche. Kurz bevor man ihr Kind ins Gefängnis steckt.«

»Hier geht es gar nicht um Dylan«, erwiderte Keely wütend. »Hier geht es um Sie. Das Ganze ist ein Rachefeldzug, weil Mark …« Sie ließ den Satz offen.

Maureen kam hinter dem Schreibtisch hervor, stellte sich neben Keely, verschränkte die Arme vor der Brust und lehnte ihr propperes Hinterteil an die Tischkante. Statt defensiv zu reagieren, schien sie nur noch kühler und gelassener. »Weil Mark was?«, fragte sie.

Keely funkelte sie an. »Weil Mark die Verlobung mit Ihnen gelöst und mich geheiratet hat«, antwortete sie.

»Wirklich?«, sagte Maureen. »Sie meinen, ich müsste auf Sie eifersüchtig sein?«
Noch bevor Keely etwas erwidern konnte, ging Maureen zurück hinter ihren Schreibtisch und ergriff das Foto der beiden rothaarigen Kinder.
»Ich bestreite gar nicht«, sagte sie, »dass ich persönliche Gründe habe, diese jugendlichen Straftäter aggressiv zu verfolgen. Mein Zwillingsbruder Sean« – sie drehte das Bild so herum, dass Keely es sehen konnte – »wurde vor vielen Jahren von einem Jungen wie Ihrem ermordet – einem kaputten Teenager.«
Keely fühlte sich gedemütigt, weil Maureen ihr eine solche Tragödie anvertraute, und sie schäumte vor Wut, dass die Staatsanwältin so etwas mit Dylan in Zusammenhang brachte. »Das ist schrecklich«, murmelte sie. »Aber ich verbitte mir, dass Sie meinen Sohn mit einem Mörder vergleichen. Sie haben kein Recht –«
»Auch diesen Jungen nahm jemand in Schutz«, redete Maureen weiter. »Genau wie Sie es hier versuchen. Die Justiz konnte ihm nie etwas nachweisen. Es war in der Nacht vor Halloween, und man nannte es einen Dummen-Jungen-Streich. Einen Streich. Mein Zwillingsbruder starb wegen eines Streichs. Und niemand hat je dafür gebüßt. Das wird in diesem Fall nicht geschehen. Ihr Sohn wird nicht ungestraft davonkommen.«
»Ich kann nicht ändern, was Ihnen passiert ist«, sagte Keely. »Aber ich warne Sie. Lassen Sie meinen Sohn aus dem Spiel.«
Maureen schnaubte. »Sie warnen *mich?*«
»Ich werde Lucas Weaver von diesem Gespräch berichten.«
»Zählen Sie nicht allzu sehr auf Lucas«, konterte Maureen. »Mark und Lucas waren so.« Sie überkreuzte ihren Mittel- und ihren Zeigefinger. »Wenn ihm erst einmal klar wird,

was hier wirklich Sache ist, entzieht er Ihnen vielleicht seine Unterstützung. Und nun müssen Sie mich entschuldigen, Mrs. Weaver. Ich habe zu tun.« Sie ging an die Tür.

»Josie«, rief sie ihrer Sekretärin draußen zu. »Haben Sie diese Ausdrucke, um die ich Sie bat?«

Josie kam und überreichte Maureen einen Stoß Blätter; dabei blieb ihr Blick neugierig an Keely hängen. Die Staatsanwältin setzte sich ohne ein weiteres Wort auf ihren Stuhl, griff zum Telefonhörer und begann, eine Nummer einzutippen, als wäre Keely nicht mehr da. Keely erhob sich auf unsicheren Beinen und verschwand nach draußen.

14

Bei ihrer Rückkehr erwartete Keely eigentlich, von einem ungeduldigen Dylan und einer Abby begrüßt zu werden, die sich an das Bein seiner schlabberigen Jeans klammerte. Stattdessen war alles still, und von beiden fehlte jede Spur. »Dylan?«, rief sie laut. Keine Antwort. Sie ging durch den Flur zum Kinderzimmer. Vielleicht würde sie das Baby schlafend in seinem Bettchen finden. Aber auch dieser Raum war leer. Nicht eines der Babygitter hier unten war aufgestellt. *Vielleicht ist er auch mit ihr spazieren gegangen,* dachte Keely, aber sie wusste, das war unwahrscheinlich. Dylan machte als Babysitter nur das Allernötigste. *Keine Panik,* ermahnte sie sich. *Schau oben nach.* Sie lief in den ersten Stock und begann, den Flur entlangzumarschieren. Als sie sich Dylans Zimmer näherte, hörte sie mit einer Mischung aus Ärger und Erleichterung das rhythmische Wummern und Flüstern aus seinen Kopfhörern.

Sie riss die Tür auf, ohne anzuklopfen. Dylan, der mit hochgelegten Beinen und geschlossenen Augen an seinem Schreibtisch saß und eine CD hörte, sprang beim Knallen der Tür auf die Beine. »Hey«, maulte er, während er den Kopfhörer abnahm, »schon mal was von Anklopfen gehört?«

Keely ignorierte seine Beschwerde. »Wo ist deine Schwester?«, fragte sie.

Dylan zog ein finsteres Gesicht und setzte wieder die Kopfhörer auf. »Bei den Nachbarn.«

»Bei den Nachbarn?«, schrie Keely. Sie riss Dylan die Kopfhörer von den Ohren, und der Junge sprang von seinem Stuhl auf.

»Was hat sie denn bei den Nachbarn zu suchen?«, fuhr Keely ihn an. »Was ist hier passiert?«

»Nichts«, sagte er wütend. »Ms. Connelly wollte sie mit rübernehmen.«

»Und du hast sie einfach der Nachbarin übergeben? Du solltest doch auf sie aufpassen. Was geht hier vor, Dylan?«

»Sie hat geweint. Sie ist hingefallen.«

Keelys Herz begann zu hämmern. »Abby ist hingefallen? Wo? Fehlt ihr etwas?«

»Nein, ihr fehlt nichts«, antwortete Dylan angewidert. »Diese alte … Dame von nebenan hat sie heulen hören und ist hier reingeplatzt. Meint wohl, bloß weil sie *ihn* gefunden hat –«

»Ihn?«, schrie Keely.

»Mark«, brummte Dylan. »Meint wohl, jetzt kann sie jederzeit hier ins Haus platzen –«

»Verdammt noch mal, Dylan. Ich …« Keely brachte kaum ein Wort hervor. Sie zeigte mit dem Finger auf ihn. »Rühr dich nicht aus diesem Zimmer. Wir zwei sprechen uns später.«

Sie rannte die Treppe hinunter, nach draußen und über den angrenzenden Rasen zu dem weitläufigen, leicht heruntergekommenen Nachbarhaus im holländischen Kolonialstil. Dort hämmerte sie an die Tür, dass die Hunde laut zu bellen begannen. Nach ein paar Sekunden hörte sie die Schlösser aufgehen; dann öffnete Evelyn.

»Evelyn«, keuchte Keely, völlig konfus. »Dylan sagt, Sie hätten Abby hier drüben.«

Evelyn seufzte dramatisch und trat von der Tür zurück. »Kommen Sie doch rein.«

Keely hatte das Haus der Connellys noch nie von innen gesehen. Sämtliche Jalousien waren heruntergezogen, sodass in den weiten, niedrigen Räumen ein Dämmerlicht herrschte. Es roch muffig und nach Hund. Das düstere Wohnzimmer war voller Polsterbänke, Beistelltische und Stühle, obwohl man jeden Stuhl in gebührendem Abstand zu den anderen aufgestellt hatte.

»Hier hinten ist sie«, sagte Evelyn und rief ihre Hunde, die ihr hechelnd durch das Haus folgten. Dabei klickten die Krallen der Tiere auf dem abgenutzten Parkettboden.

Keely und ihre Begleiterin kamen an einer kleinen, dunklen, voll gestopften Bibliothek vorbei, wo der alte Dr. Connelly schnarchte. Er schlief sitzend auf einem Sofa, das eine rot-grüne Tagesdecke mit Weihnachtsmotiv trug. Im Fernsehgerät vor ihm lief eine Talkshow.

Evelyn Connelly legte einen Finger auf die Lippen, winkte Keely, ihr zu folgen, und gehorsam ging diese hinter der älteren Frau durch den trüben Korridor, bis sie in die Küche gelangten. Der Raum hatte Wand- und Deckentäfelung; die Armaturen waren in Avocadogrün. Abby saß auf dem abgewetzten Linoleumboden, neben zwei Fressnäpfen, und untersuchte gerade ein Bröckchen Hundefutter. Sie trug einen Mullverband ums Kinn. Keely stürzte zu ihr hinüber, hob sie hoch und drückte sie an sich. Dabei entwand sie den winzigen Fingerchen den Futterbrocken und ließ ihn wieder in den Topf fallen, was die Hunde erneut zum Bellen brachte.

»Zeus, Dobie, still!«, befahl Evelyn, während Keely den Kopf ihres Kindes küsste und es in Augenschein nahm. Evelyn holte sich ein Glas Wasser aus dem Hahn am Spülbecken und nippte daran.

»Ich war draußen und habe Laub gerecht«, sagte sie. »Irgendjemand muss es ja tun. Das Anwesen pflegt sich schließlich nicht von allein. Auch wenn ich schon so viel mit meinem Vater zu tun habe. Ich kann nicht alles verwahrlosen lassen, sonst –«

»Ich weiß«, unterbrach Keely. »Was war los?«

»Ich hab Sie heute früh wegfahren sehen. Wie ich also den Rasen gegenüber von Ihrem Haus reche, da höre ich plötzlich einen schrillen Schrei von dort drinnen ... na, nach allem, was beim letzten Mal passiert ist, dachte ich mir, ich sehe besser mal nach. Ich hab ja gehört, dass es das Baby war, und es schrie wirklich Zeter und Mordio.«

Bei der Vorstellung, wie die Stille der Straße von Abbys Schreien zerrissen wurde, empfand Keely gleichermaßen Scham als auch wilde Frustration. Es schien, als wäre es die eigene Unfähigkeit, die alles in ihrem Leben schief gehen ließ. »Großer Gott«, sagte sie niedergeschlagen.

»Offenbar«, berichtete Evelyn weiter, während sie ihr Glas ausspülte und es behutsam auf dem Abtropfgestell platzierte, »ist sie gefallen und hat sich am Kaffeetisch das Kinn aufgeschlagen. Alles war voller Blut. Als ich reinkam, saß sie ganz allein da, heulend und blutüberströmt, auch der Teppich ...«

»Wo war denn Dylan?«, verlangte Keely zu wissen.

Evelyn Connelly zuckte mit den Schultern. »Einen Moment dachte ich, Sie hätten das Baby allein daheim gelassen. Ich nahm an, der Junge wäre in der Schule ...«

Trotz ihrer Schuldgefühle war dies zu viel für Keely. »Das ist doch hirnverbrannt. So etwas würde ich doch nie tun«, protestierte sie wütend.

Evelyn wischte sich die Hände an einem Geschirrtuch ab und begutachtete eine Sekunde ihre großen, funkelnden Diamanten. »Jedenfalls«, fuhr sie fort, »habe ich die Bescherung aufgewischt, dem Kind etwas Frisches angezogen, ihm die Wunde verbunden ...«

»Vielen Dank, Evelyn. Das war sehr freundlich von Ihnen«, sagte Keely steif.
»Oh, das bin ich gewöhnt«, erwiderte die andere. »Ich bin ja Arzttochter. Ich habe mein Teil an Blut gesehen.«
»Und wo war Dylan die ganze Zeit?«, fragte Keely.
Evelyn legte den Kopf schief und schob die Lippen vor. »Der war keine große Hilfe«, sagte sie. »Stand eher im Weg als sonst etwas.«
»Also hat er versucht zu helfen«, sagte Keely erleichtert. »Nun ja, solange Kinder nicht richtig laufen können, fallen sie eben. Das kommt vor.«
»Das heißt, *wenn* es so war«, sagte Evelyn. »Wir haben nur sein Wort.«
Keely fühlte sich, als wäre ihr Gesicht zu Eis erstarrt. Abby zupfte ihrer Mutter fröhlich an den Haaren. »Na, dann also vielen Dank, Evelyn, dass Sie geholfen haben.«
»Ich hab sie mit rübergenommen, weil ich dachte, es ist keine gute Idee, sie mit ihm allein im Haus zu lassen«, fuhr Evelyn mit ihren Andeutungen fort.
Keely musste sich auf die Zunge beißen, um nicht ärgerlich zu reagieren. Schließlich hatte ihre Nachbarin nur zu tun versucht, was sie für richtig hielt. »Wie gesagt, vielen Dank für Ihre Hilfe. Wir wollen Ihnen jetzt nicht länger zur Last fallen.«
»Na schön«, erwiderte Evelyn in einem Ton, der durchblicken ließ, sie habe alles getan, was sie konnte, und wasche ihre Hände in Unschuld. Gefolgt von den Hunden, ging sie durch den Flur zur Haustür voran, während Keely ihr Baby an sich drückte wie ein kleines Bündel. Dann lavierte Keely sich sowohl an den Hunden als auch an ihrer Nachbarin vorbei und eilte aus dem dunklen Haus, ohne zurückzuschauen.
Sobald sie ihr eigenes Zuhause erreicht hatte, machte sie

die Tür zu, lehnte sich dagegen und hielt Abby so fest im Arm, dass das Baby unwillig zappelte. Keely starrte die Treppe hinauf. Der Flur schien sich um sie herum zu drehen, und sie schloss die Augen, atmete tief durch, öffnete ihre Augen dann wieder und trug Abby ins Kinderzimmer, wo sie ihr etwas anderes zog. Danachbrachte sie ihr ein Fläschchen Saft aus der Küche und setzte sie in den Laufstall. Obwohl es noch vor kurzem einer ihrer Lieblingsplätze gewesen war, quengelte Abby jetzt, als wolle sie nicht darin eingesperrt sein. »Ich bin gleich wieder da«, versprach Keely.

Sie holte tief Luft und stieg die Treppe hinauf. Dylans Zimmertür war abgesperrt. Sie klopfte laut an. »Dylan. Mach auf.« Keine Antwort.

Während Keely im Flur stand und wartete, steigerte sich ihr Zorn immer mehr. »Dylan«, wiederholte sie.

»Verdammt noch mal.« Sie drehte den Knauf und rüttelte daran. »Mach sofort die Tür auf.« Sie hörte das Schloss, dann öffnete sich die Tür, und sie standen einander Auge in Auge gegenüber. Das Zimmer war ein heilloses Chaos, so als hätte Dylan absichtlich seine Habseligkeiten über Schreibtisch, Kommode und Bett verstreut. Er starrte ihr mit trotziger Herausforderung ins Gesicht.

Keelys Wut und Frustration kochten über. »Dylan«, schrie sie, »ich hab dir beim Weggehen gesagt, du sollst auf deine Schwester aufpassen. Ich hab gesagt, du sollst sie nicht allein lassen.«

»Hab ich ja auch nicht«, entgegnete er mürrisch.

»Als Ms. Connelly ins Haus gekommen ist, saß das Baby allein da, blutüberströmt, und hat furchtbar geweint.«

»Die ist 'ne alte Sch ... Schachtel«, erwiderte er.

»Willst du etwa behaupten, dass sie lügt? Dazu hat sie keinen Grund, Dylan. Du dagegen ...«

»Ja, natürlich«, sagte er bitter, »ich bin wieder mal schuld.« Er setzte sich auf seinen Drehstuhl und wandte sich von ihr ab. »Das dämliche Baby fällt hin und schlägt sich das Kinn auf, und mir schiebst du's in die Schuhe.«

»Was soll ich denn sonst davon halten?«, schrie Keely. »Wie soll ich dir denn noch vertrauen?«

»Ich an deiner Stelle würd's nicht tun«, entgegnete er sarkastisch.

»Heute habe ich dir vertraut«, fuhr sie fort. »Ich habe mich darauf verlassen, dass du dich um Abby kümmerst. Trotz allem habe ich sie dir anvertraut.«

Dylan sah mit zusammengekniffenen Augen zu ihr auf. »Trotz allem.«

»Ach komm, Dylan. Bitte keine Wortklaubereien. Da versuche ich, diese Staatsanwältin zu überzeugen, was für ein prima, anständiger, ehrlicher Junge du bist und dass sie dir Unrecht tut, während deiner Schwester hier Gott weiß was passiert.«

»Du vertraust mir nicht«, konstatierte er trocken. »Weshalb kannst du's nicht einfach zugeben?«

»Es geht nicht darum, ob ich dir vertraue. Ich dachte, du hättest deine Lektion inzwischen gelernt. Aufzupassen, zu überlegen«, schrie sie. »Stattdessen machst du einfach weiter wie gehabt. Du denkst immer nur an dich selbst. Zum Teufel mit den anderen! Nach mir die Sintflut!«

Dylan lehnte sich in seinem Stuhl zurück, verschränkte die Hände hinter dem Kopf und nickte. »Richtig, Mom«, sagte er, »du hast absolut Recht mit allem.«

Keely schüttelte den Kopf. »Komm mir nicht auf *die* Tour, Dylan.«

»Ich gebe dir doch nur Recht«, erwiderte er unschuldig.

»Du bist schlicht und einfach frech – weiter nichts. Statt Verantwortung für dein Handeln zu übernehmen –«

Dylan beugte sich vor, und als seine Fäuste auf den Schreibtisch krachten, kippte sein Stuhl um. »Raus hier! Einfach nur raus mit dir!«, brüllte er.

Keely schrak zusammen, wich aber nicht von der Stelle. »Du hast mir gar nichts vorzuschreiben«, sagte sie.

»Das ist immer noch mein Zimmer«, knurrte er.

»Und eine schöne Räuberhöhle obendrein«, versetzte sie wütend. »Räum hier auf.«

Dylan sah sich um. »Für mich sieht's gut aus«, sagte er.

Und in dieser Sekunde, als sie das heillose Durcheinander anstarrte, fühlte sich Keely an ein anderes, noch schlimmeres Durcheinander erinnert: an Prentice Weavers Wohnung, als sie und Lucas die Tür aufgeschlossen hatten und hineinspazierten. Damals schien es, als würde der grauenvolle Zustand seiner Behausung die Qualen seines Gemüts, das Chaos in seinem Leben widerspiegeln. Keely wollte ihren Sohn nicht genauso betrachten. Schließlich war es bei Kindern etwas anderes. Kinder waren schlampig. Es brauchte seine Zeit, bis sie lernten, Ordnung zu machen. Doch noch während sie das dachte, wurde Keely klar, dass Betsy Weaver, als Prentice noch ein Teenager war, sich wahrscheinlich dasselbe gesagt hatte. Nur blieb es nicht bei einer vorübergehenden Phase. Es war ein Vorbote künftiger Sorgen und Probleme. *O Dylan,* dachte sie. *Was mach ich nur mit dir?* Sie holte tief Luft und versuchte, ruhig nachzudenken, bevor sie sprach.

»Dylan, hat während meiner Abwesenheit Dr. Stover angerufen?«

»Ja«, brummte er. »Er wartet, dass du zurückrufst.«

»Okay, das werde ich tun«, sagte sie. »Hör mal, Schatz, ich möchte, dass du anfängst, hier aufzuräumen, und dann müssen wir uns, glaub ich, einmal in aller Ruhe hinsetzen und besprechen, wie es weitergehen soll.«

»Was meinst du damit?«, fragte er misstrauisch.

»Dylan«, sagte sie. »Dr. Stover wurde mir von der Schule als jemand empfohlen, der dir bei deinen Problemen vielleicht helfen kann.«

»Na super. 'n Seelenklempner«, erwiderte er.

Keely wollte bereits protestieren, aber dann nickte sie. »Gut. Stimmt. Ein Seelenklempner. Ist das so furchtbar? Ich glaube, du brauchst jemanden, um ... über alles zu reden, was in deinem Leben passiert. Jemand, der nicht so eng daran beteiligt ist wie ich.«

»Jetzt hältst du mich für verrückt«, bemerkte er.

»Ich halte dich nicht für verrückt. Aber es kommt mir einfach so vor, als mache ich meine Sache hier nicht gut, Schatz. Es kommt mir vor, als brüllten wir uns einfach nur an und gelangten nirgendwohin.«

»Schon okay«, sagte er dumpf. »Manchmal glaub ich ja selber, ich werde verrückt.« Er starrte über seinen Schreibtisch hinweg aus dem Fenster, auf das dürre Laub, das hartnäckig an den Zweigen hing.

In Keely erwachte neues Mitgefühl. »Dylan«, tadelte Keely sanft. »Du bist nicht verrückt.« Sie trat an seinen Stuhl und versuchte, die Arme um den Jungen zu legen. »Es ist nur eine sehr, sehr harte Zeit.«

Er schüttelte sie ab, als wäre ihre Umarmung giftig. »Lass das«, sagte er. »Fass mich nicht an und hör auf mit deinem verlogenen Mitgefühl.«

Keely zog ihre Hände zurück und ballte sie zu Fäusten. Sie holte tief Luft. Dann ging sie zur Tür. »Gut. Ich lass dich jetzt allein«, sagte sie. »Räum das Zimmer hier auf.« Sie sagte den Befehl über ihre Schulter, um Dylans verbittertem Blick nicht zu begegnen. »Ich halte das nicht mehr aus.«

Als sie die Treppe herunterkam, klingelte das Telefon, und

beim Abnehmen hörte sie eine sanfte, zögernde Stimme ihren Namen sagen.

»Keely, hier ist Betsy. Ich weiß, es ist ein bisschen spät für eine Einladung, aber haben du und die Kinder nicht Lust, mit uns zu Abend zu essen? Die Köchin hat einen Braten gekauft, der ist groß genug für uns alle.«

Keely dachte als Erstes an Dylan. Sie wusste, er würde nicht gehen wollen, aber an diesem Punkt war ihr das egal. »Betsy, einen besseren Moment könnte es gar nicht geben. Ich muss unbedingt hier raus. Mir fällt die Decke auf den Kopf. So ein Abendessen wäre wunderbar.« Sie vereinbarten eine Uhrzeit, und beim Auflegen fühlte sich Keely ein bisschen weniger isoliert und niedergeschlagen als zuvor. Wenn sich jetzt Dylan noch aufraffen könnte und sich während der Mahlzeit anständig benehmen würde, dann wäre alles in Ordnung. Keely ging an den Fuß der Treppe. Es klang, als würde der Junge oben Möbel an die Wand schleudern. »Dylan«, rief sie laut.

»Ich bin beim Aufräumen«, schrie er wütend.

»Komm runter«, sagte Keely. »Ich muss mit dir reden.«

Nach ein paar Sekunden hörte sie krachend seine Tür aufgehen und ihn das Obergeschoss durchqueren. »Was ist?«, rief er, als sie einander ins Gesicht sahen.

»Lucas und Betsy möchten uns zum Abendessen einladen, und ich habe gesagt, wir würden kommen.«

»O nein«, stöhnte er. »Ohne mich.«

»Warum? Es sind deine ... Großeltern.«

»Sind sie nicht. Für mich sind sie gar nichts.«

»Dylan«, rief Keely.

»Ich hab *eine* Großmutter. Damit basta«, erwiderte er trotzig.

Keely entschied, dass es sinnlos war, darüber zu diskutieren. Rein technisch betrachtet, hatte er Recht, und man durfte keine Gefühle von ihm erwarten, die er nicht empfand.

»Gut, in Ordnung. Sie sind nicht deine Großeltern –«

»Genau genommen, sind sie ja nicht mal die von Abby«, fügte er hinzu, weil er sich bestätigt sah. »Wenn man bedenkt, wie alt Mark war, als sie ihn adoptiert haben. Dann zählen sie nicht mal als Großeltern von –«

»Dylan, bitte gib Ruhe. Halt einfach … sei still.«

»Halt die Schnauze, meinst du.«

»Dylan …« Keely bemühte sich, ruhig zu bleiben. »Ich muss einfach aus diesen vier Wänden raus, unter Menschen.«

»Ich will nicht dorthin. Da muss man mit der richtigen Gabel essen, und ich weiß nie, welches Glas ich nehmen soll.«

Es stimmte, dass die Weavers die etwas verstaubten Umgangsformen von Betsys privilegiertem Elternhaus aufrechterhielten. Lucas stammte aus dem Arbeitermilieu, hatte sich aber der neuenglischen Eliteklasse seiner Frau gut angepasst. Wirklich konservativ waren sie beide nicht. Betsy war eine schüchterne, beinahe unbeholfene Frau und leidenschaftliche Vogelbeobachterin – äußerlich schlicht und hausbacken bis zur Unattraktivität.

»Es würde dir nicht wehtun, einen Abend auf deine Manieren zu achten«, sagte Keely. »Und außerdem waren die Weavers sehr nett zu uns.«

»Ich hab Hausaufgaben«, brummte er störrisch. »Jake hat gesagt, ich könnte rüberkommen und sie bei ihm machen.«

»Nur nicht so hastig. Du bist vom Unterricht suspendiert. Das heißt, du hast Hausarrest. Du wirst nicht unter die Leute gehen«, entgegnete sie.

»Das ist nicht Unter-die-Leute-gehen. Wir machen ja nur zusammen Hausaufgaben. Du bist doch diejenige, die *unter die Leute* will.«

»Dylan …«

»Ich muss mit dem Unterrichtsstoff am Ball bleiben. Die

Lehrer werden schlimmer hinter mir her sein denn je, wenn ich zurückkomme«, sagte er.
»Das ist mir egal. Du wirst weder heute noch sonstwann abends rausgehen, solange du suspendiert bist. Das ist mein letztes Wort. Entweder du bleibst hier, wo du bist, oder du kommst mit mir zu den Weavers.«
»Ich komm nicht mit«, zischte er durch zusammengebissene Zähne.
»Dann ruf ich an und werde absagen –«
»O, weil du mir nicht traust, wenn ich allein daheim bleibe, ohne dich«, entgegnete er sarkastisch.
Keely reckte ihr Kinn vor, aber sie wusste, dass er Recht hatte.
»Tausend Dank, Mom ...«
»Du musst zugeben, Dylan, du hast wenig getan, dass es mir anders gehen könnte.«
»Ich komme nicht mit«, wiederholte er. »Ich rufe Jake an, der soll mir die Hausaufgaben geben, ich bleibe hier und mach sie. Okay?«
Keely seufzte. Sie wusste, sie konnte ihn nicht wie einen Gefangenen halten, und sie wollte feststellen, ob er die von ihr gesteckten Grenzen respektieren würde. Sie musste ihm die Chance geben, es zu beweisen, egal, wie sehr sie eine Enttäuschung fürchtete. Sie zögerte unentschlossen. »Du wirst Hunger kriegen ...«
»Wenn, dann kann ich mir ein Brot machen.«
»Ich weiß, dass du das kannst«, erwiderte sie.
»Also geh. Wenn du willst, dann geh.«
Sie war zwar durchaus bereit, weiter mit ihm zu streiten, hatte aber das Gefühl, es sei eine Grenze erreicht. Wenn sie ihn zum Mitkommen zwang, dann wäre er mürrisch, zugeknöpft und würde allen den Abend verderben. Und obwohl die Weavers Verständnis hätten, schien es unfair, sie unter

seinen Launen leiden zu lassen. Sie versuchten ja nur, nett zu sein. Und ja, natürlich wusste er, wie man sich ein Brot schmiert.

»Na schön«, gab Keely sich geschlagen. »Ich denke, du kannst daheim bleiben.«

»Boah, Wahnsinn!«, antwortete er giftig.

»Setz mich nicht unter Druck«, sagte sie kopfschüttelnd. Er wandte sich ab, und Sekunden später hörte sie die Tür seines Zimmers zuschlagen.

Sie spielte mit dem Gedanken, ihm hinterherzulaufen, ihn weiter zu schimpfen, ihren Entschluss rückgängig zu machen.

Dann aber seufzte sie. Was sollten weitere Streitereien? *Lass ihn zufrieden,* dachte sie.

Bei ihrer Rückkehr in die Küche nahm Keely das Telefon, rief die Praxis von Dr. Stover an und konnte für den nächsten Tag einen Termin vereinbaren. Als es Zeit wurde, zu den Weavers zu fahren, bürstete sie sich die Haare und packte anschließend Abbys Babynahrung sowie ein paar Spielsachen zusammen. Es würde ein frühes Abendessen. Dann, als sie alles beieinander hatte, rief Keely zu Dylan die Treppe hinauf. »Wir gehen jetzt.«

Keine Bestätigung von oben.

»Hast du verstanden?«, rief sie.

Sie hörte die Tür seines Zimmers aufgehen. »Ich hab verstanden. Okay?«

»Wir sind gegen neun wieder zurück.«

»Ist schon recht«, antwortete er.

Ihr kam der Gedanke, zu erwähnen, dass sie Dr. Stovers Praxis endlich erreicht und für morgen einen Termin vereinbart hätte, aber sie würde diese Sache Schritt für Schritt angehen müssen. Darum ließ sie es sein. Sie rief »Mach's gut«, nahm Abby auf den Arm, ging dann zur Haustür und

machte sie hinter sich zu. Auf dem Weg durch die Einfahrt warf sie noch einmal einen Blick auf das Haus.
Dylan stand am Fenster seines Zimmers. Er hatte den Vorhang zurückgezogen und starrte zu ihr heraus.
Sie hob eine Hand, um ihm zu winken, doch im selben Moment ließ er den Vorhang fallen und verschwand aus ihrem Blick.

15

Das war ein wunderbares Essen«, sagte Keely, während sie Abby vom Boden hochhob, deren Spielsachen einsammelte und Betsy in das gemütliche kleine Wohn- und Arbeitszimmer des alten Kolonialhauses folgte, von dem man einen schönen Blick auf die Bay hatte. Lucas ließ sich entschuldigen, um ein paar Telefonate zu führen, versprach aber, gleich wieder bei ihnen zu sein. Der von Büchern gesäumte Raum war wie der übrige Teil des Hauses mit ebenso kostspieligen wie bequemen Sofas und Polsterstühlen möbliert, zwischen denen vereinzelte Antiquitäten standen, alle offenbar gut gepflegt. Hinter dem Sofa und in maßgefertigten Vitrinen war kunstvoll Lucas' Sammlung von altertümlichen Pistolen und federgeschmückten Pfeilen arrangiert.

»Es freut mich, dass es dir geschmeckt hat«, sagte Betsy schüchtern. »Wir sind so froh, dass du kommen konntest.«

Mit einem stillen Gebet, dass sie nichts beschädigen möge, setzte Keely Abby auf den seidenen Orientläufer. Die Vitrinen hatten Glasdeckel, aber die, schätze Keely, waren zu hoch, als dass Abby irgendetwas kaputtmachen könnte. Für ein paar fettige Fingerabdrücke würde es allerdings schon reichen. Betsy schien unbesorgt. Ihr Leben war voll mit kostbarem Krimskrams, und man konnte alles davon ersetzen.

Na ja, nicht alles, dachte Keely, während sie sich gegenüber von Betsy in eine Ecke des Polstersofas schmiegte. Betsy selbst hatte inzwischen eine Tasche mit Strickzeug hervorgeholt und machte es sich in einem Sessel unter einer Apothekenlampe aus Messing bequem. Der Tisch neben ihr stellte einen Altar für Prentice dar, der leider nicht nach seinem Vater geraten war. Die silbern gerahmten Fotos zeigten einen Jungen mit kleinen Augen, wie denen eines Kaninchens, fliehendem Kinn und großer Nase. Als er allmählich erwachsen wurde, schien er der Kamera mit einem Unbehagen gegenüberzutreten, das an Furcht grenzte, wahrscheinlich weil ihn sein eigener Anblick erschreckte. Aber dennoch musste Keely, als sie sich in dem Zimmer umsah, Mark Recht geben, was dessen eigene Position innerhalb der Familie betraf. Von ihm gab es hier nur wenige, in großen Abständen verteilte Bilder; die von Prentice dagegen drängten sich, so unansehnlich sie auch sein mochten, an allen Ecken und Enden.

Betsy blickte von ihrem Strickzeug auf und ertappte Keely, wie sie die Fotogalerie anstarrte. Auf dem Tisch neben ihr stand ein Bild, auf dem Prentice zur Abwechslung einmal fast attraktiv wirkte: gepflegt, mit Anzug, Blume im Knopfloch und breitem Lächeln. Ein Mädchen mit fein geschnittenem Gesicht und dem Teint einer englischen Rose blickte bewundernd zu ihm auf. Betsy nahm das Foto vom Tisch und starrte es an. Sie wirkte beinahe verwirrt. »Damals sah er so hübsch aus«, sagte sie und suchte in seinen Zügen nach irgendwelchen Hinweisen für sein bitteres, leidvolles Ende.

»Ja, er wirkt glücklich«, bestätigte Keely aufrichtig.

»Dieses Foto wurde an seinem Hochzeitstag gemacht«, sagte Betsy.

Keely nickte. Sie wusste Bescheid über Veronica. Drei Jahre nach ihrer Eheschließung war sie mit einem anderen durchgebrannt – der Zeitpunkt, an dem Prentice' Alkoholproblem begann. »Sie waren ein hübsches Paar«, sagte sie.

Betsy seufzte. »Es fällt mir schwer, ihr zu verzeihen. Sie hat nie erklärt, warum sie sich für einen anderen entschied und Prentice nicht einmal die Chance gab, sie zurückzugewinnen. Das brach ihm das Herz.«
»Oh, ich verstehe«, sagte Keely mitfühlend und dachte: *Kein Wunder. Wer würde einer Frau so etwas auch vergeben?* »Das war grausam«, fügte sie hinzu.
Betsy seufzte erneut und strich mit ihrem Finger über die Wange des Mannes auf dem Foto. »Weißt du, die Leute beneideten ihn, weil er reich zur Welt kam. Sie merkten gar nicht, dass ihm das anscheinend kein Glück gebracht hat. Vielleicht wäre er besser dran gewesen, wenn er sich hätte durchkämpfen müssen, so wie Mark.«
Nun, nur wenige Menschen hätten Mark um seinen Kampf beneidet, dachte Keely unwillkürlich: schon jung verwaist, danach Kinderheime und Kriminalität bis ins jugendliche Alter – ein Leben, das die meisten Leute fertig gemacht hätte. Versonnen sah sie über ihre Schulter auf das Foto eines lächelnden Mark, eingebettet zwischen Familienandenken, in einem anderen Regal. Mark hatte in diesem Haus eine Position gefunden, durch die er Betsys Freundlichkeit errang und den Platz für einige Bilder in der Sammlung. Aber es gab keine Mutter, die ihm einen Altar eingerichtet hätte. *Keine Sorge, Liebling,* dachte Keely, *wir werden die Erinnerung an dich immer lebendig halten.*
»Er fehlt mir so sehr«, sagte Betsy.
Eine Sekunde dachte Keely, die andere Frau würde von Mark reden; als sie jedoch hinschaute, merkte sie, dass Betsy nach wie vor das Foto von Prentice anstarrte.
»Ja, das glaube ich«, sagte sie ernsthaft. *Jawohl,* dachte sie, *trotz allem.* Sie wusste, dass Prentice seinen Eltern nichts als Kummer bereitet hatte, aber Mutterliebe war bedingungslos und unbegrenzt. Sie ließ sich nicht zerstören, egal wie

sehr sich die Kinder bemühten. Keelys Gedanken schweiften zu Dylan.

»Du siehst so traurig aus«, meinte Betsy.

»Oh.« Keely schüttelte den Kopf. »Mir ist nur gerade Dylan eingefallen, apropos ›Söhne‹. Er … er macht momentan eine harte Zeit durch.«

»Lucas hat mir schon davon erzählt. Ich finde, es ist eine Schande, was diese Leute versuchen«, rief Betsy entrüstet. »Als hätte das Kind nicht schon genug gelitten …«

»Amen«, sagte Keely. Sie wusste es zu schätzen, wie Betsy sich um Dylans willen empörte. »Ich habe mich auf den Rat der Schuldirektorin hin mit einem Psychiater in Verbindung gesetzt. Vielleicht wird es Dylan helfen, sich bei jemandem aussprechen zu können.«

Betsy erschauerte. »Ich bin ja nicht sehr für so was. Aber wahrscheinlich hast du Recht. Es gibt Leute, die schwören darauf.«

Keely wusste, dass ein standesbewusster Snobismus im Hause Weaver noch munter weiterlebte. Ob Prentice' Eltern wohl je versucht hatten, ihrem Sohn mit all seinen Problemen psychologische Hilfe zu besorgen? Und als hätte sie Keelys Gedanken gelesen, fuhr Betsy fort: »Prentice ist auch eine Zeit lang zum Psychiater gegangen.« Dann schüttelte sie den Kopf. »Alles umsonst. Nichts hat etwas genützt. Er war anscheinend jemand, der nie seinen Weg finden konnte.«

Keely nickte bei dem Gedanken, dass diese Worte ein ganzes trauriges Leben zusammenfassten. O nein, ihrem eigenen Sohn sollte so ein Schicksal nicht widerfahren. »Besser«, meinte sie, »ich bringe Abby allmählich ins Bett. Und sehe noch einmal nach Dylan.«

»Aber sie ist doch der reinste Engel«, rief Betsy. Abby hatte sich zum Sessel der alten Frau vorgearbeitet und zog sie leicht am Hosenbein. Betsy griff nach unten, um der Kleinen übers Haar zu streicheln. »Sie ist so ein schönes Kind.« Alle Sehnsucht nach einem Enkelkind, die Keely je gehört hatte, schien in diesem einen Satz enthalten.

»Wir kommen ein andermal wieder, nicht wahr, Schatz?«, sagte sie, während sie Abbys Sachen aufsammelte.

In diesem Augenblick betrat Lucas das Zimmer. »Was ist denn hier los?«, rief er. »Schon im Aufbruch?«

Keely lächelte ihn an. »Ist besser so. Vielen, vielen Dank für eure Einladung, Betsy ...«

Die alte Frau nickte wohlwollend. »Bitte verzeih, meine Liebe, wenn ich nicht aufstehe. Diese alten Hüften ...«

»Ich bring die beiden nach draußen«, verkündete Lucas und bückte sich, um Abby hochzuheben. Aber die Kleine entzog sich seinem Griff und wandte sich quengelnd an ihre Mutter.

»Da ist jemand müde«, sagte Keely, während sie ihre Arme nach dem Baby ausstreckte. »Nochmals vielen Dank, Betsy.« Sie nahm Abbys Hand, winkte Betsy damit zu und folgte Lucas, der merklich hinkte, zur Haustür hinaus. Es war eine sternenlose Nacht, weil dichter Hochnebel den Himmel bedeckte und selbst den weißen Mond in eine trüb schimmernde Lichtpfütze verwandelte.

»Von hier aus schaffen wir's allein«, sagte Keely.

»Papperlapapp«, erwiderte Lucas. »Ich bestehe darauf.«

Keely war nicht so dumm, mit ihm zu streiten. Wortlos gingen sie den langen Weg zur Einfahrt, wo Keelys Geländewagen stand, und Lucas hielt ihnen galant die Türen auf. Als Keely das Baby auf dem Rücksitz anschnallte, sagte er: »Hör mal, Keely – ich werde morgen zur Staatsanwaltschaft gehen, zu Maureen Chase, und das Ganze mit ihr durchsprechen. Bestimmt kann ich sie dazu bringen, dass sie die Sache einstellt.«

Keely richtete sich auf. »Das habe ich schon versucht, Lucas. Ich weiß, du wolltest es nicht, aber ich musste ganz einfach. Sie war nicht sehr zugänglich.«

Lucas runzelte die Stirn, aber sein Ton klang verständnisvoll. »Vielleicht habe ich ja mehr Glück«, sagte er.

»Hoffentlich. Ich mache mir wirklich Sorgen, Dylan könnte nicht mehr in die Schule gehen, wenn seine Suspendierung vorbei ist. Du weißt ja, wie Kinder sind. Sie halten sich sowieso immer für den Mittelpunkt und denken, es dreht sich alles um sie. Aber jetzt … ich meine, wo diese Zeitung und die Staatsanwaltschaft andeuten, er hätte es absichtlich getan … das ist alles zu viel.«

»Lass dich von Maureen Chase nicht irritieren«, sagte Lucas fest. »Das geht vorbei.«

Stimmt, dachte Keely, während sie die Autotür zuknallte. *Jeder Sturm geht früher oder später vorbei. Aber er kann viel Verwüstung hinterlassen.*

Als sie zu Hause ankamen, schlief Abby. Keely lächelte, während sie die Kleine behutsam aus ihrem Kindersitz löste und nach drinnen brachte. Es waren nur ein paar Lichter an – dieselben, die Keely bei ihrer Abfahrt zu den Weavers hatte brennen lassen. Als sie die Haustür öffnete, hätte sie gern nach Dylan gerufen, aber sie fürchtete, das Baby zu wecken. Vielleicht war er ja unten. Sie schaute kurz in die Küche, ins Ess- und ins Wohnzimmer: Er war nicht da. Der Fernseher lief nicht – also musste Dylan anderswo stecken. Sie ging durch den Flur ins Kinderzimmer und schaffte es, Abby im Schein der Nachtleuchte die Windeln zu wechseln und sie in ihren Schlafanzug zu packen, ohne sie aufzuwecken. Dann küsste sie die Kleine auf die Stirn, blieb noch einen Moment mit ihr neben dem Bettchen stehen und atmete den reinen, zarten Duft des Babys ein. Als sie Abby zögernd, fast widerstrebend, unter die Decke gesteckt hatte, schlich sie auf Zehenspitzen hinaus, ließ aber die Tür einen Spalt offen und auch das Babyfon eingeschaltet.

So, dachte sie, *jetzt zu Dylan.* Sie ging an den Fuß der Treppe und rief mit gedämpfter Stimme nach oben. Keine Antwort. Verärgert lief sie die Treppe hinauf zu seinem Zimmer. Sie rechnete damit, ihn dort zu finden, auf dem Bett, Musik hörend, auf irgendeiner unsichtbaren Gitarre spielend. Als sie aber die Tür aufmachte, sah sie, dass er nicht da war.

O nein, dachte sie, und ihr sank das Herz: Also hatte er sich doch über ihre Anordnung hinweggesetzt. *Ich wette, er ist zu Jake. Verdammt noch mal.* Er war suspendiert, um Himmels willen. Das waren doch keine Ferien. *So viel,* dachte sie, *zum Thema »faire Behandlung« und »Im Zweifel für den Angeklagten«.* Ein kleiner Teil von ihr war über Dylans Ungehorsam erschrocken. Es kam ihr vor, als verliere sie die Kontrolle. *Gott sei Dank hat er morgen diesen Termin beim Psychiater,* dachte sie. *Ich brauche Hilfe mit diesem Jungen.* Entgegen jeder Hoffnung überprüfte sie die anderen Schlafzimmer im Obergeschoss, sah aber auf den ersten Blick, dass er nicht da war. Sie ging wieder nach unten, schaute im Büro und dann auf der Terrasse hinter dem Haus nach. Zu guter Letzt griff sie zum Telefon. Es klingelte dreimal, bevor Susan Ambler sich meldete.

»Susan, hier Keely Weaver«, sagte Keely ungeduldig. »Ist Dylan da?«

»Nein, ich glaube nicht. Eine Sekunde.« Sie hörte Susan mit Jake sprechen. Dann kehrte sie ans Telefon zurück. »Nein«, bekräftigte sie.

»Dem drehe ich den Hals um«, zischte Keely. »Wann ist er denn weg? Hat er gesagt, ob er nach Hause fährt?«

»Keely, ich weiß nicht genau, wovon Sie reden. Dylan war den ganzen Abend nicht hier.«

Keely drehte sich der Magen um. »Nicht?«
»Nein«, antwortete Susan. »Tut mir Leid. Hat er denn gesagt, er wollte hierher kommen?«
»Na ja, nicht direkt …«, murmelte Keely.
»Augenblick bitte.« Susan wandte sich vom Hörer ab und sprach mit ihrem Sohn. »Schatz, hat Dylan gesagt, er würde heute Abend hierher kommen?«
Keely hörte Jake »Nein« antworten.
Susan kehrte an die Leitung zurück. »Nein. Jake hat nichts von ihm gehört.«
Keely schwieg, während ihr Verstand fieberhaft arbeitete.
»Haben Sie schon in seinem Zimmer nachgesehen?«, fragte Susan voll Anteilnahme.
»Ja, hab ich«, erwiderte Keely. »Da ist er nicht.«
»Wissen Sie, wohin er gegangen sein könnte?«, fragte Susan weiter.
»Nein«, schluchzte Keely. »Ich dachte, er wäre bei Ihnen.«
»Moment, ich erkundige mich mal bei Jake«, sagte Susan, und wieder wurden ihre Worte leiser. »Jake, hast du irgendeine Ahnung, wo Dylan heute Abend hingegangen sein könnte? War in der Stadt irgendetwas, wo er vielleicht –?«
»Ich weiß nicht. Zum Skaten, könnte sein …«, ertönte, ebenfalls gedämpft, Jakes Antwort.
Susan kehrte an den Hörer zurück. »Jake meint, er ist vielleicht zum Skaten. Bestimmt kommt er bald nach Hause. Nur keine Sorge. So sind sie alle.«
Nein, dachte Keely, während sie einhängte. *Sie sind nicht alle wie Dylan.* Sie lief wieder die Treppe hinauf, in das Bad neben Dylans Zimmer. Aber bevor sie nachschaute, wusste sie bereits, dass er nicht unter der Dusche war. Sie hätte das Wasser rauschen hören. Oder Licht unter der Tür gesehen. Trotzdem öffnete sie die Tür, nur zur Bestätigung. Danach blieb sie, hilflos um sich schauend, im Flur stehen. *Sein Rad,*

dachte sie. *Schau nach seinem Fahrrad. Vielleicht ist er irgendwo anders hin.* Sie rannte wieder nach unten und zur Garage, die vom Hauptgebäude ein Stück zurückversetzt war. Dort zog sie das Tor auf und schaltete Licht an.

Da stand sein Fahrrad, neben Marks Wagen, wie immer. Er hatte es nicht genommen. Konnte ihn jemand mit dem Auto abgeholt haben? Er kannte niemanden, der alt genug zum Fahren war. Der Vater irgendeines Jungen? Er hatte keine Freunde, die sie nicht kannte. Ging er vielleicht spazieren? Dieses Mädchen, Nicole, die an der Beerdigung teilgenommen hatte, wohnte weiter unten an der Straße. Konnte es sein, dass er ihr zu Fuß einen Besuch abstattete? Es fiel Keely schwer, sich das vorzustellen. Dazu brauchte man ... Selbstvertrauen. Und sie wusste, dass Dylan in letzter Zeit nicht allzu viel davon besaß. Nicht allzu viel, wirklich ein Witz. Er war regelrecht am Boden zerstört. Aber wo konnte er sonst sein? Er wäre nicht einfach spazieren gegangen. Das machte er nie. »Skaten«, hatte Jake gesagt. *Sein Skateboard vielleicht,* dachte Keely, und sekundenlang stieg ihre Hoffnung; als sie aber um den Wagen herumging, sah sie das Skateboard aufrecht an der Wand lehnen, neben dem Fahrrad.

Dylan, wo steckst du?, überlegte sie fieberhaft. Vielleicht hatte er ja beim Weggehen eine Nachricht hinterlassen. Wo würde er die hinlegen? In der Küche, dachte sie. Dort hinterließ die Familie immer ihre Notizen. Sie hatte nur einen einzigen Blick in die Küche geworfen – den Zettel möglicherweise übersehen. Im Bemühen, ihre Panik zu unterdrücken, eilte Keely zurück. Es gab irgendeine plausible Erklärung für das alles, sagte sie sich – eine Erklärung, die Dylan stocksauer werden ließ, wenn er entdeckte, wie sie aus dem Häuschen geraten war. Sie versuchte, nicht an den Streit von heute Nachmittag zu denken. Schließlich war es ja nur einer von vielen gewesen. Hastig lief sie durch den Flur in die Küche und schaltete die Lampen ein. Ihr Blick fiel sofort auf den Tisch, auf dem sie immer ihre Notizen hinterließen – schon in ihrem anderen Leben … mit Richard. Genau dort, unter dem Salzstreuer. Nichts. Doch der Gedanke an Richard brachte sie auf eine Idee: Ingrid. Konnte Dylan seine Großmutter angerufen, sie vielleicht gebeten haben, zu kommen und ihn abzuholen? Es war einen Versuch wert. Sie wählte Ingrids Nummer und lehnte sich, an ihrer Lippe nagend, an das Spülbecken. Sie hasste es, Ingrid mit hineinzuziehen. Wenn er nicht dort war, würde die alte Frau in Panik geraten und wollen, dass Keely die Polizei verständigte.

O Dylan, wo bist du nur? Keelys Magen war vor Sorge und Frustration zusammengeschnürt. Sie versuchte, sich die richtige Formulierung für ihre Frage zurechtzulegen. Dabei merkte sie zuerst gar nicht, worauf ihre Augen schauten. Es war schließlich nichts Außergewöhnliches, Mäntel und Jacken an den Kleiderhaken neben der Hintertür zu sehen. Dann aber, gerade als Ingrid den Hörer abnahm und »Hallo? Hallo?« sagte, wurde es Keely klar.

Sie legte den Hörer wieder auf und ging mit steifen Schritten zu dem Garderobenhaken. Da hing Richards Lederjacke.

Wenn sie von Dylan eines mit Sicherheit wusste, dann das: Er würde nie ohne Richards Jacke das Haus verlassen. Ein Schaudern durchfuhr Keely, als sie das abgewetzte Leder berührte, und in der Erwartung, Dylan zu sehen, wirbelte sie herum. Aber da war niemand. Das Haus war so still wie eh und je.

Aber er *ist* da, dachte sie. Er ist daheim.

»Dylan«, schrie sie, ohne darauf zu achten, ob Abby wach würde. »Dylan, wo steckst du? Antworte mir!«

Sie begann durch das Haus zu laufen, machte Lichter an, stieß Türen auf. Sie rannte hinten in den Garten, schaltete die Pool-Beleuchtung ein. Keine Spur von dem Jungen. »Gib Antwort!«, rief sie.

Und da, gerade als sie über die Terrasse zurück ins Haus wollte, bemerkte sie etwas – ein schwaches Licht in Bodenhöhe. Ein schwaches Licht, das aus dem Keller fiel.

Im Keller?, dachte sie. Was wollte er denn dort unten? Da war doch gar nichts. Sie waren ja gerade erst eingezogen und hatten noch keine Gelegenheit gehabt, ihn mit Gerümpel voll zu stopfen. Es gab ein paar leere Kartons. Ein paar alte Liegestühle für den Garten. Ein paar Werkzeuge von Mark.

Mit pochendem Herzen ging Keely zu der verschlossenen schrägen Metalltür, unter der die Treppe lag. Vom Haus aus kam man nicht in den Keller – nur durch diese schwere Tür. Warum machte Dylan sie zu, falls er dort unten war? Konnte sie von selbst zugefallen sein? War er dort unten eingesperrt? Keely hievte den rechten Türflügel nach oben, sicherte ihn und rief erneut nach ihrem Jungen. »Dylan?«

Jetzt, da die Tür offen war, konnte sie sehen, dass das Licht brannte. Doch Dylan gab keine Antwort. Langsam stieg sie die gegossenen Betonstufen hinab – schob mit hämmerndem Herzen ein paar Spinnweben beiseite.

»Dylan, antworte doch«, flehte sie, aber ihre Stimme war nur ein Flüstern. Sie erreichte den Fuß der Treppe und sah durch das Halbdunkel zur Lampe. Ihre Augen brauchten einen Moment, um sich daran zu gewöhnen. Um zu erkennen, was sie sah.

Dylan lag ausgestreckt, mit dem Gesicht nach unten, auf dem Betonboden.

»O mein Gott!«, schrie Keely. »Nein!« Sie stürzte auf ihn zu und verlor das Gleichgewicht, als ihr Fuß auf eine leere Flasche trat. Die Flasche rollte weg, und Keely fiel vornüber auf alle viere, schürfte sich die Hände auf. Sie kroch auf den leblosen Körper zu. Sie roch das Blut, noch bevor sie es sah – ein metallischer Geruch, der den Kellermief durchdrang, so stark, so Ekel erregend, dass sie sich übergab, als sie zu ihrem Sohn gelangte. Jetzt konnte sie sein Gesicht erkennen, das sich leichenblass von dem staubgrauen Boden abhob. Aus der sichelförmigen Wunde an seinem Hals war das Blut herausgeströmt und bildete eine unregelmäßige Lache, wie die Karte irgendeiner dunklen, verschollenen Welt.

16

Mrs …« Der junge bebrillte Arzt, ein Afroamerikaner, warf einen Blick auf das Krankenblatt in seiner Hand und dann wieder auf die Menschen, die in dem Wartebereich der Notaufnahme verteilt waren. »… Weaver?«

Keely stand auf. Sie hatte ein Rauschen in den Ohren und wusste, was es bedeutete. Sie war am Rande einer Ohnmacht. *Nicht jetzt,* ermahnte sie sich streng. *Jetzt hast du's so weit geschafft …*

Irgendwie war sie ans Telefon gelangt. Irgendwie hatte sie den Notruf gewählt. Und danach Ingrid verständigt, die binnen Minuten in ihrem Toyota eintraf, einen Regenmantel über ihrem Nachthemd und mit Pantoffeln an den Füßen. Irgendwie hatte es Keely geschafft, beim Anblick von Dylans leblosem, weißem Gesicht nicht ohnmächtig zu werden, während die Männer im Rettungswagen ihn bearbeiteten und Blut durch den Mullverband um seinen Hals drang. Sie hatte es geschafft, die Fragen der Polizeibeamten im Krankenhaus zu beantworten und die Papiere zu unterschreiben, als man Dylan auf einer Bahre unsanft in die Notaufnahme bugsierte und sie selbst aussperrte. Irgendwie hatte sie sogar die letzten zwei Stunden aus eigener Kraft durchgestanden. *Es gibt nichts, was man nicht kann,* dachte sie, *wenn man keine andere Wahl hat.*

»Ich bin Mrs. Weaver«, meldete sie sich.

Der Arzt winkte ihr. »Bitte kommen Sie mit.«

Sie ging zu ihm hinüber und starrte ihn an, ihrer eigenen

Totenblässe völlig unbewusst. Der Arzt allerdings bemerkte Keelys Zustand und führte sie in eine ruhige Kabine, wo er einen Stuhl heranzog und sie sachte an den Schultern nahm und darauf drückte. »Sie haben einen schrecklichen Schock. Setzen Sie sich …«

Gehorsam nahm Keely Platz.

»Ihr Sohn befindet sich jetzt in stabilem Zustand«, versicherte er. »Er ist außer Gefahr.«

Das Rauschen, das inzwischen fast ohrenbetäubend geworden war, ließ nach. *Dylan wird überleben,* wiederholte Keely in ihrem Kopf. Der Arzt nahm ihr gegenüber Platz.

»Das muss eine schlimme Überraschung gewesen sein«, meinte er mitfühlend.

»Ich dachte, er wäre tot«, sagte sie.

Der Arzt seufzte. »Nun, er hat Glück gehabt. Die von ihm gewählte Methode – sich dieses Sportmesser durch die Kehle zu ziehen – ist zwar grausig, aber letztendlich weniger wirkungsvoll als viele andere, die er hätte probieren können.«

»Sind Sie sicher …«, begann Keely. »Wäre es nicht möglich, dass –? Ich meine – die Polizei hat mir schon Fragen gestellt, ob es irgendwelche Spuren für einen Einbruch gab. Ich meine, das hört sich wahrscheinlich dumm an, aber … könnte es nicht jemand anderer getan haben?«

»Das braucht Ihnen nicht peinlich zu sein. Ich verstehe, dass Ihnen das sehr schwer fällt, und natürlich bin ich kein Gerichtsmediziner«, sagte er, »aber … es handelt sich eindeutig um einen Selbstmordversuch. Der Anblick des Blutes und der Schmerz haben Ihrem Sohn einen Schock versetzt und verhindert, dass er sich den Hals noch tiefer aufschnitt.«

Keely nickte, obwohl die Worte des jungen Arztes sie zutiefst trafen.

Er schüttelte den Kopf. »Glücklicherweise ... glücklicherweise traf er weder die Drossel- noch die Halsschlagader. Hätte er eine davon durchtrennt, dann wäre es vielleicht tödlich ausgegangen. Allerdings hat er sich den Kehlkopf aufgeschlitzt und die Stimmbänder angekratzt. Wir mussten einen Luftröhrenschnitt vornehmen, damit die Wunde geschont wird. Außerdem wurden ihm ein Schlauch zur künstlichen Ernährung durch die Nase, eine Dränage und eine Infusion für Antibiotika gelegt. Wir möchten da nicht gern eine Infektion erleben. Und natürlich wird er ein paar Tage nicht sprechen können, aber das ist vorübergehend. Bei seiner Einlieferung stand er unter Schock, aber aus dem wird er allmählich herauskommen. Wir haben seinen Zustand stabilisiert.«

Er lebt, rief Keely sich ins Gedächtnis. *Er wird nicht sterben.*

»Wann kann ich ihn mit heimnehmen?«, fragte sie.

Das mitfühlende Gesicht des Arztes nahm einen vorsichtigen Ausdruck an. »Natürlich braucht er eine Weile, um sich zu erholen, und danach ... nun, vielleicht ist ein Klinikaufenthalt erforderlich ... irgendwo, für eine gewisse Zeit.«

»Irgendwo?«, wiederholte sie.

»Für diese Fragen bin ich wirklich nicht die richtige Adresse. In ein, zwei Tagen wird man sich mit Ihnen in Verbindung setzen ...«

»In Verbindung setzen? Weshalb?«, fragte Keely verwirrt.

Der Arzt holte tief Luft. »Es gibt ein bestimmtes ... Verfahren bei Minderjährigen, die einen Selbstmordversuch begehen ...«

»Was für ein Verfahren?«, erkundigte sich Keely alarmiert.

»Wie gesagt, es wird jemand kommen, um sich mit Ihnen zu unterhalten. Jemand vom Sozialamt. Und die Polizei wird an Dylan ein paar Fragen haben.«

»Nicht die Polizei«, prostestierte Keely.

»Ich fürchte, das ist Routine. Die Beamten werden mit Dylan sprechen müssen. Und mit Ihnen.«
»O nein«, sagte Keely. »Wieso?«
»Um den Bericht zu vervollständigen«, erklärte der Arzt. »Aber ich bin da wirklich nicht der richtige Ansprechpartner. *Ich* befasse mich mit der körperlichen Genesung Ihres Sohnes. Im Moment ist das Wichtigste, dass er wieder auf die Beine kommt. Warum besuchen Sie ihn nicht gleich?«
»Ja«, flüsterte sie. »Bitte ...«
Er legte seine Hand kurz auf die ihre. »Versuchen Sie, sich nicht aufzuregen. Es sieht schlimmer aus, als es ist. Wir haben noch einmal Glück gehabt«, sagte er. »Geht es Ihnen gut? Falls Sie ein Beruhigungsmittel brauchen ...«
»Es geht schon«, antwortete Keely, obwohl eine Stimme in ihrem Herzen schrie: *Nein, gar nicht gut geht es mir. Mein Sohn, mein kleiner Liebling, hat versucht, sich das Leben zu nehmen. Wie soll es mir da je wieder gut gehen?* Aber sie stand auf und folgte dem Arzt, der ihr die Tür aufhielt und ihr bedeutete, ins Zimmer hineinzugehen.
Langsam trat sie ein. Neben einem schwarzen Bildschirm, auf dem bunte schimmernde Linien hüpften und pulsierten, lag Dylan mit geschlossenen Augen in einem Bett. Er hatte einen Infusionsschlauch im Arm, einen Schlauch in der Nase – dieser sah um das Nasenloch herum blutig aus –, und ein dritter Schlauch kam aus den Bandagen um seine Kehle. Der kahle, flaumige Kopf des Jungen wirkte auf dem Kissen so zerbrechlich wie ein Ei, sein Gesicht war graublau verfärbt, und sein Mund stand offen, als wäre er zu erschöpft, um ihn zu schließen. Keely betrachtete die Verbände. Dann sah sie weg.
Sie beugte sich nach vorn und küsste Dylans kühle, feuchte Stirn. Anschließend holte sie leise einen Stuhl, den sie

neben das Bett stellte. Sie schob ihre Hand durch das Gitter, das die Matratze wie ein Absperrzaun umgab, und ergriff Dylans Hand, die eisig war. Keely lehnte ihre Stirn an das kalte Edelstahl des Bettgitters und schloss die Augen. Zuerst dankte sie Gott, dass er ihren Sohn am Leben erhielt. Dann wandte sie sich wortlos an den schlafenden Jungen. *O Dylan,* dachte sie. *Mein armer kleiner Schatz. Mein geliebter Sohn. Wie konnte es so weit kommen?* Sie dachte zurück an die letzten paar Tage und fragte sich, warum sie es nicht bemerkt hatte. Sie stellte sich vor, wie er heute Abend allein zu Haus gewesen war, erfüllt von solcher Verzweiflung, dass er es keine Sekunde länger ertragen wollte. Wie konnte das sein? Ihr Verstand verweigerte sich jeder Erklärung.

Sie machte sich alle nur möglichen Selbstvorwürfe. Sie hatte gehen wollen, deshalb hatte sie ihn allein gelassen – nach einem erbitterten Streit zwischen ihnen. Dabei wusste sie von seinem depressiven Zustand. Noch schlimmer, noch erschreckender aber war die Tatsache, dass es ihr niemals in den Sinn kam, er könne versuchen, sich etwas anzutun. Es war genau wie bei Richard, dasselbe noch einmal. Sie hatte die Anzeichen nicht erkannt. Sie schien kein Verständnis für die Menschen zu haben, die sie liebte. Kein einziges Mal war ihr ein solcher Gedanke gekommen. Bei keinem von beiden.

Ich bin eine Versagerin, dachte sie. *Ich habe so ganz und gar bei euch versagt und euch im Stich gelassen. Hättet ihr es mir nur zu verstehen gegeben. Aber vielleicht habt ihr das ja, und ich war so in meine eigenen Probleme vertieft, dass ich es nicht merkte.* Dylan bewegte sich und sein Körper zuckte, als sei die ängstliche Unruhe ihrer Gedanken bis in sein schlummerndes Bewusstsein vorgedrungen.

Nicht, dachte sie. *Mach's nicht noch schlimmer.* Keely hob seine schlaffe Hand an ihre Lippen und küsste sie. »Es wird alles gut«, flüsterte sie, auch wenn ihr zumute war, als würde nichts je wieder gut werden.

Sein Unterbewusstsein ließ sich nicht täuschen. Unruhig bewegte er sich erneut.

Die Tür ging auf, und ohne Keely zu beachten, kam eine Krankenschwester hereinmarschiert. Es war eine junge Frau mit breiten, hohen Wangenknochen. Sie trug Hosen mit einem fröhlichen rosa Blumenmuster und einen Arbeitskittel, an dem das Namensschild »Luz Peron, RN« steckte. Nach einem Blick auf den Monitor ging sie zu dem Infusionsschlauch, justierte ihn und maß Dylan mit ihrer Armbanduhr den Puls.

»Wie geht es ihm?«, fragte Keely kleinlaut.

»Der wird schon wieder«, antwortete die Schwester. »In ein paar Minuten verlegen wir ihn rauf in ein normales Krankenzimmer. Sie müssen das Feld hier räumen.«

»Kann ich heute Nacht bei ihm bleiben?«

»Da fragen Sie die Stationsschwester.«

Keely starrte in Dylans bleiches Gesicht. »Ich möchte nicht, dass er beim Aufwachen allein ist.«

Die Miene der Krankenschwester verriet keine Gefühle. »Das ist nicht mein Thema.« Dann gab sie nach. »Manchmal werden für solche Fälle Notbetten aufgestellt.«

Keely blickte hilflos zu ihr auf.

»Warum gehen Sie nicht heim und holen Ihre Sachen, wenn Sie über Nacht bleiben wollen? Der wacht noch ein ganzes Weilchen nicht auf.«

Keely zögerte. Sie fühlte sich zu keiner weiteren Entscheidung fähig, aber es musste sein. Sie stand auf, beugte sich über das Bett und küsste Dylan noch einmal auf seine kühle Stirn. »Ich bin gleich wieder da, Liebling«, sagte sie wild entschlossen und mit Tränen in den Augen. »Ich werde heute Nacht bei dir bleiben.«

»Nun gehen Sie schon«, drängte die Krankenschwester, nicht unfreundlich. »Wegen dem Notbett sag ich am Stationsschalter Bescheid, wenn wir ihn raufbringen.«

Keely machte die Tür auf und trat in den schwach beleuchteten Eingangsbereich ihres Hauses. Ingrid saß im Wohnzimmer. Sie starrte mit leerem Blick in eine Illustrierte, die sie fallen ließ, als hätte sie sich daran die Finger verbrannt, und sprang auf, um ihrer Exschwiegertochter entgegenzueilen.

»Wie geht es ihm?«, fragte sie, während Keely sich den Mantel auszog.

Keely seufzte und nickte. »Er wird wieder auf die Beine kommen.« Sie drückte die Hand, die Ingrid ihr entgegenstreckte, und holte dann tief Luft. »Er hat um Haaresbreite eine Arterie verfehlt.« Das Wort »Arterie« wollte ihr schwer über die Zunge.

»Gott im Himmel«, stöhnte Ingrid und schwankte leicht.

»Setzen wir uns«, sagte Keely. Sie kehrten zusammen ins Wohnzimmer zurück und nahmen einander gegenüber in zwei Sesseln Platz.

Tränen rollten Ingrid über die Wangen, und sie sah weg.

»Alles in Ordnung?«, fragte Keely.

»Um mich mach dir keine Gedanken«, erwiderte Ingrid ungehalten.

»Wie geht es Abby?«

»Die schläft friedlich wie ein Lamm. Sie ist die ganze Zeit nicht aufgewacht.«

»Gut«, sagte Keely. Dann blieben sie schweigend sitzen. Als Keely aufblickte, war Ingrids Gesicht von Schmerz verzerrt.

»Fehlt dir auch ganz bestimmt nichts?«

»Mein Magen rebelliert – all diese Schmerzmittel … Das wird schon wieder. Wann kann ich ihn besuchen?«

»Ich weiß nicht genau«, sagte Keely. »Ich fahre nachher wieder hin. Allerdings hab ich ein klein bisschen Zeit, bis er aufwacht. Sie lassen mich in seinem Zimmer übernachten. Auf einem Notbett. Ich bin bloß hier, um ein paar Sachen zu holen.« Dann sah sie Ingrid entschuldigend an. »Könntest du … würdest du heute vielleicht hier schlafen?«

»Ich bleib gern da«, antwortete Ingrid.

»Vielen Dank, Ingrid«, flüsterte Keely. Sie konnte ihrer Exschwiegermutter kaum in die Augen sehen. *Wie sie mich hassen muss,* dachte sie. *Erst begeht ihr Sohn Selbstmord, und dann versucht es ihr Enkel. Als was für eine Versagerin muss ich ihr vorkommen.*

»Ich glaube, es war meine Schuld«, sagte Ingrid unvermittelt. »Ich hätte um Verzeihung bitten sollen.«

»Deine Schuld?«, rief Keely. Sie traute ihren Ohren kaum. Sie richtete sich auf. »Wie kann es denn deine Schuld sein? Ich wusste, er war deprimiert. Ich hätte die Anzeichen erkennen müssen. Nachdem Richard –«

»O nicht«, bat Ingrid erschöpft.

Neuerlich überwältigt von der ganzen Schwere dessen, was Dylan getan hatte, schüttelte Keely den Kopf. »Ich weiß nicht, was ich jetzt tun soll. Ich werde Angst haben, ihn aus den Augen zu lassen. Was, wenn er es wieder versucht?«

»Mal den Teufel nicht an die Wand«, sagte Ingrid. »So etwas darfst du nicht einmal denken. Als Richard ein junger Bursche war – all die schlaflosen Nächte, in denen ich auf ihn gewartet habe, die Angst, die er uns oft einjagte … o, ich kann dir sagen. Jungs sind nun mal so. Sie können nichts für ihre Unarten. Sie sind quasi … wie ein Pulverfass. Mein Mann meinte immer, es sei sowieso ein Wunder, dass einer die Flegeljahre überlebt.«

Keely dachte an Richard. Er hatte seine Flegeljahre nur

überlebt, um mit über dreißig eines gewaltsamen Todes zu sterben.
»Das ist nicht dasselbe wie mit Richard, Keely. Ich weiß es einfach, in meinem Herzen. Dylan wird wieder auf die Beine kommen.«
Wie kannst du so sicher sein?, hätte Keely am liebsten geschrien. Ihr Schmerz war zu groß. Aber sie verstand. Ingrid versuchte nur, sie am Aufgeben zu hindern, versuchte, ihr den Rücken zu stärken und sie zu ermuntern. Trotz ihrer eigenen Ängste.
»Es tut mir so Leid«, sagte Keely unglücklich.
»Hol deine Sachen und fahr zurück ins Krankenhaus. Er braucht dich. Los, bevor Abby dich hört.«
Keely sah ihre Exschwiegermutter verwundert an. Was hatte es sie gekostet, sich Vorwürfe zu verkneifen? Plötzlich erschien sie in Keelys Augen unglaublich stoisch. »Ich an deiner Stelle würde mir Vorwürfe machen«, sagte Keely aufrichtig.
Ingrid schüttelte den Kopf. »Ich mach dir keine Vorwürfe. Und selbst wenn ich es täte, würde es nicht nützen. Nicht das Geringste. Du leidest am meisten. Los jetzt, geh.«
Keely nickte. Das war keine Absolution. Aber sie hätte auch keine Absolution akzeptieren können. Sie gab sich einen Ruck, um aufzustehen, und ging langsam, mit schweren Schritten die Treppe hinauf. Sie schaltete ihre Schreibtischlampe ein und zögerte dann vor dem Babyfon. Sie drehte die Lautstärke auf. Abbys Atem war zu hören, während das Kind sich in seinem Bettchen regte. Keely stellte den Apparat wieder leise und ging zum Wandschrank.
Ihre Tasche lag auf dem obersten Regal. Keely zog sie herunter und stellte sie auf das Bett. Dann ging sie ins Bad, um die Zahnpasta zu holen. Die von Mark war immer noch neben ihrer auf der Ablage – eines jener Dinge, die sie bisher

nicht hatte wegwerfen können. Als sie die Tür des Medizinschränkchens zumachte, erblickte Keely ihr eigenes eingefallenes Gesicht im Spiegel. Ihre Augen waren vom Weinen verschwollen, ihre Haut fahl. Sie fühlte sich am Rand eines Zusammenbruchs, aber sie wusste auch, sie durfte nicht nachgeben. Nicht, solange Dylan verletzt und ohne sprechen zu können im Krankenhaus lag.

Sie entfernte, was von ihrem Make-up noch übrig war, und zog sich anschließend bequemere Kleider an, in denen sie auch schlafen konnte. Dann stopfte sie einen Pullover in ihre Tasche, falls es kalt würde, ersparte sich aber die Mühe, Sachen zum Wechseln einzupacken. Es war ihr egal, wie sie morgen aussah. Das Einzige, worum es ihr im Moment ging, war Dylan – dass sie da wäre, wenn er aufwachte.

Obwohl völlig erschöpft, wusste sie, dass sie schwer würde einschlafen können. *Ein Buch,* dachte sie, *um mich zu beschäftigen.*

Sie ging an ihr Nachtschränkchen, hob einen Stoß Bücher hoch, den sie dort aufbewahrte, und ließ sich schwer auf die Bettkante fallen, um ein oder zwei davon auszusuchen. Dabei bemerkte sie aus dem Augenwinkel, wie ein weißer Zettel vom Kopfkissenbezug flatterte und auf dem Bettvorleger landete.

Stirnrunzelnd schob Keely die Bücher beiseite, bückte sich und griff nach dem Stück Papier.

Es war vierfach zusammengefaltet, und auf der Außenseite stand MOM. Als sie begriff, was sie da sah, setzte ihr eine Sekunde das Herz aus. Das war Dylans Handschrift. Er hatte den Zettel auf ihrem Kopfkissen hinterlassen, damit sie ihn finden würde … danach.

Das war unmöglich. Es sah aus wie eines dieser Entschuldigungsbriefchen, die er als kleiner Junge für sie gemacht und auf dem Kopfkissen hinterlegt hatte, nach einer Straf-

predigt. Aber das hier war kein liebevoller Gruß. Das waren seine letzten Worte an sie. Sein … Abschiedsbrief.
Ihre Hand zitterte. Keely befürchtete, ihr würde schlecht werden. Er hatte ihr eine Nachricht hinterlassen. Sie fürchtete sich, zu lesen, was er schrieb. Was, wenn er ihr Vorwürfe machte? Was, wenn er nur Hass für sie übrig hatte – eine Botschaft, die sie nie aus ihrem Geist würde ausradieren können, selbst wenn sie sich wieder versöhnten? Ein Teil von ihr wollte den Zettel in tausend Stücke zerreißen und die Toilette hinunterspülen. Ein anderer – der vorherrschende Teil – brauchte Gewissheit. Brauchte Gewissheit, weil Dylan immer noch am Leben war, und wenn sie ihm je eine Hilfe sein wollte, dann mussten sie rückhaltlos ehrlich zueinander sein. Es war an der Zeit, Geheimnisse zu enthüllen. Sie musste wissen, was in seinem Herzen vorging, als er beschlossen hatte, dieses Leben für immer zu verlassen.
Sie nahm alle Kraft zusammen und faltete den Zettel auseinander.
Es war eine linierte Seite aus einem Schulheft, als Keely sie aber flach auf das Kopfkissen drückte, sah sie, dass nur ein einziger Satz darauf stand, in der Mitte des Blattes: *Ich habe die Tür zugemacht.*
Was, um alles in der Welt?, dachte sie verblüfft. Zuerst war sie fast wütend vor Enttäuschung. *Dylan, um Himmels willen.* Sie wusste nicht, was sie erwartet hatte, aber bestimmt nicht dies. War das irgendeine Geheimsprache, irgendein blödes Spiel, das er trieb, wenn Leben und Tod in der Waagschale lagen? Wie konnte er nur? Sie für den Rest ihres Lebens im Unklaren lassen, ihr Rätsel aufgeben? *Ich habe die Tür zugemacht.* Irgendein pubertäres Kryptogramm. Was sollte das heißen? *Ich habe die Tür zugemacht.* Was für eine Tür denn? Keely hatte ihn doch im Keller gefunden. Da unten war keine Tür mehr. Meinte er etwa die Kellerluke oder …

Mit einem Schlag wich alle Farbe aus ihrem Gesicht.

Er hatte die Tür zugemacht. Er hatte sie nicht offen gelassen. Er sprach nicht von heute Abend. Und es war auch keine verschlüsselte Nachricht. Er sprach von der Tür zum Pool, im Absperrzaun. Er meinte den Abend, an dem Mark ertrunken war.

Was habe ich getan?, dachte sie, und ihr Gesicht begann zu glühen vor Scham, als der Sinn dieser Botschaft in ihr Bewusstsein eindrang.

Seit dem Abend, an dem Mark ertrunken war, hatte sie keine Sekunde daran gezweifelt, Dylan habe die Absperrtür offen gelassen. Sie hatte seinen Widerspruch beiseite geschoben und unterstellt, dass er log. Ganz gleich, was er sagte. Schließlich hatte sein Skateboard neben dem Schwimmbecken gelegen, und er war wütend, durcheinander, als er zurückkam, um es sich zu holen.

Er hatte es nicht absichtlich getan. Natürlich nicht. Immer und immer wieder hatte sie versucht, ihn vor Schuldgefühlen wegen dieser Unachtsamkeit zu bewahren. Was sagte sie denn dauernd zu allen Leuten? Dass Unfälle vorkamen. Niemand konnte etwas dafür. Aber ihre unterschwellige Vermutung war kristallklar gewesen – dass Dylan die Tür nur angelehnt, nicht verschlossen hatte. Es war die einzige plausible Erklärung für das, was dann geschehen war. Ganz gleich, was er sagte.

Ganz gleich, dass er es bestritt. Sie hatte nicht zugehört. Sie hatte ihn zur Verzweiflung getrieben. Heute Abend, mit dem Ende seines Lebens vor Augen, hatte er gewollt, dass sie eines wusste: dass er es nicht absichtlich getan hatte. *Er hatte es überhaupt nicht getan.*

Ich habe die Tür zugemacht. Ihre Welt geriet aus den Angeln, als Keely zum ersten Mal begriff, was Dylan da sagte – zum ersten Mal ahnte, was dies bedeutete.

17

Am Schalter der Notaufnahmestation erfuhr Keely von einem Pfleger, dass Dylan schon verlegt worden war. Der Mann gab ihr die Zimmernummer und beschrieb ihr den Weg. Den Zettel mit der Nummer fest in der einen und ihre Tasche mit den Übernachtungssachen in der anderen Hand, fuhr Keely in den zweiten Stock. Die Flure waren still, aber dennoch belebt durch die Nachtschwestern, die Rollwagen schoben und sich mit leisen Stimmen launige Sprüche zuwarfen, während sie ihren Aufgaben nachgingen.

Keely näherte sich der einsamen Schwester am Stationsschalter, um sich zu identifizieren und wegen des Notbettes nachzufragen. »Ich bin Mrs. Weaver. Mein Sohn wurde gerade von der Notaufnahme hierher verlegt. Dylan Bennett.«

Die Krankenschwester nickte. »Er liegt auf drei-null-drei.«

»Geht es in Ordnung, dass ich hier übernachte? Die Schwester im Aufwachraum sagte ...«

»Ja. Wir haben Ihnen von einem der Pfleger ein Notbett aufstellen lassen.«

»Danke«, sagte Keely, überrascht und erleichtert durch den Mangel an Formalitäten und bürokatischem Kleinkrieg. »Vielen herzlichen Dank. Wie geht es meinem Sohn? Ist er schon zu sich gekommen?«

»Ja, ganz kurz. Er war sehr schwach und benommen.«

»Trotzdem ... das ist ja großartig«, sagte Keely, und die

Schwester widersprach ihr nicht. Keely nahm ihre Tasche und eilte durch den Gang zu Dylans Zimmer. Vor seiner Tür sah sie plötzlich einen Mann, der, gefolgt von einem Streifenbeamten, aus dem Treppenhaus kam: Detective Stratton.

»Detective«, sagte Keely. »Was machen Sie denn hier?«

»Ich wurde telefonisch von einem der Beamten verständigt, die den Notruf entgegennahmen. Als ich hörte, es handele sich um Dylan –«

»Das ist doch unglaublich«, empörte sich Keely. »Sie hetzen ihn immer noch. Haben Sie ihm nicht schon genug angetan? Er ist doch noch ein Junge.«

Die Miene des Detectives blieb ungerührt. »Hören Sie, Mrs. Weaver, ich verstehe, dass das ein Schock für Sie ist, und ich möchte es Ihnen nicht noch schwerer machen. Aber ich führe hier im Auftrag der Staatsanwaltschaft eine Ermittlung durch. Hätten Sie etwas dagegen, mir zu erzählen, was passiert ist?«

»Ich war nicht da, als es passierte«, antwortete Keely zugeknöpft.

Er machte ein nachdenkliches Gesicht. »Ich habe die Einsatzbeamten befragt, die vor Ort waren. Und es mir vom Arzt in der Notaufnahme bestätigen lassen. Allem Anschein nach versuchte Ihr Sohn, sich mit einer Art Kampfmesser die Kehle durchzuschneiden. Wissen Sie, warum er das getan hat? Hat er irgendetwas gesagt oder einen Hinweis hinterlassen?«

Keely starrte Phil Stratton an und dachte an die zurückliegenden Ereignisse – wie seine Fragen, seine Hetzjagd auf Dylan und ihr eigener Mangel an Vertrauen dazu geführt hatten, dass sie heute Nacht in diesem Krankenhaus waren. Einerseits wollte sie Stratton alles enthüllen, wollte ihm Dylans Abschiedsnotiz unter die Nase halten und ihm klipp und klar sagen, was er mit seinen Fragen tun könne. Eine Sekunde zog sie das in Betracht. Dann aber sah sie ein, dass es keinen Zweck hätte. »Müssen wir denn sofort darüber reden? Ich möchte gern dabei sein, wenn mein Kind aufwacht. Können Sie nicht ein bisschen Mitgefühl zeigen? Bitte.«

Er betrachtete sie mit zusammengekniffenen Augen, und einen Moment glaubte Keely zu erkennen, wie er in Gedanken die Alternativen durchspielte. Offensichtlich beschloss er, ein wenig nachzugeben.

»Na schön, Mrs. Weaver, ich kann ja später noch mal kommen. Die Sache hat Zeit bis morgen.«

Keely machte sich nicht die Mühe, ihm zu danken oder gute Nacht zu sagen. Sie stieß die Schwingtür zu Dylans Zimmer auf, trat ein und ließ den Detective auf dem Gang stehen.

Der Anblick Dylans, wie er dort lag, entsetzte sie kaum weniger als zuvor. *Erstaunlich, wie schnell man sich an die schlimmsten Tatsachen gewöhnt,* dachte sie. Sie trat an das Bett, griff nach Dylans Hand, beugte sich über ihn und versuchte, in seinem bleichen, wächsernen Gesicht zu lesen. »Mein kleiner Liebling«, flüsterte sie, »ich bin wieder da. Ich werde die ganze Nacht hier bleiben, bei dir.«

Die Lider des Jungen flatterten. Dann – mit einem Stirnrunzeln – öffnete er die Augen einen Spaltbreit, und sein Blick wanderte verschwommen zu ihr hin.

Keely spürte, wie ihr die Tränen in die Augen schossen, aber sie zwang sich zu einem Lächeln. »Hi, mein Schatz«, sagte sie leise.

Er stieß ein kehliges Geräusch aus.

»Nicht, Schatz, versuch nicht, zu sprechen.«

Er machte eine leichte Kopfbewegung, als würde er einsehen, dass er nichts sagen könnte, selbst wenn er wollte.

»Ich weiß«, beschwichtigte sie ihn. »Es ist schrecklich. Aber du wirst wieder gesund, Dylan. Ich habe mit dem Arzt gesprochen. Dieses Ding in deiner Kehle ist nur vorübergehend. Du wirst wieder kerngesund werden. Ganz der Alte.«

Einen Moment war bei ihrem Anblick ein leichtes Funkeln in diese vertrauten Augen getreten, jetzt aber verblasste es und wich stumpfer Ausdruckslosigkeit. Seine Lider fielen wieder zu.

Keely hielt Dylans Hand fest, als wollte sie ihn hindern, zu stürzen. *O Gott,* dachte sie. *Steh uns bei. Hilf mir, ihm zu helfen. Gib ihm den Willen zum Gesundwerden.*

»Dylan«, drängte sie flüsternd und hoffte, seine Augen würden sich wieder öffnen, aber sie blieben geschlossen. Allerdings konnte sie einen leichten Druck von seiner Hand spüren. Das musste genügen. »Ich bin da«, wisperte sie. »Mami ist bei dir.« Und das Pathos des Wortes, mit dem er sie als Kind angeredet hatte, blieb ihr nun in der Kehle stecken.

Ein Teil von ihr sagte, sie solle ihn jetzt in Ruhe lassen, sich still auf ihren Stuhl zurückziehen und ihm seinen Schlaf gönnen. *Den braucht er, weiß Gott,* dachte sie. Aber irgendetwas in ihrem Innern brachte sie auf den Gedanken, dass Schlaf in diesem Abgrund, in den er gestolpert war, vielleicht keine Erholung wäre. Vielleicht könnte er erst schlafen, wenn ihm klar war, dass sie nun Bescheid wusste. Keely beugte sich über das Bett und legte Dylan ihre Lippen ans Ohr.

»Mein Schatz«, sagte sie mit leiser Stimme, »hör mir zu. Ich habe deinen Zettel gefunden. Die Notiz, die du mir auf dem Kopfkissen hinterlassen hast.«

Diesmal öffneten seine Augen sich so unvermittelt, als erinnerten ihn ihre Worte an etwas, das er längst vergessen hatte.

»Zuerst habe ich nicht verstanden. Von wegen der Tür. Ich las den Zettel, habe ihn aber nicht recht verstanden.«

Sein Blick war jetzt zu ihrem Gesicht gewandert. Es schien, als spähte er aus weiter Ferne auf sie, doch mit konzentrierter Aufmerksamkeit. Keely leckte sich über die Lippen und fuhr fort. »Dann wurde mir mit einem Mal klar, was du sagen wolltest.« Sie betrachtete ihn mit festem, ruhigem Blick. »Dass an dem Abend als … als Mark starb, jemand anderer das Tor aufgemacht hat. Nicht du. Jemand anderer war es. Du hast schon früher versucht, mir das mitzuteilen, aber du wusstest, ich höre dir nicht zu.«

Einen Moment schloss er seine Augen, schlug sie dann aber wieder auf und betrachtete Keely intensiv.

»Diesmal habe ich dich gehört, Liebling«, versicherte sie und drückte seine kalte Hand. »Diesmal habe ich dich gehört, ohne jeden Zweifel. ›Irrtum ausgeschlossen.‹ Ich habe dauernd gesagt, es sei nicht deine Schuld, und damit meinte ich, dass du die Tür zum Pool versehentlich offen gelassen hast. Dass du nichts Böses im Schild führtest. Aber jetzt begreife ich, warum dich das so frustrierte. Weil du es … gar nicht warst. Du wusstest, nicht du hast diese Tür offen gelassen – nur wollte dir niemand zuhören. Nicht einmal deine Mutter.« Ihr brach die Stimme, und sie musste tief Luft holen, um fortzufahren. »Ich hoffe, du kannst mir vergeben«, sagte sie.

Sein Blick blieb unbeirrt, aber sie sah, dass seine Augen sich langsam mit Tränen füllten. Er blinzelte schnell, und eine Träne rollte über seine Wange. Keely fühlte Erleichterung ihr Herz durchströmen, und sie war dankbar. Diese Träne glich dem ersten Regentropfen nach einer Dürre. Die Fältchen der Anspannung verschwanden aus Dylans Gesicht.

Keely nahm seine Hand fest in die ihre, während sie fortfuhr, und ihre Stimme klang als drängendes Flüstern durch den dunklen Raum. »Ich weiß nicht, wer es war, aber ich werde es herausfinden. Das verspreche ich dir. Ich werde herausfinden, wie alles passiert ist. Und jeder soll es erfahren. Ob es die Unachtsamkeit von jemand anderem war oder sogar Marks eigene, ist mir egal. Ich werde nicht zulassen, dass sie dich weiterhin beschuldigen. Hörst du? Du *bist* nicht schuld, und ich werde nicht zulassen, dass du dafür bezahlst. Okay?«

Er nickte schwach und schloss seine Augen.

Keely schluckte schwer. »Ich hoffe nur, du verzeihst mir eines Tages, dass ich dir so viel Unrecht angetan habe. Es war ein Fehler, und es tut mir Leid. Mehr, als du dir je vorstellen kannst.«

Seine Augen blieben geschlossen, seine blassen, rissigen Lippen waren grimmig zusammengepresst.

»Jetzt schlaf, Dylan. Ich werde dableiben, direkt neben dir. Ehrenwort«, flüsterte Keely mit wilder Entschlossenheit. »Ich werde dich nicht mehr im Stich lassen, nie wieder.«

18

Phil Stratton ging über die mondbeschienene Zufahrt in Richtung der Remise, wo Maureen Chase wohnte. Obwohl sie inzwischen fünf Jahre zusammenarbeiteten, hatte sie Phil nie nach Hause eingeladen. Heute Abend zum ersten Mal. Und er machte sich nichts vor: Es ging nicht um ein privates Beisammensein. Nicht zu dieser Uhrzeit. Es war fast Mitternacht. Als er den Anruf wegen Dylan Bennett erhielt, hatte er auch Maureen informiert, die zuerst gereizt reagierte. Aber als er ihr die Neuigkeiten über Dylan gesagt hatte, beharrte Maureen darauf, sie könne nicht bis morgen früh warten, um die näheren Einzelheiten zu erfahren. Sie schickte Stratton in das Krankenhaus, und danach solle er direkt zu ihr kommen, um ihr seine neuesten Erkenntnisse zu berichten.

Als er die niedrigen Feldsteinstufen zur Tür hinaufstieg, ging ihm durch den Kopf, dass diese romantische kleine Remise nicht gerade der Wohnort war, wo er Maureen vermutet hätte. Sie wirkte wie der Typ, der in einer nagelneuen Eigentumswohnung mit weißen Wänden, Designermöbeln und Hafenblick lebte. Dies hingegen erschien wie ein Flecken aus der englischen Provinz.

Phil zögerte vor dem Anklopfen. Ab dem ersten Augenblick ihrer Zusammenarbeit hatte er die Staatsanwältin attraktiv gefunden und festgestellt, dass er all seine weiblichen Bekanntschaften unwillkürlich mit ihr verglich. Sie war hübscher und interessanter als die meisten Frauen, mit denen

er sich traf. Die meisten hatten auch keine Ahnung, was er beruflich machte, und ihr Blick wurde frostig, wenn er es ihnen zu beschreiben versuchte. Natürlich war Maureen mit Mark Weaver liiert, als Phil und sie das erste Mal zusammenarbeiteten, und als diese Beziehung zu Ende war, hatte das Verhältnis zwischen Phil und seiner Chefin bereits einen rein berufsmäßigen Ton angenommen. Aber vielleicht, sinnierte er, war es ja noch nicht zu spät, dies zu ändern.
Er rief sich ins Gedächtnis, dass sie sich nur für seine Informationen über Dylan Bennett interessierte. Also strich er seine Krawatte glatt und klingelte.
Nach ein paar Sekunden öffnete sich die Eingangstür der Remise. Zuerst wusste Phil nicht genau, ob es Maureen war, die ihm da aufmachte: barfuß, in einen Frotteebademantel gehüllt und mit Haaren, die ihr in nassen Kringeln ums Gesicht hingen. Sie wirkte blass, sommersprossig und weniger gut aussehend als im Büro, aber auch zarter, verletzlicher.
»Phil«, sagte sie, »danke für Ihr Kommen.«
Phil wartete, dass sie ihn hereinbitten würde. Er erhaschte über ihre Schulter einen Blick auf Kerzenschein und plumpes, chintzbedecktes Mobiliar. Diese Art von Atmosphäre war eine Seite, die er nie an Maureen vermutet hätte. Im Hintergrund ertönte sanfte Musik, und einen Moment fragte er sich, ob Musik und Kerzenbeleuchtung etwa ihm zugedacht waren.
»Also?«, fragte sie. »Was ist passiert? Lebt er noch?«
Beim Klang ihrer Stimme zerplatzten seine Fantasien wie eine Seifenblase. Phil begriff, dass sie keinen Zentimeter weichen würde, sondern dort vor ihm stehen bliebe, an den Türrahmen gelehnt. Er rief sich ins Bewusstsein, dass jede Art romantischer Beziehung ihnen bei der Arbeit in die Quere käme und dass er rein dienstlich hier war.
»Es geht ihm gut. Er wird überleben.«

Maureens haselnussbraune Augen glitzerten. »Wie hat er's denn gemacht?«
Phil schüttelte den Kopf. »Er hat versucht, sich die Kehle aufzuschlitzen.«
»Mein Gott«, flüsterte Maureen und griff schützend nach ihrem eingecremten Hals.
»Ich weiß«, sagte er. »Ziemlich grausig.« Er dachte, dass sie jetzt die Schwelle freigeben würde, um ihn zu einem Gespräch hereinzubitten. Aber sie blieb einfach dort stehen, tief in Gedanken, und befingerte mit einer schlanken, manikürten Hand ihre Kehle.
»Allem Anschein nach ist er zu Hause in den Keller gegangen und hat ein langes Stahlmesser benutzt. Seine Mutter entdeckte ihn dort unten. Ich habe kurz mit dem Arzt gesprochen. Es sieht aus, als hätte Dylan beim Anblick des Blutes einen Schock erlitten und die Hauptarterien verfehlt.«
Maureen schüttelte den Kopf. »Was für ein Pfusch.«
Phil bekam eine leichte Gänsehaut bei ihrer Bemerkung. »Ich habe versucht, mit ihm selbst in Kontakt zu treten«, fuhr er fort. »Aber er hat einen Luftröhrenschnitt. Kann nicht mal sprechen.«
Maureen nickte geistesabwesend und mit zusammengekniffenen Augen. »Haben Sie mit der Mutter geredet?«
»Die war keine große Hilfe – etwas aus dem Häuschen, wie Sie sich denken können. Ich sagte ihr, die Sache hätte Zeit.«
Maureen sah ihn stirnrunzelnd an. »Phil, Sie sind doch kein Dummkopf. Wir versuchen, diesen Jungen festzunageln. Ein Selbstmordversuch? Damit schreit er doch praktisch: ›Schuldgefühle‹. Sie wissen, dass man diese Typen in die Zange nehmen muss, solange sie verwundbar sind.«
Phils Körper versteifte sich bei dieser Rüge. »Ich verließ mich auf meine Urteilskraft«, sagte er.
»Nun, dann haben Sie sich zu Unrecht darauf verlassen.

Dann hat Ihre Urteilskraft Sie getäuscht. Klingt für mich, als wären Sie beim Anblick der hübschen weinenden Witwe ein bisschen weich in den Knien geworden«, erwiderte sie erbost.

»Der Junge ist doch erst vierzehn«, wandte Phil ein, »und offensichtlich in allermiesester Verfassung. Sie wissen, der geht nirgendwohin. Sobald er erst mal geheilt ist, werden sie ihn zur Beobachtung ins Blenheim stecken. Ich glaube, wenn wir ihn zu sehr unter Druck setzen, macht uns Lucas Weaver die Hölle heiß.«

»Ich fürchte mich nicht vor Lucas Weaver«, entgegnete Maureen.

»Ich auch nicht«, sagte Phil. »Aber schauen Sie – es ist doch nicht so, als würden wir hier irgendeinen notorischen Verbrecher jagen.«

»Ausreden!«, sagte sie barsch.

Phil starrte seine Chefin an und zwang sich, ihr nichts zu entgegnen. Er holte tief Luft. »Hören Sie – es ist schon spät, und ich habe einen sehr langen Tag hinter mir. Ich sag Ihnen, was dabei rausgekommen ist, wenn ich mit denen gesprochen habe.« Er machte kehrt, trat den Rückweg über die Zufahrt an und war froh, dass Maureen Chase nicht sehen konnte, wie ihm die Röte ins Gesicht stieg.

»Phil«, rief sie ihm hinterher, »Augenblick.«

Er schaute zu ihr zurück. »Was ist?«

Maureen schnitt eine Grimasse. »Tut mir Leid. Ich bin in diese Sache ein bisschen zu sehr … zu persönlich involviert.«

»Na ja«, antwortete er kühl. »Es ist ja auch spät. Wir sind beide müde.«

»Nein, ich brauche Ihnen nicht sagen, wie Sie Ihren Job zu machen haben«, erwiderte sie.

Phil schüttelte den Kopf. »Kein Problem.«

»Hören Sie, warum besprechen wir das nicht noch mal später in dieser Woche? Bei einem Abendessen vielleicht?«
Phils Herz überschlug sich, und er fühlte sein Gesicht strahlen, obwohl er sich dafür hasste. »Ja, warum nicht? Wenn Sie mich einladen«, sagte er, weil er einen Moment lang den Wunsch hatte, sie für ihre beißende Kritik zu bestrafen. Doch fast unverzüglich bereute er die Bemerkung. Er wollte sich nicht von ihr einladen lassen. Egal, welche Gründe sie dafür hatte, es war das erste Mal, dass er mit ihr ausging – seine Chance.
»Wir machen es auf Kosten der Behörde«, antwortete sie mit einem dünnen Lächeln. »Nennen wir's ein Geschäftsessen.«
Du Idiot, dachte er. *Weshalb hast du das gesagt?* Er setzte schon zu einer Entschuldigung an, aber Maureen winkte ab. »Holen Sie sich ein bisschen Schlaf«, sagte sie und machte die Tür zu, sodass er draußen im Dunkeln stehen blieb. Er ging über die Zufahrt zum Wagen. Als er dort ankam, warf er einen Blick zurück, auf Maureens vorhangbedecktes Fenster. Es leuchtete in der Dunkelheit wie ein Stück glühender Kohle.

Ein Licht wurde eingeschaltet. Keely erwachte wie benebelt und versuchte, sich aufzusetzen. Sie brauchte einen Moment, um zu begreifen, wo sie war. Dann fiel ihr es wieder ein. Sie stützte sich auf einen Ellbogen. Ihr Rücken schmerzte. Auf der anderen Seite des Zimmers sah sie eine Krankenschwester, die sich neben Dylans Bett zu schaffen machte. Sie ersetzte gerade den Beutel mit klarer Flüssigkeit, der an Dylans Infusionsständer hing, durch einen neuen.
»Wie geht es ihm?«, flüsterte Keely.
Die Schwester drehte sich um und sah sie mit sanftem Blick

an. »Es geht ihm gut«, antwortete sie in einer Lautstärke, als wäre es helllichter Mittag. »Wir werden weiterhin ständig nachschauen.« Dann knipste sie das Licht über Dylans Bett aus.

Keely ließ sich auf das Kopfkissen zurückfallen und sah auf die Leuchtzeiger der Wanduhr – 3:45. So bald würde sie nicht wieder einschlafen. Sie konnte die gedämpften Geräusche draußen auf dem Gang des Krankenhauses hören.

O Gott, dachte sie, *was soll ich bloß tun?* Mein Mann ist tot. Mein Sohn hat versucht, sich umzubringen, und leidet offensichtlich unter schweren Problemen. Und obendrein muss ich mich um ein zweites Kind kümmern, ein Baby. Ihre Sorgen jagten ihr durch den Kopf. Das Adrenalin, das durch ihre Adern strömte, verhieß körperliche und geistige Wachheit, aber keinen Frieden. *Nein,* dachte sie, *mach sofort Schluss damit.*

Sie setzte sich auf und schwang ihre Beine über den Rand des Notbettes. *Schluss damit. Stundenlang hier herumzuliegen und zu brüten, nützt auch nichts. So wirst du Dylan morgen früh keine Hilfe sein. Und er braucht deine Hilfe.* Ihr fiel wieder die Nachricht ein, die er ihr hinterlassen hatte – *Ich habe die Tür zugemacht* –, und sie dachte: *Okay, konzentrier dich darauf. Was hat das zu bedeuten? Wenn Dylan die Tür wieder verschlossen hat, dann heißt das, jemand anderer hat sie geöffnet.* Keely fühlte sich zittrig, war aber etwas ruhiger, während sie diesen Gedanken verfolgte.

Aber wer? Und wie konnte sie das herausfinden? *Denk die Sache durch,* sagte sie sich. Hätte Mark die Tür aufmachen und sie versehentlich offen lassen können? Vielleicht war er rausgegangen, um etwas zu holen, und dann klingelte das Telefon. Vielleicht war ein Mandant aufgetaucht, und Mark hatte die Tür einfach offen gelassen, später aber vergessen, zurückzukommen. Es fiel schwer, sich das bei ihm vorzustellen, aber es war eine Möglichkeit. Gab es denn sonst noch welche?

Keely verspürte den Drang, eine Liste anzulegen – ihre Gedanken zu ordnen. Sie stand von ihrem Bett auf, ging zum Wandschrank, zog ihre Handtasche aus dem Fach und kramte darin, bis sie einen linierten Block und einen Stift fand, die sie immer dabeihatte. *Das geht,* dachte sie. Behutsam setzte sie sich auf den Stuhl für Besucher und schlug den Block auf. Dylan bewegte sich raschelnd in seinem Bett, wurde aber nicht wach.

In Ordnung, dachte Keely. *Wie könnte die Tür noch aufgegangen sein?* Angenommen, an dem fraglichen Abend war ein Besucher gekommen, während sie sich im Einkaufsmarkt aufhielt? Niemand hatte sich dazu bekannt, aber wenn der betreffenden Person später klar wurde, was für einen tragischen Fehler sie begangen hatte ... nun, dann war es verständlich, dass sie ihre Anwesenheit dort nicht bekannt gab. *Aber* ich *muss es wissen,* dachte Keely, *deshalb muss es auch einen Weg geben, das herauszufinden.*

Sie nummerierte die Zeilen durch und tippte mit ihrem Stift auf das Papier. *Erstens: Genauer über Mark nachdenken. Wenn er online war, dann hat er möglicherweise für einen Fall recherchiert. Ruf Lucas an und stelle fest, an welchen Fällen Mark gerade gearbeitet hat. Name und Telefonnummer von Mandanten. Falls er zum Zeitpunkt des Unglücks mit einem von ihnen sprach, könnte diese Person gehört haben, was passiert ist.*

Keely versuchte, sich ihr Haus und ihren Garten vor Augen zu rufen. Der Bereich hinter dem Gebäude war nicht einsehbar, aber die Einfahrt, die Haustür – dort hätte jemand etwas beobachten können. *Zweitens: Bei den Nachbarn herumfragen, ob sie irgendeine Person an diesem Abend zum Haus gehen sahen.*

Keely kaute am Ende ihres Stifts. Jemand, der auf Besuch

kam, würde vermutlich vorher anrufen, überlegte sie. Oder wenn Mark durch ein Telefongespräch abgelenkt worden war, dann wäre es wichtig, zu wissen, wer angerufen hatte. *Drittens: Bei der Telefongesellschaft nachfragen,* notierte sie. In einer Situation wie dieser würde man ihr wahrscheinlich die Nummern der Anrufer geben, zumindest bei Ortsgesprächen. Darunter schrieb sie: *Auf der Handyrechnung nachsehen. Feststellen, wer angerufen hat.*

Den letzten Satz unterstrich Keely. Das sah nach einem guten Anfang aus. Sie fühlte sich schon besser, da sie etwas Konstruktives gemacht hatte. Sie steckte die Liste in ihre Handtasche und verstaute diese wieder im Schrankfach. Dann ging sie auf Zehenspitzen zu ihrem Sohn und küsste ihn auf seine feuchte, kühle Stirn. »Ich werde es herausfinden«, flüsterte sie ihm zu, während er schlief. Sie küsste ihn noch einmal und legte sich anschließend wieder auf ihr Behelfsbett. Nachdem sie die dünne Thermodecke hochgezogen hatte, war sie imstande, einzuschlafen.

19

Der Morgennebel hing noch über dem Rasen, als Betsy Weaver, bekleidet mit moosgrünen Gummistiefeln, schwarzer Mao-Jacke und Strohhut, sich auf die Zehenspitzen stellte, um in das Vogelhäuschen am Ende ihres Gartens zu sehen. In dem kahlen Geäst des Ahorns über ihr schnatterte ein Eichhörnchen. »Wie viel davon hast du gefressen, hm? Das hier ist für meine Vögel, nicht für dich.« Betsy bückte sich, hob einen Fünf-Pfund-Sack Vogelfutter auf und schüttete den Inhalt behutsam in das Futterkästchen, bis es voll war.

»Mrs. Weaver?«

Betsy drehte sich um und zuckte vor Schreck zusammen, als sie einen Fremden sah, der wie aus dem Nichts auf dem Rasen erschienen war: ein Schwarzer mit einer Frisur im jamaikanischen Stil, wie diese Rastafaris, die sie bei ihrem Urlaub mit Lucas gesehen hatte, in Rosehill, Nähe Kingston. Der Mann stand nur etwa drei Meter von ihr entfernt.

»Was wollen Sie?«, rief Betsy und versuchte, das Zittern in ihrer Stimme zu unterdrücken. »Ich habe kein Geld bei mir.« Sie schaute kurz zum Haus hinauf. Lucas war noch nicht in der Kanzlei. Wenn er doch nur einen Blick herauswerfen und sehen würde, dass sie in Schwierigkeiten war.

Der Mann inspizierte sie ungerührt, und sie merkte, dass er blaugrüne Augen hatte. Ausgerechnet.

»Ob Sie es glauben oder nicht, Ma'am, ich plane weder einen Raub noch eine Vergewaltigung«, sagte er förmlich

und mit britischem Akzent. »Ich wollte nur mit Ihnen reden.«
Sofort wurde Betsy rot, weil sie sich schämte, bei seinem Anblick zu genau dieser Unterstellung gelangt zu sein. Aber der Mann hatte sie ja auch überrumpelt. Sie würde sich doch für so einen Schrecken nicht entschuldigen, um Himmels willen. »Ich bin es nicht gewöhnt, dass mich Fremde in meinem Garten ansprechen. Sie hätten auch einfach an der Tür klingeln können, wie jeder andere Besucher. Mein Mann ist im Haus.«
»Ich will aber nicht mit Ihrem Mann sprechen. Das habe ich schon versucht, aber er behauptet hartnäckig, er könne mir nicht helfen. Ich habe gehofft, bei Ihnen etwas mehr Verständnis zu finden.«
Betsy presste den Sack Vogelfutter an ihre schmale Brust und beäugte den Mann mit einer Mischung aus Neugier und Furcht. »Verständnis wofür?«, fragte sie. »Falls Sie etwas verkaufen wollen, kann ich Ihnen gleich sagen –«
»Ich heiße Julian Graham«, fiel er ihr ins Wort. »Meine Mutter ist Veronica Fairchild.«
Betsy schnappte nach Luft. »Veronica? Meine ... Schwiegertochter?«
»Stimmt genau«, bestätigte er und genoss sichtlich ihren Schrecken. »Hat er Ihnen nicht von mir erzählt?«
Betsy schüttelte den Kopf.
»Na, so eine Überraschung. Ja, sie war meine Mom. Hat mich und meinen Dad sitzen lassen, als ich etwa ein Jahr alt war, und ist in die Staaten durchgebrannt. Wie ich höre, hat sie Ihren Sohn geheiratet.«
»Mein Sohn ist tot«, erwiderte Betsy mit tonloser Stimme.
Der junge Mann runzelte die Stirn. »Auch das habe ich gehört. Sehr bedauerlich, Ma'am. Aber ich bin auf der Suche nach meiner Mutter.«

»Veronica. Sind Sie sicher? Vielleicht irren Sie sich.«
»Irrtum ausgeschlossen«, entgegnete er.
»Nun, tut mir Leid. Wir wussten nie von Ihrer Existenz, Mr. Graham. Veronica hat uns gegenüber kein Sterbenswörtchen von einem Kind erwähnt. Und genauso wenig gegenüber meinem Sohn, da bin ich sicher. Das ist schließlich auch kaum anzunehmen, nicht wahr?« Die Augen des jungen Mannes blitzten, und Betsy bemerkte es. »Tut mir Leid. Ich habe das nicht so gemeint, wie es sich anhört.« Dann runzelte sie die Stirn. »Nur war sie eben nicht ... Ich habe ihr nie getraut. Schon bevor sie ...« Betsys Gedanken begannen abzuschweifen, aber sie zwang sich, ihre Aufmerksamkeit wieder auf den Mann vor ihr zu richten. »Veronica ist eine sehr grausame Frau. Sehr kalt. Ich frage mich ... war sie ... hat sie sich je von Ihrem Vater scheiden lassen?«
»Die zwei waren nie verheiratet«, antwortete Julian Graham und reckte trotzig sein Kinn vor.
Betsy nickte. Dann sagte sie: »Hm ... Wieso überrascht mich das nicht?« und schüttelte den Kopf. »Veronica.« Mit einem schweren Seufzer blickte sie wieder auf und nahm den exotisch aussehenden jungen Mann vor ihr in Augenschein. »Nun, hier werden Sie sie jedenfalls nicht finden. Sie ist schon vor Jahren weggegangen. Nach Las Vegas mit irgendeinem ... verheirateten Mann. Einem mit Geld, natürlich«, fügte sie bissig hinzu.
Julian Graham seufzte. »Haben Sie die Adresse?«
Betsy schüttelte den Kopf. »Ich weiß nicht, wo sie steckt, und es interessiert mich auch nicht. Tut mir Leid, das sagen zu müssen, junger Mann, aber vielleicht ist es besser für Sie, wenn Sie sie nicht finden. Ich kann mir nicht vorstellen, dass es Ihnen irgendetwas bringt außer Kopfschmerzen.«
»Das ist meine Sache, Ma'am«, antwortete Julian kühl. »Ich möchte lediglich die Information.«

»Nun, nachdem sie meinem Sohn das Herz brach und sein Leben ruiniert hat, haben wir keinen Kontakt mehr gehalten«, erwiderte Betsy frostig. Dann rief sie sich ins Gedächtnis, dass an alledem aber nicht dieser junge Mann schuld war, und ihre Stimme wurde freundlicher. »Ich würde Ihnen ja helfen, wenn ich könnte. Aber das ist schon Jahre her. Sie wollte nichts mehr mit uns zu tun haben. Als sie anrief, bat ich um ihre Adresse und Telefonnummer. Mir konnte sie ja gerne gestohlen bleiben, aber Prentice …« Ihr versagte die Stimme. Dann riss sie sich zusammen. »Er hat versucht, ihr zu folgen. Ist zu der Adresse gefahren, die sie uns gegeben hat, und das Ganze entpuppte sich als Schwindel. Können Sie sich vorstellen, wie meinem Sohn daraufhin zumute war …?« Doch als sie den Schmerz in den Augen des jungen Mannes sah, ahnte sie, wie gut er es sich vorstellen konnte. »Verstehen Sie, ich habe nichts gegen Sie persönlich. Wir alle sind Veronicas Opfer.«

»Ich bin niemandes Opfer«, korrigierte der junge Mann.

»Nein, natürlich nicht«, sagte Betsy. »Was verschlägt Sie überhaupt hierher?«

»Eigentlich bin ich mit einer britischen Band in den Vereinigten Staaten auf Tournee«, antwortete er.

»Das ist ja großartig«, murmelte Betsy. »Obwohl ich sicher nichts mehr von der Musik verstehe, die euch jungen Leuten heute gefällt. Möchten Sie nicht reinkommen? Auf ein Tässchen … Tee?« Schon bei dem Gedanken, einem Engländer den Trost einer Tasse Tee zu offerieren, hellte sich ihre Stimme auf.

Julian seufzte. Er blickte hoch zu dem eindrucksvollen Haus, dann schüttelte er den Kopf. Aber sein Ton war weniger wehmütig. »Nein, danke. Ich muss jetzt los.«

»Tut mir … Leid. Ich hoffe, ich war nicht zu unhöflich. Nur kann ich Ihnen nicht helfen …«

»Schon gut«, antwortete er.

»Viel Glück … Julian …«, sagte Betsy mit verklingender Stimme und sah ihm hinterher. Dann ging sie langsam zum Haus zurück. In ihrem Kopf kreisten die Gedanken über den unerwarteten Besuch des jungen Mannes. Warum hatte Lucas diesen Julian Graham nicht erwähnt? Sie beide hatten doch nie Geheimnisse voreinander. Ihm musste doch klar sein, dass Betsy davon wissen wollte. Und wegen all der schrecklichen Erinnerungen, die dadurch wieder auftauchten, seufzte sie. Prentice' Schmerz. Wie er sie und Lucas damals verantwortlich gemacht hatte. Ihnen vorwarf, sie hätten Veronica vertrieben, ihr das Gefühl gegeben, sie sei unwillkommen. Noch Monate, nachdem er ohne seine Frau aus Las Vegas zurückgekehrt war, hatte er nicht ein Mal mit ihnen gesprochen, hatte ihre Bemühungen, ihn zu trösten, zurückgewiesen. Hatte seinen Trost in der Flasche gesucht. Betsy presste den Sack mit Vogelfutter an die Brust ihrer Steppjacke, als wäre er ein Baby.

Bei ihrem Eintritt ins Haus sah sie Lucas den Telefonhörer auflegen. Er drehte sich um und schaute sie an. Sein Gesicht war kreidebleich, seine Augen weit vor Schreck. Und Lucas wirkte selten so erschrocken.

Betsy warf den Sack Vogelfutter achtlos auf den Tisch, um zu ihrem Mann zu stürmen. »Liebling, was hast du?«, schrie sie. »Du siehst ja furchtbar aus.«

»Das war Keely«, flüsterte er.

Betsy runzelte die Stirn. »Um diese Uhrzeit? Was wollte sie denn?«

»Sie ist gerade vom Krankenhaus zurückgekommen. War die ganze Nacht dort. Dylan … hat versucht, sich umzubringen.«

Betsy starrte ihn an und schüttelte den Kopf. »Nein, das ist unmöglich.« Sie ergriff Lucas' Hand und hielt sie fest. Seine

Hand fühlte sich kalt und feucht an. »Das muss ein Missverständnis sein.«
»Gestern Abend. Als sie von hier nach Hause kam, hat sie ihn gefunden. Er hat versucht, sich die Kehle durchzuschneiden.«
Betsy stieß ein Keuchen aus. »O Lucas. O nein …«
Er nickte. Seine Lippen waren zusammengepresst. »Doch. Ich fürchte, ja.«
»Hat er … wird er überleben?«
Lucas nickte erneut. »Ja. Gott sei Dank.«
»Und wie geht es ihr? Wie geht's Keely?«, fragte Betsy.
Lucas schüttelte den Kopf. »Hält sich irgendwie über Wasser.«
»O, die Ärmste«, jammerte Betsy. »Setz dich. Du siehst ja schrecklich aus.«
»Was für ein Schock«, murmelte er, während sie ihm zu einem Stuhl half und dann neben ihm Platz nahm. Zusammen saßen sie da, einer die Hand des anderen haltend, nur allzu vertraut mit der Verzweiflung, die Keely jetzt empfand.
»Sie hat mir erzählt, er wäre deprimiert«, sagte Betsy.
Lucas schüttelte den Kopf. »Ich hätte es wissen müssen …«
»Woher denn?«, tadelte Betsy ihn sanft. »Du kennst den Jungen ja kaum.«
»Du weißt schon, was ich meine«, beharrte Lucas. »Dieser Druck auf ihn. Die Polizei … Maureen Chase. Besonders Maureen. Und Keely hat keine Ahnung, was los ist …«
»Du glaubst, sie weiß es nicht?«, fragte Betsy besorgt.
»Bestimmt nicht«, erwiderte Lucas mit finsterem Gesicht. »Und ich möchte auch nicht der Erste sein, der es ihr erzählt.«
»Nein. Nein. Aber das liegt nicht in deiner Gewalt. Du hast getan, was du kannst, um sie zu schützen«, erinnerte ihn

Betsy sanft. »Und das werden wir auch weiterhin tun. Alles, was wir können. Wenn ich an Mark denke, wird mir … ehrlich gesagt ganz schlecht …«

»Wie gut kann man je einen Menschen kennen?«, fragte Lucas düster. Sie saßen da und schwiegen, einer an den anderen geklammert.

Dann seufzte Betsy. »Lucas … Apropos, jemanden kennen …«

Lucas sah sie stirnrunzelnd an.

»Ich hatte eben Besuch. Im Garten. Ein junger Mann namens Julian Graham.«

»Er war hier?«

Betsy nickte. »Er sagte, er hätte mit dir gesprochen.«

Lucas wich ihrem Blick aus. »Das stimmt. Er kam in der Kanzlei vorbei.«

»Und du hast mir nichts erzählt?«

»Tut mir Leid, Liebling … ich hätte es tun sollen. Ich wollte nicht alles wieder aufrühren.«

»Konntest du dir nicht denken, dass ich es wissen möchte? Seit wann triffst du für mich die Entscheidungen?«

»Ich weiß. Es war falsch, dir nichts zu erzählen. Aber du hattest in letzter Zeit so viel zu verkraften. Ich habe versucht, dich zu beschützen. Das ist so eine Gewohnheit.«

Betsy seufzte und nickte. »Ich weiß. Ich weiß …«

»Ich sagte, er soll es in Las Vegas probieren. Obwohl der Himmel weiß, wo sie inzwischen steckt. Das ist ja schon Jahre her …«

Betsy runzelte die Stirn, während sie Lucas' Hand in ihrem Schoß drückte. »Ich konnte sie nie leiden. Das gebe ich zu. Es ist kein Geheimnis, dass ich mit Prentice' Wahl nicht glücklich war. Aber trotzdem wünschte ich …«

»Ich weiß«, beschwichtigte Lucas. »Ich wünsche mir das Gleiche.«

»Er dachte immer, wir freuen uns, dass sie ihn verlassen hat«, schluchzte Betsy.

»Uns freuen! Warum wohl? Schließlich musste *er* mit ihr glücklich werden«, sagte Lucas. »Erinnerst du dich noch? Deine Eltern waren auch nicht gerade zufrieden, als du mich ausgesucht hast. Aber uns war das egal.«

»Ja, das war's«, bestätigte Betsy, unwillkürlich lächelnd. Sie wusste, er hatte Recht. Es war sinnlos, die Sache immer wieder durchzukauen. Und das hatten sie im Lauf der Jahre Millionen Mal getan. Die Vergangenheit war nicht zu ändern, durch nichts.

Sofort kehrten Betsys Gedanken zu Keely und Dylan Bennett zurück. »Kindern ist nicht klar ... dass auch wir leiden, wenn sie es tun ...«

»Du denkst an Keely«, stellte Lucas fest, denn er durchschaute sie.

Tränen traten ihr in die Augen und ergossen sich über ihre Wangen. »Wie soll sie das nur verkraften?«

»Sie ist stark«, erwiderte Lucas.

Betsy schüttelte den Kopf. »So stark ist niemand.«

»Doch, wirklich, sie war außergewöhnlich eben am Telefon«, sagte er. »Sie bat mich um Rat wegen der Polizei. Und hat nach Marks Mandanten gefragt.«

»Wieso das?«, wunderte sich Betsy. »Wie kann sie an irgendetwas anderes als Dylan denken?«

»Nun, sie denkt ja an Dylan. Sie meint, diese Ermittlungen wegen Marks Tod hätten Dylan zu ... dieser Verzweiflungstat getrieben. Sie hat jetzt nur ein einziges Ziel: Dylan von jeglichem Schuldvorwurf zu befreien.«

»Aber das war ein Unfall«, entgegnete Betsy. »Die Frage nach Schuld stellt sich doch überhaupt nicht.«

»Das weiß ich«, sagte Lucas. »Aber sie lässt nicht mit sich reden.«

»Das kann ich verstehen«, meinte Betsy. »Sie kämpft um Dylans Leben.«

Keely bettete das Baby in ihren einen Arm und hielt sich mit der freien Hand den Hörer ans Ohr. Sie war nur nach Hause gekommen, um sich umzuziehen und ein paar Minuten mit Abby zu verbringen. Dann wollte sie baldmöglichst wieder ins Krankenhaus. Sie sah auf die Uhr auf Marks Schreibtisch und flüsterte: »Mach schon, Beeilung«, während sie sich durch eine lange Folge von Tastenoptionen arbeitete, um bei der Telefongesellschaft ein menschliches Wesen zu erreichen. Zu guter Letzt bekam sie einen Service-Mitarbeiter an die Leitung. Die Beflissenheit des Mannes, einer Kundin zu helfen, flaute ab, als er Keelys Anliegen hörte.

»Sir, ich brauche eine Liste aller Gesprächsein- und -ausgänge an diesem Datum«, sagte sie und nannte den Todestag ihres Mannes.

»Die Ferngespräche erscheinen auf Ihrer nächsten Telefonrechnung«, erwiderte der Mann.

»Nein. Sie verstehen nicht. Ich möchte alle Anrufe wissen, die an diesem bestimmten Abend über meinen Anschluss geführt wurden, die Orts- und die Ferngespräche.«

»Tut mir Leid, Ma'am. Darüber gibt es bei uns keine Aufzeichnungen«, antwortete er.

»Doch, das weiß ich. Sie haben der Polizei ja auch sagen können, dass mein Mann an diesem Abend online war.«

»Ma'am, das ist etwas anderes. Diese Informationen sammelt der Internetanbieter zu Abrechnungszwecken. Über Ortsgespräche führen wir keine Aufzeichnungen, es sei denn, der Kunde hat sich vorher mit der Polizei in Verbindung gesetzt und eine Überwachung beantragt.«

»Das glaube ich Ihnen nicht«, entgegnete Keely. »Sie haben

Aufzeichnungen über sämtliche Ferngespräche. Warum nicht über die örtlichen?«

»Nein«, versicherte der Mann geduldig. »Diese Angaben führen wir nicht. Bedaure.«

»Hören Sie, gibt es irgendeine Art Gerichtsbefehl oder so etwas, das ich mir besorgen müsste?«

»Tut mir Leid, Ma'am. Das ist nicht wie im Fernsehkrimi. Ich sage Ihnen die Wahrheit. Wir führen nicht Buch über dergleichen. Kann ich Ihnen sonst irgendwie dienen?«

»Nein danke«, murmelte Keely, während sie den Hörer aufknallte.

Abby stieß einen Schrei aus, und Keely drückte sie an sich. »Schon gut«, raunte sie dem Baby ins Ohr, »ist ja schon gut.« Unterdessen blätterte sie flüchtig den Ordner mit Haushaltsrechnungen auf Marks Schreibtisch durch und zog den letzten Bescheid der Funktelefon-Gesellschaft heraus. Sie hatte Mark sein Handy kaum noch daheim benutzen sehen, aber es bestand immerhin die Möglichkeit. Wenigstens listeten die Handyabrechnungen sowohl ein- als auch ausgehende Gespräche auf. Als sie das Gewirr von Zahlen und Daten überflog, stellte Keely fest, dass der Abend von Marks Tod zu kurz zurücklag, um auf der Rechnung zu erscheinen.

Seufzend wählte sie die Service-Nummer und arbeitete sich wieder durch Tonbandstimmen zu einem Lebewesen vor, dem sie ihre Bedürfnisse erklärte.

»Diese Informationen erhalten Sie mit der nächsten Monatsabrechnung«, antwortete die Service-Angestellte.

»Das … das ist mir klar«, sagte Keely. »Nur … brauche ich die Informationen jetzt.«

»Tut mir Leid, Ma'am, aber da kann ich Ihnen nicht helfen.«

»Sie haben es doch wahrscheinlich direkt vor der Nase, auf

ihrem Computerbildschirm«, entgegnete Keely. »Könnten Sie mir die Gespräche an diesem einen Abend vorlesen?«

Die Frau zögerte. »Nein, diese Auskünfte kann ich Ihnen nicht übers Telefon geben.«

»Könnten Sie sie dann ausdrucken und mir schicken?«, bettelte Keely. »Es geht ... es geht hier um Leben und Tod.«

Die Frau kicherte nervös. »Ach, kommen Sie.«

»Haben Sie Kinder?«, fragte Keely. »Täten Sie nicht alles, um ihnen zu helfen, wenn sie in Schwierigkeiten stecken würden? Ich muss wissen, wer an dem bewussten Abend diese Nummer angerufen hat.«

Die Frau schwieg ein paar Sekunden. Dann sagte sie bedächtig: »Unsere Geschäftspolitik –«

»Bitte«, drängte Keely. »Bitte. Ich verstehe ja Ihre Geschäftspolitik. Und dass es keinen Grund gibt, warum Sie mir diesen Gefallen tun sollten. Aber ich flehe Sie an. Wenn Sie es mir nur ausdrucken und zuschicken könnten ... setzen Sie mir das Porto auf die Rechnung. Ich würde Sie nicht bitten, wenn es nicht dringend wäre.«

»Ich werde sehen, was ich tun kann«, erwiderte die Frau mit verdrießlicher Stimme.

»Danke«, sagte Keely. »Gott segne Sie.« Und die Verbindung wurde unterbrochen, bevor Keely noch etwas hinzufügen konnte.

20

Am nächsten Tag wurde Keely bei ihrer Ankunft in Dylans Zimmer von einem gewaltigen Blumenstrauß begrüßt. »O, der ist ja wunderschön«, rief sie. Sie ergriff die Karte, die an der Vase lehnte. »Von Betsy und Lucas. Betsy ruft dauernd an, um zu hören, wie es dir geht.«

»Lucas hat kurz vorbeigeschaut«, krächzte Dylan.

Keely blickte verblüfft zu ihm hin. »Dein Schlauch ist ja draußen!«, rief sie und stürmte neben das Bett ihres Sohnes.

Dylan nickte.

»Das ist wirklich toll!«, sagte sie. »Du siehst auch besser aus.«

Dylan zuckte die Achseln. Dann lehnte er sich gegen sein Kopfkissen. Sein Gesicht wirkte immer noch bleich wie Wachs, aber seine Wangen zeigten einen Anflug von Farbe.

»Fühl mich auch besser.«

»Versuch, nicht zu viel zu reden. Dein Hals wird sich erst daran gewöhnen müssen. O, mein Schatz. Ich bin ja so erleichtert. Vielleicht kannst du jetzt bald heim«, sagte sie. »Sie schicken heute Vormittag eine Sozialarbeiterin zu uns nach Hause. Sie soll uns unter die Lupe nehmen, aber ich bin sicher, wir bestehen die Prüfung mit Bravour. Eigentlich wollte ich nur schnell vorbeikommen, um zu sehen, wie es dir geht. Ich habe Abby bei der Stationsschwester in Verwahrung gegeben. Ich konnte einfach nicht warten bis heute Nachmittag, aber ich muss dringend zurück, bevor

die Sozialarbeiterin aufkreuzt. Schließlich muss ich einen guten Eindruck machen.«
Dylan nickte, aber ohne zu lächeln.
»Mrs. Weaver.«
Als Keely sich umdrehte, sah sie Detective Stratton, und ihre Fröhlichkeit verflog. Er stand auf der Schwelle und klopfte an den Türrahmen. »Wie ich höre, ist Dylan jetzt imstande zu sprechen. Ich hoffe, es macht Ihnen nichts aus«, sagte er, während er das Zimmer betrat. »Hallo, Dylan.«
Beim Anblick des Ermittlers riss Dylan die Augen auf. »Hallo«, flüsterte er.
»O doch«, erwiderte Keely, »es macht mir etwas aus. Ich habe die Sache mit meinem Anwalt besprochen. Er will nicht, dass Sie ohne seine Anwesenheit mit Dylan reden.«
»Das ist Ihr gutes Recht«, antwortete Phil. »Aber ich muss fragen, nur fürs Protokoll: Wurde Dylan das Opfer eines Überfalls oder hat er sich die Wunde …«
»Ich hab's selber getan«, brummte Dylan.
Keely holte tief Luft. »Und mehr werden Sie auch nicht von ihm hören«, sagte sie entschlossen. »Dürfte ich Sie kurz auf dem Gang sprechen, Detective?«
Phil Stratton zuckte mit den Schultern und nickte Dylan zu. »Ich hoffe, dir geht's bald wieder besser.« Dann folgte er Keely nach draußen.
Keely sah auf ihre Uhr. Sie konnte es sich nicht leisten, die Sozialarbeiterin warten zu lassen. »Detective Stratton, Sie selber werden es bestimmt nicht glauben, aber ich bin jetzt hundertprozentig davon überzeugt, dass mein Sohn nicht für Marks Tod verantwortlich war. Um seines und auch um meines eigenen Seelenfriedens willen bin ich entschlossen, den wahren Verantwortlichen herauszufinden – zum Beispiel eine Person, die zu Besuch kam. Ich habe schon bei der Telefongesellschaft angerufen, um festzustellen, wer

Mark besucht und sich zuvor telefonisch angemeldet haben könnte. Aber die Gesellschaft weigert sich, mir irgendwelche Informationen über die Gespräche dieses Anschlusses mitzuteilen. Sie behauptet, darüber gäbe es keine Aufzeichnungen. Mein Anwalt sagt allerdings, die Polizei könne solche Informationen erhalten.«

Die Miene des Detectives blieb ungerührt.

»Stimmt das?«, fragte Keely.

»Ich kann Ihnen nicht helfen«, antwortete er.

»Sie *wollen* mir nicht helfen, meinen Sie.«

Stratton schüttelte den Kopf und betrachtete Keely mit mitleidsvollem Blick. »Sie wissen, ich erkenne an, was Sie hier versuchen. Ich verstehe, dass Sie den Jungen lieben und ihm gern glauben möchten. Aber, Mrs. Weaver, ich finde, in Ihrem eigenen Interesse sollten Sie Ihre Zeit lieber damit verbringen, Ihren Sohn zu einem Geständnis zu bewegen. Sie tun ihm keinen Gefallen, wenn Sie die Augen vor seinen Schuldgefühlen verschließen. Und ich sage Ihnen noch was: Wenn er sich diese Schuldgefühle nicht schnell von der Seele redet, dann könnte das hier noch mal passieren.« Er deutete auf das Zimmer von Dylan. »Nur dass es beim nächsten Versuch vielleicht klappt.«

Keely fühlte sich, als hätte er sie geohrfeigt. Noch bevor sie etwas erwidern konnte, wandte er sich jedoch zum Gehen, und während sie ihm hinterhersah, wünschte sie, sie hätte die richtigen Schimpfwörter gefunden, um sie ihm ins Gesicht zu schleudern. Da fiel ihr Blick auf die Uhr über dem Stationsschalter. »O mein Gott!«, keuchte Keely.

Als ihr Wagen fast schlingernd in die Einfahrt bog, sah Keely einen kleinen Kombi vor dem Haus stehen und dachte: *Verdammt!* Sie hatte hier sein und in aller Ruhe warten wollen, wenn die Sozialarbeiterin kam. Eine dünne Frau in

Karohemd und abgewetzter Wildlederjacke stand auf der Vortreppe, von wo sie offenbar das Haus und den Rasen begutachtete. Als Keely das Baby aus dem Kindersitz nahm, sah sie, dass die Frau das »Zu Verkaufen«-Schild und den laubübersäten, nicht gerechten Garten zu registrieren schien.

Keely stürmte zu ihr hin. »Mrs. Erlich?«, fragte sie.

Die Frau betrachtete sie kühl. »Sie sind Mrs. Weaver.«

»Tut mir Leid wegen der Verspätung«, sagte Keely, während sie die Haustür aufschloss und nach drinnen voranging. »Ich war in der Klinik. Kommen Sie doch herein.« Die Frau wartete in der Diele, bis Keely Abby in das Laufställchen gesetzt und ihr ihr »sprechendes« Lieblingsbuch gegeben hatte. Sofort wurde Abbys Aufmerksamkeit durch die Bilder und Tierlaute abgelenkt. »So ist's brav, mein Mädchen«, flüsterte Keely.

Dann wandte sie sich wieder an ihre Besucherin. »Schön, Sie kennen zu lernen. Darf ich Ihnen die Jacke abnehmen?«

»Nein danke«, erwiderte Mrs. Erlich. »Die behalte ich an.«

»Kann ich Ihnen irgendetwas bringen? Einen Tee?«

»Tee?«, fragte die andere beinahe fassungslos. »Ich bin nicht hier, um Erfrischungen zu mir zu nehmen.« Sie warf einen Blick durch die Räume, die von der Diele aus zu sehen waren. »Als Erstes würde ich mir gern Dylans Zimmer anschauen.«

»Oh. Na schön, einverstanden«, antwortete Keely. »Es ist die Treppe rauf.«

Sie bedeutete Mrs. Erlich, voranzugehen, aber die Sozialarbeiterin schüttelte den Kopf und wartete, dass Keely die Führung übernahm. Als Keely hinaufzusteigen begann, plapperte sie blind drauflos. *Zu viel,* dachte sie, aber irgendwie konnte sie sich nicht bremsen. »Ich fürchte, es ist hier nicht alles auf Hochglanz. Ich war die meiste Zeit in der Klinik. Dylans Zimmer ist ein bisschen chaotisch. Ordnung zu halten gehört leider nicht zu seinen Stärken. Sie wissen ja selbst, wie Kinder sind. Man kann sie einfach nicht überreden, etwas wegzuwerfen. Ich glaube, jedes Buch, das er je gelesen hat, inklusive jedes Comichefts –«

»Warum verkaufen Sie das Haus?«, fragte Mrs. Erlich hinter ihr.

Keely bewahrte die Fassung und drehte sich nicht um. »Na ja, Sie wissen sicher, dass mein Mann vor nicht langer Zeit in unserem Pool ... ertrunken ist. Ich möchte hier einfach nicht mehr leben. Ich glaube, es ist zu grauenhaft für die Kinder. Und für mich ebenfalls.«

»Finden Sie nicht, Ihr Sohn hat in seinem Leben genug Einschnitte und Veränderungen gehabt, auch ohne dass Sie schon wieder wegziehen?«

Keely sträubten sich vor Wut die Haare bei dieser Frage, und sie hätte gern geantwortet: »Das geht Sie nichts an.« Aber sie rief sich ins Gedächtnis, dass es zur Aufgabe von Sozialarbeitern gehörte, solche Fragen zu stellen. Das wusste sie noch aus ihrer Zeit als Lehrerin. Sie versuchten nur, sich zu vergewissern, dass alles im Interesse des Kindes geschah.

»Meines Erachtens wäre es für uns alle das Beste«, sagte Keely gefasst und dann: »Hier.«

Sie stieß Dylans Tür auf. »Das ist das Zimmer meines Sohnes.«

Sie hatte spät gestern Abend, so gut sie konnte, zusammengeräumt, war aber jetzt, mit den Augen eines Fremden betrachtet, immer noch nicht sonderlich zufrieden. »Es wirkt vielleicht ein bisschen durcheinander«, entschuldigte sie sich. »Ich habe etwas Ordnung gemacht, aber Dylan ist in diesem Alter, wo er es mit seinen Besitztümern sehr genau nimmt. Ich möchte da gern meine Finger davon lassen. Ich meine, ein Heranwachsender hat ja einen gewissen Anspruch auf Privatsphäre.«

»Heimlichtuerei«, sagte Mrs. Erlich.

Keely gefiel diese Bezeichnung nicht, aber sie verkniff sich einen Widerspruch. »Kann sein, dass Sie es nicht glauben«, rief sie in dem Bemühen, ihren Humor zu bewahren, »aber heute sieht es sogar ziemlich gut aus. Wenigstens konnte ich die Schmutzwäsche einsammeln.«

Die andere Frau nickte. »Ich verstehe. Sie erwarten also keinerlei Verantwortungsübernahme von ihm – nicht einmal für seine Wäsche.«

Keelys Gesicht begann zu glühen. »Das habe ich nicht gesagt«, entgegnete sie, zwang sich dann aber zur Ruhe. »Natürlich hat er seine Aufgaben im Haus, seinen Verantwortungsbereich. Aber ich muss zugeben, dass er immer ein bisschen Druck braucht, um diese Aufgaben zu erfüllen. Ich glaube, er ist so wie die meisten Kinder.«

Die Sozialarbeiterin ging zu dem Bett. Sie hob die Matratze an und spähte darunter. Dann trat sie an den Kleiderschrank, öffnete mehrere Schuhkartons und sah flüchtig Dylans Andenken durch. Beim Schließen der Schranktür blickte sie stirnrunzelnd zu den Wänden, wo Poster von blassen, lederbekleideten Gitarristen hingen. Sie betrachtete die unfertigen Bastelarbeiten, die sich zusammen mit einem schwarzen Motorradhelm und einigen Plastikpistolen auf Regalen drängten, einen kunterbunten Turm von CD-Hüllen sowie ein paar Wrestler-Figürchen, die in die Kopfhörerkabel verheddert waren. »Anscheinend haben Düsternis und Gewalt einen gewissen Reiz für ihn«, bemerkte sie laut.

»Den heutigen Jungs gefallen solche Dinge wohl leider. Gewalt ist ein allgegenwärtiger Bestandteil unserer Kultur.«

Mrs. Erlich nickte, während sie die CD-Sammlung studierte. »Nimmt er Drogen?«

Keely starrte sie eine lange Minute einfach an. »Nein. Natürlich nicht. Drogen sind in diesem Haus strikt verboten.«

»Nach meiner persönlichen Erfahrung sind die Interessen Ihres Sohnes typisch für Drogenkonsumenten.«

»Er ist ein Heranwachsender«, sagte Keely. »Heranwachsende sind rebellisch und daher für Symbole des Rebellischen äußerst empfänglich. Das ist ganz normal.«.

»Mir scheint, Mrs. Weaver, Sie haben eine ... ungewöhnliche Vorstellung von normalem Verhalten.«

»Ich war mehrere Jahre Lehrerin, Mrs. Erlich. Ich kam viel mit Kindern in Dylans Alter in Kontakt und hatte dabei immer den Eindruck, solche Bilder und Symbole sind genau das und nicht mehr: Bilder und Symbole. Sie deuten nicht zwangsläufig auf Drogenmissbrauch oder eine Neigung zur Gewalt hin. Kinder in diesem Alter sind am Ausprobieren, sind auf der Suche nach ihrer Identität. Außerdem wollen sie ihre Eltern schockieren. Es ist ein Ausdruck ihrer Individualität.«

»Was könnte gewalttätiger sein, als sich die Kehle durchzuschneiden?«, fragte die Sozialarbeiterin.

Keely versuchte, trotz dieser verbalen Ohrfeige mit keiner Wimper zu zucken. Sie hielt sich so stark am Türknauf fest, dass ihre Fingergelenke weiß wurden. »Ich ... ich bestreite ja gar nicht, dass er da ... etwas Schockierendes gemacht hat. Ich ... ich will nur sagen, dass es meines Erachtens situationsbedingt war. Es gehört nicht zu irgendeinem ... Verhaltensmuster. Ich meine ... wenn wir hier über kulturelle Normen diskutieren wollen, dann gefallen mir diese Gewaltbilder keine Spur besser als Ihnen. Nur ... nur habe ich noch nie bemerkt, dass Dylan ... irgendwie darauf fixiert wäre.«

»Das haben Sie nie bemerkt«, murmelte die Frau kopfnickend. »Wissen Sie, ein Kind kommt nicht einfach daher und sagt Ihnen ins Gesicht, es wäre deprimiert. Als Elternteil muss man auf Alarmzeichen achten.«

Was fällt Ihnen ein?, dachte Keely. *Was fällt Ihnen ein, unser Verhältnis zu beurteilen? Sie kennen uns ja nicht mal.* Aber sie schluckte diese Worte herunter. »Ich wusste, dass er deprimiert ist. In einem gewissen Maße. Sorgen hätte ich mir eher gemacht, wäre er in letzter Zeit *nicht* deprimiert gewesen. Erst starb … sein Vater. Jetzt sein Stiefvater. Er hat in seinem jungen Alter mehr Kummer erlebt als viele Erwachsene.«

»Nun«, sagte Mrs. Erlich, während sie in den Flur zurückkehrte, »aus genau diesem Grunde hätten die meisten Erwachsenen sensibler auf so ein Kind reagiert.«

Keely zog die Tür hinter sich zu. Dabei musste sie alle Willenskraft zusammennehmen, um sie nicht zuzuknallen.

Die Sozialarbeiterin ging den Flur entlang und steckte ihren Kopf in die anderen Schlafzimmer. Sie registrierte anscheinend die gepolsterten, mit teuren Stoffen bezogenen Möbel und die Nadelspitzen-Läufer auf glänzenden Parkettböden. Sie betrat das Elternschlafzimmer und rieb doch tatsächlich die weiche ägyptische Baumwolle der Kopfkissen zwischen ihren Fingern. Dann wandte sie sich dem Büro zu, wo Keely silbern gerahmte Fotos von Mark und den Kindern aufgestellt hatte. Sie warf einen Blick in Keelys Schmuckkästchen, hob mit ihrem Zeigefinger ein Türkishalsband hoch und fasste es ins Auge, bevor sie es wieder zwischen die verschlungenen Perlenschnüre fallen ließ. Auch in das große Badezimmer steckte sie die Nase und schüttelte beim Anblick der harmonierenden Waschbecken und der chromblitzenden Duscharmaturen den Kopf. »Sie schwelgen wirklich im Luxus«, bemerkte sie.

Keely starrte die Frau fassungslos an. Seit wann ist es denn ein Verbrechen, ein hübsches Haus zu haben, dachte sie und erwiderte trocken: »Mein Mann hat sehr gut verdient.«

Mrs. Erlich schnalzte mit der Zunge. »Man sieht's.« Sie betrat das Badezimmer und öffnete den Medizinschrank, um die Etiketten auf den Pillenfläschchen zu beäugen. Sie zog ein bernsteinfarbenes Plastikröhrchen voll Beruhigungstabletten heraus, die man Keely nach Marks Tod verschrieben hatte. Die Frau begutachtete es mit geschürzten Lippen. Dann warf sie Keely, die auf dem Flur stehen geblieben war, einen Blick zu.

Keely verschränkte die Arme vor der Brust und trotzte wortlos jeglicher Kritik seitens der Sozialarbeiterin, weil sie ein verordnetes Medikament einnahm. Nach kurzem Zögern stellte Mrs. Erlich das Röhrchen wieder hinter die verspiegelte Schranktür und klappte sie zu.

»Und was genau tun Sie die ganze Zeit, Mrs. Weaver? Sie sagten, Sie waren früher Lehrerin. Aber wie ich sehe, haben Sie das heute nicht mehr nötig. Womit füllen Sie Ihre Zeit aus? Mit Golf, Tennis? Mittagessen im Klub?«

»Ich kümmere mich um mein Haus und meine Kinder«, antwortete Keely gereizt. »Und ich habe vor, wieder zu unterrichten, wenn Abby ein bisschen älter ist. Solange sie so klein ist, entschied ich mich, zu Hause zu bleiben. Ein Baby verlangt viel Aufmerksamkeit. Übrigens würde ich gerne wieder nach unten und nach ihr schauen.«

»Auf jeden Fall«, erwiderte die Sozialarbeiterin und bedeutete Keely, die Treppe voranzugehen.

Lass dich von ihr nicht irritieren, ermahnte sich Keely, während sie ihre Fäuste ballte, sodass die Fingernägel sich in die Handfläche pressten. *Diese Frau macht nur ihren Job.* Sie begab sich ins Wohnzimmer und hob Abby, die ungeduldig herumhüpfte, aus dem Laufställchen. Sie rieb ihre Nase an der des Babys. Dann wandte sie sich an die Sozialarbeiterin, die gerade hereinkam. »Das hier ist Dylans Schwester Abby«, erklärte sie.

Mrs. Erlich sah sofort auf den Verband unter Abbys Kinn. »Was hat das zu bedeuten?«

Keely fühlte, wie ihr Gesicht rot wurde. »Das ist ... gar nichts. Abby lernt nur gerade laufen. Sie ist hingefallen und hat sich das Kinn aufgeschlagen.« Sie schaukelte Abby nervös auf ihren Armen. »Ich meine, ein-, zweimal hinfallen gehört schon dazu. Obwohl sicher stimmt, was die Leute sagen – heutzutage hat man schon ein schlechtes Gewissen, wenn das Kind eine ganz normale Beule oder einen blauen Fleck aufweist.«

»Besonders in Ihrer Situation«, fügte die Sozialarbeiterin hinzu.

»In meiner Situation?«, entgegnete Keely scharf. »Was soll das heißen?«

Mrs. Erlich nickte in Abbys Richtung. »Darf ich einmal sehen?«

»*Was* sehen?«, fragte Keely.

»Die Verletzung. Ich würde gern diesen Verband entfernen, damit ich mir die zugefügte Verletzung anschauen kann.«

»Es ist keine *zugefügte* Verletzung ...«, protestierte Keely.

»Mrs. Weaver«, erwiderte Mrs. Erlich kurz angebunden, »ließen Sie das Kind von einem Arzt untersuchen?«

»Nein. Das war nicht nötig.«

»Nicht nötig, oder hatten Sie Angst, der Arzt könne ein Zeichen von Misshandlung erkennen?«

Keely riss die Augen auf. »Misshandlung? Das ist die Höhe!«, rief sie. »So etwas kam mir nicht einmal in den Sinn.«

»Ich würde dieses Kind gern untersuchen«, beharrte Mrs. Erlich.

»Nein, auf gar keinen Fall. Sie rühren mein Kind nicht an«, entgegnete Keely.
»Gut, ich kann auch veranlassen, dass Sie es auf behördliche Anordnung zu einem Arzt bringen müssen«, sagte die andere. »Ich schlage allerdings vor, Sie sind etwas kooperativer, wenn Sie hoffen, Ihren Sohn zurückzubekommen.«
Keely blieb die Luft weg. »Was reden Sie da?«, flüsterte sie. »Ihn zurückzubekommen?«
Mrs. Erlich warf ihr einen verächtlichen Blick zu. »Wenn Dylans Leben im Elternhaus als riskant für sein Wohlergehen erachtet wird, dann müssen wir ihm nach seiner Entlassung vielleicht einen anderen Platz beschaffen.«
»Riskant? Inwiefern, um alles in der Welt, sollte sein Leben in diesem Haus ein Risiko für ihn sein? Und wo wollen Sie ihn dann hinschicken?«, schrie Keely.
»In Pflege, Mrs. Weaver. Ich weiß, dass Menschen Ihres sozialen Status' es nicht gewöhnt sind, dass man ihnen auf die Finger sieht. Und ehrlich gesagt sind die Elternhäuser, in die meine Tätigkeit mich führt, in der Regel weitaus ... bescheidener als Ihres.« Sie verzog ihr Gesicht. »Aber Luxus bedeutet noch lange nicht, Ihr Kind hätte es irgendwie besser als eines, das in einer Bruchbude aufwächst.«
»Hören Sie«, rief Keely empört. »So ist unser Haus nun mal. Ich habe nicht die Absicht, mich zu entschuldigen, weil es Komfort bietet. Wir haben nichts Unrechtes getan.«
»Ich schlage vor, Sie reißen sich zusammen, Mrs. Weaver«, entgegnete die Sozialarbeiterin. »Ausbrüche wie dieser helfen uns in der Sache nicht weiter. Meine Empfehlung hat viel Gewicht.«
Keely sah ein, dass die Bemerkung dieser Frau zutraf. »Sie glauben doch wohl nicht ...«, sagte sie und versuchte, das Zittern in ihrer Stimme zu beherrschen. »Es gibt keinen Grund auf der Welt, weshalb man uns Dylan fort-

nehmen sollte. Nichts an diesem Haus oder an meinem Leben rechtfertigt ein solches Vorgehen. Nichts. Schauen Sie sich an, was Sie wollen. Vom ersten Augenblick seiner Geburt bekam Dylan sämtliche Liebe und Zuwendung dieser Welt. Nur musste er ein paar schreckliche Tragödien erleben.«

»Ach, so sehen Sie das? Ein Junge, der den Umständen nicht gewachsen war?«

»Es waren außergewöhnliche Umstände«, verteidigte sich Keely.

»Soll ich Ihnen sagen, was ich sehe, Mrs. Weaver? Ich sehe eine Frau, die ihrem Sohn so ziemlich alles durchgehen lässt. Sie scheinen bereit, jede abweichende Neigung, jedes abweichende Verhalten von ihm als für sein Alter ›normal‹ zu rechtfertigen. Und allmählich frage ich mich, ob nicht auch Ihre Tochter unter dieser mütterlichen Blindheit zu leiden hat. Genau so definiert sich nämlich der Begriff ›Risiko‹. Es wurden Kinder schon aus weit geringeren Gründen ihren Eltern fortgenommen.«

Keely starrte die Frau an. »Soll das eine Drohung sein?«, fragte sie.

Mrs. Erlich seufzte. »Ich glaube, ich gehe jetzt.«

»Einen Moment bitte«, rief Keely und stellte sich ihr in den Weg. Die Sozialarbeiterin wandte sich ab, um zu der Terrassentür am anderen Ende des Zimmers zu marschieren. »Wie können Sie es sich erlauben, mich so zu verurteilen? Sie kennen mich ja gar nicht.«

Mrs. Erlich schien von Keelys Verzweiflung unbeeindruckt. Mit verwundertem Blick starrte sie durch die Glastür. »Sagten Sie nicht, Ihr Mann sei im Swimmingpool ertrunken, Mrs. Weaver?«, fragte sie.

»Ja«, antwortete Keely bitter und fügte in Gedanken hinzu: *Als ob du das nicht wüsstest.*

»Aber trotzdem lassen Sie die Tür dort weiter offen stehen? Sie fordern das Unglück ja geradezu heraus –«

»Die Tür steht nicht offen«, erwiderte Keely und stolzierte trotzig an den Hinterausgang des Wohnzimmers, während Abby in den Armen ihrer Mutter herumzappelte. »Sie ist abgesperrt. Warum sollte ich …« Keely griff schon nach der Klinke, sah über den Innenhof hinaus, und die Worte blieben ihr im Hals stecken.

»Für mich sieht die Tür offen aus«, sagte Mrs. Erlich.

Abby fest an sich gedrückt, stürmte Keely auf die Terrasse und das Treppchen hinunter. Sie konnte die Absätze der Sozialarbeiterin hören, die ihr folgte. An dem Gitterzaun, der den Swimmingpool umgab, blieb sie stehen. Der Riegel des Türchens, der mit einem Schnappschloss gesichert war, hing herab. Der Eingang stand offen.

Erlaubt sich hier irgendjemand einen perversen Spaß?, dachte Keely. *Und wenn ja, wer?* Sie sah sich wild um, aber hinter dem Haus war alles ruhig. Nur Vogelgezwitscher ertönte. Während sie das sperrangelweit geöffnete Tor betrachtete, fühlte Keely, wie sich ihr der Magen umdrehte. Der Pool war zwar abgedeckt, ja, aber in der Planenmitte hatte sich genug Regenwasser gesammelt, um eine ernsthafte Gefahr für ein so kleines Kind wie Abby darzustellen – eines, das noch unsicher auf den Beinen war. Wenn es dort hineinfiel, konnte es ohne weiteres ertrinken.

»Ich an Ihrer Stelle«, bemerkte die Sozialarbeiterin, »würde besser aufpassen.«

21

Die Sozialarbeiterin legte ihre Schreibunterlage auf die offene Tür ihres Autos und kritzelte Notizen, während Keely ihr aus dem Hausinneren zusah. Keely war versucht, hinauszurennen, ihr die Aufzeichnungen wegzureißen und sie anzubetteln, sie möge ihre Meinung noch einmal überdenken. Vom ersten Augenblick an hatte Keely das Gefühl gehabt, die Sozialarbeiterin sei ihr gegenüber feindselig eingestellt. Jedes Wort, das sie sagte, wurde ins Negative verdreht. Und als krönender Abschluss die offene Pool-Tür! Es bestand zwar kein Grund, das Schlimmste zu vermuten, aber dennoch wusste Keely genau, Mrs. Erlich würde an Dylans Zuhause kein gutes Haar lassen. Und dann? Keelys ängstliche Spekulationen wurden vom Klingeln des Telefons unterbrochen.

Widerstrebend verließ sie das Fenster, um den Hörer abzunehmen. Es war das Krankenhaus. Schweigend hörte Keely zu, wie die Frau vom Patienten-Service ihr mitteilte, man werde Dylan heute Nachmittag ins Blenheim-Institut verlegen, eine jugendpsychiatrische Anstalt, und Keely könne ihn erst abends für eine halbe Stunde besuchen. *Keine Panik,* redete sie sich zu. *Nur keine Panik. Das ist Standard.* So viel hatte der Arzt ihr verraten können. Sie versuchte, Lucas in seinem Büro zu erreichen, musste aber erfahren, dass er immer noch bei Gericht war. »Sylvia, bitte bestellen Sie ihm, ich sei verzweifelt«, sagte sie.

Die Sekretärin versprach, es zu tun, und versicherte ihr, sie habe sowohl die Nummer von Keelys Festanschluss als auch von ihrem Handy.

Nach dem Auflegen schlug Keely sich die Hände vors Gesicht. So, wie der Tag bisher gelaufen war, wollte sie nur noch ins Bett und sich die Decke über den Kopf ziehen. Der Gedanke an Schlaf und an zeitweiliges Vergessen aller Sorgen schimmerte so verlockend wie eine Fatamorgana in der Wüste. Aber um Dylans willen konnte sie sich diesen Luxus nicht leisten. Es dehnten sich noch mehrere Stunden vor ihr aus, bis sie ihn sehen konnte. Die Sozialarbeiterin zu belästigen, hatte keinen Zweck. Keely würde das Ganze Lucas erklären und seine Anweisungen befolgen. In der Zwischenzeit musste sie sich immer noch darum kümmern, ihr Versprechen an Dylan einzulösen. Wenn sie heute Nachmittag etwas herausfinden würde, vielleicht hätte sie dann heute Abend in der Klinik schon Neuigkeiten zu verkünden. *Los jetzt,* sagte sie zu sich selbst. *Setz dich in Bewegung.* Sie brauchte gar nicht erst auf ihrer Liste nachzusehen. Die Aufgaben, die sie sich notiert hatte, waren leicht zu merken. Die Telefonate hatte sie allesamt geführt, mit wenig oder gar keinem Erfolg. Nun musste sie draußen mit den Nachbarn reden, um festzustellen, ob irgendjemand sich an irgendwelche Einzelheiten am Abend von Marks Tod erinnerte.

Abby stieß ein paar schwache Protestschreie aus, als ihre Mutter sie für einen Ausflug ins Freie umzog und in den Kinderwagen setzte. Doch sie wurde wieder friedlich, als sie ein Stofftier in der Hand behalten durfte. Nicht lange, da standen sie beide am Ende der Einfahrt und sahen die stille Straße auf und ab.

Mit innerem Widerstreben gestand Keely sich ein, dass sie bei ihrer nächsten Nachbarin anfangen müsse: Evelyn Connelly. Sie schob den Kinderwagen bis zu Evelyns Einfahrt

und dann auf deren Fußweg zur Haustür. Die Fenstervorhänge waren wie immer zugezogen. Keely ermahnte Abby zur Ruhe, stieg dann die Vortreppe hinauf und klingelte. Drinnen bellten wütend die Hunde. Es schien lange zu dauern, bis Evelyn die Tür einen Spaltbreit öffnete, und bei Keelys Anblick nahm ihr Gesicht einen wachsamen Ausdruck an. Keely aber tat, als würde sie das nicht bemerken.
»Evelyn«, sagte sie, bemüht, sich dynamisch und sachlich anzuhören, »ich störe Sie wirklich nur sehr ungern, aber hätten Sie wohl eine Minute Zeit für mich?«
Evelyn machte weder die Tür weiter auf, noch bat sie Keely nach drinnen. Sie verlagerte ihr Gewicht auf das andere Bein und tätschelte einen der Hunde, der sich an ihr vorbeizwängen wollte, woraufhin das Tier sich gehorsam zurückzog. »Wozu?«, fragte sie.
»Es dauert nicht lange. Ich wollte Sie bloß wegen der Tür zum Pool etwas fragen. Jemand hat sie heute geöffnet.«
Evelyn seufzte. »Oh, ach ja, tut mir Leid. Ich musste einen Moment dort rein.«
Keely starrte sie an. »*Sie* waren das?«
»›Sie waren das?‹«, äffte Evelyn sie nach. »Lieber Gott. Weshalb das Theater?«
Keely traute ihren Ohren kaum. »Wieso, um alles in der Welt …?«
»Ich war hinten auf der Terrasse, okay? Ich hab den Hunden Tennisbälle zugeworfen, damit sie sie auffangen. Richtig zum Tennis spielen komm ich ja gar nicht mehr. Ich lebe ja hier praktisch wie im Gefängnis …«
»Und …«, drängte Keely bemüht, ruhig zu bleiben.
»Und da hab ich einen in Ihren Garten geworfen, einen Ball. Ich konnte ihn nicht finden, da dachte ich plötzlich, ich sehe ihn dort beim Swimmingpool. Wie kommen Sie überhaupt darauf? Sie waren doch gar nicht zu Hause.«

»Sie haben die Pool-Tür sperrangelweit offen gelassen«, antwortete Keely erbittert.
»Oh, Vergebung«, sagte Evelyn sarkastisch. »Was haben Sie jetzt vor? Mich verhaften lassen wegen Hausfriedensbruch?«
»Abby hätte in den Tümpel auf dieser Plane fallen und ertrinken können«, schrie Keely.
»Nicht, wenn man sie richtig beaufsichtigt. Lieber Himmel – lassen wir doch die Kirche im Dorf! Der Pool ist schließlich abgedeckt. Und außerdem ist doch gar nichts passiert.«
»Nichts passiert?«, schrie Keely. »War das an dem Abend, als mein Mann ertrunken ist, vielleicht auch so? Haben Sie da auch nur Tennisbälle gesucht und vergessen, die Tür zuzumachen? Haben Sie da auch gesagt: ›Nichts passiert‹?«
Evelyns Augen flammten vor Wut. »Ich sagte Ihnen bereits, was an diesem Abend war. Ich saß mit meinem Vater im Wohnzimmer, und der Fernseher und die Klimaanlage liefen. Gehört habe ich nur etwas, weil ich die Hunde rausließ. Und wenn Ihr Baby nicht so einen lauten, durchdringenden Ton hätte, dann wäre mir sogar der entgangen.«
Keely nickte und versuchte, ihre Wut zu beherrschen. »Ja, das sagten Sie.«
»Ich bin keine Lügnerin. Ich habe gar keinen Grund, Sie anzulügen …«
Keely spürte die Feindseligkeit der Frau, war aber entschlossen, sich von ihrem Kurs nicht abbringen zu lassen. »Ich möchte nur herausfinden, wie es kam, dass die Pool-Tür an diesem Abend offen stand. Mag sein, es scheint ein bisschen spät dafür, aber … es ist wichtig …«
»Nun, die Erklärung liegt doch auf der Hand«, meinte Evelyn. »Nach dem, was Ihr Sohn vorgestern getan hat … Sein schlechtes Gewissen kann wohl kaum offensichtlicher sein.«

Keely war etwas schockiert über diese Beschuldigung. Sie hatte ein Wort des Mitgefühls erwartet, aber nicht das. »Dylan hat die Tür nicht offen gelassen«, erwiderte sie knapp.

»Ach, seien Sie doch nicht so blind«, schnaubte Evelyn. »*Sie* haben sie offen gelassen, heute Vormittag.«

»Das war ein Versehen. Wie man in der Zeitung liest, hat Ihr Sohn es ja absichtlich getan.«

»Ich wäre Ihnen dankbar, wenn Sie die Lügen nicht wiederholen würden«, zischte Keely wütend.

»Von Ihnen lasse ich mir nichts vorschreiben«, entgegnete Evelyn, und die Hunde, die den aufgebrachten Tonfall ihrer Herrin hörten, begannen im Haus zu bellen.

Das Geräusch machte Keely plötzlich Sorge. Falls Evelyn die Tiere losließe, dann wäre Abby dort unten mit ihnen auf Augenhöhe. Und so gern sie der Frau ihre Bemerkungen und ihr Verhalten heimgezahlt hätte, wagte sie es doch nicht. Sie musste vor allem an Abby denken.

Also wandte sie sich einfach ab. »Sie sollten sich schämen, Evelyn«, sagte sie, stieg das Treppchen hinunter und löste die Bremse des Kinderwagens.

Evelyn zögerte. Dann riss sie sperrangelweit die Tür auf. »Nicht ich sollte mich hier schämen. Ich bin schließlich diejenige, die neben solchem Volk wie Ihnen leben muss. Ich bin hier allein mit meinem alten Vater, und jetzt stelle ich fest, dass dieser Junge erst seinen eigenen Vater, dann seinen Stiefvater ermordet hat. Ich habe mit eigenen Augen gesehen, was er seiner Schwester antat. Und sich dann die Kehle aufzuschlitzen – das ist entsetzlich. Ich meine, was, wenn er's das nächste Mal auf mich abgesehen hat? Ich sage es Ihnen ins Gesicht: Es ist ein Albtraum, neben so einem Geistesgestörten zu wohnen.«

Keelys Gesicht fühlte sich an wie zu Eis erstarrt. Mit verschwitzten Handflächen umfasste sie den Griff des Kinderwagens. »Ich weiß genau, was Sie meinen«, erwiderte sie bitter.

Evelyn verstand nicht, dass diese Bemerkung auf sie gemünzt war. Sie schimpfte weiter. »Jeden Abend bete ich zu Gott, es soll Ihnen jemand dieses Haus abkaufen, damit ich wieder friedlich schlafen kann. Ich komme mir vor wie in einem dieser Sozialbauten, mit einem jungen Kriminellen nebenan. Fürchterlich. Ich werde keine ruhige Minute haben, bis Sie endlich weggehen, egal wohin. Hauptsache, ihr seid weg!«

»Nun, nur zu Ihrer Information«, erwiderte Keely gelassen, »Dylan geht es bereits viel besser. Ich hoffe, ich kann ihn demnächst aus der Klinik mitnehmen.«

Evelyn schauderte vor Abscheu. »Gott steh uns bei«, murmelte sie, schlug die Tür zu, und Keely konnte sie den Schlüssel umdrehen hören.

»Komm, Abby.« Keely schritt langsam und erhobenen Hauptes den Fußweg und dann die Einfahrt hinab. Am liebsten wäre sie einfach zu ihrem eigenen Haus abgebogen, um sich zu verkriechen. Ihr Magen rebellierte, als müsse sie sich übergeben, und ihr Gesicht glühte bei dem Gedanken an die Kaltherzigkeit ihrer Nachbarin. Jeder Fremde, der durch diese Gegend fuhr, hätte sie für die freundlichste, gutbürgerlichste aller Straßen gehalten. Kein Mensch ahnte, dass hinter diesen gepflegten Fassaden so viel Bosheit lauern konnte. Als sie jedoch ihre eigene Einfahrt erreichte, dachte Keely an Dylan und wie er in seinem Krankenbett die Hand seiner Mutter gedrückt hatte. Sie hätte gern in ihrem Haus Zuflucht gesucht, zögerte aber. Evelyns Aggressionen hatten sie erschreckt, doch sie durfte sich dadurch nicht aufhalten lassen. Sie hatte Dylan ihr Wort gegeben. Widerstrebend und mit bleiernen Beinen setzte sie ihren Weg fort.

In dem weitläufigen, im Tudorstil errichteten Haus auf der anderen Straßenseite öffnete niemand. Keely hatte das junge Paar, das dort wohnte, noch nie kennen gelernt. Beide arbeiteten in Baltimore, hatten Spitzenjobs und waren selten daheim. Am Wochenende schienen sie entweder Gäste zu empfangen oder waren nicht da. Also überquerte Keely mit entschlossenen Schritten die Straße und ging zum Haus der Warners. Seit Marks Beerdigung hatte sie Dan Warner und seine Tochter Nicole nicht mehr gesehen. Aber nachdem sie zum Friedhof gekommen waren, war es Keely nicht so unangenehm, bei ihnen anzuklopfen.
Sie drückte die Klingel. Nach ein paar Minuten öffnete Dan Warner die Tür, ein relativ gut aussehender, grau melierter Mann Mitte vierzig, der heute ein beiges Arbeitshemd trug und einen Schraubenzieher in der Hand hielt.
»Hallo, Dan«, sagte Keely. So hatte er sich einmal vorgestellt, als er ihnen ein irrtümlich abgegebenes Päckchen brachte.
Dans Blick fiel auf Abbys sanfte Gesichtszüge, und er lächelte. Dann sah er zu Keely, die hinter ihr stand. »Mrs. Weaver?«
Keely holte tief Luft. »Nennen Sie mich Keely«, sagte sie. »Tut mir Leid, wenn ich so bei Ihnen hereinschneie, aber ich wollte mich bei Ihnen und Ihrer Tochter bedanken, dass Sie zur Beerdigung meines Mannes gekommen sind. Das war sehr aufmerksam.«
»Nun, wir wollten Ihnen nur ausdrücken, dass uns das Ganze schrecklich Leid tut. Es ist eine Tragödie.« Er schüttelte den Kopf.
»Ja, vielen Dank jedenfalls«, wiederholte Keely. »Es hilft wirklich, wenn Leute Anteil nehmen.«
»Das weiß ich nur allzu gut«, sagte Dan bitter. »Aber wo hab ich denn meine Manieren! Kommen Sie, kommen Sie! Nur hereinspaziert.«

Keely nahm Abby aus dem Kinderwagen. »Ich werde Sie nicht lange aufhalten.« Sie folgte Dan durch das Haus, das die behagliche Atmosphäre eines Ortes voller Leben verströmte. Auf jeder Oberfläche standen gerahmte Fotos, darunter auch ein Hochzeitsbild von Dan, mit Schnurrbart, langem, wallendem Haar und den Arm um eine sehr schöne, sommersprossige Frau gelegt, die lange, braun schimmernde Haare hatte.

»Ich war gerade mit diesen Regalen beschäftigt«, erklärte er humorvoll. »Bin ja kein allzu großer Schreiner. Ich hab schon seit Wochen gesagt, dass ich sie repariere. Jetzt geben Sie mir einen Grund für ein Päuschen. Möchten Sie eine Coke oder so was?«

Keely schüttelte den Kopf.

Als sie das fröhliche Durcheinander der Küche erreichten, zappelte Abby in den Armen ihrer Mutter. »Sie können sie absetzen«, sagte Dan. »Wir sind Kinder gewöhnt.« Er kam herüber, griff in einen Schrank und reichte Abby wie selbstverständlich eine Büchse Muffins, die sie verzückt zu inspizieren begann. »Obwohl ja nur noch eines da ist«, fuhr er fort. »Die anderen sind alle aus dem Haus. Aber bald werden wir wieder Zuwachs bekommen. Das erste Enkelkind ist jetzt jeden Tag fällig.«

»Tatsächlich!«, rief Keely erstaunt.

»Ich weiß schon. Sagen Sie mir, dass ich viel zu jung dafür bin. Ich kann's gar nicht oft genug hören.«

Keely lächelte. »Dafür sind Sie viel zu jung.«

Dan lachte dankbar. Er öffnete den Kühlschrank, nahm eine Dose Cola heraus und riss den Verschluss auf. »Annie und ich haben früh angefangen«, seufzte er.

Keely begutachtete ein Foto der sommersprossigen Frau, das unter einem herzförmigen Magneten an der Kühlschranktür hing. »Ist sie das?«

»Das war in dem Winter, als sie krank wurde«, antwortete er. »Sie ist zauberhaft.«

Dan presste seine Lippen zusammen und nickte. »Sie war eine Schönheit«, bestätigte er. Betretenes Schweigen erfüllte den Raum.

»Dan«, sagte Keely, »das hier ist nicht nur ein Freundschaftsbesuch. Ich bin gekommen, um Sie etwas zu fragen. Ich weiß, es ist … unwahrscheinlich … aber …«

»Schießen Sie los«, sagte er.

»Es geht um den Abend, als mein Mann ertrunken ist …«

»Schrecklich. So ein junger Kerl …«

»Erinnern Sie sich noch daran?«

»Ja, klar«, antwortete er nickend. »Mein Pokerabend. Beim Heimkommen hab ich all diese Polizeiautos und den Notarztwagen gesehen …«

»Demnach waren Sie an dem Abend gar nicht da«, sagte Keely und seufzte. Entmutigung klang aus ihrer Stimme, und sie ließ die Schultern hängen. »Sie kamen, als schon die Polizei vor Ort war.«

Dan trank einen Schluck und stellte die Dose dann auf den Küchentisch. »Richtig«, sagte er.

»Na ja, egal. Es wäre sowieso ein großer Zufall gewesen«, erwiderte Keely mit gezwungenem Lächeln. »Wahrscheinlich können Sie unser Haus von Ihrem aus nicht mal sehen.« Sie spähte auf das dichte Grün ringsum vor den Küchenfenstern. Dann bückte sie sich und hob Abby hoch. »Jedenfalls vielen Dank, dass Sie mir Ihre Zeit geopfert haben.« Sie versuchte, dem Baby behutsam die Muffin-Dose zu entwinden, aber es wollte nicht loslassen und protestierte mit einem kleinen missmutigen Schrei.

»Zu meiner Schande muss ich sogar gestehen«, sagte Dan, »dass ich beim Einbiegen in die Straße dachte: ›Hoffentlich ist es nicht mein Haus‹ – wegen der Polizei und allem.«

»Ach, keine Sorge«, seufzte Keely. »Mir ging es genauso. Ich dachte: ›Hoffentlich sind sie nicht bei uns‹ …«

»Tut mir Leid. Man kann nicht anders, wenn man minderjährige Kinder im Haus hat«, sagte er. »Ich hatte Angst, es wäre vielleicht Nicole. Sie ist an diesem Abend ganz allein hier gewesen. Hey, möchten Sie nicht mal mit ihr reden?«

»Wäre das möglich?«, fragte Keely.

»Natürlich«, antwortete Dan. »Aber ich muss Sie warnen. Sie hat meistens sonst was im Kopf.« Er ging zum Fuß der Treppe und rief: »Nicki. Nicki, hörst du mich?«

Keely fühlte ihr Herz rasen vor neu belebter Hoffnung. *Keine Möglichkeit auslassen,* dachte sie. *Nichts.* Sie gab die Muffin-Dose preis, und Abby widmete sich wieder ihrem Untersuchungsobjekt.

»Was ist?«, fragte eine Mädchenstimme aus dem Obergeschoss.

»Los, komm mal runter, Schatz«, sagte Dan.

Eine weitere Erklärung wurde nicht verlangt, und Keely hörte dumpfe Schritte von oben. Dann erschien ein barfüßiges Mädchen in weiten Freizeithosen und T-Shirt, dessen blondes Haar zu einem formlosen Knoten gebunden war.

»Schatz«, sagte Dan, »das hier ist unsere Nachbarin, Mrs. Weaver. Meine Tochter Nicole.«

Als das Mädchen lächelte, zeigte sich eine metallene Zahnspange. »Ich weiß – Sie sind Dylans Mutter. Ich habe Sie ja gesehen, auf der … Beerdigung.«

Eine Sekunde war Keely verblüfft, dass das Mädchen dieses Vorkommnis überhaupt erwähnte. Die meisten Kinder wären an dem Wort »Beerdigung« eher erstickt, als es auszusprechen. Sie fühlten sich dabei unwohl, verlegen. Dann fiel ihr ein, dass Nicole ja unmittelbare Erfahrung diesbezüglich hatte. Sie musste die Beerdigung ihrer eigenen Mutter erleben.

»Dafür wollte ich mich bedanken, fürs Kommen«, antwortete Keely. »Das war sehr nett von Ihnen beiden. Ich glaube, Dylan hat das sehr viel bedeutet. Freunde hier zu haben.«
»Er und ich sind nicht direkt befreundet«, sagte das Mädchen. »Ich sehe ihn zwar in der Schule, aber …« Dann fiel Nicoles Blick auf das Baby. »Oh«, jauchzte sie, »bist du aber süß«, und sie begann Geräusche zu machen, auf die Abby begeistert reagierte. »Ich liebe Babys«, sagte Nicole. »Falls Sie je einen Babysitter brauchen …«
»Nikki-Schatz, du erinnerst dich doch an den Abend, als Mr. Weaver ertrank. Ich war damals nicht zu Hause. War bei meinen Pokerbrüdern«, unterbrach Dan.
Das Mädchen riss die Augen auf. »O ja.« Sie sah Keely mitleidig an. »Wie ist es denn überhaupt passiert?«
»Na ja, Abby hier ist in den Pool gefallen, und mein Mann sprang hinterher, um sie zu retten. Aber er war Nichtschwimmer. Mir will bloß nicht in den Kopf, wieso die Tür zu unserem Pool plötzlich offen stand. Anfangs dachte ich, es wäre mein Sohn gewesen …«
»Dylan.«
»Richtig, Dylan.«
»Apropos Dylan«, sagte Nicole, »geht es ihm wieder besser? Ich habe gehört, er … Sie wissen schon.« Sie fuhr sich mit dem Zeigefinger über die Kehle und schnitt ein Gesicht.
Dan hob verblüfft die Augenbrauen, fragte aber nicht nach.
»Er liegt immer noch Krankenhaus«, antwortete Keely, erstaunt über die Kommunikations-Hotline der Jugendlichen. »Aber ja, es geht ihm schon wieder besser. Die Sache ist die: Er hat die Tür nicht offen gelassen, und ich weiß, dass mein Mann nicht derart gedankenlos gewesen wäre. Deshalb versuche ich herauszufinden, warum sie offen stand.«
»Na, ich war's jedenfalls nicht«, verteidigte sich Nicole.
»Nein, Schatz«, sagte Dan beruhigend. »Das will Mrs. Wea-

ver auch gar nicht andeuten. Sie möchte bloß wissen, ob du an dem bewussten Abend jemanden bei ihrem Haus gesehen hast.«

»Ein Auto in der Einfahrt? Irgendetwas …«, drängte Keely mit flehender Stimme.

Nicole runzelte die Stirn und schüttelte dann den Kopf. »Nein. Ich bin an diesem Abend überhaupt nicht rausgegangen. Ich hab dieses Jahr unglaublich viele Hausaufgaben, massenhaft.«

Keely presste ihre Lippen zusammen und nickte. »Ich hatte auch nur gehofft …«

»Moment. Moment«, warf Nicole ein. »Ich hab mir an diesem Abend eine Pizza bestellt, und es dauerte ewig, bis sie kam. Der Typ erzählte mir dann, er wäre zuerst am falschen Haus gewesen.«

Keelys Herz begann schneller zu schlagen. »Das *wäre* eine Möglichkeit. Dieses Haus hätte meines sein können. Lieferanten verwechseln uns ständig.«

Dan nickte. »Klar. So haben wir uns ja kennen gelernt.«

»Erinnerst du dich noch, wo du die Pizza bestellt hast?«, fragte Keely.

»Sekunde bitte.« Nicole ging zu dem Telefonapparat und stöberte in einem Stoß Speisekarten, Notizen und Schreibblöcke auf der Arbeitsplatte daneben. »Da haben wir's. ›Tarantino's‹.«

Sie hielt ein Stück Papier hoch, und Keely nahm es freudig entgegen. »Danke«, sagte sie. »Vielen, vielen Dank. Das gibt mir einen Ansatzpunkt zum Weitermachen.«

»Kein Problem«, erwiderte Nicole fröhlich strahlend.

»Okay, Abby«, sagte Keely. »Jetzt müssen wir aber wirklich gehen. Wir haben diese netten Leute lange genug belästigt.«

»Wieso denn ›belästigt‹?«, entgegnete Dan.

»Und wirklich, wenn Sie mal jemanden brauchen, der sich um Abby kümmert, rufen Sie einfach an«, wiederholte Nicole. »Ich bin oft Babysitter.«
»Sie ist sehr verantwortungsbewusst«, fügte Dan hinzu.
»Danke«, sagte Keely noch einmal und drückte den Zettel fest an sich. »Wirklich. Für alles.«
»Gern geschehen.« Dan begleitete sie und Abby zurück zur Haustür. »Vielleicht lernen wir Sie ja jetzt besser kennen«, meinte er.
Keely nickte bejahend. Es war sinnlos zu sagen, dass sie vorhatte, keine Sekunde länger als nötig in St. Vincent's Harbor zu bleiben.

22

Kinderwagen nicht gestattet«, verkündete ein handgeschriebenes Schild an der Tür von »Tarantino's Pizza«. *Na schön,* dachte Keely, bückte sich, um Abby auf den Arm zu nehmen, und flüsterte: »Komm.« Den Kinderwagen ließ sie unter einer Markise auf dem Bürgersteig stehen. Als sie die Tür aufstieß, schlugen ihr die Gerüche von Knoblauch, Tomatensoße und geschmolzenem Käse entgegen. An einem der Resopaltische, die über das schmale Restaurant verteilt waren, hockten zwei halbwüchsige Jungen, und in einer Sitznische ein Mann, der in seine Zeitung vertieft war, einen Pappbecher vor sich. Keely schaukelte das Baby sanft im Arm, während sie auf die Theke zumarschierte. Vor der metallenen Doppeltür, die zu den Backsteinöfen führte, war niemand in Sicht. Sie konnte hinten aus der Küche einen lauten Streit hören – eine männliche Stimme und eine weibliche.

Abby wurde quengelig, weil sie herunterwollte, um alles auszukundschaften, aber Keely warf einen Blick auf den schmuddeligen Fußboden und schüttelte den Kopf. »Bleib bei Mami«, sagte sie. Dann schaute sie über die Theke, ob sie irgendjemandes Aufmerksamkeit erregen würde. »Ich mach so schnell wie möglich«, versprach sie. »Hier, spiel damit.« Und sie zog aus ihrer Handtasche eine Kette mit Plastikschlüsseln. Abby begann zufrieden, sie zu schütteln und an ihnen zu kauen.

Das streitende Paar war von Blicken abgeschirmt. Normalerweise hätte Keely höflich gewartet und sich laut genug zu räuspern versucht, um bemerkt zu werden, aber heute fehlte ihr die Geduld dazu. »Hallo«, rief sie. »Kann mir jemand helfen?«

Die Stimmen im Hintergrund verstummten, und dann erschien durch die Küchentür eine kleine, attraktive junge Frau mit schwarzen Locken. Sie trug ein weißes T-Shirt und eine lange weiße Schürze, auf deren Tasche der Name GINA gestickt war. Über Ginas Gesicht zog sich beim Anblick des Babys ein fröhliches Grinsen. »Guten Tag«, sagte sie. »Was darf ich Ihnen bringen?«

Keely holte tief Luft. »Eigentlich, äh, wollte ich gar nichts bestellen. Mein Name ist Keely Weaver. Ich suche Ihren Boten. Ich würde nämlich gern den jungen Mann kennen lernen, der vor ein paar Wochen einem meiner Nachbarn eine Pizza gebracht hat. Könnten Sie feststellen, wer das war?«

Die Frau schien sofort auf Distanz zu gehen. »Einen Moment bitte.« Sie drehte sich um und brüllte in die Küche: »Patsy, komm mal her.«

Ein schlanker dunkelhäutiger Mann erschien. »Was ist?«, fragte er barsch und ohne Keely auch nur anzusehen. »Was willst du?«

Gina neigte ihren Kopf in Keelys Richtung. »Könntest du mit der Lady sprechen? Sie hat sich nach Wade erkundigt.«

Patsy musterte Keely. »Was hat er angestellt?«, fragte er ohne Umschweife.

»Nichts. Nichts hat er angestellt«, versicherte Keely eilig. »Ich wollte ihn nur etwas fragen.«

»Um was geht's?«, verlangte Patsy zu wissen. »Hat das was mit der Polizei zu tun?«

»Nein, durchaus nicht«, beruhigte ihn Keely.

»Wir legen nämlich keinen Wert auf Schwierigkeiten«, sagte Patsy.

»Nein, nichts dergleichen. Es geht darum … einer meiner Nachbarn hat anscheinend eine Pizza bestellt, und der Lieferant tat sich etwas schwer, die Adresse zu finden. Das war am selben Abend, als mein Mann ums Leben kam.«

»Ums Leben kam?«, japste Gina. »Was soll das heißen? Ein Autounfall vielleicht? Hat Wade ihn angefahren oder so? O mein Gott!«

»Nein, nein, der hat nichts damit zu tun. Es ist nur so: Mein Nachbar sagt, ihr Lieferant hätte am falschen Haus geklingelt, und nun frage ich mich, ob er womöglich auch drinnen war. Ich hoffe, er könnte vielleicht etwas gesehen haben … oder jemanden …«

Gina runzelte die Stirn. »Kapier ich nicht. *Was* gesehen?«

Keely errötete. Der Mann und die Frau betrachteten sie inzwischen beide misstrauisch.

»Schauen Sie, das ist etwas rein Persönliches. Was ich ihn fragen möchte, hat nichts mit seinem Job hier zu tun.«

»Er ist nicht da«, antwortete Patsy.

»Wenn Sie mir Ihren Namen hinterlassen …«, bot Gina an, und Patsy warf ihr einen warnenden Blick zu. Aber sie tat, als bemerkte sie das nicht. »Ich kann ihm sagen, er soll Sie anrufen.«

Keely zögerte. Dann hob sie Abby auf den anderen Arm und begann, in ihrer Handtasche nach Stift und Notizblock zu fischen. »Wird er bald da sein?«, fragte sie.

Gina sah kurz zu Patsy, der ihr einen funkelnden Blick zuwarf. »Ich weiß nicht genau«, antwortete sie.

Da klingelte das Türglöckchen, und ein rau wirkender Mann mit wasserstoffblondem Bürstenschnitt kam herein. Er trug ein schwarzes T-Shirt, auf dem in weißen Buchstaben TARANTINO'S PIZZA stand. Durch seine tief liegenden, verschatteten Augen machte er einen verschlagenen Eindruck.

»Bin wieder da«, verkündete er matt und schlurfte zu dem Limonade-Automaten, um ein paar Vierteldollar einzuwerfen. Eine rote Dose klapperte in den Ausgabeschacht. Der Mann ergriff sie, riss die Verschlusslasche auf und trank einen tiefen Schluck. Er warf einen Blick auf Gina und Patsy, die ihm mit wachsamer Miene zusahen. »Was dagegen? Muss mal 'n Moment abhängen.« Er ließ sich in eine der Sitznischen fallen und fuhr sich mit einer Hand übers Gesicht. Sein Unterarm trug eine Tätowierung, aber Keely konnte das Motiv nicht erkennen.

»Ist das Wade?«, fragte sie Gina.

Der Mann und die Frau wechselten einen Blick. Dann sagte Gina: »Hey, Wade. Diese Lady hier sucht dich.«

Wade drehte sich auf seinem Platz herum und blinzelte in Richtung Keely, die immer noch Abby in den Armen hielt. Er hob wie kapitulierend die Hände und schüttelte den Kopf. »Ey Mann, die is' nicht von mir. Ich hab damit nichts zu tun.« Dann lachte er.

Keely ignorierte den pubertären Scherz, und Gina, die derselben Meinung schien, schüttelte mit dem Kopf. »Hey, sie hat eine Frage an dich.«

Patsy brummelte etwas in sich hinein und wandte sich wieder Richtung Küche. »Machen Sie's kurz«, brüllte er. »Ich hab Pizzas, die müssen ausgeliefert werden.«

Wade trank glucksend seine Limonade und knallte die Dose dann auf den Tisch. »Was wollen Sie von mir, Lady? Ich mach grad Pause. Was gibt's? Haben Sie Pepperoni statt Vegetale gekriegt?«

Keely sah ein, dass sie ihr Glück probieren müsste. »Vor ein paar Wochen«, fing sie an, »haben Sie in meiner Nachbarschaft eine Pizza geliefert. Ich wohne abseits vom Cedarmill Boulevard. Das Mädchen von gegenüber hatte an diesem Abend eine Pizza bestellt und sagt, der Lieferant hätte sich in den Adressen vertan und wäre zuerst zum falschen Haus gegangen.«

»Na und? War die Pizza kalt?« Er schüttelte den Kopf. »Leute wie ihr bringen mich noch um.«

Abby zog an einer Haarsträhne ihrer Mutter und krähte. Keely tätschelte sie beruhigend. Dann fragte sie weiter: »An diesem Abend geschah in meinem Haus ein Unfall. Mein Mann … ertrank im Swimmingpool. Ich frage mich, wieso die Tür dorthin offen stand …«

»Ich weiß nichts von Ihrem Pool«, knurrte Wade.

»Oh, davon hab ich doch in den Nachrichten gehört«, sagte Gina und schien in ihrem Gedächtnis nach Einzelheiten zu kramen. »Wirklich sträflich.«

»Ich will damit nicht andeuten«, erklärte Keely vorsichtshalber, »Sie hätten irgendetwas damit zu tun. Ich dachte nur, falls Sie versehentlich an meinem Haus hielten, dann …«

»Warum sollte ich bei Ihrem Haus gehalten haben?«, fragte Wade herausfordernd.

»Oft werden unsere Adressen verwechselt, die von diesen Nachbarn und meine«, sagte Keely. »Wir haben nämlich ähnliche Namen und Hausnummern. Wir heißen Weaver, die heißen Warner …«

Wade winkte ungeduldig ab. »Kommen Sie auf den Punkt.«

»Ich möchte wissen, falls Sie dort angehalten haben, ob Ihnen irgendetwas auffiel. Irgendjemand.«

»Wer denn?«, rief er. »Von was reden Sie eigentlich?«

Keely sank das Herz. Das war nicht der hellste Bursche. »Ich weiß nicht genau. Ein fremdes Auto in der Einfahrt, vielleicht. Erinnern Sie sich an diesen Abend, als Sie das falsche Haus anfuhren?«

»Weiß nicht. Ich hab seitdem ’ne Million Pizzas ausgeliefert. Wann soll’n das gewesen sein? Welches Haus sind Sie denn?«

Keely nannte ihm Datum und Adresse und versuchte, ihm nach besten Kräften ihr Haus zu beschreiben. Eine Sekunde lang glaubte sie, den Funken der Erinnerung in seinen Augen aufleuchten zu sehen. »Entsinnen Sie sich?«, fragte sie hoffnungsvoll.

Aber sofort wurde Wade ausweichend. »Weiß nicht genau. Hätte jedes Haus sein können. Erinnere mich nicht mehr.«

Keely seufzte. »Tja, jemand hat diese Tür zum Pool offen gelassen. Ich bin sicher, es war ein Unfall, aber ich muss einfach wissen, wie es passiert ist.«

»Haben Sie schon Ihre Freunde und Bekannten gefragt? Vielleicht kam ja jemand zu Besuch?«, versuchte Gina zu helfen, während Wades kalter, träger Blick über Keely flackerte.

»Ich habe jeden gefragt, der mir nur einfiel«, antwortete Keely. »Mein Mann war Rechtsanwalt. Ich dachte, es könnte ein Mandant gewesen sein, aber das war eine Sackgasse.«

»Wieso ist es denn so wichtig, warum die Tür offen stand?«, erkundigte sich Gina.

Keely wählte ihre Worte behutsam. »Die Schuld an dem Unfall wurde meinem Sohn gegeben, und er ... er ist deswegen völlig fertig. Er war es nicht, der die Tür offen ließ.«

Gina nickte. »Oh. Das ist hart.«

»Sie sagen, er is' ertrunken, Ihr Mann? Also tot?«, fragte Wade.

»Ja«, antwortete Keely ruhig.

»Und Sie wollen wissen, ob er an diesem Abend Gesellschaft hatte?«

»Ich muss es wissen«, bekräftigte Keely.

Wade nickte und klopfte mit seinem Finger auf die Coladose vor ihm. »Gibt es eine Belohnung?«

»Hey, du Dumpfbacke«, warf Gina erbost ein. »Hilf der Lady gefälligst.«

Wade seufzte und schüttelte den Kopf. »Tut mir Leid«, sagte er unschuldsvoll. »Ich weiß gar nichts.«

»Ich wäre bereit, für die Information … eine Belohnung zu zahlen«, erklärte Keely.

Wade betrachtete sie mit zusammengekniffenen Augen. »Geben Sie mir Ihre Nummer. Falls mir was einfällt, kann ich Sie anrufen.«

Keely zögerte. Sie wollte mit diesem zwielichtigen Typen nichts zu tun haben und verabscheute den Gedanken, ihm Namen und Telefonnummer in die Hand zu geben. Aber vielleicht wusste er ja etwas, das er vor seinen Arbeitgebern nicht verraten wollte. Widerstrebend notierte sie die Daten und reichte sie ihm.

Patsy Tarantino begann hinten in der Küche Wades Namen zu brüllen. »Ich hab hier Sachen zum Ausliefern«, rief er.

»Schon gut, schon gut«, brummte Wade. »Bleib bloß auf'm Teppich, verdammt.« Er schleuderte die Coladose durch den Schwingdeckel des Abfalleimers und marschierte in den hinteren Bereich des Lokals.

Keely sah zu der Küchentür, durch die er verschwand. Dann sprach sie leise mit Gina. »Ich mache mir ein bisschen Sorgen, weil er meine Telefonnummer hat«, sagte sie.

Seufzend wich Gina Keelys beunruhigtem Blick aus. »Nur keine Bange. Das ist schon okay.«

»Allzu sicher klingen Sie aber nicht«, bemerkte Keely.

»Na ja, ich will Sie nicht anlügen. Er hatte schon mal ein paar Probleme. War eine Zeit lang im Knast.«

»Großer Gott!«, stöhnte Keely.

»Ich wollte nicht, dass Patsy ihn einstellt, aber er ist der Freund von 'nem Freund, wenn Sie verstehen, was ich meine. Jemand, dem wir einen Gefallen schuldig sind. Und wir brauchten einen Fahrer. So weit ist er okay.«

»Was hat er denn ausgefressen?«, fragte Keely. »Ich meine, weshalb war er in Haft?«

»Oh, das hab ich vergessen. Aber keine Angst. Nicht wegen Mord oder Vergewaltigung oder so. Sonst würden wir ihn den Leuten nicht ins Haus schicken.«

»Das will ich hoffen«, sagte Keely.

»Ich glaube, es hatte was mit Drogen zu tun. Na, viel Glück jedenfalls. Ich wünsche Ihnen, dass Sie finden, wonach Sie suchen.«

Keely bedankte sich und trug Abby nach draußen in den Kinderwagen. Sie überquerte den Parkplatz, auf dem ihr kleines Geländemobil stand. Als sie die Heckklappe öffnete, um den Kinderwagen zu verstauen, entdeckte sie das Lieferfahrzeug der Pizzeria in einer Parkverbotszone. Der Wagen wartete im Leerlauf, doch sobald Keely hinsah, wurde der Gang eingelegt, er wendete mit quietschenden Reifen und gab sogar noch Gas, während er vom dem Parkplatz preschte.

23

Du *armes Ding,* dachte Keely und drückte ihre Lippen auf Abbys Kopf, während sie wartete, dass ihre Exschwiegermutter die Tür öffnen würde. *Du wirst unser eigenes Haus nicht wiedererkennen.* Sie betätigte den Summer noch einmal. *Komm schon, Ingrid,* dachte sie. *Ich muss weiter.* Keely wollte rechtzeitig hinüber ins Blenheim-Institut, um vor ihrem Besuch bei Dylan mit dem Arzt sprechen zu können. Sie presste ihren Finger auf den Summer, doch niemand reagierte.

Sie runzelte die Stirn. Ingrids Auto stand in der Einfahrt. Es sah ihr nicht ähnlich, etwas zu versprechen und dann nicht da zu sein. Keely drehte den Türknauf, öffnete und streckte ihren Kopf durch den Spalt. »Ingrid?« Abbys Spielzeug lag wie üblich schon bereit, und das Licht brannte, aber der Fernseher war nicht eingeschaltet. Es sah aus, als würde Ingrid sie erwarten. Nur von ihr selbst fehlte jede Spur. Keely hob Abby auf ihren Arm und trat ein. »Ingrid? Ich bin's, Keely. Bist du da?«

Sie zögerte. Plötzlich machte sie sich Sorgen. Ingrid hatte in letzter Zeit nicht allzu gut ausgesehen. Ein-, zweimal sogar ziemlich blass und verschwitzt. *Aber sie hätte doch angerufen, wenn sie krank wäre,* dachte Keely. *Vielleicht ist sie bei einer Nachbarin.*

Sie zog die Gardine zurück und sah zu den anderen Häusern dieser Straße. Hinter den Jalousien gingen Lichter an, während das abendliche Dunkel tiefer wurde. Da, urplötz-

lich, hörte Keely aus Richtung des Badezimmers ein ersticktes, würgendes Geräusch. »Ingrid«, rief sie. Das Geräusch ertönte abermals, und dann rauschte die Toilettenspülung. Keely hatte das Gefühl, sie sollte Ingrid zu Hilfe eilen, doch sie wollte ihre Exschwiegermutter nicht in einer unangenehmen Situation überraschen. Beklommen wartete sie im Wohnzimmer und rief nach hinten: »Ingrid, alles in Ordnung?«
Keine Antwort. Erst eine Minute später hörte sie schlurfende Schritte auf dem Flur, und langsam kam Ingrid ins Wohnzimmer. Sie klammerte sich an eine Sessellehne.
»Ingrid«, sagte Keely bestürzt. »Was ist los?«
Ingrids Gesicht war aschfahl. »Ich glaube, ich kann heute Abend nicht auf Abby aufpassen«, keuchte sie.
Keely runzelte die Stirn. »Was ist denn? Du siehst ja schrecklich aus.«
Ingrid schüttelte den Kopf, und ihr Kinn zitterte. »Tut mir Leid. Es geht mir gegen den Strich, dich zu enttäuschen, aber … ich bin einfach nicht ganz auf dem Damm. Ich weiß, du willst Dylan besuchen …«
»Das macht nichts«, beruhigte sie Keely, wusste jedoch nicht, was sie jetzt tun sollte. Dann fiel ihr Nicole Warner ein. »Ich kann das junge Mädchen aus unserer Straße bitten. Sie wohnt uns beinahe gegenüber«, dachte sie laut nach. »Angeblich würde sie liebend gern für mich babysitten.«
»Gut«, sagte Ingrid geistesabwesend. Dann schnappte sie nach Luft und krümmte sich zusammen.
Keely setzte Abby ab, um der alten Frau zu Hilfe zu eilen. »Was ist los? Was fehlt dir? Kannst du laufen?«
Mit der einen Hand ihren Unterleib umklammernd, mit der anderen die Rücklehne des Sessels, richtete Ingrid sich auf. Ihr Gesicht war kreideweiß, und Schweißtropfen standen ihr auf der Stirn. Sie gab Keely ein Zeichen, auf Distanz

zu bleiben. »Das geht schon. Jetzt los. Du musst dich beeilen.« Und keuchend leckte sie sich über die Lippen. Selbst in der schwachen Beleuchtung des Zimmers konnte Keely Blut auf Ingrids Zähnen erkennen.

Der Raum, in dem sich Dylan im Blenheim-Institut befand, sah aus wie eine Mischung zwischen Studentenbude und Gefängniszelle. Es gab ein einzelnes Bett mit orangefarbener Leinenwäsche, einen Schreibtisch und ein in diskretem Metallgrau gestrichenes Fenstergitter. Die einzige Ähnlichkeit mit einem Krankenhauszimmer bestand in dem Bad, gleich rechts hinter dem Eingang. Eine Einkaufstüte in der Hand, blieb Keely unter der Tür stehen. Beim Anblick der Gitterstäbe krampfte sich ihr Herz zusammen, und sie musste sich anstrengen, um einen neutralen Gesichtsausdruck zu bewahren, als sie ihren Sohn dort auf der Bettkante sah: voll angezogen, mit tiefen Ringen unter den Augen und einem Verband um den Hals.

Sein Blick wirkte bekümmert, als er zu ihr aufschaute.

»Hi, Sweetie«, sagte Keely. Sie trat in das Zimmer, beugte sich zu ihm hinab, küsste ihn und setzte sich behutsam neben ihn aufs Bett.

»Ach, du bist's«, flüsterte er mit heiserer Stimme.

Keely versuchte, seine Bemerkung nicht persönlich zu nehmen.

»Es ist so schön, dich zu sehen«, sagte sie, »munter und auf den Beinen.« Am liebsten hätte sie ihn in die Arme genommen, merkte aber an der Art, wie er dasaß, dass er sich unsicher und zerbrechlich fühlte. *Alles zu seiner Zeit,* ermahnte sie sich. *Lass ihm ein bisschen Spielraum.* »Tut mir Leid, dass ich so spät komme. Hat man dir meinen Anruf ausgerichtet?«

»Nein«, antwortete er dumpf.

»Oma ist krank geworden. Ich hab sie zum Arzt gebracht. Wurde dir das nicht gesagt?«

Dylan schüttelte den Kopf. »Ich dachte, du hättest mich vergessen.«

»Natürlich *nicht«,* erwiderte Keely.

»Und Oma? So weit alles okay?«

»Sie wird wieder. Nur … ein … eine starke Unverträglichkeit auf irgendein Medikament, das sie einnimmt. Sie haben dir nichts gesagt?«

Dylan zuckte mit den Schultern. »Nein. Bist du sicher, dass ihr nichts weiter fehlt?«

»Ja«, beteuerte Keely noch einmal. »Verdammt. Ich habe sie doch gebeten, es dir auszurichten.«

Er schien außerstande, ihre Empörung zu teilen. »Hast du mir meine Sachen mitgebracht?«, fragte er.

Keely seufzte. »Ich hab dir mitgebracht, was erlaubt ist. Eigene Lebensmittel und der CD-Spieler sind verboten, aber deinen Discman hab ich dabei.«

»Danke«, antwortete Dylan.

»War der Arzt schon bei dir?«, fragte sie.

»Dr. Stover? Ja.«

»Und, wie war's?«

»Er ist okay.«

»Ich möchte unbedingt mit ihm sprechen«, sagte Keely. »Ich habe gehofft, ich würde ihn heute Abend treffen, aber dann, die Geschichte mit Oma … Vielleicht morgen.«

»Wann darf ich heim?«, fragte Dylan.

Keely machte ein bedrücktes Gesicht.

Sie hatte Lucas am Telefon alles über den Besuch der Sozialarbeiterin und deren giftige Andeutungen erzählt. Lucas versicherte ihr zwar, er werde Himmel und Hölle in Bewegung setzen, um Dylan wieder nach Hause zu bekommen, aber Keely hatte dennoch das Gefühl, genau solche

Anstrengungen würden auch nötig sein, um dieses Ziel zu erreichen.

»Bald«, antwortete sie vage. »Wann, weiß ich nicht genau. Morgen, wenn ich mich mit dem Arzt treffe, werde ich mehr erfahren.«

Dylan nickte hoffnungslos.

»Schatz, sie müssen dich ein Weilchen beobachten. Sie müssen sich vergewissern, dass du …«

»Es nicht noch mal tust«, sagte er geradeheraus.

Keely wollte diese Bemerkung schon vom Tisch fegen, so tun, als ob es nicht stimme, da dachte sie plötzlich: *Wem willst du hier eigentlich etwas vormachen?* »Richtig«, bestätigte sie. »Dieses Mal haben wir noch Glück gehabt.«

»Ich werd's nicht wieder tun«, versicherte er müde.

»Es geht auch nicht nur um dich, Dylan. Sie meinen, ich hätte meine Pflicht vernachlässigt … auf dich aufzupassen.«

»Es ist nicht deine Schuld …«

»Doch, Dylan, ist es. Und das wissen wir beide. Ich habe dich vernachlässigt. Ich war so versunken in mein eigenes … Unglück und – ich hätte dich verlieren können. Es *ist* meine Schuld.«

Dylan widersprach nicht, und ein bedrücktes Schweigen senkte sich herab.

Keely war zumute, als läge ihr eine Zentnerlast auf der Brust. *Er gibt mir die Schuld,* dachte sie. *Ja, er gibt mir die Schuld. Er wird mir nie wieder vertrauen, egal, was ich tue. Er wird immer daran denken, dass ich ihm nicht zugehört habe. Dass er sich nicht auf mich verlassen konnte …*

»Hast du schon etwas rausgefunden?«, fragte er unvermittelt. »Wegen der Tür zum Pool?«

Keely sah ihn an und fühlte Dankbarkeit ihr Herz durchströmen. Dankbarkeit, dass sich das Vertrauen ihres Kindes zurückgewinnen ließ. »Ich arbeite daran. Ich hab den ganzen Tag damit zugebracht. Irgendwer wird mir die Antwort geben. Je mehr ich darüber nachdenke, desto sicherer bin ich, dass jemand anderer die Tür geöffnet hat, nicht Mark. Er wäre nie so unaufmerksam gewesen. Weißt du, dass ich sie heute schon wieder offen fand, diese Tür?«

»Wie ist denn das passiert?«

»Es war Evelyn Connelly von nebenan. Sie hat einen Tennisball gesucht, den sie den Hunden zugeworfen hatte, und ließ die Pooltür hinter sich offen.«

»Sieht ihr ähnlich, der alten Schreckschraube. Vielleicht hat sie an diesem Abend dasselbe gemacht.«

Keely seufzte. »Daran hab ich auch schon gedacht. Sie streitet es ab.«

Dylan seufzte ebenfalls. Er schien hoffnungslos. »Du wirst es nie herausfinden.«

Keely fasste ihn an den Schultern. »Wirf die Flinte nicht gleich ins Korn. Ich werde nicht aufgeben. Nie.«

Dylan nickte so, als hätte er das Interesse verloren. »Was macht Abby?«

»Der geht's gut, Schatz. Sie vermisst ihren Bruder.«

»O ja, sicher«, höhnte er, aber ein flüchtiges Lächeln erhellte sein Gesicht.

»Heute Abend passt Nicole Warner auf sie auf. Weil Oma krank ist.«

»Nicole Warner?«, sagte er ungläubig.

»Du kennst sie?«, fragte Keely.

Dylan zuckte mit den Schultern. »Ich weiß, wer sie ist.«

»Das Mädchen macht einen sehr netten Eindruck. Sie hat sich als Babysitterin angeboten, und sie macht sich große Sorgen um dich.«

»Die hält mich doch für voll durchgeknallt.«

»Das ist nicht wahr.«

»Aber klar. Ich bin doch hier in der Klapsmühle. Die haben

mich sogar unter Drogen gesetzt. ›Stimmungsaufheller‹. Klingt cool, was? Zum Schalter gehen, Licht anknipsen und schwups.«

»Wer hat dir das verordnet? Dr. Stover?«

Dylan nickte.

»Dieser Sache werde ich auf den Grund gehen«, versicherte Keely grimmig, und dann ließ ein gellender Schrei aus dem Gang sie zusammenfahren. Sie riss den Kopf herum.

»Ach, das ist ganz normal hier«, sagte Dylan – in nur acht Stunden zum weltmüden Veteranen geworden. »Wir sind schließlich in der Klapse.«

»In Dr. Stovers Praxis hat man behauptet, auf dieser Etage wären nur Jugendliche«, protestierte Keely.

»Klar, verrückte Jugendliche«, bejahte er. »Die meisten sind, glaube ich, Drogenjunkies auf Entzug und magersüchtige Mädchen.«

»Du gehörst nicht hierher. Ich werde dich hier rausholen, Schatz. Das schwöre ich dir.« Sie sagte es, obwohl sie nicht wusste, wie sie dies bewerkstelligen sollte. »Konzentrier du dich nur aufs Gesundwerden, damit es dir bald wieder besser geht.«

Ein scharfes Klopfen ertönte an der Tür, und ein grün gekleideter Pfleger streckte den Kopf herein. »Besuchszeit zu Ende«, rief er.

»Wie verbringst du heute den Abend?«, fragte Keely, während sie ihre Handtasche an sich nahm. »Mit Musikhören?«

»Vielleicht schau ich mir im Gemeinschaftsraum 'n Film an, mit den anderen Bekloppten.«

»Rede nicht so, Schatz«, bat Keely in flehendem Ton.

»Ach, die meisten scheinen gar nicht so schlimm. Es sind nur ein paar Schreihälse.«

»Okay, Liebling«, sagte sie und umarmte ihn leicht. »Morgen komm ich wieder.«

»Ist schon recht«, antwortete er.

Keely reckte beim Hinausgehen den Daumen hoch, um ihn zu ermuntern. Doch ihr Lächeln verflog, sobald sie aus seinem Zimmer gegangen war. Sie erkundigte sich am Stationsschalter, ob irgendeine Möglichkeit bestünde, Dr. Stover jetzt noch zu sprechen.

Die Schwester, die dort Dienst tat, betrachtete sie ausdruckslos. »Der ist weg für heute«, sagte sie. »Sie können ihm auf der Mailbox eine Nachricht hinterlassen. Dr. Stover oder sonst jemand ruft Sie dann zurück. Für Notfälle haben wir auch Bereitschaftsärzte. Geht es um einen Notfall?«

Keely starrte die Schwester an und hatte angesichts dieser Bürokratie das Gefühl, als stünde sie vor einer Mauer. *Vorsicht jetzt,* ermahnte sie sich. *Bloß nicht mehr Wellen schlagen als unbedingt nötig. Geht es um einen Notfall? Nein,* dachte sie. *Nicht für jemand Außenstehenden. Nur für mich – für mich bricht meine ganze Welt zusammen.*

24

Ein unnachgiebiger Regen und das Rollen des Donners folgten Keely vom Blenheim-Institut nach Hause. Nicole begrüßte sie fröhlich und versicherte ihr, Abby sei ein wahrer Engel gewesen. Keely bedankte sich und bezahlte das Mädchen nach Stundensatz. Sie bestand darauf, dass die protestierende Nicole sich für ihren Heimweg durch den Regen einen Schirm ausleihen müsse – einen schwarzen, dessen Innenseite blauen Himmel und weiße Wolken zeigte. Dann beobachtete sie von der Haustürschwelle, wie das Mädchen vergnügt die Einfahrt hinunterging und ihr kurzer blonder Pferdeschwanz im Takt mit dem Schirm hüpfte, ein Tupfen Gold in der Dunkelheit.

Sobald sie außer Sicht war, brachte Keely Abby, die Nicole bereits fürs Bett angezogen hatte, in das Kinderzimmer, setzte sich mit ihr in den Schaukelstuhl und sang ihr leise etwas vor. In wenigen Minuten hörte sie das bebende Seufzen, das signalisierte, dass die Kleine eingeschlafen war. Keely blieb sitzen, allein in dem dunklen Zimmer, in ihrem Schaukelstuhl, und genoss das Schlagen des Herzens von Abby an ihrem eigenen. Sie lehnte den Kopf gegen die gepolsterte Rücklehne und schloss ihre Augen.

Da klingelte es an der Haustür. Keely schrak auf und hielt Abby die Ohren zu. Vorsichtig legte sie das schlafende Kind in sein Bettchen und eilte durch das unbeleuchtete Vestibül, während die Klingel neuerlich schrillte. *Schluss damit,* dachte sie, *du machst noch die Kleine wach,* und riss die Tür auf.

Der Regen hatte aufgehört. Es war eine klare Nacht, und ein mächtiger gelber Mond hing tief am Himmel. Der Mann auf der Schwelle starrte Keely mit dunklen, schwerlidrigen Augen ins Gesicht. Seine blonden Haarspitzen standen über dem schwarzen Ansatz hoch wie der Streifen eines Stinktiers, und die Pockennarben seiner Gesichtshaut wirkten im Mondschein wie Krater. Er rauchte eine Zigarette. Als Keely die Tür aufmachte, schnippte er die Kippe in die Büsche neben dem Vortreppchen. Keely starrte zu ihm hinaus.

»Erinnern Sie sich noch an mich?«, fragte er. Und als sie keine Antwort gab, fügte er hinzu: »Wade Rovere. Von der Pizzeria.«

»Ich weiß, wer Sie sind«, erwiderte sie, und das Herz hämmerte ihr in der Brust. Es schien fast, als sei er als Antwort auf ihre Gedanken vor ihrer Tür erschienen. »Freut mich, Sie zu sehen«, sagte sie ehrlich. »Ist Ihnen noch etwas eingefallen?«

»Na ja, kann sein«, antwortete er ausweichend.

»Kann sein?«, wiederholte Keely.

Und plötzlich wurde sie wachsam. So antwortete niemand, der bemüht war, zu helfen. »Ich würde gern auf Spielchen verzichten«, erklärte sie kalt. »Mir liegt sehr viel an dieser Sache.«

Er schwieg einen Moment. Dann sagte er: »Wie viel?«

»Bitte?«, fragte Keely einsilbig. »Was soll das heißen? Sehr viel.«

»Wollen Sie mich nicht reinlassen?«

Keely zögerte. Plötzlich wurde ihr klar, wie allein und isoliert sie hier war. Ihr fiel wieder ein, dass dieser Mann eine Gefängnisstrafe hinter sich hatte. *Zu spät, um sich darum jetzt*

Sorgen zu machen, dachte sie und sagte knapp: »Treten Sie ein.«
Wade schlenderte an ihr vorbei ins Haus. Er sah sich im Wohnzimmer um, nahm dabei eine Silberschale vom Tisch, drehte sie auf den Kopf, um den Feingehaltsstempel zu lesen, und begutachtete auch das Gemälde über dem Kamin. Mit zusammengekniffenen Augen versuchte er, die Signatur zu entziffern. Dann sah er über seine Schulter zu Keely.
»Ist das echt?«, fragte er, mit einem Daumen auf das Bild deutend.
Keely runzelte die Stirn. Es war ein gerahmtes Aquarell, das sie und Richard vor langer Zeit auf einem Freiluftkunstmarkt gekauft hatten. »Ja, es ist echt«, antwortete sie.
»Berühmter Künstler?«
»Nein«, erwiderte Keely gereizt. »Ich hab's an einem Straßenstand erworben.«
Wade schnaubte verächtlich. »Okay.«
»Möchten Sie sich nicht setzen, Mr. Rovere?«
»Sagen Sie einfach Wade zu mir.«
Nun, da sie ihn ins Haus gelassen hatte, dachte Keely erneut, welche Dummheit das war. Wie sollte sie ihn je wieder hinauskriegen, falls er nicht freiwillig ging? *Ruhig bleiben,* ermahnte sie sich. *Du bist nun mal auf ihn angewiesen. Stell fest, was er zu sagen hat.* »Hören Sie ... Wade. Falls Sie irgendwelche Informationen besitzen, dann würde es mich interessieren, sie zu erfahren«, sagte sie. »Ich wäre sehr dankbar für alles, was Sie mir zu der Sache erzählen können.«
Wade machte schon Anstalten, in einem damastgestreiften Sessel Platz zu nehmen, verharrte jedoch und ließ sein Hinterteil über dem Sitzpolster schweben. »Was dagegen?«, fragte er.
Keely schüttelte den Kopf. Er setzte sich, zog dann eine

Zigarette heraus und zündete sie an, ohne nach Keelys Einverständnis zu fragen. Als er die Streichholzflamme ausgeblasen hatte, sah er sich nach einem Aschenbecher um. Einen ungeduldigen Seufzer unterdrückend, fand Keely in einem Buchregal einen alten blau-weißen Porzellanaschenbecher und reichte ihn Wade, woraufhin dieser, mit einem Seufzer seinerseits, sich behaglich in seinem Sessel zurücklehnte. »Nettes Haus«, meinte er kopfnickend. »Wette, so was kostet 'ne Stange Geld.«

Keely verschränkte ihre Arme vor der Brust, ohne sich zu setzen. »Kommt Ihnen dieses Haus bekannt vor? Von dem Abend, an dem mein Mann ertrank?«, drängte sie ihn. »War es dieses Haus, wo Sie zuerst anhielten?«

Wade blies einen Rauchkringel und sah ihm beim Aufsteigen zu. Dann grinste er, aber mit kalten, ausdruckslosen Augen. »E-hm«, machte er bejahend.

Keely spürte einen freudigen Schock. »Dann waren Sie also wirklich hier. Haben Sie denn auch angeklopft? Haben Sie meinen Mann zu Gesicht bekommen?«

»Großer schlanker Typ, gut aussehend. Trug so 'ne Art Banker-Hemd, ohne Krawatte.«

»Das stimmt«, rief Keely atemlos. »Sie haben ihn also gesehen.«

»Jawohl, hab ich.«

»Und vielleicht sonst noch jemanden? War irgendjemand bei ihm? Als ich wegfuhr, stand nur ein Wagen in der Einfahrt – ein silberfarbener Lexus. Sind Ihnen irgendwelche anderen Autos aufgefallen? Schon eine Beschreibung des Wagens in der Einfahrt könnte möglicherweise helfen. Sie wirken wie jemand, der viel von Autos versteht …«

»Sachte, sachte«, bat er. »Nicht so hastig.«

»Tut mir Leid«, murmelte Keely beflissen, ihm zu gehorchen. »Was wollten Sie gerade sagen?«

»Ich weiß, was Sie wollen, Lady. Und, jawohl, ich hab es sogar.« Keely fühlte erneut, wie ihr Herz zu hämmern begann. *O Gott,* dachte sie und ging im Geist bereits einen Schritt weiter: Sie malte sich aus, wie sie es Dylan berichten könnte, um ihr Vertrauen in ihn zu beweisen, um das, was sie wusste, Maureen Chase ins Gesicht zu schleudern und der Welt ein für alle Mal zu zeigen, dass Dylan keine Schuld traf.

»Bitte ... Wade. Sie können sich nicht vorstellen, wie wichtig das für mich ist.«

»Na ja ...« Er lehnte sich nach vorn, legte seine Unterarme auf die Schenkel und kniff ein Auge gegen den Rauch zu. »Nur gibt's da ein kleines Problem.«

Keely sah ihn misstrauisch an. »Was für ein Problem?«

Er verzog das Gesicht, als würde ihm allein schon der Gedanke wehtun. »Es ist eben dieses Gefühl, als müsste ich ... hm ... eine Vergütung dafür kriegen, wenn Sie wissen, was ich meine.«

Es dauerte einen Moment, bis Keely seine Absichten begriff. »Ich soll Sie dafür bezahlen?«, fragte sie.

Wade nickte und nahm einen gewaltigen Zug an seiner Zigarette, bevor er sie im Aschenbecher zerdrückte. »Ja«, sagte er und stieß eine Rauchwolke aus. »Genau daran hab ich gedacht.«

Keely machte fest die Augen zu und versuchte, ihre Wut nicht zu zeigen. *Weshalb erstaunt mich das nicht?*, fragte sie sich. *Er redete schon in der Pizzeria von einer Belohnung.* Sie hatte das Gefühl, sein Zigarettenqualm bliebe ihr im Hals stecken. War es nicht eine Art Verbrechen, Leute für solche Informationen zahlen zu lassen? Erpressung, ja. Sie kannte zwar trotz ihrer Ehe mit einem Anwalt nicht die juristischen Einzelheiten, aber so viel durfte sie behaupten, und wenn sie es sagte, würde es sogar überzeugend klingen.

Eine Sekunde dachte sie daran, mit einem Anruf bei der Polizei zu drohen, aber sie besann sich eines Besseren. Dieser Kerl hatte eine Weile im Gefängnis gesessen. Jede Erwähnung von Polizei wäre ein rotes Tuch für ihn. Dabei konnte nichts Gutes herauskommen, ja, vielleicht würde es ihn so sehr alarmieren, dass er jegliches Wissen abstritt. Und wer konnte ihm das Gegenteil beweisen? Letzten Endes war die Polizei nicht auf irgendwelche Informationen zu Marks Tod aus. Sie, Keely selbst, war die Einzige, die auch nur daran glaubte, dass es darüber mehr zu erfahren gab.
»Na gut«, erwiderte sie gefasst, obwohl sie sich klamm und zittrig fühlte. »Ich habe tatsächlich etwas von einer Belohnung gesagt. Es wäre wohl … nur recht und billig, Sie für Ihre Mühe … zu bezahlen. Lassen Sie mich mein Scheckheft holen.«
»Nein, nein«, entgegnete er. »Keine Schecks. Cash.«
Keely riss verblüfft die Augen auf. »Ich habe etwa hundert Dollar in meiner Brieftasche. Würde das reichen?«
Wade bekam einen Hustenanfall. Dann blickte er verdattert zu ihr auf. »Hundert Dollar.« Er schüttelte den Kopf. »Nein. Das würde absolut nicht reichen. Ich dachte mehr an … fünf Riesen. Wahrscheinlich müssen Sie auf Ihre Bank, um das Geld zu besorgen.«
»Fünftausend Dollar? Sind Sie übergeschnappt?«, rief Keely.
»Das ist der Preis«, antwortete er mürrisch und griff nach einer neuen Zigarette in seine Tasche.
Ohne nachzudenken, riss Keely ihm die Packung aus der Hand. »In meinem Haus wird nicht geraucht«, schrie sie.
Wade sprang aus dem Sessel und packte sie am Handgelenk. »Geben Sie mir die wieder«, befahl er.
Sein Gesicht war so dicht an ihrem, dass Keely seine Alkoholfahne riechen konnte. Seine Augen blitzten.

»Na schön«, sagte sie. »Da.« Sie gab ihm die Zigarettenpackung, und er ließ Keelys Handgelenk los, um sich die Schachtel in die Hemdtasche zu stopfen.
Keely wollte nicht zeigen, dass er ihr einen Schreck eingejagt hatte. Sie versuchte, ruhig zu bleiben. »Also, hören wir einmal Ihre angeblichen Informationen«, forderte sie ihn auf.
Wade schüttelte den Kopf. »O nein. Dann zahlen Sie mich nie.«
»Dann bezahle ich Sie *vielleicht* nie. Punkt«, erklärte sie.
Er zuckte mit den Schultern. »Wenn Sie's auf *die* Tour wollen. Sieht aus, als hätte Ihr Mann Ihnen ein warmes Nestchen hinterlassen. Aber wenn Sie keinen von diesen kostbaren Dollars entbehren können, um rauszufinden, was passiert ist ...«
»Versuchen Sie nicht, mich unter Druck zu setzen«, sagte Keely. »Woher soll ich wissen, dass Sie sich nicht etwas aus den Fingern saugen?«
»Ich sagte Ihnen doch: Ich hab ihn gesehen. Nicht wahr?«
Keely nickte bei dem Gedanken an Mark in seinem Bürohemd ohne Krawatte.
»Ja«, erwiderte sie bedächtig. »Aber vielleicht war das auch schon alles.«
»Ganz wie Sie wollen«, sagte Wade ärgerlich und marschierte Richtung Tür.
»Das ist habgierig und ekelhaft. Niemand wird Ihnen fünftausend Dollar zahlen«, sagte Keely.
»Da würd ich nicht drauf wetten«, meinte er. »Ich hab noch andere Möglichkeiten.«
Sie stürzte zur Tür, um ihm den Weg zu verbauen. »Augenblick!«, rief sie, und plötzlich wurde ihr klar, wie sie am besten abschneiden würde. »Hören Sie. Was Sie machen, ist ungesetzlich. Ungesetzlich und strafbar. Aber ich leugne

nicht, dass ich die Information haben will. Versuchen wir also, uns zu einigen, vernünftig zu einigen.«
Wade fasste sie prüfend ins Auge, während er im Geist die Alternativen abwog. Dann schüttelte er den Kopf. »Nein. Es war ein Fehler, zuerst zu Ihnen zu kommen. Ich hab nur versucht, nett zu sein.«
»Nett?«, schrie Keely.
»Los, aus dem Weg«, befahl er. Und ehe sie sich's versah, hatte Wade einen Arm erhoben. Er stieß sie von der Tür fort wie eine Puppe, Keely stolperte gegen den kleinen Flurtisch, und eine Blumenvase fiel zu Boden. Während Wade aus der Tür stürmte, landete Keely in einer Pfütze Blumenwasser und einem Scherbenhaufen. Sie rang einige Sekunden nach Luft, von dem Schlag und dem Schrecken außer Atem.
Da merkte sie plötzlich, dass jemand auf der Schwelle stand. Einen Moment empfand sie eine merkwürdige Mischung aus Hoffnung und Furcht, Wade könne kehrtgemacht haben. Als sie aber aufblickte, sah sie Dan Warner. Er hielt einen zusammengeklappten schwarzen Regenschirm in der Hand und schaute auf Keely herab. In den Falten des Schirms war ein Fleck blauen Himmels erkennbar. »Keely!«, rief Dan, während er den Schirm in den Ständer neben der Tür stellte. Er ging neben Keely in die Hocke und versuchte, ihr auf die Beine zu helfen. Aber sie schüttelte ihn ab. Sie hatte eine unerklärliche Wut auf ihren hilfsbereiten Nachbarn. Sie dachte bereits darüber nach, wie sie ihre Worte gegenüber Wade zurücknehmen, wie sie ihm den geforderten Preis zahlen könnte – jeden Preis.
»Nichts passiert«, sagte sie beim Aufstehen.
»Ich bin gekommen, um diesen Schirm zurückzubringen. Ich habe den Burschen wegrennen sehen.«
»Alles in Ordnung. Wirklich.«

»Was war hier los?«, fragte er.
»Bitte – ich möchte darüber nicht diskutieren.«
Dan runzelte die Stirn. »Sie sind ja weiß wie ein Laken«, sagte er streng. »Los. Setzen Sie sich dorthin.«
Keely ärgerte sich über sein Auftauchen. »Ich brauche keine Hilfe«, erwiderte sie.
»Lassen Sie mich zumindest dieses Schlamassel hier aufräumen«, sagte er. »Wo geht's zur Küche?«
Keely sank in die Sofaecke und deutete den Flur entlang. Dan folgte der angegebenen Richtung, während Keely ihr Handgelenk massierte und es in Augenschein nahm. Es zeigte rote Fingerabdrücke, wo Wade sie gepackt hatte. Ihr Blick fiel auf den Zigarettenstummel im Aschenbecher. *Warum habe ich das getan?*, dachte sie bedrückt. *Warum hab ich ihn weggejagt, und jetzt stehe ich hier mit leeren Händen.*
Dan erschien mit einem Abfalleimer und einem Lappen, die er unter der Spüle gefunden haben musste. Er ging in die Diele hinüber, stellte den umgestürzten Tisch auf und wischte ihn ab. Dann bückte er sich, um die Scherben der Vase und die verstreuten Blumen in dem Abfalleimer zu sammeln.
Als er fertig war, richtete er sich auf und sah Keely an. »Sie können antworten, dass es mich nichts angeht«, sagte er, »aber wer war dieser Kerl?«
Keely schüttelte den Kopf.
»Hey, ich weiß, wie das ist, wenn man mit sich selber spricht, weil man sonst keinen Ansprechpartner hat«, fuhr er fort. »Das ist die Geschichte meines Lebens.«
Keely kannte die bemühte Gefasstheit seines Tonfalls und den hilflosen Ausdruck seiner Augen nur allzu gut. Plötzlich fühlte sie sich gedemütigt. »Tut mir Leid«, sagte sie. »Ich weiß, dass Sie verstehen. Wie lange ist Ihre Frau … wie lange sind Sie jetzt schon allein?«

»Annies Tod war vor drei Jahren. Brustkrebs.«

Keely fühlte, wie es in ihrem Kopf zu pochen begann. »Kommen Sie über die Runden?«, fragte sie niedergedrückt.

»Was heißt, ›über die Runden kommen‹?«, erwiderte er mit leicht verzogenem Mund. »Sie haben mein Haus doch gesehen.«

»Es ist ein fröhliches Haus«, meinte Keely.

Dan seufzte und nahm in der Sofaecke gegenüber Platz. »Es ist noch so, wie sie's hinterlassen hat«, sagte er. »Nur unordentlicher.«

»Es kommt mir vor, als würde ich Ihre Annie kennen, nur von diesem einen Mal, als ich dort war«, antwortete Keely freundlich.

Dan nickte, und sein Blick schweifte durch das Wohnzimmer. Keely fragte sich, ob ihr eigenes Haus viel über Mark aussagte, wenn man das erste Mal hier hereinkam. Irgendwie bezweifelte sie das. Mark hatte nicht lang genug hier gelebt, um seine Spuren zu hinterlassen.

»Jedenfalls … wie gesagt«, kam Dan störrisch zum Ausgangspunkt zurück. »Ich weiß, wie das ist, keinen erwachsenen Ansprechpartner zu haben, wenn man vor einem Problem steht. Und es sieht mir ganz so aus, als hätten Sie ein kleines Problem. Was wollte der Kerl von Ihnen? Sind Sie irgendwie in Schwierigkeiten? Ich werd's nicht weitersagen. Sie kennen mich zwar nicht richtig, aber ich bin äußerst zuverlässig.«

Keely brachte ein zittriges Lächeln zustande. Das war ein verlockendes Angebot. Sie sah Dan an, dass er ein guter Zuhörer war. Er trug einen Ausdruck gespannter Aufmerksamkeit, als würde er ihr wahres Wesen erkennen, wenn er sie betrachtete. Und einen Moment lang sehnte sie sich danach, ihm alles zu erzählen. Sie wusste, Wades Forderungen würden ihn empören, und seine Empörtheit wäre tröstlich. Wenn sie ihm ihr Herz ausschüttete, so wäre geteiltes Leid halbes Leid.

Dann aber fiel ihr ein, dass ja Nicole von Tarantino's Pizzaboten erzählt hatte. Das Mädchen hatte nur zu helfen versucht. Aber wenn Dan das hörte, dann würde er sich wahrscheinlich verantwortlich fühlen. Er schien einer von dieser Sorte: ritterlich. Er würde darauf bestehen, dort hinzufahren und sich Wade vorzuknöpfen, doch Wade würde dichtmachen wie eine Auster, und sie würde nie erfahren, was sie unbedingt wissen musste. »Das war gar nichts«, sagte sie. »Wirklich. Nur ein Missverständnis.«

25

Keely legte sich erst gar nicht ins Bett. Sie wusste, sie würde sich die ganze Nacht nur herumwälzen. Stattdessen ließ sie sich ihre Begegnung mit Wade Rovere noch einmal durch den Kopf gehen. Er hatte angedeutet, dass er seine Information anderswo verkaufen könne. Aber wo? Bestimmt, dachte Keely, bluffte er nur, damit sie für irgendwelchen nutzlosen Unsinn bezahlen würde, den er sich ausdachte. Dann aber erinnerte sie sich, dass er beschrieben hatte, was Mark an jenem Abend trug. Ein Glückstreffer, oder wusste er womöglich doch etwas? Das Normalste wäre, die Polizei zu benachrichtigen; als Keely jedoch an Phil Stratton und seine Fragen dachte, stand für sie fest, dass sie dies nicht tun würde. Wollte sie hingegen irgendein Wertpapier verkaufen, dann musste sie das Lucas sagen, der die Unterlagen für alle Investitionen von Mark und ihr hatte. Sie hatte ihm die gemeinsamen Wertpapierbestände gern anvertraut, als er es ihr anbot. Die Vorstellung, Lucas einzugestehen, wofür sie das Geld brauchte – um Erpressungsgeld zu zahlen –, lag ihr im Magen. Vielleicht würde er ja gar nicht fragen, redete sie sich zu. Schließlich musste sie über ihre Ausgaben nicht Rechenschaft ablegen. Aber sie kannte Lucas. Er würde ins Grübeln geraten und Bescheid wissen wollen.

Zuletzt, kurz vor Morgengrauen, legte sich Keely auf die Couch und fiel in einen unruhigen Schlaf. Ihre Träume waren ein wilder, unverständlicher Bilderwirrwarr, und beim

Aufwachen lag sie flach ausgestreckt auf dem Sofa und dachte an Mark. Was hätte er ihr geraten? Er war immer so kompetent, so zuversichtlich – ein kühler Kopf in allen Lebenslagen. Und plötzlich fiel ihr ein, was Mark einmal gesagt hatte: *Ich habe immer einen dicken Bargeldbetrag im Haus, versteckt im Wandschrank. Für Notfälle.*

Keely hatte nie weiter darauf geachtet, hatte sich nie auch nur gefragt, was für einen Notfall er meinte. In Marks Verantwortlichkeit fühlte sie sich immer sicher. Nicht einen einzigen Gedanken hatte sie bisher daran verschwendet, und erst jetzt, in diesem Moment, kam ihr seine Äußerung wie die Antwort auf ein Gebet vor.

Keely lief die Treppe hoch und zu Marks Kleiderschrank. Vor der offenen Tür stehend, betrachtete sie das Sortiment von teuren Anzüge in gedeckten Farben, die säuberlich geordneten Fächer voll gestärkter Hemden, noch in ihren Kartons aus der Wäscherei, die Reihen von Schuhen auf dem Boden, alle auf Hochglanz poliert und von Schuhspannern in Form gehalten. Keelys Suche würde ein Weilchen dauern.

Sie war dabei, die zusammengelegten Pullover im obersten Schrankfach durchzusehen, da wurde sie vom Klingeln des Telefons unterbrochen. Dr. Stovers Sekretärin vom Blenheim-Institut war am Apparat. Sie sagte, er wolle augenblicklich mit Keely sprechen.

»Ist mit meinem Sohn alles in Ordnung?«, fragte Keely.

»Ich habe keine Ahnung, worüber Dr. Stover mit Ihnen reden möchte«, erwiderte die Sekretärin.

»Bin schon unterwegs«, sagte Keely.

Sie zog sich um, machte Abby fertig und fuhr schnell zu Dr. Stovers Praxis.

»Verzeihung«, keuchte sie am Empfangsschalter. »Ich bin Mrs. Weaver. Dr. Stover wollte mich augenblicklich sprechen. Habe ich Zeit, mein Baby in den Kindergarten der Klinik zu bringen?«

»Jede Menge. Dr. Stover wurde zu einem Notfall gerufen. Es könnte ein Weilchen dauern«, antwortete die Sekretärin. »Wollen Sie so lange warten? Wir können den Termin auch verschieben.«

Will ich warten?, überlegte Keely. *Nein. Aber ich werde es tun. Ich gehe erst hier weg, wenn ich den Doktor gesprochen habe.*

»Ich werde warten«, verkündete sie entschlossen.

Es waren fast zwei Stunden vergangen, als die Sekretärin den Telefonhörer auflegte und sich in ihrem Stuhl umdrehte. »Dr. Stover ist jetzt für Sie bereit«, sagte sie.

Einen frustrierten Seufzer unterdrückend, stand Keely auf und betrat das Sprechzimmer.

Dr. Stover, ein übergewichtiger bärtiger Mann von mehr als sechzig Jahren, kam hinter seinem Schreibtisch hervor.

»Mrs. Weaver«, begrüßte er sie. »Tut mir Leid, dass Sie warten mussten.«

»Nun ja, ich wollte Sie unbedingt heute noch sprechen«, antwortete Keely, ohne zu lächeln.

»Es freut mich, dass Sie da sind«, sagte der Arzt und nahm wieder in seinem Sessel Platz. »Ich wollte ebenfalls mit Ihnen reden. Nur noch eine Minute, bitte.«

Keely setzte sich auf den angewiesenen Stuhl, und während Dr. Stover einige Papiere auf seinem Schreibtisch durchsah, schaute sie sich in seinem Sprechzimmer um: gerahmte Diplome an den Wänden, Regale voll psychiatrischer Fachliteratur.

»Nun, Mrs. Weaver«, sagte er.

Keely setzte sich aufrecht hin.

»Reden wir über Dylan. Sein Selbstmordversuch war bestimmt ein großer Schock für Sie.«

»Allerdings«, antwortete Keely.

»Hatte Ihr Sohn in der Vergangenheit schon psychische Probleme? War er je bei einem Psychiater oder Psychologen in Behandlung?«

Keely schüttelte den Kopf. »Nein, nie.«

Dr. Stover hob die Augenbrauen. »Nicht einmal, als sein Vater Selbstmord verübte?«

Keely fühlte sofort die Kritik in seinen Worten. »Nein«, gab sie zu.

»Haben Sie es nie in Betracht gezogen, ihm ärztliche Hilfe zu verschaffen? Das muss für Dylan doch sehr traumatisch gewesen sein.«

Keely holte tief Luft. »Dr. Stover, mein Ehemann … Dylans Vater litt unter … Qualen – es fällt mir kein besserer Begriff dafür ein –, Qualen, ausgelöst durch seine Migräne. Keine Behandlung schien zu helfen. Das war Dylan bewusst. Ich meine, selbst in diesen jungen Jahren. Unser Leben drehte sich zu einem Großteil um Richards Kopfschmerzen. Obwohl mir klar war, dass sein Tod uns beide … schockierte, glaubte ich deshalb nicht … Ich glaubte, Dylan würde im Lauf der Zeit darüber hinwegkommen. Und auch mit meiner Hilfe.«

»Was glauben Sie denn, wenn Sie es jetzt im Nachhinein betrachten«, sagte der Arzt. »Denken Sie, das war die richtige Entscheidung?«

Keely blickte ihm direkt ins Gesicht. »Ich habe ständig mein Bestes getan. Ich sehe keinen Sinn in dem Wunsch, die Vergangenheit zu ändern.«

»Und doch suchten Sie auch beim Tod Ihres zweiten Ehemannes keine Hilfe für Ihren Sohn. Ist das zutreffend?«

»Das ist ja erst so kurz her«, sagte Keely, obwohl sie es hasste, sich zu entschuldigen.

»Ich habe hier eine Notiz, derzufolge Sie genau an dem Tag von Dylans Suizidversuch bei mir anriefen. Zeigte er damals irgendein Verhalten, das auf seine Selbstmordabsichten hindeutete?«

»Was, zum Beispiel?«, fragte Keely.

Dr. Stover sah sie verblüfft an. »Ich hätte gedacht, nach dem Tod Ihres ersten Ehemanns würden Ihnen solche Symptome verstärkt auffallen.«

Einen Moment erwiderte Keely wortlos seinen Blick. Sie konnte den Tadel aus seiner Stimme heraushören. »Ich weiß nicht, was Sie meinen«, sagte sie.

Dr. Stover nickte. »Nun, zum Beispiel stellen wir oft fest, dass selbstmordgefährdete Personen davon reden, etwas zum letzten Mal zu tun. Sie verabschieden sich von anderen und machen Bemerkungen, dass sie sie nie wiedersehen. Häufig verschenken sie Gegenstände, die ihnen besonders lieb und teuer sind. Geben sie in die Obhut anderer. Sagen, dass sie diese Sachen nicht mehr brauchen.«

»Sie äußern ihre Absichten also quasi durch die Blume«, konstatierte Keely, »in der Hoffnung, dass jemand sie abhält.«

»Ja, das kommt oft vor.«

»Nein. Die Antwort heißt ›Nein‹. Das hat keiner der beiden getan.«

Dr. Stover zog die Stirn in Falten.

»Ich behaupte das nicht zu meiner Rechtfertigung«, fügte Keely hinzu. »Ich habe Dylan gegenüber versagt, okay? Bei beiden habe ich versagt. Das gebe ich zu. Ich will mich nicht herausreden. Aber nein, das, was Sie da eben beschrieben haben – nein, das haben sie nicht getan.«

»Sie scheinen eine sensible Frau zu sein, Mrs. Weaver. Eine Frau mit Wahrnehmungsvermögen. Wollen Sie damit sagen, dass es für Sie keine Warnzeichen gab?«

»Ich wusste, dass mein erster Ehemann sehr stark litt. Aber er war nicht jemand, der über seine Gefühle redete. Er war

Wissenschaftler. Er schätzte die … Objektivität. Er versuchte mit zahllosen Medikamenten, seine Migräne zu heilen. Nichts half. Er sprach nie davon, sein Leben zu beenden, aber offensichtlich dachte er daran. Und was Dylan betrifft, nun ja, ich wusste, dass er deprimiert war. Aber unter den gegebenen Umständen schien das … verständlich. Ich war ja selbst deprimiert.« Keely seufzte. »Warum sollte ich mir wünschen, die Vergangenheit zu ändern? Was hätte das für einen Zweck? Ich muss an die Gegenwart denken, das Hier und Heute. Wie geht es meinem Sohn jetzt? Ich meine, Sie hatten ja Gelegenheit, mit ihm zu reden. Was macht er für einen Eindruck auf Sie?«

»Er hat Ängste, Depressionen, würde ich sagen – nichts Ernstes, und auch nicht erstaunlich.«

»Er hat mir von den Medikamenten erzählt, die Sie ihm verordnen.«

»Stimmt«, antwortete der Arzt. »Ich habe ihm ein leichtes Antidepressivum verschrieben.«

»Wie wird dieses Mittel wirken?«, fragte Keely. »Ich meine, ist es etwas, das er lange einnehmen muss?«

»So lange, wie er das Gefühl hat, es zu brauchen«, erklärte Dr. Stover. »Es soll seine Nervosität mildern, ihn vor zu großen seelischen Tiefs bewahren.«

»Nebenwirkungen?«, fragte Keely.

»Müdigkeit. Oft auch Appetitlosigkeit. Bei manchen Personen eine Abschwächung der Libido.«

»Nicht auf Dauer, hoffe ich.«

»Nein, nicht auf Dauer. Ich möchte, dass er dieses Medikament ergänzend zur Gesprächstherapie nimmt.«

»Das wäre gut«, sagte Keely. »Ich glaube, er braucht jemanden, mit dem er reden kann.«

»Redet er denn mit Ihnen, Mrs. Weaver?«

»Nicht so viel, wie mir lieb wäre«, gestand sie.

Der Arzt änderte seine Sitzhaltung. »Haben Sie und Dylan je über den Selbstmord seines leiblichen Vaters gesprochen?«

Keely runzelte die Stirn. »Ja. Ein bisschen. Er war ja noch ein Kind …«

»Kam Ihnen je der Gedanke, Dylans Selbstmordversuch könne etwas damit zu tun haben?«

Keely nickte langsam. »Ich habe gelesen, Selbstmord wäre häufiger bei Kindern, die einen Elternteil … auf diese Art verloren haben.«

Dr. Stover nickte. »Meinem Eindruck nach hält Ihr Sohn viel von seinem Schmerz über den Tod seines Vaters zurück.«

»Da haben Sie wahrscheinlich Recht«, gestand Keely.

Der Arzt zögerte. Dann sagte er: »Es gab gewisse Behauptungen, in der Zeitung, vonseiten der Staatsanwaltschaft …«

»O nein«, rief Keely. »Kommen Sie mir nicht damit …«

Dr. Stover lehnte sich in seinem Stuhl zurück und starrte sie an.

»Schauen Sie«, sagte Keely. »Die Staatsanwaltschaft wird von einer Frau namens Maureen Chase vertreten. Diese Frau war früher mit Mark, meinem zweiten Ehemann, verlobt. Seit Marks Tod sitzt sie meinem Sohn aus irgendeiner kleinkarierten Rachsucht pausenlos im Nacken. Ich weiß, das klingt wahrscheinlich nach Verfolgungswahn, aber glauben Sie mir, es stimmt.

Dylan hatte mit dem Tod keiner meiner Ehemänner etwas zu tun. Es geschah nicht aus Schuldgefühlen, dass er versuchte, sich das Leben zu nehmen. Wenn überhaupt, dann weil er niemanden, nicht einmal seine eigene Mutter, davon überzeugen konnte, dass er die Wahrheit sagte.«

Dr. Stover legte den Kopf schief und fasste sie kritisch ins Auge. »Das ist eine interessante Theorie, Mrs. Weaver.«

»Falls Sie mit ›interessant‹ ›verrückt‹ meinen …«, entgegnete Keely scharf.
»Nein, ich meine ›interessant‹.« Ein schwaches Lächeln huschte über sein Gesicht, und er kritzelte eine Notiz auf die Papiere vor ihm.
»Ich habe Dylan versprochen herauszufinden, was genau an dem Abend von Marks Tod passiert ist, damit wir Miss Chase' Andeutungen und Unterstellungen ein Ende machen können.« Sie dachte an Wade Roveres Besuch, und ihr Gesicht rötete sich. Hoffentlich würde das dem Psychiater nicht auffallen. »Ich glaube, wenn Sie Dylan behandeln wollen, dann ist es wichtig, dass Sie ihm ebenfalls glauben.«
»Ich bin auf Dylans Seite, Mrs. Weaver«, antwortete der Arzt.
Keely nickte und begegnete seinem Blick. »Er braucht jemanden, der auf seiner Seite steht. Außer mir.«
»Ja, aber wie ich sehe, sind Sie eine zähe Verbündete.«
Keely nahm keine Spur von Ironie in seiner Stimme wahr.
»Danke«, antwortete sie. »Wirklich. Vielen Dank. Ich weiß zu schätzen, dass Sie das sagen.«
Dr. Stover nickte.
Keely holte tief Luft. »Das andere, was mich wirklich interessiert, ist, wann ich ihn mit nach Hause nehmen darf. Ich meine, kann man ihn denn nicht ambulant behandeln? Er fehlt uns sehr, seiner Schwester und mir.«
»Nun, ich verstehe Ihre … Ungeduld, Mrs. Weaver, aber da spielen auch andere Erwägungen eine Rolle. Ich habe die Aufgabe, diese jungen Leute und ihre Lebenssituation zu bewerten. Wir müsse alles Menschenmögliche tun, um sicherzugehen, dass sich ihr suizidales Verhalten nicht wiederholt. Bei einem zweiten Versuch hätten sie vielleicht nicht das Glück, zu überleben.« Er klopfte auf einen Stoß Papiere. »Ich habe hier einen sehr … bedenklichen Bericht

von der Sozialarbeiterin, der viele … kritische Bemerkungen zu Ihrem Haus und zu Ihnen als Erzieherin enthält.«
Keelys Gesicht begann zu glühen. Sie wusste nicht, wie sie sich gegen die Vorwürfe der Sozialarbeiterin wehren sollte. Aber sie wusste, dass Angriffe gegen Mrs. Erlich ihr bestimmt kein Wohlwollen seitens des Arztes einbringen würden. »Ich … ich hatte das Gefühl, dass sie … dass ich nicht …« Keely unterbrach sich und holte tief Luft. »Ich war sehr nervös, Dr. Stover. Es ist unangenehm, wenn das eigene Heim und das eigene Leben … unter die Lupe genommen werden. Ich fürchte, ich habe mich nicht sehr gut verständlich gemacht. Möglicherweise gab es zwischen uns einige Missverständnisse.«
Dr. Stover nickte schwer. »Ich verstehe. Aber ich muss Mrs. Erlichs Bericht dennoch sehr ernst nehmen, Mrs. Weaver. Ihr Sohn hat einen Selbstmordversuch begangen. Dadurch gerät die Frage nach Ihnen als Erzieherin stark in den Vordergrund.«
Keely schluckte schwer. »Ich weiß nicht, was ich sagen soll. Meine Kinder bedeuten alles für mich. Ich liebe Dylan mehr als mein Leben. Ich würde alles tun, um ihm zu helfen. Wirklich alles.« Dann sackten ihre Schultern herab. »So reden wahrscheinlich alle Eltern.«
Dr. Stover zog die Stirn kraus. »Sie würden sich wundern«, murmelte er. Er sah auf seine Uhr. »Ich fürchte, mehr Zeit haben wir nicht, Mrs. Weaver.« Er blickte ihr mit nüchterner Gelassenheit ins Gesicht, und sein Kuli deutete Richtung Tür.

26

Maureen Chase schloss die Tür ihres Cottages auf und sah über die Schulter zu Phil Stratton. »Möchten Sie auf einen Drink mit reinkommen?« Eine altehrwürdige Einladung, die in der Regel auf bevorstehende Intimitäten deutete; aber Phil hatte seine Zweifel.

Der Beginn des Abends war nicht schlecht gewesen. Bei Drinks und Appetithäppchen hatten sie eine angeregte Unterhaltung über einige schwebende Verfahren der Staatsanwaltschaft geführt. Aber nach mehreren Gläsern Wein für Maureen und als Phil das Thema Dylan Bennett beziehungsweise dessen Rolle beim Tod seines Stiefvaters angeschnitten hatte, da geriet die Unterhaltung ins Stocken und wollte nicht mehr so richtig in Gang kommen.

Maureen sah ihn erwartungsvoll an.

»Klar, warum nicht?«, antwortete Phil und folgte ihr ins Haus.

Der Hauptraum war eine Kombination aus Koch-, Ess- und Wohnbereich. Die Zweisitzersofas hatten abnehmbare geblümte Bezüge, das Porzellan in Maureens frei stehendem Geschirrschrank trug ein Efeumuster, und der Gasofen, den sie eilig anzündete, wurde von einem Schirm in Nadelspitzenarbeit flankiert. Überall ringsum waren Vasen mit Blumensträußen, Kerzen und Duftschalen verteilt.

Neben den Ofen gebückt, blickte Maureen zu ihrem Gast auf.

»Hübsche Wohnung«, sagte er. »Sehr nett.«

»Ich hab für Sie aufgeräumt«, antwortete sie.
»Wirklich hübsch«, bemerkte er noch einmal und hörte selbst, wie plump sein Kompliment klang.
»Nehmen Sie Platz.« Maureen deutete auf eines der Sofas.
»O danke«, sagte Phil.
»Bier?«, fragte sie.
»Ja, das wäre prima«, antwortete er, schon engagierter.
Maureen ging in den Küchenbereich, um ein Bier und eine Flasche Wein aus dem Kühlschrank zu holen. Sie entkorkte den Wein und schenkte ein Glas ein. »Früher hab ich gerne ein Bier getrunken«, erzählte sie, »bis ich Mark kennen lernte. Er war Weinliebhaber. Wir sprachen immer davon, einmal mit einem dieser Ausflugsschiffe durch Frankreich zu fahren und in diversen Weinanbaugebieten Halt zu machen. Er hat mir wirklich geholfen, die Unterschiede zwischen den einzelnen Weinen und die Qualität unterschiedlicher Lagen zu erkennen und zu schätzen.«
Sie trug die Bierflasche herüber und reichte sie Phil. Dann stieß sie mit ihrem Glas an seiner Flasche an. »Zum Wohl«, sagte sie.
Sie setzte sich neben ihn auf das kleine Sofa, und sofort verkrampfte er sich.
»Verstehen Sie mich nicht falsch«, fuhr Maureen fort, »ich habe nicht viel Geduld für all diese Liebhabereien – Sie wissen schon, ein Hauch von Blaubeere und Tabak als letzte Vollendung. Aber bei Mark war das etwas anderes. Ich meine, er war kein prätentiöser Mensch. Er hatte einfach einen Sinn für die Freuden des Lebens.«
Phil machte die Augen zu, setzte die Bierflasche an die Lippen und trank einen Schluck. Offenbar hatte Maureen durch den Schauplatzwechsel ihr Hauptthema nicht aus den Augen verloren: noch mehr Geschichten über das Leben von Mark Weaver. Wahrscheinlich merkte sie nicht

mal, wie eintönig und öde ihr Tischgespräch gewesen war. Wenn Phil versucht hatte, irgendetwas zu erzählen, brachte sie das sofort auf eine Anekdote über Mark Weaver, auch wenn die Verbindung nur so dünn wie ein Spinnwebfädchen war; das schien sie nicht zu kümmern.

Maureen saß jetzt dicht neben ihm, und er konnte die Wärme ihrer Haut fühlen. Ihre Oberschenkel berührten sich, während sie auf dem schmalen Sofa nebeneinander saßen. Würde er aber auf sie zugehen – selbst wenn sie es wollte –, dann hätte er das ungute Gefühl, nur als Ersatz für einen Geist zu fungieren. Es hatte einen Punkt gegeben, in Phils jüngeren Jahren, da war »abschleppen« alles gewesen. So war er heute nicht mehr drauf. Er brauchte die Gewissheit, dass eine Frau sich wirklich für ihn interessierte, bevor er mit ihr ins Bett ging.

Maureen schien sein Schweigen zu bemerken. »Musik?«, fragte sie.

Phil zuckte mit den Schultern und rutschte in die Sofaecke. »Klar. Warum nicht?«

Maureen stand auf und kickte die Schuhe von den Füßen, um durch den Raum zu ihrem CD-Player zu trippeln. Sie griff sich eine Hand voll Platten heraus und begann sie durchzusehen. »Was gefällt Ihnen denn?«, fragte sie.

»Weiß nicht. Jazz. Rhythm and Blues.«

Sie hielt eine CD hoch. »Allen Toussaint?«

»Nie von ihm gehört.«

Sie legte die CD ein. »Er kommt aus New Orleans.« Eigenwillige Rhythmen und eine klagende Stimme erfüllten den Raum.

Phil nickte. »Der Sound gefällt mir«, sagte er.

Mit einem Seufzer setzte Maureen sich wieder auf das Sofa, schloss die Augen, und urplötzlich wusste Phil genau, was sie sagen würde.

»Das war Marks Lieblingsmusik.«
Phil stellte seine Bierflasche auf den Kaffeetisch und stand auf. »Na, ich glaube, ich gehe jetzt«, sagte er.
»Warum denn so eilig?«
Phil starrte sie an. Maureen saß mit untergeschlagenen Beinen in die Ecke des Sofas geschmiegt, und ihre Wangen waren vom Wein gerötet, ihr kupferfarbenes Haar unordentlich, ihre Seidenbluse gerade weit genug geöffnet, um den Ansatz ihrer Brüste erkennen zu lassen. Er seufzte. »Sie sind eine wunderschöne Frau, Maureen.«
»Danke«, sagte sie und klopfte dann leicht auf den Platz neben sich. »Warum setzen Sie sich nicht wieder. Ich hätte nichts dagegen, noch mehr zu hören.«
»Nein, besser, wir trennen uns jetzt.«
»Haben Sie Bedenken, Arbeit und Vergnügen miteinander zu vermischen?«, fragte sie.
Er hätte ihr gern die Wahrheit gesagt. Hätte ihr gern gesagt, dass er nun verstehen konnte, warum sie keine Männerbekanntschaften hatte. Wie viele wären bereit, ihren Monolog über einen anderen Mann anzuhören? Und nicht bloß irgendeinen, sondern einen verheirateten Mann, der sie längst hatte sitzen lassen. Einen kurzen Moment flackerte in Phils Kopf der Gedanke auf, Keely Weaver könne Recht haben. Dass Maureen Marks Familie aus Gehässigkeit verfolgte.
»Es ist wahrscheinlich keine gute Idee«, meinte er. »Sie und ich arbeiten tadellos zusammen. Das möchte ich nicht gefährden.«
Maureen sah ihn unschuldig an. »Warum sollte es unsere Zusammenarbeit gefährden? Vielleicht würde sie dadurch sogar … amüsanter!«
Sie ging Phil allmählich ein bisschen auf die Nerven. Er war ihr keine Erklärungen schuldig. »Ja, amüsant wäre es sicher«, sagte er ohne Begeisterung.

»Sie sind einfach nicht in Versuchung geraten«, erwiderte sie schmollend.
»Ich bin sogar in große Versuchung geraten«, widersprach er. Phil wusste, dass er kein guter Lügner war, und fragte sich, wie glaubwürdig er wohl klang. Er konnte lediglich eines denken: Raus hier!
Maureen stand auf, stellte sich in ihren Strümpfen neben ihn und schmiegte sich an seinen Körper, sodass er ihre Brüste durch den dünnen Stoff fühlen konnte. »Ach, kommen Sie, Detective, seien Sie nicht so schwerfällig.«
Sie roch nach Vanille, und ihr weißer, sommersprossiger Hals wirkte frisch wie Tau. Einen Moment waren Phil Strattons Sinne überwältigt, und er verlor aus den Augen, warum er beschlossen hatte zu gehen. Sie schien so ... willig, und ihm kam der Gedanke, dass sie einsam war und seit Mark Weaver keinen Mann mehr gehabt hatte. Vielleicht würde ihr gemeinsames Liebesspiel so aufregend, dass sie Mark Weaver ganz vergäße.
Sie nahm seine Hand, schlang ihre Finger in seine und zog mit einem sanften Ruck an seinem Arm. »Los. Setzen Sie sich.«
Phils Entschlossenheit geriet ins Wanken. Jetzt hatte er zweifellos Maureens ganze Aufmerksamkeit. Sie starrte ihn an, als hätte sie ihn bisher nie richtig gesehen. Vielleicht war es ja bloß, dass ihr der Wein zu Kopf stieg, sagte er sich. Vielleicht könne er ja noch bleiben, nur ein paar Minuten.
Das Schrillen des Telefons ließ ihn zusammenzucken.
»Hören Sie nicht hin«, sagte Maureen. »Ich hätte dieses Ding ausschalten sollen.«
Phil war zu oft an Tatorte gerufen worden, um ein Telefon, das nachts klingelte, zu ignorieren. »Nein«, erwiderte er und löste seine Finger aus den ihren. »Sie wissen, man sollte besser drangehen.«

»Wahrscheinlich haben Sie Recht«, sagte Maureen und eilte dann zu dem Apparat, der in der Küche hing.
Phil stand auf. »Wo geht's zum Bad?«, fragte er.
»Gleich neben meinem Schlafzimmer«, antwortete sie und deutete auf einen schwach beleuchteten Raum neben dem Wohnbereich. Sie nahm das Telefon ab und kehrte Phil den Rücken. »Hallo.« Maureen runzelte die Stirn, während sie dem Anrufer zuhörte. »Augenblick«, sagte sie. »Nicht so hastig. Von wem haben Sie das?«
Phil atmete auf und ging in ihr Schlafzimmer. Es war ein Boudoir aus Spitze und Blumen, nur beleuchtet von einem Nachttischlämpchen mit rosa Seidenschirm. Als er es durchquerte, fragte er sich, ob er heute Nacht hier landen würde. Er wusste, er sollte das vermeiden, Mark Weaver hin oder her. Es war keine gute Idee, sich mit Maureen einzulassen. Aus dem Nebenraum konnte er den vertrauten Klang ihrer »Amtsstimme« hören, laut und erbost, und er fragte sich, worum es bei diesem Anruf ging.
Er machte die Tür auf und erwartete, ein Badezimmer zu betreten. Stattdessen hatte er den Wandschrank geöffnet, in dem sie ihre Kleider aufbewahrte. Es war ein großer, tiefer Verschlag, und beim Öffnen der Tür schaltete sich automatisch das Licht ein. Der Schrank war voller Gestelle für Textilien und Schuhe, aber der bemerkenswerteste Gegenstand hing gleich vorn, wie zur Betrachtung oder zum bequemen Zugriff: ein langes, cremefarbenes Brautkleid aus Satin und Spitze, mit einer Schleppe, die eine Stoffpfütze auf dem Boden bildete. Entgeistert starrte Phil es an. Die Ärmel waren aufgeknöpft und hingen schlaff herab; der Kragen trug entlang des Spitzenbesatzes Make-up-Flecken. *Warum hat sie ein Hochzeitskleid?*, dachte Phil. *War sie schon mal verheiratet?* Das Kleid war nicht neu, sondern offensichtlich bereits getragen. Er hob den Saum an und sah, dass der

Satin dort grau war, mit Wasserrändern, als hätte Maureen sich draußen damit bewegt, und das Kleid wäre über nasses Gras oder Straßenpflaster geschleift. Aber Phil wusste genau, sie war nie verheiratet gewesen. Davon hätte er gehört. Und plötzlich kam ihm ein Gedanke – ein Gedanke, bei dem ihm beinahe schlecht wurde. Es musste das Kleid sein, das sie bei der Hochzeit mit Mark Weaver hatte tragen wollen. Nach all den Jahren besaß sie es immer noch. Und so wie es aussah, hatte sie sich mit dem Kleid nicht bloß im Spiegel bewundert. Sie musste es mehrmals getragen haben, obwohl es niemals eine Hochzeit gegeben hatte.

»Hey«, rief sie wütend.

Phil ließ den Saum fallen, als hätte er sich die Finger daran verbrannt.

»Sieht das etwa aus wie ein Badezimmer?«, fuhr sie ihn an.

»'tschuldigung«, murmelte er. »Hab die falsche Tür erwischt.«

»Weg da!«, befahl sie. »Weg von meinen Sachen.«

Phil wich von dem Wandschrank zurück und vermied dabei Maureens Blick. Sie knallte die Schranktür zu. Auf einmal empfand er für sie ein überwältigendes Mitleid, vermischt mit Ekel. Wie sollte er ihr je wieder in die Augen schauen?

»Hören Sie, Maureen, es tut mir Leid. Das war ein Versehen. Ich wollte nicht in Ihren –«

»Ach, halten Sie die Schnauze!«, schrie sie.

Ihre Worten ließen ihn zusammenzucken. »Es ist schon spät«, sagte er. »Ich sollte jetzt besser gehen.«

»Da haben Sie verdammt Recht«, erwiderte sie.

27

Keely öffnete den Kleiderschrank in der Diele und nahm Abbys Kordjäckchen von einem Haken an der Tür. Sie mussten sich fertig machen, um in die Stadt zu fahren, zu Lucas. Nach ihrem gestrigen Treffen mit Dr. Stover hatte Keely Marks Wandschrank quasi auseinander genommen, ohne aber das Geld zu finden, das Mark angeblich im Haus versteckt hatte. Dabei war ihr mitten im Suchen das Rauchtopas-Armband wieder eingefallen, doch auch das konnte sie nicht entdecken.

Keely kam zu dem Schluss, dass sie Lucas beauftragen müsste, einen Pfandbrief im Wert von fünftausend Dollar zu Geld zu machen. Falls er sie fragen würde, warum, dann würde sie es ihm einfach sagen. Sie war bereit, für Wades Informationen zu zahlen, welcher Art sie auch sein mochten.

Keely hatte sich bereits den Mantel übergezogen, da fiel ihr der Wandschrank in der Diele ein, an den sie gar nicht gedacht hatte. Auch von Mark waren ein paar Jacken dort drin. Und seine Stiefel. Rasch kramte sie die Jackentaschen durch; dann betrachtete sie die Stiefel und die Sportausrüstung unten am Boden. Da waren Tennisschläger, die an der Wand lehnten, Golfschläger, die er nie benutzt hatte, ein Sortiment von Snow-Boots und ein altes Paar Cowboystiefel. Aus Schlangenleder. Keely ging auf die Knie, griff in den Schrank und zog erst den einen, dann den anderen dieser Stiefel hervor. *Wo, um alles in der Welt, hat er die denn her?*, dachte sie. Sie hatte ihn nie damit gesehen. Da fielen ihr Lucas und seine Liebe zu allem ein, was aus dem »Wilden Westen« kam. Wahrscheinlich hatte er Mark die Stiefel einmal geschenkt, zum Geburtstag oder so, und Mark hatte es nicht übers Herz gebracht, sie wegzuwerfen. Sie sahen aus, als wären sie nie getragen.

Keely legte sich die beiden Stiefel in den Schoß und griff nacheinander in sie hinein. Der zweite Versuch war ein Treffer. Ihr Herz schlug höher. *Ich hab es,* dachte sie. *Ich hab's gefunden!* Behutsam zog sie das Geldscheinbündel, das mit einem Gummiband verschnürt war, aus der Stiefelspitze. Dann hockte sie sich auf die Fersen und starrte es an. Ja, es war ein Packen Bargeld. Als sie mit ihrem Daumen den Rand der Scheine durchblätterte, sah sie, dass sie hier mehrere tausend Dollar in der Hand hielt. Schnell, mit zitternden Fingern, zählte sie nach. Dreitausend – nicht die ganze Summe, die sie brauchte, aber sie war sicher: Wenn Wade das hier sähe, dann wäre er bereit zu reden. Sie schloss die Augen und dachte: *Dank dir, Liebling. Vielen Dank. Gott segne dich.*

Da hörte sie eine Autotür zuschlagen und stopfte sich das Geld schnell in die Tasche, stellte die Stiefel wieder in den Schrank, rappelte sich vom Boden auf und holte Abby aus ihrem Laufställchen. Dann ging sie zur Tür.

»Moment bitte«, rief sie, während sie das Schloss öffnete.

Sie zog die Tür auf. Draußen stand Lucas, die Hände in die Aktenmappe gekrallt, die er vor sich hielt, und mit einem breiten Lächeln auf dem Gesicht. »Keely«, sagt er. »Ich habe eine Überraschung für dich.«

Stirnrunzelnd öffnete sie die Tür, um ihn einzulassen.

Hinter ihm stand ein bleicher, müde aussehender Dylan auf der Vortreppe. Er hatte den Blick auf seine Füße gesenkt.

Keelys Herz tat einen Sprung. Sie stieß einen Schrei aus,

und auch Abby quiekte beim Anblick ihres Bruders. Keely warf sich ihm an den Hals, und Dylan drückte seine Mutter und seine Schwester in einer kurzen, heftigen Umarmung.

»Oh Dylan«, murmelte Keely in die Schulter seiner Lederjacke. »Mein Schatz, du bist wirklich zurück.«

»Ja, ich bin da, Mom«, versicherte er ihr. »Alles okay.«

Als sie einander losließen, wandte sich Keely an Lucas und betrachtete ihn voller Erstaunen. »Was ist passiert?«, rief sie. »Wie hast du es nur geschafft …?«

Lucas schüttelte den Kopf. »Ich habe diese Sozialarbeiterin, die hier war, mal unter die Lupe genommen. Mrs. Erlich. Der Name kam mir irgendwie bekannt vor. Sie hatte vor ein paar Jahren eine Anzeige wegen Verletzung der beruflichen Sorgfaltspflicht – schickte damals ein Kind wieder nach Hause, und das arme Ding endete mit einem Gehirnschaden, verursacht durch Schläge.«

»Oh mein Gott«, sagte Keely.

»Maureen Chase hat eine Strafverfolgung abgelehnt. Sie sagte, nicht die Sozialarbeiterin, sondern die Eltern seien schuld. Seitdem war Mrs. Erlich in ihrem Job immer sehr, sagen wir: wachsam. Maureen hat dafür gesorgt, dass man ihr Dylans Fall übertrug.«

»Nur um uns zu drangsalieren!«, rief Keely. »Ist das nicht gesetzwidrig?«

»Technisch gesehen, nein. Aber als ich das Ganze Dr. Stover erklärte, inklusive der Tatsache, dass Mark seine Verlobung mit Maureen löste, um dich zu heiraten … nun, da gelangte er zu dem Urteil, Dylan könne nach Hause.«

»Lucas«, sagte Keely, »du bist brillant.«

»Er möchte allerdings trotzdem, dass Dylan zu ihm in die Sprechstunde kommt.«

»Ja, das machen wir«, versicherte Keely. »Das machen wir. Tretet doch ein. Nur hereinspaziert, ihr beiden.«

»Geht leider nicht«, lehnte Lucas ab. »Ich habe Betsy versprochen, heute Nachmittag mit ihr runter an die Bay zu fahren, zur Kiebitz-Beobachtung. Ich wollte nur sehen, was du für ein Gesicht machst.«
»O Lucas, ich danke dir«, rief Keely. »Ich kann dir gar nicht genug danken.«
»Keine Ursache«, erwiderte er. »Dylan, nimm dich zusammen. Sieh zu, dass du keine neue Unruhe stiftest.«
Dylan nickte und ging ins Haus. Keely zögerte kurz. Dann wandte sie sich mit leiser Stimme an Lucas. »Ist es offiziell?«, fragte sie besorgt. »Ist er nicht bloß auf Besuch da?«
Lucas machte ein nachdenkliches Gesicht. »Wir sind ... halbwegs über den Berg«, antwortete er bedächtig. »Maureen Chase droht allerdings weiterhin.«
»Sie droht? Womit?«, fragte Keely.
»Dass sie einen Richter finden wird, der Dr. Stovers Entscheidung aufhebt.«
»Das kann sie nicht!«, empörte sich Keely.
»Nein, ich glaube nicht«, stimmte Lucas zu. »Jedenfalls nicht ohne zwingenden Grund.«
Keelys Blick wurde eisig. »Na, vielleicht kann ich sie ja sogar in ihrem eigenen Spiel schlagen.«
Lucas runzelte die Stirn. »Was soll das heißen?«
Keely zauderte. »Sagen wir einfach: Vielleicht gelingt es mir, herauszufinden, was an dem Abend von Marks Tod wirklich passiert ist.«
»Herausfinden? Wie?«, fragte Lucas.
Keely spielte schon mit dem Gedanken, Wade zu erwähnen. Sein Name lag ihr auf der Zunge, doch dann bremste sie sich. Wenn sie Lucas anschaute, wurde ihr klar, dass er einem solchen Plan nie zustimmen würde. »Ich habe da so eine Ahnung«, sagte sie. »Der werde ich nachgehen.«
»Keely«, seufzte Lucas, »du hast jetzt Dylan zurück. Mach's

ihm schön gemütlich und bemuttere ihn – aber den juristischen Kleinkrieg überlass mir. Ich werde schon mit Maureen Chase fertig.«
Keely nickte. »Das weiß ich. Und, Lucas, ich kann dir gar nicht genug danken.«
»Und jetzt«, sagte er, »solltet ihr eure Wiedervereinigung feiern.«
Keely sah ihm hinterher, während er zu seinem Wagen hinkte, und machte dann die Tür zu. Sie ging ins Wohnzimmer, wo Dylan immer noch mit seinem Kleidersack herumstand wie ein Gast.
Keely trat von hinten an ihn heran und nahm ihm das Gepäck ab. »Setz dich«, sagte sie. »Was kann ich dir bringen, Schatz? Du wirkst so müde. Ach, wie ich mich freue, dich zu sehen.«
»Mir geht's gut, Mom. Mir geht's gut«, versicherte er. »Krieg nur 'ne Grippe.«
»Krieg nur 'ne Grippe«, wiederholte sie vorwurfsvoll und nahm sein Gesicht zwischen die Hände, um ihn auf die Stirn zu küssen.
Mit heftigen Grimassen entzog sich Dylan ihrem Griff. »Schluss«, stöhnte er.
Keely lehnte sich zurück und lächelte ihn an. »Gott, ist das schön, dich wieder daheim zu haben«, rief sie. »Raus aus dieser Anstalt.«
Dylan verdrehte die Augen. »Ohne Scheiß«, sagte er.
»Dylan!« Keelys Warnung klang nicht überzeugend.
Er sah zu dem Baby hinab. Abby lehnte an seinen Schienbeinen, ihre Händchen auf die Knie seiner Jeans gelegt, und schenkte ihm ein staunendes, zahnloses Grinsen. »Hey, Hosenmatz«, fragte er freundlich. »Wie geht's dir?«
»Sie freut sich, dich wieder zu haben«, sagte Keely.
Dylan nickte und lächelte sie an, aber dann sackten seine

Schultern herab. »Ich freu mich auch, dass ich wieder da bin. Das dort war die Hölle.«

»Nimmst du immer noch diese Medikamente?«, fragte Keely.

»Ja. Und ich soll auch weiter zu ihm in die Sprechstunde.«

»Ich glaube, das wäre gut«, meinte Keely. »Dr. Stover scheint mir sehr verständnisvoll und sympathisch.« Wäre der Arzt jetzt greifbar gewesen, dann hätte sie ihn geküsst und umarmt.

»Ja, er ist okay«, sagte Dylan.

»Du musst weiter mit ihm reden. Und auch mit mir, Liebling. Du darfst die Dinge nicht mehr so in dich hineinfressen. Du musst mir vertrauen. Wir haben uns, um einander zu vertrauen ...«

»Ich weiß, ich weiß«, wiegelte er ab.

»In Ordnung.« Keely merkte, dass er sich schon wieder von ihr zurückzog. Ihre Worte klangen platt, sogar für sie selbst. *Ich packe die Sache falsch an,* dachte sie und spürte ein Aufflackern von Panik. *Ich muss die alten Verhaltensmuster durchbrechen. Aber wie?* »Ich ... du ... du sollst wissen ... dass ich mich bessern werde ...«, versprach sie, und dann versagte ihr die Stimme.

»Du machst alles prima, Mom.« Er gähnte. »Ich bin müde«, gestand er.

Wenn Keely ihn so ansah, fast so groß wie sie selbst, dann fiel ihr plötzlich ein, wie ihr zumute gewesen war, als sie ihn nach der Geburt aus der Klinik mit heimbrachte. In jenen Anfangstagen hatte sie immer eine fast überwältigende Angst gehabt: Nicht zu wissen, was sie tat, und deshalb einen Fehler zu machen. Sein neues Leben hing davon ab, dass sie keinen Fehler machte. Sie hätte ihm das jetzt gerne gesagt, sah aber, dass er es nicht hören wollte.

»In Ordnung«, sagte sie brüsk. Sie merkte an den dunklen

Ringen unter seinen Augen und an seiner bleichen Gesichtsfarbe, dass er erschöpft war. »Ich sehe, du bist müde. Also lassen wir's einstweilen gut sein. Schaffen wir dich in dein Zimmer rauf, dort kannst du dich ein Weilchen hinlegen. Deine Musik hören. Ich bring dir ein bisschen ... Ginger Ale.«

»Der Zaubertrank«, frotzelte er. »Mamas Allheilmittel.«

Keely lächelte betreten. »Anscheinend hilft's dir ja immer.«

»Ginger Ale hört sich gut an«, sagte er.

Sie wollte seinen Kleidersack hochheben, aber Dylan nahm ihn ihr aus der Hand. »Ich bin okay, Mom. Echt. Ich brauch keinen Gepäckträger. Oder einen Aufpasser. Das geht schon. Keine Angst.«

»Bist du sicher?«, fragte sie, und ihr brach die Stimme.

Dylan tätschelte verlegen Keelys Arm und nickte. »Hol du nur dieses Ginger Ale«, sagte er. »Ich seh schon: Der Service hier ist auch nicht besser geworden.«

»Los, Abmarsch!«, befahl sie scherzhaft, und das Herz in ihrer Brust schien anzuschwellen wie eine schillernde Seifenblase. Sie dankte Gott für diesen Augenblick des Glücks.

28

Wenn Sie das nächste Mal spüren, dass die Angstzustände kommen, dann probieren Sie es mit diesen Atemübungen«, empfahl Evan Stover dem Patienten, der gerade von dem Stuhl vor dem Schreibtisch aufstand. »Das ist wirklich eine sehr gute Methode, eine Eskalation zu verhindern.«

»Ich werd's versuchen«, antwortete der junge Mann bedrückt. Er drehte sich noch einmal um, als wollte er etwas fragen, aber der Arzt sah demonstrativ auf die Wanduhr, und mit einem neuerlichen Seufzer ging der junge Mann zur Tür hinaus. Dr. Stover begann, in der Akte des Patienten einiges zu notieren, solange er die Sitzung noch frisch im Gedächtnis hatte.

Ein schüchternes Klopfen ertönte an der Sprechzimmertür, und die Sekretärin schlüpfte herein. Behutsam machte sie die Tür hinter sich zu. »Dr. Stover«, sagte sie. »Es tut mir Leid. Ihr nächster Patient wartet schon, aber draußen ist die Staatsanwältin, angeblich in einer sehr dringenden Sache.«

»Hm …«, meinte Dr. Stover. »Wann ist meine nächste freie Stunde?«

»Um sechs.«

»In Ordnung. Dann verschieben Sie den Patiententermin auf sechs und sagen Sie Miss Chase, Sie könne mich sofort sprechen.«

Die Sekretärin schien überrascht, zog sich aber zurück und schloss leise wieder die Tür. Dr. Stover drehte sich in seinem Sessel herum. Er zog aus einem Schrank eine Akte – einen abgegriffenen, vergilbten Heftordner –, warf einen Blick hinein und legte sie gerade auf den Schreibtisch, da öffnete Maureen Chase die Sprechzimmertür.

»Maureen«, sagte er. »Treten Sie näher.«

Maureen setzte sich auf den eben frei gewordenen Stuhl vor Dr. Stovers Schreibtisch, schlug die Beine übereinander und zog sich ihren engen Rock über die Knie. Dann legte sie ihre Arme auf die Stuhllehnen.

»Was verschafft mir das Vergnügen?«, fragte der Arzt.

»Es gab gestern Abend eine unangenehme Überraschung«, erwiderte sie.

»So?«, sagte Dr. Stover.

»Ein … Kollege von mir rief an, um mir mitzuteilen, Sie hätten Dylan Bennetts Entlassung bewilligt. Er sei wieder zu Hause bei seiner Mutter.«

»Das stimmt.«

»Ich will wissen, warum Sie ihn heimgehen ließen. Ich habe Sie gebeten, ihn besonders im Auge zu behalten. Würden Sie mir vielleicht den Grund für Ihre Entscheidung verraten?«

»Wir sind kein Gefängnis, sondern eine Klinik«, antwortete er. »Ich fand, es ging ihm gut genug und man kann darauf vertrauen, dass sich die Mutter des Jungen um seine Pflege kümmert.«

»Dann habe ich wohl missverstanden, dass Sie einen sehr negativen Bericht von der Sozialarbeiterin erhielten«, meinte Maureen.

»Mrs. Erlich«, sagte er.

»Ja.«

»Hat *sie* Ihnen Dylans Entlassung mitgeteilt?«

Von der Treffsicherheit seiner Vermutung überrumpelt, zögerte Maureen. Mrs. Erlich hatte durch eine Freundin in der Krankenhausapotheke von Dylans Entlassung gehört und sofort Maureen angerufen, um sie über diese neue Entwicklung zu informieren und ihr zu versichern, sie als Sozialarbeiterin habe nach ihrem Besuch bei Keely einen negativen Bericht geschrieben. Nun, gegenüber Evans durchdringendem Blick, erwog Maureen, zu lügen oder die Antwort zu verweigern. Dann aber sagte sie sich, sie dürfe sich von einem Evan Stover nicht einschüchtern lassen. »In der Tat, es war Mrs. Erlich. Sie schien äußerst aufgeregt. Sie wollte mich wissen lassen, dass sie mit Ihrer Entscheidung ganz und gar nicht einverstanden ist.«

Dr. Stover nickte. »Das glaube ich gern. Und ich kann Ihnen versichern, dass ich Mrs. Erlichs Bericht bei meiner Entscheidung berücksichtigt habe. Ich bedachte allerdings auch ihre … Voreingenommenheit in diesem Fall.«

»Welche Voreingenommenheit?«

»Mrs. Erlich steht in Ihrer Schuld, Ms. Chase. Ich weiß alles über das Gaskill-Kind und wie Sie sich für Mrs. Erlich stark machten.«

»Sie wurde zu Unrecht beschuldigt.«

»Das mag sein. Aber dennoch verdankt sie es Ihnen, dass sie ihre Stelle behielt. Und nach meiner Kenntnis kann sie sich einen Verlust dieser Stelle nicht leisten. Ihr Ehemann hat ein Nierenleiden, und beide sind auf die Krankenversicherung der Frau angewiesen.«

»Davon weiß ich nichts.«

»Maureen …«, sagte Dr. Stover kopfschüttelnd.

»Wollen Sie etwa andeuten, ich würde Mrs. Erlich in irgendwelcher Weise unter Druck setzen?«, fragte sie entrüstet.

»Maureen, wenn es um Dylan Bennett geht, können Sie keine Unbefangenheit vorgeben. Sie waren mit seinem Stiefvater verlobt.«

Maureen umklammerte die Armlehnen des Stuhls, als wür-

de sie sonst herunterfallen. »Diese Kenntnisse erhielten Sie vertraulich, unter dem Siegel der Schweigepflicht.«
»Ich erhielt sie von mehreren Seiten. Vertraulich sind sie wohl kaum.«
»Mein Verhältnis zu Mark Weaver steht hier nicht zur Debatte. Wir reden über einen Minderjährigen, der für sich selbst und für andere eine Gefahr darstellt.«
»Wir reden über einen verwirrten, verunsicherten Jungen, der für sein Alter mehr als genug Tragödien erlebt hat. Und der momentan sehr verwundbar ist. Haben Sie für ihn denn gar kein Mitgefühl? Gerade Sie sollten ihn doch verstehen, ihm ein wenig Anteilnahme zeigen.«
»Kein weiteres Wort mehr über mich«, entgegnete sie. »Ich tue hier nur meine Arbeit als Staatsanwältin.«
»Nun, ich habe sämtliche Umstände von Mark Weavers Tod überprüft und sehe keinen überzeugenden Grund, Dylan die Schuld zu geben.«
»*Sie* haben die Umstände überprüft?«, höhnte Maureen. »Sind Sie neuerdings Kriminalfachmann?«
»Nein. Aber ich bin Fachmann für die Psychologie Heranwachsender. Ich sehe in diesem Patienten kein Risiko für irgendjemanden außer ihn selbst. Und dass Sie eine öffentliche Hetzjagd auf ihn machen, erschwert seine Situation weit mehr, als nötig wäre.«
»Eine Hetzjagd!«, schrie sie.
»Jawohl. Was bedeutet Dylan Bennett für Sie? Was stellt er für Sie dar? Ich denke, das sollten Sie sich einmal fragen.«
Maureen betrachtete ihn mit starrem, eisigem Blick. »Eine Gefahr für die Gesellschaft, das stellt er dar«, erwiderte sie. »Die Gesellschaft, die ich vertrete. Und sollte es erneut zu einem so genannten Unfall kommen, Dr. Stover, dann wird man Sie dafür zur Rechenschaft ziehen.«
Der Arzt lehnte sich in seinem Stuhl zurück. »Maureen, ich

versuche, mit Ihrer Behörde zusammenzuarbeiten. Wir sind keine Gegner. Aber ich bin nicht dazu da, Sie bei Ihrem persönlichen Rachefeldzug zu unterstützen. An diesem Punkt ist Schluss für mich.«

Maureen stand auf. »Schön«, sagte sie. »Tun Sie, was Sie nicht lassen können. Aber ich tue meine Arbeit. Ich bin auf Ihre Hilfe nicht angewiesen.«

Dr. Stover erwiderte ihren Blick, ohne mit der Wimper zu zucken. »Sind Sie da so sicher, Maureen?«

Maureen tobte noch auf dem ganzen Nachhauseweg. *Dir werde ich's zeigen,* dachte sie. *Du Mistkerl. Auf dich kann ich verzichten. Glaubst du, weil du mal mein Arzt warst, könntest du mir jetzt mein Leben vorschreiben?* Sie erinnerte sich nicht gern an ihre erste Begegnung mit Evan Stover. Der Tod ihres Zwillingsbruders hatte dazu geführt, dass sie zeitweilig die Orientierung verlor. Ihr Allgemeinzustand war immer schlimmer geworden, bis sie mit sechzehn Jahren eine Hand voll Pillen schluckte. Das war jedoch ein völlig anderes Kapitel als Dylan Bennett. Evan Stover hatte ihr damals geholfen. Und über die Jahre war sie hin und wieder in seine Sprechstunde gekommen. Zum Beispiel, als Mark sie verließ. Sie hatte sonst keinen Ansprechpartner. Es gab niemandem, dem sie vertrauen konnte. So fand sie, es sei am sichersten, sich an jemanden zu wenden, der der gesetzlichen Schweigepflicht unterlag. Doch Dr. Stover ließ sie das nie vergessen. Es schien, als machte es ihm Spaß, ihr die Geschichte immer wieder um die Ohren zu hauen. Als verschaffte es ihm einen Kick.

In ihre Grübeleien versunken, bog Maureen versehentlich in eine Einbahnstraße. Sie kollidierte beinahe mit einem entgegenkommenden Wagen, und der andere Fahrer schüttelte den Kopf über sie. Sie fuhr an den Bordstein, um sich zu sammeln. *Beruhige dich,* dachte sie. *Du musst dich beruhigen.* Mit einem tiefen Atemzug stöberte sie die Musik in den Kassettenfächern neben dem Fahrersitz durch. Dann steckte sie eine Kassette in den Recorder. Sie seufzte, als die Stimmen einsetzten. Es war eines ihrer Lieblingsbänder aus der Sammlung mit Aufnahmen von Mark. Sie konnte das Murmeln ihrer eigenen Stimme hören und dann die von Mark, wie er müde von seinem Arbeitstag erzählte, während Maureen ihm auf dem Bett den Rücken massierte. Nach ein paar Minuten würde er sich auf der Matratze herumdrehen und mit den Zärtlichkeiten anfangen. Und wie immer begann Maureen in den Erinnerungen zu treiben. Sie wendete in einer Einfahrt ihren Wagen und preschte dann in die Gegenrichtung.

Vor langer Zeit hatte sie aus einer verspielten Laune heraus vorgeschlagen, Videoaufnahmen zu machen, aber sofort war Mark prüde geworden und hatte Nein gesagt. Also gab sie das Thema auf und ließ ihn in dem Glauben, sie hätte es nicht ernst gemeint. Stattdessen machte sie aber Tonbandaufnahmen – heimlich, nur zum Spaß, damit sie ihn bei sich behalten konnte, wenn er nicht in der Nähe war. Mark flog damals oft nach Michigan, angeblich, um der Witwe eines alten Freundes beim Erledigen des juristischen Kleinkrams zu helfen. Maureen hatte sich nicht träumen lassen, dass diese einsame Witwe, Keely Bennett, fleißig damit beschäftigt war, ihr den Bräutigam auszuspannen. Nein, bei der Entstehung dieser Bänder lebte Maureen noch in seliger Ahnungslosigkeit – nicht ein Mal daran denkend, dass die Tonbandaufnahmen, ein paar Fotos und einige alte Kleidungsstücke von Mark eines Tages die einzige Hinterlassenschaft sein würden, an der sie sich festhalten könnte.

Gerade als Mark überschwänglich lobte, wie sie es verstand, ihn in Erregung zu bringen, und sie anbettelte, weiter, immer weiter zu machen, erreichte Maureen ihre Einfahrt und schlug voll Vorfreude den langen Asphaltweg zu ihrem Haus ein. Bald könnte sie den Motor abstellen, könnte mit geschlossenen Augen und pochendem Herzen in der Dunkelheit ihres Autos sitzen und das Ganze noch einmal erleben. Als sie aber die Kurve zu ihrem Haus nahm, musste Maureen mit größter Verärgerung erkennen, dass ihre Tagträume gleich gestört würden. Es stand ein Wagen beim Haus, am Ende der Auffahrt, sodass er ihr das Garagentor versperrte. Maureen parkte und las mit zusammengekniffenen Augen das Reklameschild auf dem Dach dieses Wagens: »Tarantino's Pizza«.

Was, zum Teufel, ist hier los?, dachte sie. *Soll das irgendein Scherz sein? Ein Streich? Wahrscheinlich steckt Phil Stratton dahinter,* dachte sie und erinnerte sich schaudernd an den gestrigen Abend, als sie fast schwach geworden wäre. Sie hatte zum Abendessen ein bisschen was getrunken; der Wein war ihr in den Kopf gestiegen. Wenn man sich vorstellte, dass sie um ein Haar mit einem stinkenden, Bier saufenden Detective ins Bett gegangen wäre, der gern in den Kleiderschränken von Frauen herumschnüffelte. Gott. »Perlen vor die Säue« nannte man so was. Maureen stieg aus und ging quer über die Auffahrt zu dem Lieferwagen.

Ein Mann mit unreiner Haut und zweifarbig getöntem Haar lehnte daran. Er rauchte eine Zigarette, warf bei Maureens Auftauchen aber die Kippe auf den Boden und zertrat sie auf dem Weg. Der Kerl kam ihr irgendwie bekannt vor.

»Ich habe keine Pizza bestellt«, sagte sie.

Der Mann hatte schwerlidrige, reptilienhafte Augen. »Ich weiß. Ich komme auch nicht wegen einer Pizza, Miss Chase.«

Ihre Augen verschmälerten sich, während sie ihn inspizierte. »Ich kenne Sie«, sagte sie. »Ich habe ein Verfahren gegen Sie geleitet, nicht wahr?« Sie griff automatisch in ihre Handtasche, nach ihrem Handy.

Der Mann nickte. »Fürchte, ja«, antwortete er.

Maureen war entschlossen, sich ihre Angst nicht anmerken zu lassen. »Ich habe hier ein Handy, mit eingespeichertem Polizeinotruf ...«

»Ich glaube nicht, dass Sie die Polizei rufen möchten«, erwiderte Wade hinterhältig. »Wenn die meine Geschichte hören, nimmt man *Sie* nämlich mit.«

»Wovon reden Sie überhaupt?«, herrschte Maureen ihn an, den Finger immer noch auf den Tasten des Handys.

»Mark Weaver«, antwortete er. »Der Abend, an dem er ertrunken ist. Ich hab irrtümlich eine Pizza bei ihm abliefern wollen, aber er hatte gar keine bestellt. Er kriegte an diesem Abend eine Lieferung von der Staatsanwältin. Dämmert's jetzt wieder?«

Maureens Magen zog sich zusammen, und sie starrte den Kerl an. Jetzt erinnerte sie sich, wo sie ihn vor kurzem gesehen hatte. Langsam steckte sie das Handy zurück in ihre Tasche.

»Was wollen Sie?«, flüsterte sie.

29

Als Abby eingeschlafen war, kam Keely ins Wohnzimmer, wo Dylan vor dem Fernseher lümmelte.
»Schatz«, sagte sie. »Ich muss weg.«
Er blickte verblüfft zu ihr auf. »Wohin?«
Eine ganze Stunde hatte sie versucht, sich einen Vorwand für diesen überraschenden Ausflug so kurz nach Dylans Rückkehr auszudenken, aber sie wusste, sie musste anfangen, die Wahrheit zu sagen und ihm zu zeigen, dass sie ihm vertraute. Nach kurzem Zögern antwortete sie: »Ich hab dir doch von diesem Pizzaboten erzählt. Erinnerst du dich?«
Dylan nickte.
Keely holte tief Luft. »Er war hier. Vorgestern Abend. Anscheinend … weiß er etwas. Aber er verlangt Geld, bevor er mir Genaueres verrät. Zuerst habe ich mich geweigert, weil ich so … ich war einfach unsicher, was ich tun sollte. Aber jetzt habe ich mich entschlossen. Ich werde mit ihm reden.«
»Ich finde nicht, dass du zahlen solltest, Mom. Das klingt für mich nach ’nem aufgelegten Schwindel.«
Keely seufzte. »Es könnte sich als gar nichts herausstellen. Aber ich muss es probieren.«
»Nein, musst du nicht«, widersprach Dylan. »So wichtig ist das nun auch nicht.«
»Ich sagte dir bereits, Dylan – für mich schon.«
»Gut, aber ich werde dich nicht mutterseelenallein losziehen lassen, damit du dich mit diesem Typen triffst.«
Gerührt von seiner Sorge, lächelte Keely. »Keine Angst. Ich

gehe bloß in die Pizzeria. Dort werden jede Menge Leute sein. Mir passiert schon nichts, Schatz. Du bist müde. Du kommst doch gerade erst aus dem Krankenhaus. Ich möchte, dass du hier bleibst. Aber ich danke dir. Außerdem kann ich Abby nicht allein daheim lassen. Es ist nötig, dass du hier bleibst.«

»Die Sache gefällt mir nicht, Mom«, sagte er besorgt.

»Mir auch nicht, Schatz. Aber ich muss irgendeinen Weg finden, ums uns Maureen Chase vom Hals zu schaffen – raus aus unserem Leben.«

Dylan schüttelte den Kopf. »Das ist alles meine Schuld«, sagte er und trottete hinter ihr zur Tür, während sie Handtasche und Schlüssel einsammelte.

Keely drehte sich noch einmal zu ihm um und ergriff ihn an den Oberarmen. »Nein, das ist es nicht. Genau darum geht es ja«, entgegnete sie. »Also, du bleibst hier. Du passt für mich auf dich und Abby auf. Den Rest erledige ich. Okay?«

»Pass auf dich selber auf«, sagte er.

»Es besteht überhaupt kein Anlass zur Sorge«, bekräftigte Keely. »Horch du nur immer mit einem Ohr nach dem Baby. Ich bin bald wieder da.«

Sie fuhr durch die dunklen, vom Regen nass und glatt gewordenen Straßen zu dem Einkaufsgebiet, wo Tarantino's Pizzeria lag. Bei Keelys Anruf heute Nachmittag hatte die junge Frau von neulich, Gina, den Hörer abgenommen und gesagt, Wade werde zwischen sechzehn und dreiundzwanzig Uhr arbeiten. Keely sah nach, wie spät es war. Sieben Uhr vorbei. Eigentlich musste sie ihn beim Kommen oder Gehen erwischen.

Sie parkte vor der Pizzeria und huschte mit eingezogenem Kopf durch den Regen nach drinnen. Alle Tische waren besetzt, und ein junges Mädchen, das als einzige Bedienung fungierte, eilte dazwischen herum, stürmte hinter die

Theke und erhielt von Patsy Tarantino unwirsch Befehle. Keely machte sich auf einen feindseligen Empfang gefasst, als sie zu ihm marschierte.

»Verzeihung«, sagte sie.

Patsy drehte sich um und fasste sie kritisch ins Auge. »Ja? Sie wünschen?«

»Mein Name ist Weaver«, erklärte Keely und wischte sich ihr feuchtes Haar aus der Stirn. »Ich habe vorhin mit Ihrer Frau gesprochen. Ich suche Wade –«

»Da sind Sie nicht die Einzige«, bellte Patsy.

»Wenn er nicht da ist, warte ich auch gerne ein paar Minuten.«

Die dunklen Augen des Mannes flammten zornig auf. »Ich weiß nicht, wo er steckt. Dieser nichtsnutzige ... Er ist nicht zurückgekommen«, knurrte er.

Keely schüttelte den Kopf. »Was soll das heißen? Wo ist er denn hin?«

»Ich weiß es ums Verrecken nicht!«, schrie Patsy. »Er ist losgefahren, um was auszuliefern, und das war's. Ist nicht zurückgekommen. Hat mich auch nicht angerufen. Das war vor Stunden.«

»Aber ich muss ihn sprechen, unbedingt«, sagte Keely.

»Das sitzen wir beide im selben Boot, Lady. Ich verlange mein Geld, und meine Kunden verlangen ihre Pizza. Hören Sie, ich an Ihrer Stelle würde mir hier nicht die Beine in den Bauch stehn.« Die Kellnerin schob sich an Keely vorbei und knallte ein leeres Tablett auf die Theke.

»Zweimal *polpette di carne*«, rief sie.

Keely machte ihr Platz und sah sich verwirrt in dem Lokal um. Sie wusste nicht, ob sie warten sollte. Sie hatte für dieses Treffen all ihre Kraft zusammengenommen und geglaubt, nun wäre es so weit. Bei dem Gedanken, ohne neue Informationen nach Hause zu fahren, sank ihr das Herz. Sie ging wieder in den regnerischen Abend hinaus, stieg in ihren Wagen, ließ den Motor an und schaltete die Heizung ein. *Vielleicht warte ich einfach hier,* dachte sie, *und halte nach ihm Ausschau.* Sie sah noch einmal nach dem Geldkuvert in ihrem Handtäschchen und zog dann den Reißverschluss wieder zu.

Sie stellte das Radio an. Leise Musik erklang in dem unbeleuchteten Wagen. Auch die Scheibenwischer schaltete Keely ein, da sie durch den ständigen Nieselregen nichts mehr erkennen konnte. *Warum ausgerechnet heute Abend?,* dachte sie. *Da nehme ich allen Mut zusammen, um einen Deal zu machen, und der Kerl verschwindet.* Wartend saß sie da und beäugte durch die regenfreie Fläche, die der Scheibenwischer hinterließ, jedes ankommende Fahrzeug, jeden Gast, aber keine Spur von Wades Auto mit der Reklameschrift. Keely wollte Dylan und Abby nicht zu lang allein lassen. Sie hatte ja bereits ein schlechtes Gewissen, dass sie ihren Sohn an seinem ersten Abend nach dem Krankenhaus überhaupt allein ließ.

Nach einer Stunde vergeblichen Wartens beschloss sie, die Sache abzubrechen. Sie würde es morgen wieder versuchen. Als sie den Gang einlegte und langsam von dem Parkplatz auf die Straße bog, fuhr hinter ihr ein Auto los. In gemächlichem Tempo durchquerte sie das innerstädtische Geschäftsviertel. Die Tankstellen, Imbissstuben, Lebensmittelgeschäfte und ein kleiner Baumarkt waren trotz der vorgerückten Stunde und des Regens immer noch hell erleuchtet, und es herrschte reger Betrieb. An der Quincy Street bog sie ab, um über den Cedarmill Boulevard nach Hause zu fahren.

Obwohl immer noch Einkaufsbummler unterwegs waren, gab es um diese Zeit nur wenig Verkehr, und Keely bemerkte, dass ein Wagen hinter ihr ebenfalls auf den Boulevard bog. Nach der nächsten Abzweigung befand sie sich auf der unbeleuchteten, gewundenen Landstraße zu ihrer exklusiven Wohngegend. Aber sie war nicht allein. Auch der Wagen hinter ihr bog ab und folgte ihr weiter – nur dass der Fahrer jetzt das Fernlicht eingeschaltet hatte und die vom Regen gebrochenen Strahlen im Rückspiegel reflektierten.

»Schalt dein verdammtes Fernlicht aus«, fluchte Keely, obwohl sie der andere natürlich nicht hören konnte. Es war dunkel auf der Straße und schwierig, etwas zu sehen, aber jeder Führerscheinbesitzer wusste, dass man so dicht hinter einem anderen Wagen nicht aufblenden durfte. In der Hoffnung, dass der oder die andere es bemerken würde, blinkte Keely kurz mit den Rückleuchten, aber das Auto blieb beständig hinter ihr, gerade so weit weg, dass sein Licht sie weiterhin blendete.

»Verdammt!«, schimpfte sie und beschleunigte. Vielleicht würde sie das Fahrzeug ja abhängen, doch auch dieses gab Gas, sodass es mit grell aufgeblendeten Scheinwerfern immer im selben Abstand hinter ihr blieb. *Zur Hölle mit dir!*, dachte sie. Wenn sie von der Hauptstraße abbiegen würde, dann könnte sie an der nächsten Kreuzung eine Kehrtwende machen. Das verhasste Fahrzeug wäre bis dahin sicher verschwunden. Also setzte sie kurz den Blinker und bog ab. Doch sie stellte fest, dass auch das andere Fahrzeug die Abzweigung genommen hatte. Und urplötzlich, mit einem Übelkeit erregenden Gefühl im Bauch, kam Keely der Gedanke, dass sie und der Wagen hinter ihr nicht zufällig in ein und dieselbe Richtung fuhren. Aus irgendeinem Grund verfolgte er sie.

Keelys Magen verkrampfte sich, und ihre Hände fühlten sich mit einem Mal klamm an, während sie das Lenkrad umfasste. *Hör auf,* dachte sie. *Hör auf, so zu denken. Du machst dich nur selber verrückt. Krieg dich in den Griff. Bloß weil es ein*

dunkler, verregneter Abend und eine einsame Landstraße ist, fängst du an, Gespenster zu sehen. Es gibt keinen Grund auf der Welt, weshalb irgendjemand dich verfolgen sollte.
Die Scheinwerfer rückten plötzlich näher und verschwanden dann. Doch noch ehe Keely begriff, warum, fühlte sie einen dumpfen Aufprall, so, als hätte etwas ihre Stoßstange gerammt. Durch die Wucht der Kollision verlor Keely die Kontrolle über ihr Auto, und es begann unkontrolliert zu schlingern. *Halt es fest,* dachte sie und packte das Steuer mit beiden Händen, da spürte sie von hinten einen zweiten Aufprall. Es war unglaublich. Dieses Auto rammte sie mit Absicht. »Wieso?«, schrie sie hinaus. »Schluss damit!« Doch keiner konnte sie hören. Zu fassungslos, um mehr zu tun, als zu beten und durchzuhalten, ließ sie ihren Wagen über den nass glänzenden Asphalt schlittern und sah eine Böschung. Sie trat auf die Bremsen, aber ihr kleines Geländemobil war nicht länger kontrollierbar. *Gott steh mir bei,* dachte Keely, als sie von der Fahrbahn schoss und die Böschung hinabstürzte, während das andere Auto über ihr in der Nacht verschwand.

»Wo brennt's denn? Was ist los?« Dylan öffnete die Tür des Kinderzimmers. Im Licht des Flurs und von Abbys Nachtleuchte nahe beim Wickeltisch sah er das Baby in seinem Bettchen stehen, die winzigen Fäuste um das Geländer geklammert, das Gesicht rot und verzerrt vom Weinen.
Mit hellen Tränen in den Augen drehte Abby sich zu Dylan um, der als Silhouette unter der Tür stand, und das Geschrei verebbte zu einem kleinen, abgehackten Schluchzen.
»Willst du dein Fläschchen?«, fragte er hoffnungsvoll. »Moment. Ich hol's dir. Ich werd's dir warm machen. Nur eine Minute.« Er hielt einen Finger hoch, um eine Minute anzu-

zeigen, und zog sich dann aus dem Raum zurück. Dabei ließ er die Tür halb offen. Sein Verschwinden löste neuerliches Geheul von Abby aus. Er konnte ihre schrillen Schreie hinter ihm herjagen hören, während er in die Küche stürmte, das Fläschchen aus dem Kühlschrank zog und es in die Mikrowelle stellte.

»Ich komme, ich komme«, brüllte er.

Der Zeitschaltuhr machte »Ping«, und Dylan schnappte das Fläschchen aus dem Gerät, um ins Kinderzimmer zurückzustürmen. Er kam gerade an der Diele vorbei, da ging die Haustürklingel.

O Scheiße, dachte er. Er konnte sich schon denken, wer das war. Die alte Hexe von nebenan. Hatte wahrscheinlich die Bullen gerufen, weil Abby wieder heulte. Er war bereits halb entschlossen, sie dort draußen im Regen stehen zu lassen, aber es läutete zum zweiten Mal, und er wusste, seine Mutter würde wollen, dass er sich darum kümmerte. Sie hatte ihm die Verantwortung übertragen. Also ging er zur Tür, riss sie auf und rief dabei schroff: »Was gibt's?«

Nicole Warner stand auf der Schwelle. »Dylan?«, sagte sie. »Ich bin Nicole.«

»Ich weiß.«

»Ist das Abby, die da schreit?«, fragte sie.

»Ja. Was willst du?«

»Findest du nicht, du solltest das Baby holen?«

»Komm rein«, brummte er und wandte sich von ihr ab, um ins Kinderzimmer zu gehen.

Abby stand noch immer in ihrem Bettchen, das Gesicht blaurot vom Schreien. Dylan hob sie heraus und begann, sie auf den Armen zu schaukeln. »Hey, schau mal, was ich hier für dich hab«, sagte er, aber Abby stieß das Fläschchen, das er ihr hinhielt, weg und verstärkte ihr Geschrei.

Nicole, die Dylan durch den Flur gefolgt war, trat schüchtern ein. »Soll ich's versuchen?«, fragte sie. »Ich hab mich ja schon mal um sie gekümmert.«

Dylan überreichte ihr das Baby wie ein UPS-Päckchen. »Fühl dich eingeladen«, sagte er.

Nicole nahm die Kleine und, als diese sicher in ihren Armen lag, auch das Fläschchen. »Da, Abby«, säuselte sie. »Trink dein Fläschchen.«

Abby weinte weiter und versuchte, Nicole zu entkommen.

»Probier's mit dem Schaukelstuhl«, schlug Dylan vor. »Bei Mom klappt das manchmal.«

Nicole trug Abby hinüber und nahm Platz. »Wo ist deine Mutter denn?«

Dylan warf einen Blick auf die Uhr des Kinderzimmers. Der Zeiger war eine Kuh, die über den Mond sprang. »Sie ist weg. Sollte inzwischen aber zurück sein.«

Nicole stieß den Schaukelstuhl mit ihrem Fuß an und redete beschwichtigend auf das Baby ein, dessen Schluchzer allmählich erstarben. Sie stupste Abbys Lippen mit dem Schnuller an, bis das Baby ihn schließlich akzeptierte und zu saugen begann.

»Uff«, machte Dylan.

»Ich weiß«, flüsterte Nicole. Mit dem Schaukelstuhl wippend, hielt sie Abby in den Armen und schaute auf das Gesicht des Babys. »Wann bist du denn nach Haus gekommen?«, fragte sie wie nebenbei.

Sofort begriff Dylan, dass sie wusste, wo er gewesen war. Es hatte nicht viel Zweck, sich dumm zu stellen. »Heute«, antwortete er.

Nicole nickte, und eine betretene Stille kehrte ein. Zu guter Letzt sagte das Mädchen: »Wohin ist denn deine Mom?«

Dylan sah wieder auf die Uhr. »Eben weg«, erwiderte er gereizt. »Was willst du überhaupt?«

Nicole zuckte mit den Schultern. »Ich sollte hier rüberkommen und so tun, als wäre es meine Idee, nämlich sie – und dich auch, wenn du Lust hast – für morgen Abend zum Essen einzuladen.«

»Wer hatte die Idee denn wirklich?«, fragte Dylan.

»Mein Dad«, antwortete sie. »Ich glaube, er findet deine Mutter ganz sympathisch.«

»Geschieden?«, forschte Dylan.

Nicole schüttelte den Kopf. Sie hielt ihren Blick weiter auf Abby gerichtet. »Meine Mom ist tot.«

Dylan nickte. »Oh. Tut mir Leid.«

Nicole tat seine Entschuldigung mit einem Achselzucken ab.

Er seufzte. »Na ja, vielen Dank für die Einladung, aber ich weiß nicht, worauf sie im Moment Lust hat«, sagte er. Er ging zum Fenster und starrte hinaus in die Dunkelheit. »Ich weiß ja nicht mal, wo sie steckt.«

30

Da hatten Sie noch mal Glück«, meinte der mit einem Overall bekleidete Mann vom Abschleppdienst. »Verdammtes Glück, dass Sie sich nicht überschlagen haben. Ich kann Ihnen gar nicht sagen, wie oft ich solche kleinen Geländeflitzer nach so 'nem Unfall wieder hochziehen musste.«

Keely nickte, heftig zitternd.

»Sind Sie sicher, dass Sie nicht ins Krankenhaus müssen?«, fragte der Abschleppfahrer.

»Nein, mit mir ist alles okay«, murmelte Keely.

Der Mann machte ein paar Notizen auf seiner Schreibunterlage und reichte sie dann Keely. »Da, Ihren Namen bitte. Wissen Sie, Sie sollten den Kerl anzeigen. Die Sorte Spinner macht noch mehr Ärger. Ich verstehe nicht, warum es jeder heutzutage so eilig hat. Ich an Ihrer Stelle würde ihn anzeigen.«

»Ich möchte einfach nach Hause«, antwortete Keely. »Ich habe zwei Kinder, die auf mich warten.«

Der Mann zuckte mit den Schultern. »Na, fahrtüchtig ist er ja. Sind Sie sicher, dass es jetzt wieder geht?«

»Mir geht es prima«, versicherte Keely, während sie ihre Unterschrift an die mit X markierte Stelle kritzelte.

Der Mann gab ihr die Autoservice-Karte zurück, ging dann zu seinem Abschleppwagen und stieg ein. »Halten Sie ihn in der Spur«, rief er Keely aus dem Führerhaus zu.

Keely nickte und setzte sich wieder hinter das Lenkrad. Sie

drehte den Zündschlüssel und stellte die Heizung auf volle Kraft. Binnen weniger Minuten war es im Wageninneren zum Ersticken warm. Keely merkte, dass ihr Schüttelfrost nachließ, fühlte sich aber noch immer nicht fahrbereit. Sie holte das Handy aus ihrer Tasche und starrte es an. Dann tippte sie, ganz langsam, ihre eigene Telefonnummer ein.

»Hallo?«

»Dylan«, sagte sie. »Ist bei euch alles in Ordnung?«

»Ja. Wo, zum Teufel, steckst du denn, Mom?«

»Mir geht's gut. Alles okay«, log sie.

»Hast du dich mit diesem Typen getroffen?«

»Wie? Welchem Typen?«

»Dem von der Pizzeria.«

»Nein«, antwortete sie. »Nein, das nicht. Ich habe lange gewartet, aber er ist nicht aufgetaucht.«

»Oh«, sagte Dylan, und sie konnte die Enttäuschung in seiner Stimme hören.

»Ist mit Abby alles okay?«

»Ja. Zwischenzeitlich sind bei ihr mal die Brennstäbe durchgeglüht, aber diese Nicole kam vorbei und hat mir geholfen, sie von der Decke zu kratzen.«

»Geht es ihr jetzt wieder gut?«

»Ja, sie schläft.«

»In Ordnung«, flüsterte Keely.

»Nicoles Dad möchte uns für morgen zum Abendessen einladen oder so«, sagte er spontan.

Keely gab keine Antwort.

»Mom?«

»Ich hab dich verstanden.«

»Was ist denn los? Du hörst dich so komisch an«, meinte Dylan.

»Mir geht's gut. Alles okay. Ich bin auf dem Nachhauseweg.

Warum sperrst du nicht die Tür zu und gehst ins Bett? Du klingst sehr müde.«

»Weiß nicht«, antwortete er. »Mal sehen.«

Schweigen trat ein.

»Ich wollte nur hören, ob alles okay ist«, sagte Keely. »Damit dir und Abby auch bestimmt nichts fehlt.«

»Hast du mir nicht getraut?«, fragte er.

»Das weißt du besser«, entgegnete sie.

»Bis dann.« Und damit hängte er ein.

Keely atmete auf und steckte das Handy wieder in ihre Handtasche, die auf dem Sitz lag. Sie sah kurz die Straße auf und ab. Es war kein anderes Auto zu sehen. *Das ist bloß irgendein Spinner gewesen,* sagte sie sich. *Musste wahrscheinlich irgendwelchen Frust ablassen, und rein zufällig bist du ihm in die Quere geraten.* So musste es sein, weil sie sich nicht erlauben durfte, zu denken, es sei mit Absicht passiert. Dass jemand sie verfolgt und vorsätzlich von der Fahrbahn gedrängt hatte. Nein, das war ausgeschlossen.

Keely warf einen Blick in den Spiegel und legte ihre zitternden Hände auf das Lenkrad. Plötzlich fürchtete sie sich, auf die Straße zurückzukehren. Sie wollte einfach hier sitzen bleiben und weinen. Aber sie wünschte sich verzweifelt nach Hause, zu ihren Kindern, und dorthin gab es nur einen Weg. Mit einem tiefen Atemzug startete sie den Wagen und fuhr dann vorsichtig auf die stille, verlassene Straße.

Alles war friedlich, als sie daheim ankam. Sobald sie die Türen aufgeschlossen, wieder verriegelt und nach Abby gesehen hatte, rief Keely leise die Treppe hinauf. Dylan antwortete mit einem Brummen. Zufrieden ging Keely in die Küche und machte sich eine Tasse Tee. Sie zögerte, hinauf in Dylans Zimmer zu gehen. Vielleicht, dachte sie, wäre er ja schon eingeschlafen, wenn sie lange genug war-

tete. *Er braucht seine Ruhe,* sagte sie sich. Aber sie wusste, dass sie ihm vor allen Dingen nicht erklären wollte, was passiert war. Vielleicht würde er morgen früh sogar vergessen, sie zu fragen. Und wenn nicht, dann ließe er sich mit irgendeiner vagen Antwort abspeisen. Er brauchte an diesem Punkt in seinem Leben keine zusätzliche Beunruhigung und keine Angst. Sie nippte an ihrem Tee und trödelte so lange herum, bis er kalt war. Sie spürte immer noch das Übelkeit erregende Gefühl, als der andere Wagen sie gerammt hatte – wie die Reifen schlitterten und das Fahrzeug sich zu drehen anfing. So sehr sie sich auch den Kopf zerbrach, sie konnte sich an keinerlei Details dieses anderen Wagens erinnern – auch das ein Grund, nicht die Polizei zu verständigen. Sie hatte ihn ja erst beachtet, als er sie mit dem Fernlicht attackierte. Ab da war es unmöglich gewesen, etwas zu erkennen. Alles, was sie gesehen hatte, war blendende Helligkeit.
Sie stand auf und goss den Inhalt ihrer Teetasse in die Spüle, schlich auf Zehenspitzen die Treppe hinauf und durch den Flur zu Dylans Zimmer. Sie sah, dass die Tür einen Spalt offen stand. Im Zimmer war alles dunkel und still.
Sie schob die Tür auf und erkannte die Umrisse von Dylans Körper in der Dunkelheit. Er lag in T-Shirt und Flanellhose auf dem Bett ausgestreckt, den Kopf auf dem Kissen. Die Füße ragten unter einer Wolldecke hervor, die Ingrid für ihn gestrickt hatte. *Oh, gut,* dachte Keely mit einem Seufzer der Erleichterung. *Er schläft.*
»Mom?«
Sie zuckte zusammen. »Hi, mein Schatz«, flüsterte sie. »Tut mir Leid, dass ich dich gestört habe.«
»Macht nichts«, antwortete er. »Ich hab noch nicht geschlafen.«
Keely zögerte. »Brauchst du irgendetwas? Hast du vielleicht Hunger?«

Die Gestalt auf dem Bett schwieg.
Keely betrat das Zimmer. »Dylan?«, fragte sie.
»Ich brauche nichts«, antwortete er gereizt.
Sie hasste diesen ungehaltenen Ton, als wäre alles, was sie sagte, ein Ärgernis für ihn. Anscheinend machten sie überhaupt keine Fortschritte, standen einander nicht näher als ... vorher.
»Was ist los, Dylan?«, fragte sie. »Was hast du?«
»Was hat dich heute Abend so lange aufgehalten?«, entgegnete er.
Sofort begann Keely eine Lüge zu formulieren. Dann aber wurde ihr klar, dass sie es schon wieder machte: Genau das, was sie geschworen hatte, nie wieder zu tun – ihn zu behandeln, als könnte sie ihm nicht die Wahrheit anvertrauen. Als wäre er zu jung, um zu verstehen.
»Na ja, ich ... ich hab ziemlich lang dort gewartet, dass dieser Mensch aufkreuzt«, sagte sie. »Als er nicht kam, bin ich nach Hause gefahren. Ein fremder Wagen ist mir gefolgt, und ich ... wir hatten fast einen Unfall. Mein Auto ist von der Fahrbahn geraten. Ich musste einen Abschleppdienst rufen.«
Dylan setzte sich in seinem Bett auf. »Was war los? Hast du zu schnell gebremst?«
Keely nagte an ihrer Unterlippe. Wie viel sollte sie ihm verraten?, dachte sie.
»Was ist passiert, Mom?«, verlangte er zu wissen.
»Ich will nicht, dass du dich aufregst, Dylan. Du bist gerade erst aus der Klinik zurück und –«
»Sag's mir«, forderte er unnachgiebig.
»Das andere Fahrzeug ... hat mich zweimal gerammt«, antwortete sie.
Er schwieg. In der Dunkelheit des Zimmers konnte sie sein Gesicht nicht sehen. »Ich weiß nicht, womit ich diesen

Typen so provoziert habe«, sagte sie im Bemühen, beiläufig zu klingen. »Aber irgendetwas muss es gewesen sein. In der einen Minute fuhr ich noch ganz normal, und in der nächsten hat er mich mit seiner Stoßstange gerammt. Die Straße war nass, und ehe ich's mich versah –«

»Er hätte dich umbringen können«, konstatierte Dylan.

»Oh, ich bitte dich, Schatz. *So* schlimm war es auch wieder nicht.«

»Aber es hätte so schlimm werden können«, sagte er.

»War's aber nicht, ja?«, entgegnete Keely in bestimmtem Ton.

Dylan schwieg eine Minute. Dann meinte er kalt: »Was, wenn du gestorben wärst?«

»Ach, sei nicht albern«, erwiderte sie. »So schnell bringt mich nichts um.«

»Was heißt da ›albern‹? Bei Dad war es so.«

Ihr fiel auf, dass er Mark nicht erwähnte. »Ich meinte ja auch nicht ›albern‹«, verbesserte sie sich behutsam. »Wahrscheinlich ist es nach allem, was du erlebt hast, ganz natürlich, wenn du dir Sorgen machst. Aber, Dylan, du weißt sehr gut, dass Dad … sich selber das Leben nahm.«

Dylan griff automatisch nach dem Verband, den er immer noch um seinen Hals trug. Keely erinnerte sich an Dr. Stovers Worte. Dass der Junge wegen Richards Tod viel Schmerz empfand, den er nicht geäußert hatte. *Das ist jetzt kein guter Zeitpunkt,* dachte sie sofort. Und dann musste sie sich eingestehen, dass sie nur versuchte, sich vor einem schwierigen Gespräch zu drücken. Wann wäre denn ein guter Zeitpunkt? Sie ging hinüber und setzte sich auf Dylans Bettkante.

»Wir haben nie so richtig über Dads Tod gesprochen«, sagte Keely.

»Doch, haben wir«, entgegnete er.

»Du warst noch so klein, als es passiert ist. Ihn in diesem Zustand zu finden – das war schrecklich für dich. Wahrscheinlich hätte ich jemanden suchen sollen, bei dem du dich aussprechen kannst. Einen Fachmann, um dir darüber hinwegzuhelfen. Ich habe dir zu helfen versucht, aber offensichtlich nicht sehr gut.«
»Ich möchte das jetzt nicht breittreten«, sagte er durch zusammengebissene Zähne. »Warum rührst überhaupt darin herum?«
»Ich möchte nur sichergehen, dass du verstehst, Dylan. Dads Tod – das hatte nicht das Geringste mit dir zu tun. Dad liebte dich sehr. Er wollte dich nicht allein lassen. Und auch mich nicht. Seine Kopfschmerzen waren schuld. Er hat sehr gelitten.«
Von Dylan kam nichts als Grabesstille.
»Wahrscheinlich erinnerst du dich gar nicht mehr an das alles, aber Dad war sein Leben zur Qual geworden. Er ging zu allen möglichen Ärzten, versuchte alle möglichen Therapien. Nichts hat geholfen. Die Anfälle folgten immer dichter hintereinander. Ohne Pause. Er konnte einfach nicht so weitermachen«, sagte sie. »Ich weiß nicht, ob ich dir das je richtig erklärt habe –«
»Du weißt überhaupt nichts«, erwiderte er mit erstickter Stimme.
Sein Vorwurf erschreckte sie. »Dylan!«
»Tut mir Leid«, murmelte er. »Vergiss es.«
»Ich fürchte, das kann ich nicht«, antwortete sie. »Warum hast du das gesagt?«
Wieder keine Reaktion. Sie wartete.
»Ich hätte das nicht sagen sollen …«, brummte er.
»Aber du hast es gesagt.«
»Ich hab einfach keine Lust, darüber zu reden«, erwiderte er.

»Nun, es tut mir Leid, aber nicht darüber zu reden, hat uns nur Kummer gebracht. Also, wenn du mir irgendetwas zu sagen hast, warum sprichst du es dann nicht einfach aus? Falls du mir Vorwürfe machst, nur zu. Ich werde es dir nicht übel nehmen. Versprochen.«

Erneut eine lange Schweigepause.

Als er wieder redete, waren seine Worte ganz und gar überraschend. »Ich habe dir etwas verheimlicht«, sagte er. »Über Dad.«

Keely fühlte, wie sich ihr die Nackenhaare aufstellten. »So?«, fragte sie mit krampfhafter Gelassenheit.

Dylan seufzte. »Du wirst sauer auf mich sein.«

Keely schüttelte den Kopf, obwohl sie ihr Herz laut in den Ohren pochen hörte. Sie versuchte, unbekümmert zu klingen.

»Probier's«, sagte sie.

»Es ist passiert … Es geht darum, als … Dad starb.«

Oh mein Gott, dachte Keely.

»Was ist?«, fragte sie.

Dylan rutschte herum, als würde ihn die Decke kratzen. Anscheinend bereitete das, was er zu sagen versuchte, ihm auch körperliches Unbehagen. Keely zwang sich zur Geduld, dazu, ihn nicht zu drängen. Er musste da etwas aussprechen, selbst wenn sie es nicht hören wollte.

»Du wirst mich umbringen«, sagte er.

Keely zwang sich, die Ruhe zu bewahren. »Das glaube ich nicht«, erwiderte sie betont lässig. »Ich hab dich ja gerade erst wieder zurückbekommen.« Ihr Versuch zur Unbekümmertheit misslang. Sie hörte selbst das Zittern in ihrer Stimme. »Aber ich werde jetzt nicht lockerlassen. Es steht zu viel auf dem Spiel.«

Dylan zögerte. »Er hat eine Nachricht hinterlassen«, sagte er nüchtern.

Keely starrte ihn an. »Eine Nachricht?«
»Einen … Abschiedsbrief. Auf dem Computer. Ich hab ihn gelöscht.«
Keely fühlte, wie ihr die Tränen in die Augen schossen. Der Tag von Richards Selbstmord stand vor ihren Augen, so lebendig, als wäre es gestern gewesen. »Dylan«, sagte sie fassungslos.
»Ich wusste ja, du drehst durch, wenn ich dir's erzähle.«
Tu's nicht, warnte sie sich. *Bestraf ihn nicht dafür, dass er dir die Wahrheit sagt. Das ist die Bürde, die er abschütteln muss.* Aber trotzdem platzte es aus ihr heraus: »Warum hast du das getan?«
»Weil ich böse bin, okay? Ganz, ganz böse.«
»Dylan, sag so etwas nicht. Du bist ein guter Junge, schon immer gewesen. Ich möchte das *nie mehr* von dir hören«, erwiderte sie scharf. »Es freut mich, dass du es mir erzählt hast. Ich verstehe nur nicht, warum hast du das getan? Was stand in dieser Nachricht?«
Dylan machte die Augen zu und schüttelte den Kopf. »Ich weiß es nicht mehr. Ich weiß es nicht.« Dann seufzte er. »Doch, ich weiß.«
Keely beobachtete ihn gespannt und wartete.
»Es war, wie du gesagt hast … Ich hatte Angst –«
»Angst?«, rief sie. »Vor was?«
»Ich wollte nicht, dass du es erfährst. Ich dachte, du wärst dann wütend auf ihn«, antwortete er kleinlaut.
»Wütend auf ihn? Ist das dein Ernst? Er hat sich erschossen, um Himmels willen.«
»Siehst du? Ich wusste, ich sollte es dir nicht sagen.«
Keely hob kapitulierend ihre Hände. »Tut mir Leid«, erwiderte sie mit einem tiefen Atemzug. »Tut mir Leid.«
»Ich wusste nicht, was ich tun soll. Ich war damals ja erst neun«, schluchzte er.

Keely nickte. »Ich verstehe. Tut mir Leid. Dylan, wie lautete diese Nachricht?«

»Ich erinnere mich nicht mehr ganz genau«, antwortete er unglücklich.

»Sag mir, woran du dich erinnerst«, verlangte sie.

»Ich wusste, du wirst sauer.«

»Ich muss es wissen«, beharrte sie. »Ging es um seine Kopfschmerzen?«

»Es ging nicht um die Kopfschmerzen«, rief er. »Davon rede ich ja.«

Keely starrte ihn an. »Um was dann? Bitte, Schatz. Ich bin nicht sauer. Sag es mir ...«

»Er hat jemanden umgebracht«, erklärte Dylan unverblümt.

»Dylan, mein Gott!«, schrie sie auf.

»Ich sag die Wahrheit, Mom. Die Nachricht stand auf seinem Computermonitor, als ich Dad fand. Ich hab sie nur einmal gelesen, aber diesen Teil werd ich nie vergessen. Er und irgendein Freund von ihm haben es getan. Und er fühlte sich schuldig. Er konnte mit diesen Schuldgefühlen nicht mehr leben. Das war die Nachricht.«

»Ich kann einfach ... Ich glaube einfach nicht ...« Keely schüttelte den Kopf.

Dylan beugte sich zu ihr vor. Sie konnte seine Augen sehen: groß und voller Schrecken. »Ich weiß nicht, Mom. Ich war damals erst neun. Ich kam in das Zimmer. Ich sah ihn auf dem Fußboden liegen. Ich hab gelesen, was er geschrieben hatte. Es stand auf dem Bildschirm. Manche Worte kannte ich nicht einmal. Ich war ja noch in der vierten Klasse. Teilweise kapierte ich überhaupt nichts. Aber er schrieb, er hätte jemanden getötet. Das weiß ich. Er und ein Freund von ihm. Und er könnte nicht mehr mit sich selber leben. Ich wusste nicht ... ich wollte nicht, dass du das siehst. Also habe ich es gelöscht. Tut mir Leid, Mom.«

Keely presste sich die Handgelenke auf die Augen. »O mein Gott«, sagte sie.

»Ich weiß, ich hätte es nicht tun sollen. Ich fürchtete mich nur einfach, es dir zu erzählen.«

Tränen in den Augen, blickte sie zu ihm auf. Sie konnte ihn noch immer als Neunjährigen vor sich sehen, klein, mit knubbeligen Knien, noch halb an den Weihnachtsmann und die Zahnfee glaubend. Konfrontiert mit einer Realität, vor die niemand – erst recht kein Kind – gestellt sein sollte. Und trotz all dieses Entsetzens dachte er, irgendwie seine Mutter schützen zu müssen. Die Vorstellung war niederschmetternd – ein todunglücklicher kleiner Junge, der beschloss, sie, Keely, zu schonen. »O Dylan, du warst doch noch ein Kind. Woher solltest du es wissen? Du hast geglaubt, das Richtige zu tun.«

»Du bist nicht wütend auf mich?«, fragte er.

Keely schüttelte den Kopf. »Nein, natürlich nicht, Liebling. Du hast versucht, mich zu schonen. Aber wen? Wen hat er getötet? Und warum? Nein, das ist ausgeschlossen. Das hätte er mir erzählt. Und wer war dieser Freund? Stand das in dieser Nachricht?«

»Ich erinnere mich nicht mehr«, gestand Dylan geknickt. »Aber in letzter Zeit frage ich mich ...«

Sie starrten einander durch das Halbdunkel an. Keely riss die Augen auf.

»Mark?«, hauchte sie.

Dylan starrte zurück. »Genau das ist meine Frage.«

»O Gott, was kann er nur gemeint haben?«, stammelte sie. »Es niemals zu erfahren, das ist einfach ... so frustrierend. Niemals Klarheit zu besitzen ...«

»Ehrlich gesagt, habe ich mir darüber ein paar Gedanken gemacht«, gestand Dylan.

Er warf die Strickdecke beiseite, zog seine Knie bis unters

Kinn, legte den Kopf darauf und schlang seine Arme um die Beine.

Keely betrachtete ihn verblüfft.

»Ich dachte mir, vielleicht gibt es eine Möglichkeit …«

Sie ließ ihre Hände sinken und starrte ihn an. »Welche?«, fragte sie. »Was meinst du damit?«

31

In einem langen, türkisfarbenen Velourbademantel und rosa Plüschpantoffeln öffnete Ingrid Bennett die Haustür. Dylan brach bei ihrem Anblick in ein breites Grinsen aus. »Hey, Oma«, rief er, während er sie fest an seine Brust drückte.

Ingrid legte die Arme um ihn und klopfte mit beiden Händen auf die Lederjacke, die er trug, als hätte sie Zweifel, ob er es wirklich war. »Hallo, mein Liebling. Ich habe mich ja so gefreut, zu hören, dass du wieder daheim bist. Hast du heute Nacht gut geschlafen, in deinem eigenen Bett?«, fragte sie, während sie einen Schritt zurückwich, um mit besorgter Miene in seinen Augen zu forschen.

Keely und Dylan wechselten einen Blick. »Ich hatte zuerst ein paar Einschlafschwierigkeiten«, antwortete er. »Aber es geht mir gut. Mom sagt, du bist diejenige, die krank ist.«

Ingrid sah zu Keely auf, die hinter ihrem Sohn an der Haustür stand. »Mir geht's schon wieder besser«, erklärte sie mit matter Stimme. »Kommt rein. Ich hol euch was zum Essen.«

»Ich will nichts essen, Oma«, erwiderte Dylan. »Ich bin nur gekommen, um dich zu sehen.«

»Das stimmt«, bestätigte Keely, während sie, mit Abby auf dem Arm, ins Haus trat. »Ingrid, du solltest zurück ins Bett, wo du hingehörst.«

»Ich kann ein Weilchen aufbleiben, zumindest im Sitzen«, beharrte Ingrid und sagte zu Dylan: »Es ist so schön, dich zu sehen. Tut's denn weh?« Sie deutete auf den Verband an seinem Hals.

»Nicht allzu sehr«, antwortete der Junge.

Ingrid schlurfte zu ihrem Lieblingssessel, nahm vorsichtig Platz und seufzte. Mit funkelnden Augen starrte sie Dylan an. »Weißt du, du hast mich halb zu Tode erschreckt.«

»Tut mir Leid, Oma«, murmelte er.

»Was macht die Schonkostdiät?«, fragte Keely. »Hilft es irgendwas?« Sie setzte Abby ab und zog aus dem Wandschrank im Flur den Eimer voll Spielsachen. Zufrieden begann das Kind zu spielen.

Ingrid zuckte mit den Schultern. »Helfen tut's schon«, antwortete sie. »Zusammen mit der Medizin, die mir der Arzt gegeben hat. Obwohl ich den Geschmack von diesem Zeug hasse. Es ist, als würde man Kalkbrühe trinken. In zwei Wochen muss ich zum Röntgen, aber ich merke schon eine Besserung. Mein Gott, ich kann euch ja gar nichts anbieten! Ihr hättet euch vorher anmelden sollen.«

»Genau deshalb haben wir das sein lassen«, entgegnete Keely. »Wir wussten, du würdest putzen und kochen; dabei solltest du im Bett bleiben.«

»Ich werde schnell müde«, gestand Ingrid.

»Komm, Oma. Ich helfe dir wieder in dein Zimmer«, sagte Dylan.

Ingrid sah ihn fassungslos an. »Was redest du da? Deinen Besuch verpassen? Das fiele mir im Traum nicht ein.«

»Du verpasst ihn ja gar nicht«, erwiderte Dylan. »Ich dachte, ich übernachte heute bei dir. Dann kann ich ein Auge auf dich haben.«

»O nein, Schatz«, rief Ingrid bestürzt. »Ich habe doch gar nichts vorbereitet. Das Nähzimmer ist ein einziges Durcheinander. Nicht mal das Schlafsofa ist hergerichtet. Du hättest mich anrufen sollen.«

»Stimmt«, sagte Dylan. »Damit du wieder krank wirst, vor lauter Matratzen heben und Lebensmittel einkaufen.«
»Ich räume das Nähzimmer auf«, erklärte Keely. »Das heißt, wenn du willst, dass er dableibt.«
Ingrids Augen blitzten. »Wenn ich will?«, wiederholte sie empört.
»Und ich werde auch etwas kochen«, fuhr Keely fort. »Ich laufe schnell in den Laden und besorge ein bisschen Proviant. Ich hätte es ja schon früher getan, aber …«
»Keine Sorge, Schatz, ich weiß Bescheid«, erwiderte Ingrid, und Keely fühlte, wie sie bei der ungewohnten Herzlichkeit ihrer Exschwiegermutter errötete.
»Zuerst lass mich mal dort rein«, sagte sie, »das Schlafsofa herrichten.« Sie drehte sich noch einmal um und deutete auf Ingrid, die angefangen hatte, sich aus ihrem Sessel zu erheben. »Du bleibst sitzen. Ich weiß, wo alles ist.«
Ingrid nahm seufzend wieder Platz. Dylan machte es sich neben ihr auf dem Boden bequem, lehnte seine Stirn an ihre von dem Bademantel verhüllten Knie, und sie streckte eine Hand aus, um sie auf seinen frisch rasierten Kopf zu legen. Der Anblick der beiden tat Keely in der Seele weh: Jeder von ihnen litt, jeder suchte Trost bei dem anderen.
Sie ging durch den Flur ins Nähzimmer und knipste das Licht an. Der Raum war in einem Zustand, als sei Ingrid mitten aus einer größeren Aufräumaktion herausgerissen worden. Während Keely die Stoffballen und Kochrezeptstapel ordnete, warf sie immer wieder einen Blick zu dem Computer auf dem Ecktisch.
Zuerst hatte sie gegen Dylans Plan protestiert. Doch Dylan versicherte, dass er alles genau durchdacht habe. Ingrid benutzte immer noch den PC seines Vaters, den Keely ihr angeboten hatte, als sie wieder hierher gezogen waren. Mark besaß eine nagelneue Computerausrüstung, und Richards

veraltetes Modell brauchten sie eigentlich nicht. Es war möglich, dass dieses Gerät immer noch Richards Abschiedsbotschaft enthielt. Sobald Ingrid eingeschlafen und Dylan im Gästezimmer allein war, beabsichtigte er, nach dieser Datei zu suchen. Keely wusste, dass ihr Sohn sich mit Computern auskannte, wie sie es nie tun würde. Er geriet nach seinem Vater. Falls die Nachricht überhaupt noch vorhanden war, dann wäre er derjenige, der sie finden konnte.

»Wenn's sein muss«, hatte er gesagt, »bleib ich die ganze Nacht auf.«

Keely meinte, er bräuchte seinen Schlaf.

»Aber das hier brauche ich mehr«, lautete seine Antwort.

Sie wusste, dass Dylan Recht hatte. Über eines waren sie sich einig: Dass es Ingrid nur aufregen würde, wenn sie wüsste, was er plante. Sie fände das schrecklich. Darum beschlossen Keely und Dylan, ihr nichts zu sagen.

Sie konnte das Stimmengemurmel der beiden, durchsetzt von Abbys vergnügtem Lallen, aus dem Wohnzimmer hören. Keely hasste es, andere zu täuschen, aber nur so würde sie Klarheit finden. Dylan konnte sich lediglich daran erinnern, dass Richard und ein Freund jemanden getötet hatten, weshalb Richard schreckliche Schuldgefühle empfand. Er und Mark kannten sich damals schon seit Jahren. Jeder hier in der Stadt hatte Keely erzählt, was für tolle Freunde sie gewesen waren. Und doch konnte sie sich nicht entsinnen, dass Richard während der Verlobungszeit mit ihr oder während ihrer Ehe je Mark erwähnt hätte. Irgendetwas war zwischen den beiden passiert. Keely hatte immer die Zeit und die Entfernung als Ursache gesehen. Auch Mark ließ nie etwas anderes verlauten. Wenn aber mehr dahinter steckte als das? Und wenn es mit Marks Tod zu tun hatte? Falls es einen Zusammenhang gab, dann musste sie ihn herausfinden.

Sie steckte die Ecken des Bettlakens unter die Sofamatratze und bezog das Daunenkissen. Dylan wollte irgendetwas Hilfreiches tun. Sie hatte das Gefühl, wenn es ihm gelänge, diese Nachricht zu finden, dann täte ihm das besser als noch so viel Schlaf und Erholung. Mit einem tiefen Atemzug kehrte sie wieder ins Wohnzimmer zurück.

»In Ordnung«, verkündete sie fröhlich. »Ich sause jetzt schnell in den Laden, um etwas fürs Abendessen zu besorgen. Was braucht ihr sonst noch? Wie wäre es mit Suppe? Oder Pudding? Ich mach euch ein bisschen Pudding, soll ich?«

Ingrid lächelte, und ihr Gesicht wirkte so friedlich, wie Keely es schon lange nicht mehr erlebt hatte. »Hört sich gut an«, pflichtete sie bei. Dylans Anwesenheit war Balsam für Ingrids Seele.

»Hol auch ein paar Schokoküsse!«, sagte Dylan.

»Schokoküsse!«, protestierte Keely, aber Ingrid lachte nachsichtig. »Na schön«, lenkte sie ein. »Betrachte sie als gekauft.«

Sie zog los zu ihrer Besorgungstour, obwohl es ihr schwer fiel, sich darauf zu konzentrieren. Bei ihrer Rückkehr saßen Dylan und Ingrid zusammen auf dem Sofa und brüteten über einer ernsthaften Partie Gin-Rommee, während Abby sich einen Trickfilm im Fernsehen anschaute.

Keely ging in die Küche, um das Abendessen vorzubereiten, und während sie herumhantierte, rief sie rasch bei Tarantino's an. Zu ihrer Erleichterung nahm Gina den Hörer ab. Keely meldete sich mit leiser Stimme und fragte nach Wade.

»Ich weiß nicht, wo er steckt«, antwortete Gina. »Er ist bis jetzt nicht zurückgekommen.«

»Und er gab auch nicht telefonisch Bescheid?«, fragte Keely.

»Nein«, sagte Gina. »Nichts. Den Lieferwagen haben wir hier im Einkaufscenter gefunden. Er war dort abgestellt, mit dem Schlüssel im Zündschloss.«

»Könnten Sie mir vielleicht Wades Privatnummer und Adresse geben? Es ist wirklich wichtig«, bat Keely.

»Das darf ich eigentlich nicht tun«, erwiderte Gina. Ein kurzes Schweigen entstand. Dann: »Ach, zum Teufel, was soll's! Wenn der sich beschweren würde, hätte er echt Nerven!«

»Danke«, sagte Keely, während sie rasch die Angaben notierte und sich den Zettel in die Tasche stopfte. Sie legte gerade den Hörer auf, da kam Ingrid in die Küche. »Findest du dich zurecht?«, fragte sie.

»Kein Problem«, erwiderte Keely. »Jetzt geh und setz dich wieder hin. Überlass alles mir.«

Keely blieb bis kurz nach dem Abendessen und einem hastigen Abwasch. Dann sammelte sie Abbys Sachen ein, nahm das Baby und wünschte eine gute Nacht. »Morgen früh komme ich wieder und hol ihn ab.«

»Vielleicht will ich ihn ja behalten«, sagte Ingrid mit schelmischem Augenzwinkern.

»Den kriegst du nicht«, erwiderte Keely fröhlich, nahm Dylan kurz in die Arme und flüsterte: »Viel Glück.« Dylan zog sich von ihr zurück, als hätte er nichts gehört. Doch bevor sich die Tür hinter ihr schloss, tauschten sie einen raschen Blick aus, und er nickte.

Keely ging mit Abby zu ihrem Wagen, schnallte sie in den Kindersitz und rutschte dann hinter das Lenkrad. Sie zog Wades Adresse aus der Hosentasche. Am liebsten wäre sie sofort dorthin gefahren, aber nach dem knappen Entkommen gestern Abend wollte sie kein Risiko eingehen, wenn Abby mit im Auto war. Eine Minute überlegte Keely, was sie tun sollte. Dann fuhr sie, die Lippen entschlossen zusammengepresst, nach Hause, bog jedoch in die Zufahrt der Warners ein.

Nicole öffnete auf ihr Klopfen. »Hi«, sagte das Mädchen fröhlich strahlend.

»Hi«, antwortete Keely. »Wie geht's dir?«

»Gut«, erwiderte das Mädchen. »Kommen Sie rein. Ist Dylan noch bei seiner Großmutter?«

Im ersten Moment war Keely verblüfft. Dann fiel ihr ein, dass Dylan mit Nicole telefoniert hatte, weil sie nicht zum Abendessen kommen könnten, sondern zu Besuch bei Ingrid seien. »Er wird dort übernachten«, erklärte Keely. »Hör mal, Nicole, ich weiß, das ist etwas überfallartig, aber könnte ich Abby wohl bei dir lassen? Es dauert nicht lange.«

»Klar«, antwortete das Mädchen. »Warten Sie einen Moment. Ich sage nur meinem Dad, dass Sie hier sind.«

»Nein, wirklich. Ich habe es eilig«, entschuldigte sich Keely.

In diesem Augenblick betrat Dan Warner den Flur, in seiner Rechten den Sportteil der Tageszeitung. »Keely, hallo!«, rief er fröhlich.

»Hi, Dan. Ich habe Nicole gerade gesagt, ich muss Abby ein kleines Weilchen bei Ihnen lassen.«

»Kein Problem«, erwiderte Dan. »Wo wollen Sie denn hin?«

Keely fühlte, dass sie rot anlief, und deutete vage in Richtung ihres Wagens. »Ich muss mich nur mal … äh … mit jemandem treffen.«

»Schatz, geh mit Abby doch ins andere Zimmer, ja?«, sagte Dan.

Gehorsam nahm Nicole das Baby in den Arm und flüsterte: »Komm mit. Ich hab ein Plätzchen für dich. Jawohl.«

Keely setzte ein gezwungenes Lächeln auf. »Vielen Dank. Ich weiß, dass ist sehr kurzfristig …«

Dan betrachtete sie mit kritischem Blick. »Bei seinem gestrigen Anruf erzählte Dylan, jemand hätte Sie abends von der Fahrbahn gedrängt«, sagte er unvermittelt.

Keely seufzte. »Oh. Das war bloß ... das hätte jedem passieren können. Heutzutage sind ja so viele ungeduldige Fahrer unterwegs.«

»Und von dem Typen von ›Tarantino's Pizza‹ hat er auch erzählt – nicht mir, sondern meiner Tochter. Dass der Kerl Geld von Ihnen will.«

Dylan!, dachte Keely erbost. Da posaunte er ihre Privatangelegenheiten in der ganzen Stadt herum! Man musste ihm einmal klar machen, dass es sich hier um Dinge handelte, die kein anderer erfahren durfte. Dan starrte Keely an, während er auf eine Erklärung wartete. »Ach, Sie wissen ja, wie Kinder sind«, antwortete sie leichthin. »Die bauschen doch zu gern alles auf.«

Dan legte die Zeitung auf den Flurtisch, verschränkte die Arme vor seiner Brust und schaute Keely an. »Machen Sie ihm keine Vorwürfe, dass er es ihr erzählt hat. Er ist besorgt wegen dem ganzen Kram.«

Keely seufzte. »Ich weiß ja«, gestand sie, Dans Blick ausweichend.

»Hat dieser kleine Ausflug heute Abend damit zu tun?«

Keely überlegte, ob sie lügen solle, aber Dan hatte etwas, das diese Möglichkeit von vornherein verbot. »Ich muss diesen Burschen finden. Ich habe seine Privatadresse.«

»Wen?«, fragte Dan. »Diesen Erpresser? Den Typen, der Sie neulich Abend in Ihrem Haus umgestoßen hat?«

»Hören Sie, ich erwarte nicht, dass Sie das verstehen«, sagte Keely.

Dan öffnete die Tür des Flurschranks und zog eine Jacke heraus. »Oh, ich verstehe schon«, erwiderte er. »Ich verstehe, dass Sie dort allein nichts zu suchen haben. Also komme ich mit.«

»Ich möchte keine Beteiligung von Außenstehenden«, protestierte Keely scharf.

»Nicki«, rief er laut. »Ich fahre mit Mrs. Weaver. Wir sind bald wieder da.«

»Okay, Dad«, rief das Mädchen aus der Küche zurück.

Dan deutete mit einem Kopfnicken Richtung Tür. »Vorwärts«, sagte er, »und keine Widerrede. Bringen wir die Sache hinter uns.«

32

Mit Dan als Fahrer und Keely als Lotse fanden sie die Straße in dem heruntergekommensten Viertel von St. Vincent's Harbor, wo Wades Wohnung lag. Es war ein zweistöckiger, durch jahrelangen Schmutz und Verwahrlosung schwarz gewordener Backsteinbau aus der Vorkriegszeit. Das Erdgeschoss des Gebäudes beherbergte einen Möbel-Discount, dessen lange verdreckte Fensterreihe ein Sortiment von klobigen Sofas, Sesseln, Stühlen und nicht glasierten Keramiklampen füllte. Das Geschäft war geöffnet, und ein paar Leute hielten sich darin auf. Keely ging zu der Haustür, links neben den Schaufenstern, und stieg über eine schlecht beleuchtete Treppe in den ersten Stock. Von den vier Türen hier oben trugen die beiden vorderen den Namen des Möbelladens, die beiden anderen Wohnungsnummern. Keely verglich diese Nummern mit der Adresse auf ihrem Zettel, und als sie die gesuchte entdeckte, klopfte sie an. Sie wartete. Es kam keine Antwort, kein Geräusch von drinnen. »Wade«, rief Keely laut. »Sind Sie da?«

Weiterhin keine Antwort. Aus der zweiten nummerierten Tür erschien der Kopf eines alten Mannes mit Halbglatze und Hornbrille.

»Entschuldigung«, sagte Keely. »Kennen Sie den Typen, der hier wohnt?«

»Der färbt sich die Haare wie'n Mädchen«, erwiderte der Alte. »Is'n mieser Dreckskerl.«

»Genau den«, rief Keely. »Haben Sie ihn in letzter Zeit gesehen?«
»Nein«, antwortete der Alte barsch, »und ich hoffe, ich tu's so schnell nicht wieder.« Damit zog er sich in seine Wohnung zurück und knallte die Tür zu.
Keely klopfte noch ein paarmal bei Wade an, aber es hatte keinen Zweck: Niemand reagierte. Enttäuscht stieg sie die Treppe hinunter. Als sie in den engen gefliesten Hausflur gelangte, ging hinter ihr die Tür des Möbelladens auf, und ein Mädchen mit scharfen Gesichtszügen und blondem wallendem Haar kam heraus. Es trug eine kastanienbraune Lederjacke, deren Reißverschluss zugezogen war, und spitze schwarze Stiefel. Mit einem flüchtigen »'tschuldigung« eilte es an Keely vorbei und trat vor eines der hell erleuchteten Schaufenster, um sich eine Zigarette anzuzünden.
Keely zögerte. Dann ging sie zu der jungen Frau. »Verzeihung. Arbeiten Sie hier?«
Das Mädchen zuckte mit den Schultern. »Der Laden gehört meinem Vater.«
Keely nickte. »Ich verstehe. Ich suche jemanden – er wohnt hier im ersten Stock. Wade Rovere. Kennen Sie ihn zufällig?«
Das Mädchen verzog sein Gesicht. »O ja, den kenn ich.«
»Haben Sie ihn heute gesehen?«, fragte Keely.
»Nein, hab ich nicht. Aber ich würd's gern. Er ist mit der Miete im Rückstand.«
»Wissen Sie, wo er sein könnte?«, fragte Keely weiter.
Das Mädchen schüttelte den Kopf und steckte sich dann eine lange Haarsträhne hinter ein zierliches rundes Ohr, das mit einem großen Ring aus glänzendem Gold geschmückt war. »Nein, aber wir sind auch nicht unbedingt Freunde, wenn Sie verstehen, was ich meine.«

»Angeblich ist er heute nicht zur Arbeit gekommen«, sagte Keely.
»Der sitzt wahrscheinlich wieder. Im Knast.« Das Mädchen beäugte sie kritisch. »Wer sind Sie überhaupt? Sie sehen nicht aus wie eine Bekannte von ihm.«
»Nein, er ... äh ...« Keely suchte nach einer Ausrede. »Er hat meine Brieftasche gefunden. Ich wollte sie mir nur abholen.«
»Ahhh«, sagte das Mädchen wissend. Sie legte den Kopf in den Nacken und stieß eine Rauchfahne aus. »Hoffentlich haben Sie Ihre Kreditkarten sperren lassen.«
»Na ja ... nein«, stammelte Keely, als ihre Geschichte sich verkomplizierte.
»Verzeihen Sie, wenn ich das sage«, erwiderte das Mädchen, »aber Sie sind nicht allzu clever. Wollte er wegen der Rückgabe mit Ihnen verhandeln?«
Die Rauchkringel wehten Keely ins Gesicht, bevor sie sich in der Nachtluft auflösten. »Nun ja, er erwähnte etwas von einer ... Belohnung ...«
»Die Brieftasche können Sie sich, glaub ich, abschminken«, sagte das Mädchen. Es stieß eine letzte Rauchwolke aus, schleuderte die Kippe dann auf den Bordstein und zertrat sie mit der Stiefelspitze. »Wahrscheinlich ist er losgezogen, um mit Ihren Karten irgendwo ein Shopping-Marathon zu machen.«
»Meinen Sie?«, fragte Keely.
»Sie kennen ihn nicht. Glauben Sie mir«, sagte das Mädchen. »Besser, Sie lassen diese Karten sperren. Sie werden eh nichts mehr von ihm hören.« Dann seufzte sie. »Seit dem Tag, als er hier einzog, hat er nichts als Scherereien gemacht. Der Alte von dort oben, Mr. Varbero ...«
»Den hab ich gesehen«, sagte Keely.
»Wade hat ihm ein Loch in die Tür getreten, nur weil er ihn

bat, seine Musik etwas leiser zu drehen. Er drangsaliert ihn ständig.«

»O nein«, rief Keely.

»Der Alte hat zu viel Angst vor ihm, um ihn anzuzeigen. Natürlich war ich diejenige, die dem Kerl die Wohnung vermietet hat, als mein Dad und meine Stiefmutter gerade in Urlaub waren. Er machte 'nen ganz netten, liebenswürdigen Eindruck ...« Sie schüttelte den Kopf. »Hat mich voll um den Finger gewickelt. Als er zurückkam, erkundigte sich mein Dad nach ihm und fand heraus, dass der Typ vorbestraft ist. Mann, hab ich was zu hören gekriegt.« Sie verdrehte die Augen.

Keely zögerte. Dann kritzelte sie hastig ihren Namen auf einen Zettel und reichte ihn dem Mädchen. »Falls er zurückkommt, würden Sie ihm dann bitte sagen, dass ich ihn suche?«

Das Mädchen hob die Hände, als wolle es nichts damit zu tun haben. »Stecken Sie ihm das in den Briefkasten. Nummer drei. Gleich dort drüben.« Sie zeigte auf eine Reihe verrosteter Messingkästen an der Hausmauer. »Eiskalt ist es hier draußen. Ich geh wieder rein«, sagte sie abrupt.

Keely sah dem Mädchen nachdenklich hinterher, während es in den Möbelladen zurückeilte. Dann ging sie über die Straße zu Dan.

»Na, was gibt's Neues?«, fragte er.

Keely reckte ihr Kinn in Richtung des Möbelladens. »Da drüben wohnt er, aber niemand weiß, wo er steckt. Er ist mit der Miete im Rückstand. Die junge Frau eben sagte, man könne ihm nicht trauen.«

»Das glaub ich. Was haben Sie jetzt vor?«

»Ich weiß nicht«, antwortete Keely ehrlich.

Gedankenverloren ging sie neben Dan zum Wagen zurück, stieg dann auf den Beifahrersitz und legte den Gurt an. Dan nahm hinter dem Steuer Platz. »Was ist? Kehren wir um?«, fragte er.

»Ja, ich denke«, seufzte sie entmutigt. »Ich weiß auch nicht weiter. Es war der einzige Anhaltspunkt, den ich hatte.«

Ein paar Sekunden fuhren sie wortlos dahin. Dann sagte Dan: »Verraten Sie mir nur eines: Was wollte dieser Wade denn angeblich wissen?«

»Er behauptete ...« Sie hielt inne, dann fuhr sie fort: »Er behauptete, er hätte an dem Abend, als Mark starb, jemanden in meinem Haus gesehen, und er könne diese Person identifizieren ...«

»Gegen Geld«, ergänzte Dan.

»Gegen Geld«, gab Keely zu.

»Das ist doch etwas merkwürdig – dass er diese Person identifizieren könnte«, sagte Dan. »Ich meine, Sie beide verkehren ja wohl kaum in denselben Kreisen.«

Sofort fühlte Keely den Drang, sich verteidigen zu müssen. »Ich wollte ihn mir ja bloß einmal anhören.«

»Und wie hoch, wenn ich fragen darf, war der Preis für diese Auskunft?«

Keely reckte trotzig ihr Kinn vor. »Fünftausend Dollar.«

»Fünftausend Dollar!«, schrie Dan. »Das ist doch Wahnsinn. Sie haben ihm das Geld hoffentlich nicht versprochen?«

»Hören Sie, ich möchte über dieses Thema nicht diskutieren«, erwiderte Keely. »Er ist nicht zu seiner Arbeit erschienen. Er war nicht zu Hause. Ich weiß nicht, wo er steckt. Beenden wir's einfach.«

»Und was, wenn er wieder vor Ihrer Tür aufkreuzt?«

»Mit dem werd ich schon fertig«, entgegnete Keely scharf.

»Warum bitten Sie nicht die Polizei, sich mal damit zu befassen?«, fragte er.

»O ja, die Polizei«, sagte Keely bitter. »Vielleicht könnte ich auch gleich die hiesige Staatsanwältin zur Mithilfe bewegen. Sie war die Verlobte meines Mannes, bevor er mich kennen lernte. Ich meine, sie hat es darauf abgesehen, uns zu bestrafen, nur weil wir sind, wer wir sind. Dan, glauben Sie mir, die Staatsanwaltschaft und die Polizei versuchen, meinem Kind einen Mord anzuhängen.«

Dan schüttelte den Kopf. »Eventuell lässt es sich ja auch anders herausfinden.«

»Und wie?«, fragte Keely geistesabwesend.

»Über die Telefongesellschaft. Die führt einen Nachweis über sämtliche ein- und ausgehenden Gespräche. Sogar über örtliche. Wenn Sie feststellen könnten, wer an diesem Abend bei Ihnen angerufen hat – in der Regel meldet man sich vor einem Besuch ja telefonisch an –, oder feststellen, wen Mark anrief. Er könnte ja jemanden gebeten haben, vorbeizukommen ...«

»Dan, ich bin Ihnen um Längen voraus«, sagte Keely. »Die Telefongesellschaft behauptet, sie besäße über Ortsgespräche keinerlei Verbindungsnachweise.«

»Die Polizei bekommt so was immer.«

»Meine Rede! Der Kerl bei der Telefongesellschaft hat aber versichert, die Polizei bekäme solche Protokolle nur bei einer Telefonüberwachung. Wegen eines anonymen Anrufers oder so.«

»Das klingt für mich falsch«, meinte Dan.

»Für mich auch. Aber dieser Telefon-Mensch, mit dem ich gesprochen habe, sagte, ich sähe zu viele Fernsehkrimis.«

Dan runzelte die Stirn. Dann fragte er: »Was ist mit Handys? Da bekommt man eine Liste aller ein- und ausgehenden Gespräche.«

»Ich habe auch schon bei der Funktelefon-Gesellschaft angerufen«, erzählte Keely. »Es hieß, ich müsste auf die Rechnung warten. Mir schien, ich hätte diese Frau vielleicht herumgekriegt. Förmlich angebettelt habe ich sie, mir die Daten auszudrucken und zuzuschicken. Aber bisher ist nichts angekommen.«

»Sie sind wirklich auf Draht!«, sagte Dan bewundernd. »Wenn ich Ihnen nur helfen könnte! Ich merke, wie stressig das Ganze für Sie ist. Aber leider ist Detektivarbeit nicht mein Fach.«

Keely warf ihm einen Blick zu. »Übrigens, was ist denn Ihr Fach? Sie sind anscheinend immer zu Hause.«

Dan lächelte. »Stimmt. Ich bin Stubenhocker. Nein, im Ernst, eigentlich mache ich Computergrafiken für eine Werbeagentur. Ich hab früher in Baltimore gearbeitet, richtig mit Anzug, Krawatte und Staus auf der Stadtautobahn.«

»Tatsächlich?«

Dan nickte. »Als Annie krank wurde, musste ich meinen Job aufgeben und mich um sie kümmern«, erklärte er nüchtern.

»Das war sehr nett von Ihnen – bei ihr daheim zu bleiben«, sagte Keely.

»Sie hätte dasselbe für mich getan.« Sein Blick war auf die Straße gerichtet. »Nach einer Weile gewöhnte ich mich an das Leben zu Hause, und dann nach ihrem Tod beschloss ich, daheim zu arbeiten. Nicole war unser Nesthäkchen. Sie brauchte mich in ihrer Nähe.«

»Ich verstehe«, sagte Keely. »Für die Kinder tut man, was man muss.«

»Stimmt«, bekräftigte er und zögerte dann. »Wissen Sie, ich kann Ihre Empörung über die ganze Geschichte mit Dylan und der Staatsanwältin gut verstehen. Ich an Ihrer Stelle wäre auch auf hundertachtzig. Nur, dieser ... Wade, der klingt für mich wie ein Oberganove.«

Keely verschränkte die Arme vor der Brust und starrte aus

dem Beifahrerfenster. Sie konnte in der Dunkelheit das Spiegelbild ihres eigenen Gesichts erkennen: lang gezogen und düster.

»Tut mir Leid«, sagte Dan, »aber es scheint, als würde dieser Typ aus Ihrem Unglück Profit schlagen wollen. Da fühle ich mich natürlich ein bisschen mitverantwortlich. Schließlich hat meine Tochter Sie darauf gebracht, ihn ausfindig zu machen. Aber, Keely, Sie sind hinter diesem mysteriösen Besucher her – wäre es nicht möglich, dass Wade erst durch Sie auf die Idee kam, es könne sich für ihn auszahlen, wenn er jemanden in Ihrem Haus gesehen hat?«

Keelys Gesicht glühte bei der Moglichkeit, die er da andeutete. Sie versuchte, an das erste Gespräch mit Wade im Tarantino's zurückzudenken. An ihre Fragestellung erinnerte sie sich nicht mehr genau. War es möglich, dass sie ihm die Idee in den Kopf gesetzt hatte?

Angesichts ihres Schweigens fuhr Dan bedächtig fort: »Diese Frau vorhin bei dem Möbelladen deutete doch an, er wäre nicht gerade der ehrlichste Typ der Welt. Das wissen wir also schon mal. Ich meine, er versucht, Ihnen für seine so genannte Information Geld aus der Tasche zu ziehen. Wäre es nicht denkbar, dass noch jemand in der Sache mit drinsteckt?«

»Was wollen Sie damit sagen?«

»Nun, vielleicht wäre es an der Zeit, noch mal zum Ausgangspunkt zurückzukehren und das Ganze von vorn zu betrachten. Okay, wir wissen also, die Polizei bezichtigt Dylan fälschlicherweise, er habe es getan, und zwar absichtlich. Aber das ist ein Irrtum, so viel steht fest. Er würde so etwas nicht tun. Er ist einfach ein Junge, der ... jede Menge Pech hatte. Ich will damit nicht sagen, dass Sie aufgeben sollten, nur ... wäre es nicht möglich, dass ... Ich meine, sind Sie so sicher, dass Sie anfangs nicht doch Recht hatten? Dass

Dylan diese Tür einfach versehentlich offen ließ? Das könnte jedem passieren. Eine kleine Nachlässigkeit, und plötzlich wird einem klar, was man angerichtet hat, und man kann es nicht mehr zugeben. Ich meine, es wäre doch nur natürlich, wenn er Angst gehabt hätte. Angst, Sie würden wütend werden.«

Vor ihrem geistigen Auge sah Keely den Jungen in seinem Krankenhausbett, blass, an Schläuchen hängend, den Hals mit Verbänden umwickelt. Und dann sah sie den Zettel mit seiner Abschiedsnachricht auf den Boden ihres Schlafzimmers flattern. *Ich habe die Tür zugemacht.* »Dylan war es nicht«, entgegnete sie.

»Ein Versehen, ein Unfall«, beharrte Dan. »Mehr behaupte ich ja gar nicht ...«

Keely fühlte ihr Gesicht brennen. Dan schien ein Freund zu sein, jemand, dem sie vertrauen konnte; nun aber sagte er ihr, es sei verrückt, wenn sie ihrem eigenen Sohn glaubte. »Wie ginge es Ihnen denn, falls es Nicole gewesen wäre und sie bestritte, irgendetwas damit zu tun zu haben?«

»Sie meinen, ob ich es für möglich halte, dass Nicole ... flunkert, um ihre Rolle in so einem Unfall zu vertuschen? Einen Fehler mit derart schrecklichen Konsequenzen? Ja, das tue ich. Ich halte es für möglich«, antwortete er. »So ist die menschliche Natur.«

Es ist mir gleich, was Sie oder sonst wer glauben, dachte Keely. Das Auto bog in ihre Straße ein, und sie konnte es kaum erwarten, auszusteigen und von Dan wegzukommen. Ihr lag bereits auf der Zunge, er solle sie vor ihrer Einfahrt absetzen; dann aber fiel ihr ein, das Abby ja bei Nicole im Hause der Warners war und dass ihr eigener Wagen dort in der Einfahrt stand. Sie wäre gezwungen, mit reinzukommen und freundlich zu sein.

»Keely, ich will Sie damit ja nicht verletzen«, sagte er.

Sie gab keine Antwort. Sie tastete in ihrem Handtäschchen nach dem Portemonnaie, zog einen Zehndollarschein für Nicole heraus und nahm ihn fest in die Hand.
Dan bog in seine Einfahrt ein und stieg aus, um Keely die Tür zu öffnen, aber die kletterte bereits ohne seine Hilfe heraus, schlug die Tür hinter sich zu und marschierte vor ihm zum Haus. Nicole, die den Wagen gehört hatte, kam mit Abby im Arm zur Haustür. Keely trat in den Lichtschein der Außenlampe, und beim Anblick ihrer Mutter gurrte die Kleine vor Freude.
Keely ließ sie sich geben und drückte die warme, rosige Wange des Babys an ihr kaltes Gesicht. »Wie geht's meinem kleinen Engel?«, fragte sie.
»Kommen Sie doch rein«, sagte Nicole.
»Nein, es ist schon spät«, antwortete Keely. »Hier.« Sie reichte ihr den Geldschein. Das Mädchen versuchte abzuwehren, das sei doch nicht nötig. Aber Keely drängte ihr den Schein so hartnäckig auf, dass Nicole sich bedankte und Abbys Jäckchen und Puppe holen ging.
Dan trat von hinten heran und versuchte, Keely in die Augen zu sehen. Sie wandte sich ab. »Keely«, sagte er. »Es tut mir Leid. Ich wollte Sie mit alledem nicht kränken – das wäre das Letzte. Ich will einfach nicht zusehen, wie Sie …«
Nicole kehrte mit Abbys Habseligkeiten an die Haustür zurück, und Keely lächelte dünn, während sie die Sachen entgegennahm. Dann wandte sie sich an Dan. »Ich bin Ihnen wirklich dankbar, dass Sie mir heute Abend geholfen haben«, sagte sie. »Ihnen beiden. Das war wirklich echte Nachbarschaftshilfe.«
Nicole schmunzelte vieldeutig, aber Dans Gesicht wirkte blass. Ohne ein weiteres Wort kehrte Keely zu ihrem Wagen zurück und trat ihre kurze Heimfahrt an. Die Vorstellung,

wieder eine Nacht alleine mit ihrem Baby in so einem großen, leeren Haus zu verbringen, trieb sie an den Rand der Verzweiflung.

Denk nicht darüber nach, redete sie sich zu. *Bleib stark, den Kindern zuliebe. Das ist die Hauptsache.*

33

Das Klingeln des Telefons riss Keely aus einem so unruhigen Schlummer, dass sie nicht einmal wusste, ob sie eingeschlafen war. Sie warf einen Blick auf den Wecker und geriet in Panik: halb vier. Mit hämmerndem Herzen und trockenem Mund schnappte sie nach dem Hörer. »Hallo?«

»Mom«, flüsterte aufgeregt eine Stimme am anderen Ende.

»Dylan«, rief Keely. »Was ist los? Es ist halb vier Uhr nachts.«

»Ich weiß. Aber ich musste dich anrufen«, sagte er. »Ich will nicht, dass Oma mich hört.«

»Alles in Ordnung? Geht's dir gut?«, fragte Keely beunruhigt.

»Ja, alles in Ordnung. Ich hab's gefunden, Mom. Ich hab die Nachricht.«

Keelys Herz überschlug sich. Sie setzte sich auf und packte zitternd den Hörer fester. Die Jahre fielen von ihr ab. In Gedanken stand sie an der Schwelle zu Richards Arbeitszimmer. Sie trat ein und sah ihren Mann auf dem Fußboden liegen, sah die Wände, die mit seinem Blut bespritzt waren, und wieder überrollte sie die Fassungslosigkeit wie eine Woge. Richards Abschiedsbrief – die Antwort auf so viele Fragen. Plötzlich hatte Keely Angst, sie zu erfahren. »Wo bist du, Dylan? In der Küche? Wenn Oma dich hört, wird sie sich erschrecken. Sie könnte dich für einen Einbrecher halten.«

»Mom, Oma schläft«, versicherte er. »Pass auf, ich les dir's vor.«

»Gut«, antwortete Keely. »Natürlich. Schon gut.«
»Okay«, flüsterte Dylan. »Es fängt an mit ›Meine Lieben ...‹«
»Oh mein Gott!«, rief Keely.
»Beruhige dich, Mom. Diese Sache ist wichtig«, ermahnte er.
»Tut mir Leid«, sagte sie. »Einen Moment konnte ich direkt seine Stimme hören ...«
»Also schön. Jetzt lass mich vorlesen. Ich muss dich nur warnen, damit du nachher nicht schreist. Eines musst du wissen.«
»Was?«
»Sie haben jemanden getötet. Und dieser Freund – das war Mark.«
Keely fühlte erneut, wie ihre Welt ins Wanken geriet.
»Mom, hast du gehört?«
»Ja, hab ich. Jetzt weiter. Lies.«
Seine Stimme senkte sich plötzlich auf ein Flüstern. »Ich glaube, ich höre Großmutter ...«
»Dylan, bist du das?«, rief Ingrid mit verschlafener Stimme.
»Ich bin in der Küche, Oma«, antwortete er. »Ich hatte Hunger.«
»Ach, diese Jungs. Ständig ein Loch im Bauch. Ich weiß noch, dein Vater war genauso. Warte, ich werde dir was zu essen machen.« Ingrids Stimme wurde gedämpft.
»Ist schon okay, Oma«, rief er. »Nicht nötig.«
»Ich bin ja sowieso auf«, erwiderte sie, und ihre Worte klangen jetzt näher.
Dylan beendete das Gespräch.
Auch Keely legte wieder auf und lehnte sich in der Dunkelheit an das Kopfkissen. Sie drehte den Kopf, um auf das leere Kissen neben ihrem zu starren. Mit Mark hatte sie sich gerade wieder daran gewöhnt, einen Bettgefährten zu haben, diese starke, Ruhe und Sicherheit schenkende Präsenz im

Dunkeln, da wurde er ihr entrissen. Erst schien es, als wäre sie bestraft worden, weil sie versuchte, ihr Schicksal zu umgehen – ihre Bestimmung zur Witwe, was sich durch Marks grauenvollen Unfall bestätigte. Jetzt aber schien es wie etwas anderes – Düstereres. Sie versuchte, ihn sich auf dem Kissen dort vorzustellen, wie seine Augen im Dunklen glänzten. *Du warst es,* dachte sie. *Du warst dieser Freund. Du und Richard, ihr wart die Schuldigen. Und jetzt seid ihr beide tot.*

»Könnt ihr zwei nicht ein Weilchen reinkommen?«, fragte Ingrid ihre Exschwiegertochter, die vor der Haustür stand.

»Nein, es geht wirklich nicht«, erwiderte Keely. »Darum habe ich Abby ja im Auto gelassen. Dylan, bist du so weit?«

»Bin schon fertig«, verkündete er, während er die Lederjacke anzog.

»Er ist mitten in der Nacht auf gewesen«, erzählte Ingrid liebevoll. »Hat was zu essen gesucht. Ich bot ihm an, Pfannkuchen zu machen, aber er wollte mich nicht lassen.«

»Ich bin wunschlos glücklich, Oma«, sagte Dylan. »Echt.« Dann betrachtete er Ingrid verwundert. »Du hast dich ja angezogen.«

»Heute geht es mir auch besser«, antwortete sie, während sie den Pulli, der einen Singvogel zeigte, – ein Weihnachtsgeschenk von Dylan – über dem Gummibund ihrer Hose glatt strich. »Ich bin anscheinend die Einzige, die heute Nacht richtig gut geschlafen hat«, sagte sie. »Ich fühle mich fast wieder wie früher. Falls du Abby vielleicht bei mir lassen musst, ist sogar das okay.«

»Danke, Ingrid«, antwortete Keely. »Das ist sehr nett von dir. Aber ich glaube, für heute sind wir zufrieden.«

»Mag sie denn ihren neuen Babysitter?«

»Nicole? Oh, die ist ein sehr nettes Mädchen«, lobte Keely.

»Hoffentlich ist sie auch verantwortungsbewusst«, entgegnete Ingrid streng.
»Sie ist sehr verantwortungsbewusst. Sie liebt Babys«, sagte Keely ungeduldig.
»Wohnt sie in eurer Nähe?« Ingrid versuchte, den Abschied hinauszuzögern.
»Nur ein Stückchen die Straße runter. Die Familie heißt Warner.«
»Wir hatten früher auch Warners als Nachbarn«, sagte Ingrid und runzelte die Stirn bei dem Bemühen, sich alter Namen und Gesichter zu erinnern. »Peg und Henry. Sie wohnten auf der anderen Straßenseite, als Richard und Suzanne noch Kinder waren. Richard hat immer mit Warners Danny gespielt.«
Keely sah sie verblüfft an. »Dan Warner?«, fragte sie. »So heißt ja Nicoles Vater.«
»Danny Warner«, bestätigte Ingrid. »Natürlich. Er und Richard waren dicke Freunde. Was sagt man dazu? Jetzt ist seine Tochter Babysitter für meine Enkelin.«
Dylan scharrte ungeduldig mit dem Fuß. »Wir müssen los, Oma.«
»Ich wünschte, ihr könntet noch ein bisschen bleiben«, rief Ingrid.
»Ich komme ja bald wieder«, versicherte er ihr. »Stimmt's, Mom? Mom.«
Keelys Blick wirkte entrückt, und ihre Augen waren leicht zusammengekniffen.
»Was ist?«, fragte Ingrid.
Keely schüttelte den Kopf. »Nichts«, antwortete sie. »Geh du jetzt besser wieder rein. Du holst dir sonst noch einen Schnupfen.«

Keely setzte Abby in das Laufställchen und ging dann zum Wohnzimmersofa. Dylan nahm auf der Ottomane Platz. Er trug immer noch seine Lederjacke und zitterte, obwohl es im Haus nicht kalt war. Aus seiner Innentasche fischte er ein dreifach gefaltetes Blatt Papier, das er seiner Mutter reichte. Mit bebenden Händen nahm Keely es entgegen.

»Gut«, sagte sie. »Lass sehen.«

Dylan schlang die Arme um sich und wiegte sich auf der Ottomane leicht vor und zurück, während Keely das Blatt auseinander faltete. Dann las sie, was Richard geschrieben hatte:

Meine Lieben,

ich weiß, das wird euch wehtun, und es tut mir Leid. Euch trifft keinerlei Schuld an dieser Sache. Der Gedanke an eure Liebe lässt mich zögern. Viele Male habe ich mir gewünscht, die Tortur, die mein jetziges Leben ist, zu beenden, und nur der Gedanke an euch hielt mich davon ab. Aber ich verdiene eure Liebe nicht. Ich bin ein Feigling und kann den Folgen meines Tuns nicht ins Gesicht sehen. Und ich kann mit meiner Schuld nicht leben.

Vor vielen Jahren, ehe ich dich kennen lernte, Keely, hatte ich einen Freund namens Mark Weaver. Er und ich – es fällt schwer, dies zu schreiben – haben jemanden getötet. Es geschah nicht mit Absicht. Aber Entschuldigungen oder Ausflüchte sind sinnlos. Wir wurden nie gefasst, nie verdächtigt. Aber ich habe all die Jahre mit dieser Schuld gelebt, und jetzt kann ich nicht mehr. Ich habe für mein Verbrechen gelitten – die Migräneanfälle beherrschten mein Leben. Ich glaubte, alles wieder gutmachen zu können, indem ich die Schmerzen ertrug, ein anständiges Leben führte, meine Familie liebte. Aber nichts hilft.

Ich habe viele Male daran gedacht, mich zu stellen – aber ich bin zu feige. Hätte ich es nur damals getan, als es passiert ist. Aber ich tat es nicht. Und nun wird nichts je helfen, außer ich zahle den Preis und mache ein Ende. Bitte vergebt mir und wisst, dass ich euch von ganzem Herzen geliebt habe.

Richard.

»Mein Gott«, flüsterte Keely und ließ das Blatt sinken. Dann hob sie es wieder hoch, um es ein zweites Mal zu lesen, ein drittes Mal. Als ob sie sich jedes Wort einprägen wollte. Tränen liefen ihr über das Gesicht. Sie blickte zu Dylan auf, der die Hände vor den Mund gepresst hatte. Ein trostloses Starren lag in seinen Augen.

»Mein Gott. Warum hat er mir nie ein Wort gesagt?«, schluchzte sie. »Warum?«

Dylan schüttelte den Kopf. »Wer von beiden?«, fragte er verzweifelt. »Daddy oder Mark?«

»Daddy«, antwortete Keely. Und dann dachte sie an ihren zweiten Mann. »Warum hat Mark mich geheiratet, wenn er das wusste? Warum ausgerechnet mich? Man sollte meinen, er hätte um alles, was mit Richard zusammenhing, lieber einen Bogen gemacht. Aber er hat mich regelrecht aufgespürt – uns ganz gezielt in Michigan besucht, nachdem dein Vater gestorben war.«

»Wahrscheinlich glaubte er, du wüsstest Bescheid«, sagte Dylan. »Vielleicht fürchtete er, du würdest es publik machen, als Dad erst einmal tot war.«

Keely überdachte die Bemerkung ihres Sohnes. Er hatte vermutlich Recht, und sie fühlte einen Schauer über ihren Rücken laufen.

Einen Moment verharrten beide in Schweigen. Dann sagte

Dylan: »Aber du wusstest es nicht, und er hat dich trotzdem geheiratet. Ich glaube, irgendwie liebte er dich.«

Keely biss sich auf die Lippen. »Ich verstehe überhaupt nichts mehr.« Sie las die Nachricht erneut. »Jawohl, du *warst* feige«, fauchte sie erbittert. »Ich hasse dich. Du hättest es mir doch nur sagen brauchen. Du hättest mir vertrauen können. Zur Hölle mit dir!«, schrie sie und brach dann in Tränen aus.

Aufgeschreckt durch das Weinen ihrer Mutter, schaute Abby von ihren Spielsachen hoch. Ihre Unterlippe begann zu beben, und unbeholfen rappelte sich das Kind vom Boden auf. Mit einem besorgten Ausdruck auf ihrem kleinen runden Gesicht klammerte sie sich an den Rand des Laufstalls. Bei Keelys Schluchzen fing sie ebenfalls zu wimmern an, und automatisch ging Keely hinüber, um sie hochzuheben, in die Arme zu nehmen und sich mit ihr wieder aufs Sofa zu setzen.

Nach ein paar Sekunden fühlte sie, wie Dylan auf das Polster neben ihr sank. Betreten und ungeschickt legte er ihr einen Arm um die Schultern, und so saßen sie als Dreiergrüppchen auf der Couch. Keely wischte sich die Augen. Sie sah Richards Jacke achtlos hingeworfen neben der Ottomane.

»Es tut mir Leid«, sagte Keely unglücklich.

Dylan schüttelte den Kopf. »Ist schon okay. Genauso ging's *mir,* als ich das las. Im Moment hasse ich ihn auch.«

Sie zerknüllte den Computerausdruck in ihrer Faust, und Dylan zog ihn ihr behutsam weg und strich ihn wieder glatt.

Keely schüttelte den Kopf. »Was soll ich jetzt tun?«, fragte sie leise.

Dylan starrte auf das zerknitterte Stück Papier in seiner Hand. »Jetzt musst du's publik machen«, antwortete er.

Keely starrte ihn an, während sie sich die Tränen aus den

Augen wischte. Sie schniefte und putzte sich die Nase am Ärmel ab.

»Tja, es könnte ein Zufall sein, dass beide tot sind«, sagte der Junge. »Aber ich bezweifle es. Und wenn Marks Tod kein Unfall war …«

»Dann könnte ihn jemand gestoßen haben«, ergänzte sie.

Dylan zitterte. »Mom, du solltest besser die Polizei verständigen.«

34

Könnten Sie wohl Platz nehmen? Es wird ein Weilchen dauern«, sagte Josie, während sie über den Rand ihres Computermonitors schaute, als hätte sie Keely nie im Leben gesehen.

Keely nickte und setzte sich hin, den Rücken gerade, die Füße flach auf dem Boden, die schwarze Handtasche auf den Knien. In der Tasche steckte der zerknittere Ausdruck von Richards Abschiedsbotschaft, zusammengefaltet in einem Kuvert mit der Aufschrift: Staatsanwältin Maureen Chase. Keely hatte das Gefühl, als transportierte sie eine explosive Substanz – Nitroglyzerin, beispielsweise.

Zum Warten gezwungen, fragte sie sich unwillkürlich, ob es die richtige Entscheidung war, hierher zu kommen. Im Prinzip teilte sie Dylans Meinung. Man musste die Behörden informieren. Richards Nachricht entlarvte Mark als Mörder, und je mehr Keely darüber nachdachte, desto mehr glaubte sie allmählich, irgendjemand habe das lange zurückliegende Verbrechen entdeckt und habe ihn deshalb vorsätzlich in den Swimmingpool gestoßen. Da er Mark identifizierte, hatte Richard vermutlich erwartet, Keely werde ihn der Polizei melden, sodass Mark letztendlich seine Strafe erhielte. In den verzweifelten Momenten, da er diese Worte in seinen Computer tippte, konnte Richard ja unmöglich wissen, dass Keely seine Nachricht erst Jahre später zu Gesicht bekäme. In seinen wildesten Träumen hätte er nicht ahnen können, dass der von ihm angepran-

gerte Mann ungeschoren davonkommen und am Ende gar seine, Richards, Frau heiraten würde.
Es wurde also höchste Zeit – ja, eigentlich war der Zeitpunkt schon überschritten –, dieses Geständnis einer Behörde zu melden. Die Frage lautete: Wem? Keelys erster Impuls war, Lucas telefonisch um Rat zu bitten. Seine Sekretärin Sylvia sagte jedoch, er sei beruflich unterwegs und werde erst abends zurückkommen. Als Nächstes versuchte es Keely bei Phil Stratton, aber der war gerade als Zeuge vor Gericht und deshalb nicht erreichbar. Sie probierte es mehrmals und ermahnte sich dabei zur Geduld. Am Ende jedoch konnte sie ihre Nachricht nicht mehr für sich behalten. Sie beschloss, sich an die höchste Instanz zu wenden: Maureen Chase. Trotz allem, was sie durch diese Frau erlitten hatte, oder vielleicht gerade darum, meinte Keely, die Staatsanwältin müsse das stärkste Interesse an dieser Information haben. Gerade sie ließ die Frage nach Marks Tod ja nicht los, und Richards Geständnis warf ein völlig neues Licht darauf. In einer Hinsicht, dachte Keely, war es, als würde man einem wilden, bissigen Hund einen Knochen zuwerfen. Sie wollte, dass Maureen etwas zum Kauen hatte.
»Sie können jetzt reingehen«, sagte Josie.
Die Stimme von Maureens Sekretärin ließ Keely zusammenzucken, so versunken war sie in die Überlegungen der möglichen Konsequenzen dieses Besuchs. Sie bedankte sich bei Josie und marschierte zu der geschlossenen Tür von Maureens Büro. Bevor sie sie öffnete, klopfte sie zart an. Dann trat sie ein.
Maureen stand am Fenster, von wo sie auf die Dächer von St. Vincent's Harbor und den Yachthafen hinausstarrte. Weiße Schaumkronen und Segel bildeten wogende weiße Mulden in dem tiefen Blau von Himmel und Meer. Maureen hielt die Arme vor der Brust verschränkt, und ihre

scharfen Gesichtszüge wirkten in dem Licht, das durchs Fenster fiel, wie aus Stein gemeißelt.

»Ms. Chase«, sagte Keely, ohne sich zu setzen.

Maureen drehte sich herum und starrte sie an. »Mrs. Weaver«, erwiderte sie in nüchternem, ausdruckslosem Ton. »So sieht man sich wieder.«

Keely holte tief Luft. »Ich weiß, Sie haben zu tun. Ich möchte Ihre Zeit nicht zu lange in Anspruch nehmen.«

Maureen starrte sie weiterhin an, ohne irgendwelche Gefühle zu zeigen. »Tick, tack«, sagte sie.

Keely hatte gewusst, dass sie hier nicht willkommen wäre, aber direkte Unhöflichkeit, ja, Grobheit hatte sie nicht erwartet. Sie zwang sich, nicht in gleicher Weise zu reagieren. »Ich teile allmählich Ihre Ansicht, Marks Tod könnte doch kein Unfall gewesen sein.«

Maureen hob überrascht die Augenbrauen, während ihr Blick wachsam wurde.

»Darf ich mich setzen?«, fragte Keely.

Die Staatsanwältin deutete auf den Stuhl, aber sie selbst blieb stehen.

»Es war jemand in meinem Haus, an dem Abend, als Mark starb. Jemand, der auch die Tür zum Pool offen ließ.«

Maureen hielt die Arme wie zum Schutz weiter vor ihrer Brust verschränkt. »Wirklich?«, sagte sie. »Und ihr Sohn kommt natürlich nicht in Frage.«

Keely überhörte den sarkastischen Tonfall. »Es war jemand anders.« Sie dachte an Wade Rovere. Dieser Frau gegenüber wollte sie das Thema nicht anschneiden. »Ich habe einen Zeugen«, erklärte sie.

Maureen lachte. »Ach, tatsächlich? Welches Glück für Sie. Was ist denn der aktuelle Marktpreis für einen ›Zeugen‹, der alles zu Protokoll gibt, was man will? Ich höre hundert unterschiedliche Zahlen.«

Keely sah Wades Gesicht vor sich, das Flackern in seinen dunklen, schwerlidrigen Augen, als er fünftausend Dollar verlangte. *Du hast ihm nie einen Penny bezahlt,* rief sie sich ins Gedächtnis und sagte ruhig: »Hören Sie. Mir ist klar, dass Sie mich nicht leiden können. Aber letztendlich wollen wir beide dasselbe. Wir wollen wissen, was am Abend von Marks Tod geschehen ist. Ich informiere Sie hiermit, dass eine Person an mich herangetreten ist und sagte, sie hätte an diesem Abend jemanden in meinem Haus gesehen.«

»Wer?«, verlangte Maureen zu wissen. »Wer ist dieser Zeuge? Wen hat er gesehen?«

Keely seufzte. »Bedauerlicherweise scheint diese Person ... verschwunden zu sein.«

»Verschwunden?«, fragte Maureen ungläubig. »Sie ist verschwunden?«

Keely bekam einen solchen Hass auf die Staatsanwältin, dass sie am liebsten den nächstbesten schweren Gegenstand ergriffen und ihn nach ihr geschleudert hätte. Da aber kristallisierte sich in ihrem Kopf ein Gedanke heraus, der ihre Wut milderte. *Sie hat keinen, für den sie lebt,* dachte Keely. *Sie hat keinen, für den sie kämpfen kann. Aber ich.* Maureens starrem Blick ausweichend, fuhr sie beinahe störrisch fort: »Ich weiß lediglich, dass diese Person, seit ich sie gesprochen habe, weder zur Arbeit erschienen noch in ihre Wohnung zurückgekehrt ist. Was mir seltsam vorkommt. Und da war noch etwas: Vorgestern Abend wurde ich von einem Auto in den Straßengraben gedrängt. Ich weiß nicht, von wem oder warum. Es war dunkel und regnerisch ...«

»Kommen Sie zur Sache«, verlangte Maureen ungeduldig.

»Das versuche ich ja gerade, Ms. Chase. Ich bin überzeugt, dahinter steckt eine Absicht.«

»Hinter was?«, fragte Maureen schroff.

»Hinter allem. Marks Tod, dem Verschwinden eines Zeugen, dass man mich von der Fahrbahn gedrängt hat. Es kommt zu viel zusammen –«
»Haben Sie es der Polizei gemeldet?«, erwiderte Maureen.
Keely schüttelte den Kopf. »Momentan habe ich nicht viel Vertrauen zur Polizei.«
»Nun, ich weiß nicht, wie Sie erwarten können, dass jemand Sie ernst nimmt, wenn Sie einen Anschlag auf Ihr Leben nicht einmal anzeigen.«
Keely überhörte die Kritik und hielt sich an ihre einstudierte Rede. »Nichts davon schien mir zusammenzuhängen oder viel Sinn zu ergeben, bis ich das hier in die Finger bekam«, sagte sie halsstarrig. »Ich glaube, es könnte der Schlüssel zu allem sein.« Sie griff in ihre Handtasche und zog das Kuvert hervor. »Ich weiß nicht, ob Sie darüber im Bilde sind, aber Mark und mein erster Ehemann, Richard Bennett, waren in ihrer Jugend eng befreundet. Wenn Sie diesen Brief lesen, dann verstehen Sie vielleicht, was ich ausdrücken will.«
Seufzend riss Maureen ihr den Umschlag aus der Hand, öffnete ihn ungeduldig und überflog den Brief. Während Keely zusah, wich Maureen alle Farbe aus dem Gesicht. Sie tastete nach dem Drehsessel hinter sich und ließ sich darauf fallen.
»Es ist der Abschiedsbrief meines ersten Ehemanns, vor seinem Selbstmord«, erklärte Keely.
Aus dem Fenster schauend, jedoch mit leerem, geistesabwesendem Blick, schien Maureen plötzlich meilenweit entfernt, so, als starrte sie in die Vergangenheit.
»Ms. Chase?«, fragte Keely. Der schockierte Ausdruck auf dem Gesicht der Staatsanwältin überraschte sie und machte sie sprachlos.
Maureen gab keine Antwort.

Keely nutzte dieses Schweigen, um fortzufahren. »Mir will einfach nicht aus dem Kopf, dass dieser Brief womöglich erklärt –«

»Ausgeschlossen«, flüsterte Maureen. »Das kann nicht sein.«

»Wenn es kein Unfall war ...«, beharrte Keely.

»Sie reden da von einem Ereignis, das Jahre her ist«, murmelte Maureen, als würde sie laut nachdenken. »Warum sollte jemand all diese Jahre warten ...?«

»Verstehen Sie, was ich meine?«, fragte Keely, während sie sich aufgeregt nach vorn beugte.

Maureen zog plötzlich die Schultern hoch, und ihr eisiger Blick kehrte zu Keelys Gesicht zurück. »Sie wollen mir hier erzählen, das wäre ein Abschiedsbrief. Verzeihen Sie bitte, wenn ich den Zeitpunkt dafür ein klein wenig ... suspekt finde. Hatten Sie vergessen, dass Sie ihn besitzen?«

Keely ignorierte Maureens Sarkasmus. »Ich hatte ihn nie zuvor gesehen. Erst heute früh«, antwortete sie.

»Ach wirklich? Und Ihr Ehemann starb ... wann, vor fünf Jahren und etwa tausend Meilen von hier? Das ist ja hochinteressant. Wie kam es jetzt dazu, wenn ich fragen darf?«

Wegen Maureens Misstrauen fiel es Keely schwer, fortzufahren – schwer, das Ganze zu erklären. Keely wusste, dass sie sich gegenüber dieser Frau keinen Wutanfall leisten konnte. Sie musste sie dazu bringen, zu verstehen.

»Wie Sie sehr wohl wissen, entdeckte mein Sohn Dylan die Leiche seines Vaters. Und unmittelbar nach seiner Entlassung aus der Klinik – aus dem Blenheim-Institut – gestand er mir, er habe damals auch einen Abschiedsbrief entdeckt. Auf dem Computerbildschirm. Mein Sohn löschte diesen Brief, ohne mir je davon zu erzählen. Er wollte mich schützen.«

»Sie schützen? Ein neunjähriger Junge?«, erwiderte Maureen.

»Jawohl«, bekräftigte Keely. »Mein Sohn hatte von jeher ein gutes Herz. Er wollte nicht, dass ich diese schrecklichen Dinge von seinem Vater wüsste. Er glaubte, er hätte die Nachricht gelöscht, aber in Wahrheit schloss er nur die Datei. Danach fürchtete er sich, es mir zu erzählen. Als er mir seine Tat aber erst einmal gebeichtet hatte, dachte er sich einen Weg aus, wie man die Nachricht auf Richards altem Computer aufspüren könnte. Und das ist sie.«

»Dylan«, sagte Maureen. »Warum habe ich es nicht gleich geahnt?«

»Was soll das heißen?«, fragte Keely.

»Er ist schlauer, als ich ihm zugetraut hätte«, meinte Maureen. »Ich bewundere ihn fast.«

»Was sagen Sie da?«, erwiderte Keely.

»Ich sage: Hat er diese Datei nur wiederhergestellt, oder hat er sie heute Nacht erst geschrieben?«

»Sie geschrieben?«, rief Keely.

»Kam Ihnen je der Gedanke, er könne diese Geschichte auch einfach erfunden haben?«

»Der Brief war die ganze Zeit in Richards Computer«, protestierte Keely.

»Oder er hat ihn dort angelegt«, entgegnete Maureen. »Schauen Sie, Mrs. Weaver, das hier ist ein Computerausdruck. Das könnte jeder geschrieben haben. Es gibt nichts Handschriftliches. Nichts, was beweist, dass dieser Brief wirklich von Ihrem Mann stammt. Es scheint Ihnen einfach nicht in den Kopf zu gehen, dass dieser Junge ein notorischer Lügner ist. Dass er alles sagen oder tun würde, um seinen Hals aus der Schlinge zu ziehen.«

Keelys Augen blitzten. »Was haben Sie gegen meinen Sohn, Ms. Chase? Was stört Sie an ihm so sehr, dass Sie ihm um jeden Preis etwas anhängen wollen?«

»Nun, ich finde es leichter, zu glauben, dass Dylan ein Lügner ist, als dass Mark Weaver ein Mörder war. Ich meine, Sie glauben offenbar eher, dass *beide* Ehemänner, die Sie hatten, Mörder waren, als dass Ihr ach so guter, geliebter Sohn sich etwas ausdenken könnte, um sich zu schützen. Also, wer lässt sich wohl mehr in die Irre führen?«

»Dylan hat sich nichts ausgedacht. Das würde er nicht tun.«

»Er hat Mark Weaver gehasst«, sagte Maureen.

»Er liebte seinen Vater«, schoss Keely zurück. »Er vergötterte Richard. Als er dieses Geständnis fand, konnte er es nicht ertragen, daran zu glauben. Er dachte, er könnte es aus der Welt schaffen, indem er es löschte. Aber es blieb in seinem Herzen und frass ihn allmählich auf.«

»Sehr dramatisch. Aber rührselige Geschichten interessieren mich nicht, Mrs. Weaver. Ich habe zu tun«, sagte Maureen knapp. »Schicken Sie's an *Reader's Digest.* Vielleicht bezahlen die was dafür. Für heute haben Sie genug von meiner Zeit verschwendet.«

Keely spürte, wie ihr Herz vor Frustration zu hämmern begann. »Sie sind sehr engstirnig, Ms. Chase. Sie sagen, Ihnen ginge es um die Wahrheit, aber die einzige Wahrheit, die Sie kennen und an die Sie glauben wollen, haben Sie sich selbst ausgesucht. Ich denke, ich werde diese Nachricht jemandem bringen, der nicht so voreingenommen ist.«

Maureen ergriff das zerknitterte Papier, hielt es Keely mit spitzen Fingern hin, und ein Ausdruck von Ekel verzerrte ihr Gesicht.

»Behalten Sie's«, erwiderte Keely. »Wir haben Kopien.« Und mit aller Würde, die sie aufbringen konnte, schulterte sie ihre Handtasche, um aus dem Büro zu stolzieren. Sie knallte die Tür hinter sich zu.

Maureen ließ das Blatt los, das hinab auf den Schreibtisch schwebte. Sie stützte die Ellbogen auf die Tischplatte, legte ihre Stirn in die Handflächen und verharrte so einige Zeit.

Dann schlug sie die Augen auf. Sie las den Brief mehrere Male, als hoffte sie, die Worte auf dem Blatt könnten sich verändert haben. Danach drückte sie den Summer für ihre Sekretärin. Während sie wartete, starrte sie auf die Gesichter der beiden rothaarigen Kinder in dem Bilderrahmen.

Josie machte die Tür auf. »Kann ich Ihnen helfen?«, fragte sie.

Maureen nickte. »Kommen Sie rein. Setzen Sie sich. Sie müssen etwas sehr Dringendes für mich erledigen.«

35

Keely fürchtete sich, Dylan gegenüberzutreten. Sie hatte so sehr gehofft, die Zusammenkunft mit Maureen Chase würde sich als nützlich erweisen – so sehr gehofft, diese Frau könne ihre kleinliche Rachsucht überwinden und ihr helfen, die Wahrheit zu finden. Die ganze Heimfahrt über grübelte Keely nach einer Möglichkeit, Dylan die Begegnung so zu schildern, dass es nicht nach einem völligen Fehlschlag klänge. Wie sich aber herausstellte, als sie das Haus betrat, brauchte sie gar nichts zu erklären, denn Dylan hatte eine Notiz hinterlassen, er sei mit Abby zu den Warners.

O nein, dachte Keely erbost. Sie hatte ihm doch eingeschärft, ihre gemeinsamen Angelegenheiten nicht auszuposaunen – nicht jedermann von dem Abschiedsbrief zu erzählen. Es überkam sie das irrationale Gefühl, Dylan stecke mit dem Feind unter einer Decke. Wenn er wüsste, was Dan Warner gestern Abend angedeutet hatte. Noch so ein angeblicher Freund, der glauben wollte, Dylan wäre ein Lügner – dass seine Achtlosigkeit Marks Tod verursacht habe. Und außerdem bestand die Möglichkeit, dass Dan in Richards und Marks Geheimnis eingeweiht war; Ingrid hatte ja gesagt, Dan sei in seiner Kindheit mit Richard befreundet gewesen.

Keely fühlte sich den Tränen nah und zwang sich, ein paarmal tief durchzuatmen. Sie war so müde, dass sie nicht klar denken konnte. Da warteten ein Stapel Wäsche, einige

Rechnungen und ein Kühlschrank, der so gut wie leer war. Sie sollte einkaufen, solange es noch ging. Aber heute war sie zu erschöpft. Sie wusste, dass sie auch den Warners Bescheid geben sollte, sie sei wieder daheim, aber sie wollte Dans Stimme nicht hören.

Mit bleischweren Beinen stieg sie die Treppe zu ihrem Zimmer hinauf, verkroch sich ins Bett und zog die leichte Steppdecke über sich. Aber sie fand keinen Schlaf. Das Haus war still und voller Schatten, und wenn sie ihre Augen zumachte, konnte sie nur an ihre beiden Ehemänner denken. Was stimmte nicht mit ihr, dass sie sich derart vergriffen hatte? Sie zwang sich, an Richard zurückzudenken.

Er hatte von jeher die Ausstrahlung eines gequälten Menschen gehabt. Als junge Studentin fand sie seine grüblerische Art und seine traurigen Augen attraktiv. Nie hätte sie sich träumen lassen, dass die Trauer in seiner Seele von einem so schrecklichen, so belastenden Geheimnis herrührte. Sie konnte verstehen, warum er es ihr nicht sofort erzählte. Aber im Lauf der Jahre, hatte sie da nicht ihre Treue und Zuverlässigkeit bewiesen? Warum hatte er ihr trotz all seiner Liebesbekenntnisse niemals genug vertraut, um ihr die Wahrheit zu sagen?

Keely wälzte sich unter ihrer Decke herum. Sie versuchte, den erschütternden Eindruck von Richards Geständnis zu verarbeiten. Doch das war nicht möglich. *Wen habt ihr getötet?*, fragte sie sich. *Und warum?*

Da kehrten ihre Gedanken zu Mark zurück. Er war das genaue Gegenteil von Richard – positiv denkend und aggressiv, wo Richard gequält gewesen war. Nichts an ihm verriet Schuldgefühle, Angst oder innere Unruhe. Als er um Keelys Hand anhielt, hatte er sie schließlich durch seine Beharrlichkeit, seine feste Entschlossenheit gewonnen. Nun, im Nachhinein, schien es, als habe er sie ausgesucht, *weil* sie die Witwe seines Mittäters war. Aber das ergab keinerlei Sinn. Warum hätte er sein Schicksal auf diese Art herausfordern sollen? Und wie konnte irgendjemand ein Menschenleben auf dem Gewissen haben, aber fröhlich und unbekümmert sein?

»Wir sind wieder da«, rief Dylan von unten.

Gott sei Dank, dachte sie. Das Haus wirkte schon unfreundlich genug, wenn die Kinder da waren; ohne sie war es unerträglich. »Ich komme«, antwortete Keely und eilte zur Treppe. Auf halbem Weg nach unten hörte sie das Gemurmel anderer Stimmen. Sie nahm noch ein paar Stufen, um ins Wohnzimmer schauen zu können. Dylan und Abby waren nicht allein. Sie hatten Nicole und Dan Warner mitgebracht.

Dan drehte sich um und sah Keely die Treppe herunterkommen. Er lächelte sie an. Keely brachte es nicht über sich, sein Lächeln zu erwidern.

»Ich wusste gar nicht, dass wir Besuch kriegen«, sagte sie kalt.

»Keinen Besuch«, erwiderte Dylan. »Nicole hat mir geholfen, die Hausaufgaben nachzuholen.«

»Und ich habe Ihnen etwas mitgebracht«, fügte Dan hinzu.

Keely streckte die Arme nach Abby aus, die sich fröhlich von ihrer Mutter auf den Arm nehmen ließ. »Ich muss unbedingt mit dem Abendessen anfangen«, sagte sie und marschierte ohne ein weiteres Wort Richtung Küche.

»Ich helfe Ihnen«, verkündete Dan.

Während er ihr hinterherging, setzte sie Abby in das Kinderstühlchen und gab ihr vom Küchentisch einen Block. Dann suchte sie in den Schränken etwas für sie zu essen.

»Das hier wird Sie interessieren«, sagte Dan und hockte sich auf einen Küchenschemel am Tisch.

»Ach wirklich?«, fragte Keely, während sie ein Regal voller

Krimskrams durchforschte. Sie fand das gesuchte Glas mit Apfelmus, zog es heraus, begutachtete es kritisch und versuchte dann, den Deckel aufzuschrauben.
»Hier«, sagte Dan. Er hielt ihr den Eilbrief mit der Absenderadresse ihrer Funktelefon-Gesellschaft hin. »Das da geben Sie mir. Sie nehmen das hier.« Keelys Herz machte einen Sprung, als sie den Brief entgegennahm.
Dan ergriff die Glaskonserve und öffnete mit einem einzigen Ruck den Deckel. »Das habe ich heute Nachmittag gefunden. Es steckte in meiner Tür. Die Post streikt wieder mal. Ich glaube, es ist der erhoffte Verbindungsnachweis.«
»Das sehe ich selbst«, erwiderte Keely ungeduldig, während sie sich von Dan entfernte. Sie riss den Umschlag auf und starrte die Liste von Namen und Nummern an.
Dan studierte Keelys Gesichtsausdruck. »Irgendwas Interessantes?«, fragte er.
Sie legte den mehrseitigen Verbindungsnachweis auf den Küchentisch und begann mit zitternden Händen, Abbys Apfelmus in ein Schälchen zu löffeln.
»Ich weiß, Sie haben darauf gewartet. Ich wollte es Ihnen sofort rüberbringen.«
»Und ich bin Ihnen dankbar«, erwiderte Keely. »Okay?«
Stille trat ein. Abby quiekte beim Anblick ihrer Peter-Rabbit-Schüssel.
Dan räusperte sich. »Anscheinend sind Sie immer noch ein bisschen sauer. Hören Sie, wenn es wegen dem ist, was ich neulich Abend über Dylan sagte ...«
Keely stellte Abby das Apfelmus hin und legte den Löffel dazu. »Es ist mir egal, was Sie über Dylan denken.« Doch so gefasst sie das aussprach, wusste sie, dass es nicht stimmte. Sie war gekränkt, weil er Dylan verdächtigte. Weil er ihr Vertrauen in ihn nicht zu teilen schien. Aber warum sollte er auch? Sie kannten einander ja kaum. »Ich weiß jedenfalls,

dass Sie alles andere als ehrlich zu mir gewesen sind«, sagte sie.

»Wovon reden Sie?«

»Sie haben mir gegenüber nie erwähnt, dass Sie und mein erster Ehemann befreundet waren.«

»Waren wir das?«, erwiderte Dan.

Keely wandte den Kopf und starrte Dan an. »Wollen Sie damit sagen, Sie wissen nicht, wer mein erster Mann war?«

Er zuckte mit den Schultern. »Ich vermute, er hieß Bennett. Nachdem das Dylans Familienname ist.«

»Lesen Sie denn keine Zeitung?«

»Nicht immer«, antwortete er, wie um sich zu rechtfertigen. »Manchmal lasse ich das hiesige Käseblatt aus. Ich bekomme die *Washington Post* frei Haus.«

»Richard Bennett«, sagte Keely. »Klingelt da nichts bei Ihnen?«

»Richard Bennett?«, fragte Dan.

»Richtig. Als Sie noch ein Kind waren, wohnte er auf der anderen Straßenseite.«

»Ja, ich kannte tatsächlich mal einen Dickie Bennett. Er war ein paar Jahre jünger als ich. Das war Ihr erster Ehemann?«

»Überrascht?«, fragte sie sarkastisch.

Dan fuhr sich nervös mit einer Hand durch sein grau meliertes Haar. »Na ja, ehrlich gesagt … überrascht mich das schon. Ich meine, als kleine Jungs verstanden wir uns ganz gut. Tut mir Leid, dass ich nicht zwei und zwei zusammengezählt habe, Keely. Ich dachte, Sie wären von sonst wo hierher gezogen …«

»Kannten Sie Mark genauso gut?«, murmelte sie, während sie ihre Suche im Küchenschrank wieder fortsetzte.

»Nein, natürlich nicht. Schauen Sie, ich sehe keinerlei Grund, warum Sie deshalb auf mich sauer sein sollten. Es ist ja nicht so, dass ich Ihnen etwas verheimlicht hätte. Mir war einfach nicht klar …«

Keely drehte sich um und starrte ihn an. »Ich bin die Geheimniskrämereien anderer leid«, fuhr sie ihn an.

»Ich habe nichts verheimlicht«, insistierte er. »Ich habe mich einfach nicht erinnert.«

»O ja – reiner Zufall.«

»Genau. Und überhaupt, warum sind Sie deshalb so wütend? Das Ganze war ein harmloses Versehen. Manchmal kreuzen sich eben die Wege von Menschen. Besonders in so einer kleinen Stadt wie hier. Warum sollte ich ihn nicht gekannt haben? Ich kannte fast alle gleichaltrigen Jungs.«

»Nun, genau wie Sie's über Dylan gesagt haben: Alles ist besser, als eine Lüge zuzugeben.«

Dan schüttelte den Kopf. Sein Gesicht hatte jetzt einen kalten, verschlossenen Ausdruck. »Schön«, beendete er das Thema. »Wenn Sie *so* denken …«

Sofort bekam Keely ein schlechtes Gewissen wegen ihrer Schroffheit. Er schien über diese Verbindung ehrlich überrascht. *Ich vertraue dir nicht mehr,* dachte sie. *Wie auch?* Doch bevor sie anfangen konnte zu erklären, hatte Dan sich umgedreht, ging in den Flur und rief nach Nicole.

»Darf ich noch dableiben?«, plärrte Nicole die Treppe herunter.

»Wir haben unsere Stippvisite schon übermäßig ausgedehnt«, rief Dan zurück. »Los. Komm jetzt.«

Keely wusste, dass sie sich entschuldigen sollte. Vielleicht hatte er es tatsächlich nicht gewusst oder sich nicht mehr an Richard erinnert. Sie gelangte allmählich an einen Punkt, an dem sich jeder verdächtig machte. Während Nicole polternd die Treppe herunterkam, trat Keely in den Flur, hinter Dan.

»Warum muss ich schon gehen?«, nörgelte Nicole.

»Los«, entgegnete er. »Vorwärts. Wir beide fahren jetzt chinesisch essen.«
»Darf Dylan mitkommen?«, fragte sie.
Dylan, der ihr die Treppe hinuntergefolgt war, sah hoffnungsvoll zu seiner Mutter, doch dann entdeckte er den Ausdruck auf ihrem Gesicht.
»Ohne mich – ich kann nicht«, wehrte er ab. »Ich hab noch viel Lernstoff nachzuholen.«
»Gehen wir.« Abrupt machte Dan die Tür auf.
»Dan, vielen Dank«, murmelte Keely, »dass Sie mir den Umschlag gebracht haben.«
Dan und Nicole verschwanden ohne ein weiteres Wort, und die Tür schlug hinter ihnen zu.
»Mom«, schimpfte Dylan, »was ist los mit dir?«
»Ich bin einfach mit den Nerven fertig«, sagte Keely.
»Na, dann krieg dich wieder ein. Du bist mies zu unseren einzigen Freunden.«
»Tut mir Leid«, murmelte sie und ging dann in die Küche zurück, um das Abendessen für Abby vorzubereiten. Die mehrseitige Liste von der Telefongesellschaft lag auf dem Tisch. Rasch wärmte Keely ein bisschen Babynahrung auf. Während Abby ihren Brei löffelte, setzte sich Keely an den Fichtenholztisch. Sie brauchte ein paar Minuten, um die Abkürzungen und Symbole auf dem Verbindungsnachweis zu verstehen; dann aber machte sie das Gesuchte schnell ausfindig. An dem Abend von Marks Tod war während Keelys Abwesenheit kein Telefongespräch eingegangen. Aber zwei nach draußen. Von den beiden Nummern kannte sie eine auswendig. Es war die der Kanzlei. Die andere sagte ihr nichts. Als sie die Verbindungen durchlas, stellte sie fest, dass dieselbe Nummer an jedem Tag erschien – gelegentlich bis zu neun oder zehn Mal.
Keely runzelte die Stirn. Wem konnte diese Nummer ge-

hören? Einem Mandanten? Sie ging in Marks Büro und fand die Mandantenliste, die Lucas ihr gegeben hatte. Die betreffende Nummer war nicht dabei. Keely kehrte in die Küche zurück, zog das Adressbuch hervor und begann es zu durchsuchen. Sie fand keine entsprechende Eintragung. So ließ sich die Sache unmöglich klären, dachte sie verärgert. Darum beschloss sie, die Nummer anzuwählen. Das war die direkteste Methode. Sie überlegte, wie sie dem- oder derjenigen, die sich meldete, ihren Anruf erklären solle, und entschied, irgendeine annähernd wahrheitsgemäße Version wäre am besten. Sie würde sagen, sie versuche Marks Angelegenheiten zu regeln. Sie habe die Nummer gefunden und wolle wissen, ob es irgendetwas zu ... zu *was* gab? Selbst für sie klang das Ganze nach einer faulen Ausrede. Sie zögerte.

Dann kam ihre Entschlusskraft zurück. Was sie auch immer sagen würde – probieren musste sie es. Sie wählte die Nummer und wartete. Viermal klingelte es. Keelys Handfläche war verschwitzt, während sie den Hörer umklammerte. Sobald die Verbindung entstand und eine Stimme einsetzte, wusste Keely, dass es ein Anrufbeantworter war. Zuerst fühlte sie Erleichterung. So brauchte sie nichts zu erklären. Vielleicht würde sich diese Person ja namentlich melden. Stattdessen aber sagte der Anrufbeantworter nur die Telefonnummer auf. Und dann wurde Keely immer unbehaglicher. Sie glaubte nämlich, die Stimme zu erkennen, die da meldete: »Zurzeit ist leider niemand erreichbar. Bitte hinterlassen Sie Ihre Telefonnummer. Wir werden Sie dann zurückrufen.«

Keely legte auf und wählte erneut – hörte sich die Nachricht noch einmal an. Diesmal war sie absolut sicher. Die Tonbandstimme gehörte Maureen Chase.

36

Erst nach ein paar Minuten drang die Tatsache in ihr Bewusstsein ein: Maureen Chase.

Keely blätterte noch einmal den Verbindungsnachweis durch. All diese Telefonate. Das mussten Hunderte sein. Und Mark hatte nie etwas davon erwähnt. Keely und er hatten selten über Maureen gesprochen. Warum auch? Wenn man Mark Glauben schenkte, gab es da nichts zu sagen. Und doch standen er und Maureen eindeutig in Dauerkontakt. Natürlich, Maureen war die hiesige Staatsanwältin und Mark Rechtsanwalt. Aber selbst wenn sie Fälle zu besprechen hatten, warum sollte sie ihn dann nachts und am Wochenende anrufen? Keely hatte nie nachgefragt, wenn Mark ein berufliches Gespräch erhielt. Seine Mandantschaft war sehr hochkarätig. Es leuchtete ein, dass er manchmal auch abends beruflich zu tun hatte. Aber nach der Zahl der Telefonate von Maureens Anschluss war Maureen selbst die Sache, für die er sich engagierte.

Keely versuchte, über Mark nachzudenken, aber er erschien ihr plötzlich wie ein Fremder. Ein Mord in der Vergangenheit. Nächtliche Anrufe von seiner Exverlobten. Worüber hatte er Keely eigentlich je die Wahrheit erzählt? Eine Woge von Schmerz stieg in ihr empor, als sie auf ihr kurzes Zusammenleben mit Mark zurückblickte. Was hatte es damit wirklich auf sich?

Sie hielt es nicht aus, einfach nur dazusitzen und zu grübeln. Sie musste etwas herausfinden. Und es gab *einen*

Menschen, der Bescheid wissen konnte. Sie hielt noch immer den Telefonhörer in der Hand. Mit zitternden Fingern drückte sie Lucas' Privatnummer. Nach ein paarmal Klingeln meldete sich Betsy.

»Betsy«, sagte Keely, bemüht, das Zittern in ihrer Stimme zu unterdrücken. »Kann ich Lucas sprechen?«

Betsy seufzte. »Nein. Ich hab ihn auch nur eine Minute zu Gesicht gekriegt. Deine Nachricht hat ihn erreicht. Er war den ganzen Tag beruflich unterwegs, und gleich beim Nachhausekommen musste er wieder weg, zum Treffen mit einem Mandaten. Aber er wird dich bestimmt anrufen, sobald er wieder Luft hat. Kann *ich* dir vielleicht irgendwie helfen?«

Keely zögerte. Dann sagte sie: »Ja, Betsy, vielleicht kannst du das. Es klingt sicher nach ... Verfolgungswahn. Aber ... ich befasse mich gerade ... mit den Rechnungen und ... sehe unsere alten Verbindungsnachweise durch. Ich weiß, das klingt ... nun ja, es ist einfach merkwürdig ...«

»Ja?«, fragte Betsy.

»Also, es scheint, als gäbe es enorm viele Telefongespräche mit Maureen Chase. Die meisten kommen von ihr. Aber trotzdem ...«

Am anderen Ende der Leitung war es still.

Keelys Gesicht glühte. »Ich weiß. Du hältst mich wahrscheinlich für verrückt, dass ich zu diesem Zeitpunkt die eifersüchtige Ehefrau spiele. Ich meine, es hat ja nicht viel Sinn, jetzt wo Mark ... nicht mehr bei uns ist. Aber ich wollte bloß ...«

Betsy murmelte einen kleinen erstickten Widerspruch.

»Ist schon gut«, sagte Keely. »Ich bin grässlich. Tut mir Leid, dass ich dich belästigt habe ...«

»Nein«, seufzte Betsy. »Nein, es braucht dir nicht Leid zu tun.«

»Ich meine, was spielt es jetzt noch für eine Rolle, mit wem Mark telefoniert hat … nicht?«
»O Keely«, sagte Betsy traurig.
Der mitleidsvolle Ton von Betsy ließ Keely das Blut in den Adern gefrieren. »Betsy, du klingst so … komisch«, meinte sie.
»Keely … ich möchte nicht, dass du etwas Falsches denkst. Lucas und ich … wir wussten ja nichts mit Sicherheit.«
Keely reckte ihr Kinn vor, als wollte sie sich auf einen harten Schlag gefasst machen. »Wovon redest du?«
»Na ja«, fuhr Betsy verlegen fort. »Du sagst es ja selbst: Es spielt jetzt keine Rolle mehr.«
»Ich will es aber wissen«, entgegnete Keely.
»Natürlich willst du das«, stimmte Betsy ihr zu und seufzte erneut. »Ich wünschte, ich könnte dich beruhigen, damit du dir keine Gedanken mehr machst. Aber das kann ich nicht.«
»Du hast doch eben etwas angedeutet …«
»Es war Klatsch …«, antwortete Betsy. »Gerüchte. Weiter nichts. Lucas hat mir davon erzählt. Er hat nicht mehr daran geglaubt als ich. Ich meine, diese Frau war … Manche Leute dachten anscheinend, dass vielleicht Mark und … diese Frau …«
Keely wartete mit angehaltenem Atem.
»Ich selber wollte es ja nie glauben«, bekräftigte Betsy. »Ich meine, es bestand kein Grund dazu. Jedes Mal, wenn ich mit Mark darüber zu sprechen versuchte, sagte er bloß, er sei sehr, sehr glücklich mit dir und den Kindern. Und das stimmt auch. Er war glücklicher, als ich ihn je erlebt habe.«
Betsys Andeutungen trafen Keely wie ein Faustschlag. Halb betäubt saß sie da, den Hörer in ihrer Hand. »Eine Affäre?«, hauchte sie.
»Keely«, sagte Betsy beinahe flehend, »es hat keinen Zweck,

wenn du dich deswegen kaputtmachst. Ach, hätte ich bloß den Mund gehalten.«

»Nein, das ist schon in Ordnung«, antwortete Keely hölzern.

»Wir hatten ja keine echten Beweise! Es war mehr die … Veränderung, die Art des Umgangs zwischen ihnen. Ich meine, nachdem er sie hatte sitzen lassen, um dich zu heiraten, da … da war ihr Verhältnis eine Zeit lang sehr, sehr frostig. Und dann … bemerkten wir einen Wandel. Sie schienen … vielleicht waren sie auch nur sehr höflich, was diese Dinge betraf …«

»Ich muss los, Betsy«, sagte Keely und legte auf, ohne Betsys Antwort abzuwarten.

Ein paar Minuten später kam Dylan in die Küche geschlurft. Ein grimmiger Ausdruck lag auf seinem Gesicht. »Ich nehm diesen Verband jetzt weg«, verkündete er und begann, das Pflaster auf dem Mull um seinen Hals abzuschälen. »Das juckt, und überhaupt reicht es mir. Da kann ich mir ja gleich ein Schild umhängen: ›Knalltüte, die versucht hat, sich umzubringen, und sogar das hat sie verbockt.‹«

Keely gab keine Antwort.

Dylan zauderte. Dann löste er den Verband und legte die schartige Wunde frei, die gerade zu heilen begann. Er sah seine Mutter fragend an. Sie saß am Tisch und starrte ins Leere. Als er den Verband in den Müll fallen ließ, schon halb auf ihren Protest gefasst, reagierte sie immer noch nicht.

»Was hast du?«, fragte er.

Keely schüttelte den Kopf. »Ich … ich weiß nicht. Ich versuche bloß, etwas zu begreifen.«

»Du siehst aus, als wärst du Lichtjahre entfernt.«

»Dylan, mit mir ist alles in Ordnung«, entgegnete Keely scharf. »Lass mich zufrieden.«

»'tschuldigung«, sagte er und verdrehte die Augen. »Ich hab allmählich Hunger. Ist irgendwas zum Abendessen da?« Er öffnete die Tür des Kühlschranks und sah hinein. »Nicht viel zu holen«, bemerkte er mit einem Kopfschütteln.

»Mach dir ein Brot, Dylan. Tut mir Leid. Ich hatte viel nachzudenken«, erwiderte Keely mürrisch.

Dylan betrachtete sie wehmütig. »Ich hätte doch mit zum Chinesen gehen sollen«, meinte er. Dann begann er, das Schubfach des Kühlschranks nach Käse und Aufschnitt zu durchstöbern. Er klappte sich ein trockenes Sandwich zusammen und nahm gegenüber von Keely Platz. Sie sah ihn an. Der schartige Schlitz in seinem Hals, zwar auf dem Weg der Besserung, aber immer noch schlimm anzusehen, erschreckte sie. Dylan merkte, dass er Keelys Aufmerksamkeit hatte.

»Also, weshalb bist du so stinkig?«, fragte er. »Was war, als du die Staatsanwältin besucht hast?«

Sie gab keine Antwort.

»Mit dem Ausdruck von Dads Brief«, versuchte er, ihr auf die Sprünge zu helfen. Er nahm einen Bissen von seinem Sandwich und starrte sie an, während er kaute.

»Sie hat ihn als wertlos abgetan«, antwortete Keely.

»Als wertlos«, entrüstete sich Dylan. »Hat sie etwa mehr Ahnung, was passiert ist? Oder will sie's um jeden Preis mir anhängen?«

Keely blinzelte Dylan an, als hätte er sie gerade aus dem Schlaf geweckt. In ihrem Kopf begann sich ein Gedanke zu formen. Aus welchem Grund hatte sie den Verbindungsnachweis hauptsächlich gewollt? Um zu sehen, wer Mark an diesem schrecklichen Abend besucht haben könnte.

Abby jammerte in ihrem Stühlchen. Keely hob sie heraus, wischte ihr den Mund ab und stellte sie auf den Boden. Die

Gedanken überschlugen sich in ihrem Kopf. Auf einmal sah sie alles in einem ganz neuen Licht. Wenn Mark und Maureen nun ihr ... Verhältnis wieder aufgenommen hatten? Vielleicht hatte ja Maureen ihn an diesem Abend besucht. Es gab Streit wegen ihrer Beziehung. Vielleicht hatte ja Maureen ihn in den Pool gestoßen und dann versucht, immer noch nicht zufrieden mit ihrer Rache, die Schuld auf Dylan zu schieben.

Ja, dachte Keely. Das war plausibel, aber wie sollte sie das je beweisen? Die Polizei würde ihr keine Beachtung schenken, und Wade Rovere schien wie vom Erdboden verschluckt. Sie hatte keinen Anhaltspunkt außer der Liste einiger Telefongespräche und ihre eigenen Verdächtigungen. Sie hatte nur Fragen, weiter nichts. Immer und immer wieder ließ sie ihre Begegnung mit Staatsanwältin Maureen Chase vor sich ablaufen – wie diese darauf beharrte, dass Dylan der Schuldige sei. Und jetzt das. Schon wieder hatte man Keely belogen. *O nein,* dachte sie. *Genug davon. Mir reicht's.*

»Mom.« Dylan stopfte ein paar Salatblätter zurück in sein halb gegessenes Sandwich. »Erzähl mir, was sie gesagt hat.«

»Das spielt keine Rolle«, entgegnete Keely bitter. »Sie ist eine Lügnerin. Man kann kein Wort von ihr glauben.«

Plötzlich appetitlos geworden, schob Dylan den Teller weg und sackte auf seinem Stuhl zusammen. »Es hat also überhaupt nichts gebracht«, stellte er fest.

»Das würde ich nicht sagen«, erwiderte Keely. »Mir hat es etwas gebracht. Es hat mir geholfen, ein paar Dinge zu verstehen.«

»Schon, aber ...« Er schüttelte den Kopf. »Sie sieht keinerlei Zusammenhang, stimmt's? Die Frau Staatsanwältin. Sie versucht's immer noch, mir anzuhängen.«

»Das werde ich nicht zulassen«, versprach Keely.

»Du kannst sie nicht daran hindern.«

»So?« Keely stand unvermittelt auf und sagte: »Behalt Abby ein bisschen im Auge. Ich bin eine Weile weg.«

»Wohin gehst du?«, fragte er. »Mach keine Dummheiten, Mom. Denk daran, was dir neulich Nacht mit dem Auto passiert ist.«

Aber sie erwiderte nur: »Ich bin bald wieder da. Schließ die Tür ab.«

Dylan starrte sie an. »In Ordnung«, sagte er.

Mag sein, dass es eine Dummheit ist, dachte Keely, während sie ihre Jacke, Handtasche und Schlüssel einsammelte. Diese Frau konnte gefährlich sein. Aber Keely war zu wütend, um sie noch zu fürchten. Es wurde Zeit, den Spieß umzudrehen. An Maureens besseres Ich zu appellieren, dafür war es zu spät. Sie hatte sich nach besten Kräften bemüht, das Leben von Marks Familie zu zerstören. Das stand für Keely fest. Sie wusste es, und sie würde dieser Frau das Handwerk legen, irgendwie.

Sie stieg in ihren Wagen, knallte die Tür zu und fuhr los. Für die Kanzlei war es zu spät, aber sie versuchte es trotzdem. Das Justizgebäude wirkte still und dunkel. Der Sicherheitsmann an der Pforte sah auf seine Uhr und sagte, Ms. Chase habe schon vor Stunden Feierabend gemacht. *Na schön,* dachte Keely. *Ich weiß ja, wo du wohnst.* Als sie hierher gezogen waren, hatte Mark ihr im Vorbeifahren das Anwesen gezeigt, wo Maureens Haus lag, und Keely hatte es nie vergessen. Jedes Mal, wenn sie durch diese Straße kam, dachte sie an Maureen, selbst als sie die Frau noch gar nicht persönlich kannte. Keely hatte früher oft darüber nachgedacht – mit einer Mischung aus Freude und Schuldgefühl –, dass ihr Glück auf Maureens Kosten entstanden war.

Doch obwohl sie wusste, wo das Anwesen lag, konnte man in der Dunkelheit leicht die Zufahrt verpassen. Im Haupthaus wohnte zurzeit niemand, weil die Saison vorbei war. Kein Lichtschein erhellte den gepflasterten Weg, und Keely fuhr einmal daran vorbei, ehe sie die Zufahrt fand. Sie wendete, bog auf dem knirschenden Kies langsam ab und fuhr gemächlich zu Maureens Haus hinauf.

Zuerst konnte sie kaum glauben, dass hier die beinharte Staatsanwältin wohnte. Sie hatte mit irgendeinem modernen Kasten gerechnet, aber das Cottage sah aus wie eine englische Postkartenidylle. Es brannte Licht, sodass die vielfach unterteilten Fensterscheiben leuchteten. Von Maureens Auto fehlte allerdings jede Spur. Doch das wollte nichts heißen, sagte sich Keely. Es gab eine kleine, efeuumrankte Garage hinter dem Haus; wahrscheinlich stellte sie dort ihren Wagen ab.

Keelys Herz pochte heftig, als sie den Motor ausschaltete. Sie versuchte, noch einmal durchzugehen, was sie sagen würde, aber ihr Verstand wollte nicht mitspielen. Sie konnte lediglich an Maureen und Mark denken und dass die zwei sie betrogen hatten.

Keely ging zur Haustür und klopfte. Während sie wartete, sah sie sich um. Der gelbe Mond stand tief am Himmel; laut raschelnd wehten alte Blätter über den Rasen und die grau gepflasterte Zufahrt. Auch verwahrloste Hortensien, dürr und völlig ausgebleicht, raschelten an der Hausmauer im Nachtwind. Überall um Keely herum beugte sich kahles Geäst und gab knarrende, knackende Geräusche von sich. Das kleine Cottage wirkte abgeschieden und einsam, und Keely zitterte, während sie auf der Vortreppe wartete. Als auf ihr Klopfen niemand reagierte, dachte sie, es sei vielleicht zu zaghaft gewesen, und klopfte energischer. Immer noch keine Reaktion. Sie wartete ein paar Minuten. Dann rief sie Maureen beim Namen. Niemand antwortete.

Sie beugte sich zu dem Fenster vor, um hindurchzuspähen.

Drinnen war kein Mensch zu sehen, aber das musste nichts heißen. Der einzige Raum, in den Keely blicken konnte, war das Hauptzimmer mit Kochbereich, Kamin und chintzbezogenen Sofas. In den anderen Zimmern sah sie zwar Licht brennen, aber die Jalousien waren herabgelassen.
Keely runzelte die Stirn. Maureen konnte ausgegangen sein und das Licht einfach angelassen haben, sagte sie sich. Schließlich war vor dem Haus kein Auto zu sehen. Sie konnte schnell zum Einkaufen gegangen sein, eine Verabredung haben oder Gott weiß was. Oder das Auto stand in der Garage, und Maureen war unter der Dusche oder im Schlafzimmer, hatte vielleicht Kopfhörer auf.
Der Kies knirschte unter den Absätzen von Keelys Lederstiefeletten, als sie nach hinten zur Garage ging. Sie wollte nachsehen, ob ein Wagen da war. Beim Näherkommen glaubte sie, Stimmengemurmel aus dem Innern des winzigen dunklen Gebäudes zu hören. Sie verharrte einen Moment. Was, um alles in der Welt, trieb jemand bei geschlossener Tür in einer unbeleuchteten Garage?
»Ms. Chase«, rief sie schroff. »Hier ist Keely Weaver. Ich möchte Sie sprechen.«
Sie hätte erwartet, man würde wenigstens aufhören zu reden und horchen, aber anscheinend geriet die murmelnde Unterhaltung nicht einmal ins Stocken.
Mach, dass du wegkommst, warnte eine kleine innere Stimme, und einen Moment lang dachte Keely daran, auf ihren Instinkt zu hören. Doch Dylans Gesichtsausdruck, sein entmutigter Tonfall, die rote, hässliche Wunde an seinem Hals – all das trieb sie vorwärts. Während sie wachsam ein paar Schritte näher trat, nahm sie ein zweites Geräusch wahr, das hinter dem geschlossenen Garagentor hervordrang: ein lautes, stetiges Brummen, das von dem Gemurmel fast übertönt wurde.

Keely brauchte einen Moment, um zu erkennen, was sie da hörte. In der Garage lief ein Automotor.
Sie stürmte zu der Seitentür und spähte durchs Fenster. Drinnen war es dunkel, aber im Mondschein, der durch die Scheibe fiel, konnte sie die Umrisse eines Wagens erblicken. Die Fahrertür stand offen. Das Brummen des Motors wurde lauter. Keely rüttelte am Türgriff, aber die Tür war abgeschlossen. Sie lief auf die Vorderseite. Das Tor war mit einem Kreuz von dunklen Balken verstärkt, und sie zerrte an dem altmodischen Riegel. Er ließ sich zurückziehen, sodass sie das Tor einen Spaltbreit öffnen konnte. Ein Geruch von Benzin und Auspuffdämpfen schlug Keely entgegen. Den Atem anhaltend, prallte sie zurück, packte mit feuchten Fingern den Türgriff und zog daran. Der rechte Torflügel schwang auf, und Keely wurde von einer Abgaswolke umhüllt. Sie begann zu husten. Als sie sich das Ende ihres Seidenschals vors Gesicht drückte, konnte sie den schwarzen BMW erkennen. Etwas Weißes ergoss sich aus der offenen Fahrertür.
Einen Moment zögerte sie. Nein, das konnte keine Falle sein. Maureen hatte nicht gewusst, dass sie kam. Das hier, dachte Keely grimmig, war genau das, wonach es aussah. Sie konnte die gedämpften Stimmen jetzt deutlich verstehen, und plötzlich wurde ihr klar, dass die eine davon Mark gehörte. Sie kam aus dem Wageninneren. Es war ein Tonband. Maureens und Marks Stimmen murmelten auf dem Band miteinander. Ein Schauer durchrieselte Keely. Sie wich einen Schritt zurück, war aber nicht imstande, wegzulaufen. Wenn nun jemand in diesem Wagen saß ... Keely stieß auch den anderen Torflügel der Garage weit auf und stürmte nach drinnen. Vorsichtig, den Schal immer noch auf Nase und Mund gepresst, trat sie auf die Fahrertür zu. Maureen Chase saß hinter dem Steuer. Die Arme hingen

schlaff herab. Ihr Kopf lag an der Kopfstütze. Sie hatte die Augen geschlossen, als würde sie schlafen, ihre Haut war kirschrot, und schief auf ihren rotbraunen Locken steckte ein Schleier. Sie trug ein cremefarbenes Brautkleid aus Satin, dessen Schleppe seitlich zur Fahrertür heraushing.

Keely unterdrückte einen Schrei. *O mein Gott,* dachte sie, *o mein Gott.* Sie streckte ihre Hand aus, um die Frau zu berühren, und fühlte die Kälte der Haut. Am liebsten hätte sie sich umgedreht und wäre weggerannt – hätte versucht, diesen Anblick für immer zu vergessen. Aber sie konnte nicht.

Vielleicht lebt sie ja noch, beharrte eine innere Stimme. *Du musst etwas unternehmen.*

Mit angehaltenem Atem griff Keely an Maureen vorbei zum Zündschlüssel und stellte den Motor ab. Die Ekel erregenden Worte und Geräusche der Lust, die die Tonbandstimmen von sich gaben, verstummten abrupt. Dann griff sie unter die starre, schweigende Frau, die in ihrem Hochzeitskleid auf dem Fahrersitz lag.

Komm schon, dachte sie, als könnte der leblose Körper ihr helfen. Hustend von den Abgasen, griff sie unter die Satinärmel, um Maureen aus dem Auto zu zerren. Der Spitzenschleier verfing sich im Schaltknüppel und löste sich von den roten Locken. Maureen lag bleischwer in Keelys Armen.

Keely hatte das sichere Gefühl, dass Maureen tot war, aber dennoch versuchte sie es weiter. Sie musste sie aus diesem Wagen, diesem tödlichen Abgas herausschaffen. Maureens Körper und dann ihre Füße, immer noch in Pantoffeln, trafen auf den ölfleckigen Garagenboden. Dann zerrte Keely ihre Last nach draußen, auf das braune Gras neben der efeuumrankten kleinen Garage.

Beruhige dich, ermahnte sie sich selbst. *Ruf Hilfe.* Sie legte Maureen behutsam auf dem Boden ab, und der Kopf der

Frau rollte leblos zur Seite. Ihre Arme und Beine lagen ungelenk auf dem Rasen ausgestreckt. Mit zitternden Fingern griff Keely in ihre Handtasche, zog das rote Handy heraus und drückte die Notruftaste. Als die Zentrale sich meldete, versuchte Keely zu erklären, was passiert war, aber ihre Stimme wurde von Schluchzern zerrissen.

»Hilfe ist schon unterwegs«, versicherte die Frau am anderen Ende der Leitung. »Verstehen Sie etwas von Wiederbelebungsmaßnahmen?«

»Ich weiß nicht«, sagte Keely zittrig. »Ich hab zwar mal einen Erste-Hilfe-Kurs besucht …«

»Ich sage Ihnen, was Sie tun müssen«, antwortete die Frau ermunternd.

Das Telefon immer noch in Händen, fiel Keely neben Maureen auf die Knie und folgte dann den Anweisungen der Telefonistin: Sie beugte sich über den Körper, um ihren Mund auf die kalten, kirschroten Lippen ihrer Rivalin zu legen.

37

Mit verächtlichem Schnauben steckte Phil Stratton einen Stapel Fotos von Mark Weaver in die Nachttischschublade zurück. Je mehr sie hier ans Licht holten, desto klarer wurde es, dass Maureen von Erinnerungen an ihren Verlobten verzehrt worden war. Das ganze Haus war eine einzige Gedenkstätte. Und nun, als eine Art verzweifelter, bizarrer Liebesbeweis, hatte Maureen den letzten Schritt getan, vielleicht in der Hoffnung, Mark wiederzufinden. Phil seufzte bei dem Gedanken, wie viele Hoffnungen er selbst sich vor ihrem gemeinsamem Abendessen gemacht hatte. Er hatte in Fantasien geschwelgt, dass er und Maureen ein Paar waren, sich ausgemalt, was für ein gutes Gespann sie sein würden. Na, wenigstens war ihm, noch ehe sie miteinander schliefen, klar geworden, dass er nur ein Lückenbüßer für Mark Weaver wäre. Aber das volle Ausmaß der Sache hatte nicht einmal er erkannt.

Phil ging aus Maureens Schlafzimmer in den Wohnbereich, wo Keely auf der Kante eines grün-rosa Chintz-Sofas saß. Sie trank einen Tee, den ihr eine junge Polizistin besorgt hatte, und der Styroporbecher zitterte in ihren Händen. Sie blickte zu Stratton auf.

»Schon besser?«, fragte er.

Keely zuckte mit den Schultern. »Ein bisschen, schätz ich.«

»Mrs. Weaver, möchten Sie mir erzählen, warum Sie heute Abend hierher gekommen sind?«

Keely stieß einen tiefen Seufzer aus. »Ich fand heraus … ich fand erst heute Abend heraus, dass Ms. Chase meinen Mann vor seinem Tod häufig anrief – auch an dem Abend, als er starb ...«

Phil wartete, dass sie fortfahren würde.

Keely überlegte, ob sie ihren Verdacht erwähnen solle – dass beide eine Affäre gehabt hatten –, entschied sich aber dagegen. »Ich schätze, ich wollte einfach wissen, weshalb«, sagte sie mit trotzig vorgerecktem Kinn.

Phil schüttelte den Kopf. »Der Grund liegt doch wohl auf der Hand. Weil sie von ihm besessen war«, meinte er. »Das Schlafzimmer ist voller Bilder von ihm. Und Ms. Chase' Kleiderschrank ... Sie besitzt immer noch Hemden mit seinem Monogramm, die seit ... seit längerem nicht gewaschen worden sind. Tonbänder. Ordner mit jedem handschriftlichen Fitzelchen, das sie von ihm ergattern konnte. Belege von seinen Kreditkartenzahlungen bei der Tankstelle bis zum Abwinken. Sie war restlos auf Ihren Ehemann fixiert, Mrs. Weaver. Erwähnte er je Ihnen gegenüber, dass sie ihn laufend anrief?«

Keely schüttelte leicht den Kopf.

Phil kratzte sich an seinem glatt rasierten Kinn. »Vielleicht wollte er Sie nicht beunruhigen. Sie hätten ausflippen können, wenn Sie gewusst hätten, dass diese Frau ihm nachstellt.«

»Ihm nachstellt.« Keely wurde von einer Woge der Erleichterung erfasst, als der Ausdruck zu ihrem Bewusstsein durchdrang. *Nachstellen.* Sie dachte an die Telefonate. Bei genauerer Überlegung kamen die meisten ja von Maureen. Sie versuchte, sich an das zu erinnern, was Betsy gesagt hatte. Natürlich musste es Gerede geben, wenn Maureen zehnmal täglich Mark im Büro anrief. Vielleicht hatte er sich für ihre Obsession verantwortlich gefühlt, vielleicht sogar schuldig, weil er sie einst wegen Keely sitzen ließ. Vielleicht hatte er Maureen wegen ihres Verhaltens nicht bloßstellen, sie nicht in Verlegenheit bringen wollen. Keely nickte und sah sich in dem Zimmer um. Alles war an seinem Platz; die gefalteten Chintz-Decken, die geblümten Läufer und getrockneten Blumen deuteten auf das geordnete Leben einer häuslichen Frau. Es gab keine äußeren Zeichen für Maureens heimliche Manie; doch jede Menge Indizien und Beweise waren in irgendwelchen Fächern und Schubladen verstaut. Vielleicht hatte Detective Stratton Recht. Maureen hatte Mark nachgestellt. Keely würden ihn nie aus ihrem Gedächtnis verbannen können, den grotesken Anblick der Frau, als sie in diesem Brautkleid, beim Hören dieser Bänder, ihren letzten selbstmörderischen Atemzug tat. »Nachstellen.« Das leuchtete ein. Natürlich.

Keely schauderte bei der Erinnerung an jenen ersten kurzen Blick auf Maureen in dem Wagen, den schlaffen, verrenkten Körper, das schreckliche Gefühl, diese kalten Lippen zu berühren. »Ich habe versucht, sie zu retten«, sagte sie mit leiser, schüchterner Stimme.

»Ja, ich weiß. Der Notarzt erzählte mir von Ihrem Anruf.« Stratton seufzte erneut. »Eigentlich ist es Mitleid erweckend. Sie war restlos in der Vergangenheit stecken geblieben. Sie konnte Mark nicht zurückbekommen, und sie konnte auch nicht ohne ihn leben. Ich glaube, sie hatte eine ... krankhafte Fixierung auf Ihren Ehemann, Mrs. Weaver, und schließlich ist sie an dieser Fixierung ... übergeschnappt.«

Keely starrte auf den Teebeutel, der in ihrem Becher schwamm. Sie dachte an Maureen, die so verzweifelt in Mark verliebt gewesen war. All diese Anrufe. Es musste einem Mann schmeicheln – wahnsinnig schmeicheln –, wenn eine Frau wie Maureen Chase, eine kühle, beherrschte Frau, nicht über ihn hinwegkam. Betsys Worte gingen Keely

nicht aus dem Kopf: *Wir wussten nichts mit Sicherheit … Wir hatten keine echten Beweise.*
Nein, dachte sie unnachgiebig. *Nein.* Seit dem Lesen von Richards Nachricht plagten sie Zweifel, warum Mark gerade sie ausgesucht hatte, ja, warum er sie überhaupt zur Heirat bewegen wollte. Aber sie waren ein Paar geworden und hatten ein Kind bekommen. Nach alledem konnte an seiner Hingabe für Keely kein Zweifel bestehen, nicht der geringste – und genauso wenig an seiner Liebe zu Abby. Mark, der sie so leidenschaftlich umworben und hartnäckig beteuert hatte, dass er ohne sie nicht leben könne – dieser Mann hätte keine Affäre mit seiner früheren Geliebten begonnen. Nein, *sie* musste ihm nachgestellt haben. Es gab keine andere Erklärung.
»Ich gebe zu, Mrs. Weaver …«, unterbrach Phil ihre Gedanken, »vielleicht schulde ich Ihnen … und Ihrer Familie … nun ja …«
Keely starrte ihn verwundert an.
Phil tat einen tiefen Atemzug. »Der Gedanke kam mir, als ich vorgestern mit … der Staatsanwältin zu Abend aß. Mir kam der Gedanke, dieses Bestreben, Dylan die Schuld an Mark Weavers Tod zu geben, könnte möglicherweise motiviert sein durch … ihre unverarbeiteten Gefühle. Ich fing an, mich zu fragen, ob ich nicht bei einer … persönlichen … einer Privatfehde mitspielte.«
»Versuchen Sie gerade, sich zu entschuldigen, Detective?«, fragte Keely.
»Das habe ich nicht gesagt«, verteidigte er sich.
Keely lächelte dünn. »Ich werde nicht gegen Ihre Behörde Anzeige erstatten, falls Sie das befürchten. Ich verstehe, dass Maureen Sie unter Druck gesetzt hat.«
»Es gab in der Tat eine gewisse … Dringlichkeit in ihrer … Untersuchung«, gestand er vorsichtig.

»Aber trotzdem würde es meinem Sohn gut tun, wenn Sie ihm das selbst erklärten«, meinte Keely. »Er hat doch ziemlich gelitten.«

»Keely!«

Sie blickte auf und sah Lucas, der auf seinen Spazierstock gestützt in der Tür von Maureens Häuschen stand. »Gott sei Dank, dass du da bist«, sagte sie und erhob sich auf wackligen Beinen, um zu ihm zu gehen. Der alte Mann zog sie an sich und legte einen Arm um sie.

»Geht's dir gut?«, fragte er. »Was ist passiert?«

Sein Blick forschte in ihrem Gesicht, und Keely fühlte, wie sie unter seiner Besorgnis zusammenbrach. »Ich bin hergekommen, um mit ihr zu reden«, erzählte sie. »Und da fand ich …« Ihr versagte die Stimme.

Lucas murmelte Keely beruhigend zu. »Schon gut«, sagte er. »Ich werde dich heimbringen. Phil, ist es für Sie in Ordnung, wenn ich Mrs. Weaver nach Haus fahre? Sind Sie mit ihr fertig?«

Phil nickte. »Ja. Nur zu. Wir untersuchen immer noch den Hintergrund, aber das ist reine Formsache. Scheint ziemlich schlüssig und eindeutig, das Ganze. Ich weiß ja, wo ich sie im Zweifelsfall finde.«

Lucas schüttelte den Kopf. »Ich kann's nicht fassen. Maureen Chase.«

»Es gab viel, was wir von ihr nicht wussten. Sie hatte eine Schattenseite«, sagte Phil.

Lucas seufzte. »Ja, offensichtlich. Komm jetzt, mein Liebes«, forderte er Keely auf. »Lass dich von mir nach Hause bringen.« Er wandte sich an den Detective. »Können Sie jemanden mit Keelys Wagen zu ihrer Adresse schicken?«

»Klar«, antwortete Phil. »Ich werde ein, zwei meiner Leute damit beauftragen.«

Keely gab ihm die Autoschlüssel.

Der Detective nickte. »Wir bleiben in Verbindung, Mrs. Weaver.«
Sie ließ sich von Lucas zu seinem Lincoln führen. Er öffnete ihr die Tür, und Keely nahm gehorsam auf dem Beifahrersitz Platz. Dann stieg Lucas auf der Fahrerseite ein.
»Schnall dich an«, sagte er streng.
Keely nickte und tat, wie befohlen.
»Das muss ein schrecklicher Schock für dich gewesen sein«, meinte er, »sie in diesem Zustand zu finden.«
»Es war grauenhaft. Du kannst es dir gar nicht vorstellen. Ich habe versucht, sie zu retten«, antwortete Keely.
»Ich weiß«, sagte Lucas geistesabwesend. »Einer der Polizisten draußen hat's mir erzählt. Du hast alles Menschenmögliche getan.«
Er zögerte ein paar Sekunden. Dann fragte er: »Warum bist du überhaupt zu ihr gefahren?«
Keely schüttelte den Kopf, als versuchte sie, Maureens Bild aus ihrem Gedächtnis zu verbannen. Sie betrachtete Lucas' schönes, vom Alter gezeichnetes Profil. »Ich habe herausgefunden, dass sie Mark pausenlos anrief.«
»Na, sie hatten ja auch beruflich noch zusammen zu tun«, wandte Lucas ein.
»Es ging nicht um etwas Berufliches«, erwiderte Keely.
Lucas hob die Augenbrauen und starrte geradeaus durch die Windschutzscheibe. »Ich weiß jedenfalls nicht, wovon sie sprachen.«
»Schon gut, Lucas. Ich habe mit Betsy geredet. Sie erzählte mir von euren Vermutungen.«
Lucas schwieg einen Moment. »Was hat Betsy dir erzählt?«
»Was ihr beide dachtet. Aber so war es nicht«, sagte Keely. »Detective Stratton meinte mir gegenüber, Maureen hätte Mark nachgestellt.«
Lucas blieb stumm.

»Aber danke, dass du versucht hast, mich zu schonen«, fügte Keely hinzu.

Er runzelte die Stirn. »Ich weiß nicht, wovon du sprichst.«

»Doch, das weißt du. Ihr dachtet, er würde mich betrügen, und habt Stillschweigen bewahrt, damit ich nicht verletzt würde.«

Lucas zuckte mit den Schultern. »Anscheinend habe ich etwas vermutet, was gar nicht stimmte. Ich wusste es ehrlich nicht, Keely. Er hat sich mir in dieser Sache nicht anvertraut, und das ist die Wahrheit.«

»Oh, er konnte Dinge gut für sich behalten«, bestätigte sie.

Sie erreichten Keelys Zufahrt und bogen ein. Als Lucas den Wagen abgestellt hatte, blieb er hinter dem Steuer sitzen und starrte durch die Windschutzscheibe auf die mächtige Steinfassade des Hauses. »Was meinst du damit?« Er drehte sich zu Keely herum und sah sie an.

Keely zögerte. Sie spielte mit dem Gedanken, ihm von Richards Abschiedsbrief zu erzählen, von der Anschuldigung gegen Mark, aber das würde ihm wehtun und ihn an seinem Sohn zweifeln lassen. Außerdem rückte Maureens Selbstmord die Dinge in ein ganz anderes Licht. Vielleicht ging es bei Marks Tod ja gar nicht um eine ferne Vergangenheit, sondern um seine undurchsichtige Gegenwart. Und Maureen war nicht mehr am Leben.

»Nichts. Schon gut«, antwortete Keely. Sie wurde von Scheinwerfern geblendet, während hinter ihnen ein Auto in die Einfahrt einbog und stehen blieb. Als die Lichter ausgingen, drehte sie sich um und entdeckte ihr eigenes Geländemobil. Ein zweiter Wagen, ein Polizeiauto, bog hinter ihm ein und wartete im Leerlauf. Der Fahrer von Keelys Wagen, ein junger uniformierter Beamter, den sie aus Maureens Haus kannte, stieg aus.

Sie verließ Lucas' Beifahrersitz, um zu dem Polizisten zu

gehen. Die Nachtluft wurde kälter, und Keely zitterte. Der junge Mann ließ die Schlüssel in ihre eisigen Finger fallen.
»Vielen Dank«, sagte Keely.
»Keine Ursache«, erwiderte er, leicht salutierend. Dann ging er zu dem Streifenwagen und rutschte auf den Beifahrersitz.
Während sie die Schlüssel in ihrer Hand hin und her drehte, kehrte Keely zu Lucas' Auto zurück. Sie bückte sich zum Fenster hinab. »Willst du mit reinkommen?«, fragte sie.
»Wenn du möchtest.« Seine Stimme klang müde.
»Nein. Fahr du nur nach Hause«, sagte Keely.
»Bist du sicher?«, erwiderte Lucas.
Keely nickte. Sie trat von dem Fenster zurück, und Lucas ließ den Motor an.
»Kommst du um meinen Wagen herum?«, vergewisserte sie sich.
Lucas nickte. »Kein Problem.«
Zögernd hantierte sie mit ihren Autoschlüsseln. Lucas wartete und beobachtete sie. Keely runzelte die Stirn. Dann sagte sie: »Lucas, wenn dir jemand nachstellen würde, eine Frau, würdest du dann Betsy davon erzählen oder die Sache für dich behalten?«
»Wenn mir eine Frau nachstellen würde, wäre ich wahrscheinlich so geschmeichelt, dass ich's in die Zeitung setzen ließe«, antwortete er mit schelmisch funkelnden Augen.
Keely lächelte und schüttelte den Kopf.
»Ich weiß, was du meinst, Liebes. Ich weiß nur nicht die Antwort. Quäl dich nicht«, sagte er. »Jetzt ist ja alles vorbei.«
Sie betrachtete ihn mit ernstem Gesicht. »Weißt du, was ich glaube?«, fragte sie. »Ich glaube, an dem Abend, als er starb, ist Maureen hier gewesen. Vielleicht stieß sie ihn sogar in den Pool. Ich meine, wir wissen ja, dass sie ... geistig verwirrt war. Ich glaube, sie ist einfach ausgerastet.«

Einen Moment trat Schweigen ein. Dann sagte Lucas: »Da könntest du Recht haben. Wir werden es wohl nie erfahren.«

»Stimmt«, pflichtete Keely ihm bei, fragte sich aber, ob sie sich mit dieser Antwort würde begnügen können.

»Keely?«, fragte Lucas mit besorgter Stimme.

Sie sah ihn an. »Was ist?«

»Du musst das Ganze abschütteln. Hauptsache, es ist niemand mehr hinter Dylan her. Er ist außer Gefahr. Nun, nach Maureens Ableben, wird man ihn in Ruhe lassen.«

»Ich weiß«, erwiderte Keely. »Gott sei Dank.«

»Du wirst jetzt besser schlafen können«, meinte Lucas.

Keely nickte. Sie brachte ein schwaches Lächeln zustande und winkte ihm, während er aus der Einfahrt zurückstieß. Lucas hatte Recht, dachte sie. Maureen war eine gequälte Seele gewesen. Die Art ihres Todes machte das überdeutlich. Aber jetzt konnte sie ihnen nichts mehr anhaben. Niemand brauchte ihren eifersüchtigen Zorn zu fürchten. Dylan war außer Gefahr. Nur darauf kam es an. Heute Nacht konnte Keely glücklich in ihrem Bett liegen.

38

Trotz der Schrecken des vergangenen Abends und der Schlaflosigkeit der Nacht verkündete Dylan am nächsten Morgen, er sei jetzt so weit, wieder in die Schule zu gehen. Keely versuchte, sich lässig zu geben, und versicherte ihm, das habe keine Eile. In ihrem Herzen aber wusste sie, dass Maureens Tod ihm einen gewissen Seelenfrieden schenkte. Obwohl Phil Stratton nicht vorbeikam, wie erhofft, berichtete Keely ihrem Sohn von dem indirekten Eingeständnis des Ermittlers, er hätte bei Maureens Rachefeldzug nicht mitwirken sollen. Die Erleichterung in Dylans Augen gab Keely das Gefühl, als sei etwas, das ihr gefehlt hatte, nun wieder dort, wo es hingehörte.

Einerseits freute sie sich, weil Dylan wieder zur Schule wollte; andererseits machte sie sich Sorgen, wie holprig seine Rückkehr ablaufen würde. Am liebsten hätte sie ihm alle möglichen Warnungen und Mahnungen mitgegeben, aber er war an diesem Morgen still und vermied absichtlich ihren ängstlichen, nervösen Blick. Keely nahm kommentarlos zur Kenntnis, dass er einen Rollkragenpulli trug, der die Narben an seinem Hals bedeckte.

»Weiß Nicole, dass du heute wieder in die Schule kommst?«, fragte sie, während sie mit ihrem Wagen um die letzte Ecke bogen und das mächtige Schulgebäude vor ihnen auftauchte.

»Ich hab's ihr nicht gesagt«, antwortete Dylan mit einem vertrauten Unterton von Gereiztheit.

»Na, vielleicht lauft ihr euch ja zufällig über den Weg«, meinte Keely.
»Mom.« Er schüttelte den Kopf, als wäre dies ein absolut hirnverbrannter Gedanke.
»Entschuldigung«, sagte Keely. Sie war klug genug, das nicht als Kränkung aufzufassen. Eigentlich erschien es sogar als ein Zeichen, dass alles wieder zum Normalzustand zurückkehrte.
Als Dylan ausgestiegen war und die Tür zugeschlagen hatte, beugte er sich durch das Fahrerfenster. Keely sah ihn verwundert an.
»Du bist fast alle«, sagte er.
»Was soll das heißen, Dylan?«, fragte sie, innerlich beinahe schon in Abwehrstellung.
Er deutete auf die Benzinstandsanzeige. »Du musst tanken«, antwortete er. »Was soll's denn sonst heißen?«
Keely fing unwillkürlich zu lachen an. »Oh. Okay, okay. Geh jetzt«, sagte sie. »Du verspätest dich noch.« Seufzend sah sie ihm hinterher, als er die Schultreppe hinauflief. Er wirkte einsam, aber tapfer, wie er sich, wieder in Richards Lederjacke gehüllt, gegen die neugierigen Blicke und das Getuschel seiner Altersgenossen wappnete. Sie schaute ihm hinterher, bis er in das Gebäude verschwunden war, aber er drehte sich nicht noch einmal um.
Auf der Nachhausefahrt hielt Keely beim Lebensmittelhändler, kaufte ein paar Sachen und nahm aus dem Zeitungsständer an der Kasse auch ein Washingtoner Boulevardblatt mit. *Staansanwältin in St. Vincent's Harbor begeht Selbstmord,* posaunte die Schlagzeile, und der Artikel erwähnte Depressionen, persönliches Leid sowie frühere Selbstmordversuche. Obwohl die Polizei vor Ort jegliche Fotos von Maureens Leiche untersagt hatte, war es irgendeinem draufgängerischen Pressefritzen offenbar gelungen,

aus Maureens tragischem Ende Kapital zu schlagen: Er hatte einen Schnappschuss der leblosen Staatsanwältin in ihrem schmuddeligen Hochzeitskleid ergattert, und das Foto prangte nun auf der Titelseite des Revolverblattes.

Es fiel schwer, nicht hinzusehen. Das Bild war faszinierend und abstoßend zugleich. Keely legte die Zeitung mit der Titelseite nach unten auf das Fließband an der Kasse, während Abby, aufrecht und an das Stahlgitter geklammert, in dem Einkaufswagen stand und mit der Frau hinter Keely redete. Keely empfand Schuldgefühle, als verhielte sie sich wie ein Voyeur, indem sie den Sensationsbericht über Maureens Tod kaufte. Sie machte sich klar, dass niemand um sie herum die geringste Ahnung von ihrer Rolle bei dem Ganzen besaß. Aber trotzdem faltete sie das Blatt zusammen, als es die Kasse durchlaufen hatte, und klemmte es sich unter den Arm, um die Schlagzeile zu verstecken.

Während sie den Einkaufswagen durch die automatische Tür des Ladens nach draußen schob, fragte sich Keely ein paar Sekunden lang, ob Dan wohl anrufen würde, wenn er von den Ereignissen erfuhr. Als Detective Stratton sie gebeten hatte, anzugeben, wo sie sich zum Zeitpunkt von Maureens Tod befand, hatte sie Dans Besuch in ihrem Haus, ihren Anruf bei Betsy und ihr Gespräch mit dem Pförtner im Gerichtsgebäude als Alibi genannt. Keely wusste, dass Dan im Fall einer Überprüfung ihre Angaben bestätigen würde. Aber dennoch fühlte sie ihr Gesicht glühen bei dem Gedanken, ihre Unhöflichkeit könnte Dan und Nicole vergrault haben. Schließlich waren beide als Freunde gekommen. Sie verstaute ihre Lebensmittel im Kofferraum und warf die Zeitung, wieder mit der Titelseite nach unten, auf den Beifahrersitz.

Auf dem Heimweg fragte sie sich, warum es ihr nicht egal war, ob Dan anrief oder nicht. Sie und die Kinder brauchten keine neuen Freunde – sie würden sowieso bald wegziehen. Und wie um diese Überzeugung zu bestätigen, sah Keely, als sie nach Hause kam, den roten Ford Taurus ihrer Immobilienmaklerin Nan Ranstead in der Einfahrt stehen. Einige Sekunden sank ihr das Herz. Sie wollte ins Haus und sich vor dem Rest der Welt verkriechen. In diesem Moment war es ihr gleichgültig, ob es einen Käufer gab oder nicht. Sie bog ein, parkte ihren Wagen hinter dem der Maklerin und wollte gerade aussteigen, da sah sie Nan die Haustür aufmachen. Die Frau eilte ihr über die Zufahrt entgegen.

»Mrs. Weaver«, sagte sie. »Ich habe versucht, Sie zu erreichen. Wir haben ein Objekt ein paar Straßen weiter besichtigt, da sahen diese netten Leute Ihr ›Zu verkaufen‹-Schild.«

»Sie sollten mich doch ein bisschen vorwarnen. Haben Sie nicht meine Handynummer?«, fragte Keely.

»Ich weiß. Aber ich hatte sie nicht bei mir«, gestand Nan. »Hören Sie, könnten Sie sich wohl ein Weilchen beschäftigen, damit ich diesen Leuten in aller Ruhe das Haus zeigen kann? Es scheint ihnen wirklich zu gefallen.«

»Ich hatte ja nicht mal Gelegenheit, ein bisschen aufzuräumen«, wandte Keely ein.

»Es sieht doch gut aus«, sagte Nan. »Ich brauche nur ungefähr eine halbe Stunde.«

»Das denk ich mir«, erwiderte Keely zögernd. Ein Teil von ihr wollte widersprechen, wollte sagen »Heute nicht«; aber sie sah ein, dass die Maklerin nur ihre Arbeit machte und dass es keinen Sinn hatte, ihr die Sache zu erschweren.

»Das könnten die Richtigen sein«, meinte Nan und drückte hoffnungsvoll ihre Daumen.

»Na schön«, gab Keely sich geschlagen. Sie stieg trotz ihres Verlangens nach Privatsphäre, dem Schutz ihres Hauses, wieder in ihren Wagen. *Lieber Gott,* dachte sie. *Was mach ich jetzt?* Sie zögerte. Dann stieß sie rückwärts aus der Einfahrt, bog in die Gegenrichtung und ein Stückchen weiter in die Einfahrt der Warners. Verwundert betrachtete sie das Haus. Sämtliche Fenster waren geschlossen, die Vorhänge zugezogen. Eine noch eingeschweißte Zeitung lag auf dem Fußabtreter, und Post schaute aus dem Briefkasten. Ein Auto stand nicht in der Einfahrt. Es schien, als seien die Warners urplötzlich aufgebrochen, und das fand Keely seltsam beunruhigend. *Wo könnten sie sein?*, fragte sie sich. *Und warum ist mir das nicht gleichgültig?*

Wegen Dylan, antwortete sie sich selbst. In ein paar Stunden würde es Zeit, ihn abzuholen und zu hören, wie sein Schultag verlaufen war. Sie erinnerte sich, dass sie heute früh noch gedacht hatte, Nicole wäre ja da, um ihm seine Rückkehr zu erleichtern. Aber offensichtlich stimmte das nicht. Dylan war heute ganz auf sich selbst angewiesen. *Es wird schon gut gehen,* sagte sich Keely und wünschte, sie könnte es glauben. Ihre Nerven waren aufs Äußerste gespannt, wenn sie sich den Jungen allein in einer feindlichen Umgebung vorstellte. Kinder konnten so grausam sein. Sie spürte, die Zeit würde im Schneckentempo vergehen, bis sie ihn abholen und heimbringen könnte.

Langsam fuhr sie zu ihrem Haus zurück und hielt davor an. Sie wäre allzu gerne nach drinnen gegangen, aber Nan Ransteads Wagen stand nach wie vor in der Einfahrt. Die Leute besichtigen das Objekt also immer noch. *Vielleicht könnten Abby und ich ja einfach so lange hier warten,* dachte Keely. Aber während sie dasaß und versonnen zu ihrem Haus starrte, hörte sie plötzlich Hundegebell.

Evelyn Connelly schloss gerade ihre Tür hinter sich und hielt dabei die Hunde, die wütend an ihrer Leine zerrten, um auf Keely zuzustürzen. Durch den Lärm aus ihrem schläfrigen Dämmerzustand geschreckt, begann Abby zu weinen. Evelyn drehte sich um. Sie trug ihren Jogginganzug plus Perlenkette, und ihre kleinen, schmalen Augen trafen Keely mit allem Zorn, aller Bosheit, zu denen ihr Pausbackengesicht imstande war.

Keely fühlte, wie ihre Wangen zu glühen begannen, als sie sich von dem feindseligen Blick ihrer Nachbarin abwandte. Ohne nachzudenken, fuhr sie los. Sie wusste nicht, wohin. Sie hasste es, sich von der Nachbarsfrau einschüchtern zu lassen. *Ich bin nicht eingeschüchtert,* sagte sie sich. *Ich kann heute lediglich auf eine Szene verzichten. Ich brauche ein bisschen Frieden.*

Beim Abbiegen auf den Cedarmill Boulevard warf sie einen Blick aufs Armaturenbrett und erkannte, wie Recht Dylan gehabt hatte. Die Benzinstandsanzeige war fast auf Null. *In Ordnung,* dachte sie, *dann fahre ich tanken. Muss ich ja ohnehin. Also kann ich es auch gleich machen. Da vergeht ein bisschen Zeit.*

Sie spürte eine Tankstelle auf, fuhr neben die Zapfsäule, kurbelte ihre Scheibe herunter und stellte den Motor ab. Dann reichte sie ihrem quengeligen Baby ein Kinderbuch. Abby, die hinten in ihren Kindersitz geschnallt war, nahm es entgegen und begann fröhlich zu grunzen, als sie die Knöpfe drückte und Kühe mit einem »Muh« reagierten.

Es kam nicht sofort jemand, um sie zu bedienen, aber Keely hatte es ja auch nicht eilig. Während sie wartete, nahm sie die Zeitung, die auf dem Beifahrersitz lag, und verzog neuerlich das Gesicht, als sie das groteske Foto sah. Dann begann sie den Artikel zu lesen.

In Anbetracht seiner knappen Zeit war der Reporter sehr gründlich gewesen. Es begann mit der Beschreibung einiger schwieriger Fälle, die die Staatsanwältin geleitet hatte. Auch der tragische Tod von Maureens Zwillingsbruder Sean, in der Nacht zu Halloween vor zwanzig Jahren, wurde erwähnte, gefolgt von einer ausführlichen Schilderung über den geistigen Zusammenbruch, den Maureen daraufhin erlitt, ihre Behandlung im Blenheim-Institut, ihre Heilung und ihren Entschluss, aus dieser Erfahrung heraus Staatsanwältin zu werden. Ebenfalls erwähnt wurde ihr Eifer bei der Verfolgung jugendlicher Krimineller, für den sie bekannt war, sowie ihr angebliches Zitat: »Ein Halbwüchsiger hat meinen Bruder umgebracht – da bin ich sicher. Keiner wurde je für dieses Verbrechen verhaftet, aber damals behandelte man die Straftaten Minderjähriger ja noch wie Kinderstreiche. Heute ist den Leuten klar, wie gewalttätig und unkontrollierbar heranwachsende Jungen sein können. Heute, nach Columbine, haben wir unsere Lektion gelernt. Mag sein, dass ich Seans Mörder nie werde bestrafen können, aber ich werde eine Straftat auch nie auf die leichte Schulter nehmen – egal, wie jung derjenige ist, der sie verübt hat.«

Keely blickte auf und starrte durch die Windschutzscheibe. Sie wusste bislang nicht viel über den mysteriösen Tod von Maureens Zwillingsbruder. Dieses Ereignis schien zu erklären, warum Maureen Dylan so hartnäckig verfolgt hatte, dachte sie.

Beim Weiterlesen prickelte ihr die Kopfhaut, als über die Auflösung von Maureens Verlobung und Marks Entschluss berichtet wurde, Keely zu heiraten – ein Ereignis, das Maureens Unglück bedeutet habe. Der Artikel beschrieb ausführlich die Entdeckung ihrer Leiche durch Marks Witwe, eine so genannte »Ironie des Schicksals«. Dass Maureen Mark nachgestellt hatte, ließ der Reporter jedoch aus. Es war auch kaum nötig, dies zu erwähnen, denn der Artikel zeichnete ein nicht sehr schmeichelhaftes Porträt von Maureen als einsamer, instabiler Frau, deren Auftreten als rigorose Staatsanwältin möglicherweise nur ein gestörtes

Gemüt maskierte. Immerhin war das für Keely fast ein Trost. Es bestätigte einmal mehr, dass sie und Dylan Opfer des unverhältnismäßigen Eifers dieser Frau geworden waren.

»Kann ich Ihnen helfen?« Die Stimme des Tankwarts riss Keely aus ihren Gedanken, und sie blickte auf. Eigentlich hatte sie ihm sagen wollen: »Einmal voll tanken, Normalbenzin.« Beim Anblick des pockennarbigen Gesichts, der »Skunk-Frisur« und der schwerlidrigen, verschatteten Augen machte ihr Herz jedoch einen Sprung vor Verblüffung. Der Bursche starrte zurück, als versuchte er, ihr Gesicht irgendwo unterzubringen. Sie kam ihm zuvor.

»Sie«, sagte Keely anklagend.

Wade Rovere riss seine schmalen Augen auf, als er seine Kundin erkannte.

39

Phil. Freut mich, dass Sie's geschafft haben. Kommen Sie doch rein.«

Phil Stratton hatte beim Eintreffen in seinem Büro im Justizgebäude einen dringenden Anruf von der örtlichen Polizei erhalten. Er war auf die Arbeit dieser Behörde angewiesen, und meistens kontaktierte er Captain Ferris – um sich nach Ermittlungsergebnissen zu erkundigen –, nicht umgekehrt. Deshalb war Phil ziemlich sicher, dass es mit Maureen Chase' Selbstmord zusammenhing. Die Schreckensmeldung hatte die Justiz- und Polizeibeamten des ganzen Bezirks getroffen wie ein Hammerschlag.

Phil betrat das Büro des Captains und wurde umgehend aufgefordert, die Tür zu schließen. »Wo brennt's, Dave?«, fragte er.

»Setzen Sie sich«, sagte Dave Ferris. Er war mit einem perfekt gebügelten weißen Hemd und Krawatte bekleidet, an die sechzig, aber immer noch gut in Form, mit vollem braunem, leicht angegrautem Haar und ebensolchem Schnurrbart. Den einzigen Hinweis auf sein Alter gab die dicke Gleitsichtbrille, die seine Augen übergroß und wässrig wirken ließ.

Phil nahm vor dem Schreibtisch Platz.

Dave schürzte die Lippen und ergriff dann ein Dokument, das er Phil reichte.

»Diesen Bericht habe ich gerade vom Labor erhalten«, sagte er. »Vorläufige Ergebnisse von Maureen Chase' Autopsie.«

»Man kann's kaum fassen, nicht wahr?«, fragte Phil kopfschüttelnd.
»Ich bin heute Morgen sämtliche Berichte durchgegangen. Allem Anschein nach war sie völlig auf diesen verunglückten Anwalt fixiert, diesen Mark Weaver?«
»O ja«, bestätigte Phil, während er sich in seinem Stuhl zurücklehnte und innerlich bereits anschickte, dem Polizeihauptmann ein paar Einblicke in die ermittelte Situation zu gewähren. »Ich vermutete ja, dass es da ein Problem gab, aber –«
Dave fiel ihm ins Wort. »Und die Ehefrau dieses Weaver hat die Leiche entdeckt?«
Phil krauste die Stirn. »Ja. Die beiden waren eine Art … beste Feindinnen, könnte man sagen.«
»Phil, wie intensiv haben Sie sich diese Weaver vorgeknöpft?«
»Ich hab sie vernommen. Ich meine, ich behandelte das Ganze genau wie einen Mordfall – hab sie gefragt, warum sie dort war, und stellte fest, wo sie sich früher an diesem Abend aufhielt.«
»Sie hat ein Alibi«, sagte Dave.
Phil rutschte unbehaglich auf seinem Stuhl herum. »Ja, schon. Ich meine, sogar ein ziemlich … hieb- und stichfestes Alibi. Wir haben Zeugen für Mrs. Weavers Kommen und Gehen.«
»Phil, man wird an der Leiche noch einige zusätzliche Blutuntersuchungen vornehmen. Toxikologische Tests.«
Phil sah ihn überrascht an. »Wozu das?«
»Allem Anschein nach hat der Gerichtsmediziner während der Autopsie eine Einstichverletzung entdeckt.«
»Eine Stichwunde? Es gab aber gar kein Blut.«
»Nein. Wie von einer Injektionsnadel. Vielleicht stand die Tote unter Drogen.«

»Drogen?« Phil runzelte die Stirn und winkte ab. »Oh, Dave – wahrscheinlich hat sie was eingenommen. In ihrem Medizinschränkchen waren Beruhigungsmittel, Antidepressiva und … 'n ganzen Haufen anderes Zeug. Kann auch sein, sie hat sich was gespritzt – zur Nervenberuhigung –, bevor sie's anging.«

»Ich fürchte, nein«, entgegnete Dave. »Sie hat sich nicht selbst etwas injiziert.«

»Was soll das heißen? Warum nicht?«

»Sehen Sie sich den Bericht an. Die Einstichstelle war in ihrem Hals.«

Phil hatte das Gefühl, dass sein Kragen sich verengte. »Na ja … vielleicht …«

»In ihrem Hals«, wiederholte Dave.

»Mord?«, flüsterte Phil.

Dave starrte ihn nur an.

»Scheiße«, sagte Phil.

»Wo waren Sie denn?«, schrie Keely. »Ich habe nach Ihnen gesucht.«

Wade Rovere wich von dem Autofenster zurück. »Hey«, sagte er. »Nun mal halblang, Lady! Ich will keinen Ärger.«

»Das kommt aber ein bisschen spät«, erwiderte Keely.

»Also, was ist? Wollen Sie jetzt tanken oder nicht?«

Keely öffnete die Tür und stieg aus, die Zeitung immer noch in der Hand. »Voll tanken, Normalbenzin«, sagte sie.

Wade hob den Verschlussdeckel und rammte den Zapfhahn in die Öffnung. »Hören Sie – vermasseln Sie mir nicht alles. Ich hab hier einen neuen Job gekriegt. Das ist mein erster Tag heute.«

»Haben Sie das da schon gesehen?«, fragte Keely, mit der Zeitung wedelnd. »Wissen Sie irgendetwas darüber?«

Wade wischte seine Hände an dem grauen Overall ab. »Ich

hab jede Menge zu tun, Lady. Ich kann hier nicht rumstehen und mit Ihnen quatschen. Es gibt noch mehr Kunden.« Er deutete auf einen Volvo neuester Bauart, der an der Zapfsäule hinter Keely vorgefahren war.

»Lassen Sie's von jemand anderem tun.«

»Besser, *ich* erledige das«, entgegnete Wade.

»Nicht so hastig. Ich will, dass Sie mir die Windschutzscheibe putzen«, befahl Keely.

Wade funkelte sie wütend an.

Diesmal würde Keely sich nicht von ihm einschüchtern lassen. Dylan war außer Gefahr. Diesmal hatte sie Wade Roveres Hilfe nicht nötig. »Da steht ›Vollservice‹«, sagte sie und zeigte auf das Schild über der Zapfsäule. »Soll ich Ihrem Boss erzählen, Sie hätten sich geweigert, mir die Windschutzscheibe zu putzen?«

Wade zog ein finsteres Gesicht, holte aber in der Nähe einen Eimer mit Fensterschwamm, während aus der Tankstelleninsel ein zweiter Angestellter erschien und den Volvofahrer bediente. Wade beugte sich über die Motorhaube und begann damit, die Scheibe einzuschäumen und sauber zu schaben.

»Wo haben Sie gesteckt? Was ist mit Ihnen passiert?«, verlangte Keely zu wissen. »Ich habe nach Ihnen gesucht.«

»Ich war 'n paar Tage außerhalb«, brummte Wade.

»Ohne irgendjemandem Bescheid zu sagen?«, fragte Keely. »Da hatten Sie's aber furchtbar eilig.«

Wade war mit der linken Seite der Windschutzscheibe fertig und ging zur rechten. »Das ist meine Sache«, entgegnete er.

»Wissen Sie«, sagte Keely. »Ich hätte Sie fast bezahlt. Ich hatte alles vorbereitet, um Ihnen das Geld zu geben. Aber inzwischen weiß ich natürlich, was Sie für eine Information verkaufen wollten. Sie hier war's, nicht wahr? Maureen

Chase.« Keely wedelte mit der Zeitung vor seinem Gesicht. »Haben Sie die vielleicht auch erpresst? Ist es so gewesen?«

Wade trat von dem Wagen zurück. »Fertig«, sagte er.

»Da sind Streifen drauf«, entgegnete Keely trotzig. »Machen Sie's noch mal.«

Mit verächtlichem Schnauben schüttelte Wade den Kopf. »Das meinen Sie! Die hatte keinen Schiss vor mir«, sagte er. »Hören Sie, ich will mit dem Zeug nichts zu tun haben.«

Keely starrte ihn an. Dieser Kerl hatte gerade ihren Verdacht bestätigt! »Dann war es also Maureen Chase, die Sie in meinem Haus gesehen haben.«

»Ich hab sie gesehen, ja.«

Eine Sekunde war Keely fast schwindlig vor Erleichterung. Der mysteriöse Besucher war eine Sie, er hatte ein Gesicht, einen Namen – und sogar einen irrsinnigen Grund, den Unfall herbeizuführen. Keelys Suche war zu Ende. »Was ist passiert?«, fragte sie herausfordernd. »Woher wussten Sie, dass sie es war?«

Wade seufzte. »Die und ich sind 'n paarmal in Konflikt geraten. Sie war's auch, die mich in den Knast gebracht hat. Frau Staatsanwältin.«

»Also, was ist an diesem Abend geschehen? Sie haben sie in meinem Haus gesehen …«, drängte Keely.

»Ich bin mit der Pizza zum Haus hingelatscht. Die Tür stand offen, nur das Fliegengitter war zu. Ich hab durchgeschaut, und da waren sie.«

Keely sah ihn verblüfft an. »Was soll das heißen?«

Nun war es an Wade, sie misstrauisch zu beäugen. »Ich dachte, Sie wüssten alles«, sagte er patzig.

»Was soll das heißen: ›Da waren sie‹?«

»Er war sie am Durchnageln«, antwortete Wade hämisch. »Im Stehen. Gleich in der Diele – im Vestibül … wie immer Sie's nennen.«

Keely starrte ihn an.

»Ich werde nie vergessen, was sie für 'n Gesicht machte, als sie mich durch die Tür sah. 'n Riesenschrei hat sie losgelassen, und Ihr Alter, Ma'am, war völlig aus dem Häuschen. Sagte, er hätte niemals 'ne Pizza bestellt und ich soll mich zum Teufel scheren. Dabei versuchte er die ganze Zeit, seinen Hosenstall zuzukriegen.« Wade kicherte bei der Erinnerung. »Jedenfalls, als *Sie* nicht zahlen wollten, bin ich zu ihr, zu Miss Chase. Sie wusste noch ganz gut, dass sie mich dort hat zuschauen sehen. Als ich aber Geld verlangte, hat sie mir ins Gesicht gelacht. Sagte, ich soll den Mund halten und aus der Stadt verschwinden, sonst würde ich wieder im Knast landen. Und das war ihr Ernst. Sie konnte mich dorthin bringen. Wer würde schon auf mich hören, wenn ich über sie was sagte?

So hab ich alles hier für 'n paar Tage stehen und liegen lassen. Ich versuchte gerade, mir den nächsten Schritt zu überlegen, da hörte ich im Fernsehen von der Geschichte.« Er wies mit einem ölverschmierten Finger auf die Zeitung. »Dachte mir, jetzt kann ich ohne Gefahr hierher zurückzukommen.« Er warf einen Blick auf das Foto der Titelseite und schüttelte den Kopf. »Die kriegt jetzt keinen mehr am Arsch.«

»Was soll das heißen, er hat sie durchgenagelt?«, schnauzte Keely ihn an.

»Ey, wie alt sind Sie denn, Mensch? Soll ich's Ihnen aufmalen?«, fragte Wade und grinste höhnisch.

»Ja«, sagte Keely. »Ich glaube Ihnen nicht.«

»Ist mir schnuppe«, entgegnete Wade. »Ich hab die beiden gesehen. Als sie mich entdeckt hat – dass ich dastehe und ihnen zuschaue –, fing sie zu kreischen an, und sie sind auseinander gesprungen, als hätten sie 'nen Stromschlag gekriegt.«

»Sie Lügner«, erwiderte Keely. »Sie würden doch alles sagen, je nach Bedarf.«
Wade zuckte mit den Schultern. »Reden Sie sich von mir aus ein, was Sie wollen. Er hat sie gebumst, gleich hinter der Haustür. Im Stehen, als könnten sie's keine Sekunde mehr abwarten.«
Keely öffnete ihre Wagentür, rutschte wieder hinter den Lenker und starrte durch die Windschutzscheibe ins Leere, während Wade nach hinten ging, um den Benzinschlauch auszuklinken und in die Zapfsäule zu hängen. Sie versuchte, sich nicht ihren Mann mit Maureen vorzustellen, aber es war zwecklos.
»Lügner«, zischte sie noch einmal.
Wade erschien wieder an ihrem Fenster. »Zweiundzwanzig Dollar«, sagte er mit einem schiefen, hämischen Blick. »Bar oder Kreditkarte?«

40

Mrs. Weaver!«, rief Sylvia, während sie sich von ihrem breiten Empfangstisch im Vorzimmer der Kanzlei Weaver, Weaver und Bergman erhob. »So eine Überraschung!«

Für mich ebenfalls, dachte Keely und versuchte mit aller Mühe, sich nicht anmerken zu lassen, wie unglücklich sie war. »Hallo, Sylvia. Schön, Sie wieder zu sehen«, erwiderte sie.

»Wie geht es den Kindern?«, fragte Sylvia, und an ihrem wachsamen Blick konnte Keely erkennen, dass Sylvia über Dylans Selbstmordversuch Bescheid wusste, das Thema aber nicht vertiefen wollte.

»Gut«, antwortete Keely. »Abby ist heute Nachmittag bei ihrer Großmutter, und Dylan geht wieder in die Schule.«

»Na, das ist ja großartig. Freut mich, das zu hören«, sagte Sylvia.

»Uns geht's allen ganz gut.«

»Wie schön. Aber Mr. Weaver ist im Moment leider nicht anwesend«, erklärte die Sekretärin.

»Eigentlich«, gestand Keely mit gesenktem Blick und bemühte sich, ihre Stimme zu beherrschen, »eigentlich dachte ich mir, es wäre heute vielleicht ein guter Tag, um endlich … dieses Büro auszuräumen. Marks Büro.«

»Das hat keine Eile«, beruhigte sie Sylvia. »Bestimmt hat Ihnen das auch Mr. Weaver schon gesagt.«

»Ja, hat er«, entgegnete Keely widerspenstig. »Aber ich möchte es heute tun.«

»Na schön. Dann nur zu. Brauchen Sie eine Tüte oder so was, um Sachen zu verstauen?«, fragte Sylvia.

Keely schüttelte den Kopf. »Ich habe nicht vor ... heute irgendetwas mitzunehmen.«

»In Ordnung«, sagte Sylvia bedächtig. »Ganz wie Sie wollen.«

»Es war so eine Art ... spontaner Entschluss. Ich war gerade in der Nähe ...«, erklärte Keely. »Ich möchte nur ein bisschen was aussortieren. Dies und das wegwerfen.« Sie wollte Sylvia nicht verraten, dass sie wegen der Suche nach Indizien, Belegen, Beweisen dafür kam, was Wade Rovere ihr erzählt hatte.

»Na dann, bitte«, sagte Sylvia. »Die Papiere, die Mandanten betrafen, haben wir natürlich an die Mitarbeiter verteilt. Es sind also nur noch die persönlichen Habseligkeiten Ihres verstorbenen Mannes zu sortieren.«

»Ich möchte mir gerne Zeit nehmen«, sagte Keely.

»Dagegen ist absolut nichts einzuwenden«, antwortete Sylvia. »Nehmen Sie sich so viel Zeit, wie Sie wollen.«

Keely zog den Schlüssel hervor und flüsterte: »Dankeschön.« Während sie den Schlüssel so fest umklammerte, dass er ihr in die feuchte Handfläche schnitt, ging sie durch die mit Teppich ausgelegten Korridore zu der verschlossenen Tür, auf der in goldenen Lettern Marks Name stand, und steckte den Schlüssel ins Schloss.

Am liebsten hätte sie diese Tür mit der Stiefelspitze aufgestoßen, aber sie widerstand dem Impuls. So viel Genugtuung es auch sein mochte, dieser Akt würde doch zu große Aufmerksamkeit erregen. Sie betrat das Büro und schaltete das Licht ein. Die schwere Messinglampe mit dem Schildpattschirm, die auf dem Schreibtisch stand, verlieh dem ansonsten unpersönlichen Raum einen warmen Schimmer. Alles war genau so wie vor Marks plötzlichem Tod. Die

Schreibtischunterlage aus Leder, der mit Stiften und Federhaltern voll gestopfte Becher daneben und die juristischen Fachbücher hinter Marks Arbeitsplatz. Über dem Computermonitor hing der Plan von St. Vincent's Harbor, den Keely für ihn hatte rahmen lassen. Ein paar Sekunden dachte sie, es sei das Beste, mit dem Computer anzufangen. Dann aber zögerte sie. Alle PCs der Kanzlei waren miteinander vernetzt. Mark hätte belastende Indizien für eine Affäre bestimmt nicht dort abgelegt, wo jeder sie sehen konnte.

Der Schreibtischkalender war bei Marks Todesdatum aufgeschlagen. Niemand hatte sich die Mühe gemacht, ihn umzublättern. *Genau so etwas habe ich gesucht,* dachte Keely. Sie ging auf die andere Seite des Schreibtischs, wobei der teure Teppich ihre Schritte dämpfte, und starrte den Kalender an. *Nein, darin kann es auch nicht stehen,* sagte sie sich. *Das wäre zu simpel.* Keely beschloss, ihn liegen zu lassen, bis die anderen Möglichkeiten ausgeschöpft wären.

Sie ging zu dem Wandschrank, um die Taschen von Marks Ersatzjackett und Regenmantel zu durchwühlen – tastete auch das Regal nach irgendetwas, irgendeinem verräterischen Indiz ab. Dann öffnete sie Marks Schreibtischschublade. Jede Füllfederpatrone und jedes Zettelchen befanden sich an ihrem Platz; ansonsten gab es wenig zu sehen. Ganz offenkundig waren diese Schubladen, wie Sylvia gesagt hatte, von sämtlichen Mandantenunterlagen geräumt worden. Nur ein paar vereinzelte Aktendeckel lagen noch herum. Keely sah sich jeden davon genau an, um irgendwelche Restaurant-, Hotel- oder Motelrechnungen zu entdecken. Nichts.

Bestimmt hatte er Maureen, falls zwischen ihnen eine Affäre bestand, ausgeführt, ihr Geschenke gekauft, dachte Keely. Frauen verlangten Geschenke von einem Liebhaber, der nicht frei war, als Liebesbeweis – Blumen, Schmuck. Und da ging ihr ein Licht auf. Das goldene Rauchtopas-Armband. Zu Hause, als sie in Marks Wandschrank nach dem Bündel Geldscheine gesucht hatte, hatte sie es nicht gefunden. Falls es wirklich für sie bestimmt gewesen war, dann musste es hier sein, in seinem Büro. Und war es für eine andere bestimmt … Irgendetwas an diesem Armband hatte sie schon die ganze Zeit irritiert. Perlen, Silber und Platin standen ihr am besten. Das hatte sogar Mark selbst festgestellt, ohne dass sie je viel darüber nachdachte. Ohne dass sie je sehr viel Schmuck geschenkt bekommen hatte. Aber jetzt sah Keely klar. Rauchtopas und Gold? Das waren nicht ihre Farben. Das waren Farben für … eine Rothaarige. Keely fühlte ihr Gesicht brennen vor Scham, und sie war froh, dass sich niemand im Büro aufhielt. Wer hatte noch davon gewusst? Hatte Mr. Collier, der Juwelier, sie angelogen? Machte Sylvia ihr etwas vor?

Es wäre dumm, Sylvia zu beschuldigen, sie würde Mark decken, solange Keely noch nicht einmal den Kalender angeschaut hatte. Sie setzte sich in den Drehsessel hinter den Schreibtisch, und ihr Blick fiel auf das Bild, das dort stand. Es zeigte sie und ihn. *Wer warst du? Was hast du getan?*, fragte sie sich, während sie den unerschütterlichen Ausdruck auf seinem hübschen Gesicht anstarrte. Sie drehte das Bild um und legte es flach auf den Schreibtisch. Dann zog sie den Kalender zu sich her und begann, die Seiten zurückzublättern. Sie versuchte, sich an Daten und Uhrzeiten zu erinnern, als Mark angeblich spät Feierabend gemacht hatte oder beruflich unterwegs war.

Anfangs fiel ihr das schwer. Im Nachhinein erschien Keely ihr ganzes Leben wie ein unbeschriebenes Blatt: einfach leer. Während sie die Frühlings- und Sommermonate durchblätterte, konnte sie sich nach und nach erinnern. Hier eine gestrichene Wanderung, da ein geplatztes Picknick, dort ein vertagter Ausflug in den Einkaufsmarkt, um neue Möbel zu kaufen. Sie hatte sich nie beschwert. Es war Marks Beruf, seine Pflicht. Es ging nicht anders. Als ihr aber ein bestimmtes, ganz besonderes Datum einfiel und sie es nachschlug, stand auf dieser Seite nichts Außergewöhnliches. Nur der Name eines Mandanten sowie Angaben über Ort und Uhrzeit des Treffens waren in Marks großzügiger Handschrift darüber gekritzelt. Nirgendwo eine Erwähnung von Maureen. Es war, als existierte sie gar nicht.

Zufällig geriet Keely zum Datum ihres Geburtstags und hielt dort inne. Sie erinnerte sich nur allzu gut. Mark hatte ihr einen schönen Abend in der Stadt versprochen, angefangen mit einem Essen in ihrem französischen Lieblingsrestaurant. Die Kinder hatte sie zu Ingrid gebracht, sich für den Anlass gekleidet und parfümiert. Und dann hatte er angerufen: Es tue ihm wahnsinnig Leid, aber er habe einen außerplanmäßigen Blitztermin. So war Keely allein losgezogen, ins Kino, hatte später zu Hause nicht mit ihm sprechen wollen, aber er hatte gebettelt, sich entschuldigt und ihr schöngetan, bis das Ganze im Liebesspiel endete, gefolgt von einer chinesischen Imbissmahlzeit im Bett. Dann, als sie wieder lachte, schenkte er ihr ein atemberaubendes Zuchtperlenhalsband. Während sie die Kalenderseite anstarrte, erinnerte sich Keely, wie sie ihm vergeben hatte, wie dumm und albern das Ganze erschienen war.

Da bemerkte sie plötzlich unter dem Datum ihres Geburtstags ein schwarzes, mit Tinte geschriebenes Zeichen. Auf den ersten Blick wirkte es nur wie ein Zickzack. Dann aber wurde ihr klar, dass es auch etwas anderes sein konnte: ein in die Länge gezogenes *M*. Sie blätterte zurück zu den übrigen Abenden, an denen es ihrer Erinnerung nach spät geworden war oder Pläne ins Wasser fielen. Unter jedem dieser Daten erschien das gleiche Zickzack. Keelys Gesicht glühte, während sie das Zeichen betrachtete. Ihr fiel ein, wie sie als Mädchen immer ein großes *F* für »Fluch« in ihr Tagebuch geschrieben hatte, wenn sie ihre Periode bekam; auf diese Art sollte kein anderer Bescheid wissen.

Das beweist gar nichts, dachte sie. Es konnte sich um ein geistesabwesendes Gekritzel handeln, während er ein Telefongespräch führte. Die Ellbogen auf den Tisch gestützt, schlug sie sich die Hände vors Gesicht und fühlte eine Ader an ihrer Schläfe pochen. *Du* willst *nicht kapieren, wenn du das hier nicht als Beweis ansiehst,* sagte sie sich. *Eigentlich willst du's gar nicht wissen.* Aber sie wurde die Erinnerung nicht los, wie er, der zärtlich liebende Gatte, ihr diese Perlen um den Hals legte. Das konnte nicht sein. Nicht an ein und demselben Tag. Keely hatte das Gefühl, als müsste sie sich gleich übergeben. *Ich brauche unbedingt Gewissheit,* dachte sie. Sie sah auf ihre Armbanduhr und griff nach dem Telefon.

Ingrid, die auf Abby aufpasste, meldete sich schon nach dem ersten Klingeln und erklärte sich mit Freuden bereit, Dylan von der Schule abzuholen und sich bis zu Keelys Rückkehr um beide Kinder zu kümmern. »Was hast du denn vor?«, fragte sie.

»Ich muss noch ein paar Sachen erledigen«, antwortete Keely. »Da ist etwas, das ich ... das wohl leider nicht warten kann.«

Ingrid versicherte ihr nochmals, es sei kein Problem, und Keely bedankte sich. Beim Auflegen des Telefons hörte sie jemanden mit sanfter Stimme ihren Namen sagen. Sie drehte sich um. Es war Betsy. In einer Art Trachtenjoppe und grauen Freizeithosen stand sie auf der Schwelle, und ihre eher unattraktiven Züge zeigten einen besorgten Ausdruck.

Keely konnte kein Lächeln zustande bringen. »Hi«, antwortete sie leise.

»Ich habe gehört, du wärst hier«, sagte Betsy.
»Ja«, erwiderte Keely. Sie wollte keine Gesellschaft.
»Sylvia sagte, du räumst Marks Büro auf.«
»Ja, es fiel mir gerade so ein«, behauptete Keely, nicht ganz bei der Sache.
»Sehr weit bist du ja nicht gekommen«, bemerkte Betsy.
Keely schüttelte den Kopf. »Eigentlich räume ich gar nicht auf ...«, gestand sie.
Betsy warf einen Blick in den Flur. Dann sah sie wieder zu Keely. »Darf man reinkommen? Ich warte auf Lucas.«
»Sicher«, antwortete Keely.
Betsy betrat das Zimmer und machte es sich in einem Sessel gegenüber Marks Schreibtisch bequem. »Also«, sagte sie, »wenn du hier nicht aufräumst, was machst du dann?«
Zu verlegen, um ihre Absicht einzugestehen, und weil sie es auch nicht zu formulieren wusste, wich Keely dem Blick von Betsy aus. »Erinnerst du dich an meinen Anruf? Von wegen Marks Telefonaten mit Maureen?«
Betsy nickte bedächtig. »Ja.«
»Also, heute traf ich zufällig ... jemandem, der mir erzählte, er hätte Mark und Maureen gesehen ... zusammen gesehen. Du weißt schon.« Keely errötete.
Betsy stieß eine Art ungläubiges Schnauben aus. »Wer sagt denn so was?«
»Egal. Der Name spielt keine Rolle.«
»Ist er glaubwürdig? Kann man ihm vertrauen?«
»Nein«, antwortete Keely. »Trauen kann man ihm absolut nicht. Aber trotzdem ... Betsy, es kommt mir vor, als würde ich den Verstand verlieren. Ich will es nicht glauben, aber ich kann an nichts anderes mehr denken. Ich bin auf der Suche nach etwas, um mich zu beruhigen, die Sache für mich abzuhaken. Ich kann und will nicht glauben, dass Mark zwei völlig verschiedene Gesichter hatte.«

»Du willst Beweise«, sagte Betsy.

»Genau. Ich meine, wenn er abends heimkam, dann freute er sich immer so über unser neues Zuhause, unser Baby, unser Zusammenleben. Ich hatte ja nie die Absicht gehabt, mich so schnell wieder zu verheiraten. Aber er … er wollte nicht nachgeben. Er akzeptierte kein Nein. Weißt du, was ich meine? Und jetzt das. Das hätte ich in meinen wildesten Träumen nicht vermutet.«

Betsy seufzte. »Er hat oft gesagt, wie glücklich ihn eure Hochzeit machte. Das habe ich selbst von ihm gehört.«

»Ich weiß«, schluchzte Keely. »Aber es gab doch all diese Telefonate. Und dieser … Jemand behauptet, er hätte die beiden zusammen gesehen … wie gesagt …«

»Du meinst, richtig ›zusammen‹ …?«

»Genau«, bestätigte Keely. »Er hätte sie dabei beobachtet.«

»O mein Gott!«, rief Betsy. »Wenn das stimmt – was für ein Verrat!«

»Allerdings.« Keely betrachtete die unattraktive, würdevolle Frau, die ihr gegenübersaß. »Ich weiß, du und Lucas, ihr wollt mich schonen. Aber ich muss es wissen. Hat Mark sich euch je anvertraut?«

Betsy schüttelte traurig mit dem Kopf. »Da darfst du mich nicht fragen. Mir hätte er es sowieso nicht gesagt, mein Liebes. So nah standen wir uns nicht. Als wir ihn adoptiert haben, war er ja schon ein Teenager. Lucas hatte die Idee gehabt. Ich war nur damit einverstanden, weil, nun ja, weil es anständig erschien. Und Prentice war ja auf dem College. Das Haus wirkte so leer. Aber natürlich schickten wir Mark auf diese Privatschule, die Internationale Akademie in D.C., deshalb sahen wir ihn nur am Wochenende. Wir hatten einfach nie diesen – wie sagt man heute? – diesen Draht zueinander. Mark und Lucas dagegen, das stand auf einem ganz anderen Blatt. Die zwei waren sich sehr ähnlich. Lucas sah in Mark etwas, das er bei seinem eigenen Sohn vermisst hat … Egal. Jedenfalls solltest du Lucas fragen. Die beiden standen sich immer sehr nah.«

Keely schüttelte den Kopf. »Lucas weiß überhaupt nichts. Den habe ich schon gefragt.«

»Keely, es tut mir Leid, das sagen zu müssen. Aber offensichtlich gab es an Mark eine Seite, die wir nicht begriffen … keiner von uns. Es gab ja von jeher Anzeichen, dass er nicht derjenige war, für den wir ihn hielten. Nur wollten wir diese Zeichen nicht sehen, bewusst oder unbewusst.«

»Was für Zeichen?«, rief Keely. »Ich *stand* … ihm nah. In jeder Hinsicht. Und mir ist nichts aufgefallen.«

»Ich weiß. Aber wenn ich jetzt darüber nachdenke … die Art, wie er Maureen fallen ließ, um dich zu heiraten. Wir alle zogen es vor, das als romantische Leidenschaft zu betrachten – junger Mann findet schließlich seine große Liebe –, aber man könnte es auch anders sehen. Ich meine, er nahm ein furchtbares Risiko in Kauf. Maureen war Staatsanwältin. Es war absolut leichtsinnig, das zu tun. Jeder andere wäre sonst wohin gezogen – ihr aus dem Weg gegangen. Aber nicht Mark. Er liebte das Risiko«, sagte Betsy.

Keely schwieg.

Die ältere Frau lehnte sich in ihrem Sessel zurück. »Weißt du, ich erinnere mich noch an ein Mal, als Mark auf der Highschool war. Er kam übers Wochenende nach Hause, und ich dachte, er wäre oben in seinem Zimmer, beim Lernen. Da kommt urplötzlich die Haushälterin heruntergerannt, völlig hektisch und aufgelöst. Ich wurde nicht schlau aus dem, was sie sagte. Also folgte ich ihr nach oben. Mark war nicht in seinem Zimmer. Sie deutete auf das Giebelfenster, ich schaute hinaus, und da stand er – draußen auf dem Dach. Ich befahl ihm, hereinzukommen, aber er beachtete mich gar nicht. Ich dachte: Vielleicht steht er unter Drogen

oder so. Ich sagte ihm, das sei gefährlich – flehte ihn an, nach drinnen zu kommen, aber er lachte nur. ›Gefahr verbessert die Aussicht‹, antwortete er.«
Keely und Betsy starrten einander an. Keely dachte an all das, was Betsy nicht wusste: dass Mark und Richard einen Menschen getötet hatten, wahrscheinlich genau zu der Zeit, von der sie erzählte, und sich einer Bestrafung ihr Leben lang entzogen hatten. Auch das war ein gefährliches Spiel. Keely wollte nicht diejenige sein, die es Betsy sagte.
»Ich habe gedroht, die Polizei zu holen«, fuhr Betsy fort. »Dann erst kam er herein.«
Keely nickte bedächtig. »Er hat ein Haus mit Swimmingpool gekauft«, sagte sie finster. »Dabei wusste er, dass er nicht schwimmen konnte.«
»Genau«, bestätigte Betsy.
»Damals sah ich die Sache nicht von dieser Seite«, gab Keely zu.
»Jetzt führt wohl kein Weg daran vorbei«, seufzte Betsy. »Ich glaube, er brauchte ein gewisses Risiko, um überhaupt etwas zu empfinden.«
»Du glaubst, er hatte eine Affäre mit ihr«, sagte Keely direkt.
Betsy seufzte erneut. »Es passt in ein bestimmtes Grundmuster.«
Keely nickte.
»Das Ganze tut mir so Leid, Liebes«, versicherte Betsy.
»Warum sollte es dir Leid tun?«, fragte Keely.
Betsy runzelte die Stirn. »Na ja, er war unser … Sohn. Anscheinend gaben wir ihm kein gutes Vorbild.«
»Das ist nicht wahr«, widersprach Keely. »Ich wünschte, ich wäre eurem Vorbild gefolgt.«
Etwas Entrücktes lag in Betsys Blick, als hätte irgendeine plötzliche Erinnerung sie weit weg getragen. Sie schüttelte

den Kopf, wie um diesen Gedanken zu verbannen. »Offensichtlich waren wir als Eltern nicht gerade erstklassig.«

Einen Moment saßen sie wortlos da. Dann stand Keely auf und nahm ihre Jacke von der Rückenlehne des Schreibtischsessels. »Wir haben zu Hause eine Rechnung von Colliers, dem Juwelier, für ein goldenes Rauchtopas-Armband. Mark hat das nicht zufällig dir geschenkt?«

Betsy schüttelte den Kopf. »Nein.«

»Mir auch nicht«, sagte Keely. »Und jetzt frage ich mich, ob er es Maureen geschenkt hat. Ich meine, das wäre doch der Beweis, oder?«

Betsy seufzte. »Für mich schon.«

»Nun, ich brauche Gewissheit«, erwiderte Keely.

»Das kann ich dir nicht verdenken«, gestand Betsy. »Mir an deiner Stelle ginge es genauso.«

41

Als Keely aus dem Aufzug stieg, sah sie Maureens Sekretärin Josie, die ihre geröteten Augen mit einem Papiertaschentuch abtupfte. Dann stopfte die junge Frau es in die Tasche ihrer Strickjacke. Die Tür zu Maureens Büro hinter ihr stand offen. Aufzupassen war jetzt nicht mehr nötig. Als das Telefon zu läuten anfing, verschwand Josie in das Arbeitszimmer.

Keely trat auf die Tür zu und sah Josie hinter Maureens Schreibtisch stehen, auf dem sich immer noch ein Wirrwarr von Notizen und Habseligkeiten befand, als wäre Maureen nur einen Moment hinausgegangen.

Da die Sekretärin mit einem Anrufer sprach, setzte sich Keely auf den Stuhl neben dem Empfangsschalter. Das hier war ihre zweite Station. Zuerst hatte sie die Polizeiwache besucht, um sich nach einer Inventarliste von Maureens Haus zu erkundigen. Scheinbar hilflos behauptete sie, sie habe bei den Ereignissen des gestrigen Abends ihr Rauchtopas-Armband verloren, und ein freundlicher Sergeant sagte, er dürfe ihr diese Liste zwar nicht zeigen, werde aber selbst nachsehen. Nein, erklärte er, ein Rauchtopas-Armband stehe nicht darauf.

Keely hatte das Gefühl, in eine Sackgasse geraten zu sein. Wenn sie hier im Büro der Staatsanwaltschaft die Antwort nicht finden würde, dann wusste sie nicht weiter. Josie legte auf, und Keely erhob sich von ihrem Platz, um auf Maureens offen stehende Bürotür zuzugehen.

Josie blickte auf und versuchte ein sachliches, geschäftsmäßiges Auftreten zu zeigen, als sie Keely entdeckte. »Mrs. Weaver«, sagte sie. »Es überrascht mich, Sie hier zu sehen.«

»Ich habe zufällig mitgehört, wie Sie sich über die Beerdigung unterhielten«, begann Keely zaghaft, denn sie bemerkte die offenkundige Trauer der Sekretärin. »Wie ich sehe, geht Ihnen die Sache sehr nah.«

»Ich kann es immer noch nicht fassen«, gestand Josie. »Morgen Vormittag wird sie beigesetzt, neben ihrem Zwillingsbruder.«

Keely nickte. »Es ist schrecklich. Beide sind so jung gestorben. Habe ich nicht ...« Sie wollte schon sagen »gelesen«, aber als ihr klar wurde, dass Josie diesen grässlichen Zeitungsartikel wahrscheinlich ebenfalls kannte, verbesserte sie sich schnell. »Habe ich nicht ... äh ... gehört, er wurde ermordet?«

Josie blinzelte nach dem Foto der beiden rothaarigen Kinder auf dem Schreibtisch. »Na ja, ermordet nicht direkt. Ich erinnere mich noch an die Sache. Ich war damals selbst ein Kind. Sean und ein paar andere Jungs klapperten in Halloween-Kostümen die Häuser ab und bettelten um Süßigkeiten. Ein Grüppchen Teenager zündete dabei Knallkörper an, und denen kam er zu nahe. Es war ein schrecklicher Unfall. Sean war erst acht Jahre, als er starb. Maureen ist nie richtig darüber hinwegkommen. Es war ein so sinnloser Tod, und sie musste irgendjemandem die Schuld geben. Aber es ist und bleibt ein Unfall. Sie vergötterte den Jungen. Es war eben ihr Zwillingsbruder.«

»Das muss sehr schwer gewesen sein«, pflichtete Keely ihr bei.

Josie seufzte. »Maureen hat in ihrem Leben viel gelitten.«

»Tragisch«, sagte Keely zaghaft. »Bestimmt haben Sie gehört, dass ich sie fand ... in der Garage.«

»Detective Stratton hat es mir erzählt.« Josie schüttelte traurig den Kopf. »Ich komme nicht darüber hinweg. Hätte sie doch nur mich oder sonst jemanden angerufen. Sie hatte nicht viele Freunde, keine Angehörigen. Sie war ein ziemlich einsamer Mensch. Aber so etwas zu tun, sich umzubringen …«

»Oh, ich weiß. Das ist ein furchtbarer Schock«, sagte Keely aufrichtig.

Josie seufzte. »Ja. Sie wissen das ja.« Sie raffte sich auf und fragte wieder in geschäftsmäßigem Ton: »Mrs. Weaver, was kann ich für Sie tun?«

»Miss Fiore …«, begann Keely.

Josie wartete.

Keely hatte auf der Herfahrt einstudiert, was sie ihr sagen wollte, aber nun fiel ihr das schwerer als vermutet. »Schauen Sie, mir ist klar, dass Sie sehr an Miss Chase hingen …«

»Ja, allerdings. Sie war eine sehr angenehme Chefin«, antwortete Josie gemessen.

»Das sehe ich«, sagte Keely. »Und bestimmt … standen Sie ihr nahe und wussten viel über das, was sie tat.«

Josie betrachtete Keely mit leicht zusammengekniffenen Augen. »Sie hielt mich auf dem Laufenden«, antwortete sie.

»In Ordnung, hören Sie«, sagte Keely, »ich will ehrlich zu Ihnen sein. Jemand hat mir etwas sehr Verwirrendes erzählt. Über Ms. Chase und meinen Mann …«

»O nein, das nicht«, erwiderte die Sekretärin. »Darauf lasse ich mich nicht ein. Bitte, Mrs. Weaver. Ich habe alle Hände voll zu tun.«

»Ich weiß, das ist ein ungünstiger Zeitpunkt …«

Josie eilte geschäftig hinter Maureens Schreibtisch hervor und schritt auf die Bürotür zu, sodass sie Keely zurück in den Empfangsbereich drängte. »Ich will darüber nicht reden. Ich habe Ihnen nichts zu sagen.«

»Ich muss Bescheid wissen ...«

»Weshalb? Was würde es nützen? Es ist vorbei. Sie sind beide nicht mehr am Leben. Das ist Vergangenheit.«

»Ich muss es einfach wissen. Ich brauche Sicherheit«, erklärte Keely. »Haben Sie je beobachtet, dass Ms. Chase ein Rauchtopas-Armband trug, mit goldenen Gliedern? Können Sie mir wenigstens das sagen?«

»Versuchen Sie nicht, mich da mit hineinzuziehen. Ich kann Ihnen nicht helfen«, erwiderte Josie hartnäckig.

»Es ist eine ganz schlichte Frage!«

»Was ich über Ms. Chase weiß, werde ich für mich behalten. Alles. Im Gegensatz zu einigen anderen Leuten werde ich ihr keinen Dolch in den Rücken stoßen, bloß weil sie sich nicht mehr wehren kann. Bitte lassen Sie mich jetzt zufrieden.«

Keely atmete tief durch und wandte sich ab. Sie konnte sehen, dass der Entschluss der jungen Frau feststand. Es würde nichts nützen, sie zu bedrängen. Keely müsste einen anderen Weg finden. »Tut mir Leid, wenn ich Sie belästigt habe«, sagte sie.

Josie nickte kurz, gab jedoch keine Antwort. Keely zögerte. Sie hoffte auf irgendein Zeichen, dass Josie sich erweichen ließe, aber die Schultern der Sekretärin blieben starr. Mit einem Seufzer drehte sich Keely um in Richtung Aufzug. Dann überlegte sie es sich anders. Sie wandte sich ab und ging durch den Korridor zur Damentoilette. Vor dem Eintreten warf sie noch einen Blick zurück. Josie zog gerade Maureens Bürotür zu und steckte einen Schlüssel ins Schloss. Mit einem grimmigen Blick sah sie zu Keely, als sie am Türknauf rüttelte, um sich zu vergewissern, dass abgesperrt war. Keely verschwand in die Toilette. Sie nahm ein Papiertuch, befeuchtete es und tupfte sich Wangen, Hals und Stirn ab, innerlich so aufgewühlt, dass sie sich fast wie im Fieber fühlte. *Die Sekretärin weiß Bescheid, wird aber nichts sagen. Wahrscheinlich liegt die Antwort dort, mitten in Maureens Büro, nur für mich könnte sie genauso gut auf dem Mars sein,* dachte sie.

Beim Verlassen der Toilette sah sie Josie ihre Schreibtischschublade abschließen, ihre Handtasche nehmen und auf die Fahrstuhltüren zugehen. Keely trat an das Trinkwasserbecken. Sie bückte sich, um einen Schluck zu trinken. Dabei wartete sie, bis sie das »Ping« des ankommenden Lifts hörte. Dann richtete sie sich auf und lauschte. Die schweren Metalltüren rollten auf und wieder zu. Niemand wartete mehr davor. Josie Fiore war verschwunden. Keely ging durch den Korridor zurück und trat an Josies Schreibtisch. Sie betrachtete den summenden Computer, eine offene Schachtel Donuts mit Puderzucker, den Aktenstapel. Ob Maureens Büroschlüssel vielleicht in der Schublade war? Keely blickte rasch den Gang entlang: Kein Mensch zu sehen. Sie rutschte auf Josies Stuhl und öffnete mit heftig pochendem Herzen das Schreibtischfach. Sie hatte einen trockenen Mund, während sie die flache, mehrfach unterteilte Schublade durchsah. Es gab alle möglichen Stifte und Kugelschreiber, Radierer, Gummibänder sowie ein Sammelsurium von Zetteln, Lottoscheinen und Imbiss-Speisekarten. Nur von einem Schlüssel oder Schlüsselbund fehlte jede Spur.

Verdammt, dachte Keely. *Sie muss ihn mitgenommen haben. Sie wusste, dass ich immer noch auf der Etage bin, und ist kein Risiko eingegangen.*

Es musste einen anderen Weg geben, in Maureens Allerheiligstes zu gelangen. Keely öffnete ihre Handtasche, holte ihren Kosmetikbeutel heraus und zog den Reißverschluss auf. Sie durchsuchte den Inhalt, bis sie auf eine metallene Nagelfeile stieß, die sie selten benutzte. *Vielleicht geht's damit,* dachte sie. In Filmen knackten man Schlösser mit einer Nagelfeile. Keely sah erneut den Gang entlang, dann trat sie, die Feile in der Hand, auf Maureens Bürotür zu, steckte das Metallinstrument in das Schlüsselloch und begann, am Knauf zu rütteln. Das Ding wollte sich nicht rühren. Sie ging in die Hocke, um den richtigen Winkel für ihre Feile zu ermitteln, und war so in ihre Beschäftigung vertieft, dass sie nichts bemerkte. Hinter ihr war ein junger Mann in Hemdsärmeln herangekommen, der einen kleinen Wagen voll Post vor sich herschob.

»Kann ich Ihnen helfen?«, fragte er argwöhnisch.

Keely erschrak, steckte die Nagelfeile weg und rappelte sich vom Boden auf. »O nein«, sagte sie, »ich ...« Sie stockte. Schnell, irgendeine Ausrede! »Mir sind meine ... Kontaktlinsen runtergefallen. Sie haben ... äh ... nicht zufällig Josie irgendwo gesehen?« Keely hoffte, die Verwendung des Vornamens würde einen überzeugenden Eindruck von Vertrautheit schaffen.

»Die macht vermutlich gerade Mittagspause«, antwortete der junge Mann, während er behutsam ein paar Umschläge auf den Schreibtisch legte. Dann verschwand er den Gang hinab.

Keely fühlte sich gedemütigt, weil man sie in dieser Situation ertappt hatte. Zumindest hetzte der Bursche ihr nicht den Sicherheitsdienst auf den Hals.

Genau so muss sich ein Drogensüchtiger fühlen, dachte sie, *flattrig, nervös, ständig in Alarmbereitschaft, und alles ist egal außer dem ›Stoff‹, für den er über Leichen gehen würde. Krieg dich in den Griff, Keely,* ermahnte sie sich selbst. *Bist du wirklich bereit zu einem Einbruch im Staatsanwaltsbüro, nur um herauszufinden, ob dein Mann dich betrogen hat? Wenn man dich hier beim Rumstöbern erwischt, diese Peinlichkeit! Und wofür? Um dich zu versichern, dass Mark ein Betrüger war? Dass er ein Lügner war, weißt du doch schon – und eventuell auch ein Mörder. Ist es so wichtig, sein Sündenregister um Ehebruch zu verlängern? Warum findest du dich nicht einfach damit ab und machst weiter?*

Aber es fiel schwer, sich damit abzufinden. Keely und Mark waren glücklich gewesen. Sie musste sich vergewissern, dass dieser Eindruck nicht getäuscht hatte. Und die ganze Zeit sollte sich Mark nach einem aufregenderen Leben gesehnt haben? Nach irgendwelcher Gefahr, um »die Aussicht zu verbessern«, wie er Betsy gesagt hatte? Keely kam es so vor, als wäre alles, was sie über ihre Ehe wusste, infrage gestellt worden. Ein Teil von ihr wollte sich einfach in diese Demütigung fallen lassen, sich geißeln, weil sie so blind gewesen war. Aber das hier, dachte sie, das war weder die richtige Zeit noch der richtige Ort dafür.

Sie steckte die Feile wieder in ihre Handtasche, stand von Josies Schreibtisch auf, und schwang die Tasche über ihre Schulter. Dabei warf sie den Stapel großer brauner Kuverts um, den der junge Mann eben abgeliefert hatte. Hastig versuchte Keely, wieder Ordnung zu schaffen, als ihr Blick auf die Worte »Betr.: Weaver und Bennett« fiel. Sie waren auf den oberen Rand eines der Umschläge gekritzelt. Einen Moment zögerte Keely, dann zog sie das Kuvert zwischen den anderen hervor und starrte darauf. Es war mit einer Metallklammer verschlossen. Einen Moment stand Keely da und hielt es in der Hand. Trotz des Entschlusses, ihre Schnüffelei zu beenden, konnte sie sich nicht davon losreißen. Sie setzte sich wieder hin, bog die Klammer auseinander und zog die Papiere aus dem Umschlag. Mit Schrecken erkannte sie den Ausdruck von Richards Abschiedsbrief, den Dylan gemacht und den sie gestern Maureen Chase gebracht hatte. Am oberen Rand des Blattes war ein Zettel befestigt, und unter dem Ausdruck stand ein handschriftlicher Vermerk.

Keely runzelte die Stirn, als sie das Gekritzel zu entziffern versuchte. »Josie«, stand dort, »bitte schreiben Sie mir …« Den Rest des Satzes konnte Keely nicht lesen.
Sie faltete das Blatt zusammen und betrachtete das zweite. Der Bericht trug den Vermerk »Leiche, nicht identifiziert« und stammte aus dem gerichtsmedizinischen Institut. Er beschrieb die aufgedunsenen Überreste einer schwangeren Zweiundzwanzigjährigen südländischen Typs. Die Tote war in einem fortgeschrittenen Stadium der Verwesung von einem Fischer in der Bucht entdeckt worden. Keely sah auf das Datum des Berichts. Der Vorfall lag achtzehn Jahre zurück.
Sie faltete wieder das erste Blatt auseinander und betrachtete noch einmal Richards Abschiedsbrief samt Maureens hingekritzelter Notiz. Als sie den Zusammenhang begriff, erstarrte Keely. Maureen hatte sich zynisch und desinteressiert gegeben, als sie ihr den Brief brachte, ihn aber offensichtlich ernst genommen. Auf Richards Nachricht hin hatte Maureen das Archiv nach ungeklärten Fällen durchforscht.
Mein Gott, dachte Keely, während sie sich fassungslos auf Josies Stuhl zurücklehnte. Maureen Chase hatte geglaubt, was Richard in seinem Abschiedsbrief schrieb. Veranlasst durch die Lektüre, hatte sie diesen Fall hervorgezogen. Doch warum gerade ihn? Der Abschiedsbrief erwähnte nichts von einer jungen Frau. Konnte es sein, dass es zu der Zeit von Marks und Richards Freundschaft und als beide in diesem Ort lebten keine anderen ungeklärten Morde gab? Oder was steckte sonst dahinter?
Keely hob den Bericht des Leichenbeschauers hoch. Darunter lag ein Exhumierungsbefehl. Sie betrachtete noch einmal das erste Blatt, und nun konnte sie Maureens Gekritzel entziffern.

Eine Exhumierung. Maureen hatte vorgehabt, diese alte Leiche auszugraben. Sie identifizieren zu lassen.

»Verzeihung«, sagte eine tiefe Stimme.

Schamrot und mit schlechtem Gewissen blickte Keely auf. Vor dem Schreibtisch stand ein junger farbiger Mann. Er hatte eine wilde Dreadlock-Frisur, meergrüne Augen und trug einen teuer wirkenden Ledermantel. Seine Hände spielten nervös mit einem Ringschächtelchen aus schmutzig rotem Samt. Keely starrte ihn an. Der junge Mann erkannte sie offenbar nicht, aber sie erinnerte sich sofort an ihn, aus Lucas' Kanzlei.

»Ich möchte Miss Chase sprechen«, sagte er mit britischem Akzent.

Keely zögerte. Behutsam steckte sie den Inhalt des Packpapierumschlags zurück. »Anscheinend haben Sie es noch nicht gehört«, erwiderte sie.

Der junge Mann runzelte die Stirn. »Bitte? Was gehört?«, fragte er.

Keely drückte die Klammer wieder zu. »Ich fürchte, Ms. Chase hat … Ich fürchte, sie ist tot.«

Der junge Mann riss die Augen auf. »Tot? Das ist unmöglich. Ich habe noch gestern Nachmittag mit ihr gesprochen. Da war sie quicklebendig.«

»Es stimmt leider«, antwortete Keely mit sanfter Stimme. »Sie … nahm sich das Leben.«

»O nein. Verdammte Scheiße!«, fluchte der Mann. Er schob das samtene Ringschächtelchen nervös von einer Hand in die andere. Keely fiel auf, dass er etliche Ringe an seinen langen Fingern trug und dass seine Nägel tadellos manikürt waren. »Das verstehe ich nicht. Sie war doch noch jung.«

»Ich glaube, sie hatte … großen Kummer«, antwortete Keely und legte den Umschlag wieder auf den Schreibtisch.

»Sie hat mich für heute herbestellt«, sagte der Mann kopfschüttelnd.
»Ich weiß. Es war für jeden ein Schock.«
»Ich meine … natürlich ist es schrecklich«, stimmte er zu.
»Ja«, sagte Keely. »Wirklich tragisch. Nun ja …« Sie stand auf. »Wenn Sie mich jetzt entschuldigen. Ich sollte besser gehen.«
»Arbeiten Sie denn nicht hier?«, fragte der andere.
Keely seufzte. »O nein. Ich habe nur etwas gesucht … etwas, das mir gehört. Ich dachte, Ms. Chase hätte es vielleicht …«
»Unerledigte Arbeit?«, meinte er bitter.
»So in der Art«, antwortete Keely, und der junge Mann nickte.
»Okay. Hm. Was mach ich denn jetzt damit?« Er öffnete das Samtkästchen und betrachtete stirnrunzelnd dessen Inhalt. »Glauben Sie, Ms. Chase' Nachfolger werden ihre Fälle übernehmen?«
»Ich weiß nicht«, sagte Keely. »Ich denke schon. Warum? Was haben Sie denn da?«
Er trat näher zu ihr hin, und Keely beugte sich nach vorn, um in das Kästchen zu schauen. Sie erwartete irgendein Schmuckstück. Stattdessen lag auf dem fleckigen cremefarbenen Satin etwas, das wie ein kleiner weißer Kieselstein aussah, gelb und dunkel geworden.
»Was ist das?«, fragte sie.
Der junge Mann drehte das Kästchen zu sich herum und starrte versonnen auf dessen Inhalt. »Das da? Ein Zahn«, antwortete er.

42

Ein Zahn?«

»Ein Milchzahn, um genau zu sein.«

»Ein Babyzahn«, sagte Keely.

»Ja. Richtig. Ist ja dasselbe.« Der junge Mann schien geistesabwesend.

Keely starrte ihn an. »Was wollte sie denn damit?«

»Hm?« Der Mann blickte auf. »Oh. Sie wollte ihn für die DNA-Analyse. Hatte vor, 'n paar alte Knochen auszugraben. Um beides zu vergleichen, wenn möglich. Weiß nicht genau, wie sie das machen.«

»Ich auch nicht«, sagte Keely leise. *Die Exhumierung,* dachte sie, und ihr Pulsschlag pochte ihr in den Ohren. »Wessen Zahn ... Ich meine, wem hat der Zahn ...?«

Der junge Mann ließ das Samtschächtelchen zuklappen. »Oh, der war von meiner Mom.«

»Von Ihrer Mutter?«, fragte Keely.

»Ich hab versucht, sie aufzuspüren«, erklärte er.

Keelys Verstand raste. Sie starrte das Samtkästchen an. Konnte es sein, dass Richard und Mark die Mutter dieses Jungen getötet hatten? Sie fühlte, wie ihr Magen rumorte. Einerseits wäre sie am liebsten gegangen, ohne in dieser Sache weiter nachzufragen. Aber der junge Mann suchte nach seiner Mutter, und vielleicht wusste Keely einen Teil der Antwort. Von dem Moment, als sie Richards Nachricht gelesen hatte, war ihr klar, dass es neben ihren eigenen Interessen auch die Tötung eines Menschen zu bedenken gab, ein

Opfer. Und die Angehörigen eines Opfers. »Wird Ihre Mutter … schon lange vermisst?«, fragte sie.

»Vermisst? Nein«, antwortete der junge Mann. »Nicht direkt, nicht im kriminalistischen Sinn. Nur … ach, das ist eine lange Geschichte.« Er winkte ab.

Keely zögerte. »Ich will Sie nicht bedrängen«, sagte sie. »Ich bin bloß … ich war bloß neugierig.«

Der junge Mann seufzte zwar, begann aber dennoch sofort zu erzählen, als genösse er diese Gelegenheit. »Wissen Sie, Mom hat meinen Vater – und mich – sitzen lassen. Ich war damals noch ein Baby. Und weil ich sowieso hierher kam, dachte ich mir: Schau mal nach, wo sie steckt. Aber keiner konnte mir helfen, keiner weiß, wo sie abgeblieben ist. Da habe ich beschlossen, es mit der Vermisstenliste zu probieren und bin an Miss Chase geraten. Zuerst ließ sie mich ziemlich abblitzen. Aber gestern rief sie ganz aufgeregt bei mir an und sagte, sie könne mir jetzt vielleicht doch helfen.«

»Gestern? Wirklich?«, fragte Keely fast atemlos.

»Sie hätte irgendwelche neuen Informationen. Wollte so eine alte unbekannte Leiche ausgraben lassen. Ich sollte herkommen. Sie würden eine DNA-Analyse machen lassen und dann möglicherweise Genaueres wissen. Es gibt da nämlich so ein paar genetische Übereinstimmungen zwischen Eltern und Kindern. ›Augenblick!‹, hab ich gesagt, ›da hab ich was Besseres für Sie‹, und dann erzählte ich ihr von dem Zahn.

Ich hab ihn von meiner Großmutter. Der schien es ein bisschen Leid zu tun, dass sie meine Mom damals, vor all den Jahren, rausschmiss. Als sie hörte, ich ginge in die Staaten, hat sie mir diesen Zahn in dem Schächtelchen da mitgegeben. Ich sollte ihn Veronica – das ist meine Mom –, ich sollte ihn ihr zeigen, wenn ich sie finde. Als Beweis, wer ich bin.

Miss Chase fand das mit der Zahnanalyse eine brillante Idee. Ich sollte ihn heute hierher bringen, hat sie gesagt.«

»Veronica?« Keelys Beine fühlten sich plötzlich weich an.

»Veronica Weaver. Haben Sie sie gekannt?«

»Nein«, flüsterte Keely. »Nein, das nicht.«

»Sie war mit irgend'nem Typen hier verheiratet. Hat anscheinend auch den vor Jahren sitzen lassen und ist mit einem anderen Mann nach Las Vegas. Aber dort gibt's keine Adresse von ihr. Da wurde ich doch langsam nachdenklich.«

»Natürlich«, sagte Keely. »Vielleicht lässt sich die Untersuchung ja trotzdem noch machen. Von Ms. Chase' Nachfolger«, meinte sie mit schwacher Stimme.

»Ja, vielleicht. Kann hier auch nicht ewig rumhängen. Aber wissen würde ich's schon gern. Das Kapitel abschließen, sozusagen.«

»Sie sollten die Sache weiter verfolgen. Sie war Ihre Mutter«, bestärkte ihn Keely.

»Na ja, interessiert hab ich sie letztlich 'n Dreck«, entgegnete er. »Habe nie was von ihr gehört. Erinnere mich auch nicht an sie ... Reine Neugier eben.«

»Um das Kapitel abzuschließen«, wiederholte Keely. »Ja, ich verstehe.«

»Gut, vielleicht komme ich später noch mal vorbei.«

»Ja, das sollten Sie«, stimmte Keely zu.

»War nett, mit Ihnen zu plaudern.« Er streckte seine Hand aus. »Ich heiße übrigens Julian. Julian Graham.«

Keely erwiderte den Händedruck. »Keely«, sagte sie und hielt dann inne, um ihren Nachnamen nicht zu sagen. »War schön, Sie kennen zu lernen.«

Während der ganzen Fahrt zu Ingrids Haus rasten Keely die Gedanken durch den Kopf. Veronica Weaver. Es gab keinen Beweis, dass die Leiche, die Maureen exhumieren lassen wollte, die von Veronica war, aber trotzdem wusste es Keely mit fast Übelkeit erregender Sicherheit. Ihr schwindelte, ja, sie war einer Ohnmacht nahe bei der Vorstellung, dass Richard und Mark Veronica Weaver getötet hatten.

O Gott, dachte sie. *Wenn das Lucas herausfindet* … Sie konnte den Gedanken daran kaum ertragen. Wenn der erfuhr, dass Mark am Tod seiner Schwiegertochter beteiligt war … *Aber nein,* dachte sie. *Unmöglich.* Betsys Äußerung fiel ihr wieder ein: Dass Veronica sie von Las Vegas angerufen habe. Sie hatten mit ihr gesprochen. Demnach konnte die Tote nicht Veronica sein.

Stimmt, folgerte Keely weiter, während sie in die Swallow Street bog. Das bedeutete, es war eine andere Person. Außerdem hätte Mark seinem Adoptivvater das nie angetan. Er liebte Lucas, so etwas war ausgeschlossen. Und doch fühlte Keely ihren Magen rumoren, während sie darüber nachdachte. Mark hatte sie so geschickt belogen und betrogen. Konnte ihm das nicht auch bei Lucas gelungen sein?

Entschlossen, sich ihre Ängste nicht anmerken zu lassen, bog sie in Ingrids Einfahrt. Die Haustür öffnete sich, bevor Keely auch nur nach dem Knauf greifen oder den Klopfer betätigen konnte. Dylan machte ihr auf und ließ sie herein.

»Hi, Schatz«, sagte sie.

»Hey, Mom.«

»Wie geht's dir? Wie war dein erster Tag in der Schule?«

Dylan zuckte mit den Schultern. »Ganz okay«, erwiderte er.

Keely war erleichtert. *Danke, lieber Gott,* dachte sie. »Ganz okay«, das bedeutete in Dylans Alter reine Begeisterung.

»Na, wie schön«, meinte sie. »Ich möchte alles darüber wissen.«

Abby quiekte, als ihre Mutter zur Tür hereinkam, und begann ihr entgegenzuwatscheln. Keely hob sie hoch an ihre

Brust und drückte sie. Aus der Küche erschien Ingrid. Sie wischte sich die Hände an einer Schürze ab.
»Ingrid, vielen, vielen Dank«, rief Keely. »Hoffentlich haben dich die beiden nicht zu sehr geschafft.«
»Du machst wohl Witze?«, schnaubte Ingrid. »An denen war nichts auszusetzen. Was hast du denn heute Nachmittag getrieben? Alles in Ordnung?«
Keely wünschte, sie könnte sich Ingrid anvertrauen. Sie verspürte ein solches Bedürfnis nach einem Menschen, den sie ihr Herz ausschütten konnte. Sekundenlang erschien vor ihrem geistigen Auge Dan Warner, doch sie schob den Gedanken entschlossen beiseite. »Nichts Besonderes«, antwortete sie. Sie konnte Ingrid nicht mit diesen schmutzigen Details über Mark belasten. Und erst recht nicht mit denen über Richard. Der alten Frau ging es nicht gut genug. »Ich hatte etwas wegen des Grundstücks zu erledigen«, log sie. Die Allzweckausrede.
Ingrid nickte. »Der Papierkrieg nimmt kein Ende«, sagte sie.
»Dylan-Schatz, hol deine Schultasche. Wir müssen los«, rief Keely und bückte sich, um Abbys Sachen einzusammeln.
»Ach, wenn ihr doch zum Abendessen bleiben könntet«, seufzte Ingrid.
»Sobald es dir besser geht«, entgegnete Keely. »Für heute haben wir dir genug zugemutet.«
Ingrid nahm Dylan in die Arme, der seine Großmutter stürmisch an sich drückte. Wie immer war Keely von dieser tiefen Herzlichkeit überrascht. Ingrid löste sich aus Dylans Umarmung und sah ihm streng in die Augen. »Lass dich nicht unterkriegen und dir von niemandem etwas gefallen. Wenn sie dich in der Schule dort nicht zu schätzen wissen – ich tu's.«
»Ich schaff das schon, Oma«, antwortete er mit einem Lächeln und küsste sie auf den Kopf.

Ingrid winkte, während sie den Fußweg entlanggingen und in den Geländewagen stiegen. Sobald sie sich angeschnallt hatten und der Wagen die Einfahrt verließ, warf Keely ihrem Sohn einen Blick zu. »Was meinte Oma damit?«, fragte sie. »Hat jemand in der Schule etwas von dir gewollt?«
Dylan schüttelte den Kopf. »Nicht wirklich. Sie wartete draußen im Auto auf mich und hat gesehen, wie irgendein Typ mich auf der Treppe geschubst hat.«
»Was soll das heißen, ›geschubst‹?«, fragte Keely. »Meinst du so was wie ›geboxt‹ oder ›gestoßen‹?«
»Nein, ich meine ›geschubst‹, so quasi unter Freunden«, erwiderte Dylan gereizt. »Mom, das war echt nichts. Glaub mir. Ich kenn den Unterschied.«
Keely seufzte. »Ja, Schatz, vermutlich.«
»Ich kenne ihn, darauf kannst du dich verlassen«, bekräftigte er.
Keely nickte. »Hast du viele Hausaufgaben?«, wollte sie wissen. Diese Routinefragen, die Belange des täglichen Lebens, hatten etwas Tröstliches für sie.
Dylan verdrehte die Augen. »Stinklangweiliger Kram. Ich soll einen Aufsatz über die Gewaltenteilung schreiben. Jeder muss sich einen bestimmten Bereich vornehmen. Ich hab den Obersten Gerichtshof.«
»Das müsste doch interessant sein«, meinte Keely.
Dylan machte ein Schnarchgeräusch.
Keely seufzte vor Erleichterung. Teenager-Melodramatik. Das war so … normal. »Na, bestimmt findest du alles, was du brauchst, im Internet.«
»Anzunehmen«, erwiderte er desinteressiert. Sie sah zu ihm hinüber. Er starrte aus dem Fenster, aber sein Gesichtsausdruck war nicht finster, nicht aufgebracht. *Ich kann alles bewältigen, solange meinen Kindern nichts fehlt,* dachte sie.
Als sie daheim angekommen waren und ins Haus gingen,

hörte Keely das Telefon klingeln. Dylan stürzte an den Apparat, doch als er ihn erreichte, war bereits aufgelegt worden. Er hängte ebenfalls ein und sah die Nummer des letzten Anrufers nach. »Wer war das?«, fragte Keely, während sie Abby ihr Jäckchen auszog und ihr dann einen Becher Saft aus dem Kühlschrank holte.

»Keine Ahnung«, antwortete Dylan enttäuscht. »Ich kenne die Nummer nicht.«

Keely schaute über seine Schulter auf den Notizzettel, aber auch ihr sagte die Nummer nichts. Sie sah ihn verwundert an. »Erwartest du denn einen Anruf von jemandem?«

»Nein«, erwiderte Dylan schnell. »Ich geh nach oben.«

Keely nickte. Sie vermutete, er habe vielleicht auf ein Telefonat von Nicole gehofft, wollte aber nicht erwähnen, dass die Warners weg zu sein schienen. Er würde sonst doch nur jedes Interesse an Nicole leugnen und sich über Keelys Einmischung ärgern. *Na schön,* dachte sie. *Ich behalt es lieber für mich.*

Als Dylan in sein Zimmer hochgestapft war, setzte sie sich an den Küchentisch und dachte über Mark nach. Vor dem gestrigen Abend war jede Erinnerung an ihn schmerzlich gewesen, voll Sehnsucht nach dem Leben, das sie zusammen geführt hatten und das so jäh zerstört worden war. *Was doch ein einziger Tag ausmachen kann,* dachte sie, denn wenn sie sich jetzt an Mark erinnerte, dann verspürte ein winziger Teil von ihr über dessen Tod ... Genugtuung. Sie hätte es zwar nie zugegeben, aber ein kleiner Winkel ihres Herzens fand, dass Mark vielleicht bekommen hatte, was er verdiente.

Ein Klingeln an der Haustür riss Keely aus ihren rachsüchtigen Tagträumen. Sie sah aus dem Küchenfenster und erkannte Phil Strattons Wagen. *Nimmt das denn nie ein Ende?,* dachte sie verdrossen. Und dann fiel ihr wieder ein, dass sie

den Mann ja hergebeten hatte, um mit Dylan zu sprechen. Sie ging zur Tür und öffnete. Phil schien sich unwohl zu fühlen. »Mrs. Weaver, darf ich reinkommen?«, fragte er.
Keely machte eine einladende Geste, und Phil trat in das Wohnzimmer, während sie ihm folgte. Er setzte sich. Sie selber hob Abby vom Boden hoch, nahm ihm gegenüber Platz, und das Baby schmiegte sich zufrieden an seine Mutter, ein Gummi-Donut kauend.
»Sind Sie hier, um mit Dylan zu sprechen?«, begann Keely.
Phil legte die Stirn in Falten und zögerte, als wüsste er nicht, wie er anfangen sollte. Zu guter Letzt sagte er: »Nein. Es geht um Maureen Chase.«
»Was ist mit ihr?«, fragte Keely, sofort wachsam und misstrauisch.
»Erklären Sie mir noch einmal, warum Sie dort rüber sind. Sie sagten, Sie wollten sich wegen einiger Telefonanrufe erkundigen?«
Keely schüttelte den Kopf. »Hören Sie, Detective. Bei unserem Gespräch in Maureens Haus meinten Sie, sie könne meinem Mann nachgestellt haben. Und ich wollte das gerne glauben. Mit ganzem Herzen sogar. Aber offensichtlich war das nicht der Fall. Es ist sinnlos, um den heißen Brei herumzureden. Ich fand inzwischen heraus, dass Maureen vor seinem Tod wahrscheinlich eine Affäre mit meinem Mann hatte. Wenn Sie also darauf hinaus wollen, dann sparen Sie sich den Atem. Ich weiß schon Bescheid.«
Phil betrachtete sie mit hochgezogenen Brauen.
Keely machte ein verwundertes Gesicht. »Wussten Sie das denn nicht?«
»Nein, eigentlich nicht.«
»Nun, ich habe keine eindeutigen Beweise, aber … sagen wir: Es ist anzunehmen. Ich vermute, das könnte Ihre Meinung ändern, warum sie sich umgebracht hat –«

»Sie hat sich nicht umgebracht«, erwiderte er.
Keely schrak auf. »Bitte?«
»Sie hat sich nicht umgebracht.«
»Aber ich habe sie doch selbst gesehen«, stammelte Keely aufgeregt. »Und Sie haben sie doch auch ...«
»O ja, tot ist sie schon. Aber es war kein Selbstmord.«
Keely fühlte, wie ein Frösteln sie durchlief. Abby, die die Anspannung ihrer Mutter spürte, begann zu wimmern. Keely schaukelte sie automatisch in ihren Armen. »Wie kommen Sie darauf?«, fragte sie.
»Wir haben neue, überzeugende Indizien, dass es Mord war.«
»Mord. Aber das ist unmöglich. Sie hat ...«
»Ich weiß. In der Garage, bei laufendem Motor ...«
»Und in dieser ... Aufmachung«, fügte Keely hinzu.
»Wir glauben, dass ihr jemand dieses Kleid angezogen hat«, erklärte Phil.
Keely zwang sich zurückzudenken: Maureen, ihre leuchtend rosa Gesichtsfarbe, der schief sitzende Brautschleier, das Hochzeitskleid. »Die Pantoffeln«, sagte sie plötzlich.
»Bitte?«, fragte Phil.
»Ja, das hat mich in der Tat ein bisschen gestört. Ich meine, in diesem Moment war alles so schrecklich, dass ich nicht denken konnte. Aber diese Pantoffeln ... Jetzt, da Sie es erwähnen, fällt mir ein, dass ich mich darüber gewundert habe. Warum sollte jemand Schlafzimmerpantoffeln zu einem Brautkleid tragen?«
»Offensichtlich hat irgendjemand anders Ms. Chase angezogen«, sagte Phil.
Keely starrte ihn an. »Das glaube ich einfach nicht. Wie könnte man ...? Soll das heißen, sie war schon tot, als man sie in den Wagen legte?«, fragte sie.
Phil schüttelte den Kopf. »Nein, tot noch nicht. Sie starb an

Kohlenmonoxidvergiftung. Darum hatte ihre Haut auch diese grässliche Farbe.«

»Das ist mir zu hoch, Detective«, sagte Keely.

»Schauen Sie, da es sich jetzt offiziell um einen Mord handelt«, erklärte er ungeduldig, »müssen wir sämtliche in Betracht kommenden Verdächtigen und Zeugen nochmals vernehmen. Wären Sie bereit, auf der Polizeiwache ein paar weitere Fragen zu beantworten?«

»Natürlich. Wenn es sein muss.«

»Nur fürs Protokoll: Wären Sie bereit, sich einem Lügendetektor-Test zu unterziehen?«, fuhr er fort.

Wütend funkelte Keely ihn an. »Mit Freuden«, erwiderte sie. »Sogar gleich. Bringen wir's hinter uns.«

Phil hob begütigend eine Hand. »Es genügt, dass Sie einverstanden sind. Sie haben ein Alibi. Wir wissen, wo Sie sich aufhielten. Ich habe schon mit dem Sicherheitsmann und mit Ihrem Nachbarn gesprochen, Mr. Warner. Ich erreichte ihn bei seiner Tochter in Boston. Er hat bestätigt, dass Sie sich zum Zeitpunkt von Maureens Tod daheim aufhielten. Aber, Mrs. Weaver, können Sie sich erinnern … ob Sie irgendjemanden auf der Zufahrt oder auf der Straße zu Maureens Haus begegnet sind?«

Keely zwang sich, an die Einzelheiten des Abend zurückzudenken. »Nein«, sagte sie. »Aber wissen Sie, ich war ziemlich aufgeregt. Ich meine, ich wollte Maureen Chase wegen all dieser Telefonate zur Rede stellen. Ich dachte nicht an andere Leute.«

»Haben Sie dort irgendetwas bewegt, irgendetwas weggeworfen …?«

»Maureen Chase habe ich bewegt. Ich versuchte ja, ihr das Leben zu retten.«

»Das weiß ich.«

»Aber sie war tot«, rief Keely. »Sie war schon tot.«

Phil nickte, und einen Moment blieben sie stumm sitzen. Dann sagte Keely: »Ich verstehe nicht, Detective. Wenn sie nicht tot war, wie konnte der- oder diejenige sie dann anziehen? Wie hat er sie in ihren Wagen geschafft? Maureen war eine ziemlich wehrhafte Person. Ich bezweifle, dass sie freiwillig mitgegangen wäre.«

»Sie wurde betäubt«, antwortete Phil seufzend. »Der Gerichtsmediziner fand eine winzige Einstichstelle in ihrem Hals, wie von einer Injektionsnadel.«

»Einer Injektionsnadel? Wollen Sie damit sagen, jemand hätte sich an sie herangeschlichen und ihr eine Spritze verpasst? Wie sollte das gehen?«

»Wir glauben, es war jemand, den sie kannte. Jemand, den sie nichts ahnend in ihr Haus ließ.«

»Das begreife ich nicht. Sie meinen, der oder die Betreffende kam mit einer Injektionsspritze in Maureens Haus, um sie zu betäuben, und hat dann alles so hergerichtet, dass es nach Selbstmord aussieht?«

»Es sollte nach Selbstmord aussehen. Ja. Aber wir glauben nicht, dass es geplant war.«

»Nicht geplant? Ja, wer läuft denn mit einer Betäubungsspritze durch die Gegend? Ich meine, es hätte vielleicht ein Junkie sein können«, dachte sie laut nach. »Wahrscheinlich hatte Maureen ja auch ein paar Strafverfahren gegen Junkies laufen. Obwohl ich mir kaum vorstellen kann, dass Sie irgendeinen Heroinabhängigen in ihr Haus bat.«

»Nein, so war es auch nicht …«, sagte Phil.

»Was macht Sie da so sicher?«, fragte Keely.

»Der verwendete Wirkstoff«, antwortete er.

Keely betrachtete ihn stirnrunzelnd. »Was soll das heißen? Was war es denn für ein Wirkstoff?«

»Die Ergebnisse der toxikologischen Untersuchung liegen jetzt vor. Es handelte sich um Insulin«, sagte er.

»Insulin«, flüsterte Keely.

»Dadurch erlitt sie einen Schock. Wir nehmen an, der Mörder war zuckerkrank. Deshalb hatte er das Mittel bei sich. Ich meine, wäre er in der Absicht gekommen, Maureen zu betäuben, dann hätte er alle möglichen anderen Drogen und Wirkstoffe verwenden können. Aber kein Insulin. Es muss spontan geschehen sein, eine Affekthandlung. Was ist, Mrs. Weaver? Was haben Sie?«

»Nichts, nichts«, wiegelte Keely ab. »Ich bin bloß ... überrascht.«

Phil starrte sie an. »Sie scheinen ziemlich aufgeregt. Klingelt da bei Ihnen irgendetwas, beim Stichwort ›Diabetiker‹?«

»Nein«, erwiderte sie schroff und versuchte, mit ruhiger Stimme weiterzusprechen. »Nein, natürlich nicht«, log sie.

43

Keely klopfte an Dylans Zimmertür.

»Herein«, rief er.

Sie öffnete und zwang sich zu einem Lächeln.

Dylan nahm seine Kopfhörer ab und blickte zu ihr auf. »Was hat dieser Detective denn jetzt schon wieder gewollt?«, fragte er.

Keely schüttelte den Kopf. »Nichts Besonderes. Kleinkram. Ms. Chase' Tod betreffend. Belangloses Zeug.«

»Mom, du siehst aus, als wäre dir schlecht. Was ist los?«

»Ich weiß nicht. Vielleicht brüte ich irgendetwas aus. Hör mal, Schatz, mir kam gerade eine tolle Idee.«

»Nämlich?«, fragte er misstrauisch.

»Na ja, ich dachte … da du doch über das Bundesgericht schreiben musst, warum steigen wir nicht einfach ins Auto und fahren mal nach Washington, D.C., rüber? Es sind nur anderthalb Stunden. Du, ich und Abby. Wir könnten uns ein Zimmer nehmen, und morgen besichtigen wir den Gerichtshof. Das würde deinem Aufsatz viel … Authentizität verleihen, weißt du. Du könntest Bilder von dem Gebäude machen. Und ich könnte dich dort fotografieren!«

»Mom, ich bin nicht mehr in der fünften Klasse. Hier geht's nicht um ›Mein schönstes Ferienerlebnis‹.«

»Ich weiß«, gestand sie, blieb aber beharrlich. »Ich finde es trotzdem eine gute Idee. Du könntest mit Leuten reden, die dort arbeiten. Du sagst ja selbst, du musst deinen Unterrichtsausfall durch etwas Besonders wieder wettmachen.«

Dylan beäugte sie argwöhnisch. »Ich dachte, du fühlst dich nicht wohl?«
»Mir geht's gut. Es ist doch auch bloß ein kleiner Ausflug. Ich finde es eine gute Idee«, rief sie. »Was gibt's daran auszusetzen?«
»Ich kann nicht«, antwortete er. »Ich hab morgen einen Termin bei Dr. Stover.«
»Den lasse ich verschieben«, erwiderte sie.
»Mom, ich bin müde.« Dylan klang mürrisch und erschöpft. »Ich habe keinen Bock auf einen Ausflug.«
Sie wusste, dass er müde war. Er hatte dunkle Ringe unter den Augen und wirkte träge. Aber Keely musste sie alle von hier fortbringen. »Du kannst dich im Wagen ausruhen. Deine Medikamente nehmen wir mit.«
»Herzlichen Dank, Mom. Immer besorgt um mein Wohlergehen.«
Sein Sarkasmus trieb ihr Tränen in die Augen. »Ich versuche doch nur zu tun, was ich für das Beste halte«, sagte sie heiser.
»Was ist los?«, fragte er stirnrunzelnd noch einmal.
»Was soll denn los sein? Ist hier nicht genug Schlimmes passiert, dass ich vielleicht einmal Lust auf einen Tapetenwechsel haben könnte?«
Dylan legte das Kopfhörerkabel zusammen und schaltete den CD-Player aus. »So etwas hast du doch noch nie gemacht«, sagte er.
Keely fuhr sich schnell mit dem Handrücken über die Augen und schniefte. »Wie ›so etwas‹?«
»Wegrennen«, antwortete er.
Ihr lag schon ein Widerspruch auf der Zunge, aber sie bremste sich. Sie konnte ihm nicht widersprechen. *Versuch es anders,* dachte sie. »Schau, Dylan. Ich bitte dich ja nicht um eine Alaskareise«, sagte sie. »Eine kleine Spritztour

nach Washington. Ist das zu viel verlangt? Ich weiß, du bist müde. Ich würde dich auch nicht bitten, wenn ich es nicht für wichtig hielte.«

»Wieso?«, entgegnete er, störrisch aus dem Fenster starrend. »Sag mir, wieso, und ich komme mit.«

»Ich sagte dir schon den Grund.«

»Du hast gelogen«, erwiderte er.

Keely hätte ihn für seine Frechheit am liebsten geohrfeigt. *Er hat ja Recht,* dachte sie. Sie atmete tief durch und flüsterte: »Na schön. Es wird bald etwas Schreckliches passieren. Und zwar jemandem, den wir … kennen. Ich möchte nicht dabei sein. Ich möchte keine Rolle in diesem Drama spielen. Ich möchte weit, weit weg sein.«

»Wen meinst du?«, fragte Dylan. »Und was wird ihm passieren?«

»Schluss. Ich will kein weiteres Wort darüber verlieren. Glaub mir, du erfährst es bald genug.«

»Sag mir einfach, wer es ist«, beharrte er.

»Dylan …«

»Sag's, Mom. Los.«

Keely zögerte. Sie kannte diesen unerbittlichen Blick in den Augen ihres Sohnes. Sie hatte ihn in letzter Zeit oft genug gesehen, wenn sie in den Spiegel schaute. Dylan würde nicht lockerlassen. *In Ordnung,* entschied sie. Es zu verheimlichen hieß nur, das Unvermeidliche hinausschieben. Er würde es sowieso bald erfahren. Die Polizei würde bestimmt nicht lange brauchen, um zwei und zwei zusammenzuzählen. »Es geht um Lucas«, sagte sie. »Okay? Es geht um Lucas.«

»Was soll ihm denn passieren?«

»Ich glaube, man wird ihn verhaften«, antwortete sie.

»War der Bulle deshalb hier?«

»Nein«, sagte Keely. »Das war … wegen etwas anderem.«

»Also, warum sollten sie ihn denn verhaften? Ist es was Ernstes?«
»Etwas sehr Ernstes«, erwiderte sie.
»Was hat er getan? Irreführung der Justiz oder so?«
»Nein, Dylan. Es ist eine Sache von Leben und Tod. Okay? Und damit basta. Mehr sag ich nicht. Also, ich möchte jetzt weg, und zwar auf dem schnellsten Weg. Bringst du das ohne Widerrede zustande? Kannst du mir vertrauen? Nur dieses eine Mal. Vertrau mir und pack deine Tasche.«
Dylan seufzte. »Okay«, antwortete er.

Als sie auf den Highway kamen, schlief Abby fast sofort im Wagen ein. Was Dylan betraf, so ließ Keely ihn jede CD spielen, auf die er Lust hatte, solange der Lärm nicht seine Schwester weckte. Auf diese Art blieb er beschäftigt. Zum Reden bestand kein Anlass. Zwischendurch deutete Keely immer wieder mal auf die Karte, Dylan sah dann nach den vorbeisausenden Schildern und sagte ihr, wann mit dem nächsten Autobahnkreuz zu rechnen sei. Ansonsten fuhren sie schweigend dahin.
Die Dolly Madison Motor Lodge lag in einem ruhigen Viertel vor dem eigentlichen Washingtoner Stadtbereich, und es war dunkel, als sie auf den Parkplatz abbogen. Keely las die Reklametafel. »Macht einen netten Eindruck«, meinte sie. »Restaurant, Hallenbad, Whirlpool, Kabelanschluss, Cocktail-Lounge mit Live-Musik.«
»Cool«, sagte Dylan. »Vier alte Fettsäcke, die ›Stranger in the Night‹ spielen.«
Keely lächelte dünn. »Die Cocktails lassen wir aus«, erwiderte sie.
»Es ist gar niemand da«, bemerkte Dylan, während er den CD-Player leiser drehte und einen Blick nach den paar Fahrzeugen warf, die auf dem Parkplatz standen.

»Ist ja auch nicht gerade Hochsaison«, stimmte Keely ihm zu. »Was hältst du davon?«
»Mir egal«, antwortete er mit einem Achselzucken.
»In Ordnung.« Sie stellte den Motor ab. »Dann besorg ich uns ein Zimmer. Pass du solange auf Abby auf.«
Ein paar Minuten später kam sie mit den Schlüsseln zu zwei Zimmern mit Verbindungstür zurück. Sie fuhr ihren Wagen hinter das Gebäude, in eine Parklücke genau vor ihrer Unterkunft, und gab Dylan dann seinen Schlüssel. Trotz seines Widerwillens gegen diese Reise gefiel ihm die Vorstellung, ein eigenes Motelzimmer zu haben, und er konnte es kaum erwarten, den Schlüssel auszuprobieren. Dann warf er seine große Stofftasche aufs Bett, kehrte zum Wagen zurück und half Keely beim Ausladen. Abbys Sachen mussten ins Nachbarzimmer geschafft werden. Keely breitete eine Wolldecke auf dem Boden aus und setzte das Baby mit einigen seiner Spielzeuge darauf. Dann nahm sie auf dem Bett gegenüber Dylan Platz.
»Wie ist dein Zimmer?«, fragte sie.
Dylan zuckte mit den Schultern. »Genau wie das hier.« Er stand auf und öffnete die Verbindungstür. »Lust zum Anschauen?«
Keely schüttelte den Kopf. »Im Augenblick nicht. Ich bin ein bisschen geschafft. Ich schau später mal.« Dylan nickte und schloss die Tür wieder. Er sah seine Mutter mitfühlend an. »Soll ich ein paar Limos und Eis für uns holen?«
Keely nickte ihm dankbar zu. Er kam ihr plötzlich so erwachsen vor, wie er so dastand, bereit zu helfen. »Das wäre toll. Weißt du, wo der Kühlautomat ist?«
»Den werd ich schon finden, Mom«, antwortete er ungehalten.
»Brauchst du Geld? Schau in meine Handtasche.«
Dylan schüttelte den Kopf. »Nicht nötig. Bin gleich wieder

da.« Und als er an ihr vorbeigehen wollte, nahm Keely ihn an der Hand.

»Dank dir, Schatz. Vielen Dank für alles.«

Dylan fegte ihren Dank beiseite. »Wenn ich zurückkomme, geh ich schwimmen. Ich möchte dieses Hallenbad ausprobieren. Und den Whirlpool.«

»Die Dinger wimmeln doch von Bakterien«, protestierte Keely.

»Richtig, Mom. Wahrscheinlich werd ich mir dort den Tod holen.«

»Los«, sagte sie lächelnd. »Geh, besorg die Limos. Und vergiss deinen Schlüssel nicht.«

Dylan stöhnte auf typische Teenager-Art und machte die Tür hinter sich zu. Während Abby auf der Wolldecke zwischen den beiden Betten spielte, streckte Keely sich auf der Matratze aus und schloss die Augen. Es war eine gute Idee gewesen hierher zu kommen, dachte sie. Hier war es friedlich, und niemand konnte sie in diesen Schlamassel mit hineinziehen. Sie müsste nicht tausend Fragen beantworten, müsste der Polizei nicht gestehen, dass ihr Schwiegervater, ihr väterlicher Freund, ihr treuer Verteidiger und Beschützer, wahrscheinlich ein Mörder war. Bei dem Gedanken daran wurde ihr übel. *Wie lang wird es wohl noch dauern?*, fragte sie sich. *Wie lang, bis sie es herausfinden?* Nicht sehr lange, vermutlich.

Lucas. Sie hatte ihn immer bewundert. Hatte ihn immer als den besten aller Menschen betrachtet. Doch in dem Augenblick, als Phil Stratton das Wort »Insulin« erwähnte, schien es, als wäre ein Knoten geplatzt, und alles lag offen vor ihr. Im ersten Moment verspürte Keely den Drang, Lucas anzurufen, ihn zur Rede zu stellen. Aber sie merkte, dass sie das nicht konnte. Sie hielt es nicht aus, noch mehr Lügen zu hören, diesmal aus dem Mund von Lucas.

Ihr dröhnte der Kopf. Sie sah ihn immer noch vor sich, den alten Mann, an jenem Tag, als sie Prentice' Wohnung betreten hatten und diesem grauenhaften Dreck und Durcheinander gegenüberstanden. Den Schrecken in Lucas' Gesicht, das Entsetzen, als sie durch das Chaos wateten, das alles war, was vom Leben seines Sohnes übrig blieb. Lucas war so blass, so verschwitzt und zittrig gewesen, dass er einen Stuhl freimachen musste, um sich zu setzen und sich eine Injektion zu geben. In ihrem Geiste sah Keely immer noch das kleine handliche Set mit Spritze und Insulinfläschchen, das er aus seiner Manteltasche gezogen hatte – sah ihn dort auf dem Stuhl sitzen, seinen Ärmel aufkrempeln, seinen Arm desinfizieren und die Nadel hineinstoßen. Keely hatte sich abgewandt. Sie wollte nicht zuschauen. Und auch jetzt wollte sie nicht zuschauen. Aber abwenden konnte sie sich nicht.

Konnte nicht aufhören, sich Lucas vorzustellen – den lieben, freundlichen, großzügigen Lucas. *Warum?*, dachte sie. *Was hat ihn nur dazu veranlasst?* Maureen diese Spritze zu geben. Sie mit dem Brautkleid zu kostümieren und in den Wagen zu setzen. Den Motor einzuschalten. Das war der Teil, den sie nicht verkraftete – die Brutalität dabei. Keely weinte Maureen Chase keine Träne nach. Sie hatte diese Frau und ihr gesamtes Tun gehasst. Aber trotzdem … war sie ein Mensch und verdiente so etwas nicht … Maureens qualvolles Leben gehörte nur ihr allein, und ihr Mörder hatte gehandelt, als gehörte es ihm, als könnte er diesem Leben nach Belieben ein Ende machen.

Keely legte sich einen Arm über die Augen. Wenigstens waren sie nun weit weg von St. Vincent's Harbor. Sie konnte Lucas vielleicht nicht helfen, aber sie musste immerhin nicht miterleben, wie die Polizei alles herausfand und ihn daraufhin festnahm. Es konnte nicht lange dauern, bis jemandem bei der Polizei oder bei der Justiz einfiel, dass Lucas Diabetiker war. Noch bevor man die Unterlagen auf Josie Fiores Schreibtisch entdecken und mit Julian Graham sprechen und bevor Veronicas Name ins Spiel kommen würde. Auch das hatte alles mit Marks Tod zu tun. Keely wusste nicht, auf welche Weise, aber irgendwie hing das Ganze zusammen. Dessen war sie sicher. Und wenn *sie* die Zusammenhänge sah, dann würde bestimmt auch die Polizei diese bald sehen. Sie würden kombinieren, und die Spur führte zu Lucas. Er musste wissen, dass man ihn verdächtigen würde. Er war Rechtsanwalt. Er kannte sich bestens mit Indizienketten aus. Und doch hatte er das getan, als wäre es ihm gleichgültig, was geschah; er wollte Maureen töten. Aber weshalb?

Ein Klopfen an der Tür ließ Keely auffahren. Dann fiel ihr ein, dass es wahrscheinlich Dylan war. Mit seinen Armen voller Limonaden und mit dem Eiskübel konnte er den Schlüssel nicht benutzen. Keely stand auf, um ihn einzulassen. Als sie vorsichtig über Abbys Spielzeug stieg, erinnerte sie sich, dass die Frau an der Rezeption versprochen hatte, jemanden mit einem Kinderbettchen für Abby zu schicken. Vielleicht war es ja einer vom Motel-Service. Keely ging zur Tür und öffnete.

Die Halogenleuchten auf dem dunklen Parkplatz warfen ein flaches, silbriges Licht, in dem Keely ein Trommelfeuer lautlosen Regens sehen konnte. Ein Mann stand vor der Tür: Lucas. Er hatte den Kragen seines Regenmantels hochgeschlagen und stützte sich auf seinen Stock. Ohne ein Lächeln streckte er seinen anderen Arm aus, um die Tür offen zu halten. »Keely«, sagte er. »Darf ich reinkommen?«

44

Keely starrte ihren Besucher an. Die teure Kleidung, das tadellos frisierte weiße Haar, das breite Lächeln, das nicht zu dem Ausdruck der scharfen, wachsamen Augen passte. Seine knorrigen Finger pressten sich so fest um den Knauf des Spazierstocks, dass die Gelenke weiß waren. Keely kam es vor, als hätte sie ihn noch nie wirklich gesehen. »Lucas«, sagte sie. »Was machst *du* denn hier?«

»Im Moment werde ich nur nass«, sagte er und blickte mit zusammengekniffenen Augen zu dem dunklen, verregneten Himmel hinauf. »Darf ich …?« Sein Stock deutete in das Motelzimmer.

»Wie hast du mich gefunden?«, fragte Keely.

»Eigentlich bin ich dir hinterhergefahren«, antwortete er.

Die Vorstellung, dass er ihren Wagen verfolgt hatte, jagte Keely ein Frösteln über den Rücken. Sie musste so tun, als würde sie sich durch sein merkwürdiges Verhalten nicht bedroht fühlen. »Du meine Güte! Was gibt es denn so Wichtiges? Bin ich irgendwie in Schwierigkeiten?«

»Nein«, antwortete er. »Du nicht.«

»Nicht Dylan«, sagte sie.

Lucas schüttelte den Kopf.

Keely warf einen Blick über ihre Schulter ins Zimmer. »Na, wen gibt es denn sonst noch? Ist mit Ingrid alles in Ordnung?«

»Soweit ich weiß«, antwortete er, »geht es ihr gut …«

»Ist es Betsy?«

»Ich habe mit dir zu sprechen«, erklärte er.
»Lucas, ich fühle mich geschmeichelt. Aber könnte das nicht warten, bis ich nach Hause komme?«
»Keely«, sagte er vorwurfsvoll, »du hast doch bestimmt einen Moment Zeit für einen Freund. Ich musste einen langen Weg fahren, um mit dir zu reden.«
»Es ist nur … wir sind eigentlich hier, um ein Weilchen wegzukommen.«
»Die Sache ist sehr wichtig«, erwiderte er, und trotz seines bittenden Gesichtsausdrucks sah Keely in seinen Augen zum ersten Mal etwas Stählernes aufblitzen.
Seine Anwesenheit war nicht plausibel zu erklären. Er musste Bescheid wissen. Aber sie hatte nach Phil Strattons Besuch mit niemandem außer Dylan gesprochen. Vielleicht war es das Beste, einfach Unbedarftheit vorzuschützen, und mit ihm zu reden. Danach würde er hoffentlich verschwinden. »Na gut, eine Minute vielleicht«, antwortete sie zögernd. »Aber wenn Dylan zurückkommt, wollen wir ins Motel-Schwimmbad.«
Lucas schob sich an ihr vorbei in das Zimmer und lächelte Abby an, die auf dem Boden spielte. Abby blickte mit großen Augen zu ihm hoch.
»Wohin ist Dylan denn?«, fragte er.
Keely machte die Tür zu, während Lucas sich auf die Kante eines der Betten setzte und seine Hände auf dem Knauf des Stocks ruhen ließ.
Mechanisch sammelte sie die verstreuten Habseligkeiten ein, um sie in Schubladen und Schränken zu verstauen. Dabei sagte sie: »Entschuldige die Unordnung. Dylan ist zum … äh …« Sie verlor den Faden, als sie ihre Schlafzimmerpantoffeln aufhob. Maureen in dieser grotesken Kombination von Brautkleid und Pantoffeln fiel ihr wieder ein – dieser angebliche Selbstmord, arrangiert von …

»Wohin?«, fragte Lucas.
Keely schüttelte den Kopf, um das Bild aus ihrem Kopf zu verbannen. Dann sah sie zu Lucas. »Tut mir Leid. Wie?«
»Wohin ist Dylan?«, wiederholte er.
Keely klappte die Schranktür zu. »Der ist ein paar Limos und Eis holen. Er kommt gleich zurück. Da wird er aber staunen, dich hier zu sehen.« Sie erinnerte sich voll Furcht, was sie Dylan gesagt hatte – dass man Lucas bald verhaften werde. Wenn er es nun herausposaunte? Nervös sah sie Richtung Tür.
»Na, es wird schön sein, ihn zu sehen«, sagte Lucas. »Wie lief es denn bei seiner Rückkehr in die Schule?«
»Ganz gut«, antwortete Keely. »Es ist alles gut gegangen.« Sie dachte daran, wie energisch Lucas ihren Sohn gegen Maureen Chase' Beschuldigungen verteidigt hatte. Wie sie sich immer auf ihn verließen. Das konnte nicht sein, dachte sie. Lucas war ein Kämpfer für Recht und Gesetz. Er glaubte an die Gerechtigkeit. »Genau gesagt«, erklärte Keely, »sind wir sogar wegen Dylan hier. Er muss ein Referat über den Bundesgerichtshof schreiben. Ich dachte, es würde ihm bestimmt Spaß machen, ihn mit eigenen Augen zu sehen.«
Lucas nickte. »Gute Idee. Dann bekommt er ein Gefühl für diesen Ort. Ich war dort ja schon als Verteidiger.«
»Ach so?«, sagte Keely mit einer Maske höflichen Interesses, während sich ihr Gehirn fieberhaft bemühte, die Situation einzuschätzen. Stellte Lucas eine Bedrohung dar? Nein, das konnte nicht sein.
»O ja«, fuhr Lucas fort. »Ich war wie gelähmt vor Angst. Das ist schon ein Gefühl, in diesem Saal zu stehen, wenn die ehrenwerten Richter hereinkommen und ihre Plätze einnehmen. So was vergisst man nie.«
Keely sah ihn verwundert an. Sie verspürte plötzlich das Bedürfnis, ihn zu beschützen. Er hatte ein erfolgreiches

Leben geführt. *Wie kann es Lucas gewesen sein?,* hielt sie sich vor. Diabetiker gab es viele, und einen Moment wusste sie gar nicht mehr, wie sie auf Lucas gekommen war. Genauso gut konnte sie auch sonst jemanden verdächtigen. »Du hast eine fantastische Karriere gemacht«, sagte sie.

»Na ja, schon ... ich hatte auch von jeher eine Art naiven Glaubens an Wahrheit, Gerechtigkeit und das alles. Dachte immer, das Gute würde am Ende siegen, und die Bösen, die Gesetzlosen landeten hinter Gittern. Genau wie in all diesen alten Western. Die habe ich ja fast mit der Muttermilch eingesogen. Als ich ein Junge war, konnte man den ganzen Tag im Kino bleiben, die Fortsetzungsreihen anschauen, alle Western. So arm wir auch waren, mein Dad kratzte doch das Geld zusammen, damit mein Bruder und ich samstags ins Kintopp gehen konnten, während er selbst und Mom im Laden arbeiteten. Das war eine glückliche Zeit in meinem Leben. Ich wusste nicht einmal, dass wir arm waren, erfuhr es erst beim Tod meines Dads, als ich acht war. Da stand es für mich schon fest: Ich würde den weißen Cowboyhut tragen und die Guten retten.«

Einen Moment war Keely abgelenkt, weil sie glaubte, die Tür des Nebenzimmers zu hören. Dann dachte sie: *Nein, das kann nicht sein. Dylan würde zuerst hier hereinkommen.* Außerdem hätte Dylan sofort den Fernseher eingeschaltet. Fernsehen war für einen Teenager lebenswichtig, und sie hörte nicht dieses blecherne Gemurmel durch die Wand. Bedachtsam setzte sie sich auf das andere Bett. »Und du hast es geschafft, Lucas«, erklärte sie. »Wirklich geschafft. Wie alles. Mark sagte immer –«

»Mark«, unterbrach Lucas. *»Das* war ein Held –«

Keely ließ ihn nicht ausreden. »Was macht Betsy denn heute Abend?«, fragte sie, nach außenhin fröhlich, innerlich verzweifelt.

Lucas' runzlige Wange zuckte, und die Finger kneteten rastlos den Knauf seines Stocks. »Oh. Die ist daheim«, antwortete er wehmütig. »Völlig ahnungslos –«

»Ahnungslos, wo du steckst?«, nahm ihm Keely das Wort aus dem Mund. »Warum rufst du sie nicht an – sagst ihr, dass du hier bist und bald zurückkommen wirst? Sie macht sich immer Sorgen um dich.«

Lucas starrte vor sich ins Leere. »Wahrscheinlich ist die Polizei schon da«, sagte er.

Bei der Erwähnung der Polizei pochte Keely das Herz. *Erzähl es mir nicht,* dachte sie. *Ich will es gar nicht wissen.*

»Irgendein Mandant braucht doch immer deine Hilfe«, lächelte sie schwach. Sie hob eine klimpernde bunte Plastikkugel auf, die Abby davongerollt war, und gab sie ihr zurück. Dann erhob sie sich von der Bettkante und rang die Hände. »Wo nur Dylan so lange mit dem Eis bleibt? Vielleicht sollte ich mal nachsehen.«

Lucas blickte unter seinen buschigen Augenbrauen, die trotz seines weißen Haares immer noch dunkel waren, zu ihr auf. »Du bist nervös«, konstatierte er.

Keely starrte ihn an wie ein auf frischer Tat ertappter Verbrecher. Sie beruhigte sich, wurde fast trotzig, fast herausfordernd. Lucas schien sie in diesem Zimmerchen einzusperren. Sie wollte ihn rausschmeißen, aber sie traute sich nicht. »Dylan ist mein Sohn. Ich hätte ihn schon einmal beinahe verloren«, rief sie ihm ins Gedächtnis.

Lucas nickte schwach. »Genau darum geht's«, sagte er. Dann seufzte er und sah sich um. »Wo sind denn all seine Sachen? Sieht gar nicht aus, als würde hier ein halbwüchsiger Junge wohnen.«

Keely wollte ihn nicht anlügen, aber sie wollte auch nicht verraten, dass Dylan das Nachbarzimmer hatte. Es kam ihr vor, als wäre die schlichteste Tatsache der Welt, die harm-

loseste Wahrheit irgendwie gefährlich. Lucas hatte heute Abend etwas Unberechenbares, Furcht einflößendes an sich. Es schien, als hielte er eine Bombe versteckt. »Genau gesagt …«, begann Keely.
In diesem Moment öffnete sich die Verbindungstür, und sie beide sprangen vor Schreck fast auf. Dylan stand auf der Schwelle zwischen den Zimmern. Er trug ein paar ausgewaschene bunte Baumwollshorts und ein T-Shirt. Die Wunde an seinem Hals wirkte verfärbt und schmerzhaft, sah aber nicht mehr entzündet aus.
»Dylan«, rief Keely und hätte ihn am liebsten gewarnt – *Sei still, erwähne nichts von dem, was ich dir über Lucas gesagt habe* –, doch sie wagte es nicht.
»Ich bin jetzt fertig zum Schwimmengehen«, verkündete er. »Hey, Mr. Weaver.« Er schien erstaunt, aber nicht erschrocken. Fast, als hätte er ihre Äußerungen über Lucas' Probleme mit der Polizei vergessen.
Lucas fasste ihn ins Auge. »Hallo, Dylan.«
Bevor der Junge sich erinnern und fragen könnte, warum Lucas hier war, warf Keely ein: »Ich hab dich gar nicht reinkommen hören. Wo ist denn das Eis, Dylan? Und die Limos?«
Dylan deutete hinten in sein Zimmer. »Bei mir drinnen«, antwortete er. »Willst du eine?«
»Ja bitte«, sagte Keely.
»Wollen Sie auch eine Limo, Mr. Weaver? Ich hab noch Reserve gekauft.«
»Nein, vielen Dank, Dylan«, lehnte Lucas höflich ab.
»Du musst jetzt wahrscheinlich los, nicht?«, fragte Keely den alten Mann.
Er überhörte ihre Bemerkung und behielt weiter Dylan im Auge. Dabei wirkte sein Blick durchbohrend. »Ein beheiztes Schwimmbad, nehme ich an.«

»Ich will's hoffen«, erwiderte der Junge.
»Ich begleite dich«, sagte Lucas und wandte sich dann an Keely. »Kommst du auch mit?«
Keely schüttelte den Kopf. *Bitte geh weg und lass uns in Frieden,* dachte sie.
»Was ist mit Abby?«, fragte er.
»Nein«, erwiderte Keely kurz und bestimmt.
»Wir werden dich alle begleiten und dir beim Schwimmen zusehen«, sagte Lucas zu Dylan.
Keely erkannte, dass dies ein Befehl war. Sie wollte protestieren, wollte Lucas vor die Tür setzen, aber sie wusste nicht genau, wie er reagieren würde – welche Folgen es hätte, wenn sie eine Szene machte. Es sah aus, als müsste sie mit in das Schwimmbad, ob sie wollte oder nicht. Langsam sammelte sie ein paar von Abbys Spielsachen auf und nahm dann das Baby in die Arme.
Dylan machte kehrt, um noch einmal in sein Zimmer zu gehen. Lucas stand auf. »Wo willst du hin?«, fragte er misstrauisch.
»Meine Lederjacke holen«, antwortete Dylan. »Es ist zu kalt, um ohne draußen rumzuspazieren.«
Lucas hinkte zu der Verbindungstür und beobachtete, wie Dylan die Lederjacke vom Bett nahm und sie anzog. Keely wunderte sich, dass er dem alten Mann nicht gesagt hatte, er solle sich um seinen eigenen Kram kümmern. *Ich habe ihn gut erzogen,* dachte sie. *Bei mir wäre er nicht so höflich, aber bei älteren Menschen ist er es schon. Vielleicht habe ich ihn sogar* zu *gut erzogen,* dachte sie reumütig.
Dylan kam in Keelys Zimmer zurück, und Lucas dirigierte sie alle hinaus ins Freie. Dann zog er die Tür hinter ihnen ins Schloss. »Geh du vor, Dylan«, sagte er.
Gehorsam begann der Junge den Fußweg entlangzuschlurfen. Es fiel jetzt nur noch Sprühregen, aber die Luft war

kälter geworden, und man konnte den Atem sehen. Keely drückte ihr Baby fest an sich, um es warm zu halten. Lucas hielt trotz seines Hinkens mühelos mit ihnen Schritt. Am Ende des Fußwegs traten sie durch eine Doppeltür, die auf einen von Türen gesäumten Korridor führte. *Wenigstens ist das Schwimmbad ein öffentlicher Ort,* dachte Keely. *Das ist besser.* Außer einem südländisch wirkenden Zimmermädchen, das im Vorbeikommen nickte und »*Buenos noches*« sagte, begegneten sie niemandem. Sie verließen den Gang und passierten eine menschenleere Aufenthaltszone mit einem Kamin, der von zwei Sofas flankiert wurde, beide mit kastanienbraunem Bezug. Dann stiegen sie eine Treppe hinauf. Dylan öffnete die Tür zum Schwimmbad, und ein Schwall feuchtheißer Luft schlug ihnen entgegen. Rings über den betonierten Beckenbereich war eine Reihe weißer Plastikstühle und -liegen verteilt. Eine Frau mit sportlicher Figur, runzliger Haut und weißer Badekappe schwamm methodisch ihre Bahnen, und am anderen Ende des Pools entspannte sich ein junges Paar. Sie lagen in zwei nebeneinander stehenden Stühlen und hielten Händchen. Als Keely mit dem Baby im Arm hereinkam, blickten die beiden stirnrunzelnd auf. Es gab keine anderen Kinder hier, und Abbys Gekreisch und Gegurgel hallte durch den fast leeren, höhlenhaften Raum.

Lucas deutete mit seinem Spazierstock auf ein paar Liegestühle, und Keely ging dorthin. Nebenan war ein kleiner Spielbereich mit einer Konstruktion aus großen bunten Kunststoffblöcken, die sofort die Aufmerksamkeit des Babys erregten. Keely und Lucas nahmen Platz und sanken ungelenk gegen die schrägen Rückenteile der Liegestühle, wobei Lucas seinen Stock an den Rahmen lehnte. Dylan warf Lederjacke und T-Shirt auf das Fußende von Keelys Liege und ging an den Beckenrand.

Die Luft war warm und dampfig, und Keely fühlte sich in ihrer Straßenkleidung unwohl. Ihr Baumwollpulli und ihre lange schwarze Hose brachten sie schon jetzt ins Schwitzen. Sie schlug die Füße übereinander. An Lucas, der immer noch seinen Regenmantel trug, konnte sie keine Spur von Schweiß feststellen. *Er ist ja auch alt,* dachte sie. Wahrscheinlich ist ihm ständig kalt.

»Das tut gut«, sagte er, als könnte er ihre Gedanken lesen.

Keely gab keine Antwort. Sie richtete ihre Aufmerksamkeit auf Dylan, der sich dem Beckenrand näherte. Seine schlaksige Gestalt wirkte in dem grünlichen Licht, das die bewegte Wasseroberfläche reflektierte, bleich und verwundbar. Seine Schultern wurden breiter und seine Taille schmäler, jetzt, da er zum Erwachsenen heranwuchs, aber sein Körper war noch glatt und weiß wie der eines Kindes. Bis auf die dunkle, rötliche Narbe an seiner Kehle.

»Ein Junge in diesem Alter hat etwas Herzzerreißendes«, sagte Lucas. »So verletzlich. Noch nicht ganz Mann, aber auch kein Kind mehr.«

»Ja«, pflichtete Keely bei.

Lucas seufzte. »Ich weiß noch, wie Prentice in diesem Alter war. Immer übergewichtig und tollpatschig, schon als kleiner Junge. Und dann diese Pickel. Es war schrecklich. Er war so unsicher, so gehemmt. Man konnte ihm anscheinend kein Selbstvertrauen beibringen. Er litt sehr. Und als Vater oder Mutter ist man natürlich hilflos. Man denkt: ›Wenn es doch nur irgendein Mittel gäbe, ihm diesen Schmerz zu ersparen …‹«

Keely drehte sich um und sah in Lucas' Augen, in seine markanten Züge. »Das ist eine ziemliche Tortur, nicht?«, sagte sie.

»Oh, ja«, bestätigte er. »Und weißt du, das Ironische ist, dass er für mich wunderschön war …«

»Ich weiß«, antwortete Keely leise.

Dylan schien die Anwesenheit der anderen Leute zu vergessen. Er tauchte gerade einen Fuß ein und zog ihn durch das Wasser. Dann, offensichtlich zufrieden mit der Temperatur, ging er zur tiefen Beckenseite und stürzte sich ohne Zögern mit einem Kopfsprung in die Fluten. Keely konnte seinen langen dünnen Körper unter der Wasseroberfläche dahinschießen sehen wie einen dunklen Pfeil, und prustend tauchte er wieder auf.

Normalerweise hätte sie ihm jetzt zugerufen, ihn gefragt, wie kalt denn das Wasser sei. Aber anscheinend gehorchte ihr ihre Stimme nicht mehr.

Dylan schaute nicht in ihre Richtung. Mit einem Hechtsprung tauchte er wieder ab und begann zu schwimmen.

»Er ist ein guter Schwimmer«, bemerkte Lucas.

»Ja«, antwortete Keely knapp.

»Im Gegensatz zu seinem Stiefvater«, fügte Lucas hinzu.

Keely fühlte, wie ihr die Nackenhaare zu Berge standen. Mit gespreizten Fingern umklammerte sie die Armlehnen des Liegestuhls.

Lucas seufzte. »Weißt du, er hatte dich nicht verdient – Mark. Er war es nicht wert, Vater dieser Kinder zu sein. Hättest du dich nach seinem Tod nur mit den Dingen abgefunden – sie auf sich beruhen lassen.«

Trotz der feuchtwarmen Luft des Hallenbades verspürte Keely einen eisigen Schauer. Er würde fortfahren, und sie wollte ihn aufhalten – wusste aber, dass sie es nicht konnte.

»Ich hätte nicht zugelassen, dass Dylan etwas geschieht. Nicht in einer Million Jahren. Wenn du mir nur einfach vertraut hättest. Doch du konntest ja keine Ruhe geben …«, flüsterte er.

Keely fühlte sich wie gelähmt – als wären ihre Arme und

Beine an die Kunststoffrippen der Liege geschweißt. »Lucas«, flehte sie. »Bitte. Lassen wir das Thema jetzt einfach.«
Er kicherte und schüttelte den Kopf. »Komisch«, meinte er. »Nun möchtest du das Thema fallen lassen. Nun, wo es zu spät ist. Wie viel weißt du bereits?«, fragte er.
»Ich weiß gar nichts«, entgegnete sie verzweifelt.
»O doch, das tust du.« Seine Stimme hatte einen bitteren Klang. »Ich habe gestern Phil Stratton bei deinem Haus gesehen. Warum, glaubst du, bin ich dir gefolgt? Er hat es dir gesagt, nicht wahr? Du wolltest es ja unbedingt wissen, eher warst du ja nicht zufrieden. Begreifst du nicht, dass es manchmal besser ist, nicht alles zu wissen?«
Sie fühlte ihr Herz jagen wie bei jemandem, der im Wasser ertrank.

45

Die alte Frau mit der Bademütze stieg aus dem Schwimmbecken, zog die Mütze vom Kopf und fuhr mit den Fingern durch ihr feuchtes, stachlig wirkendes, graues Haar. Sie schlang sich ein Handtuch um ihren gebräunten welken Körper und sammelte ihre Sachen ein. Dann ging sie, eine Spur kleiner Pfützen hinterlassend, aus dem Schwimmbad. Als sie an Lucas und Keely vorbeikam, nickte sie ihnen kurz zu, und Keely verspürte den Drang, einen Arm nach ihr auszustrecken, sie um Hilfe zu bitten. Aber ihr war klar, wie verrückt dieser Wunsch jedem erscheinen würde, der sie mit dem Baby und dem weißhaarigen Herrn auf der Nachbarliege sah.

»Wie viel weiß die Polizei denn eigentlich?«, fragte Lucas sanft. »Was hat Phil Stratton dir erzählt, als er dich gestern besuchte?«

Keely schüttelte den Kopf und versuchte, ihre Worte genau zu überlegen. »Er … hat gesagt, dass … äh … Maureen Chase' Tod anscheinend doch kein Selbstmord war. Jemand hätte sie umgebracht …«

»Und dieser Jemand war?«

»Lucas, ich weiß es nicht«, rief sie. Und dann kam ihr eine Idee. »Ich vermute, sie hatten mich im Verdacht. Er stellte mir jede Menge Fragen. Deshalb meinte ich auch, wir sollten verschwinden …«

Lucas drehte sich um und betrachtete sie, aber Keely hielt ihre Augen auf Dylan im Schwimmbecken gerichtet. »Du

bist eine miserable Lügnerin«, sagte er. »Und das meine ich als Kompliment.«
Keely fühlte ihr Gesicht rot werden, erwiderte aber nicht Lucas' Blick.
»Wie ich höre, wurden an der Leiche toxikologische Untersuchungen vorgenommen. Ich habe nämlich meine Quellen. Ich nehme an, sie konnten das Mittel in Maureens Organismus identifizieren«, sagte er.
»Ich habe keine Lust, darüber zu reden«, entgegnete Keely. Ihr Baumwollpulli schien klatschnass von Schweiß, und sie wusste, die Schweißperlen standen ihr auch auf der Stirn.
»Phil Stratton hat dir gesagt, dass es Insulin war, stimmt's? Hast du's gleich erraten, als er es dir erzählte?«, fragte Lucas.
Keely zögerte. Dann stützte sie unvermittelt ihre Hände auf die Armlehnen, stemmte sich hoch und ging zum Beckenrand. Die Ledersohlen ihrer Stiefel rutschten auf dem nassen Beton, sodass sie um ein Haar gefallen wäre. Sie rief: »Dylan. Komm, das reicht jetzt. Gehen wir.«
Dylan schüttelte seinen nassen Kopf. Kristallähnliche Wassertropfen spritzten in alle Richtungen. Dann warf er sich rücklings wieder in die Fluten. »Ich fang doch gerade erst richtig an, Mom«, erwiderte er. »Es ist warm. Du solltest auch reinkommen.«
»Dylan!«, schrie sie. Aber schon tauchte er erneut unter. Sie konnte hören, wie Lucas sich hinter ihr aus dem Liegestuhl hievte und zu ihr kam.
Auf seinen Stock gestützt, sprach er mit leiser Stimme, nicht weit von ihrem Ohr: »Ich dachte, ihr wolltet es wissen, du und Maureen.« Sein Tonfall klang bitter. »Oh, sie wollte es unbedingt wissen. Sie hätte sonst keine Ruhe gegeben. Die Mätresse deines Mannes. Sie musste wissen, was ihm passiert war. Schließlich liebte sie ihn. Na ja, seien wir ehrlich –

sie war krankhaft von ihm besessen. Aber eines muss man ihr lassen: Zuletzt hat sie es sich doch zusammengereimt …«

Keely drehte sich um und starrte ihn an. Sie konnte nicht anders. »Sich zusammengereimt? Was?«, keuchte sie.

»Dass ich ihn getötet habe«, antwortete Lucas.

Keely schnappte nach Luft. »Nein. Lucas. Das ist nicht wahr …«, sagte sie.

»Ich fürchte, doch. Maureen hat begriffen, dass ich es gewesen bin. Sie sah mein Auto durch eure Straße kommen, als sie an diesem Abend von ihrem kleinen Rendezvous nach Hause fuhr. Sie wusste ja, dass Mark bei ihrem Abschied noch lebte, und sie wusste auch genau, wann das gewesen war. Aber mich hatte sie natürlich nie im Verdacht. Schließlich war Mark … mein Sohn.

Nein, wie du weißt, gab sie Dylan die Schuld. Sie nahm an, er hätte das Tor offen gelassen. Sie war entschlossen, ihn an den Pranger zu stellen. Ihn büßen zu lassen für seine, sagen wir: unterbewusste Absicht. Aber da erschien Julian auf der Bildfläche. Er war auf der Suche nach seiner Mutter, und so geriet Veronica vorläufig in den Mittelpunkt von Maureens Interesse. Du hast Maureen ja selbst diesen Abschiedsbrief gebracht, in dem Richard einen lange zurückliegenden Mord gestand. Sie fing an, in der Vergangenheit zu graben, und hat zwei und zwei zusammengezählt.

Es war Pech, dass Julian ausgerechnet zu diesem Zeitpunkt kam. Sonst … Na ja, wahrscheinlich war es letztendlich Gerechtigkeit. Maureen überrumpelte mich. Sie lud mich zu sich nach Hause ein und stellte mich dort zur Rede, beschuldigte mich. Und alles, woran ich in diesem Moment denken konnte, war wohl leider, dass Betsy es nicht erfahren sollte. Ich fuhr nicht mit dem Vorsatz los, Maureen zu töten. Natürlich nicht. Sie attackierte mich aus dem Hinterhalt. Sie legte mir dar, wessen sie mich beschuldigte, reichte mir dann meinen Mantel und sagte, sie würde mich fertig machen, mich ruinieren, aus Rache für Marks Tod. Als hätte er Rache verdient. Sie reichte mir meinen Mantel, ich fühlte in der Tasche mein Injektionsset, und da habe ich einfach … Ich habe keine Entschuldigung, Keely. Es war ein Impuls, ein Affekt. Danach musste ich dafür sorgen, dass es wie Selbstmord aussah.«

Keely tanzten Sterne vor den Augen, und sie begann zu schwanken. Lucas fing sie auf, als sie zusammensackte, und führte sie behutsam zu den Liegestühlen zurück. Wie ein guter Vater, der ein kleines, unselbstständiges Kind ins Bett bringt, half er ihr, sich zu setzen. Dann nahm er wieder neben ihr Platz.

»Aber warum Mark?«, flüsterte sie. »Du hast ihn doch geliebt.«

»Ja, Mark. Mark, der mich wegen meiner Schwierigkeiten verraten hat. Mark, der Veronica ermordete und mein ungeborenes Enkelkind. Mark, der Prentice den einzigen Lebensinhalt nahm, den er hatte, und der mich dann achtzehn Jahre lang belog. Direkt ins Gesicht.«

»Aber das weißt du doch gar nicht sicher«, entgegnete Keely wütend. »Du weißt gar nicht, ob es Veronica war. Du weißt nicht einmal, ob Veronica wirklich tot ist. Ich meine, Richard schrieb zwar, dass sie jemanden getötet hätten. Aber Veronica? Das war doch nur irgendein … Einfall von Maureen. Eine Marotte. Sie hatte keine Beweise. Sie wollte die Leiche exhumieren. Prüfen, ob die DNA übereinstimmte. Wie konntest du auf eine so abwegige, übereilte Schlussfolgerung verfallen? Wie konntest du ohne Beweise unterstellen, Mark hätte Veronica ermordet?« Keely versuchte angestrengt, seine Logik nachzuvollziehen. »Du bist doch ein Vernunftmensch, Lucas. Wie konntest du das tun?«

Lucas sah auf seine Uhr, als wolle er die Zeit prüfen. Dann blickte er mit halb zusammengekniffenen Augen zu der gewölbten Decke des Hallenbades. »O nein, nein, Keely. Meine Folgerungen waren nicht abwegig oder übereilt. Ich wusste es de facto, lange bevor Maureen überhaupt etwas ahnte. Obwohl sie zweifellos keine Ruhe gegeben hätte, bis auch sie alles wusste. Nein, mir war Marks Verbrechen seit letztem Sommer bekannt. Ich brauchte nur ein Weilchen, um meine Rache einzufädeln.«

»Das ist unmöglich. Woher wusstest du …?«, rief Keely, den Tränen nah.

»Du erinnerst dich … nach Prentice' Tod … der Zustand seiner Wohnung …«

Keely nickte bedächtig.

»Ich habe dieses Tohuwabohu aussortiert. Die Trümmer vom Leben meines Sohnes. Ich war auf der Suche nach einem Testament. Ich hatte ihn immer gedrängt, eines zu machen, aber er wollte ja nie hören. Es war ein ziemlicher Kraftakt, das alles zu sichten.«

»Ja, das weiß ich noch«, sagte Keely.

»In seinem Computer waren seit Jahren E-Mails, die er nicht beantwortet hatte. Er machte sich nicht einmal die Mühe, je nachzusehen. Aber ich ging sie durch, eine nach der anderen. Darunter war auch eine Mail von deinem ersten Ehemann, Richard – abgeschickt unmittelbar vor seinem Selbstmord. In dieser Mail gestand er alles. Die ganze Geschichte. Prentice sollte erfahren, was mit Veronica geschehen war. Die Sache lag ihm auf dem Gewissen. Wenigstens *er* hatte eines.«

»Die Kopfschmerzen«, flüsterte Keely. »Sie ließen ihm keine ruhige Minute …«

Lucas blieb von diesem Einwurf unberührt. Sein Blick war entrückt und starr wie Eis. »Er wollte es sich von der Seele

schreiben, bevor er starb. Doch Prentice hat die Mail nicht einmal geöffnet. Nie. Er war zu tief abgestürzt. Viel zu tief abgestürzt. Aber ich habe sie gelesen, als ich sie fand – fast volle zwanzig Jahre zu spät. Ich habe sie gelesen, bis ich sie auswendig konnte. Mark und Richard hatten Veronica in einer Sommernacht vor langer, langer Zeit anscheinend zu einer Spritztour eingeladen, in Richards Auto. Veronica stieg ein, weil sie Mark kannte.
Die beiden Burschen baten sie, ihnen Bier zu kaufen, da Veronica volljährig war. Ziemliche Ironie des Schicksals, wenn man's genau bedenkt. Jedenfalls haben sie nach ein paar Bier versucht ... sie zum Sex herumzukriegen, und Veronica weigerte sich. Es kam zu einer Auseinandersetzung, und dabei schlug sie anscheinend mit dem Kopf auf. Ihr Tod war ein Unfall, aber Mark geriet in Panik. Er wollte nicht, dass ich etwas davon erfahre. Schließlich war ich es, der ... ihn durchfütterte. Also schafften sie sich die Leiche vom Hals – brachten sie in einem Boot raus und versenkten sie. Dann bezahlten sie irgendein Mädchen aus England, das Mark von der International Academy kannte, damit sie Betsy und mich anrief und sagte, sie würde nach Las Vegas gehen. Der Akzent täuschte uns beide. Wir kannten Veronica ja kaum. Der Plan der beiden ging auf. Wir glaubten, was wir hörten. Und auch Prentice glaubte es. Das war für ihn der Anfang vom Ende.«
»O Lucas«, hauchte Keely. Sie wusste, dass sie einen Mörder vor sich hatte, einen geständigen Mörder, aber in diesem Augenblick konnte sie ihn nicht hassen. Seine Geschichte drückte ihr auf die Seele. »O Lucas, wie furchtbar ...«
»Richard kannte ich ja nie persönlich. Er ist für mich ein Name ohne Gesicht. Aber Mark steht auf einem ganz anderen Blatt. Jetzt, im Nachhinein betrachtet«, fuhr er mit

leiser, bitterer Stimme fort, »wird mir klar, dass das typisch für ihn war.«

Der Kunststoffklötze überdrüssig, kam Abby zu den Liegestühlen gewatschelt und blieb leicht schwankend zwischen ihnen stehen, wobei sie eine kleine, klebrige Hand auf Lucas' Knie ruhen ließ. Mit einem müden, wohlwollenden Lächeln schaute er auf sie hinab, und Abby antwortete mit einem Grinsen, bei dem ihre paar Zähne zum Vorschein kamen.

»Sie sieht ihm ein klein bisschen ähnlich«, sinnierte Lucas, während er das Kind betrachtete.

»Ein bisschen«, gab Keely zu und zog sie schützend an sich. »Um die Augenpartie.«

»Alle diese Jahre«, sagte Lucas. »Fast zwanzig Jahre lang hat er mich belogen. Sah mir tagtäglich ins Gesicht und wusste dabei, was er mir angetan – wusste, dass er das Leben meines Sohnes zerstört hatte. Jedes Mal, wenn ich ihm die Hand hinstreckte, griff er zu und nahm sich noch mehr.« Lucas setzte sich auf und schüttelte den Kopf wie jemand, der einen Albtraum loszuwerden versucht. »Ich bin froh, dass er tot ist«, sagte er. »Mein einziger Trost ist die Erinnerung an sein Gesicht, als er merkte, dass er sterben müsste. Diese flehenden, kurzen Schreie, während er Wasser spuckte –«

»Hör auf!«, rief Keely.

Lucas starrte sie überrascht an. »Er ist dir doch hoffentlich inzwischen egal, nachdem du Bescheid weißt …«

»Ich will das nicht hören«, erwiderte sie, außer sich vor Wut. »Er war Abbys Vater.«

Erschrocken über die harschen Töne und den Klang ihres Namens, protestierte Abby mit einem lang gezogenen Weinen, zog ihren Arm aus dem Griff ihrer Mutter und tappte mit schnellen kleinen Schritten zwischen den Stühlen schnurstracks zum Beckenrand.

»Abby«, schrie Keely.
Sie rappelte sich von ihrer Liege hoch, um dem Baby hinterherzustürzen. In ihrer Hast rutschte sie in einer Pfütze aus und landete hart auf dem Knie. Sie hörte ein Knacksen, gepaart mit einem bohrenden Schmerz in ihrem verrenkten Bein. Auch Lucas war aufgesprungen. Mit einem schnellen Schritt fing er Abby ab, indem er sie von hinten an seine Brust zog. Das Kind quiekte protestierend, und das junge Paar am anderen Ende des Schwimmbeckens schaute stirnrunzelnd auf. Die beiden wechselten einen entnervten Blick, dann packten sie mit dramatischem Seufzen und Kopfschütteln ihre Siebensachen und verließen das Bad durch den Hinterausgang.
Keely sah nervös zu dem Schwimmbecken. Dylan, der bis zum Hals im Wasser stand, schaute verwundert zu ihnen her. Lucas schaukelte Abby sanft in den Armen, winkte Dylan zu, der zurückwinkte, bevor er erneut abtauchte.
»Alles in Ordnung, Keely?«, fragte Lucas.
Sie versuchte aufzustehen, aber das verletzte Knie wollte ihr Gewicht nicht mehr tragen. Mühsam, auf zitternden Unterarmen stemmte sie sich hoch und schleppte sich kriechend zum Fußende der Liege. Ihr Knie pochte, und als sie ihr Bein bewegte, durchfuhr der Schmerz ihren Körper. »Es ist irgendwas gebrochen oder verstaucht«, keuchte sie und blickte zu dem alten Mann auf. »Danke, Lucas. Danke, dass du … Abby gestoppt hast.« Sie schaffte es, sich auf den Liegestuhl zu setzen, und streckte ihre Arme nach dem Kind aus. Aber Lucas wandte sich von ihr ab.
»Lucas«, verlangte sie in scharfem Ton. »Bitte gib mir mein Baby.«
»Ich wäre ein guter Großvater geworden«, sagte er mit einem zärtlichen Blick auf das Kind an seiner Brust.
Keely fühlte sich an den Stuhl gefesselt – nicht imstande,

aufzustehen und ihr Baby zu erreichen. »Das wärst du ganz bestimmt«, antwortete sie bedachtsam.

»Fairnesshalber muss man dir wohl mitteilen«, sagte er, »dass eines, was du von deinem Mann glaubtest, nicht gelogen war. Er hing wirklich an diesem Kind.« Abby ruhte an Lucas' Brust, hatte sich einen Daumen in den Mund gesteckt und starrte mit großen Augen ins Leere.

Lucas lächelte sie an und strich ihr die Haare glatt. »So, wie er über sie redete, dachte ich, vielleicht stimmt es wirklich. Selbst nachdem ich das Schlimmste wusste – wusste, was für ein Monster er war ... selbst da hatten seine Stimme und sein Verhalten etwas, das mich davon überzeugte. Er liebte sie, liebte sie aufrichtig. Vielleicht war sie die Einzige in seinem Leben, die er ehrlich geliebt hat.«

Keelys Augen füllten sich mit Tränen – sie konnte nicht sagen, ob von dem Schmerz in ihrem Knie oder von der Erinnerung an Marks Blick, wenn er Abby angeschaut hatte. *Was war echt?*, dachte sie. Auch sie selbst hatte er ja mit Blicken angehimmelt, aber das war nicht echt.

»Mein Plan stand und fiel damit«, sagte Lucas. Er befand sich am Beckenrand, Abby immer noch in seine Arme gebettet.

»Dein Plan? Was meinst du damit?«, fragte Keely nervös.

»Tut mir Leid, Keely. Das wird hart für dich klingen. Aber ich muss es dir sagen. An jenem Abend, dem Abend von Marks Tod, auch da hielt ich das Baby in den Armen. Genau wie jetzt«, sagte er mit entrücktem Blick. Abbys Augen waren allmählich zugefallen, während er ihr den kleinen Rücken rieb. »Ich sorgte dafür, dass wir draußen neben dem Pool gingen, über die Arbeit sprachen – das übliche Geplauder eben. Und dann, als wir so nahe am Rand waren« – er deutete mit einem Kopfnicken auf die Einfassung des Beckens –, »da konfrontierte ich ihn mit meinem Wissen. Er bestritt natürlich alles, aber ich hörte gar nicht auf seine Ausreden. Ich hatte Beweise. Ich hätte das nie ohne Beweise getan«, versicherte Lucas, während er sich umdrehte und Keely in die Augen sah. Sie versuchte erneut, aufzustehen, sank aber wieder zurück.

»Als ich alles aufgezählt hatte – alles, was er getan, und alles, was er mir weggenommen hatte –, hielt ich das Baby über den Beckenrand und sagte zu Mark: ›Ich gebe dir die Chance, sie zu retten. Das ist mehr, als du mir gegeben hast.‹« Lucas sah auf die Kleine hinab, die nun in seinen Armen schlummerte. Danach schaute er wieder zu Keely, die ihn hilflos anstarrte.

»Dann ließ ich sie ins Wasser fallen«, sagte er.

46

»Du hast sie fallen lassen? In den Pool?«, schrie Keely. Ihr schwindelte, und sie hatte ein Rauschen in den Ohren. Am liebsten wäre sie hochgesprungen, hätte sich auf ihn gestürzt und ihm die Augen ausgekratzt. *Wie konntest du nur?*, schrie es in ihrem Kopf. *Wie konntest du nur? Wie konnte man überhaupt je …?* Aber das geschwollene Knie wollte ihr Gewicht nicht tragen. Sie versuchte, sich aus der Liege zu stoßen, fiel jedoch wieder zurück. Hilflos musste sie mit ansehen, wie Lucas ihr Baby an seine Brust drückte – ein Mann, der nichts mehr zu verlieren hatte.

»Ich weiß, das war grausam«, gestand er. »Es war schrecklich, das zu tun. Sie traf keine Schuld an den Sünden ihres Vaters. Ich habe wirklich gezögert, und fast brachte ich es nicht über mich.« Lucas sah zu Keely. Seine Augen waren versonnen, leicht zusammengekniffen. »Aber dann dachte ich an Prentice. Und da konnte ich es tun. Ich habe sie fallen lassen.«

»Lucas«, sagte Keely mit bebender Stimme. »Gib mir mein Kind. Sofort.«

Der alte Mann legte den Kopf schief und schaute gedankenvoll auf Abby hinab. »Sie ist wunderschön, Keely. Es freut mich, dass er wenigstens den Anstand besaß, ihr hinterherzuspringen.«

Sein Leben für das ihre zu opfern, dachte Keely. Ihre Gefühle gegenüber Mark waren im Moment so verworren, dass sie nicht wusste, ob sie Hass oder Dank empfinden sollte. Sie wusste nur eines mit Sicherheit. »Es war grauenvoll und niederträchtig, das zu tun, Lucas«, sagte sie. »Jetzt gib mir mein Kind.«

»Und was ist mit Mark?«, fragte er herausfordernd. »Was ist mit seinen Gemeinheiten, die er mir angetan hat? Beziehungsweise auch dir?«

»Abby ist ein Baby, sie kann nichts dafür«, schrie Keely, und fast brach ihr die Stimme. Lucas und das Kind, wurde ihr klar, waren zu nah am Schwimmbeckenrand. Wenn er Abby jetzt fallen ließe … wenn ihr Kopf auf den Beton schlüge … Einmal war er schon bereit gewesen, sie zu opfern. Sie war immerhin Marks Tochter.

Lucas presste das Baby an seine Brust, als hielte Abbys Wärme ihn am Leben. »Du weißt, ich interessierte mich für ihn, weil ich sah, dass etwas in ihm steckte. Ich habe ihn vor dem Jugendgericht kostenlos verteidigt und weiß noch, wie ich zu Betsy sagte, er sei ein bemerkenswerter Junge und dass ich ihm helfen wolle. Und sie warf mir vor …« Seine Stimme verklang.

»Was warf sie dir vor?«, fragte Keely, aber ihre gesamte Aufmerksamkeit war auf Abby gerichtet, die er in seinen Armen wiegte. Keelys Herz hämmerte, und sie hatte einen trockenen Mund. Da sah sie plötzlich aus dem Augenwinkel hinter Lucas etwas Weißes hochblitzen. In Sekundenschnelle erkannte sie, was es war. Dylan. Er hatte die Leiter des Schwimmbeckens direkt neben Lucas erklommen und schlich ruhig, lautlos auf ihn zu.

»Was hat sie gesagt?«, fragte Keely, um Lucas abzulenken und ihn aufzuhalten.

»Sie sagte, ich … würde ihn Prentice vorziehen. Dass Mark mir ähnlicher wäre …« Lucas schüttelte den Kopf. »Sie begriff nicht, dass ich Mark nie so lieben könnte wie Prentice. Mark war ein außergewöhnlicher Junge. Aber Prentice war mein Sohn. Mein eigen Fleisch und Blut. Ich hätte alles für ihn getan. Du kannst das verstehen, Keely. Ich weiß, dass du das kannst.«

Plötzlich sah Keely Dylans Gesicht hinter Lucas' Schulter. Der Junge hatte einen warnenden Blick in seinen großen, aufgerissenen Augen. Dann schoss sein weißer Unterarm nach vorn wie ein Springmesser, legte sich um Lucas' Hals und riss ihn zurück.

Der alte Mann stieß einen gurgelnden Schrei aus. Das Kind immer noch in den Armen, taumelte er nach hinten, doch wie in Zeitlupe sah Keely, wie sein Griff sich lockerte, als Dylan seine Beine in Lucas' Kniekehlen drückte. Mit einem Laut, halb Schreien, halb Weinen, begann Abby seinen Armen zu entgleiten. Keely sprang auf, unempfindlich gegen ihren Schmerz, und schaffte zwei Schritte vorwärts, ehe sie zusammenbrach. Sie warf sich in Richtung des Beckenrands und spürte einen dumpfen Aufprall, als Abby auf sie traf. Dann rollte sie neben das Kind.

»Abby«, schrie Keely.

Die Kleine drehte sich herum und blinzelte. Ihr Gesicht legte sich in Falten, bevor sie in lautes Geheul ausbrach. Blut lief ihr aus einer Schramme am Kopf. Keely streckte einen Arm aus und zog Abby zu sich heran.

Dylan und Lucas rangen auf dem Boden miteinander, wobei Lucas an dem dünnen, sehnigen Arm zerrte, der um seine Kehle lag. Keely schrie um Hilfe. Sie sah sich um nach jemandem, irgendjemandem, der ihre unglückliche Situation bemerken würde. Aber das Schwimmbad war verlassen, und auch die Aufenthaltszone hinter den Türen völlig menschenleer, als wäre es ein Geistermotel. Sie wich voller Entsetzen zurück, da ließ Lucas plötzlich von Dylans Unterarm ab und griff in seine Manteltasche – fummelte darin herum,

bis er einen alten Revolver zum Vorschein brachte. Die Waffe blitzte in seiner Hand.
»Dylan«, kreischte Keely, »lass los. Er hat eine Pistole.« Doch der hörte nicht auf den Warnschrei seiner Mutter. Er versuchte, den Druck um Lucas' Hals zu verstärken, während der alte Mann seine Position veränderte und dem Jungen den kalten Revolverlauf in die nackte weiße Flanke stieß.
»Dylan«, befahl Keely. »Lass ihn los. Sofort. Lucas, bitte, bitte nicht!«
Dylan löste seinen Griff und sprang zitternd zurück, während Lucas sich wankend hochrappelte, die Waffe auf den Jungen gerichtet.
»Lucas, das kannst du nicht, das würdest du doch nicht tun«, rief Keely mit flehender Stimme. »Er ist doch noch ein Kind. Er hat nur versucht, mich zu schützen.«
Lucas zitterte, den Revolver immer noch in seiner Hand.
»Der ist doch nicht echt, oder?«, fragte Dylan sarkastisch. »Höchstens irgend'ne alte Cowboy-Knarre. Wahrscheinlich funktioniert sie nicht mal.«
»Alt ist sie schon. Ein Stück aus meiner Sammlung. Aber ich kann dir versichern, sie funktioniert noch. Zwing mich nicht, es dir zu beweisen«, erwiderte Lucas. »Los, geh rüber zu deiner Mutter.«
Mürrisch, mit finsterem Blick schlang Dylan die Arme um seinen zitternden Körper und stapfte zu dem Liegestuhl. Keely tastete nach einem Handtuch und reichte ihm eines, ohne Lucas aus den Augen zu lassen.
»Jetzt weißt du alles«, konstatierte der Alte.
»Ich sage noch einmal: Ich wollte es nicht wissen. Ich habe dich angefleht, es mir nicht zu erzählen!«, schrie Keely.
»Ich musste es irgendjemandem erzählen«, erwiderte Lucas traurig. »Du musstest wissen, was passiert ist, und warum.«

Keely schloss die Augen und schüttelte den Kopf. »Was spielt das jetzt noch für eine Rolle?«
Lucas seufzte. »Zu meiner Schande gestehe ich ein, ich war stolz auf die Art, wie ich Mark aus dem Weg räumte. Ich meine, was konnte glaubhafter sein, als dass ein Nichtschwimmer in seinem Pool ertrinkt? Es war die ideale Lösung, um nicht zu sagen: der perfekte Mord. Wären Dylan und sein Skateboard nicht gewesen, dann hätte niemand die Sache je hinterfragt. Dass du es jetzt weißt, ist deine eigene Schuld. Alles war gut, aber du wolltest ja keine Ruhe geben«, sagte Lucas bitter.
»Ich konnte meinen Sohn nicht für etwas büßen lassen, das er nicht getan hat«, entgegnete Keely.
»Ich habe ihn doch verteidigt, oder?« Seine Frage duldete keinen Widerspruch. »Jedes Mal habe ich mich für ihn stark gemacht. Ich hätte ihn nicht für mein Verbrechen zahlen lassen.«
»Wir alle müssen für deine Verbrechen zahlen«, erwiderte Keely.
»Das ist leider Schicksal«, sagte Lucas. »Das war nicht meine Absicht.«
In diesem Moment ging die Tür des Schwimmbades auf, und drei Männer erschienen, zwei Polizeibeamte und ein Mann in Jackett und Krawatte. »Mr. Weaver! Nehmen Sie die Waffe runter! Polizei!«, riefen sie.
Keely, Dylan und Lucas drehten sich erschrocken um. Lucas begann zurückzuweichen, den Revolver immer noch im Anschlag. Seine Augen waren weit aufgerissen. Keely, die Abbys blutigen Kopf hielt, starrte fassungslos auf die Szene. Jemand außerhalb des Schwimmbades musste gesehen haben, wie Lucas einen Revolver zog. Aber wie konnte die Polizei so schnell zur Stelle sein?, fragte sie sich.
»Lucas Weaver«, donnerte der Mann mit dem Jackett, und

seine Stimme schien unter dem Deckengewölbe hin und her zu prallen wie eine Gewehrkugel.
»Jemand muss uns gesehen haben«, keuchte Keely. »Dem Himmel sei Dank.«
»Nein«, murmelte Dylan.
»Nein was?«, fragte Keely.
Dylan gab keine Antwort. Er stand da und sah zu, wie sich die Polizei näherte, den zurückweichenden Lucas in die Enge trieb.
»Leg dich hin, Junge!« Einer der Beamten stieß Dylan unsanft hinter den Liegestuhl.
»Sie stehen doch auch«, protestierte er, aber der Polizist erwiderte: »Wir haben kugelsichere Westen an. – Ma'am, könnten Sie die Kinder hier rausschaffen?«
»Ich kann nicht gehen«, antwortete Keely.
Der Beamte nickte. Er flüsterte etwas in sein Funksprechgerät. Dann sagte er: »Okay. Jemand wird sich um Sie kümmern. Bleiben Sie solange einfach in Deckung.«
»Geben Sie auf, Mr. Weaver«, rief der Mann mit dem Jackett. »Ich bin Detective Bartram von der Polizei in Alexandria. Es ist schon Verstärkung unterwegs, und wir haben einen Haftbefehl gegen Sie, heute Abend in St. Vincent's Harbor ausgestellt.«
Die Pistole in Lucas' Hand zitterte, doch er hielt sie weiterhin auf den Polizisten gerichtet. »Ich gehe nicht mit«, sagte er.
»Sir, Sie sind angeblich Anwalt. Sie wissen sehr genau, es wird besser für Sie laufen, wenn Sie mit uns kooperieren.«
Keely, hinter dem Liegestuhl zwischen ihre Kinder gekauert und mit schmerzhaft pochendem Knie, sah zu Lucas, der immer noch seine Pistole hochhielt, einen Ausdruck von Verzweiflung in seinen Augen. Sie wollte ihm zurufen, aber die Stimme versagte ihr.
»Kommen Sie, Mr. Weaver«, versuchte ihn der Detective zu

überreden. »Legen Sie die Waffe weg, dann werden wir das Ganze schon regeln.«

Lucas schüttelte den Kopf. »Nein«, entgegnete er. »Es ist zu spät.«

»Was hat er vor, Mom?«, flüsterte Dylan. »Weshalb benimmt er sich so verrückt?«

Und im selben Moment, als sie diese Frage hörte, wusste Keely auch schon die Antwort. Sie wusste, was er vorhatte. Aber sie konnte nicht einfach dasitzen und zusehen. Trotz allem. Sie musste versuchen, ihn aufzuhalten. »Mach die Augen zu«, befahl sie Dylan und rappelte sich dann auf ein Knie hoch.

»Lucas, nicht!«, rief sie in Richtung des alten Mannes.

»Glaub mir, Keely«, antwortete er. »Ich wollte euch niemals wehtun.«

»Ich glaube dir. Aber bitte gib auf. Das ist keine Lösung.«

»Mir bleibt nichts anderes übrig«, sagte Lucas.

»Das stimmt nicht«, rief Keely. »Ich werde für dich aussagen. Zu deinen Gunsten. Was Mark betrifft. Die schrecklichen Dinge, die er getan hat.«

»Niemand wird es verstehen. Er war immerhin mein Sohn. Ich habe seinen Tod verursacht. Und ich bereue es nicht einmal.«

»Lucas, er war ein Lügner und Betrüger. Das werde ich bestätigen. Sie werden es verstehen.«

Lucas schüttelte den Kopf. »Und Maureen? Wie willst du das jemandem erklären?«

Maureen. Ihre unerbittliche Feindin. Die Geliebte ihres Mannes. Irgendwann hatte Maureen es aufgegeben, Dylan zu verfolgen – als ihr klar wurde, dass nicht er, sondern Lucas Mark in den Tod geschickt hatte. Im Endeffekt hatte sie nur nach Gerechtigkeit gestrebt, hatte darauf bestanden, dass Lucas für sein Verbrechen büßen müsse, und deshalb

war sie ermordet worden. Eine Affekthandlung? Ein Moment der Unzurechnungsfähigkeit? Vielleicht. Aber es war Mord, trotz alledem. Das ließ sich nicht wegerklären. Keely fühlte die Zweifel, das Zögern in sich.
»Legen Sie die Waffe weg, Mr. Weaver«, wiederholte Detective Bartram. »Wir werden das Ganze in Ruhe besprechen. Nur legen Sie die Waffe weg, auf den Boden.«
Seufzend sah Lucas auf den Wasserspiegel des Schwimmbeckens. »Ich habe selbst Vergeltung geübt. Ich wollte es nicht dem Gesetz überlassen. Aber ich kenne die Spielregeln. Ich muss dafür bezahlen«, sagte er.
Keely probierte es noch einmal. »Betsy braucht dich«, rief sie. »Tu ihr das nicht an.«
Das irrsinnige Flackern in Lucas' Augen erlosch sekundenlang, und sie zeigten einen Ausdruck unermesslichen Kummers, als sie Keelys Blick begegneten. »Bestell ihr«, sagte Lucas, »bestell Betsy bitte, ich habe ihn mehr geliebt als mein Leben.«
Keely begriff. Sie wusste, wen er meinte – Prentice. »Das kannst du ihr doch selbst sagen!«, schrie sie.
Lucas schüttelte den Kopf.
»Bitte, Lucas, tu's nicht«, flehte sie.
»Ich bin zu dem geworden, was ich gehasst habe«, erwiderte er. »Bringen wir's hinter uns.«
Keely schloss ihre Augen, als sie ihn den Revolver heben sah. Sie warf ihre Arme über die Kinder, sodass ihre Köpfe nach unten gedrückt wurden.
»Nein, Mr. Weaver, nicht!«, brüllte der Detective.
Aber es war zu spät. Das Donnern des Schusses klang gedämpft, weil Lucas sich den Lauf in den Mund gesteckt hatte. Die Polizisten stürzten vorwärts. Ein gewaltiges Platschen war zu hören, und Keely schlug die Augen auf. Sie konnte Lucas' Trenchcoat im Wasser sehen, weit auseinander ge-

breitet wie ein Flügelpaar, und dunkle Schlieren, die sich in dem Aquamarinblau des Beckens bildeten.

Abby weinte, Dylan zitterte heftig, schaute aber nicht auf.

»Er hat's getan, stimmt's?«, flüsterte er mit belegter Stimme.

»Ja. Sieh nicht hin, Liebling«, sagte Keely.

Es entstand ein allgemeiner Tumult, als die beiden Beamten voll bekleidet ins Schwimmbecken sprangen und durch das brusttiefe Wasser auf den leblosen Körper zuwateten. Gemeinsam schoben sie ihn an den Rand und stemmten ihn mühsam aus dem Pool. Anstrengungen zu Lucas' Wiederbelebung wurden unternommen, aber vergeblich. Gäste und Hotelangestellte, neugierig gemacht durch die Streifenwagen und den Lärm, den sie gehört hatten, sammelten sich mittlerweile im Aufenthaltsbereich und spähten durch die Tür, aber ein Beamter versperrte den Zutritt, und die Polizisten bedeckten Lucas' Leiche mit einem Handtuch, das auf einem Rollwagen in der Nähe lag. Als Keely sich umdrehte, sah sie noch mehr Uniformierte hereinkommen.

Einer der beiden Beamten trat auf sie und die Kinder zu.

»Schaffen wir Sie jetzt raus«, sagte er. »Kommen Sie, Ma'am. Sie können sich auf meine Schulter stützen, bis sich jemand ihr Bein angesehen hat.«

»Meine Kinder«, flüsterte Keely. »Dylan, zieh deine Jacke an. Du zitterst ja.«

Der Junge hob die Lederjacke auf, ohne sich umzusehen, und zog sie mechanisch an. »Ist er tot?«, fragte er.

»Ja«, antwortete Keely, während sie ihn an der Hand nahm.

Ein zweiter Uniformierter kam und hob Abby vom Boden hoch. Sein Kollege klopfte Dylan leicht auf die Schulter. »Alles in Ordnung, mein Junge?«

Dylan nickte, obwohl er am ganzen Leib zitterte. Er vermied es, zu dem Schwimmbecken hinzusehen.

Der Zivilbeamte trat auf sie zu und streckte ihnen eine Hand entgegen. »Bist du Dylan?«, fragte er.

Der Junge betrachtete ihn fragend. Keely, die sich mit Hilfe des Polizisten auf ihr gesundes Bein erhob, blickte bestürzt hoch.

»Deine Nachricht ist gut durchgekommen«, sagte der Detective. »Hast wirklich schnell geschaltet.«

Verwirrt schaute Keely von dem Beamten zu ihrem Sohn. »Deine Nachricht? Was für eine Nachricht?«

Ein leichtes Lächeln, aber mit einer Spur von Stolz, erhellte Dylans blasses Gesicht. »Vorhin, als ich mit dem Eis zurückkam«, sagte er, »habe ich Mr. Weaver vor unserer Tür stehen sehen und wusste, er gehört irgendwie nicht dorthin. Mir fiel ein, was du über ihn gesagt hast, von wegen Schwierigkeiten mit der Polizei. Also habe ich Hilfe gerufen.«

»Du hast die Polizei verständigt?«, rief Keely erstaunt.

Dylan schüttelte den Kopf. »Nein. Mr. Warner.«

»Dan? Aber der ist doch weg. Bei seinem Haus war alles dicht ...«

»Er und Nicole sind in Boston. Nicoles große Schwester hat ein Baby gekriegt. Sie sind raufgefahren, um es zu sehen. Aber als die Polizei dort anrief und Fragen stellte, weil du Ms. Chase gefunden hast, machte er sich Sorgen. Er hat beschlossen, zurückzukommen, oder jedenfalls versucht, uns anzurufen. Ich erzählte ihm, was du über Mr. Weaver gesagt hast, und dass er hier wäre, in unserem Zimmer. Da versprach Mr. Warner, die Polizei zu verständigen. Ich sollte mich ganz auf ihn verlassen.«

»Und das hast du getan«, rief Keely verblüfft.

»Ich dachte mir schon, dass er cool ist«, sagte Dylan lässig.

Keely schüttelte den Kopf. »Das war clever, Dylan. Ich weiß nicht, was sonst aus uns geworden wäre. Das hast du gut gemacht, Schatz.«

»Deine Mom hat Recht«, bestätigte der Beamte. »Du hast sehr verantwortungsvoll gehandelt.«
»Ich bin stolz auf dich«, erklärte Keely.
Dylan zuckte mit den Schultern. Dann sah er zu dem Polizisten auf, der Keely seinen Arm als Stütze anbot.
»Das mach ich schon«, sagte er.
Keely ergriff die ausgestreckte Hand ihres Sohns, hüpfte auf einem Bein heran und legte ihren Arm um seine Schultern. »Du bist größer als ich«, bemerkte sie.
»Heißt das, ich darf jetzt selber Auto fahren?«, fragte er.
»Nein.« Sie schüttelte ihn.
Ein Anflug von Grinsen trat auf Dylans Gesicht. »Hab's nur mal probiert«, sagte er.
Keely musste sich beherrschen, um ihn nicht zu umarmen. Sie wollte ihn nicht vor all diesen Leuten in Verlegenheit bringen. Sie folgten dem Beamten, der Abby trug, langsam zur Tür des Hallenbads, hinter der sich die Schaulustigen drängten.
»Unsere Freunde sind da«, rief Dylan aufgeregt.
Keely blickte auf. Sie sah Dan Warner, der, eine Hand auf Nicoles Schulter, stirnrunzelnd seinen Hals reckte, um die drei zu erspähen.
»Das sind sie tatsächlich«, antwortete Keely erstaunt, und Dylan sagte: »Wow! Die müssen mit der Polizei hergedüst sein.«
»Vermutlich«, bestätigte Keely.
»Das kommt alles wieder in Ordnung«, erklärte der Junge, wie um sich selbst zu ermuntern.
Keely nickte, während sie sich weiterhin an seiner Jacke festhielt. »Ich weiß«, sagte sie. »Ich weiß.«

Danksagung

Viele haben mir geholfen. Niemand mehr als mein Mann, Art Bourgeau, der mich nie im Stich lässt; Jane Berkey und Meg Ruley, Agentinnen und alte Freundinnen; alle bei Albin Michel, besonders Tony Cartano; meine Leser in Frankreich – *mille fois merci*; Maggie Crawford mit ihren Einsichten, und Otto – danke für das Bild.

Julie Parsons
Die Insektenforscherin
Roman

»Ein Psychothriller in Reinkultur« *Cosmopolitan*

Insektenforscherin Anna aus Dublin vertraut sich nach dem plötzlichen Tod ihres Gatten Matthew Makepiece an, einem freundlichen jungen Mann. Zu spät erkennt sie, dass ihr neuer Partner ein psychopathischer Killer ist, der seine Verbrechen so akribisch plant und ausführt, wie er es in einem Lehrbuch über Insekten gelernt hat …

»Julie Parsons hat ein ungewöhnliches Gespür für das Böse, ein sublimes Talent, Angst aufzubauen.« *Die Welt*

Knaur Taschenbuch Verlag